DOSSIÊ SMART

| Diários da Caserna |

DOSSIÊ SMART
A ~~história~~ que o exército quer riscar

RUBENS PIERROTTI JR.
-- Coronel de artilharia da reserva --

Labrador

© Rubens Pierrotti Jr., 2024
Todos os direitos desta edição reservados à Editora Labrador.

Coordenação editorial PAMELA OLIVEIRA
Assistência editorial LETICIA OLIVEIRA, JAQUELINE CORRÊA
Edição de texto MAYARA FACCHINI | HISTÓRIAS BEM CONTADAS
Projeto gráfico AMANDA CHAGAS
Diagramação ESTÚDIO DS
Capa FELIPE ROSA
Preparação de texto VINÍCIUS E. RUSSI
Revisão IRACY BORGES
Imagem de capa RAFAELA BIAZI (WWW.UNSPLASH.COM)
@RAWPIXEL.COM (WWW.FREEPIK.COM)

Dados Internacionais de Catalogação na Publicação (CIP)
Jéssica de Oliveira Molinari - CRB-8/9852

PIERROTTI JR, RUBENS

Diários da caserna : dossiê Smart : a história que o exército
quer riscar / Rubens Pierrotti Jr.
São Paulo : Labrador, 2024.
528 p.

ISBN 978-65-5625-485-2

1. Ficção brasileira 2. Exército – Ficção I. Título

23-6451   CDD B869.3

Índices para catálogo sistemático:
1. Ficção brasileira

1ª reimpressão – 2025

Labrador

Diretor-geral DANIEL PINSKY
Rua Dr. José Elias, 520, sala 1
Alto da Lapa | 05083-030 | São Paulo | SP
contato@editoralabrador.com.br | (11) 3641-7446
editoralabrador.com.br

A reprodução de qualquer parte desta obra é ilegal e configura uma
apropriação indevida dos direitos intelectuais e patrimoniais do autor.
A editora não é responsável pelo conteúdo deste livro. Esta é uma
obra de ficção. Qualquer semelhança com nomes, pessoas, fatos ou
situações da vida real será mera coincidência ou terá servido tão
somente como fonte de inspiração para a obra.

À "Angélica",
por todo apoio e carinho
em tempos difíceis,
minha eterna gratidão.

Ao meu irmão, Renato,
um cara com um coração incrível,
meu melhor amigo.

À minha Mãe,
Neide Brombai Pierrotti,
por tudo.

Ao amigo "Aristóteles",
companheiro na árdua defesa da legalidade,
por toda a sua integridade.

"(...) certas pessoas (...) têm o pleno direito de cometer toda sorte de desmandos e crimes, como se a lei não houvesse sido escrita para elas."

Dostoiévski – *Crime e Castigo* (1866)

SUMÁRIO

Prefácio ———————————————————— 11

Capítulo 1 - Arquivo (ainda) vivo ———— 15

Capítulo 2 - ¡Olé! ———————————————— 31

Capítulo 3 - ¿Luna de miel? ——————— 89

Capítulo 4 - Mantendo as aparências —— 167

Capítulo 5 - DR ———————————————————— 253

Capítulo 6 - Divórcio ————————————— 321

Capítulo 7 - No divã ——————————————— 389

Capítulo 8 - O Dossiê ————————————— 441

Epílogo ———————————————————————— 511

PREFÁCIO

Esta é uma obra de ficção[1]?

Durante as doze horas quase ininterruptas dedicadas à leitura, sentia-me impelido a virar as páginas como se minha atenção fosse uma granada de artilharia, que se movimenta velozmente da câmara de um canhão a partir da explosão da pólvora de uma carga de projeção, atravessa a boca de fogo sob o efeito de balística interna adquirido na "alma" — a superfície interna do cano do canhão —, percorre sua trajetória na atmosfera e chega a seu destino, explodindo numa área de alvos onde produzirá efeitos táticos. E a obra é isto mesmo: começa e termina com "explosão", o que faz lembrar o símbolo da arma de Artilharia do Exército — a "bomba em chamas" —, que poderia funcionar como uma metáfora de sentido e significado deste livro.

Assim como a granada que percorre trajetória balística determinada pela técnica do artilheiro entre as duas explosões que definem seu destino, a história narrada por Rubens Pierrotti Junior — experiente oficial de artilharia do Exército Brasileiro, na reserva, paraquedista militar e advogado — segue um fio diacrônico muito bem estruturado, precisamente calculado, minuciosamente apresentado e desenvolvido com especial talento literário, que retém o leitor ao longo dos oito capítulos do livro.

---

1   Segundo o autor, trata-se de um "exercício literário de ficção". Sob tal condição e muito honrado, aceitei o convite para prefaciar este livro.

DIÁRIOS DA CASERNA

Os Diários correspondem ao período de doze anos — de 2010 a 2022 — da história do simulador de apoio de fogo de artilharia "Smart", produzido pela empresa espanhola "Lokitec", e dos personagens mais diretamente envolvidos em sua apressada e polêmica concepção, seu atribulado desenvolvimento e sua problemática entrega.

Battaglia, Simão, Helena, Barbie, Stark, Amorielli, Reis, Angélica, Alberto, Delzuíte, Papa Velasco e Aureliano são alguns dos personagens da trama, que oferece ingredientes de um típico *thriller* contemporâneo: intrigas internacionais, espionagens, amores, desilusões, política, encontros, desencontros, *lawfare*, segredos, honestidades e, "acima de tudo" — às vezes "de todos" —, hipocrisias, cinismos e veleidades.

Em camada sutil, Rubens Pierrotti mostra um Brasil ainda refém de problemas estruturais e conjunturais. A extrema desigualdade social transparece, por exemplo, nos personagens dona Delzuíte e general Simão. A história também é permeada de situações que concedem ao leitor a oportunidade de conhecer traços de estruturas organizacionais de instituições federais, aspectos de socialização da denominada "família militar" e rotinas gerenciais administrativas praticadas no serviço público, especialmente no âmbito de unidades militares.

Nesses dias em que a sociedade ainda busca entender o processo que culminou nos eventos de 8 de janeiro de 2023, em alguma medida "incubados" em áreas militares defronte a quartéis Brasil afora, a leitura dos Diários poderá funcionar como "munição" informativa ou referencial para percepção e interpretação daqueles fatos muito além do mero senso comum. Afinal, os fenômenos sócio-históricos têm causas e são movidos por agentes.

A obra tangencia temas como esses sem meias palavras, merecendo especial atenção uma certa "Associação dos Veteranos da Brigada Aeroterrestre" — a "VeBrA" —, cujos integrantes, quase sempre usando irregular ou impropriamente os símbolos "aeroterrestres", são muito similares aos que estariam supostamente envolvidos em atentado à

DOSSIÊ SMART — A história que o exército quer riscar

bomba na véspera do Natal de 2022, em Brasília, na cumplicidade de uma pessoa que frequentava os acampamentos político-eleitorais na área militar defronte ao Quartel-General do Exército naquela capital.

Em plano mais explícito e histórico, *Diários da Caserna* revela um "passado que nunca foi, que continua". Essa frase do sociólogo e então deputado Gilberto Freyre no plenário da Constituinte de 1946 é criticada pela antropóloga e escritora Lilia Moritz Schwarcz, que, em seu livro *Sobre o Autoritarismo Brasileiro*[2], expõe uma síntese muito pertinente a partir desse passado que não passa:

> [...] é esse passado que vira e mexe vem nos assombrar, não como mérito e sim tal qual fantasma perdido, sem rumo certo. O nosso passado escravocrata, o espectro do colonialismo, as estruturas de mandonismo e patriarcalismo, a da corrupção renitente, a discriminação racial, as manifestações de intolerância de gênero, sexo e religião, todos esses elementos juntos tendem a reaparecer, de maneira ainda mais incisiva, sob a forma de novos governos autoritários, os quais, de tempos em tempos, comparecem na cena política brasileira (Schwarcz, 2019, p. 224).

Tudo isso transparece na obra que Rubens Pierrotti entrega ao público brasileiro, seja como tessitura da trama ficcional, seja como decorrência dela, em uma possível projeção sobre o real e a conjuntura.

E não é por acaso que o enredo se desenvolve durante a última década, quando o país assistiu, em grau de passividade preocupante, à recidiva de um fenômeno que "vira e mexe vem nos assombrar": o protagonismo político de cúpulas hierárquicas das Forças Armadas, que radicaliza anacrônicos e arriscados processos de politização das instituições militares e de militarização da política e da própria sociedade.

---

2 SCHWARCZ, Lilia Moritz. *Sobre o autoritarismo brasileiro*. São Paulo: Companhia das Letras, 2019.

DIÁRIOS DA CASERNA

Outra camada que se insere nos Diários, como espécie de bônus, é a descrição de paisagens matrizes do Brasil e de outros países, onde os personagens transitam em suas venturas, desventuras e aventuras. É o momento em que a obra adquire caráter de guia prático, histórico, cultural e sentimental do protagonista coronel Battaglia. O leitor verá esse personagem iniciando a narrativa como major do exército, casado, brilhante e promissor oficial de artilharia. Rubens Pierrotti leva-o a percorrer interiores e exteriores — do Brasil, do mundo e de sua própria alma.

O Smart é um simulador de apoio de fogo de artilharia, esta obra é um exercício literário de ficção, e você, caro leitor, terá a oportunidade de reconstituir o *Dossiê Smart* a partir dos retraços de memória que a máquina do esquecimento quer triturar. Se tais retalhos poderão ser história, dependerá do que se fará com a história que Rubens Pierrotti contará a partir da próxima página. Boa leitura!

General Dreyfus[3]
agosto de 2023

---

3 O autor do prefácio preferiu escrevê-lo sob um pseudônimo.

CAPÍTULO 1

ARQUIVO (AINDA) VIVO

2018

Luz vermelha!

Havia meses que o repórter do jornal espanhol *El País* tentava entrevistá-lo sobre um suposto esquema de corrupção envolvendo generais do exército e uma empresa estrangeira. Finalmente, Battaglia tinha concordado em falar sobre o assunto, no entanto, por cautela, decidira informar apenas de última hora onde deveria se dar o encontro.

O ex-militar despediu-se do cachorro, saiu de casa e, cinco minutos depois, postava-se diante da bilheteria da estação do metrô de Botafogo, no Rio de Janeiro. Enviava, assim, uma mensagem à posteridade: caso sofresse algum atentado fatal, haveria um último registro de vídeo, gravado pelas câmeras da concessionária do serviço, com a sua imagem e a do jornalista.

Às 10h01, o alarme do celular soou, indicando um novo recado. Era o jornalista: "já estou aqui". Não estava. Battaglia olhou ao redor para se certificar. Não o conhecia pessoalmente, mas havia realizado, pela internet, uma vasta pesquisa sobre Fábio Rossi, esforçando-se para memorizar sua fisionomia.

Imaginou, então, que o repórter se encontrava próximo às máquinas de autoatendimento da entrada oposta da estação. Irritou-se. Como podia ter cometido tal equívoco? Afinal, ele tinha sido muito claro em suas orientações. Por que o jornalista descumpria o combinado? Com qual propósito alterara o local de encontro? Teria sido cooptado pelo serviço de inteligência do exército?

Não se tratava de paranoia. Alguns anos antes, quando na ativa, Battaglia havia sido chefe da seção de inteligência do Comando Logístico do Litoral Leste, que abrangia os estados do Rio de Janeiro e do Espírito Santo. Tinha, portanto, motivos de sobra para se preocupar. Conhecia bem o *modus operandi* desses serviços de informação. Os chamados "agentes secretos", muitas vezes, não são arapongas profissionais, mas pessoas comuns, afinal, é o disfarce ideal. Por mais que se pesquise, um cidadão comum parece sempre limpo. Além disso, jornalistas ainda podem fazer perguntas sem levantar suspeitas. Seria Fábio Rossi um informante do exército?

Não poderia se arriscar. Naquela época, tinha a sensação de estar sendo seguido. Seu celular parecia grampeado — ilegalmente, claro. Sabia que muitas agências de espionagem agiam dessa forma. E o exército não era exceção, muito pelo contrário.

Battaglia, então, enviou a primeira resposta:

"Venha para o ponto combinado: 'bilheteria'. Acessos A ou C, pela rua São Clemente."

Mas Fábio retrucou:

"Saí do metrô. Estou na praça te esperando."

Sobre a estação do metrô de Botafogo, existe uma grande e oblonga praça, nomeada em homenagem ao líder sul-africano Nelson Mandela. É flanqueada por bares e restaurantes, um ponto de *happy hour* frequentado de segunda a segunda. Naquele horário, o movimento ainda era pequeno. Chuviscava. Embora não incomodasse, não era natural alguém ficar parado sob a chuva. Battaglia desconfiou. Por que o repórter insistia em mudar o ponto de encontro? Insistiu:

"Local errado. Venha para o ponto combinado. Você tem um minuto. Do contrário, vou cancelar nosso encontro." — Era o ultimato do ex-militar.

Em pouco mais de trinta segundos, estavam frente a frente pela primeira vez, depois de meses de insistência do jornalista. Fábio chegou sem fôlego. Parecia que tinha corrido. Calça jeans, camisa branca e sapatênis cinza e branco. Sua descrição conferia com a que seu interlocutor recebera. A aparência também batia com as imagens pesquisadas na internet. Estatura mediana, olhos e cabelos castanhos, sem sinais de calvície, rosto no formato oval, idade entre 30 e 35 anos e um pouco acima do peso, o que já havia sido denunciado por sua respiração ofegante com o pouco de esforço físico.

DOSSIÊ SMART — A história que o exército quer riscar

— Venha! Me acompanhe — ordenou Battaglia.

— Aonde vamos? — perguntou Fábio.

— Vai saber quando chegarmos lá — respondeu secamente.

Passaram pela roleta. Havia um trem estacionado na estação. Era uma composição contínua, com vagões abertos de ponta a ponta. Battaglia entrou no primeiro deles e não se deteve, continuou a caminhar, acompanhado pelo repórter. Parou e olhou para trás a fim de certificar-se de que ninguém os seguia. Voltou a se movimentar até alcançar o último carro do comboio. De repente, a luz vermelha começou a piscar, e o aviso sonoro de partida foi acionado. Quando as portas estavam prestes a se fechar, Battaglia empurrou o jornalista e retornaram à plataforma.

"Mas que cara maluco!", pensou Fábio, enquanto se recuperava do susto.

Se algum espião estivesse na composição, havia sido despistado. Estaria agora a caminho da próxima parada, no Flamengo. Mas não era suficiente. Battaglia sabia que as perseguições, normalmente, eram efetuadas por equipes. Com olhos vivos, inspecionou toda a área de embarque. Não identificou nenhum suspeito.

— Pronto, chegamos — decretou, com um meio sorriso, tentando imprimir bom humor à situação. — Vamos sair. Peço que, a partir de agora, coloque seu celular no modo avião para evitar que sejamos rastreados.

Fábio obedeceu. Em poucos minutos, estavam sentados um diante do outro. Battaglia decidira ocultar-se na Livraria Prefácio, na rua Voluntários da Pátria, nas proximidades da Estação de Cinema NET Rio, que costumava frequentar para assistir a "filmes-cabeça". Ali, no fundo do estabelecimento, escondia-se um encantador bistrô, com paredes de pedra, belos quadros modernistas e uma imponente escultura de Dom Quixote. O cardápio era variado, com destaque para os vinhos importados e as delícias de *pâtisserie*.

— Gostaria de agradecer, coronel, por ter aceitado falar conosco do *El País*.

— Fábio, estou fora do exército há um ano e meio. Você é civil. Não me chame de coronel. Nem acho conveniente. Não quero que ninguém nos escute.

Battaglia tinha se aposentado aos 47 anos de idade, com proventos integrais do posto de coronel, beneficiando-se de um dos privilégios da carreira militar. Teoricamente, tinha trabalhado por 32 anos. Na realidade, contudo, os militares somam como serviço "efetivo" o tempo que passam nas escolas das Forças Armadas. Quando se formou como oficial de artilharia do Exército, Battaglia já contava sete anos para a aposentadoria; três deles como aluno do Ensino Médio, na Escola de Cadetes em Campinas; e quatro na AMAN, a Academia Militar das Agulhas Negras, em Resende, no interior do Rio de Janeiro. Militares precisam de trinta anos de serviço para se jubilar. Assim, descontados os sete anos das duas escolas, isso pode ocorrer com apenas vinte e três anos de trabalho. O coronel ficara dois anos a mais, pois tinha se formado vinte e cinco anos antes. Para o jornalista, aquela era uma realidade chocante! O militar no Brasil pode se aposentar com menos de 50 anos de idade, bem antes do que a maioria dos trabalhadores, que, no final, pagam parte dessa conta.

Battaglia falava baixo. Tinha escolhido uma mesa discreta ao fundo da livraria e continuava a tomar suas precauções. Evitava se expor. Mas, afinal, queria saber: como o jornal havia chegado ao seu nome?

— O BrasiLeaks enviou um documento para o *El País*: o *Dossiê Smart* — respondeu Fábio. — Seu nome aparece lá, assim como os de outros militares e civis que trabalharam no projeto.

O BrasiLeaks é uma organização brasileira, sem fins lucrativos, que recebe e divulga denúncias contra autoridades governamentais e empresas. O anonimato das fontes é garantido por meio de sistemas cifrados em uma plataforma virtual. Foi inspirado no WikiLeaks,

DOSSIÊ SMART — A história que o exército quer riscar

do ativista, editor e *hacker* australiano Julian Assange. A entidade se notabilizou em 2010, ao publicar informações vazadas por um analista de inteligência do Exército norte-americano. Esse material incluía registros chocantes das guerras no Afeganistão e no Iraque.

O *Dossiê Smart* impressionou o BrasiLeaks: 1.300 páginas com provas documentais da existência de um grande esquema de corrupção e de outros crimes envolvendo oficiais de altas patentes do Exército Brasileiro. O material revelava escandalosas trocas de favores com uma indústria estrangeira do setor de defesa militar — a Lokitec — e seu representante comercial, um conhecido "mercador da morte". Como a empresa tinha escritório em Madri, o BrasiLeaks achou por bem repassar o dossiê para um periódico espanhol. Escolheu o *El País*, por sua credibilidade e pelo fato de contar com uma boa equipe de jornalismo investigativo.

Fábio Rossi fazia parte desse time. Formado em Relações Internacionais pela Pontifícia Universidade Católica do Rio de Janeiro, a PUC-Rio, havia realizado seu mestrado profissional em Jornalismo na Universidad Autónoma de Madrid, na Espanha, curso promovido em parceria com a Escuela de Periodismo El País. Depois de três anos, retornara ao Brasil para trabalhar na redação do jornal, em São Paulo. Sentia, entretanto, a distância da família e, como carioca, procurava viajar ao Rio de Janeiro sempre que possível. A entrevista com Battaglia, além do potencial de se tornar um tremendo furo de reportagem, era mais uma oportunidade de estar próximo dos entes queridos.

— *Dossiê Smart* — repetiu o jornalista. — O que você poderia me dizer sobre essa denúncia?

— Primeiro: está bem escrito — elogiou Battaglia. — Conta a história com exatidão em todos os detalhes. Quem o produziu teve o cuidado de desvelar o esquema e disponibilizar provas contundentes desses ilícitos. São documentos do próprio Exército. Alguns deles são

21

"classificados", o que, no jargão militar, quer dizer "sigilosos". O dossiê apresenta fortes indícios de que generais e oficiais do Projeto Smart cometeram graves crimes e inúmeras improbidades administrativas. Teriam causado um prejuízo de mais de 100 milhões de reais ao Brasil.

Uma coisa era lógica, tanto para o BrasiLeaks como para o *El País*: o material certamente tinha sido organizado e redigido por gente que atuava dentro das Forças Armadas. De que outro modo o autor ou os autores teriam obtido acesso aos documentos classificados? Corria o boato de que Battaglia seria um dos responsáveis pela elaboração da denúncia, talvez o principal. Ele havia lutado contra as ilegalidades do projeto e, em represália, fora perseguido e punido veladamente por generais supostamente envolvidos no esquema.

— Quem escreveu o dossiê? — insistiu Fábio, procurando solução para o mistério. — E por que foi escrito? O exército diz que foi você.

O *El País* havia enviado perguntas sobre o dossiê ao CComSEx, isto é, ao Centro de Comunicação Social do Exército. Não recebeu confirmação nem refutação sobre o conteúdo. O jornal ficou com a impressão de que o alto comando militar também estaria em busca dos autores. Um ponto, contudo, chamou a atenção do jornalista: generais e coronéis, espontaneamente (em off), acusavam Battaglia de caluniar e difamar "honrados e destacados" oficiais da Força Terrestre.

— Fábio, o *Dossiê Smart* conta a história do Projeto Smart desde 2010, quando eu ainda não fazia parte dele, e vai até 2017, quando eu já o havia deixado. Desliguei-me do projeto no início de 2014. Como eu poderia tê-lo escrito?

— Mas você tem o dossiê, não?

— Tenho uma cópia, sim. O documento chegou a algumas pessoas ligadas ao projeto, aquelas que, de alguma forma, lutaram contra as ilegalidades. Também sei que foi enviado a alguns órgãos de investigação, como a Polícia Federal.

Battaglia fez uma breve pausa e retomou:

DOSSIÊ SMART — A história que o exército quer riscar

— Fábio, se o seu objetivo é descobrir quem escreveu o dossiê, sinto muito, mas não posso te ajudar. Assim, considero encerrada nossa entrevista — sentenciou Battaglia, contrariado, preparando-se para partir.

Fábio percebeu que não podia desperdiçar todo o esforço empenhado naquela investigação. Precisava ter tato para não perder a frágil confiança que conquistara. O jornalista tinha à sua frente, sem dúvida, uma das principais testemunhas da história do Smart. Afinal, Battaglia havia sido supervisor operacional do projeto por mais de três anos.

— Espera, coronel... Quero dizer, Battaglia! — adiantou-se, estendendo o braço para que o interlocutor não se levantasse. — O *El País* só precisa confirmar alguns pontos da história, completar esse quebra-cabeça. O documento é impressionante! Muito diferente dos dossiês fabricados que já recebemos. O CComSEx está nos enrolando, tentando ganhar tempo. Ninguém quer falar nada, e faz três meses que pedimos para conhecer o simulador na AMAN. Até agora, não recebemos resposta. Conseguimos conversar com alguns militares, prometendo mantê-los no anonimato. A maioria confirmou a história. Só uma minoria defende o exército. São justamente essas pessoas que nos oferecem explicações rasas e que fazem acusações ao senhor, coronel... Quero dizer, a você, Battaglia.

Fábio fez uma pausa, mirando por um instante a escultura do Dom Quixote, e prosseguiu:

— Uma coisa chamou muito a nossa atenção. Os militares que confirmam a veracidade do dossiê veem você como um herói; os que negam, ao contrário, acusam-no de ser um traidor do exército.

Battaglia, de fato, tinha se tornado uma figura polêmica na instituição. Os defensores da boa disciplina o elogiavam. Já os carreiristas o odiavam. A palavra "Smart" tinha virado um tabu. Podia custar caro a quem a mencionasse em contexto errado. Qualquer observação

DIÁRIOS DA CASERNA

negativa era tomada como crítica pessoal ao gerente do projeto, um poderoso general de quatro estrelas contra o qual ninguém ousaria bater de frente. Ou melhor, quase ninguém. Battaglia e alguns de seus colegas de farda tinham experimentado, em maior ou menor grau, as consequências de confrontá-lo. E, como dizem no exército, "a corda sempre arrebenta do lado mais fraco".

O CComSEx, liderado por um general de brigada, diretamente subordinado ao Comandante do Exército, tinha recebido ordens expressas para abafar o caso. O Exército Brasileiro, que proclamou a República em 1889, contraditoriamente, parece às vezes complacente com comportamentos, por assim dizer, não muito "republicanos" de seus membros. Esconde fatos da imprensa, conduz falsas investigações, estabelece acordos de bastidores com outras instituições, recorre a *lobbies* para aprovar leis em benefício próprio e *otras cositas más*. Infelizmente, não faltam exemplos para confirmar essas práticas nefastas.

Treinamento de mídia para lidar com a imprensa, inclusive, passou a ser uma das disciplinas das escolas para os oficiais. Mas não, como seria de se esperar, para garantir o direito da população à informação; e sim para a defesa intransigente da imagem do exército. Prescrevem o uso de técnicas antigas e preconceituosas como "cruze as pernas", "não se mexa durante toda a entrevista" e "coloque uma aliança no dedo para inspirar confiança", o que é indicado mesmo àqueles que não são casados. A ordem é: "termine sempre dizendo que o exército não compactua com atitudes dessa natureza, que as investigações estão sendo conduzidas com máximo rigor e que, no final, se os fatos ficarem provados, os responsáveis serão exemplarmente punidos".

A ideia é manipular a imprensa e abafar casos que possam ter repercussão negativa para a instituição, como já havia acontecido antes. Alguns acontecimentos passados haviam fugido do controle do exército e vieram à tona, como o do jornalista Vladimir Herzog, que, em 25 de outubro de 1975, foi torturado e assassinado nas dependências do

DOSSIÊ SMART — A história que o exército quer riscar

DOI-CODI paulista. Esse órgão de repressão da Ditadura Militar era comandado, à época, pelo coronel Carlos Alberto Brilhante Ustra, um dos mais violentos e cruéis verdugos dos opositores do regime. A versão oficial (do Comando do II Exército) para a morte do profissional de comunicação dava conta de um "suicídio", com a divulgação de uma foto grotesca de seu suposto enforcamento na cela.

Ocorreu o mesmo no caso da bomba do Riocentro, em 1981, que estourou antes da hora prevista no colo do sargento Rosário. O capitão Machado, coautor do atentado terrorista, ficou gravemente ferido, mas sobreviveu, ganhando o apelido de "bombinha" entre os debochados colegas de sua turma da Academia Militar. Em ambos os casos, o exército conduziu inquéritos policiais militares fakes, inocentando os delinquentes. A Justiça Militar é a única em que os casos são apreciados por uma ampla maioria que sequer se sentou nos bancos de uma faculdade de Direito. Com sessenta horas-aula de Direito Penal Militar na AMAN, os oficiais do Exército se tornam aptos para julgar os crimes cometidos pelos colegas de farda. Na Marinha e na Aeronáutica, não é diferente.

Logo se soube exatamente o que ocorrera naquele 30 de abril de 1981. As forças conservadoras haviam planejado cometer um atentado terrorista no Centro de Convenções do Riocentro, durante um show de MPB que celebrava o Dia do Trabalhador. Ali estavam reunidas cerca de vinte mil pessoas. O objetivo era criar uma narrativa que culpasse os oposicionistas, de forma a se justificar uma nova onda repressiva e a interrupção do processo de redemocratização do país. A tragédia somente não ocorreu em decorrência da inépcia dos executores da ação.

Passava das nove da noite, quando um veículo Puma que trazia os militares deu marcha à ré na área do estacionamento. Com o movimento, a bomba explodiu dentro do automóvel. O sargento Guilherme Pereira do Rosário morreu instantaneamente. O capitão Wilson Dias

25

Machado, gravemente ferido, desceu do carro segurando as vísceras que lhe afloravam do ventre. Foi socorrido e conduzido ao Hospital Miguel Couto, onde pediu que alertassem seus superiores. Enquanto recebia socorro, repetia: "deu tudo errado, deu tudo errado".

Mesmo com o fracasso da operação, os investigadores militares tentaram forjar evidências para criminalizar as células terroristas de esquerda, que já se encontravam praticamente inativas naquela época. Essa narrativa, contudo, não convenceu nem os próprios colegas de tropa. Nos bastidores, altos oficiais passaram a admitir que o ataque ao Riocentro tinha sido obra do pessoal da linha dura, colegas mais radicais dos quartéis. Os jornais foram capazes de apurar os fatos e identificar os responsáveis. Mais de quarenta anos depois, porém, ninguém havia sido adequadamente punido pelo crime.

No que tange às Forças Armadas, esses são apenas alguns dos episódios de afronta à lei, perpetrados durante o regime de exceção, investigados e noticiados pela grande imprensa nacional. Há inúmeros outros, muitos dos quais jamais serão revelados porque o exército destruiu todos os documentos sigilosos que poderiam incriminar seus integrantes. Foi fogueira em tudo quanto é 2ª seção, ou seja, nas seções de inteligência do exército, para extinguir evidências, especialmente depois que o Congresso Nacional editou a Lei de Acesso à Informação (LAI), em 2011.

Na época, os generais de quatro estrelas realizaram às pressas, em Brasília, uma Reunião do Alto Comando do Exército (RACE). Movidos pela urgência, decidiram queimar tudo que comprometia a instituição. Essa deliberação, entretanto, não constou em ata. A ordem foi baixada, aos comandos subordinados, por meio de documentos pessoais confidenciais, que não recebem protocolo da 2ª seção. A missão foi repassada verbalmente aos executores, sem o devido registro. Grande parte da história brasileira foi, assim, incinerada.

DOSSIÊ SMART — A história que o exército quer riscar

Dessa forma, os parentes das vítimas da Ditadura Militar jamais saberão ao certo o que sucedeu a seus entes queridos. Os militares que praticaram torturas, assassinatos e atos de terrorismo nunca responderão pelos bárbaros crimes que cometeram. O irônico é que a LAI tem a mesma pronúncia da palavra inglesa "*lie*", que significa "mentira"; e, dentro do exército, o trocadilho virou mais uma piada sem graça.

Essa operação de limpeza de rastros é, no entanto, ainda mais antiga. Em 2006, por exemplo, Battaglia, enquanto servia na Brigada de Selva do Alto Rio Negro, na fronteira com a Colômbia, tomara conhecimento da missão em curso de verificar se a seção de inteligência guardava documentos que pudessem comprovar crimes da Ditadura Militar. A ordem era para destruí-los de imediato. Mas parece que nada foi encontrado nos arquivos, pois esse material já havia sido eliminado antes mesmo da transferência da Brigada Araribóia de Niterói para a região da Cabeça do Cachorro. Os quartéis distribuídos pelo país receberam reiteradas vezes essa mesma incumbência. Os generais queriam ter certeza de que todos os vestígios de delitos tinham sido apagados.

Alguns dirão que tudo isso pertence a um passado remoto. Não! Quase quarenta anos após o início da redemocratização, as escolas militares ainda comemoram o golpe de 31 de Março de 1964. Nessa data, os quartéis promovem solenidades de formatura e a "façanha" é citada com orgulho na leitura da Ordem do Dia pelo Comandante do Exército ou pelo ministro da Defesa. E pior: grande parte da população brasileira passou a romantizar esse passado nefasto da história do país, congraçando-se com os militares nesses festejos.

Não há pedido de perdão dos fardados, tampouco há arrependimento pelas barbaridades cometidas durante os vinte e um anos do regime de exceção. Ao fim do período ditatorial, os militares providenciaram uma Lei de Anistia, destinada a absolvê-los dos crimes imprescritíveis perpetrados contra a humanidade. Até hoje, veneram torturadores. Muitos militares ainda se julgam heróis, verdadeiros salvadores da pátria. Teriam impedido o Brasil de se tornar uma Cuba (como diziam antigamente) ou uma Venezuela (como dizem a partir da segunda década do século XXI).

Tudo isso passou como um filme pela cabeça de Battaglia, que então se dirigiu novamente ao jornalista.

— Tudo bem, Fábio. Sei que o *El País* é um jornal sério, muito bem-conceituado, não somente na Espanha, como também na Europa e no mundo. Mas preciso te explicar o que aconteceu no metrô há pouco...

Nesse momento, o garçom se aproximou para servir o *espresso*, acompanhado de um copo de água com gás e de um pedaço de palha italiana, uma deliciosa composição de biscoito, leite condensado e chocolate, com uma cobertura nevada de açúcar de confeiteiro.

Fábio saboreou-a, sem esconder sua predileção por doces. Aproveitou a pequena pausa então para desanuviar o clima. Contou como era diferente viver na selva de pedra de São Paulo, terra natal de Battaglia, maior região metropolitana do país, com quase vinte e dois milhões de habitantes, ritmo frenético e o *skyline* sem fim de altos edifícios.

O relato de Fábio trouxe a Battaglia a lembrança da *Sinfonia Paulistana*, de Billy Blanco, que iniciava o *Jornal da Manhã*, na rádio Jovem Pan: "Vai o paulista na sua, para o que der e vier / A cidade não desperta, apenas acerta a sua posição (...) *Vambora, vambora* / Olha a *hora, vambora*". Em seguida, tomou o último gole daquele café, e retomou o tema original da conversa, mas o fez falando tão baixo que o jornalista teve de se inclinar para ouvi-lo:

— Fábio, no início do ano passado, um delegado da Polícia Federal me enviou um recado. Disse que precisava falar comigo, urgentemente.

Battaglia atendera àquele chamado. Na sede da Polícia Federal, na Praça XV, zona portuária do Rio, ouviu que o caso vinha sendo investigado, em máximo sigilo, pelos agentes da seção de crimes

DOSSIÊ SMART — A história que o exército quer riscar

fazendários, em Brasília. O interlocutor não foi brando na advertência: "Querem te apagar, coronel; queima de arquivo!", sussurrou, enquanto franzia as sobrancelhas, a fim de sublinhar a gravidade da situação. "A PF não pode proteger o senhor; então, sugiro que seja cauteloso e precavido."

Depois desse encontro, a luz vermelha se acendeu para Battaglia, que mudou completamente seus hábitos e sua rotina. Vendeu o carro e passou a usar metrô, ônibus, táxi ou veículos de aplicativos. Na cintura, sempre uma pistola 9 mm, calibre de uso exclusivo das Forças Armadas, com carregadores extras. Não largava dela nem mesmo em viagens aéreas. Chegou até a sair do Brasil, a fim de esfriar a situação, dificultando a tarefa de seus eventuais perseguidores.

— Battaglia, o *El País* pode te ajudar. O dossiê que recebemos do BrasiLeaks, com todos os documentos, é uma prova fortíssima do que aconteceu no Projeto Smart. Qualquer um que examinar esse conteúdo saberá que exprime a verdade. O problema é que a grande maioria dos leitores nunca terá acesso direto ao material. E tudo isso pode acabar engavetado na PF e na Justiça. Sabemos como são essas coisas no Brasil. É a nossa longa tradição de conchavos! Temos diversos depoimentos anônimos de militares, mas precisamos que você se identifique na reportagem.

— Até aí, só eu é que estou ajudando o jornal — desdenhou.

— Sim, tem razão, você está nos ajudando, mas nosso trabalho pode te garantir segurança. Existe um monte de gente que gostaria de ver você levar esses segredos para o túmulo. Quanto mais cedo, melhor para eles! Você já teve a coragem de desafiar o sistema, gente poderosa. Então, conte para as pessoas exatamente o que aconteceu. Elas acreditarão em você, um coronel do exército, que viveu essa história, oferecendo seu testemunho dos fatos! Depois que seu nome aparecer no jornal, vai ficar muito mais difícil te apagarem. A eventual queima de arquivo chamaria ainda mais atenção para o caso.

E completou:

— Você me autorizaria a gravá-lo? — disse, tirando o pequeno aparelho da mochila.

Battaglia mirou fundo nos olhos do repórter, buscando encontrar sinais de sinceridade e boa vontade. Sentiu um frio na barriga. Respirou fundo.

— Ok. Vou contar tudo. Pode ligar — respondeu, indicando o gravador.

E a luz vermelha se acendeu...

CAPÍTULO 2

¡OLÉ!

2010

Pretexto

— Você quer ir para a Espanha? — perguntou assim, sem rodeios, o major Olavo, a mando do general Aureliano.

O dedicado secretário, ou ajudante de ordens, como se dizia antigamente, cumpria seu dever enquanto caminhava por um dos corredores do Palácio Duque de Caxias, a antiga e imponente sede do Ministério do Exército, ao lado da Central do Brasil, no Rio de Janeiro. Depois de alguns segundos de silêncio, refeito da surpresa, ouviu a confirmação de seu colega de caserna.

— Diga-lhe que sou soldado. Estou pronto para qualquer missão — respondeu o major Battaglia.

***

Anos antes, Aureliano, ainda coronel, tinha sido comandante do, então jovem, tenente Battaglia no 1º Batalhão de Artilharia Aeroterrestre. Depois, fora nomeado adido militar do exército na Embaixada do Brasil na Espanha, cargo de grande prestígio e visibilidade. Por conta da função diplomático-militar, havia residido por dois anos em Madri. Dali para o generalato, tinha sido um pulo. De volta ao Brasil, foi promovido e passou a comandar a Brigada Aeroterrestre, que enquadrava a antiga unidade que havia liderado.

Quando ganhou a terceira estrela, a de general de divisão, Aureliano foi nomeado inspetor geral das escolas militares, subordinado diretamente a um quatro estrelas. E foi nessa nova posição que vislumbrou uma grande oportunidade. Ao se tornarem generais, os antigos coronéis perdem a arma[4] de origem e passam a coordenar ações conjuntas de diversas especialidades.

---

4 Nota do autor: arma, quadro ou serviço são os nomes genéricos das especializações militares, como infantaria, cavalaria, material bélico ou intendência. No generalato, portanto, o oficial deixa de ser um especialista, tornando-se um generalista, daí o nome "general", militar com capacidade de coordenar ações conjuntas de diversas especialidades.

O general Aureliano era oriundo da arma de artilharia. Em 2009, quando assumiu a Inspetoria das Escolas Militares, a artilharia brasileira passava por uma fase crítica. Seu principal armamento, o obuseiro, havia sido consumido pela obsolescência. *Grosso modo*, obuseiro é um tipo de canhão, que lança pesadas granadas sobre alvos inimigos, a quilômetros de distância. Mas nunca tente discutir com um "artilheiro raiz", dizendo que obuseiro seria o mesmo que canhão, pois, para contradizê-lo, ele vai listar pelo menos três diferenças entre um e outro.

Pois bem! A maioria dos batalhões de artilharia do Exército estava dotada de obuseiros veteranos da Força Expedicionária Brasileira, a FEB, que lutara na Itália durante a II Guerra Mundial, ou de obuseiros da Guerra da Coreia, travada entre 1950 e 1953. O alcance útil desses armamentos encontrava-se muito defasado.

O Exército até dispunha de outros armamentos mais modernos, como os obuseiros 105 mm L118 Light Gun, de origem inglesa, com alcance de até 21 km com munições especiais (não adquiridas pelo Brasil); e os lançadores múltiplos de foguetes Astros. Fabricados pela Avibrás, em São José dos Campos (SP), os mísseis balísticos do sistema atingiam alvos a 80 km. Um novo projeto em desenvolvimento pretendia ainda ampliar esse alcance, com mísseis de cruzeiro táticos de até 300 km. O número desses armamentos, contudo, era muito reduzido.

Essa evidente obsolescência da artilharia estava se refletindo até mesmo na tradicional escolha das armas na Academia das Agulhas Negras. A artilharia se tornara uma das últimas opções dos cadetes. Fiel à sua origem, Aureliano, então, teve a ideia: "se o Exército não quer comprar obuseiros modernos, por que não desenvolvemos um simulador de artilharia, como vi na Espanha?".

Como adido militar, Aureliano tinha conhecido o Simulador Español de Artillería, na academia de Segóvia. Na década de 1990,

DOSSIÊ SMART — A história que o exército quer riscar

o exército daquele país começara a se ressentir da falta de campos de instrução para adestrar suas tropas. As cidades haviam crescido e, por questões de segurança, as granadas de artilharia não podiam simplesmente voar por vários quilômetros sobre os povoados. De repente, os civis tinham se avizinhado perigosamente das áreas de manobras militares.

Tratava-se de um perigo bem concreto, no mundo inteiro, inclusive no Brasil, a despeito da grande extensão territorial do país. Dona Delzuíte, civil e lavadeira, foi a prova viva disso. Sofreu uma amputação quando lavava roupa dentro de sua residência, no bairro de Bangu, no Rio de Janeiro, atingida por um artefato bélico disparado por um batalhão de artilharia, que fazia exercícios no campo de instrução de Gericinó. A granada autoexplosiva cortou o céu, sibilando pelos ares, até rasgar o telhado e explodir na casa da pobre mulher. Seus braços, ceifados, caíram no tanque, tingindo de vermelho a roupa que procurava alvejar.

Um inquérito policial militar (IPM) foi prontamente aberto. Havia lesão corporal gravíssima, com perda de membros e incapacitação permanente para o trabalho, pois Delzuíte ganhava a vida justamente como lavadeira. Tratava-se de crime tipificado no artigo 209, § 2º, do Código Penal Militar, com pena de reclusão de dois a oito anos. Não havia, entretanto, dolo. Ninguém quisera provocar aquele dano. Considerando-se o crime culposo, podia-se enquadrá-lo no parágrafo terceiro do mesmo artigo, reduzindo-se a pena para detenção pela metade do tempo: mínimo de um e máximo de quatro anos.

Mas, afinal, quem teria sido o "culpado" daquele infortúnio? A turma da topografia errara nos cálculos. Nenhum oficial de segurança fora escalado para supervisionar o exercício. O IPM não responsabilizou ninguém. Nem o Ministério Público Militar nem a Justiça Federal Militar se importaram. Afinal, a balística tem seus mistérios! Um gráfico de probabilidades, a curva de Gauss,

DIÁRIOS DA CASERNA

copiado do apêndice do *Manual de Técnica de Tiro da Artilharia de Campanha*, com a figura de um sino, seria a prova contundente da inocência dos milicos. Aquele, certamente, tinha sido um tiro anômalo. Culpa de ninguém!

A tragédia só não foi pior porque os sargentos desconfiaram da direção para onde os tubos dos obuseiros apontavam. Assim, a maioria não disparou as granadas, fingindo que tinham falhado. Por que, porém, destacar o testemunho de quem havia notado o erro grosseiro de pontaria, para fora dos limites do campo de instrução marcial? O encarregado do IPM se concentrou apenas no que interessava.

Mas não pensemos mal dessa honrosa instituição. O Exército não desamparou Delzuíte, que, por conta do acidente, também acabou abandonada pelo marido. Colocou à sua disposição um veículo civil, além de um militar na função de motorista e ajudante. Esse serviço era acionado, normalmente, apenas uma vez por semana. Um dedicado soldado se apresentou voluntariamente para a missão. Em razão da nobreza do ato, foi promovido a cabo, com garantia adicional de estabilidade (conforme prometido por seus superiores). A lavadeira, que até o acidente dependia do Sistema Único de Saúde (SUS), foi adicionada ao Fundo Social do Exército (FUSEx), que gere o plano de saúde corporativo da Força Terrestre.

Delza, como Delzuíte preferia ser chamada, se não bastasse todo o mal que lhe fizeram, ainda ganhou de brinde o sarcasmo dos militares, que a apelidaram de "Delza grega", pela semelhança com as antigas estátuas sem braço! Por sorte, parece que ela nunca soube da alcunha militar. Ninguém teve coragem de lhe contar, mesmo os mais sádicos. Nem vamos falar do próprio bullying que Matias, seu dedicado protetor, sofria dos colegas, que o provocavam com piadas escatológicas e sexuais de baixíssimo nível.

Mas, voltando à Espanha... Para mitigar o problema dos campos de tiro, o Exército espanhol cogitou adquirir um simulador. Em tese,

DOSSIÊ SMART — A história que o exército quer riscar

o sistema economizaria recursos e eliminaria os perigosos exercícios no terreno. Na Espanha, a pressão demográfica já havia se tornado um problema real. Como uma granada é lançada a muitos quilômetros de distância, são necessários imensos campos de instrução para garantir segurança à população local.

Aureliano desconsiderou as necessárias adaptações à realidade brasileira. Apoiado no binômio "segurança e menor custo", acreditou que seria fácil conseguir a adesão de seus colegas. O general Reis, seu chefe, titular da DEMEx, a Diretoria de Ensino Militar do Exército, de pronto, aquiesceu. Com o apoio de seu superior, só precisava agora de pareceres positivos das escolas militares que lhe eram subordinadas. Assim, estaria aberto o caminho para encaminhar a proposta ao Comandante do Exército.

A coisa já começou a dar errado aí. Tanto o Curso de Artilharia da Academia Militar das Agulhas Negras (Carta) quanto o da Escola de Capitães (EsCap) se mostraram contrários à aquisição do simulador espanhol. Seus instrutores consideravam que existiam alternativas viáveis com melhor custo-benefício para ensino e adestramento.

A DEMEx também solicitou o endosso da Diretoria de Ciência e Tecnologia do Exército (DCTEx), responsável por assessorar o Comandante do Exército nesses assuntos. Mas a oposição foi ainda maior. A DCTEx foi radicalmente contra. Afirmava que a proposta era cara e envolvia grande risco, fosse pela duração do projeto, fosse pela dificuldade de garantir a transferência tecnológica. Seu diretor, o general Null, dava franca preferência a projetos em parceria com indústrias de defesa instaladas no Brasil.

O alto posto de Null, como general de quatro estrelas, contrastava com a sua aparência. Baixo, magro e franzino, caminhava com os ombros curvos, cabisbaixo. Fazia-o também assim para não responder às inúmeras continências de quem cruzava seu caminho. Chegava mesmo a ser confundido com um doente. Era conhecido pela fala

DIÁRIOS DA CASERNA

discreta e pelo semblante tímido. Por isso, Aureliano, que mantinha um porte atlético, mesmo inferior na hierarquia, com uma estrela a menos, não acreditou que aquele homem débil ousara lhe fazer oposição. Aborreceu-se. Mas não foi somente com o diretor de Ciência e Tecnologia. Quanto ao parecer negativo das escolas das quais era inspetor, considerou a atitude quase como uma insubordinação.

O que fazer? Recorreu novamente ao seu chefe. Reis, ao contrário de Null, era um sujeito corpulento, de cara bolachuda, orgulhoso dos olhos azuis atrás dos óculos. Tinha um jeito autoritário e debochado de falar. Extrovertido, considerava-se engraçado, sem se dar conta de que seu humor primava pelas piadas de mau gosto. Não se contentou em chegar a general de exército, posto máximo da carreira. Engendrou uma série de alianças com colegas do mesmo nível, que o tornaram um dos mais poderosos quatro estrelas na ativa.

Diante do amargurado Aureliano, Reis propôs uma solução simples para o problema: engavetar, isto é, ignorar solenemente os juízos negativos. Com um sorriso malandro nos lábios, pegou o telefone e começou a conversar com seus aliados na capital federal. Solicitou uma nova análise, desta vez, diretamente ao EME, ou seja, ao Estado-Maior do Exército, órgão de direção geral da Força. Para evitar surpresas desagradáveis, determinou que o próprio Aureliano enviasse a Brasília a minuta do que precisaria constar nesse parecer.

***

— Quer dizer que o parecer positivo para a compra do simulador no exterior foi mesmo fabricado? Esse documento é o primeiro anexo do *Dossiê Smart* — lembrou o jornalista.

"Reservado"

Em março de 2010, por meio de um Estudo de Estado-Maior (EEM), a 3ª Subchefia do EME posicionou-se de forma favorável à compra de um simulador de artilharia no mercado externo. O documento foi classificado com o carimbo "reservado". Tirando-se o nome pomposo, o EEM nada mais é do que um sistema simples de análise de problema com proposta de solução. Outras técnicas de Administração superam-no com vantagem, como o velho Diagrama de Ishikawa (ou "espinha de peixe"). Enquanto método auxiliar de tomada de decisão, não chega a ser ruim, exceto se for deliberadamente manipulado para se chegar a resultados predefinidos.

Num EEM, *grosso modo*, faz-se um exame do contexto, cujo objetivo é a detecção dos pontos fortes e fracos internos e das oportunidades e ameaças externas, conforme a famosa matriz SWOT, na sigla em inglês. Parte-se, então, para a fase de "tempestade de ideias" (*brainstorm*), na qual são sugeridas possíveis soluções para o desafio. Selecionam-se as melhores propostas, com suas vantagens e desvantagens resumidas. Os pontos positivos e negativos de cada uma são somados e comparados em uma tabela. Dessa forma, chega-se à linha de ação vencedora.

O problema desse estudo, em específico, foi justamente seu caráter embusteiro. O documento levantava linhas de ação absolutamente inviáveis para justificar o acordo com uma empresa estrangeira. E, como se ensina na Escola de Estratégia e Tática Terrestre da Praia Vermelha, onde oficiais do exército passam dois anos "sabáticos" remunerados à beira-mar, "linha de ação podre não é linha de ação". Foram elencados nove aspectos definidores de vantagens e desvantagens. O desenvolvimento do simulador de artilharia no exterior ganhou de goleada, com um placar de sete vantagens contra duas desvantagens, enquanto outras propostas perderam pela contagem invertida de dois a sete.

DIÁRIOS DA CASERNA

A conclusão do estudo pareceu tirar o coelho da cartola. De forma dirigida, tratou especificamente da visita de oficiais do Exército Brasileiro à Academia de Artillería do Ejército de Tierra, na Espanha, onde se encontrava o Simulador Español de Artillería (SEA). O parecer foi chancelado pelo chefe do EME, um general de quatro estrelas, que, de próprio punho, despachou: "Aprovo a linha de ação vencedora. Prossigam-se os trabalhos para a aquisição no mercado externo".

Com esse passe livre, Aureliano tentou um lance ousado: contratar, sem licitação, a Lokitec, que havia desenvolvido o SEA. Por que consultar a concorrência se ele já tinha escolhido o fornecedor? Conhecia, inclusive, o representante comercial da empresa, um velho amigo dos tempos em que esteve na Espanha.

***

A Lokitec Sociedad Limitada Unipersonal (Lokitec SLU) é uma empresa espanhola de engenharia, fundada na década de 1970. Voltada aos setores de comunicação, segurança e defesa, produz sistemas de comando e controle, instrumentos para a aviação (aviônicos), alguns simuladores e equipamentos óticos (optrônicos). Em 2010, exceção feita a esses últimos, seus demais produtos eram tecnologicamente modestos. Já se disse que a tecnologia parece mágica para quem não a conhece.

Com escritório em Madri e fábrica em Toledo, na região de La Mancha — sim, a mesma da famosa novela *Dom Quixote* —, a empresa possuía cerca de trezentos e cinquenta funcionários. Em sua propaganda, especialmente nos canais digitais, destacava clientes internacionais de peso. O detalhe, no entanto, é que muitos deles vinham de programas de *offset*, ou seja, empresas e instituições obrigadas a comprar produtos espanhóis em razão de cláusulas de compensação comuns no comércio internacional.

DOSSIÊ SMART — A história que o exército quer riscar

A Espanha, por exemplo, importa muitos produtos dos Estados Unidos. Para se evitar uma balança comercial muito desfavorável aos europeus, os contratos agregam cláusulas de compensação. Como resultado, a Lokitec produzia consoles para a Marinha norte-americana. Por certo, a U.S. Navy não precisaria importar esses equipamentos, mas o fazia por força desses acordos. O mesmo ocorria com os consórcios internacionais de aeronaves. Ela não participava desses projetos por deter tecnologia superior aos concorrentes, mas porque era preciso equilibrar a balança nas transações de comércio exterior.

Anos antes, Aureliano visitara a Lokitec como adido militar na Espanha, a convite de Francisco Pablo Velasco, representante comercial da empresa. Desta vez, na qualidade de possível cliente, contatava-o para viabilizar a aquisição do SEA para o Exército Brasileiro.

***

Em Brasília, o general Augusto, Comandante do Exército, concordava em participar do costumeiro jogo do "eu-finjo-que-te-engano--você-finge-que-é-enganado". Preferiu ignorar solenemente o parecer negativo da Diretoria de Ciência e Tecnologia. Também fingiu acreditar nas conclusões forçadas do EEM, o tal Estudo de Estado-Maior. Conceder dispensa de licitação, porém, já era demais.

— Não dá, general! — pronunciou-se taxativamente o Dr. Silvestre, advogado da União, consultor jurídico adjunto do Comandante do Exército, ao declarar-se contrário à demanda da DEMEx.

***

Frustrado, Aureliano pegou o voo de Brasília de volta para o Rio.

— Licitação mesmo; não tem jeito — lamentou-se, anunciando as más novas ao general Reis.

DIÁRIOS DA CASERNA

O processo teria de ser conduzido pela Comissão de Aquisições, Licitações Internacionais e Contratos do Exército (Calice), missão permanente do Exército Brasileiro em Nova York, nos Estados Unidos. Para tanto, seria exigida a definição dos requisitos operacionais e técnicos do simulador, de maneira a informar aos *players* do mercado, eventualmente interessados. Reis rogaria, então, mais um favor a seu amigo quatro estrelas em Brasília. E seria atendido.

Pouco depois, portanto, o EME decidiu baixar uma portaria, também reservada, aprovando as diretrizes para a aquisição do equipamento. A referência era o próprio EEM. Ora, via-se o cachorro correndo atrás do próprio rabo! Zero segregação de função, em gesto de afronta à lei e desapreço às boas práticas da administração pública. Os pareceres negativos anteriores nem sequer foram mencionados. As justificativas para a aquisição? As mesmas de sempre, absolutamente genéricas: maior segurança e menor custo.

A portaria fora publicada no boletim reservado do Exército no dia 30 de junho, mas determinava que o processo de aquisição do simulador se iniciasse ainda no primeiro semestre de 2010. Tamanha pressa era supostamente justificada pelo plano diretor do Exército, editado três anos antes. O problema era que o documento definia como prioridade o sistema operacional "manobra", que engloba as armas de infantaria e cavalaria. A artilharia pertence ao sistema operacional "apoio de fogo", uma arma auxiliar, que procura atingir a linha de frente e as instalações do inimigo à retaguarda com pesadas granadas.

— A prioridade é a manobra (a infantaria e a cavalaria). Mas a manobra depende do apoio de fogo da artilharia — alegaram os generais Reis e Aureliano, unificando o discurso. — Então, priorizando-se a artilharia, priorizam-se também a infantaria e a cavalaria.

Esse era o malabarismo retórico dos chefes militares. Será que alguém realmente acreditava nesse argumento capenga? Afinal, todos os sistemas operacionais apoiam a manobra. Se essa fosse a lógica, o "comando e controle" (comunicações), a "mobilidade, contramobili-

42

dade e proteção" (engenharia) e a "logística" (intendência e material bélico) também deveriam ser contemplados nesse esforço.

Assim, a portaria sigilosa do EME, além do vício da autorreferência e do desprezo a três pareceres negativos, valia-se de justificativas vagas para cometer uma "pedalada" orçamentária, burlando o calendário financeiro. Sim, criava-se a despesa, sem prévia receita.

Esse era o segundo documento que o dossiê trazia como prova. Quanto mais o projeto avançava, mais se multiplicavam as ilegalidades. Os militares que as praticavam, entretanto, permaneciam ocultos em documentos classificados, blindados com o carimbo reservado. Foi nessa época que também surgiu o nome Smart.

Esperto!

A diretoria de ensino e a inspetoria das escolas militares precisavam batizar o simulador brasileiro, afinal não poderiam chamá-lo de Simulador Español de Artillería. Substituindo-se o "e" de "espanhol" pelo "b" de brasileiro, ficaria SBA, mas, para conferir maior sonoridade à sigla, acabou virando SIMBA: Simulador Brasileiro de Artilharia.

— Simba não dá! Isso é nome de zoológico. Os espanhóis vão nos chamar de *macaquitos*! — protestou o general Reis, durante uma reunião com Aureliano.

O major Olavo tinha sido incumbido de levantar nomes para o simulador brasileiro. Depois do primeiro veto, a fim de destacar a brasilidade, sugeriu Tupã, de Treinador Universal para Pessoal de Artilharia. Sua outra opção foi Guaraci, de Guarnição de Artilharia de Campanha em Instrução. O primeiro nome fazia alusão ao deus do trovão; o segundo, ao deus do Sol, ambos na cultura tupi-guarani.

— Aureliano, isso é coisa de índio. Tá certo que o Dia do Exército e o Dia do Índio são comemorados na mesma data, mas não vamos exagerar — reprovou, com seu habitual sarcasmo.

"Thor", arriscou alguém, no intuito de homenagear o mesmo deus do trovão, mas na mitologia nórdica.

— O quê? Aquele loiro sensual todo musculoso, que parece o He-Man, sempre peladão segurando o martelo? Quem sugeriu esse nome? Não sei não, hein... — debochou o general.

Veio, então, uma sugestão simples e direta: Simaf, de Simulador de Apoio de Fogo.

— Não tem uma funerária com esse nome? — encafifou-se o general. — Plano de defunto, Aureliano? Acho que já li em algum *outdoor*. Aí, você está querendo enterrar o simulador antes de começar o projeto... Natimorto!

— O nome do seguro decesso é diferente, se chama... — balbuciou Aureliano, quando foi abruptamente interrompido.

— Ora, ora, é o simulador Art-morto! — zombou o general, que substituía o "nati" pela abreviatura da artilharia.

Reis exibia vulgar euforia, rindo da própria piada infame, sem pistas ainda das proféticas palavras que pronunciava. Nada o agradava, até que, num lampejo, ele mesmo solucionou o problema.

— Isso! Não é Art-morto. Os artilheiros não estão mortos! Na verdade, estão bem vivos. Vai se chamar Smart, de Simulador Militar de Artilharia. Porque artilheiro é "muuuito esperto"! — batizou finalmente.

Todos o aplaudiram. E ele, lisonjeado, se convenceu de sua genialidade.

Portuñol

Faltava ainda a definição dos detalhamentos técnico-operacionais do Smart, que serviriam de parâmetros para a licitação internacional da Calice, em Nova York.

Por meio dos requisitos operacionais básicos (ROB), estabelece-se, por exemplo, quão distante deve chegar o projétil de uma pistola ou fuzil, quantos quilômetros um veículo militar deve percorrer com um tanque de combustível ou a resistência da blindagem de uma unidade mecanizada diante de determinado armamento inimigo.

O órgão responsável por elaborar essas formalidades normativas é o nosso já conhecido EME, situado no QG do Exército, em Brasília. A DEMEx, entretanto, tinha suas inquietudes quanto a esse trabalho. Se o EME definisse requisitos não atendidos pelo simulador espanhol, todo o plano fracassaria. Para não correr risco, a diretoria de ensino, então, sem cerimônia, usurpou a competência da instância que, tão preciosamente, a tinha auxiliado naquele processo. Deu ordem para o Carta, que já havia dado parecer contrário à compra do simulador, elaborar os ROB.

O tenente Marcus Junius, instrutor do Carta, recebeu a missão de traduzir os ROB do espanhol para o português. Para não dizer que se limitou ao *copy and translate*, incorporou, por conta própria, características do Field Artillery Training System (FATS), simulador norte-americano de observação de tiro. Esse equipamento estava em uso na AMAN, e algumas de suas funcionalidades não eram oferecidas pelo simulador espanhol.

Alto, com cerca de 1,85 metro e tendência à obesidade, o tenente Marcus Junius era muito vaidoso, gostava de aparecer e julgava-se, frequentemente, o dono da verdade. Seguira a carreira do pai, que havia se aposentado como coronel. Junius era um ardoroso defensor da Ditadura Militar, colecionador de armas e atirador esportivo (CAC), só não caçava. Católico fanático, era associado, inclusive, ao Opus Dei[5].

---

5 Nota do autor: grupo tradicionalista cristão que se empenha em contestar as "modernidades" litúrgicas. Ganhou visibilidade no livro *O Código da Vinci* (de Dan Brown) e, ainda mais, depois de chegar às telas dos cinemas.

DIÁRIOS DA CASERNA

Desta vez, os pais do projeto tomaram o cuidado de eleger um aliado, o coronel Bastião Dias, lotado na AMAN, para supervisionar o trabalho do Carta. Ansioso por ascender ao generalato, Bravo-Delta, como também era conhecido pelas iniciais do nome segundo o alfabeto fonético internacional, tinha indisfarçável interesse em ajudar o influente Reis, membro do Alto Comando do Exército, órgão colegiado que votava nessas promoções.

A questão dos ROB, portanto, estava bem encaminhada. Faltavam agora os requisitos técnicos básicos, os RTB (sim, siglas são, verdadeiramente, um fetiche militar!). O problema era que os RTB são de competência da Diretoria de Ciência e Tecnologia, liderada pelo general Null, cujas relações com a Diretoria de Ensino Militar estavam estremecidas.

O jeito foi recorrer a outra escola, subordinada à DEMEx. O ambicioso major Alberto, formado pelo IME, o Instituto Militar de Engenharia, que, na época, cursava a Escola de Estratégia e Tática Terrestre da Praia Vermelha, foi incumbido da tarefa. Não foi difícil seduzi-lo com a promessa implícita de participar de uma missão de dois anos na Espanha. Concordou, sem titubear. O projeto piloto do banco de talentos do general Aureliano — que explicaremos mais adiante — queimava a largada, expondo o vício da velha prática brasileira do toma lá da cá.

Alberto realizou um trabalho mais elaborado, não se limitando à tradução dos requisitos técnicos do SEA. Considerava que o Smart deveria ser um produto tecnologicamente superior ao original, que fora concebido dez anos antes. No final, o major ainda agregou ao projeto seu colega Stark, um coronel de artilharia com quem havia trabalhado no desenvolvimento de um veículo aéreo não tripulado, numa parceria da DCTEx com a Empresa Brasileira de Aeronáutica (Embraer).

DOSSIÊ SMART — A história que o exército quer riscar

Stark ficou encarregado de revisar os requisitos operacionais do Smart, traduzidos pelo tenente da AMAN. Com diligência, acrescentou requisitos para modernizar o simulador. Adicionou radares e um sistema de busca de alvo, aproveitando sua experiência com esses sistemas. Também sugeriu a integração com outros equipamentos produzidos no Brasil, como o computador palmar militar para artilharia de campanha, da Indústria de Material Bélico (IMBEL). Todo trabalho era supervisionado por Bravo-Delta, que incorporara a função de capataz a serviço dos generais.

A equipe do simulador brasileiro estava crescendo. O tenente Marcus Junius, por sua vez, indicou para a missão um colega de turma, destacado instrutor do Carta, o tenente Lotterman. Alto, atlético e inteligente, era muito objetivo no cumprimento de suas tarefas. Não perdia tempo. Pautando-se sempre pela ética, o militar, ironicamente, se tornaria o contraponto do colega que o indicara.

E, assim, de indicação em indicação, a equipe de artilheiros e engenheiros do Projeto Smart foi sendo selecionada para a missão no exterior.

Talento

Em meados de 2010, quando Battaglia recebera o convite para integrar a missão na Espanha, não tinha a mínima ideia de todas essas articulações. Na época, encontrava-se envolvido com outros assuntos, pois chefiava uma seção de inteligência do Exército.

A própria DEMEx estava conduzindo a seleção dos militares que atuariam no projeto, encargo que, regularmente, seria da Assessoria de Pessoal do Gabinete do Comandante do Exército, a chamada A1. Em tese, a A1 seleciona os militares mais aptos a cada tipo de missão,

DIÁRIOS DA CASERNA

estabelecendo uma pontuação com base na meritocracia. Contam, por exemplo, os cursos militares, o conceito recebido dos superiores e a fluência em idiomas. À primeira vista, parecem critérios bem justos. Mas, na prática, não é bem assim que funciona.

A chamada meritocracia, em muitos casos, é apenas reflexo do efeito bola de neve. O cadete que obtém boas notas na AMAN sai na frente. É o caso daqueles que são chamados de "zero de turma", por causa do algarismo decimal de sua classificação: "01", "02", "03"... Esse jovem chega ao quartel com a fama de ser um dos primeiros colocados. A boa reputação acaba influenciando seu comandante na tropa, que tende a lhe conceder alto conceito. Com base nessa avaliação positiva, o agora tenente ou capitão é selecionado para cursos e missões. Depois de participar dessas atividades, seus pontos aumentam ainda mais, de modo que se qualifica para receber medalhas. Resultado: mais pontos e conceito ainda mais elevado. Assim, a bola de neve vai rolando e crescendo.

Não à toa, em sua maioria os generais do Exército são "zeros de turma". Já imaginou se a sua média final da faculdade, o chamado coeficiente de rendimento (CR), determinasse toda a sua carreira profissional? Essa é a regra da suposta meritocracia que impera nas Forças Armadas brasileiras. Benefício perenizado para os "zeros"; para os demais, "pecado original".

O general Aureliano, apesar de ter se beneficiado do efeito "bola de neve", tinha a consciência de que o processo era viciado e arcaico. Acreditava ser possível selecionar os integrantes das missões de acordo com suas aptidões e seu desempenho efetivo na tropa. O projeto Banco de Talentos copiava técnicas de setores de RH de empresas civis e caçadores de talentos, com análises de currículo, entrevistas e testes. O nome de Battaglia emergiu das avaliações desse projeto piloto.

***

DOSSIÊ SMART — A história que o exército quer riscar

— Diga ao general Aureliano que sou soldado. Estou pronto para qualquer missão! — foi a resposta de Battaglia ao major Olavo.

Ele concorria à missão com outros dois colegas, um de sua mesma turma e outro que se formara um ano antes na AMAN. Os três, apesar de não serem "zeros de turma" no sentido estrito, tinham boas classificações, estavam credenciados em dois idiomas estrangeiros (o inglês e o espanhol), tinham realizado o curso de altos estudos militares da Escola de Estratégia e Tática Terrestre, eram ou tinham sido instrutores de artilharia na AMAN ou na EsCap e possuíam bom conceito de seus superiores hierárquicos. Paralelamente, estavam concorrendo a outras missões no exterior nos processos conduzidos pela Assessoria 1, provavelmente para missões de paz da ONU.

Nessa época, Battaglia tinha 41 anos e estava lotado no Comando Logístico do Litoral Leste, como chefe da seção de inteligência. Pesou a seu favor o fato de já ter trabalhado em um projeto tecnológico de êxito, o Palmar-Genesis, que desenvolvera um computador portátil de direção de tiro para obuseiros e morteiros. Tinha sido o autor do manual de instruções para os usuários do equipamento e publicara um artigo na *Revista do Exército* sobre a necessidade de se modernizar a artilharia de campanha. Em 2002, poucos meses antes da invasão do Iraque pelos Estados Unidos, o então capitão havia passado uma semana no Fort Sill, quartel de artilharia do U.S. Army, em Lawton, no estado de Oklahoma. Ali, participara de um intercâmbio de cooperação entre especialistas, no qual pôde aprofundar seus conhecimentos de técnicas de tiro computadorizadas e simuladores de artilharia. Em troca, os norte-americanos queriam informações sobre o lançador múltiplo de foguetes Astros, que a Avibrás havia vendido anos antes para Saddam Hussein, mas essa é outra história.

Depois da entrevista pessoal, parte do processo seletivo conduzida pelo próprio Aureliano, o general se convenceu de que tinha encontrado o homem ideal para ocupar a função de supervisor operacional

49

DIÁRIOS DA CASERNA

do projeto, capaz de coordenar o trabalho dos oficiais de artilharia. O colega mais antigo de Battaglia, por motivos desconhecidos, foi reprovado na entrevista. Seu colega de turma não teve melhor sorte, mas depois seria designado para atuar na Missão das Nações Unidas no Saara Ocidental, a Minurso.

Dilema

Se o general Aureliano estava empolgado com seu novo colaborador, o mesmo não se podia dizer de Battaglia com relação à missão. Esse sentimento ficara implícito na resposta que dera ao major Olavo: "diga-lhe que sou soldado; estou pronto para qualquer missão!". Parecia frase pronta, embuste, tipo "missão dada é missão cumprida". Na verdade, no seu íntimo, Battaglia tinha esperança de não ser selecionado. Partir para o exterior, naquele momento, implicaria significativa redução em sua renda familiar.

Na maioria dos casos, atividades fora do país rendem um bom dinheiro ao bolso do militar. A missão normalmente inclui uma polpuda ajuda de custo, na ida e na volta; indenização pelas mudanças; pagamento de aluguel no exterior; além de remuneração em dólar. Battaglia, isoladamente, aumentaria bastante seu soldo[6]. Mas, para que sua esposa pudesse acompanhá-lo, teria de deixar o trabalho por doze meses.

Helena Castelli e Battaglia haviam se conhecido em 1991, na AMAN, em Resende, durante o XII Festival Sul-Americano de Cadetes, um evento esportivo que reunia alunos de diversas academias. Ele competia como atleta de pentatlo militar, modalidade que inclui tiro de fuzil, arremesso de granada, natação utilitária,

---

6 Remuneração básica militar de cada patente. Daí também deriva a palavra "soldado", ou seja, aquele que recebe o soldo.

pista com obstáculos e corrida *cross-country*. Nessa época, ela ainda cursava o Ensino Médio e tomou parte no coral que, numa noite, se apresentou no teatro acadêmico.

Contrairiam núpcias em 1996, no Rio de Janeiro. Battaglia contava 26 anos; a noiva, vinte. O início do casamento foi marcado por dificuldades. Nessa época, ele era tenente paraquedista; ela, estudante universitária. O curso de Medicina era caríssimo, e, mesmo com a ajuda do pai de Helena, não sobrava quase nada no final do mês. Almoçar e jantar fora, nem pensar, a não ser aos domingos na casa do seu Gil e da dona Sara, pais dela, no Méier, bairro do subúrbio carioca. Cinema tampouco, ainda mais com o combo de pipoca e refrigerante que dobrava o preço da atração. Alugar vídeos na locadora era o que lhes restava. Viagens, só mesmo uma ou duas vezes por ano, para visitarem a família paulista de Battaglia.

Essa situação só começou a mudar em 2003, quando ela se formou e ingressou na residência médica em Pediatria. Agora, recebia uma pequena bolsa, que se somava aos ganhos do plantão de fim de semana em um hospital da região dos Lagos. Além disso, já não havia a mensalidade da faculdade para pagar. A vida começava a melhorar.

— Helena, não dá para ir nessa missão. Mesmo com a remuneração em dólar, vamos ganhar no exterior um terço do que ganhamos hoje, 35% para ser exato. Perderemos 65% da nossa renda atual.

Battaglia controlava as finanças do casal em uma planilha, inclusive com projeções futuras. Helena era mais imediatista.

— Eu acho que você tem que aceitar. A gente já passou por dificuldades. Isso não é nada! Depois, a gente recupera... É a oportunidade de voltarmos a ficar juntos.

Falavam ao telefone. Ele, no Rio de Janeiro; ela, em Alto Juruá, no interior da Amazônia. Quando Battaglia estava concluindo o curso de altos estudos militares na Praia Vermelha, Helena e ele começaram a considerar algumas vantagens do ingresso dela no Exército. Sendo mais "moderna", ou seja, de menor hierarquia, Helena poderia acompanhar o marido, mais "antigo", nas transferências. Havia prós e contras, mas, dessa forma, quando a médica tivesse de deixar seus empregos em determinada cidade, o soldo lhe garantiria uma renda mínima até que encontrasse outro trabalho.

Helena prestou concurso em 2008, foi aprovada e conquistou uma vaga na Escola de Medicina Militar do Exército no Rio de Janeiro. Battaglia, ao final do curso na Escola de Estratégia e Tática Terrestre, acabou permanecendo na cidade, lotado no CoBrA, o Comando da Brigada Aeroterrestre. Foi ótimo para o casal. Logo depois da formação complementar, em 2010, entretanto, a 1º tenente médica Helena Castelli foi transferida para a Amazônia, por um prazo mínimo de dois anos. Foi classificada no 16º Batalhão de Fronteira, em Alto Juruá, na remota divisa com o Peru. A primeira lotação após a formatura era exceção à regra de o cônjuge mais moderno acompanhar o mais antigo.

O salário do Exército, mesmo com os 20% da gratificação de guarnição especial de fronteira, era o menor de Helena. Chegando ao Juruá, ela prestou um concurso público para médicos e novamente foi aprovada. Além disso, foi contratada pelo hospital particular da cidade, mantido por uma congregação religiosa, para realizar cirurgias pediátricas.

Enfim, depois desses arranjos, todos devidamente planejados, o lado financeiro ia perfeitamente bem. O problema era a distância que separava o casal. Para se encontrarem, eram necessárias nada menos do que vinte horas de viagem (somente na ida), trocando de avião duas vezes até o destino final. Assim, só conseguiam se ver em feriados prolongados ou por meio do desconto em dias de férias, quando aproveitavam para viajar juntos. Haviam conhecido a Ilha de Páscoa, onde se fascinaram pelos icônicos moais. Depois, foram à Europa visitar a Itália, terra natal de seus bisavós.

DOSSIÊ SMART — A história que o exército quer riscar

O casal viajava muito e seguia prosperando. Fizeram as contas. Depois dos dois anos de Helena na Amazônia, teriam dinheiro suficiente para comprar um apartamento à vista no Rio de Janeiro, no emergente bairro da Barra da Tijuca, como ela sonhava, ou na Zona Sul, como ele queria. Estava tudo planejado e tudo seguia bem, até que surgiu a missão do Smart na Espanha.

Battaglia acabou escutando os conselhos de Helena. Parecia o melhor para ambos. A missão no exterior lhes traria prejuízo financeiro, sim; adiaria o sonho da casa própria, sim; mas teriam ricas compensações intangíveis. Aproveitariam para viajar mais, conhecer outros países e culturas e, acima de tudo, estarem juntos, em família.

Nova York - *shut up!*

Enquanto Battaglia se debatia com suas dúvidas, a Diretoria de Ensino Militar do Exército seguia firme em seu propósito. Com os requisitos técnico-operacionais do Smart "definidos", era a vez do edital de licitação, cuja elaboração ficou a cargo da assessoria jurídica da DEMEx. A diretoria cada vez mais usurpava para si todas as fases do processo.

Os generais Reis e Aureliano enviaram, então, a minuta do edital para a Calice. Para a abertura do certame, o órgão, entretanto, precisava da autorização do Comandante do Exército, a quem é diretamente subordinado. Desta vez, o Dr. Silvestre não conseguiu erguer barreiras ao avanço do negócio. O general Augusto, em resposta à mensagem do órgão, autorizou, em caráter excepcional, a licitação para a aquisição do simulador no mercado externo. O despacho decisório saiu no boletim do Exército, de modo ostensivo mesmo e sem classificação sigilosa. O que impressiona é que, até aquele momento, "forçando a barra", Augusto até poderia alegar que estava sendo enganado.

DIÁRIOS DA CASERNA

A partir daquele despacho, no entanto, já não poderia usar a desculpa do "eu não sabia".

O despacho assegurava que a aquisição do simulador economizaria munição, combustível, equipamentos e materiais de emprego militar, o que o Comandante do Exército sabia claramente que era mentira. Bastava uma leitura superficial daquele EEM para perceber que as unidades de artilharia teriam de se deslocar quilômetros e quilômetros até o simulador. Afinal, o Brasil é um país de dimensões continentais. A despesa com combustível aumentaria consideravelmente, assim como as indenizações pagas aos militares por direito quando estão fora de suas sedes. E a propalada economia de munição, anunciada como a maior vantagem do simulador, era apenas virtual, porque a artilharia já consumia o mínimo, com a imposição da dotação de munição anual reduzida (DMA-R).

Como se não bastasse, Augusto ainda autorizou a criação de uma insólita missão internacional para acompanhar o trabalho da Calice. O chefe desse "comitê de licitação *ad hoc*" (especialmente para isso) era ninguém menos do que o coronel Bastião Dias, no papel principal de "capataz" de Reis, ávido pela promoção ao generalato. O grupo viajou, como é óbvio, às expensas do contribuinte.

Apesar de toda a pressão, contudo, a Calice resistia. A comissão contra-atacou com um parecer negativo muito bem fundamentado por sua consultoria jurídica. O documento fora produzido por um renomado escritório de advocacia norte-americano, especialista no assunto, que apresentou quase duas dezenas de contraindicações à licitação. Duas delas coincidiam com os motivos da Diretoria de Ciência e Tecnologia do Exército: risco de atraso na execução do projeto e falta de garantias da transferência tecnológica. Os advogados criticaram ainda o calendário de pagamento proposto, os termos vagos alusivos às obrigações da contratada, a superficialidade da cláusula de compensação comercial e, por fim, o evidente direcionamento ao SEA, favorecendo uma empresa específica.

Mesmo assim, a DEMEx forçava a Calice a lançar a licitação. O problema foi que apenas três empresas se apresentaram para a concorrência. Coincidentemente todas espanholas; uma delas, a Lokitec. De repente, a Espanha tinha se tornado referência mundial em simulação, único país com empresas capazes de participar do certame. Uma farsa grotesca, perceptível por qualquer intelecto sensato! Estava claro o que acontecia ali. Por isso, a despeito das ameaças veladas, os membros da Calice viram risco ainda maior em dar andamento ao processo. Preferiram colocar o pé no freio.

Mais uma vez, a DEMEx sofria um revés; e, novamente, não se daria por vencida. Os generais Reis e Aureliano ouviram os relatórios verbais dos integrantes da missão naquele final de agosto e, depois do recuo tático, deram ordem para a tropa se "reorganizar para o combate" e "investir com maior ímpeto no segundo ataque". A assessoria jurídica da diretoria fez pequenos ajustes na minuta do edital, corrigindo as irregularidades que mais saltavam aos olhos. Em menos de dois meses, a mesma comissão *ad hoc*, recuperada do primeiro malogro, recebia suas passagens aéreas e diárias em dólar para uma nova viagem a Nova York. Bravo-Delta garantiu aos generais Reis e Aureliano que, desta vez, traria dos Estados Unidos o contrato assinado com a Lokitec. Estavam em jogo suas estrelas do generalato.

Se a primeira rodada havia sido de debates acalorados, a segunda descambou para o pugilato de expressões chulas. Um entrevero opôs o coronel Mouro, ordenador de despesas da Calice, e o coronel Bastião Dias. Seus insultos mútuos eram ouvidos do lado de fora da sala fechada. Bastião Dias sentia-se pleno de autoridade, servindo como leal escudeiro do general Reis. Quando seus frágeis argumentos se extinguiram, baixou o nível para berrar ameaças. Mouro jogou a toalha, abandonando a reunião. Não suportava tanta sujeira. Na saída, ao topar com Junius, descontou no mais fraco:

— Um tenente da AMAN, que deveria ser um exemplo para os cadetes, tomando parte disso? Seu... Seu ladrão!

O ofendido não esboçou qualquer reação. Era um "aspone" (assessor de porra nenhuma) e ganhara a viagem como prêmio pela tradução dos requisitos operacionais para o português. Naquele momento, sua participação no esquema ainda era modesta. Havia, no máximo, cumprido ordens "não muito ortodoxas" de seus superiores e colocado alguns dólares no bolso, pagos pela União, para passear em Nova York. Só não escapou do ditado "diz-me com quem andas e te direi quem és". .

O coronel Mouro, até então, era o principal opositor das tramoias da DEMEx. Por isso, sua saída foi bastante festejada. Não demorou para ser substituído pelo coronel Amorielli, militar carreirista e muito mais "flexível". A partir daí, tudo foi conduzido a toque de caixa. Em consequência, empresas norte-americanas de reconhecida capacidade foram alijadas do processo. Uma delas solicitou que o calendário fosse dilatado, mas teve sua demanda rejeitada. Cinco candidatas apresentaram propostas. Apenas uma recebia tratamento especial. De forma despudorada, o coronel Bastião Dias passava informações privilegiadas a Gabriel Lucha, diretor de simulação da Lokitec. Marcus Junius, que presenciou tudo, contou isso a diversos colegas, quando voltou de Nova York.

Enfim, bateu-se o martelo. Quatro das "concorrentes" nem tiveram suas propostas avaliadas, porque foram desclassificadas na fase inicial. A grande "vencedora" foi a Lokitec. No dia 22 de outubro de 2010, os coronéis Amorielli e Tanaka, da Calice, assinaram o contrato em nome do Exército Brasileiro. Pelo lado dos espanhóis, a honra coube

DOSSIÊ SMART — A história que o exército quer riscar

a Julio Sonzo, presidente da empresa, que assim se comprometia a desenvolver dois simuladores para o Brasil, com a transferência de todo o *know-how*, no prazo de trinta e seis meses, por 14 milhões de euros. Um deles seria instalado na AMAN, em Resende, no Rio de Janeiro; o outro, em Santa Maria, no interior do Rio Grande do Sul.

Como compensação comercial, a empresa deveria instalar uma fábrica no país, a Lokitec Brasil, em local de sua escolha; e um laboratório de simulação no Centro Tecnológico do Exército (CTEx), na Restinga de Marambaia, no Rio de Janeiro. Dessa forma, o Brasil pretendia ingressar no seleto grupo de países com expertise no desenvolvimento de simuladores para treinamento militar. O único e crucial problema é que nem a própria Lokitec participava do grupo de elite de empresas detentoras desse *know-how*.

***

— O *El País* checou! Simulação nunca foi o forte da Lokitec. A MT2 (*Military Training Technology Magazine*) lista as empresas de referência em simuladores para treinamento militar no mundo. A Lokitec jamais foi incluída nessa relação. E olha que, em seu site, a companhia informa que construiu o maior centro de simulação militar da América Latina — observou Fábio Rossi.

***

Nas semanas seguintes, foram publicadas na internet denúncias anônimas que apontavam a ocorrência de fraude na licitação. Alguns responsabilizaram o coronel Mouro, por motivos óbvios. Outros consideraram vingança de uma das concorrentes desclassificadas. Também se cogitou uma possível retaliação da empresa norte-americana que, em razão do prazo exíguo, havia sido impedida de participar do processo. Afinal, tinha condições de oferecer um simulador semelhante por apenas um milhão de dólares. Uma pechincha diante dos 14 milhões de euros que a Lokitec abocanharia.

As respostas vieram também de forma anônima. Um incerto "Capitão América" decidiu não levar desaforo para casa. Como os textos tinham um tom raso e grosseiro, aventou-se a hipótese de que tivessem sido redigidos pelo coronel Bastião Dias, que teria encomendado a difusão virtual ao tenente Marcus Junius. Essas autorias, entretanto, nunca foram identificadas, e isso permanece um mistério.

Anos depois de assinar o contrato com a Lokitec, o coronel Tanaka seria promovido a general. De Amorielli, ainda vamos falar mais. Sua lealdade aos superiores passaria por novas provas. De Mouro, que resistiu às ilegalidades o quanto pôde, não se teve mais notícia. Parece que a Calice foi sua última missão. Ao retornar da terra do Tio Sam, trocou a farda pelo pijama.

Rio - Madrid

O processo de seleção do banco de talentos havia terminado mais ou menos na época da primeira viagem da comissão especial de licitação a Nova York, em agosto. Antes mesmo da assinatura do contrato, os doze militares já haviam "passado à disposição" da DEMEx, mas continuavam cumprindo deveres das suas antigas funções.

Corria o segundo semestre de 2010 e pairava no ar um clima de incerteza, porque a missão ainda não estava confirmada. Havia a torcida contra dos órgãos dos quais a DEMEx havia usurpado a competência regulamentar, como a DCTEx. Todos os dias, os militares selecionados provavam da justa inquietação de suas esposas. "Já falaram a data?", perguntava uma. "E a escola das crianças, como fica?", preocupava-se outra. No final de outubro, aquele capítulo da

DOSSIÊ SMART — A história que o exército quer riscar

novela chegou ao final: o grupo deveria embarcar no mais curto prazo para a Espanha, mesmo sem o passaporte oficial, que não tinha ficado pronto a tempo. Os integrantes da missão deveriam usar o visto de turismo, válido por noventa dias, e, depois, resolver o problema.

Foi um deus nos acuda! Os membros da equipe precisaram cancelar contratos de aluguel, vender ou doar eletrodomésticos, transportar móveis para depósitos, trancar a matrícula dos filhos na escola, enquanto algumas mulheres também se demitiam de seus empregos, sem aviso prévio. Eram doze militares, dez deles casados. Somados os membros das famílias, o efetivo chegava a vinte e nove pessoas.

***

Battaglia enfrentava um problema adicional. Helena precisava cumprir o restante de seu período mínimo de dois anos na Amazônia. Seu comandante, o coronel Schimdt, opunha-se a liberá-la. Não estava errado. Além do argumento jurídico, tinha uma motivação prática: se abrisse mão da médica, o batalhão não receberia tão cedo um profissional para substituí-la.

Em uma das viagens até Alto Juruá, no trecho entre Rio e Brasília, Battaglia encontrou um antigo professor da Faculdade de Direito da Universidade do Estado do Rio de Janeiro, também procurador do Estado e um dos principais sócios de um grande e renomado escritório de advocacia. Três anos depois desse encontro, Luís Roberto Barroso seria indicado para o cargo de ministro do Supremo Tribunal Federal, no lugar do ministro Carlos Ayres Brito, que se aposentava. Atento, o eminente jurista ouviu a história de seu companheiro de viagem, separado da esposa por vinte horas e 3,3 mil quilômetros. Mostrou empatia e compadeceu-se do ex-aluno, afirmando que o Exército, em tese, deveria observar o espírito da Constituição, que garante especial proteção às famílias.

59

DIÁRIOS DA CASERNA

— Agradeço sua gentileza, mas Helena e eu sabíamos que essa era a regra do jogo — ponderou Battaglia, que tinha prestado atenção às aulas de seu mestre. — Se a nossa Constituição tutela a família, também estabelece o princípio da supremacia do interesse público sobre o privado.

***

Em meados de novembro, num domingo de manhã, a equipe chegou à Espanha. O coronel Felipe Patto foi recepcioná-los pessoalmente no aeroporto de Barajas, em Madrid, com o Mercedes Benz Classe E Sedan, zero-quilômetro, da aditância militar do Exército, duas vans e equipe de apoio. Logo na chegada, contudo, houve um primeiro incidente. O tenente Marcus Junius, o mesmo da tradução dos requisitos, se enrolou no portunhol e quase foi impedido de entrar no país. Battaglia o ajudou, identificando-se ao agente da imigração e explicando polidamente os motivos da viagem.

Normalmente, antes das missões no exterior, os militares passam por um estágio intensivo de três meses no Centro de Idiomas do Exército, no Forte Duque de Caxias, ou Forte do Leme, como é mais conhecido no Rio de Janeiro. Por falta de calendário, porém, essa capacitação linguística não tinha sido realizada. Dos doze militares selecionados para a missão, somente três falavam espanhol: o major Battaglia, o major Alberto e o capitão Seyller.

Do aeroporto, os militares e seus familiares foram levados à Residencia Militar Alcázar, hotel do Ministério da Defesa da Espanha, onde ficariam temporariamente hospedados. O adido militar fez um rápido *briefing* para a equipe brasileira, com orientações sobre a cidade, a vida no país, cobertura de despesas médicas, abertura de conta bancária e uso de celulares.

Uma equipe da Lokitec os esperava no hotel para dar as boas-vindas. Anunciaram as primeiras atividades: apresentação aos enge-

DOSSIÊ SMART — A história que o exército quer riscar

nheiros locais com os quais os brasileiros trabalhariam; visita à fábrica, em Toledo; e demonstração do simulador na Academia de Artillería de Segóvia. As duas primeiras semanas em Madrid, portanto, foram muito intensas, na tentativa de harmonizar as atividades do projeto e os arranjos administrativos decorrentes da mudança.

***

A ambientação ao local de trabalho, na segunda-feira, transcorreu razoavelmente bem. Nevava em Madrid, numa antecipação do inverno, o que é bastante raro. Alguns brasileiros nunca tinham visto neve, e a novidade lhes causava certa euforia. Francisco Pablo Velasco, o representante comercial da Lokitec, contudo, derreteu esse sentimento, numa reunião em que reclamou da lentidão dos militares brasileiros. Caso houvesse atraso na entrega do Smart, prevista para dali a três anos, a responsabilidade seria do Exército. O coronel Stark tentou contemporizar, prometendo recuperar o tempo perdido. Velasco não aderiu ao tom conciliatório e sublinhou que a fala do fiscal do contrato servia de confissão de culpa, de modo que ficaria registrada em ata.

O caricato personagem que afrontou o grupo era conhecido como Papa Velasco. É curioso como surgem as alcunhas. As sílabas iniciais de Paco, apelido de Francisco, e de Pablo formaram o Papa. Sexagenário, baixo e bastante acima do peso, Papa era grão-mestre da maçonaria na Espanha e parecia mais poderoso quando se exibia com os tradicionais e imodestos paramentos da organização. No dia a dia, entretanto, Velasco vestia-se mal. Nem o paletó e a gravata melhoravam sua imagem. Às vezes, combinava nada com nada, compondo calça bege e paletó azul-marinho. Os botões da camisa resistiam firmemente para conter a proeminente barriga. O cinto apertado impedia a calça larga de cair sobre as canelas finas.

DIÁRIOS DA CASERNA

Sua aparência contrastava com a visão que tinha de si mesmo. Orgulhoso, Papa Velasco tinha feito fortuna vendendo armas pelo mundo. Era o que se chama de "mercador da morte", mal comparando, como o personagem vivido por Nicolas Cage no filme *O Senhor das Armas*. Parecia mesmo ter saído de um conto de ficção. Havia morado um tempo na África do Sul, fazendo negócios pelo continente, mas acabou retornando para a Espanha. Tinha um estilo de negociação duro e ultrapassado, em que tentava obter o máximo de vantagem para si. Ignorava o modelo moderno do ganha-ganha, em que o acordo deve ser bom para ambas as partes. No vocabulário de Velasco, não existia a palavra "sinergia", e sua matemática era básica: para ele ganhar, a outra parte tinha de perder. Certo dia, quando ele entrou no banheiro, os brasileiros notaram que se sentou na privada, aliviou-se ruidosamente e saiu, sem tocar na torneira e no sabonete. A partir daquele momento, somente os insensatos se dispunham a cumprimentá-lo com um aperto de mãos.

Tirando Papa Velasco, entretanto, pode-se dizer que a equipe de engenheiros da empresa espanhola, a princípio, foi bastante amável e cordial. Primeiramente, os brasileiros se apresentaram: o coronel Stark, de artilharia, assumia a função de fiscal do contrato; o major Battaglia, como supervisor operacional do projeto, liderava a equipe de quatro artilheiros, ao lado do capitão Seyller e dos tenentes Lotterman e Marcus Junius. O major Alberto, supervisor técnico, chefiava a equipe de sete engenheiros, com os majores Oliveira, Konrad e Rossini, e os capitães Juliano, Kowalski e Kawahara. O gerente do projeto era o general Aureliano, que acompanharia os trabalhos a distância, no cargo que já ocupava como inspetor geral escolar, com assessoria do recém-criado escritório de gerenciamento do Projeto Smart, o Gesmart.

O time brasileiro era multiétnico, ou nem tanto. Vários integrantes eram descendentes de famílias europeias. Alberto, Oliveira,

DOSSIÊ SMART — A história que o exército quer riscar

Marcus Junius e Juliano tinham ascendência portuguesa; Battaglia e Rossini, italiana; Lotterman e Kowalski, polonesa; Seyller, francesa; Stark, alemã; Konrad, tcheco-judaica; e Kawahara, japonesa. Alguns meses depois, os espanhóis confessariam ter estranhado a ausência de negros e indígenas no grupo. Constatavam a realidade. O Brasil continuava sendo um país muito desigual, mesmo no Exército, contumaz em negar o seletivismo em suas fileiras. O mito de que a casa-grande se misturou harmonicamente com a senzala esconde séculos de preconceito. O país segue praticando o chamado racismo estrutural, privilegiando a branquitude na composição dos corpos diretivos de empresas privadas e instituições públicas. As políticas afirmativas ainda estão longe de mitigar o problema.

O Exército criara seu próprio mito. Travada em 1648, na então capitania de Pernambuco, a Batalha dos Guararapes é considerada o embrião da força terrestre, quando brancos (Matias de Albuquerque), negros (Henrique Dias), mulatos (João Fernandes Vieira) e índios (Filipe Camarão), irmanados, lutaram contra o suposto opressor batavo. Mas há várias inconsistências nessa história. Primeiramente, não foi um movimento de libertação, mas de reconquista do domínio colonial português. Na época da União Ibérica, entre 1580 e 1640, os lusitanos haviam perdido as regiões dos atuais estados de Pernambuco, Paraíba e Rio Grande do Norte para os holandeses, que ali se apropriaram dos engenhos de produção açucareira.

Os rebeldes tampouco lutavam sozinhos. Sempre receberam apoio, maior ou menor, da metrópole. As vitórias mais marcantes ocorreram com o efetivo apoio logístico da Marinha portuguesa. Outra questão merece debate: como falar em união de raças, naquela primeira metade do século XVII, se a escravidão no Brasil somente seria abolida em 1888? Na Guerra do Paraguai, travada entre 1864 e 1870, o Exército retomou o mito da igualdade racial. O trato era o seguinte: se o negro escravizado sobrevivesse ao conflito, seria alforriado após

63

DIÁRIOS DA CASERNA

a vitória. Tanto em Guararapes quanto no Paraguai, os batalhões eram segregados entre brancos e negros. Adivinhe quais recebiam as piores missões.

No século XXI, ainda são raros os negros nos postos mais altos do Exército. Quanto aos indígenas, encontramos vários servindo nos batalhões de fronteira na Amazônia, mas sempre ocupando as posições hierárquicas mais baixas. Negros, pardos e indígenas são, em geral, soldados, cabos ou sargentos. A equipe brasileira do Projeto Smart era formada por oficiais graduados pela AMAN e pelo IME, nos postos de tenente, capitão, major e coronel. Nenhum deles era negro, pardo ou indígena.

Do lado da Lokitec, eram vinte e quatro os funcionários envolvidos diretamente naquele empreendimento, entre os quais Gabriel Lucha, diretor de simulação, que tivera um papel decisivo na licitação em Nova York; e Samuel Cortés, gerente do projeto por parte da empresa. Havia ainda cinco equipes com seus respectivos chefes: arquitetura, com o engenheiro Valdir Duque; visual, com Juan Cirilo; interface do usuário, com Pedro Miguel; simulação, com Rui Maldonado; e hardware, com Luis Serrano. Juan Pablo Baptista era o responsável por documentar o projeto. Anibal Hernandez, coronel de artilharia da reserva, ex-chefe do SEA, fora contratado como assessor operacional.

Eram muitos nomes para serem memorizados numa primeira apresentação, mas, ao longo do tempo, as equipes se conheceriam melhor. Essa reunião inicial foi realizada no térreo do Edifício A do Parque Empresarial Brumas. A partir daí, os militares brasileiros foram distribuídos nos grupos de trabalho e receberam seus crachás de acesso ao prédio. Venceram uma primeira catraca eletrônica e tomaram o elevador. No terceiro andar, cada um foi instruído a passar novamente a identificação na entrada da Lokitec. Se o sistema não registrasse o ingresso, não destravaria a porta na saída. Dentro dessa área, era preciso ultrapassar mais um posto de controle digital para

DOSSIÊ SMART — A história que o exército quer riscar

acessar a sala do Smart. Esses obstáculos eram classificados como requisitos de segurança e confidencialidade para proteção do segredo industrial. Pelo contrato, tudo que fosse desenvolvido no projeto seria propriedade intelectual do Exército Brasileiro.

A sala do Projeto Smart era hermeticamente fechada, sem janelas. Mas havia uma grave falha na segurança: os computadores do local, embora não tivessem entradas do tipo USB, para evitar a gravação de informações em pen drives, estavam conectados ao mundo exterior por internet e intranet. Assim, qualquer dado podia facilmente ser vazado pela web. Mesmo que o IP da máquina fosse rastreado, e o responsável identificado, o estrago já estaria feito. A empresa alegou que a intranet era importante para disporem de ferramentas corporativas da fábrica em Toledo. Para Samuel Cortés, gerente do projeto, limitar esse contato seria contraproducente e ilógico, o equivalente a exigir que a companhia se protegesse de si mesma.

O argumento parecia ter alguma lógica, mas o coronel Stark, como fiscal do contrato, assessorado pelo major Alberto, supervisor técnico, não concordou. Apontou a evidente contradição: a sala não era acessível a outros funcionários da empresa, mas os conteúdos do projeto podiam ser acessados por *hackers* ou enviados a qualquer pessoa do mundo conectada à internet. A segurança física e a segurança virtual deveriam se complementar. Havia uma ironia naquele entrave. Papa Velasco tinha acabado de reclamar dos atrasos do Exército. E, agora, a empresa pedia mais duas semanas para adequar a sala aos padrões exigidos. Sem contar que nem havia computadores para toda a equipe brasileira. Brotavam pequenos problemas, mas havia coisas mais importantes a se fazer: a prioridade naquela segunda-feira era testar as comunicações para a videoconferência do dia seguinte, a atividade VIP da semana.

* * *

DIÁRIOS DA CASERNA

Na terça-feira, o salão do último piso do Forte Apache, como é conhecido o Quartel-General do Exército em Brasília, serviu de palco para o lançamento oficial do Projeto Smart. Uma mesa com dois lugares foi forrada com uma toalha azul, ornamentada à frente com uma coroa de flores amarelas e vermelhas, nas cores da bandeira da Espanha. O Comandante do Exército, general Augusto, e o presidente da Lokitec, Julio Sonzo, assinariam simbolicamente o contrato, que já havia sido efetivamente firmado em Nova York. A banda do Batalhão da Guarda Presidencial, com seu uniforme histórico do tempo do Império, completou as pompas e circunstâncias da cerimônia, que ganhou efeitos midiáticos com a transmissão simultânea de mensagens da equipe sediada em Madri. Em 2010, videoconferências ainda eram consideradas alta tecnologia no Exército.

O evento contou com a presença de autoridades civis e militares, entre as quais o embaixador da Espanha no Brasil e generais de quatro estrelas de diversas diretorias da Força Terrestre. O Centro de Comunicação Social do Exército fez a cobertura da solenidade. A essa altura, ficava evidente que o general Augusto, Comandante do Exército, era conivente com tudo aquilo, mesmo que por voluntária omissão.

Ao final, foi servido um coquetel aos convidados. Reis e Aureliano mostravam-se exultantes, assim como os executivos da empresa espanhola e Papa Velasco, que embolsaria uma bela comissão pelo agenciamento do negócio. *¡Olé!*

***

Na quarta-feira, os brasileiros se dedicaram a resolver problemas administrativos pessoais e familiares. Em uma missão convencional no exterior, o militar teria direito a quinze dias de trânsito no Brasil e mais quinze no país de destino, a fim de reorganizar sua vida particular. Os militares do projeto não tiveram esse privilégio na Espanha. Chegaram no domingo, e, no dia seguinte, já estavam trabalhando na empresa. O Exército não havia sequer organizado o sistema de pagamento em dólar, o que os obrigava a empenhar seus vencimentos normais com o desvantajoso câmbio de reais por euros.

O coronel Patto estava ciente das dificuldades e tentava auxiliá-los. Assim, a primeira parada do dia foi justamente na aditância militar do Exército, órgão ao qual estavam subordinados no exterior. Abertura de conta bancária, contato com imobiliárias e visitas a apartamentos para locação foram algumas das atividades que completaram aquela jornada.

Na quinta-feira, a equipe brasileira estava novamente à disposição integral da Lokitec. A programação era viajar a Toledo na região de Castilla-La Mancha, para conhecer a fábrica da empresa. Impossível fazer esse trajeto sem se lembrar da história do cavaleiro errante e observar a paisagem, na tentativa de identificar passagens da obra de Miguel de Cervantes. Às margens da estrada, descortinava-se um cenário árido, próprio do clima quase sem chuvas. Dom Quixote teria mais dificuldade para enfrentar os gigantes de hoje. Os antigos moinhos de vento, descritos no romance do século XVII, foram substituídos por rivais de peso, altas colunas sustentando turbinas eólicas de geração de energia.

A visita à fábrica começou com duas reuniões. Primeiramente, Gabriel Lucha fez uma apresentação geral da empresa, seu histórico, sua estrutura, o número de funcionários, as áreas de atuação e os clientes. Também foi montada uma exposição com produtos, principalmente optrônicos e dispositivos de simulação. Em seguida, Samuel Cortés divulgou novas informações sobre o trabalho em conjunto e tentou, mais uma vez, argumentar que a base de Madrid não deveria ser isolada da fábrica em Toledo. Segundo ele, o contrato determinava uma rede segregada, mas não especificava de que tipo, se física ou virtual.

— Não acredito que ainda estão insistindo nisso! — sussurrou Stark para Alberto.

Não era uma questão difícil de ser entendida, de modo que a reinterpretação maliciosa do contrato lhe pareceu ultrajante. Infelizmente, o espanto de Stark se tornaria maior nos meses seguintes. "Ressignificações" do texto seriam recorrentes, não somente pelos espanhóis, mas também por parte dos generais brasileiros.

As apresentações foram seguidas pela visita às instalações da fábrica: salas de desenvolvimento de projetos, linhas de montagem e laboratórios de testes. O *tour* se encerrou por volta das três da tarde. A equipe brasileira já estava verde de fome. Na Espanha, as empresas costumam parar para o almoço somente às 13h30. A Lokitec escolheu o restaurante de uma vinícola, às margens da rodovia, no caminho de volta. Por força do contrato, a empresa deveria custear o transporte e a alimentação dos militares durante as atividades laborais. Aquele lugar, no entanto, parecia um pouco exagerado. Impressionados, os brasileiros viam os preços em euros e, mentalmente, os convertiam para reais. Entrada, primeiro e segundo pratos, vinho da casa, mais sobremesa, café e um licor digestivo. Gabriel Lucha passou o cartão corporativo e pagou a conta.

* * *

Na sexta-feira, dia em que a Lokitec faz expediente reduzido, programou-se uma pequena reunião matutina na Residencia Militar Alcázar, onde os militares estavam hospedados. A novidade foi o anúncio da contratação de uma professora para ministrar aulas de português aos espanhóis, e de espanhol aos brasileiros. As aulas teriam

DOSSIÊ SMART — A história que o exército quer riscar

lugar no próprio Parque Empresarial Brumas, no horário de almoço, às terças e quintas, durante o ano de 2011. Nesses dias, a empresa providenciaria refeições para os estudantes. O curso, obviamente, não sairia de graça. Depois de um tempo, seria apresentada uma salgada conta ao Exército. O estágio no Centro de Idiomas do Exército, no Forte do Leme, sem dúvida, teria sido muitíssimo mais barato.

No mesmo dia à tarde, os militares foram liberados para continuar a busca por imóveis. Battaglia seguiu a dica de Helena, que, ainda no Brasil, pesquisando na internet, descobrira uma imobiliária especializada na locação de *flats* para executivos, a Spain Select. Bingo! Os apartamentos eram de excelente qualidade, compatíveis com o preço cobrado. Mas esse detalhe não importava tanto, já que o aluguel no exterior seria indenizado pelo Exército até o valor de 3.600 dólares mensais. Battaglia fechou negócio, alugando um estúdio próximo à estação Ibiza do metrô, na avenida Menéndez Pelayo, ao lado do Parque del Retiro, por 2.565 euros, o equivalente na época a 3.590 dólares. Metade da equipe seguiu a dica e alugou apartamentos mobiliados da mesma empresa.

***

Na semana seguinte, enquanto a sala do projeto passava pelos ajustes solicitados pelo fiscal do contrato, a equipe brasileira viajou por duas vezes a Segóvia, a fim de conhecer o SEA. Localizada a noventa quilômetros a noroeste de Madrid, na região de Castilla y León, a pequena província atrai turistas interessados em sua arquitetura românica, medieval e gótica. Sua principal atração é o aqueduto romano. Construído no século I, sustenta-se apenas pelo peso das pedras colocadas umas sobre as outras. Até meados do século XIX, esse sistema ainda servia como uma das principais fontes de abastecimento de água para a população local.

Desta vez, a ideia era chegar cedo, aproveitar a manhã estendida até a uma da tarde e fazer a pausa para o almoço, em Segóvia mesmo, retornando em seguida para Madrid. Na Academia de Artillería, os brasileiros foram recebidos pelo coronel Sotomayor, comandante do Centro de Adiestramiento y Simulación, que os esperava à entrada do edifício do SEA.

No auditório, o militar explicou que, além do SEA, o centro contava com dois simuladores de artilharia antiaérea do míssil Mistral e um simulador do canhão antiaéreo Oerlinkon de 35 mm. Ambos haviam sido oferecidos gratuitamente pelas próprias fabricantes dos armamentos, como módulos de treinamento. A oferta valera pontos na licitação promovida pelo Exército espanhol. Depois, foi a vez do major Cardona, comandante do SEA, palestrar sobre instalações, módulos de adestramento, tipos de exercícios, economia virtual de munição e exercícios de simulação. Para terminar, fez uma rápida demonstração e discorreu sobre o que os militares espanhóis ainda esperavam do equipamento.

O simulador não contemplava a busca de alvos por meio de radares terrestres e vants[7]. Oportunamente, o coronel Stark havia percebido esse problema quando revisara a tradução dos requisitos operacionais do SEA. Os espanhóis também desejavam integrar o SEA ao Molino, um simulador técnico-tático do exército local para as armas-base: a infantaria e a cavalaria. Nesse aspecto, o major Alberto tinha previsto a interface entre os Smarts de Resende e de Santa Maria, além da sua ligação com outros sistemas do Exército Brasileiro.

O SEA havia sido desenhado pela Lokitec com o Exército espanhol em 1995. Fora desenvolvido entre 1996 e 2000 e entregue ao cliente espanhol em 2001. E era isso que a empresa deveria fazer com a equipe brasileira, mas em metade do tempo. A instalação e a inauguração do

---

7 Veículos aéreos não tripulados.

DOSSIÊ SMART — A história que o exército quer riscar

novo simulador estavam previstas para 2013. O EEM, aquele "estudo" encomendado pelo general Reis, nem sequer apontara o tempo que a empresa havia levado para desenvolver o simulador original, dado que não passou despercebido ao major Alberto.

— A companhia levou sete anos para entregar o simulador para a Espanha. Agora, está prometendo entregar o Smart para o Brasil em três. É uma grande evolução! — sussurrou ele, um tanto incrédulo, a Stark.

A DEMEx criticava a demora dos projetos científico-tecnológicos conduzidos pela DCTEx no Brasil e apostava que os agenciados por Papa Velasco seriam capazes de desenvolver e entregar o Smart no prazo de trinta e seis meses. Na ânsia de contratar os espanhóis, havia simplesmente ignorado os riscos e os custos do projeto no exterior.

A Lokitec continuou sua apresentação, dando ênfase aos números. Entre os anos de 2003 e 2008, "cento e oito organizações militares" teriam passado pelo SEA, com um total de 3.156 adestrados. Esses números até poderiam impressionar num primeiro momento, se considerados de forma absoluta. A verdade, porém, é que a Lokitec superestimava o retorno do SEA para o Exército espanhol. Bastava fazer as contas. Como cada batalhão de artilharia agrega aproximadamente quinhentos homens, o SEA teria adestrado o equivalente a seis deles; e não cento e oito. A explicação era que nem todo efetivo das unidades participava dos exercícios. O pessoal da administração, por exemplo, ficava de fora. Ainda assim, a diferença de seis para cento e oito era muito grande. Posteriormente, os brasileiros ficaram sabendo que, na verdade, apenas vinte e uma organizações militares haviam passado pelo SEA.

A contabilidade da empresa configurava um mistério. O Exército da Espanha teria economizado mais de 44 milhões de euros com o equipamento. Para chegar a esse valor, multiplicava-se o número de tiros simulados pelo valor das granadas reais de artilharia. Mas é preciso, desde logo, esclarecer que essa economia virtual não poupa automaticamente munição real. O simulador serve como treinamento prévio ou de reforço. Nenhum simulador elimina por completo o adestramento real. Ninguém se forma somente em aparelhos que replicam as condições do mundo físico. Não se pode imaginar, por exemplo, um piloto de avião que obtenha seu brevê apenas com horas de simulador, sem jamais ter voado em uma aeronave de verdade. A explicação também é válida para os exercícios militares.

Outro fato chamava a atenção dos brasileiros. Os gastos do Exército espanhol com munição para o adestramento real continuavam muito próximos dos praticados antes da aquisição do novo instrumental. E os militares ainda arcavam com os altos custos de manutenção do SEA. Havia despesas com o pessoal de operação e com a energia elétrica para os potentes aparelhos de ar-condicionado. Além disso, a Lokitec praticamente impusera ao Exército espanhol uma cláusula contratual que a estabelecia como provedora de intervenções preventivas e corretivas no simulador. Constituíra, portanto, uma fonte sem fim de lucros adicionais, pois entregara um produto de qualidade inferior à prometida.

* * *

— Jornalistas têm de tomar muito cuidado com isso nas coletivas de militares à imprensa. Esse é outro ardil aprendido no treinamento de mídia. Dizem que vocês têm obsessão por dados numéricos e estatísticas, e essa seria a maneira de hipnotizá-los — comentou Battaglia, buscando a anuência do repórter. — Na maioria das vezes, a imprensa não vai ter como checar os números nos documentos sigilosos do exército. Até dados e quantias reais podem ser manipulados e apresentados de forma a enganar o interlocutor, como você está vendo.

DOSSIÊ SMART — A história que o exército quer riscar

***

O coronel Stark, fiscal do contrato, não se deixava seduzir facilmente. Por que os números do SEA tinham sido computados somente até 2008? Na semana seguinte, entrariam no último mês de 2010. Logo, os dados de 2009 já deveriam ter sido compilados, além dos resultados parciais do ano em curso. O ano da inauguração do SEA também não batia com as informações apresentadas.

— Se o simulador foi entregue em 2001, por que só existem números a partir de 2003? — questionou Stark.

— Bem observado! — respondeu Alberto. — Quer saber o que eu acho? Em 2001, o simulador devia estar cheio de *bugs*. Aí, passaram mais dois anos para conseguir colocá-lo em funcionamento, o que eleva o tempo de sete para nove anos. Espero que a Lokitec esteja mais *smart*. Reduzir de nove para três anos o tempo do projeto não me parece uma tarefa fácil. É, coronel... Parece que vamos passar mais tempo na Espanha.

Essa conversa soou mal para Battaglia, que, naquele momento, não tinha motivos para duvidar da capacidade da empresa. Estaria Alberto fazendo análises e previsões técnicas ou confessando seu desejo pessoal de estender sua temporada em Madrid?

Menos realista do que o fiscal e o supervisor técnico, a equipe operacional, formada pelos artilheiros Battaglia, Seyller, Lotterman e Marcus Junius, preferia imaginar como seria o Smart quando pronto. Se o SEA havia sido desenvolvido com tecnologia da década de 1990, o que esperar da versão brasileira, que seria inaugurada em 2013 no estado da arte? Certamente, seria o suprassumo da tecnologia mundial, com grande ganho para a artilharia brasileira.

A palestra da Lokitec terminava com o que ela chamava de aspectos relevantes da simulação, prometendo o máximo de realidade. Segundo a empresa, o SEA não se diferenciava em quase nada dos

DIÁRIOS DA CASERNA

procedimentos reais; e ainda teria a capacidade de avaliar a eficácia do treinamento. Diante da limitação de tempo da primeira visita, a equipe brasileira elegeu uma tarefa prioritária para aquele dia: colher informações para a construção do edifício do Smart. O relatório deveria ser enviado ao coronel Bastião Dias, já que o primeiro prédio seria erguido na AMAN.

A empresa, por sua vez, deveria especificar previamente suas necessidades técnicas no que se referia a pontos de energia, suporte para equipamentos de multimídia, conduítes para cabos lógicos de transmissão de dados, tamanho das salas de projeção e arquitetura acústica.

***

— Guarde essa informação sobre a obrigação da Lokitec de assessorar o Exército no projeto e construção do edifício do simulador — disse Battaglia ao jornalista, apontando o bloco de notas. — Vou te contar o absurdo a que isso chegou em 2011 e nos anos posteriores. Aliás, o prédio é uma história à parte, outro capítulo tenebroso desta novela. Mas vamos com calma. Não quero perder o fio da meada. Estamos ainda em dezembro de 2010, no primeiro contato da equipe brasileira com o simulador espanhol, conhecendo suas instalações.

***

O SEA havia sido instalado em um prédio preexistente de dois andares da Academia de Artilharia de Segóvia, que não servia originalmente a essa finalidade. Por isso, ficava evidente o improviso no rearranjo do espaço. O auditório, por exemplo, possuía apenas quarenta e cinco poltronas, com uma tela para o projetor multimídia. Não comportava grandes efetivos, como é comum no treinamento

DOSSIÊ SMART — A história que o exército quer riscar

de tropas. As salas eram nitidamente mal dimensionadas, maiores ou menores do que a necessidade. Para dar um ar de campanha, os militares improvisavam, montando barracas e forrando as paredes e móveis com redes de camuflagem.

Mas, se havia essas adaptações, os itens de segurança eram o ponto alto do edifício. Entre eles, destacava-se um moderno aparato de combate a incêndio, que incluía um sistema próprio com gás halon. A equipe brasileira também viu detectores de fumaça, sinalização clara, luzes de emergência, rampas de acesso e outros itens de acessibilidade. Os cuidados com a área de inteligência cibernética eram ainda maiores: um computador monitorava os dois racks Onyx 2 Silicon Graphics, cérebro do simulador, na sala hermeticamente fechada, com dois sistemas de refrigeração independentes, um como backup do outro para o caso de falha.

O teto das salas havia sido rebaixado; e o piso, elevado em vinte e cinco centímetros para a passagem de fios e cabos de energia, de dados e de vídeo, proporcionando flexibilidade e facilitando a manutenção. A sala de eletrificação possuía um *nobreak* com capacidade para dez minutos, tempo suficiente para desligar o simulador em caso de queda da energia, salvando-se o exercício. O edifício ainda contava com um banheiro em cada piso, um pequeno pátio interno, uma reserva de material militar e um depósito de materiais gerais.

A visita aos simuladores de artilharia antiaérea do míssil Mistral e do canhão Oerlinkon de 35 mm completou o dia. Os objetivos da primeira viagem a Segóvia tinham sido atingidos satisfatoriamente.

* * *

O local escolhido para o almoço foi o famoso restaurante José María. Na entrada, um primeiro ambiente com um balcão-bar acomodava clientes à espera de uma mesa. Estava cheio. Já prevendo

DIÁRIOS DA CASERNA

isso, a empresa havia feito uma reserva. Passando-se pelo vestíbulo da entrada, ingressava-se no salão principal, ornamentado com pratos de cerâmica pintados à mão, panelas antigas e facas afiadas para o corte de *jamón*, o saboroso presunto cru espanhol. Esse acervo se completava com fotos do proprietário, José María, com ilustres comensais.

José María fez questão de atender aos brasileiros pessoalmente. Para provar o quão macio é o *cochinillo* que prepara, usou um prato para cortá-lo. Percebendo o olhar curioso e desconfiado da plateia, subitamente, lançou a peça ao chão, espatifando a frágil cerâmica, para surpresa e aplauso de todos.

O vinho tinto harmonizou-se perfeitamente com a iguaria. A sobremesa, divina; e os digestivos, com licores de diversos sabores, finalizaram a comezaina. Samuel Cortés, gerente do projeto, passou novamente o cartão corporativo da Lokitec, agradecendo a atenção do chef espanhol aos brasileiros.

***

Dois dias depois, os militares retornariam à cidade para a segunda parte da visita, com o intuito de acompanhar exercícios no simulador e conhecer melhor o "vovô" do Smart. As vans da Lokitec estacionaram logo cedo na *calle* Diego de León, no bairro de Salamanca, em frente à Residencia Militar Alcázar, onde vários brasileiros continuavam hospedados. De carro até Segóvia, levava-se pouco mais de uma hora.

Dessa vez, o major Cardona e sua equipe demonstraram a sequência de operação do SEA, auxiliados por cadetes e outros militares da academia. Tudo começava na sala do administrador, onde os cenários eram configurados. O artilheiro dizia o que desejava para a simulação, e o engenheiro ou técnico inseria os dados para carregar o exercício, com os terrenos disponíveis, armamentos e avatares. Aí, era a vez dos instrutores. Eles podiam interagir com todos os postos (demais salas

DOSSIÊ SMART — A história que o exército quer riscar

do edifício), comandando e controlando os eventos da simulação. Era dessa base que também se projetavam as apresentações no auditório, como a que a equipe do Smart assistira na visita da antevéspera.

Cardona mandou uma coluna de blindados progredir por uma estrada em direção ao norte. Em outra sala, havia um cadete na função de observador avançado de artilharia (OA), posicionado em um morro com vista sobre a área. Da sala do instrutor, a equipe Smart podia acompanhar o exercício em um dos monitores, com visão semelhante à do cadete no seu posto. O OA identificou o deslocamento do inimigo, descrevendo sua natureza, comportamento e dimensões. Mediu o ângulo de lançamento e solicitou a missão de tiro.

— Eficácia! — pediu pelo rádio, indicando que não pretendia ajustar o tiro, em razão do alvo fugaz, de alta mobilidade.

A central de tiro calculou os dados da missão e os enviou à bateria de artilharia. O comandante emitiu os comandos para as peças, que prepararam a munição. Obuseiros apontados e carregados.

— Fogo!

Em alguns segundos, os projéteis começaram a cair no terreno virtual, gerando múltiplas explosões. O OA reportou:

— Missão cumprida! Quarenta por cento de danos. Blindados inimigos em fuga desordenada! — os monitores exibiam veículos das forças oponentes em chamas, exalando grossa fumaça.

Os artilheiros do Projeto Smart não esconderam a excitação, formulando perguntas sobre as capacidades do simulador. Quanto à parte tática, o major Cardona confessou que o velho SEA era limitado, prestando-se aos aspectos técnicos da artilharia, sobretudo à condução do tiro pelo OA.

No Brasil, a AMAN já possuía um simulador para observação do tiro da artilharia: o FATS, da empresa norte-americana Meggitt, comprado por 100 mil dólares, que substituíra as antigas maquetes de campos de batalha. Um dos motivos do parecer desfavorável do

DIÁRIOS DA CASERNA

Curso de Artilharia da AMAN para o desenvolvimento do simulador no exterior tinha sido o previsível alto custo do projeto. Com o valor da aquisição, o Exército poderia comprar o FATS para todos os trinta batalhões de artilharia no Brasil, e também para as baterias isoladas e as escolas militares. E ainda sobraria troco. Com os 14 milhões de euros pagos à Lokitec, na verdade, daria para importar mais de cento e cinquenta FATS da Meggitt.

Os tenentes Lotterman e Marcus Junius, habituados a operar o FATS da AMAN, aventuraram-se no SEA, ao lado dos tenentes espanhóis, experimentando suas funcionalidades. Era possível, por exemplo, alterar as condições meteorológicas e a influência do vento, o que afetava o voo das granadas e, por consequência, exigia correções nos cálculos de trajetória dos projéteis. Também era possível escolher diferentes tipos de munição, como espoletas percutentes, que explodem quando se chocam contra o terreno ou contra o alvo; ou espoletas de tempo, que explodem no ar, antes de atingir o solo, derramando uma chuva mortal de estilhaços.

Da sala do instrutor, a equipe brasileira foi conhecer de perto o posto de observação (PO), que estava montado sobre uma bancada revestida de panos camuflados, sacos de areia à frente e um velame verde-oliva de paraquedas acima. A base dispunha de binóculo com visão noturna e telemetria laser para determinar distâncias, de um goniômetro-bússola para medir os ângulos para os alvos, de um GPS e de um *joystick*, que possibilitava ao observador avançado se deslocar pelo terreno virtual. Três projetores instalados no teto formavam a imagem na tela semiesférica com ângulo de visão de 120°. A sala se mantinha escura, como em um cinema; e havia um sistema *surround*, para simular os sons do campo de batalha.

Lotterman e Marcus Junius aproveitaram a oportunidade para operar os equipamentos ao lado de um cadete espanhol, repetindo o exercício que a equipe brasileira acabara de acompanhar do posto do instrutor.

DOSSIÊ SMART — A história que o exército quer riscar

— É um grande videogame, major! — exaltou-se o tenente Marcus Junius, em tom infantil de aprovação, dirigindo-se a Battaglia, chefe da equipe de artilheiros. — Muito legal! Melhor do que o FATS.

— Só tem um problema... — apontou o capitão Seyller, menos empolgado. — O OA só combate de noite nesta sala escura. Não simula o PO de dia.

Os engenheiros militares brasileiros, por sua vez, aproveitaram para complementar, com informações técnicas sobre as instalações, o relatório da visita anterior. A distância dos projetores para a tela era pequena, o que prejudicava o foco e a qualidade das imagens. A acústica deficiente da sala distorcia o som, que se misturava aos ruídos dos outros dois postos de observação.

As demais instalações, da central de tiro (FDC)[8], do centro de coordenação de apoio de fogo (COAF)[9] e dos oficiais de ligação de artilharia (DEN)[10] não traziam novidades. Imitavam barracas de campanha, com as calculadoras balísticas e rádios ou telefones reais não integrados ao SEA. Essa desconexão obrigava os espanhóis a introduzirem os dados calculados fora do sistema manualmente nos computadores do simulador.

Essa tarefa dobrada distorcia o treinamento. Samuel Cortés, portanto, faltara com a verdade na palestra do primeiro dia, quando dissera que o SEA não possuía treinamentos "negativos", ou seja, diferentes da realidade. O gerente de projeto minimizou a constatação, dizendo que era uma *tontería*, uma pequena questão sem importância. E alegou que a configuração permitia avaliar se o trabalho dos militares havia sido bem-feito ou não, comparando os dados obtidos pelos materiais orgânicos com os calculados pelo simulador.

---

8   Fire Direction Center.
9   Coordinación de apoyo de fuego.
10 Oficial de enlace.

DIÁRIOS DA CASERNA

O último e maior de todos os postos era a linha de fogo, ou *línea de piezas*, em espanhol, instalada em uma garagem com vinte e cinco metros de largura, por onze de comprimento e sete de altura. A bateria era formada por oito peças de artilharia adaptadas e sensorizadas, com seus tubos e flechas cortados (o que mudava suas dimensões reais). Os obuseiros de 105 mm apontavam para fora do hangar, cada par em frente a uma porta levadiça.

A verdade é que o ânimo dos artilheiros foi se arrefecendo ao longo da demonstração. Saíram empolgados do posto do instrutor e do observador avançado. Depois, mostraram indiferença na central de tiro, na seção de coordenação de apoio de fogo e no posto do oficial de ligação. Por fim, ficaram decepcionados com a linha de fogo.

O posto do comandante da linha de fogo (CLF) padecia do mal dos demais, com um terminal para que o militar inserisse os dados no SEA. Mas esse não era seu pior defeito. Lotterman e Marcus Junius verificaram que o CLF não conseguia apontar a bateria do modo como se faz no mundo real. Além disso, a guarnição das peças executava várias atividades inexistentes na prática. Eram, pois, "treinamentos negativos" para corrigir as deficiências tecnológicas do simulador espanhol.

O major Battaglia, que conhecia o simulador norte-americano do Fort Sill, decepcionou-se ainda mais. O manuseio da munição do espanhol era atípico e potencialmente perigoso para o posterior adestramento real. Depois do tiro, por exemplo, abria-se a culatra para a extração do estojo, mas a carga, que não era deflagrada no SEA, continuava dentro desse módulo, obrigando os militares a mais uma ação diferente da realidade, de retirar os saquitéis de pólvora. Nesse modelo, os militares eram induzidos a ignorar os procedimentos corretos. Elevava-se, assim, o risco de acidente quando o treinamento passasse do simulador para o armamento real.

Ouvindo as críticas da equipe brasileira, Samuel Cortés não fez qualquer esforço para negar o que os artilheiros estavam constatando.

DOSSIÊ SMART — A história que o exército quer riscar

Seyller, inconformado, perguntou a um capitão da Academia de Artillería sobre a efetividade do adestramento na linha de fogo do SEA. E o militar espanhol foi sincero: a linha de fogo não era usada para o ensino dos cadetes nem para adestramento dos batalhões de artilharia, a não ser para demonstrações como a que estavam fazendo naquele dia. Com seu sotaque gaúcho inconfundível, virou-se para os colegas artilheiros da equipe e sentenciou:

— Bah! Isso aqui é fake!

Certamente, isso não poderia se repetir no Smart. A Lokitec justificava o alto preço do produto pelo *know-how*, que dizia valer 50% do valor do contrato, e pela linha de fogo, que ela não informava quanto teria custado, alegando segredo comercial. Mas podemos fazer as contas aproximadas. Uma empresa norte-americana propusera desenvolver o simulador, sem transferência tecnológica e sem a linha de fogo, por um 1 milhão de dólares. Por raciocínio lógico comparativo, chegava-se à conclusão de que os espanhóis estavam vendendo a linha de fogo do Smart por mais de 6 milhões de dólares. E esse valor não era compatível com o que a equipe brasileira estava vendo ali.

Assim terminou, de forma frustrante, a demonstração. Após o almoço em Segóvia, a equipe brasileira pegou o caminho de volta. Dezembro se avizinhava. Em menos de um mês, começaria o inverno. A cada dia, a temperatura caía, e a neve ficava mais visível nas serras mais altas ao longo da estrada.

Durante a viagem de retorno para Madrid, Samuel Cortés informou que a empresa ainda precisaria de mais duas semanas para aprontar a sala do Projeto Smart. Os procedimentos não se limitavam ao reforço da segurança lógica, restavam ainda pendências quanto aos equipamentos de informática, que deveriam ser entregues pelo fornecedor, e softwares e antivírus a serem instalados. Também anunciou que, a partir de 18 de dezembro, a Lokitec entraria em recesso de Natal e Ano-Novo, retornando às atividades somente no dia 10 de janeiro, segunda-feira,

DIÁRIOS DA CASERNA

após o feriado prolongado do Dia de Reis. Em função disso, a empresa cancelou a programação de atividades com a equipe brasileira no mês de dezembro, prometendo retomá-la com vigor em 2011.

***

A dispensa veio bem a calhar para os militares brasileiros e suas famílias, que precisavam resolver problemas pendentes da mudança, como a questão da moradia e do passaporte oficial, que ainda estava por chegar por meio do malote diplomático. Battaglia, já instalado, encarava outro problema: a liberação de sua mulher, que enfrentava a resistência do comandante, o coronel Schimdt. A tenente não acumulara o tempo mínimo exigido para requerer a licença para tratar de interesse próprio (LTIP). A solução visualizada por Battaglia era solicitar, em caráter excepcional, a licença para acompanhar cônjuge (LAC). Ambas, obviamente, eram não remuneradas. Mesmo com a remuneração e indenizações em dólar do major no exterior, o casal estaria perdendo boa parte de sua renda. Battaglia e Helena, contudo, já tinham superado essa questão e insistiam em ficar juntos para aproveitar a experiência de viver um ano na Europa.

Quem pensava diferente era o major Alberto, supervisor técnico do Smart. Sua mulher, Líria, era fiscal do IBAMA. O militar fez de tudo para conseguir um emprego para ela na Aditância Militar do Exército na Espanha. O coronel Patto lhe respondeu educadamente que não havia vagas no órgão. Alberto, então, fez o mesmo pedido ao adido aeronáutico e naval, que, além da negativa, reclamou da demanda a seu colega do Exército. O supervisor, no entanto, não se deu por vencido. Recorreu ao cônsul e, depois, ao próprio embaixador do Brasil na Espanha.

O coronel Stark, como militar mais antigo da equipe do Projeto Smart, foi informado de que a atitude do major Alberto tinha gerado constrangimento na aditância. O cargo na Espanha era um trampolim

DOSSIÊ SMART — A história que o exército quer riscar

para o generalato, mas o coronel Patto sabia que não poderia cometer nenhum deslize. O embaixador o havia questionado sobre o invulgar pedido do major, que não respeitara os canais hierárquicos de comunicação. O adido militar teve de pedir desculpas ao diplomata e prometer que o militar seria devidamente orientado. Stark foi incumbido de conversar com o subordinado e alertá-lo sobre a gravidade daqueles excessos.

Alberto, entretanto, não parou por aí. Tentou obter mais uma vantagem econômica, sem respaldo legal: queria transferir seus pais para a Espanha, à custa do Exército, como se fossem seus dependentes. E, a rigor, esse não era o caso. Além disso, Jesus, o genitor do major, lutava contra um câncer. Nessas horas, a pessoa se vê diante de escolhas difíceis. Alberto poderia ter recusado a missão no exterior para permanecer ao lado do enfermo ente querido. Ou poderia arcar pessoalmente com a desejada transferência. No entanto, não considerava qualquer hipótese que não fosse repassar suas responsabilidades e incumbências ao Exército.

Jesus, infelizmente, veio a falecer alguns meses depois. Alberto culpou seus superiores, supostamente insensíveis, por não ter compartilhado os últimos momentos com o pai. Não foi capaz de admitir que aquele sofrimento era resultado de suas próprias decisões. Priorizara o dinheiro à família, em momento tão delicado.

Ao contrário de Alberto e Líria, o major Battaglia e a médica pediatra Helena só queriam mesmo estar juntos, independentemente dos prejuízos financeiros que teriam. A licença não remunerada para acompanhar cônjuge era solução perfeitamente possível, mas dependia do parecer favorável do superior da tenente. O problema para o coronel Schimdt era considerar que sua anuência poderia dificultar a obtenção de um novo profissional para o quartel. O Comando Logístico da Amazônia, que cuidava da convocação de médicos para a região, poderia responsabilizar o comandante pelo voluntário desfalque na equipe e, assim, negar ou atrasar a substituição.

83

DIÁRIOS DA CASERNA

Diante do impasse, Battaglia levou o problema ao conhecimento do major Olavo que, além de assistente pessoal do general Aureliano, e oficial de inteligência da Inspetoria-Geral das Escolas Militares, tinha assumido, cumulativamente, a chefia do Gesmart, o escritório de gerenciamento do Projeto Smart.

Olavo explicou o caso ao general Aureliano, que buscou o apoio de Reis, seu chefe. O quatro estrelas, então, telefonou para outro general de exército, o comandante militar da Amazônia, que, por sua vez, se comunicou com o três estrelas comandante logístico da região. Tudo resolvido. O major Olavo, enfim, recebeu ordem para contatar o superior da tenente Helena, informando que a doutora poderia ser liberada. Outro médico seria prontamente enviado para o batalhão.

Schimdt ficou surpreso quando seu ajudante de ordens anunciou que um major estava ao telefone, a mando dos generais Reis e Aureliano. Gelou. Sabia que eles eram os chefes do marido da tenente. No mesmo instante, percebeu que havia perdido a guerra contra a subalterna. Minutos depois, mandou chamá-la e a liberou de imediato. A LAC seria publicada alguns dias mais tarde no boletim do Comando Logístico da Amazônia e no da Diretoria Geral do Pessoal, por nota do Departamento de Saúde do Exército. Helena podia fazer as malas e voar para Madri. *¡Olé!*

Ironicamente, o coronel Schimdt, que, naquele momento, sentiu seu orgulho ferido, ainda tiraria muito proveito pessoal do Smart no futuro.

Saara

Helena pousou em Barajas na manhã do dia 24 de dezembro de 2010. Viajou em classe executiva, um mimo que Battaglia ofereceu à mulher. Ele a aguardava ansioso no desembarque. Depois do abraço apertado e do beijo amoroso, o casal tomou o metrô. Primeiro, a linha rosa, em direção à estação Colômbia, onde trocaram para a linha roxa, até a estação Ibiza. Em cerca de cinquenta minutos, estavam em frente ao novo endereço em Madrid. O prédio exibia à entrada o ano de sua construção: 1927. A antiguidade era comprovada por vetustos elevadores de portas pantográficas. Essa estrutura arquitetônica contrastava com a modernidade no interior do *flat*. Mesmo já tendo visto as fotos do apartamento pelo site da Spain Select, Helena se surpreendeu.

Battaglia havia encomendado uma ceia de Natal com *tapas* e outras comidas típicas espanholas. Um Veuve Clicquot para acompanhar. Tudo perfeito!

Dois dias depois, embarcaram num voo da Turkish Airlines para Istambul. Battaglia se emocionou ao pisar na antiga Constantinopla. No Grande Bazar, ou Mercado Coberto, construído no ano de 1461, com centenas de lojas, vendendo cerâmicas, especiarias, tapetes e muitos outros produtos, não resistiu e comprou um tabuleiro de xadrez, uma de suas paixões. De um lado, os cruzados; do outro, os mouros.

De Istambul, onde passaram o Réveillon, seguiram para a capital Ankara, em mais um voo da Turkish; e, de lá, de carro, para a Capadócia. O passeio de balão, a visita à milenar cidade subterrânea de Kaymakli e o percurso pela antiga rota da seda, que ligava o Oriente ao Ocidente, foram os pontos altos da viagem. Visitaram museus, monumentos, sítios arqueológicos e mesquitas. Assistiram a espetáculos de danças folclóricas e provaram de comidas típicas.

Helena saiu da Turquia com o "anel da favorita", presente de Battaglia, forjado em ouro, com quatro pedras preciosas (esmeralda, rubi, zircônia e safira). Pelo costume islâmico, que permite o casamento do homem com até quatro mulheres, essa joia indica a preferida do

DIÁRIOS DA CASERNA

marido. Não eram muçulmanos, mas a tradição serviu de pretexto para a demonstração de afeto.

No dia 2 de janeiro de 2011, voaram para o Cairo, no Egito. O país havia redobrado a segurança por causa de um atentado terrorista recente em Alexandria. Havia muitos soldados pelas ruas da capital e cães farejadores. Passaram até por detectores de metais na entrada do luxuoso Ramsés Hilton Hotel, onde se hospedaram. Apesar da ação policial ostensiva, ou em razão dela, a viagem foi bem tranquila, de alto valor cultural.

Na noite de chegada, jantaram em um dos restaurantes do próprio hotel cinco estrelas, dedicado à cozinha mediterrânea. Battaglia logo percebeu a singularidade daquele momento: a vista para o rio Nilo, a taça de vinho, a canção de Frank Sinatra como música ambiente e a presença da amada.

— Não acredito! Está emocionado?! — indagou Helena, rindo do marido, cujos olhos começavam a marejar.

Sim, era pura emoção. Battaglia lembrou-se de todo o sacrifício dos primeiros anos de casamento e das dificuldades financeiras. Nunca poderia imaginar que estaria ali, viajando com a mulher e realizando o sonho de conhecer a terra dos faraós.

"O homem teme o tempo; o tempo teme as pirâmides!", ouviram do guia turístico enquanto desciam à tumba de Miquerinos, rei da IV Dinastia Egípcia, falecido há 4,5 mil anos. Visitaram o museu do Cairo, aprenderam sobre a milenar técnica de fabricação do papiro, passearam pelas ruas do mercado e navegaram pelo Nilo. Conheceram mesquitas e o bairro dos coptas, egípcios que abraçaram a religião cristã no século I. Jesus Cristo teria vivido nesse lugar quando sua família fugiu para o Egito, escapando do rei Herodes.

Antes de embarcarem de volta, Helena ganhou mais um presente de Battaglia: um pingente em forma de coração, produzido em ouro amarelo de vinte e um quilates. No Brasil, as joias têm, no máximo,

DOSSIÊ SMART — A história que o exército quer riscar

18K. Em alguns países, ainda menos. Quanto maior o quilate, mais puro é o ouro, que, no maior grau de pureza, chega a 24K. No Egito, o ourives não cobra pelo design, que serve como diferencial para atrair os clientes. Qualquer peça, portanto, vale pelo peso. Era uma pechincha (ou nem tanto!). E Helena adorou.

Colecionaram histórias do deserto do Saara! Os segredos da esfinge, as aventuras de Cleópatra, as lendas sobre a Biblioteca de Alexandria. Passearam em dromedários e conheceram tribos nômades de tuaregs e, como não podia deixar de ser, receberam uma divertida e folclórica proposta: a troca de Helena por 50 camelos. No sábado, 8 de janeiro, retornaram à Espanha, carimbando desta vez o passaporte oficial da missão, com visto de residência e trabalho.

A maioria dos militares preferiu uma viagem mais curta e barata, a Marrakesh, com o mesmo propósito de sair da União Europeia com o passaporte de turismo e regressar com o passaporte oficial, regularizando a estadia no país. ¡Olé!

Na segunda-feira seguinte, terminaria o recesso de fim de ano da Lokitec. O projeto Smart deveria efetivamente começar. Mas 2011 reservava muitas surpresas e revelações... O que o Exército comprou não foi o que a Lokitec vendeu.

CAPÍTULO 3

¿LUNA DE MIEL?

2011

Bloco A, Apt. 202

"O que o Exército comprou não foi o que a Lokitec vendeu!", anotou Fábio em seu bloco. Olhou o relógio. Já passava das treze horas. Desligou o gravador.

— Battaglia, infelizmente, vou precisar interromper. Tenho que cobrir um evento agora à tarde. Vida de jornalista, sempre correndo de um lado para o outro.

— Entendo. Sem problema — consentiu.

— Eu gostaria muito de continuar a ouvi-lo. Tudo está sendo muito esclarecedor. Já tinha lido o dossiê, mas nada como o relato de alguém que viveu a história. Seria possível nos encontrarmos novamente aqui amanhã?

Battaglia olhou ao redor. O garçom servia uma mesa próxima. Um pouco mais distante, o barista preparava alguns cafés. Fábio continuou:

— Eu consigo falar com a minha editora para cancelar a agenda de amanhã. Acredito que não haverá problema.

Battaglia sinalizou ao garçom.

— Pode fechar a nossa conta, por favor.

Esperou-o se afastar. Continuou:

— Não poderemos voltar aqui. Chamaríamos muita atenção. Vamos fazer o seguinte: anote o meu endereço. Começamos às oito da manhã, está bem?

***

O prédio em que Battaglia morava não distava muito do ponto onde haviam se encontrado no dia anterior. Da praça Nelson Mandela, Fábio caminhou na contramão da rua Muniz Barreto até a esquina do shopping, dobrando em direção à praia.

DIÁRIOS DA CASERNA

"Número 1. É aqui", conferiu no caderno. Era um prédio alto, de duas torres, com mais de dez andares e sacadas. Suas grades marrons harmonizavam com a construção de tijolos à vista. No térreo, duas lojas: uma de depilação e outra de moda íntima feminina. Ainda estavam fechadas, como também o shopping do lado oposto da rua, onde seguranças só permitiam a entrada de lojistas naquele horário. Fábio se aproximou da entrada dos moradores do bloco A. O bar ao lado, este sim aberto desde cedo, exalava cheiro de café. Anunciou-se pelo interfone. De repente, o portão se abriu.

— Pode subir — confirmou o porteiro.

Fábio tomou o elevador e apertou o número dois.

— Bom dia! — cumprimentou-o Battaglia ao recebê-lo diante do apartamento 202. — Cinco para as oito; excelente! — conferiu no relógio. — Pode entrar.

— Bom dia! Com licença! — sorriu Fábio, agradecendo o elogio pela pontualidade ao mesmo tempo que congelava, assustado com um latido grosso.

— Calma, esse na varanda é o Pepe. Não que precisasse deixá-lo preso. Garanto que ele se amedrontou mais com você do que você com ele — sorriu Battaglia de volta. — Aqui impera o ditado: "cão que ladra não morde" — sentenciou.

— Sendo assim, fico mais tranquilo. — Relaxou o jornalista.

— Aceita um café... uma água?

— Um copo d'água vai bem, por favor. Nesta época do ano, o dia já amanhece quente no Rio de Janeiro, abafado.

"Preciso parar de me assustar toda vez que encontro esse cara", pensou Fábio, lembrando do empurrão do metrô, na véspera, e olhando para o cachorro na varanda. Percorreu o ambiente com a vista.

O apartamento era pequeno, como vários dessa região. Havia pouquíssimos móveis. Logo na entrada, uma mesa de madeira escura,

92

DOSSIÊ SMART — A história que o exército quer riscar

quadrada, com um tampo de vidro, sob o qual ficavam algumas revistas e alguns livros. Um livro de ópera, outro de vinhos. Os demais, que pareciam trazidos de viagens, estampavam em suas capas a escultura do escriba sentado, exposta no Museu do Louvre; as pirâmides de Gizé, no Egito; e a Muralha da China. Ao lado da mesa, uma adega climatizada, sobre a qual se destacava uma caneca típica alemã, dessas antigas com tampas pintadas à mão, que se encontram nos antiquários daquele país. Um *buffet*, encostado na parede, no mesmo tom de madeira, estava ornamentado com uma máscara mortuária asteca; uma pequena reprodução de pedra dos gigantescos moais da Ilha de Páscoa; mais uma peça em metal representando um *tuareg*, guerreiro de tribos nômades do deserto do Saara, montado em seu dromedário.

No outro ambiente contíguo da sala, uma única poltrona e um grande pufe. Não havia sofá nem TV. Na parede branca, um quadro com um antigo carro vermelho, desses que ainda rodam em Cuba, contrastava com o restante da tela em bege. Ao lado da poltrona, um belo tabuleiro de xadrez. Em frente, uma estante com livros de Direito e Filosofia, com a coleção encadernada em vermelho de *Os Pensadores*. Sobre o móvel, um barco de pirata, feito com material reciclado. E a foto de Battaglia com roupas para esqui na neve.

O anfitrião retornou com os copos de água e parecia ter adivinhado o pensamento do jornalista.

— Tenho poucas coisas em casa. Chamo de "espólio do meu ex-casamento". Um dia, pretendo me desfazer de tudo. Menos de algumas lembranças de viagens.

— Viajar é muito bom e, realmente, traz muitas lembranças — consentiu Fábio.

Sentaram-se então à mesa.

— Onde paramos? — perguntou o entrevistado.

Em off

— Sua narrativa de ontem reforça a denúncia do *Dossiê Smart*, confirma o que apuramos dos documentos a que tivemos acesso e corrobora o que outros militares nos contaram em off — retomou Fábio Rossi. — Um: o exército conduziu uma licitação internacional fraudulenta para contratar a Lokitec. Dois: impôs sigilo em diversos documentos para dificultar o rastreamento das irregularidades e de quem as praticou. Três: houve atritos com os que se opunham à compra do simulador no exterior, mas os generais Reis e Aureliano acabaram impondo suas vontades. Quatro: o Comandante do Exército tinha ciência de tudo, mas preferiu se omitir e, pior, promoveu uma pedalada orçamentária na compra do simulador.

As apurações do *El País* indicavam fatos gravíssimos! Além das fortes evidências de fraude na licitação, o que o Exército fez, alocando recursos sem previsão orçamentária, configurava ato semelhante ao que mudou a política do país, em 2016, quando a primeira mulher presidente do país, Dilma Rousseff, foi apeada do poder sob a acusação de cometer pedaladas fiscais. *Grosso modo*, o governo contabilizou recursos do caixa da União antes que estivessem de fato disponíveis. Mandatários anteriores já tinham feito isso, mas, com a petista, a situação se complicou, em razão de sua indisposição para negociar com determinados parlamentares.

Dilma Rousseff havia sucedido Luís Inácio Lula da Silva, que se notabilizara pelo incremento de programas sociais iniciados por seu antecessor, o sociólogo Fernando Henrique Cardoso. Milhões de brasileiros saíram da pobreza entre os anos de 2003 e 2010. Depois de dois mandatos como presidente, Lula ainda conseguiu fazer sua sucessora, elegendo sua ministra-chefe da Casa Civil.

A velha política do toma lá dá cá, contudo, ainda nos governos de Lula, começou a ditar as regras. Para aprovar suas pautas, o Executivo

DOSSIÊ SMART — A história que o exército quer riscar

cedeu a pressões ilícitas de parlamentares fisiológicos. Os escândalos logo começaram a pipocar: Mensalão, favorecimento a empreiteiras, negócios com doleiros e lavagem de dinheiro, entre outros. De acordo com a força-tarefa da Operação Lava Jato, centralizada em Curitiba, no Paraná, o Partido dos Trabalhadores (PT) precisava de recursos para continuar financiando suas campanhas eleitorais, manter-se no poder e implantar seus programas de governo. Para isso, começou a cobrar ilegalmente um percentual de cada contrato público para abastecer seu caixa. Essas revelações foram desgastando a imagem da agremiação política e de seus líderes.

No projeto Smart, circulava o boato de que o contrato celebrado em Nova York teria rendido uma "comissão" da empresa ao PT e ao general Reis, que mantinha relações com políticos do partido.

— Quem levantou essa suspeita? — perguntou Fábio.

— Nós sabíamos o que tinha acontecido em Nova York porque o Marcus Junius, que esteve lá, nos relatou repetidas vezes. Coronel xingando coronel, um gritando com o outro, ameaças... Sobrou até para o Marcus, rotulado como ladrão. Que o processo tinha sido fraudado, parecia não restar dúvida. Todo mundo sabia que haveria uma missão na Espanha, antes mesmo da licitação. O próprio Olavo, assistente do general Aureliano, não se preocupava em esconder isso. Mas o que nos intrigava era por quê. Havia um discurso pronto do general Aureliano de que as coisas demoravam a acontecer no Exército, de que a artilharia estava agonizando e, portanto, algo urgente tinha de ser feito. Mas quem não acreditou nesses motivos simplistas foi o Stark. Como fiscal do contrato, ele receava que alguma irregularidade pudesse colocá-lo em apuros. Para mim, a princípio, parecia teoria da conspiração. As desconfianças dele beiravam a paranoia. Enfim, em resposta à sua pergunta: foi o coronel Stark que sugeriu essas ligações do Exército e do general Reis com o PT.

— E como ele chegou a essa conclusão, ou suspeita?

DIÁRIOS DA CASERNA

— De acordo com a teoria dele, durante o governo petista, o Brasil havia estreitado laços com a Espanha no campo diplomático e comercial. O Exército, então, percebera que poderia lucrar com essa aproximação. Na época do Smart, os dois países firmaram acordos de cooperação. Militares brasileiros foram designados para missões na Espanha, e sei que militares espanhóis realizaram cursos no Brasil, como o de Estratégia e Tática Terrestre. Mas, tirando isso, não sei por que o Stark fazia essa correlação entre o contrato do Smart e a corrupção nos partidos políticos. Isso você vai ter que perguntar a ele...

Battaglia fez uma pausa. Comprimiu os lábios. Parecia não querer deixar a palavra sair.

— Fábio, desliga um instante — pediu, apontando para o gravador.

— Claro! — mostrou o led apagado.

Battaglia prosseguiu.

— Eu não posso te dizer isso em "on", porque não sou a fonte primária. Ouvi de outra pessoa e não tenho documentos para comprovar os fatos. A história é a seguinte: o Stark comentava que parte do contrato do Smart tinha virado contribuição para a campanha eleitoral do PT e que a Lokitec havia comprado um apartamento na região da Barra da Tijuca ou no Recreio dos Bandeirantes, no Rio de Janeiro, para o general Reis. O coronel Stark repetiu essa história diversas vezes — enfatizou. — Mas nunca lhe perguntei qual era a fonte dessa informação. De todo modo, no dia em que as autoridades brasileiras quiserem investigar, se um dia quiserem, não me parece difícil. Basta ter coragem de quebrar o sigilo fiscal e financeiro do general para ver se a compra do imóvel se deu com recursos próprios ou de terceiros.

Se as narrativas de Stark se escoravam na realidade, tratava-se de ocorrência gravíssima: um general de quatro estrelas do Exército

DOSSIÊ SMART — A história que o exército quer riscar

Brasileiro envolvido diretamente num esquema de corrupção com políticos, recebendo propina de uma empresa estrangeira. Uma verdadeira organização criminosa, em que todo mundo procurava tirar vantagens ilícitas, apostando na impunidade, sob o pálio de seus poderosos cargos públicos. "O sistema é foda", como sentenciou o capitão e, depois, coronel Nascimento, no filme *Tropa de Elite 2*.

Battaglia apontou novamente para o gravador.

— Pode religar — continuou. — Então, como eu ia dizendo, o mesmo Brasil que depôs a presidente Dilma por supostas "pedaladas fiscais" ignora a "pedalada orçamentária" explícita do general Augusto, Comandante do Exército — deplorou Battaglia. E prosseguiu em tom indignado: — Onde está o TCU?! — perguntou retoricamente, referindo-se ao Tribunal de Contas da União, órgão auxiliar do Congresso Nacional, responsável por fiscalizar os gastos da administração pública. — Por que os civis temem tanto os militares? A Presidente da República pode ser deposta, mas um general tem carta branca para fazer o que bem entender, com a certeza da impunidade?

A futura inauguração e entrada em operação do Smart não retiraria o caráter ilícito da operação comercial nem justificaria a pedalada orçamentária da liderança fardada. Mas não parou por aí. O pior é que o Exército gastou muito, sem receber a devida contrapartida, com a aquiescência de generais do mais alto escalão e de seus cúmplices.

— No primeiro ano do Projeto Smart, começamos a nos dar conta de que o Exército pensava que tinha comprado X; e a Lokitec, que tinha vendido Y — revelou Battaglia.

— Você poderia explicar melhor esse ponto? — indagou Fábio, tomando um gole d'água. — Como foi o trabalho no primeiro ano? E como a equipe brasileira chegou a essa conclusão?

DIÁRIOS DA CASERNA

Lâmpada de geladeira

O dia amanheceu ensolarado em Madrid, céu limpo, o que não afastava o frio do inverno naquela segunda-feira, 10 de janeiro de 2011. Os termômetros marcavam 5°C. Era o fim do recesso da Lokitec. A sala secreta do Projeto Smart estava enfim pronta, como exigido pelo fiscal do contrato. Havia segurança física e lógica, com acessos controlados e rede segregada. Cada militar brasileiro recebeu uma pequena estação de trabalho.

O primeiro ano do projeto compreendia duas fases: a chamada fase 1, de análise, detalhamento dos requisitos e confecção dos cadernos técnicos; e a fase 2.1, de apresentação de um protótipo. No segundo ano, viria a fase 2.2, do desenvolvimento propriamente dito do simulador de artilharia. No terceiro e último ano, a fase 3, que correspondia à entrega e instalação do simulador no Brasil, com a transferência completa da tecnologia. Tudo deveria estar concluído em trinta e seis meses.

Por força do contrato, as equipes hispana e brasileira deveriam trabalhar em conjunto. Isso não queria dizer, é importante ressaltar, que cada uma não tivesse suas funções e responsabilidades muito bem definidas. Como já observamos, contando engenheiros, técnicos e outros funcionários envolvidos, a Lokitec somava vinte e quatro colaboradores trabalhando diretamente no projeto, distribuídos em cinco áreas de desenvolvimento: arquitetura, visual, interface do usuário, hardware e simulação.

Os brasileiros, portanto, foram incorporados à equipe espanhola. Logo no início, uma dificuldade: tirando o coronel Stark, que exercia a função específica de fiscal do contrato, sobravam quatro artilheiros. Battaglia resolveu a questão com a sobreposição e revezamento dos quatro pelas cinco áreas de desenvolvimento do projeto. A função dos militares da linha bélica era assessorar os espanhóis nos aspectos

DOSSIÊ SMART — A história que o exército quer riscar

técnicos, táticos e doutrinários da artilharia brasileira, customizando o produto encomendado pelo Exército.

A situação dos engenheiros do IME era melhor: eram sete, com a missão precípua de absorção da tecnologia. Em suma, estavam ali para acompanhar o trabalho dos espanhóis, onde deveriam aprender tudo sobre a programação do novo equipamento e, mais ambiciosamente, ganhar *know-how* para desenvolver simuladores. Aproveitando a superioridade numérica de engenheiros militares em relação às áreas do projeto, o major Alberto se deu ao luxo de não trabalhar diretamente em nenhuma delas, reservando-se apenas a tarefa de supervisionar os trabalhos.

O coronel Stark não exercia suas funções na câmara secreta. A empresa reservou-lhe uma sala exclusiva, com paredes envidraçadas e vista para o exterior, mais próxima da área ocupada por Gabriel Lucha.

Naquela manhã, o sol confundira alguns brasileiros que, induzidos por seu brilho, acabaram desprezando seus casacos. Mais tarde tiritavam de frio. Era uma metáfora. Na Lokitec, a estrutura parecia estar montada para garantir transferência de tecnologia ao cliente estrangeiro. Era uma ilusão, como aquele sol invernal que não aquecia.

Trabalho em "equipe": espanhóis x brasileiros

A primeira tarefa que a empresa delegou aos brasileiros, por meio de instruções sumárias, foi analisar e detalhar os 148 requisitos básicos do projeto. Destes, 93 eram "técnicos" (RTB), sem nenhuma classificação. Já os 55 "operacionais" (ROB) haviam sido classificados no edital da licitação em absolutos (39), desejáveis (11) e complementares (5). Seria desclassificada a empresa participante da licitação que declarasse não

DIÁRIOS DA CASERNA

poder cumprir qualquer dos RTB ou dos ROB absolutos. Os ROB desejáveis e complementares eram relevantes, porque o processo concorrencial levava em conta não somente o preço, mas também a capacidade técnica da empresa proponente.

Acontece que o coronel Bastião Dias, que viajara a Nova York para "acompanhar" a licitação a mando dos generais Reis e Aureliano, havia orientado Gabriel Lucha — como revelara Marcus Junius aos colegas — a prometer que a empresa atenderia a 100% dos requisitos, sem qualquer distinção. Conclusão: todos os 55 requisitos operacionais, além dos 93 técnicos, passaram a ser "absolutos", ou seja, obrigatórios para a contratada.

Ao fim do trabalho realizado pela equipe brasileira, os 148 requisitos originais foram segmentados, resultando em 1.190 requisitos detalhados, com a especificação das pequenas tarefas que o simulador deveria executar.

Foi o caso, por exemplo, do requisito operacional básico número quatro: "ROB04 — o Smart deverá simular os tiros de artilharia de acordo com a doutrina do Exército Brasileiro (*Manual de Campanha C6-40 — Técnica de Tiro de Artilharia de Campanha*)". Esse requisito era complexo por envolver diferentes procedimentos, ou seja, diversos tiros. Assim, desdobrou-se em outros, como "simular o tiro com espoleta percutente", "simular o tiro com espoleta tempo", "simular o tiro vertical", "simular o tiro iluminativo", "simular o tiro fumígeno", e assim por diante.

Outro exemplo: "ROB02 — o Smart deverá carregar cenários de diferentes áreas geográficas e biomas do Brasil, particularmente dos campos de instrução do Exército Brasileiro". Gerou-se, assim, a exigência de "carregar o campo de instrução da AMAN". Outros biomas brasileiros, como a caatinga no Nordeste, o cerrado do Centro-Oeste, o pampa do Sul e a floresta amazônica, também deveriam ser reproduzidos no simulador.

DOSSIÊ SMART — A história que o exército quer riscar

Os engenheiros militares, por sua vez, detalhavam os requisitos técnicos básicos, como o RTB03, que estabelecia que o Smart deveria possuir interfaces para troca de dados e informações com outros sistemas do Exército Brasileiro, como o Genesis e o Palmar. Nesse caso, bastava subdividir o RTB e especificar as conexões com essas plataformas.

Essas interfaces eram consideradas fundamentais. De que adiantaria levar uma tropa para o Smart se os militares tivessem que operar sistemas diferentes daqueles com os quais lidavam na realidade? Nesse caso, não seria simulação, parece óbvio. Mas um dos principais defeitos do SEA era justamente não se integrar aos equipamentos que os militares espanhóis usavam no dia a dia, o que os obrigava a vários treinamentos negativos, ou seja, que se distanciavam da realidade. Os militares do projeto não queriam ver essas falhas repetidas no simulador brasileiro.

A tarefa de detalhamento dos requisitos demandou duas semanas. Por imposição da empresa, os militares brasileiros cumpriram essa missão de maneira segregada, contrariando o anúncio da integração dos brasileiros à equipe espanhola. Esse entrave serviu de prenúncio para os problemas crônicos que marcariam o processo de transferência tecnológica.

Aqui, ali, acolá

Por incrível que pareça, esse modelo de isolamento acabou se replicando dentro da própria equipe brasileira, dividindo o pessoal técnico e o operacional. Era, no mínimo, curioso e ilógico, para não dizer contraproducente, que a equipe de engenheiros do IME trabalhasse separada da equipe especialista em artilharia, pois uma dependia da outra. Com exceção do major Battaglia, que havia colaborado no desenvolvimento dos sistemas Palmar e Genesis, nenhum dos outros

DIÁRIOS DA CASERNA

três artilheiros tinha qualquer experiência em projetos de engenharia. Por sua vez, os engenheiros precisavam de assessoramento sobre o *modus operandi* da artilharia, que influenciava diretamente a modelagem dos requisitos técnicos.

Espanhóis, aqui; engenheiros do IME, ali; artilheiros, acolá! Nessa bizarra organização dos trabalhos em "equipe", os artilheiros eram os que mais se ressentiam. Sem maiores conhecimentos sobre projetos de engenharia, não tinham como saber se estavam atendendo, a contento, às demandas do processo. A empresa dava pouca importância a suas dúvidas, como se suas funções tivessem pouca relevância. O mesmo se podia dizer do major Alberto. Arrogante, o supervisor técnico se colocava numa posição intelectual e cognitiva superior, desprezando o empenho dos colegas da área operacional.

Esse desdém refletia, na verdade, uma expressão de ignorância, se for considerada a utilidade final do equipamento. O mais saudável seria o supervisor técnico demandar os colegas de artilharia por iniciativa própria, aproveitando o potencial de cada um. Battaglia acumulava a experiência do trabalho na IMBEL e da visita ao Fort Sill. O capitão Seyller conhecia bem o Centro de Simulação de Blindados em Santa Maria, no Rio Grande do Sul. Os tenentes Lotterman e Marcus Junius tinham sido instrutores na AMAN, operando o simulador de observação de tiro FATS.

Mesmo sem orientação técnica, contudo, os artilheiros logo perceberam que as traduções, inserções e adaptações tinham transformado os ROB do Smart em um Frankenstein. O próprio tenente Marcus Junius, tradutor do material, em rara e salutar autocrítica, concordou que era necessário reorganizar esse conteúdo. Sem alterar o contrato, os artilheiros propuseram eliminar redundâncias e reagrupá-los por pertinência temática. Também notaram a existência de "falsos" requisitos operacionais. Eram, na verdade, obrigações contratuais mal inseridas no edital de licitação e no contrato.

Essas observações, no entanto, não agradaram ao supervisor técnico nem ao fiscal do contrato. Battaglia, Seyller, Lotterman e Marcus Junius levaram uma dupla chamada de atenção por isso. Primeiro, do major Alberto, que os convidou, debochadamente, a escrever um livro: *Novo método de artilharia para detalhamento de requisitos em projetos de engenharia*. Depois, uma bronca pior, no estilo "superior ofendido", do coronel Stark, que afirmou ter virado madrugadas para realizar aquele trabalho e, portanto, não aceitaria críticas de quem não o havia ajudado na época.

Aparecem aí duas contradições: primeiro, Marcus Junius, que na época recebera o encargo de tradutor, considerava que os ROB deveriam ser reorganizados; e, segundo, "virar madrugadas" era uma expressão que denunciava um trabalho feito às pressas, com maior probabilidade de falhas.

Definitivamente, não foi um bom começo de missão. Esse clima de divisão estava presente tanto na relação entre a Lokitec e o Exército, quanto no seio da própria equipe brasileira. Mas ficaria ainda pior com a montagem do "PC em Madrid".

¡Mi comandante! PC em Madrid

Os desentendimentos entre o coronel Stark e alguns membros da equipe logo seriam agravados por mais um ato do chefe. O coronel, que poucos meses antes deixara o comando do 11º Batalhão de Artilharia Divisionário, tomou a decisão de montar, em Madrid, a mesma estrutura organizacional usada no antigo quartel. Dessa forma, designou o major Battaglia para atuar como seu subcomandante e S2 (oficial de inteligência); o capitão Seyller para as funções de S3 (oficial de operações) e S5 (oficial de comunicação social); o tenente Lotterman para S4 (responsável pela logística e pelo controle

DIÁRIOS DA CASERNA

do material); e o tenente Marcus Junius para S1 (incumbido de cuidar de burocracias relacionadas ao pessoal, como pagamentos, dispensas e férias).

Na visão dos membros da equipe operacional, esse acúmulo de tarefas nada tinha a ver com o projeto Smart, gerando desvio de funções primordiais e perda de tempo. O grupo considerava que as questões administrativas deveriam ser resolvidas pelo chefe, até como forma de aproveitar o tempo ocioso que sua função lhe proporcionava. Battaglia até tentou expor ao coronel que essa organização poderia trazer prejuízo ao projeto, mas Stark não se comoveu, pelo contrário, deleitou-se com a autoridade, dono que era da última palavra. Logo transformou sua sala em posto de comando, o seu "PC em Madrid", onde despachava e fazia reuniões privadas.

O major Alberto, também com tempo de sobra, já que não trabalhava diretamente em nenhuma área de desenvolvimento do simulador, tornou-se, assim, uma espécie de conselheiro do fiscal, exercendo grande influência sobre suas decisões. Ambos haviam atuado juntos no projeto do Exército para o desenvolvimento de um veículo aéreo não tripulado, destinado ao reconhecimento e busca de alvos.

Vale lembrar que Alberto era quem havia indicado Stark para a missão no exterior, nas tratativas com o major Olavo. Esse favor, o coronel jamais esqueceria. Sempre que possível, retribuía a gentileza. Afirmava que o colega era inteligentíssimo e o elogiava publicamente quando encontrava as mínimas oportunidades.

Para completar sua estrutura imperial no comando do projeto, Stark ainda solicitou que a Lokitec lhe fornecesse um celular funcional, sem limite de créditos, com a conta paga pela empresa espanhola, no que foi prontamente atendido.

***

DOSSIÊ SMART — A história que o exército quer riscar

A mistura entre o público e o privado é algo recorrente no exército e parece contaminar os militares, principalmente em cargos de comando e chefia.

— Uma vez, liguei para o aparelho funcional do comandante do Batalhão de Artilharia Aeroterrestre fora do horário de expediente. Eu era capitão, oficial de operações da unidade. Quem me atendeu foi a filha do coronel. Pedi, então, que passasse o telefone ao pai e fiquei surpreso. Ela me respondeu que estava no shopping e que aquele telefone era "dela". E não era só isso — contou Battaglia. — Esse comandante também mandava o motorista do quartel, com o veículo oficial, levar a mulher para fazer compras no supermercado. Aliás, o mesmo veículo que servia Delzuíte, a pobre lavadeira que perdera os braços, vítima da granada lançada pelo batalhão. Em duas ou três oportunidades, o coronel enviou o pelotão de obras do quartel para executar serviços na escola particular onde o filho estudava. Detalhe: alguns anos depois, foi promovido a general.

E prosseguiu, indignado:

— Eu poderia te dar inúmeros exemplos disso: usar caminhões e militares para fazer mudança particular; transformar dependências de quartéis em depósitos para guardar mobília; utilizar o veículo oficial para passeios no fim de semana; mandar soldados fazerem faxina na casa do comandante...

— Acredito. Já li reportagens sobre abusos cometidos por generais em Brasília. Transformam os taifeiros em escravos domésticos, segundo denúncias anônimas desses militares. Trabalham horas a fio. Um deles contou que era obrigado a dar banho nos cachorros, porque o general não queria gastar com *pet shops*. Outro, que era incumbido até de lavar as calcinhas da mulher do general — lembrou o jornalista, confirmando a prática infame.

Sierra Nevada

Depois das duas primeiras semanas de trabalho, os tenentes Lotterman e Marcus Junius vieram com a ideia de esquiar no sul da Espanha. O convite foi estendido a toda a equipe brasileira. Era uma oportunidade para desanuviar o clima. Os quatro artilheiros e dois engenheiros, Kawahara e Juliano, toparam e viajaram com suas famílias.

Sierra Nevada fica na região da Andaluzia, a trinta quilômetros de Granada, e foi declarada Reserva da Biosfera pela UNESCO. Ali se ergue o ponto mais alto da Península Ibérica, o Pico Mulhacén, com 3.482 metros. Com essas altitudes, a região oferece mais de oitenta quilômetros de pistas na neve, de variados níveis, com ótima estrutura de hotéis, restaurantes, bares e lojas.

Como nenhum dos brasileiros havia esquiado antes, inscreveram-se todos, prudentemente, para uma aula de introdução ao novo esporte. Foi um show de tombos, nenhum deles capaz de gerar uma contusão grave. O que se destacava era a situação um tanto cômica das crianças que passavam esquiando com desenvoltura, desviando-se daquele grupo de novatos desajeitados. No final, o saldo foi bastante positivo. A viagem serviu para unir mais o grupo, ou parte dele.

Battaglia e Helena aproveitaram para conhecer a cidade-fortaleza de Alhambra e o palácio de verão Generalife (em árabe, Jannat al-'Arif — "jardim do arquiteto"), em Granada, derradeiro reduto dos mouros na Península Ibérica. Foram oito séculos de ocupação até a derrota militar para as forças de Fernando II (de Aragão) e Isabel I (de Castela), em 2 de janeiro de 1492. "Não chores como uma mulher por aquilo que não soubeste defender como um homem", teria dito a mãe do sultão Boabdil (Mohamed XII), na partida do cortejo real, quando ele se deteve no alto de uma colina e voltou seu último olhar, em lágrimas, para Alhambra.

A rendição de Granada com a entrega das chaves da cidade aos reis católicos foi retratada pelo pintor espanhol Francisco Pradilla

DOSSIÊ SMART — A história que o exército quer riscar

no século XIX, um belo quadro que se encontra exposto no Palácio do Senado em Madrid.

SEA x Smart

Depois de receber os requisitos detalhados pelos militares brasileiros, a Lokitec levou mais duas semanas avaliando-os sozinha, até emitir seu parecer. Classificou-os em dois grupos: os que estariam e os que não estariam dentro do escopo. Quanto aos primeiros, tudo seria resolvido a contento. Eram requisitos que já funcionavam razoavelmente bem no simulador espanhol. O problema estava naqueles do segundo grupo, que ela não considerava cobertos pelo contrato, divididos em quatro subcategorias.

O subgrupo 2.1 era dos detalhamentos de requisitos que poderiam ser atendidos pela empresa com pouco esforço e pequeno pagamento adicional. O subgrupo 2.2 dizia respeito àqueles que ainda poderiam ser atendidos, porém, com grande esforço, prazo dilatado e um pagamento maior. O subgrupo 2.3 reunia aqueles com os quais a contratada não se comprometia em nenhuma hipótese, mesmo que o Exército Brasileiro estivesse disposto a pagar por eles. Por fim, havia o subgrupo 2.4, denominado como "requisitos indefinidos", porque os espanhóis não sabiam se poderiam cumpri-los ou não. Bem confuso. Curiosamente, durante a licitação em Nova York, a Lokitec não havia se oposto a nada. Assinara o contrato sem ressalvas.

Um mês de trabalho para se chegar a esse nó. E não era o único! Numa visita de inspeção à empresa, em Madrid, o Ministerio de la Defensa questionou a Lokitec sobre quanto do SEA estava sendo aproveitado pelo Smart. O SEA, incluída sua tecnologia, era propriedade do Exército espanhol. Julio Sonzo, presidente da empresa, afiançou aos oficiais espanhóis que o Smart era, sim, inspirado no SEA, mas

107

DIÁRIOS DA CASERNA

com arquitetura e desenvolvimento diferentes. Assegurou que seria um simulador completamente novo.

Outro problema era a questão da apresentação do protótipo, prevista para o final do ano no Brasil, o que marcaria o final da fase 2.1, com a liberação de mais uma parcela do pagamento, no valor de 4,9 milhões de euros, o equivalente a 35% do valor total do contrato. Mas o que seria realmente entregue? O contrato não especificava. Para a Lokitec, o protótipo do Smart bem poderia ser um CD com o programa executável do SEA.

***

— Espera — interrompeu Fábio. — Não entendi. A Lokitec não tinha afirmado ao Ministério da Defesa da Espanha que o Smart era um produto totalmente novo? Como o protótipo do simulador brasileiro poderia ser um executável do SEA?

— Pois é! A Lokitec afirmava muitas coisas...

CU, ops, UC

Assim, o Projeto Smart mal começara e já se encontrava num impasse. A primeira cláusula do contrato, assinado em 2010, definia seu objeto, ou seja, a obrigação principal da empresa:

```
Desenvolver, entregar e instalar dois simula-
dores computadorizados de artilharia de campanha,
recém-fabricados, no estado da arte, baseados na
doutrina do Exército Brasileiro, com total trans-
```

> ferência da tecnologia e da propriedade inte-
> lectual, dentro das estritas conformidades dos
> termos e dos requisitos (técnicos e operacionais)
> deste contrato, para serem usados pelo Exército
> Brasileiro, sendo um na Academia Militar das Agu-
> lhas Negras (AMAN), em Resende - RJ, e outro no
> Centro de Adestramento, Simulação e Avaliação do
> Sul (CASA-Sul), em Santa Maria - RS.

Os requisitos operacionais e técnicos tinham se tornado parte efetiva do contrato, no seu Anexo II. Os brasileiros se surpreenderam, portanto, quando membros do segundo escalão da empresa começaram a discutir se atenderiam ou não a vários dos requisitos detalhados. E a questão não envolvia somente aqueles customizados para o Exército Brasileiro. Havia requisitos do SEA que a Lokitec não queria desenvolver para o Smart. Isso porque, mesmo estando expressos no antigo contrato, não tinham sequer sido entregues ao Exército espanhol, provavelmente em razão de falhas de desenvolvimento. Dez anos depois, a empresa persistia no erro.

Stark solicitou uma reunião emergencial com a empresa. Não adiantou. Parecia que a presidência da Lokitec e seus diretores haviam se esquecido completamente dos compromissos assumidos em Nova York. Apoiavam incondicionalmente a nova e esdrúxula classificação de seus engenheiros para os requisitos do Smart. Sentindo-se impotente para lidar sozinho com a situação, o fiscal do contrato levou o problema ao conhecimento do gerente do projeto, no Brasil, e ao coronel Amorielli, em Nova York.

— Vai tocando, que a gente vê como resolve — respondeu de forma irreverente o general Aureliano, dando pouca atenção à questão trazida pelo coronel.

DIÁRIOS DA CASERNA

Foi o que a própria Lokitec fez: seguiu tocando o projeto à sua maneira. Depois do detalhamento dos requisitos, entrou em cena a confecção dos casos de uso. E foi nessa tarefa que o supervisor técnico brasileiro observou mais um problema: desprezando o disposto no edital de licitação, a empresa não estava usando a metodologia RUP, abreviatura de *rational unified process* ou, na tradução, processo unificado racional.

Sugestão do major Alberto, a metodologia RUP havia sido incorporada aos requisitos técnicos básicos, ao edital de licitação e, consequentemente, ao contrato. Trata-se de um modelo de desenvolvimento iterativo para projetos de software de grande envergadura. Seu principal objetivo é garantir uma produção disciplinada e de alta qualidade, de acordo com o cronograma e o orçamento previstos. O método define, por exemplo, quem realiza cada tarefa, como e quando. Talvez uma de suas maiores virtudes seja promover correções *pari passu* com o desenvolvimento, evitando que as etapas seguintes sejam contaminadas por erros precedentes. Isso deveria ser colocado em prática, principalmente, no segundo ano, quando as equipes se dividiriam. Novas versões do software seriam enviadas periodicamente para homologação pelos artilheiros em Resende, sendo determinantes para o progresso do projeto.

Naquela fase inicial, contudo, a metodologia RUP também era importante, não pelas iterações, mas pela documentação. Todo o processo deveria ser registrado a fim de gerar correções, promover atualizações e organizar o conhecimento adquirido. Esses registros, aliás, eram fundamentais, tanto para o acompanhamento adequado do projeto quanto para a transferência tecnológica. Por isso, o final da fase 1 previa justamente a apresentação de uma série de documentos.

O problema era que o SEA não havia sido desenvolvido na metodologia RUP. Nele, a árvore do produto, por exemplo, aquela figura "explodida" com todas as peças do sistema, se resumia a uma lista de materiais. Assim, tudo que fosse diferente do velho SEA logo se transformava em um problema.

110

DOSSIÊ SMART — A história que o exército quer riscar

De todo modo, para os requisitos do grupo 1, aqueles que a empresa considerava dentro do escopo do projeto, a Lokitec começou a produzir os casos de uso, ou, abreviadamente, CU. Mas logo se notou que a sigla não soava muito bem em português, e os espanhóis, depois de entenderem a gafe linguística, trocaram-na pelas iniciais em inglês UC, de *user case*.

A tarefa de confecção de atores e casos de uso, diferentemente do detalhamento dos requisitos, passou a ser executada pela Lokitec com a equipe técnico-operacional brasileira. Os engenheiros espanhóis pediam aos artilheiros que explicassem como a tarefa do requisito detalhado ocorria na realidade. Essas descrições eram transformadas em algoritmos, gráficos e anotações, que deveriam servir de base e referência para a fase 2.2 seguinte, de desenvolvimento do software e hardware do Smart. De certa forma, isso dava a sensação de que o trabalho estava progredindo. Olhando para trás, contudo, com os olhos do presente, pode-se resumir o que foi feito naquela época com a expressão "o papel aceita tudo".

Dois militares, entretanto, não se iludiam com o aparente avanço das atividades: o coronel Stark e, principalmente, o major Alberto, mais experiente. O fiscal, assim, decidiu expor suas preocupações e impressões sobre a empresa em uma videoconferência com o Gesmart, o escritório de gerenciamento do projeto. Começava-se a desconfiar da capacidade técnica dos espanhóis para cumprir o contrato. A videoconferência com o major Olavo, no Rio de Janeiro, era para tratar da viagem do pessoal da Lokitec ao Brasil, com a finalidade de colher informações sobre os materiais empregados pela artilharia brasileira. A empresa também deveria assessorar o Exército quanto à obra do edifício na AMAN e preparar sua exposição na Feira Latino--Americana de Material de Defesa, a LAAD que seria realizada no Riocentro. A participação no evento marcaria, simbolicamente, a expansão dos negócios da Lokitec para a América Latina.

DIÁRIOS DA CASERNA

O fiscal do contrato, no entanto, aproveitou a videoconferência para tratar também da necessidade de se ampliar a agenda, incluindo uma reunião entre o presidente da Lokitec, Julio Sonzo, e o gerente do projeto, general Aureliano, a fim de discutir o problema dos requisitos que a empresa se recusava a desenvolver. O coronel Stark também viajaria ao Brasil para acompanhar a exposição na LAAD, quando daria mais detalhes sobre os problemas enfrentados em Madrid.

Olavo considerou tão graves aquelas impressões do fiscal que decidiu registrá-las por escrito, enviando-as, por e-mail, ao general Aureliano e ao general Nicolau.

Nicolau era engenheiro militar formado pelo IME, tinha idade avançada, já reformado, mas bastante respeitado, com um currículo impecável, motivo pelo qual fora contratado como consultor do projeto. Exibia, com orgulho, uma grande cabeleira grisalha, que se fazia acompanhar de um bigode quase ao estilo Salvador Dali. Dizia que, depois de décadas, era seu único protesto contra o padrão de corte de cabelo militar. Expunha suas longínquas idas ao barbeiro da AMAN, nos tempos de cadete, como experiências traumáticas. Recordava-se, principalmente, das desagradáveis ocasiões quando, ao azar, sentava-se na cadeira de um tal "Cara de Cavalo", que parecia se deleitar com cada fio de cabelo que sua máquina arrancava, como escalpo de suas vítimas.

No e-mail, alertava Olavo:

```
Exmos. Srs. Generais,

    Durante uma videoconferência do Gesmart com
o Cel Stark e o Maj Alberto, o fiscal do con-
trato e o supervisor técnico do Projeto Smart
levantaram suspeitas de falta de know-how da
empresa contratada Lokitec para desenvolver o
```

Simulador Militar de Artilharia para o Exército Brasileiro, nos termos especificados no contrato firmado pela Calice em outubro de 2010.

Como indício da falta de capacidade técnica da Lokitec, o fiscal aponta a negativa da empresa em desenvolver vários ROB e RTB do simulador, sem os quais, segundo os artilheiros, o adestramento da tropa ficará comprometido.

A empresa também insiste em apresentar, no final do ano, como protótipo do Smart, o programa executável do SEA. Além disso, o supervisor técnico observou que a Lokitec não está seguindo a metodologia RUP, preconizada no contrato, o que poderá prejudicar a confecção dos cadernos técnicos e o acompanhamento do Projeto, com impactos negativos para a transferência tecnológica.

O fiscal do contrato sugere o agendamento de uma reunião entre a Gerência do Projeto, o Gabinete do Comandante do Exército e a contratada, aproveitando a viagem que a Lokitec realizará ao Brasil, a fim de tratar do impasse dos ROB e RTB que a empresa considera fora do escopo do Projeto, entre outros assuntos.

O Cel Stark frisou que se posiciona contra aditivos pelos requisitos que já estão previstos no contrato e ressaltou a importância de a Calice somente realizar os pagamentos previstos mediante a efetiva comprovação de que a contratada adimpliu plenamente com suas obrigações, com lastro em visitas de inspeção e relatórios confiáveis.

Por fim, o fiscal informou que continua envidando esforços para que a empresa apresente um

DIÁRIOS DA CASERNA

> protótipo representativo do Smart no final do ano
> e para resolver outros impasses.
>
> Respeitosamente,
> Major Olavo

Aureliano mandou chamar de imediato o remetente.

— Por acaso, o coronel Stark está querendo me ensinar o que devo fazer como gerente do projeto? O poste está mijando no cachorro?!

Não era só o conteúdo do e-mail que irritara Aureliano. Papa Velasco já havia telefonado da Espanha com queixas sobre o trabalho do fiscal do contrato. Apesar da má vontade, no entanto, o general consentiu em marcar a reunião sugerida pelo coronel, depois que a própria empresa se mostrou disposta a participar.

Por trás da aparente boa vontade, contudo, não havia um interesse genuíno em ouvir o cliente, mas em obter um aditivo de 25% ao contrato, o máximo permitido pela lei brasileira. Seriam mais 3,5 milhões de euros, elevando o valor do negócio para 17,5 milhões de euros. A proposta era absurda: pagar mais por aquilo que a Lokitec já havia se comprometido no contrato originalmente, obrigações das quais agora tentava se esquivar.

***

— Depois do que aconteceu em Nova York, a Lokitec pensou que tudo era festa no Brasil — deduziu Battaglia. — E, muitas vezes, é mesmo. Vemos cotidianamente pessoas poderosas cometerem delitos de forma escancarada, sem sofrerem qualquer consequência. Muita coisa acaba em pizza. Lembra que eu pedi para você anotar a questão

DOSSIÊ SMART — A história que o exército quer riscar

da assessoria que os espanhóis deveriam prestar ao Exército para a construção do edifício do simulador?

— Sim, está registrado aqui — confirmou o jornalista. — O que aconteceu?

— A Lokitec apresentou uma conta de 190 mil euros, alegando que havia fornecido mais do que a assessoria prevista no acordo, com a subcontratação de um arquiteto na Espanha, elaboração de plantas e despesas de viagens ao Brasil. A empresa estava tão confiante no recebimento desse valor que pediu mais 760 mil euros, a título de remuneração para o profissional que acompanharia a execução da obra. Acredita? Ou seja, pretendiam embolsar mais 950 mil euros. É muito dinheiro!

— Mas o general Aureliano concordou com o aditivo? — perguntou Fábio.

***

O general Aureliano e o coronel representante do gabinete do Comandante do Exército, que acompanhava a reunião, prometeram levar a solicitação à Calice. Felizmente, nenhum dos dois tinha competência legal para dar uma resposta positiva à empresa. Um aditivo como esse, inclusive, deveria ser submetido ao parecer prévio da Advocacia Geral da União.

Enquanto isso, na LAAD, o general Augusto conduzia o então ministro da Defesa, Nilton Rolim, ao *stand* da Lokitec, onde se destacava, em primeiro plano, a maquete das futuras instalações do Smart na AMAN. O Comandante do Exército tentava convencer seu interlocutor dos enormes ganhos que o projeto traria para as Forças Armadas e para o Brasil.

Aproveitando a mesma viagem, os espanhóis realizaram o levantamento de informações dos armamentos e materiais empregados pela artilharia do Exército Brasileiro, trabalho que transcorreu sem grandes percalços. Os engenheiros Valdir Duque e Luis Serrano visitaram o Curso de Artilharia da Academia Militar das Agulhas Negras. O tenente Marcus Junius aproveitou para ministrar, aos cadetes e oficiais do Carta, uma rápida palestra sobre o futuro simulador. Duque e Serrano tiveram a oportunidade, inclusive, de assistir a uma atividade em campanha: o exercício de tiro iluminativo noturno.

Também em Resende, o arquiteto espanhol Hernani Pacheco se encontrou com a arquiteta brasileira Melissa Jardim, contratada pela Academia Militar para produzir o projeto básico do edifício Smart.

***

— O Exército possui um órgão para elaborar projetos básicos de engenharia e acompanhar obras militares. Trata-se da Comissão Regional de Obras, a CRO — lembrou Battaglia. — Por que, então, a AMAN resolveu contratar uma arquiteta civil? É uma das perguntas que precisam ser respondidas.

***

Durante a visita espanhola, seria realizada também uma reunião extraoficial, secreta. Marcus Junius foi chamado pelo coronel Bastião Dias, que tinha ordens do general Aureliano para elaborar um dossiê sobre o trabalho do fiscal do contrato na Espanha. O tenente, que se dizia um arauto defensor da hierarquia e da disciplina, princípios constitucionais das Forças Armadas, não se sentiu nem um pouco constrangido em solapar, pelas costas, a imagem de seu superior. Segundo ele, o coronel Stark e o major Alberto vinham arrumando problemas com a empresa e prejudicando o andamento do projeto.

DOSSIÊ SMART — A história que o exército quer riscar

A detração foi pormenorizada. O tenente afirmou que o coronel não tinha as aptidões necessárias para liderar a equipe, que desviava os militares de suas funções prioritárias e que trabalhava muito pouco, promovendo inúmeras reuniões desnecessárias, geralmente com foco em questões irrelevantes. Junius assegurou a Bravo-Delta que o superior desconhecia os rudimentos da artilharia, ainda que fosse a especialidade de sua formação. Por fim, terminou a esculhambação com duas acusações constrangedoras: Stark ainda não dominava o mínimo necessário do idioma espanhol e perdia meia hora de trabalho diariamente, porque deixava para defecar pela manhã no banheiro da empresa.

A partir daí, por escárnio, sempre que alguém questionava o que o coronel Stark estava fazendo no projeto, a resposta vinha imediatamente: "está cagando!". No sentido literal e no sentido figurado; ou seja, estaria pouco se lixando para o trabalho. E assim foi sendo desconstruída a imagem de Stark, definido como um sujeito incompetente, autoritário e preguiçoso, que somente se preocupava com seu salário em dólar.

Terminada a semana no Brasil, todos embarcaram no Aeroporto Internacional Antonio Carlos Jobim, o Galeão, de volta para a Espanha. Durante o check-in, o tenente Marcus Junius se ofereceu gentilmente para ajudar o coronel Stark com as malas.

Sevilla

Battaglia incentivou Helena a se matricular em um curso intensivo de espanhol. O Estudio Sampere, centro credenciado pelo Instituto Cervantes, ficava próximo do *flat* que haviam alugado, a quinze minutos de caminhada, da Avenida Menéndez Pelayo até a Calle de Don Ramón de la Cruz.

DIÁRIOS DA CASERNA

De manhã, depois que Battaglia partia para o trabalho, Helena rumava para a escola. Passava a manhã toda no Sampere, com colegas de várias partes do mundo. Depois do curso, retornava para casa e preparava seu almoço. Helena cozinhava extraordinariamente bem e começou a inovar com receitas locais. Na parte da tarde, após a *siesta*, costumava caminhar, explorando os arredores. Passou a frequentar a loja de departamentos El Corte Inglés, no bairro de Goya. Quando o marido retornava para casa, no início da noite, tinha sempre novidades para contar.

O casal tinha um objetivo claro para aquele ano: viajar e aprender. Já haviam conhecido a Turquia, o Egito, Sierra Nevada e Granada. O próximo destino seria Sevilla, a 472 quilômetros ao sul de Madrid. O percurso podia ser feito em cerca de duas horas e meia nos modernos trens da Renfe AVE (Alta Velocidad Española), que chegam a 300 quilômetros horários.

Chegando à cidade, Helena e Battaglia fizeram o check-in no Fontecruz Sevilla Seises, um quatro estrelas instalado em um palácio restaurado do século XVI, no centro histórico. O hotel já era uma atração à parte, com mosaicos romanos, colunas nazaríes ou granadinas da arte hispano-muçulmana, azulejos e artesanatos renascentistas e móveis de estilo vanguardista. No *rooftop*, um lounge a céu aberto e bar-restaurante serviam de mirante, oferecendo uma vista de 360 graus da cidade.

Deixaram as malas nos confortáveis aposentos e partiram logo para o passeio. A primeira parada foi La Giralda, a torre campanária da Catedral de Sevilla. Com cento e quatro metros de altura, já foi a mais alta do mundo à época de sua construção, na Idade Média, pelos mouros. Curiosamente, não possui escadas. Em seu lugar, há trinta e quatro rampas, que permitiam ao muezim (ou imã) subir até seu topo a cavalo, de onde, cinco vezes ao dia, os fiéis eram convocados a fazer suas orações. Depois da reconquista da Península Ibérica, com a expulsão dos muçulmanos, a mesquita muçulmana foi convertida em catedral católica, e o minarete virou campanário.

Na intimidade, Helena chamava o marido de "Mozinho", uma redução de "amorzinho", que ele retribuía chamando-a carinhosamente de "Paixão". Falando rápido, "Mozinho" soava como "muezim".

— Mozinho... Não vai chamar os fiéis para rezar? — brincou Helena.

— Ainda não está na hora — respondeu Battaglia, de forma espirituosa, olhando o relógio.

Battaglia e Helena subiram e desceram de La Giralda a pé, já que o costume de subir a cavalo tinha sido abandonado. Na descida, Helena sacou dois pêssegos da bolsa, e fizeram um lanche rápido.

— Me passa o guardanapo — pediu ela ao Mozinho.

— Só tinha um? Me desculpe, Paixão. Não sabia! Acabei de jogá-lo no lixo com o caroço do pêssego.

Helena ficou furiosa! Disse que ele deveria ser mais atencioso, que ela tinha preparado o lanche para os dois, mas que ele não tinha sido capaz de compartilhar o guardanapo.

— Você pensou somente em você; que atitude mais egoísta — reclamou.

Como Battaglia podia adivinhar que havia dois pêssegos, mas somente um guardanapo descartável? Era impressionante como Helena virava a chave tão repentinamente. Poucos minutos antes, ela parecia muito feliz e bem-humorada.

Essas mudanças de humor da esposa o entristeciam demais. Mas não eram novidade. Haviam namorado por quatro anos e estavam casados havia quinze. No início, Battaglia creditava esses rompantes da mulher às dificuldades que tinham enfrentado, principalmente a financeira, nos primeiros anos da vida conjugal. Naquela época, ambos eram ainda muito jovens e emocionalmente imaturos. Havia também o problema gerado pelas intromissões da família de Helena no dia a dia do casal.

DIÁRIOS DA CASERNA

Naqueles momentos de crise, Battaglia costumava se culpar. Considerava que as insatisfações da esposa resultavam da vida material modesta. Com o tempo, contudo, a situação financeira tinha melhorado substancialmente. Ainda assim, Helena permanecia contrariada e descontente.

Battaglia nutria esperanças. Acreditava que a temporada na Espanha, viajando pela Europa, traria novo alento à união, revitalizando os laços afetivos, fortalecendo a amizade, o companheirismo, a parceria e a cumplicidade. Em razão da encrenca aos pés de La Giralda, no entanto, amuou-se. Alterou seu semblante, mergulhando o pensamento no rio caudaloso do desencanto. Talvez naquele momento tenha começado a compreender que não era ele o culpado. Por mais que se esforçasse, parecia nunca lograr pleno êxito na tarefa de fazer a mulher feliz.

— O que foi? Por que você está com essa cara? — perguntou Helena.

— Helena! Eu realmente não sei mais o que fazer. O que me deixa feliz é ver você feliz. Mas parece que eu não consigo!

— É, parece que não! O passeio acabou — decretou. — Vamos voltar para Madri.

Battaglia não acreditou no que estava ouvindo. O desânimo lhe roubava as forças. Teve de se sentar em um banco. Levou as mãos ao rosto. Helena o fitava, carrancuda.

— Helena, eu não aguento mais viver assim. Planejamos juntos esta viagem a Sevilha. Era para ser um fim de semana feliz. O que está faltando? De repente, por causa de um guardanapo de papel, isso tudo?! Se você quiser, ok, voltamos para Madri. Mas, chegando lá, você faz as malas. Se está insatisfeita morando aqui, volta para o Alto Juruá. E a gente depois vê o que vai fazer da nossa vida...

Retornar para o quartel na Amazônia seria humilhante para a tenente Helena Castelli, depois da maneira como havia saído, sem

DOSSIÊ SMART — A história que o exército quer riscar

o consentimento voluntário de seu comandante, com uma licença imposta de cima para baixo. Além disso, ela já havia pedido demissão de seus outros dois empregos, como pediatra e cirurgiã, na mesma cidade onde servia ao Exército.

O impasse entre Battaglia e Helena só foi resolvido depois de quarenta minutos de estressante discussão. Enfim, concordaram em continuar o passeio, conforme planejado. Pouco a pouco, o ambiente de mal-estar foi se dissipando. Eram tantas as curiosidades e atrações históricas e culturais que o cérebro não tinha espaço nem tempo para se ocupar com pensamentos negativos.

Cristóvão Colombo está sepultado na Catedral de Sevilla. Ao lado, o Real Alcázar, antigo palácio mouro, com lindos jardins e fontes de água, ainda é usado como residência pelo rei da Espanha. Nessa construção, aliás, Colombo foi recebido em audiência pelos reis Fernando e Isabel, afirmando que poderia atingir as Índias navegando sempre para o oeste. Naquele momento, os reis católicos não sabiam que estavam patrocinando a viagem de descobrimento do Novo Mundo. A Plaza de España, a Casa de Pilatos, o Archivo General de Indias e a Torre del Oro, com o museu naval, às margens do rio Guadalquivir, foram outros pontos turísticos visitados. Battaglia tampouco perdeu a oportunidade de conhecer o Museu Militar Regional, com armas de diferentes épocas. Ali, Helena teve uma grata surpresa: uma exposição sobre a Medicina no Exército espanhol.

Mais impactante foi a visita ao Museu da Tolerância, nas ruínas do Castelo de São Jorge, antiga sede da Inquisição Espanhola, onde se exibem os equipamentos utilizados nas sessões de tortura, aplicadas, por exemplo, aos judeus em processo de conversão forçada. Outro local visitado foi a Plaza de Toros La Maestranza, polêmica por conta de manifestações de grupos que defendem os direitos dos animais. As atrações se completaram no Tablao Los Gallos, com um imperdível show de música e dança, com violões, canto, sapateado, palmas e percussão de castanholas. Flamenco raiz, mais tradicional e menos turístico, como Helena buscava.

Voltando a Madrid, as fotos da viagem foram publicadas nas redes sociais. As postagens receberam vários *likes* e comentários de amigos: "aproveitem", "vocês merecem", "lindo casal".

Null - *mi general*

A exposição da Lokitec no Riocentro foi considerada um sucesso de marketing. A empresa se lançava publicamente no mercado de materiais de defesa da América Latina com um valioso cartão de visitas. Supostamente proprietária de tecnologia de ponta, tinha o Exército Brasileiro como cliente e estaria produzindo o simulador de artilharia mais moderno do mundo.

No Parque Empresarial Brumas, entretanto, as aparências davam lugar à realidade. O trabalho de elaboração dos diagramas de atores e casos ganhara um ingrediente a mais: reuniões inócuas entre o fiscal do contrato e a Lokitec. A natureza do protótipo seguia indefinida; e vários requisitos detalhados pelos brasileiros, rejeitados. Da cúpula do projeto não vinham notícias melhores. O general Aureliano, o escritório de gestão e o coronel Amorielli, da Calice, permaneciam em "silêncio rádio", como se diz no jargão militar.

Stark começou, então, a trabalhar para que os impasses fossem superados por ocasião da visita da gerência do projeto à Espanha, programada para o final de maio e início de junho. Essa inspeção deveria marcar o término da fase 1 do projeto, com a apresentação dos cadernos técnicos. Concluído esse ciclo, a Lokitec esperava receber os 2,1 milhões de euros que estavam "travados", por falta da garantia bancária contratual.

***

DOSSIÊ SMART — A história que o exército quer riscar

— Não entendi — interrompeu Fábio. — O que era esse pagamento? Qual garantia?

— Fábio, a simples assinatura do contrato dava à empresa o direito de receber mais de 2 milhões de euros, sem absolutamente nenhuma contrapartida — explicou Battaglia. — Essa tinha sido uma das críticas do escritório de advocacia de Nova York à minuta do edital. Veja bem... Você vai fazer uma obra na sua casa. Provavelmente, vai ter que adiantar algum pagamento para o empreiteiro comprar material. Mas, no caso do Smart, o que justificaria uma antecipação de valor tão elevado?

— O que justificaria? — devolveu a pergunta, intrigado.

— Não faço ideia! — respondeu Battaglia, erguendo as sobrancelhas e meneando a cabeça. — Nem você nem eu nem o advogado novaiorquino. Agora, para dirimir sua segunda dúvida... Como a Calice estava adiantando essa quantia toda, a fim de mitigar o risco que ela mesma criara, incluiu uma cláusula que condicionava o pagamento à apresentação de uma garantia bancária, a chamada *performance bond*.

— *Performance bond*?

— Sim, é uma garantia destinada a assegurar que um contrato seja cumprido do modo como foi acordado em sua concepção. Funcionava assim: se a Lokitec não cumprisse o contrato, o banco deveria devolver ao Exército os valores que haviam sido adiantados. Depois, a instituição financeira poderia acionar a empresa judicialmente, por meio de uma ação de execução, com a contraprova do título bancário emitido.

— Entendi.

— O problema foi que nenhum banco se dispôs a fornecer esse "passe livre" para a empresa. A Lokitec, então, encontrou uma seguradora que topou o risco. Mas isso não resolvia a situação, porque o contrato previa especificamente "garantia bancária" e não "seguro". Era uma diferença sutil, mas considerada essencial pela Calice.

DIÁRIOS DA CASERNA

***

A recusa dos bancos era outro sinal de que a Lokitec não gozava de credibilidade. Ao contrário da comissão de licitações internacionais, as instituições financeiras levaram em conta aquele *ranking* da revista MT2, que não a incluía. Garantir que ela conseguiria desenvolver, de uma hora para outra, o melhor simulador de artilharia do mundo, sem experiências prévias de sucesso, por certo, era um risco alto que os bancos não estavam dispostos a correr. E mais: sabia-se que a empresa sobrevivia de contratos de compensação comercial entre a Espanha e outros países.

No mundo animal, existe um paralelo, o comensalismo. O peixe-piloto acompanha o tubarão, vivendo de seus restos alimentares. A hiena, por sua vez, aproveita-se das sobras do jantar dos leões. Não deixa de ser uma relação harmônica, em que a espécie beneficiada, em regime de dependência, não prejudica sua provedora. A Lokitec era essa hiena, que vivia dos restos dos contratos internacionais da Espanha. E, na hora de dar uma garantia ou um empréstimo, os bancos querem saber qual a probabilidade de levarem calote.

O pagamento da primeira parcela virou, então, uma obsessão para os espanhóis. Nas reuniões, o coronel Stark falava da ausência de metodologias, dos requisitos não atendidos e da indefinição do protótipo. A empresa respondia com uma reclamação: o pagamento não tinha saído.

Foi então que o fiscal do contrato teve uma ideia: condicionar o pagamento ao resultado da inspeção da gerência do projeto. Assim, mesmo que a Lokitec não conseguisse a garantia bancária, a liberação da primeira parcela poderia ser flexibilizada diante da entrega dos cadernos técnicos. Além disso, os bancos poderiam se sentir seguros em emitir a *performance bond* se o próprio cliente atestasse o término da fase 1. A ideia "pegou". Com uma data como meta, a

124

empresa parou de reclamar e se pôs a trabalhar para causar uma boa impressão aos visitadores.

***

No domingo, 29 de maio de 2011, da aeronave que fazia o voo comercial TAP 0712, desembarcaram em Barajas cinco militares brasileiros: o general Null, diretor de Ciência e Tecnologia do Exército; o general Prado, subchefe do Estado-Maior do Exército; o coronel Hans, representante do Comando de Operações Terrestres; o major Luís Fernando, comandante do Curso de Artilharia da AMAN; e o major Olavo, do Gesmart. Aureliano, gerente do projeto, não fazia parte da comitiva.

O coronel Felipe Patto recepcionou os generais logo depois dos guichês da imigração e da alfândega espanhola, área do aeroporto que podia acessar com o privilégio diplomático de adido militar da Embaixada do Brasil. Do lado de fora, a estrutura de apoio já estava pronta, com uma luxuosa Mercedes Benz para o transporte VIP dos oficiais generais e uma van comum para os coronéis e majores. Null e Prado receberam telefones celulares para uso no país, assim como Olavo, olhos e ouvidos de Aureliano. O coronel Stark deu as boas-vindas a todos logo depois do portão do desembarque.

A Lokitec tampouco perdeu a oportunidade de recepcionar a comitiva. Estavam presentes o presidente da empresa, Julio Sonzo; o diretor de simulação, Gabriel Lucha; e o gerente do projeto, Samuel Cortés, que colocaram também à disposição uma van para o traslado das bagagens. Papa Velasco também foi saudar os visitantes. Seguiu o cortejo de veículos dirigindo seu reluzente Jaguar.

***

DIÁRIOS DA CASERNA

— Houve algum motivo para o gerente do Projeto Smart não viajar à Espanha? Parece um contrassenso, não? — perguntou Fábio Rossi.

***

O general Aureliano tem uma inteligência acima da média e sempre foi muito articulador, agindo com perspicácia em proveito próprio. Não chegou a general à toa. Jactava-se de si mesmo, contando suas histórias. Dizia que, certa vez, perguntara a um colega lotado na Assessoria de Pessoal do Gabinete do Comandante do Exército por qual motivo era sempre preterido nas missões no exterior. "Aureliano, está na hora de você se casar de novo", respondeu-lhe o amigo. Extraoficialmente, as Forças Armadas preferiam não destacar oficiais solteiros para determinadas atividades fora do país. Aureliano, ainda coronel, era divorciado do primeiro casamento e viúvo do segundo. Trocou alianças, então, mais uma vez, desposando a cunhada do capitão Terra, seu subordinado. A manobra surtiu o efeito desejado e, pouco depois, foi nomeado adido militar na Espanha.

O capitão Terra virou seu "peixe", seu protegido. Anos depois, esse oficial ascenderia a general. Seria injusto, entretanto, dizer que alcançou o posto por nepotismo; longe disso! Além de ser um dos primeiros colocados de sua turma da AMAN, o que o beneficiou com medalhas, conceitos acima da média e missões de paz da ONU, tinha inúmeras virtudes. Primeiramente, procurava ouvir seus subordinados e assessores com respeito e atenção. Ao mesmo tempo, tinha grande habilidade e disposição para tirar ideias do papel e materializá-las. É claro, no entanto, que nunca havia desprezado a política dos bons relacionamentos. Por esse motivo, havia quem o considerasse, com evidente exagero (e talvez inveja), um carreirista desleal, disposto a tudo para chegar ao generalato.

DOSSIÊ SMART — A história que o exército quer riscar

Com esse breve desvio narrativo, fica mais fácil entender as articulações maquiavélicas de Aureliano em não fazer parte daquela comitiva que chegara à Espanha. As relações entre a DEMEx e a DCTEx estavam estremecidas desde que se começou a discutir a conveniência do desenvolvimento de um simulador no exterior. Era preciso aparar arestas, refazer os laços colaborativos com o órgão que possuía legítima competência sobre os projetos tecnológicos da Força Terrestre. E que oportunidade seria melhor do que oferecer ao diretor de Ciência e Tecnologia uma viagem à Europa com passagens aéreas de primeira classe e hotel por conta da empresa inspecionada?

As outras "vagas" foram distribuídas como dádivas de agradecimento. Ao general de divisão (três estrelas) Prado, vice-chefe do EME, pelo "estudo" que o órgão produzira em apoio à compra do simulador e ao major Luís Fernando, comandante do Carta, porque se redimira a tempo. Depois do parecer contrário ao negócio, cedera ao projeto dois de seus tenentes instrutores, Lotterman e Marcus Junius. No caso do major Olavo, era uma mesura pertinente, pois vinha trabalhando, de fato, no Gesmart.

As articulações de Aureliano, contudo, não eram tão inofensivas. Ele sabia que essa visita serviria para justificar o primeiro depósito na conta da Lokitec. Aliás, referendar, porque o Comandante do Exército, general Augusto, em 25 de maio, poucos dias antes daquela viagem de inspeção, já havia assinado o Despacho Decisório nº 071/2011, autorizando, em "caráter excepcional", o pagamento antecipado aos espanhóis, encaminhando-o à Calice para as providências decorrentes. Nos "considerandos" do documento, nada havia que justificasse a decisão, exceto meia dúzia de arremedos sobre as pretensas vantagens que o simulador traria ao Exército.

Até então, respaldado pelo parecer negativo da DCTEx, Null não tinha responsabilidade maior por todos os equívocos e irregularidades

127

DIÁRIOS DA CASERNA

do projeto. Esse *status*, porém, seria alterado. O general fora enviado em missão oficial de nove dias à Espanha, incluindo os deslocamentos, conforme a Portaria nº 1.356, do Ministério da Defesa, de 25 de maio de 2011, publicada no Boletim do Exército nº 22/2011, com a finalidade de "realizar viagem de acompanhamento da 1ª fase do Projeto do Simulador Militar de Artilharia (Smart)".

Nessa vistoria, como maior autoridade em ciência e tecnologia do Exército, o general Null daria seu aval a decisões e compromissos para garantir a continuidade do projeto. Nos anos seguintes, depois que as denúncias começaram a pipocar, alegaria desconhecer o que havia assinado. Diria ter sido mal assessorado, desculpa-padrão de autoridades que tentam se isentar de seus erros e de suas responsabilidades.

Aureliano, por meio do general Nicolau, tinha passado instruções bastante detalhadas ao coronel Stark sobre as apresentações que deveriam ser feitas a Null. A ideia era reverter a imagem negativa que o general tinha do projeto, exaltando as supostas vantagens que o novo equipamento traria para o Exército.

Stark e Alberto sentiram, pois, que poderiam aproveitar as intenções maliciosas de Aureliano para colocar o Smart nos trilhos. A DEMEx não entendia nada de projetos de engenharia; o diálogo era difícil. Por mais que o major Olavo se esforçasse, o Gesmart era uma repartição neófita, para não dizer desqualificada. A exceção era Nicolau, do quadro de engenheiros militares, que, entretanto, era general reformado, com função meramente consultiva, sem autoridade para implantar suas ideias ou tomar decisões. Foi assim que o fiscal do contrato e o supervisor técnico passaram a sonhar com uma transferência de direção no projeto, da DEMEx para a DCTEx.

Stark mandou a equipe técnico-operacional estabelecer uma comparação entre o SEA e o Smart. Não bastava dizer que o simulador brasileiro seria muito superior ao espanhol; era preciso realizar medições e comprovar essa supremacia. O resultado foi surpreendente.

128

DOSSIÊ SMART — A história que o exército quer riscar

A customização, a modernização e o acréscimo de funcionalidades fariam com que o simulador brasileiro fosse 65% superior a seu ancestral espanhol.

A Lokitec e Papa Velasco tampouco poupariam esforços para causar boa impressão ao general brasileiro. *"Mi general"* daqui, *"mi general"* dali, Null era cumulado de afagos e bajulações. Ele e a comitiva foram convidados, logo na primeira noite, para um coquetel e jantar de boas-vindas na luxuosa mansão do "mercador da morte". O festim contou com a presença de Julio Sonzo e outros diretores da empresa. Por dever funcional, o adido militar, coronel Patto, e o chefe da equipe brasileira do projeto na Espanha, coronel Stark, também tiveram de comparecer à recepção.

No dia seguinte, Stark emprestaria seu testemunho aos colegas sobre a opulência e a ostentação que o impressionaram. Muito dinheiro fora gasto naquele banquete. Papa Velasco ainda exibira, vaidosamente, seus automóveis de luxo, os jardins com plantas exóticas e caríssimas peças de decoração, algumas delas de ouro e marfim. Eram presentes de antigos clientes do continente africano.

No dia seguinte, segunda-feira cedo, de maneira muito profissional, os militares da comitiva embarcaram na primeira classe de um trem da AVE, acompanhados pelo adido militar, para Granada, na Andaluzia, a fim de visitar o Comando de Adestramento e Doutrina do Exército espanhol. A viagem ferroviária de 360 quilômetros, distância percorrida em pouco mais de três horas, serviu para eliminar os últimos resquícios da intoxicação etílica da noite anterior. Depois das apresentações na instituição, foram todos fazer um *tour* por Alhambra e Generalife.

Na terça-feira, a comitiva não viajou. Ficou em Madrid e aproveitou a manhã para conhecer o Comando de Apoio Logístico do Exército espanhol. Na parte da tarde, foi a vez da Engenharia de

DIÁRIOS DA CASERNA

Sistemas para a Defesa da Espanha e da Unidade de Transformação das Forças Armadas. Na quarta-feira, viajaram a Segóvia para ver o famoso SEA. O passeio pelo castelo e o almoço no restaurante José María agradaram sobremaneira os enviados brasileiros. Na sequência, retornaram à capital para uma visita de cortesia dos generais ao embaixador do Brasil.

À noite, promoveu-se um jantar de reciprocidade, oferecido pela comitiva brasileira à Lokitec e a Papa Velasco. O local escolhido foi a Casa de Valencia, com sua famosa *paella*, que dizem ser a melhor da capital espanhola. O ambiente é agradável, o serviço é impecável, e os pratos são muito saborosos. Localizado em um bairro nobre da cidade, o restaurante se orgulha de ter sido inaugurado pelo rei Juan Carlos e pela rainha consorte, Sofia da Grécia, em 1975. Ao final, a conta salgada foi paga com a verba da aditância militar destinada a gentilezas diplomáticas. Tudo perfeitamente justificado!

Na quinta-feira, a comitiva brasileira seguiu para a região de La Mancha. A atividade, que se estendeu até três da tarde, teve como objetivo conhecer os projetos e produtos de alta tecnologia da Lokitec e visitar as instalações da fábrica em Toledo. Depois do almoço em uma vinícola da região, a comitiva retornou a Madrid para uma reunião de coordenação com a equipe brasileira.

Chegaram todos cansados ao hotel, pouco depois das sete da noite. O pessoal da missão teve o prazo cronometrado de uma hora e meia para atualizar Null sobre o andamento do Smart e abastecê-lo de informações para a inspeção que ocorreria na manhã seguinte. Desde a chegada da comitiva, no domingo de manhã, aquela era a primeira oportunidade oficial que a equipe brasileira tinha de se manifestar sobre o projeto. Stark, Battaglia e Alberto se revezaram nas apresentações, sem esquecer das ideias-força que o general Aureliano mandara transmitir ao diretor de Ciência e Tecnologia. No final, foram cumprimentados discretamente pelo major Olavo, sinal

DOSSIÊ SMART — A história que o exército quer riscar

de que tinham realizado o serviço a contento. À noite, cumpriu-se mais um compromisso protocolar: jantar com o adido militar no restaurante El Séptimo, vizinho ao hotel.

Às nove da manhã, em ponto, da sexta-feira, 3 de junho, a comitiva finalmente chegou ao Parque Empresarial Brumas para executar a esperada e rigorosa inspeção, principal missão daquela viagem. Depois da recepção, que consumiu meia hora de forçadas lisonjas, o general Null passou à sala secreta para a verificação dos cadernos técnicos. O major Alberto, como supervisor técnico, e Baptista, encarregado espanhol da organização da documentação, foram os responsáveis pela atividade.

O resultado não foi nada satisfatório. A Lokitec não tinha produzido os cadernos técnicos, que materializariam o término da 1ª fase. Apresentou registros e papéis dispersos e incompletos. O gerente Samuel Cortés assegurou que a fase 1 encontrava-se finalizada, faltando apenas a "formalidade" de documentá-la. "O senhor poderá confirmar o que digo ao percorrer os postos de trabalho", afirmou com convicção, procurando persuadir o general Null. Adiantou que, ao final, os representantes da empresa esclareceriam todas as eventuais dúvidas da comitiva. Segundo Cortés, espanhóis e brasileiros vinham trabalhando duro, de forma perfeitamente integrada, com progressos notáveis em todas as áreas do projeto.

Nas duas horas seguintes, demonstrando interesse e curiosidade, Null assistiu a apresentações e ouviu explicações de cada área, arquitetura, visual, interface do usuário, simulação e hardware. Pareceu sair bem impressionado com as resenhas. Finalizando a inspeção, reuniu-se com os gestores da Lokitec.

Nesse encontro, em primeiro lugar, escutou a velha ladainha: a empresa reclamou por não ter recebido ainda nenhum centavo, mesmo tendo, supostamente, cumprido todas as suas obrigações contratuais. Os anfitriões lembraram-se também da assessoria à obra de construção do edifício Smart, com a contratação do arquiteto espanhol e sua

131

DIÁRIOS DA CASERNA

viagem ao Brasil, que dizia valer a gorda fatura de 190 mil euros. A culpa pela falta dos cadernos técnicos da 1ª fase foi atribuída à equipe brasileira, primeiramente, pelo atraso de duas semanas no início das atividades, e, depois, porque os militares teriam supostamente ampliado o escopo do projeto, com o acréscimo de exigências e requisitos na fase de detalhamento. A empresa informou que poderia agregar novas funcionalidades ao simulador mediante um termo aditivo.

Em resumo: além do desbloqueio incontinenti do pagamento inicial de 2,1 milhões de euros, e do ressarcimento pela subcontratação do arquiteto (no valor de 190 mil euros), a empresa ainda teve o despudor de solicitar um adiantamento de 980 mil euros, ou seja, 20% da parcela seguinte, à qual só teria direito na apresentação do protótipo. Total da conta: 3.270.000,00 euros.

A Lokitec e Papa Velasco haviam se preparado muito bem para essa reunião, ao contrário de Null, que desconhecia todos esses detalhes. O general viajara para a missão sem nem sequer ler o contrato do projeto. Desconhecia seus termos e ignorava seus aspectos técnicos e financeiros. Uma semana na Espanha era muito pouco tempo para se inteirar de tudo, ainda mais com tantos compromissos importantes da agenda de quatro estrelas. O líder dos inspetores, no entanto, fingiu estar sereno e tranquilo. Não queria, de modo algum, deixar transparecer que desconhecia a maior parte dos assuntos discutidos. A culpa, obviamente, seria da desleixada equipe brasileira que, na noite anterior, não havia conseguido prepará-lo adequadamente para essas complexas tratativas.

Ao final, a Lokitec apresentou a "Ata da Reunião da 1ª Visita de Inspeção e Diretrizes para o Prosseguimento do Projeto Smart". O documento declarava que o diretor de Ciência e Tecnologia do Exército havia tido a oportunidade de inspecionar a fábrica de Toledo e o escritório de Madrid, durante uma semana, comprovando *in loco* a capacidade técnica da empresa e os progressos do trabalho. A fase

DOSSIÊ SMART — A história que o exército quer riscar

1 dava-se por finalizada dentro do "escopo original", podendo ser expandida para contemplar novos requisitos, mediante um termo aditivo ao contrato. A ata ainda colocava em relevo a falta de pagamento, qualificando o Exército Brasileiro como inadimplente, e o atraso da chegada dos militares à Espanha.

***

— O general Null não assinou esse documento, não é? — perguntou Fábio, esperando o não como resposta óbvia.

— Pior que assinou — respondeu o entrevistado.

Verão

Na manhã seguinte, sábado, 4 de junho, com a "missão cumprida", os membros da comitiva embarcaram no voo TAP 0717, que decolou às 8h05 rumo a Lisboa. Dali, pegariam o Airbus que cruzaria o Atlântico, conduzindo-os de volta para casa. Dentro de alguns dias, começaria o inverno no hemisfério Sul. Na metade norte do planeta, chegava o verão, época das férias de agosto na Europa.

Com os documentos assinados pelo general, a Lokitec finalmente conseguiria apresentar uma garantia bancária, e os primeiros 2,1 milhões de euros lhe foram pagos. Os cadernos técnicos da fase 1, contudo, permaneciam incompletos. Sem a metodologia RUP, e diante de dados e métricas pouco confiáveis da empresa, Alberto tentava, por si, estimar o atraso no cronograma do projeto, sempre relatando os problemas ao fiscal.

Com base nos alertas do supervisor técnico e cada vez mais preocupado com a apresentação do protótipo, Stark continuou a enviar relatórios ao Gesmart, comunicando expressa e oficialmente os pro-

133

blemas no fluxo de trabalho. Aureliano foi se aborrecendo, atribuindo àquele material um caráter desleal e covarde do subordinado. O general, sim, se doava de corpo e alma ao Exército, tendo coragem de buscar uma evolução para a velha artilharia. Mas o coronel não fazia a sua parte, mesmo depois de ganhar uma missão de dois anos no exterior com a família. Foi então que resolveu reagir: cortou as férias dos militares na Espanha. "Se o cronograma está atrasado, que o 'senhor' coronel Stark e sua equipe trabalhem para colocar tudo em dia", sentenciou, irritado.

Selecionados para a missão de forma não muito ortodoxa, como já narramos, alguns militares acabaram embarcando para a Europa com férias atrasadas. O mais lógico e racional seria aproveitar o período de descanso da empresa para acertar a situação dos brasileiros. De nada adiantaria suspender as férias da equipe, que estava ali para assimilar a tecnologia, se os engenheiros espanhóis estivessem de folga. Foi o que Alberto disse a Stark, que disse a Olavo, que disse ao gerente do projeto. Aureliano, então, ligou para Julio Sonzo, expondo o problema e sua decisão de suspender o recesso dos militares. O executivo prontamente garantiu ao general que faria o mesmo em relação aos funcionários da empresa.

O problema é que a Lokitec não era um quartel, Julio Sonzo não era general e os engenheiros a ele subordinados não eram militares. Não havia como infringir deliberadamente as leis trabalhistas da Espanha. Na maior parte do ano, os empregados da empresa cumpriam jornadas laborais de nove horas, de segunda a quinta. Na sexta, o expediente terminava às duas da tarde, dando início ao fim de semana prolongado. A partir de 1º de julho, o horário mudava: entrava a chamada "jornada laboral intensiva", que, de intensiva, não tinha nada. Trabalhava-se de segunda a quinta, teoricamente, das oito da manhã às três da tarde, diminuindo-se a jornada de nove para sete horas; na sexta-feira, duas horas a menos, com liberação à

DOSSIÊ SMART — A história que o exército quer riscar

uma da tarde. Mas a redução era ainda maior se considerarmos que ninguém trabalhava ininterruptamente. Na prática, os funcionários continuavam parando para um lanche ou para o almoço, sem contar as tréguas frequentes dos fumantes inveterados.

Assim, enquanto Aureliano baixava suas ordens generalícias, acreditando vaidosamente que tinha poder sobre a empresa espanhola, a Lokitec o enrolava, prometendo uma coisa, mas fazendo outra, desacelerando o ritmo de trabalho. A jornada reduzida ou estival, para dar-lhe nome mais apropriado, procurava aproveitar ao máximo o verão europeu, estendendo-se de 1º de julho a 12 de setembro. As férias coletivas eram gozadas de 1º a 22 de agosto. Somavam-se aos oito dias no final do ano, completando-se, assim, os trinta dias legais de descanso.

Com desfalque dos espanhóis, o jeito foi inventar o que fazer. Os artilheiros elaboraram propostas para normatizar a operação do simulador no Brasil, definindo as futuras demandas de recursos humanos e materiais. Já os engenheiros não tinham mesmo o que fazer naquela situação. Alberto, então, passou a ser mais incisivo em seus relatórios técnicos, apontando a recorrente falta de transferência tecnológica. Esses comentários eram replicados nos comunicados do fiscal do contrato enviados ao Brasil e a Nova York. Os gestores da Lokitec, obviamente, não ficaram nada satisfeitos com as críticas, já que parte considerável do pagamento estava atrelada ao cumprimento daquelas obrigações. Primeiramente, o gerente Samuel Cortés reclamou com o supervisor técnico, que não cedeu. Depois, o diretor de simulação, Gabriel Lucha, se queixou ao coronel Stark, que tampouco alterou seu relatório.

Foi aí que, num certo dia, Stark recebeu um pito telefônico:

— O general Aureliano mandou retirar do relatório a parte que fala de transferência tecnológica deficiente — disse-lhe o major Olavo.

O fiscal foi compelido a obedecer. Militares têm um regime diferente dos servidores públicos civis. Enquanto os civis não são obrigados a cumprir ordens manifestamente ilegais, aos militares

135

DIÁRIOS DA CASERNA

somente é dado o direito de não cumprir as que sejam criminosas. Não lhes cabe fazer juízo de valor sobre a ordem recebida, sob pena de incorrer em crime militar de desobediência, conforme jurisprudência amplamente consolidada do Superior Tribunal Militar (STM). Era difícil dizer, naquele momento, se a determinação do general Aureliano seria "apenas" ilegal ou se constituía conduta mais grave. Na dúvida, o subordinado não quis se arriscar. O chefe da equipe brasileira também recebeu forte recomendação de desescalar a crise, de promover uma distensão e buscar maior entrosamento com os espanhóis.

Foi aí que Stark teve uma ideia. Torcedor fanático do time tricolor carioca do bairro das Laranjeiras, o futebol era a sua paixão. Quando cadete, tinha feito parte, como titular, do time da Academia Militar. Era comum ouvi-lo conversando com Gabriel Lucha sobre "El Clásico", ou seja, sobre o duelo particular entre o Real Madrid e o Barcelona. Discutiam os esquemas táticos de jogo, criticavam ou elogiavam os técnicos, avaliavam jogadores e comparavam os campeonatos europeu e sul-americano. Naquela época, o futebol na Espanha estava em alta. Sua seleção tinha se consagrado campeã da Copa do Mundo da FIFA, no ano anterior, na África do Sul. O Brasil, que havia se classificado em primeiro lugar na fase de grupos, perdera para a Holanda, nas quartas de final, terminando sua campanha em um modesto sexto lugar.

O chefe da equipe, então, teve a ideia de organizar uma peleja entre os espanhóis e os brasileiros que participavam do projeto. Adentrou animado na sala secreta:

— S1, prepare uma ordem de serviço para uma partida de futebol entre a Lokitec e o Exército Brasileiro — anunciou empolgado para que todos ouvissem.

— Essa missão, coronel, é do S3 — rebateu Marcus Junius, com visível má vontade.

DOSSIÊ SMART — A história que o exército quer riscar

— Negativo! As ordens de instrução é que são de responsabilidade do oficial de operações; as de serviço, são do S1.

— Coronel, não me chame mais assim — protestou o tenente.

— Você não gosta de ser chamado pela função que exerce?

— Não, senhor. Por favor, não me chame mais assim.

Stark saiu bufando e pisando duro. Todos presenciaram a cena constrangedora e muitos sentiram a tal vergonha alheia. A animosidade dentro da equipe brasileira chegava ao clímax. Battaglia imediatamente o seguiu. Era preciso fazer alguma coisa para acalmar a situação.

— Entregue ao tenente Marcus Junius o FATD — ordenou a Battaglia.

O coronel se referia ao formulário de apuração de transgressão disciplinar. A acusação era de desrespeito a superior hierárquico, tratando-o de forma desatenciosa, na presença de civis e militares. Dessa vez, quem teve de desescalar a crise foi Battaglia.

Todos estavam estressados com os problemas do projeto e desgastados com a Lokitec. O tenente não tinha respondido por mal. Simplesmente, considerara que a confecção da ordem de serviço talvez fosse desnecessária. Nada, entretanto, serenava o espírito aviltado do chefe da equipe. Segundo ele, a formalidade era importante e o subordinado havia sido desrespeitoso. "Vai que alguém quebra a perna", justificou-se. "Com esse registro oficial, estará amparado."

— Por acaso o Marcus Junius brigou com o namorado dele e veio descarregar em mim? — desabafou.

O suposto amante secreto do tenente era o engenheiro militar Juliano. Na opinião de Stark, aquela paixão lasciva era evidente, mas reprimida por razões de natureza religiosa. Junius cerrava fileiras em um segundo exército, o do Opus Dei, uma estrutura institucional católica com finalidade evangelizadora. Havia sido fundada em 1928, justamente por um padre espanhol, Josemaría Escrivá de Balaguer, sacerdote conservador, especialmente no campo dos costumes. Uma

137

organização tão ligada aos valores da "família tradicional", obviamente, não aprovava relacionamentos homossexuais. O mesmo se podia dizer das Forças Armadas, ambiente em que a pluralidade no campo afetivo sempre fora duramente reprimida. Juliano, por sua vez, era bastante discreto, mas suas falas e seus trejeitos, segundo o coronel, não escondiam sua orientação sexual.

Para Battaglia, o possível romance proibido não vinha ao caso. Fato é que Marcus Junius era ex-instrutor da AMAN, função de bastante visibilidade, e fora indicado para a missão pelo coronel Bastião Dias. Além disso, era filho de um antigo coronel do Exército, que trabalhava como prestador de tarefa por tempo certo (PTTC), em Brasília, com colegas de turma generais. A abertura de um processo administrativo disciplinar contra o tenente não repercutiria bem no Brasil. E ainda ofereceria munição aos críticos do projeto, na contramão das intenções do general Aureliano. O tiro poderia sair pela culatra.

— Pensando bem, vou dar mais uma chance ao tenente — reavaliou Stark. — Mas oriente-o para que não volte a transgredir. Dou por bem recomendado.

O major Alberto também resolveu se dedicar a apaziguar os ânimos, aconselhando os jovens tenentes Junius e Lotterman. Sua primeira lição: nunca bater de frente com os militares mais antigos, mesmo tendo razão. Era o que ele chamava de "nível básico". O avançado consistia em saber manipular o superior hierárquico a seu favor, empregando a "teoria da garrafa", que orgulhosamente dizia ter criado.

Mas, afinal, do que se tratava? Alberto contou que, ao sair do IME, como tenente, estava empolgadíssimo para conduzir novos projetos de ciência e tecnologia. Segundo ele, suas ideias eram excelentes, até mesmo geniais, mas não emplacavam. Não entendia como podiam ser rejeitadas pelos superiores. Até que um dia teve um *insight*, que definiu por meio de uma metáfora. Em vez de apresentar "a garrafa

DOSSIÊ SMART — A história que o exército quer riscar

bonita, com rótulo e saborosa bebida gelada", exibia, de propósito, um recipiente recondicionado, uma etiqueta rústica e um conteúdo em temperatura ambiente. Ao examinar o protótipo bruto, o general percebia suas qualidades e sugeria melhorias óbvias: "use um vasilhame novo, imprima um rótulo adequado e ponha a bebida para gelar". A partir daquele momento, ao indicar os aprimoramentos, o superior passava a se considerar coautor do projeto. Exitoso em suas artimanhas, Alberto começou a ganhar fama como o engenheiro do Exército que mais aprovava projetos. O mito criou um efeito bola de neve, credenciando-o a desenvolver outros programas.

Os tenentes, pelo menos naquele momento, não levaram a sério os conselhos do major engenheiro. Em tom jocoso, apelidaram o método albertiano de "Teoria de la Botella" ou "Botellón", em referência ao costume dos jovens espanhóis de promoverem encontros e festas em praças públicas, consumindo bebidas alcoólicas em garrafões. Era, pois, a solução para quem tinha pouco dinheiro e não podia frequentar bares ou danceterias. Mais séria foi a conclusão que tiraram dessa conversa: o coronel Stark estaria sendo embriagado pelo *botellón* do major Alberto.

O jogo de futebol entre os engenheiros da Lokitec e os militares acabou acontecendo. A equipe brasileira sucumbiu aos donos da casa e deixou a cancha com um humilhante 7 a 1 no placar. No projeto Smart, a Lokitec também vinha impondo seu ritmo de jogo, goleando o Exército Brasileiro.

✷ ✷ ✷

Sem poder tirar férias, suspensas pelo gerente do projeto, Helena e Battaglia se inscreveram nas aulas intensivas de patinação da Roller Madrid, do simpático colombiano Juan Manuel, no Paseo de los Coches, localizado no Parque del Retiro, em frente ao *flat* onde moravam. O expediente na Lokitec estava terminando às três da tarde, de modo que sobravam muitas horas de luz natural. Naquela época do ano, o pôr do sol ocorria por volta das nove da "noite".

Como nunca haviam patinado, a primeira aula, com a paciente professora Montse, foi focada no básico: aprender a ficar de pé sobre as quatro rodas em linha. A Roller Madrid trouxe um benefício extra: Helena fez amizade com Lena, uma espanhola também inscrita no curso, casada com Ben-Hur, piloto da Ryanair, empresa aérea inglesa que operava voos *low cost* na Europa. A amizade entre os casais foi uma das boas coisas da temporada na Espanha. Ben-Hur, sempre muito espirituoso e inteligente, passaria a fazer trocadilhos com as palavras em espanhol e português, e até com os nomes das mulheres, que pronunciava He-Lena, com uma pausa após a primeira sílaba, porque assim podia chamar as duas ao mesmo tempo.

Quando chegou agosto, ao contrário do que Julio Sonzo prometera, os funcionários da empresa foram gozar suas férias coletivas. Diante dessa realidade, o general Aureliano teve que se conformar e concedeu recesso de uma semana para a equipe brasileira. A maioria dos militares aproveitou o período em cruzeiros pela região litorânea da Itália, da Croácia e da Grécia.

Battaglia escolheu um destino diferente para ele e Helena: as águas geladas do mar Báltico, ao norte. O enorme Vision of the Seas, navio com onze decks, operado pela Royal Caribbean, partiu de Estocolmo, na Suécia, com mais de duas mil e quinhentas pessoas, entre passageiros e tripulantes. Fez uma parada em Helsinque, na Finlândia, até aportar em São Petersburgo, na Rússia, onde permaneceu por mais tempo, retornando dali para o porto de partida. Uma ótima viagem com a oportunidade de conhecer novos povos e culturas.

★★★

DOSSIÊ SMART — A história que o exército quer riscar

De volta ao trabalho, os relatórios do fiscal do contrato continuaram incomodando o gerente do projeto. Como estava proibido de mencionar expressamente as falhas na transferência tecnológica, Stark dava um jeito de apontar outros problemas que, indiretamente, indicavam a mesma coisa. À boca pequena, continuava divulgando sua história de que o general Reis tinha recebido um apartamento da Lokitec, mas com um ingrediente a mais: agora, dizia que a mobília do imóvel teria sido paga pela construtora que ganhara a licitação para a obra do edifício do simulador na AMAN. O coronel não revelava suas fontes, mas seu discurso era bem assertivo. Um detalhe, entretanto, intrigava-o: quais seriam os motivos de Aureliano? As aspirações à quarta estrela não poderiam, por si só, levá-lo a cometer tantos descalabros, conjecturava. O gerente do projeto, de fato, tomava decisões flagrantemente contrárias aos interesses brasileiros, beneficiando a corporação espanhola. Stark considerava que Papa Velasco tinha demasiado poder sobre o general e influenciava suas decisões.

— Esses caras formaram uma qua-dri-lha — afirmou por diversas vezes aos majores Alberto e Battaglia, sempre do mesmo modo, sussurrando as palavras, arregalando os olhos e franzindo a testa.

De fato, Aureliano não corria riscos sozinho. Seu superior direto, o general Reis, da DEMEx, e o próprio Comandante do Exército, general Augusto, estariam envolvidos até o pescoço no que quer que estivesse acontecendo. Além disso, Aureliano tinha conseguido comprometer o diretor de Ciência e Tecnologia, que assinara os documentos após a inspeção na Espanha. E foi justamente nele que pensou para se contrapor aos relatórios críticos, que continuavam a chegar ao Gesmart e à Calice. O gerente do projeto expôs, então, ao general Null os riscos que aqueles documentos estavam gerando, e propôs enviar uma missão de auditoria a Madrid.

Mais uma vez, Aureliano não viajou à Espanha. Preferiu indicar o leal e recém-promovido general Bastião Dias para representá-lo.

141

DIÁRIOS DA CASERNA

O Gabinete do Comandante do Exército destacou o coronel Neves. Null convocou o tenente-coronel Fabrício dos Santos Cruz, lotado no CDS, o Centro de Desenvolvimento de Sistemas, órgão que lhe era diretamente subordinado. Esse respeitado engenheiro militar era gerente do Programa "C2 em Combate", por meio do qual o Exército Brasileiro esperava digitalizar as manobras militares, abandonando de vez os desenhos a caneta sobre folhas de acetato e cartas topográficas de papel. Segundo anedota recorrente na época, se as fábricas brasileiras desse material fechassem, o Brasil não poderia entrar em guerra.

Antes de Fabrício seguir para a missão, o general Null o chamou para uma conversa em seu gabinete, passando-lhe orientações sobre os resultados que esperava. Preocupado, não recorreu a meias palavras. Informou que, em junho, havia realizado uma inspeção no projeto, sem identificar problemas graves.

— Os últimos relatórios do fiscal do contrato, no entanto, estão me colocando em uma situação delicada — admitiu.

Fabrício mostrou-se decidido a ajudá-lo:

— Farei tudo que for necessário, general — prometeu.

Aureliano ordenou a Bravo-Delta que também avaliasse o trabalho da equipe brasileira, em especial do "senhor coronel Stark", como costumava chamá-lo pelas costas de forma debochada. Em vez de inspecionar o trabalho da Lokitec, a verdadeira missão do representante do gerente, portanto, era observar o fiscal do contrato, buscando falhas em suas condutas. Em razão da burocracia, a viagem somente foi realizada no final de setembro, já com as temperaturas mais amenas do outono europeu. Também ameno foi o relatório do auditor da DCTEx.

A comitiva chegou a Barajas na manhã do domingo, 25 de setembro, no voo 6024 da Iberia. Como de praxe, o adido militar, coronel Felipe Patto, e o chefe da equipe brasileira, coronel Stark, foram recepcionar os militares no aeroporto. Dali, seguiram para

DOSSIÊ SMART — A história que o exército quer riscar

o check-in no hotel Meliá Galgos, porque a Residencia Militar Alcázar não dispunha de vagas. Foram montadas duas programações paralelas. O general Bastião Dias e o coronel Neves cumpriram uma agenda mais protocolar, enquanto o tenente-coronel Fabrício seguiu o cronograma de atividades técnicas.

A primeira agenda começou no mesmo dia, com um passeio a Toledo e uma visita ao Museo del Ejército de Tierra Español. Na segunda-feira, o general Bastião Dias e o coronel Neves voltariam à cidade para conhecer a unidade fabril da Lokitec, almoçando em uma vinícola da região, com tudo pago pela empresa. Na terça-feira, estiveram na sede de Madrid e se encontraram com o embaixador. Na quarta-feira, viajaram a Segóvia para repetir o roteiro-padrão: ver o SEA, passear pelo castelo medieval, visitar a igreja gótica e provar o *cochinillo* no José María. Na quinta-feira, foram a Zaragoza na classe executiva do trem-bala da AVE para conhecer o Centro Nacional de Adiestramiento, campo de instrução onde os militares espanhóis se adestravam com a ajuda do simulador técnico-tático Molino. No dia seguinte, embarcariam no voo IB 6025 de volta para o Brasil.

A agenda dita protocolar poderia ser resumida em duas palavras: propaganda e turismo. Além de se promover, a empresa apresentou outros produtos que procurava enfiar no carrinho de compras dos brasileiros. Era o caso do Torre, um equipamento de vigilância, busca e acompanhamento de alvos. Esse optrônico até que era de boa qualidade, mas nada que não pudesse ser desenvolvido pelo Exército Brasileiro, em alguns anos, com tecnologia nacional e investimentos adequados.

Para "solucionar" o problema de parte dos requisitos que considerava fora do escopo do projeto, a empresa convidou outras duas indústrias de defesa, uma da Holanda e outra da França, para apresentarem seus simuladores de peças de artilharia. A precária sensorização dos obuseiros do SEA era motivo de constantes reclamações dos

DIÁRIOS DA CASERNA

militares espanhóis, que a viam como treinamento negativo. A equipe brasileira tinha ciência dessa falha e lutava para ter no Smart algo que efetivamente adestrasse a tropa na operação desse tipo de armamento. A Lokitec resistia, alegando que essas funcionalidades não estariam cobertas pelo contrato. Poderiam ser desenvolvidas, contudo, pelos holandeses e franceses, com um custo adicional. O preço era altíssimo.

Sobre visitas a pontos turísticos, jantares e outras distrações, não vale a reprise. A novidade foi a sórdida "agenda oculta". Nas conversas com os executivos da empresa, o general Bastião Dias ouviu pesadas reclamações contra o fiscal do contrato, especialmente de Gabriel Lucha. Ao mesmo tempo, Samuel Cortés assestou suas baterias contra o supervisor técnico. Essas maledicências eram esperadas. O dedicado cupincha de Aureliano, no entanto, precisava de mais; queria que integrantes da própria equipe brasileira manifestassem censuras e reprovações ao coronel Stark. Com essa finalidade, procurou ter encontros secretos com vários deles, entre os quais, Battaglia.

***

— Eu tinha minhas diferenças com o Stark — admitiu Battaglia. — Pessoalmente, achava inadequado aquele estilo de comandante de quartel, que, a meu ver, deturpava a essência da nossa missão na Espanha. Também considerava que Alberto o influenciava de modo demasiado. Mas não eram motivos para que eu o maldissesse. Como fiscal do contrato, ele estava enfrentando uma barra. Eu não queria estar na pele dele — reconheceu.

— E o que você disse ao general Bastião Dias? — perguntou Fábio.

— Respondi exatamente isso, que cada militar tinha seu próprio estilo de chefia; e que o coronel Stark tinha o dele. Disse que não me sentia confortável em criticá-lo, especialmente por reconhecer as questões complexas com as quais ele estava lidando na relação com a Lokitec.

— E como o general reagiu?

— O Bravo-Delta disse que o Aureliano estava bastante satisfeito com meu trabalho. Não tinha, porém, informações muito boas a respeito do Stark. Sua missão seria averiguar o que estava ocorrendo. Segundo ele, o general confiava plenamente em mim, inclusive para me designar como novo fiscal do contrato, prorrogando minha missão no exterior por mais um ano. Destacou ainda que o Aureliano seria promovido a quatro estrelas e que qualquer colaboração minha seria lembrada no futuro.

— Então, o general tentava te corromper? — espantou-se o jornalista.

— A conclusão fica por sua conta... Para você ver como a coisa funciona no submundo. Senti que era meu dever moral contar ao Stark o que tramavam contra ele. Recusei-me a tomar parte naquilo, mas fiquei sabendo que o Marcus Junius assanhou-se e aceitou participar do complô. Ele ainda tentou aliciar o Lotterman, que, por suas virtudes, também rejeitou somar-se aos conspiradores.

O tenente-coronel Fabrício, com sua agenda técnica, passou a semana no escritório de Madrid, promovendo reuniões com a equipe brasileira e com funcionários da empresa. Stark e Alberto acreditavam que o auditor validaria suas queixas, contabilizando quatro meses de retardo geral, com sessenta e nove atividades atrasadas de alta prioridade. O relatório conjunto do fiscal e do supervisor indicava que os gestores da Lokitec menosprezavam o Smart, desviando parte do pessoal para outros projetos.

DIÁRIOS DA CASERNA

O trabalho seguia totalmente desorganizado, com métricas não confiáveis, fora do padrão RUP, e, pior, parecia não seguir metodologia alguma. Faltavam especialistas na empresa e, consequentemente, *know-how*, o que comprometia severamente o processo de transferência tecnológica. Os engenheiros espanhóis não apresentavam soluções para os impasses, especialmente no que se referia à sensorização das peças de artilharia e pontaria da linha de fogo. Por fim, encontrava-se suspensa a assessoria às obras de construção do edifício na AMAN, pelo não ressarcimento da Lokitec na subcontratação do arquiteto espanhol, como suposta prestação de serviço extracontratual.

Os espanhóis, por outro lado, esperavam que o relatório do "auditor" não apontasse grandes problemas. Gerou estranhamento a excessiva confiança de Papa Velasco, que se empenhou somente em paparicar Bastião Dias, ignorando as outras atividades. Parecia despreocupado com a visita e com o veredicto dos auditores. E acertaria em cheio.

O relatório produzido pelo tenente-coronel Fabrício foi puramente teórico. Dizia que a transferência tecnológica estava garantida pelos procedimentos adotados, com os militares brasileiros acompanhando o trabalho dos engenheiros espanhóis. Otimista, previa que o projeto poderia proporcionar o desenvolvimento de futuros simuladores pelos engenheiros militares no Brasil. Endossava protestos da empresa contra a integração do Smart a outros sistemas do Exército, inclusive ao "C2 em Combate", programa do qual era gerente. Alegou que essa tarefa deveria ser desenvolvida por militares brasileiros no futuro e que, naquele momento, não havia recursos humanos disponíveis para tais implementos.

Stark e Alberto ficaram decepcionados! Segundo eles, para redigir aquele arrazoado, não teria sido necessário enviar um engenheiro à Espanha, com gastos de passagens aéreas e diárias em dólar. Afinal, o relatório não apresentava conclusões a partir de uma análise dos elementos

146

DOSSIÊ SMART — A história que o exército quer riscar

tangíveis do processo. Era uma coleção de ilações teóricas, fabricada com o intuito de desacreditar as avaliações do fiscal e do supervisor.

— Esse pau-mandado se vendeu por uns míseros dólares de diárias e veio à Espanha para fazer teatro — desabafou Alberto, inconformado.

No retorno ao Brasil, Fabrício encontrou-se novamente com seu superior:

— Missão cumprida! — declarou, orgulhoso de sua disciplina. — Aqui está o relatório.

O general Null ficou satisfeito e aliviado com o resultado, que ratificava as conclusões da inspeção anterior. Sentenciou em voz baixa, mais para si mesmo, que o projeto caminhava bem, conforme o previsto.

No mês seguinte, outubro de 2011, organizou-se uma viagem inversa, da Espanha para o Brasil. A Lokitec precisava preparar a apresentação do protótipo do simulador, prevista para dezembro. Uma equipe da empresa se deslocou para a AMAN, no interior do estado do Rio de Janeiro. Havia fornecedores brasileiros a serem contatados para serviços de apoio, como a instalação da tela de projeção côncava no posto do observador.

A viagem dos engenheiros espanhóis coincidiu com o término da missão no exterior de parte da equipe brasileira. Todos os quatro oficiais de artilharia, além dos engenheiros Kawahara e Juliano, deveriam retornar para o Brasil. Começariam a preparar a estrutura para receber o equipamento e avaliariam periodicamente as versões atualizadas do simulador enviadas pelo pessoal de Madrid. Permaneciam na Espanha: o coronel Stark e os engenheiros Alberto, Oliveira, Konrad, Rossini e Kowalski, dedicados à absorção tecnológica. Com o término da missão, os seis militares ganharam quinze dias de trânsito no exterior. Alguns aproveitaram o período para uma última viagem, como despedida da Europa.

DIÁRIOS DA CASERNA

Romantische Straße

Helena e Battaglia planejaram um *tour* de doze dias pela Alemanha. Um voo os levaria a Munique, onde alugariam uma Mercedes Bens classe A para percorrer quatrocentos quilômetros da Romantische Straße, a rota romântica na região da Baviera, até Frankfurt. No caminho, conheceriam Füssen e Schwangau, onde está o Castelo de Neuschwanstein, que inspirou o palácio da Cinderela da Disney. Visitariam também Augsburg, Dikelsbühl, Rothenburg O.D.T., Würzburg e outros pequenos vilarejos, em meio à paisagem outonal, de folhas vermelhas, amarelas e alaranjadas. Tudo planejado para ser uma segunda lua de mel.

A viagem deveria começar de forma muito agradável, não fosse o gênio de Helena. Alguns diriam que era característica daqueles nascidos sob o signo de Escorpião. Logo no início, em Munique, depois de apanharem o veículo na locadora, foram jantar no centro da cidade. Battaglia não encontrava um local para estacionar. A esposa, com fome, foi se irritando com a demora.

— Para logo esse carro em qualquer lugar!

— Aqui é a Alemanha — ponderou o marido. — Não podemos estacionar em qualquer lugar. Rende uma multa pesada. Isso se a Mercedes não for rebocada.

Helena foi se encolerizando mais e mais. Quando Battaglia finalmente encontrou uma vaga, mais distante do restaurante, o humor da mulher estava péssimo. Depois da refeição, quando chegaram ao quarto do hotel, Helena decretou:

— A viagem acabou. Pode remarcar o voo. Daqui, voltamos para Madri.

De novo Battaglia não acreditava no que ouvia. Havia sido assim em Sevilla, e a história se repetia, agora, em Munique. Tinham se desentendido em Praga, na República Tcheca; em Atenas, na Gré-

148

DOSSIÊ SMART — A história que o exército quer riscar

cia; e em vários outros lugares. Viagens boas com Helena pareciam ser exceção, como a de Santiago de Compostela. Battaglia, que era ateu, deveria começar a acreditar na aura mística daquele lugar, que conseguira domar o gênio da mulher.

— Chega, Helena! Eu desisto. Você está sempre insatisfeita. Não sei mais o que fazer para te ver feliz. Deve ser muito chato tirar um ano sabático, vivendo em Madri, viajando pelo mundo. Uma hora, você briga por causa de um guardanapo; agora, porque estava com fome. Eu também estava! Vou te dizer: a viagem já está toda programada, aluguel do carro, hotéis, passagens aéreas... Você fala muito bem espanhol. Liga para a Iberia e remarca a sua passagem. Pode voltar para Madri. Eu vou continuar, com ou sem você. Pelo menos, vou ter paz!

Helena, que não estava acostumada a ouvir esse tipo de resposta do marido, ficou surpresa. Quando percebeu que Battaglia não se importava mais e que voltar para Madrid somente lhe traria prejuízo, mudou o tom. A viagem não acabara. Seguiram juntos, conforme o planejado.

No início, fizeram uma visita nada romântica, mas oportuna, ao campo de concentração de Dachau, o primeiro da Alemanha nazista, cujas atividades tiveram início em 1933, seis anos antes da II Guerra Mundial. A unidade serviria como balão de ensaio para a construção de outros centros de reclusão, tortura e assassinatos. Dachau foi desativado em 1945. *Arbeit macht frei* (o trabalho liberta) é a frase que ainda pode ser lida sobre os portões deste e de outros campos de extermínio alemães, hoje convertidos em memoriais, provas do Holocausto e locais de homenagem às vítimas do nazismo. Dachau ainda possui uma escultura muito impactante, que imita uma cerca de arame farpado moldada com corpos humanos em desespero. Como contraponto, o périplo incluiu uma visita a Nuremberg. A cidade deu nome ao tribunal que julgou os hitleristas por seus crimes contra a humanidade.

149

DIÁRIOS DA CASERNA

Outra experiência de Battaglia e Helena foi a de guiar por uma Autobahn, rodovia alemã sem limite de velocidade. Pegaram a A7, que corre paralelamente às vias secundárias da rota romântica, para acelerar a viagem entre uma e outra cidade. O velocímetro chegou a marcar mais de 190 km/h, o que não foi suficiente para evitar sinais de farol alto de outros veículos, Mercedes, Audis e Porsches que pediam passagem.

No final da Romantische Straße, em Frankfurt, o casal compraria ingressos para a ópera *Doctor Siegfried*, do compositor alemão Richard Wagner. Três atos, que, com os intervalos, somavam cinco horas de espetáculo, em um idioma que não dominavam. Sim, havia legendas, mas na mesma língua. "Nessa, você exagerou!", disparou Helena, com razão. Saíram depois de três horas, no intervalo do segundo para o terceiro ato. Em Frankfurt, devolveram o carro e pegaram um voo para Berlim.

Cidade única, a capital da Alemanha é marcada por uma construção que se tornou o ícone da divisão bipolar do mundo durante a Guerra Fria. Com as fugas constantes de seus cidadãos para a República Federal da Alemanha (capitalista), a República Democrática Alemã (socialista) resolveu, em 1961, construir um muro cercando todo o setor ocidental da cidade, com grades eletrificadas, torres de observação e corredores com ferozes cães de guarda. Os guardas eram instruídos a atirar para matar qualquer um que tentasse transpô-lo. Era a "Ordem 101". A queda do muro, em 9 de novembro de 1989, representou um grande passo para a reunificação das Alemanhas, e o sinal do iminente colapso do bloco sob influência soviética. Alguns trechos foram conservados como memoriais, e o percurso continua marcado no chão, como uma cicatriz na cidade, com destaque para o *check point* Charlie. O posto de bloqueio, controlado por tropas americanas, foi instalado após a construção do muro para permitir a circulação de militares, agentes diplomáticos e pessoas autorizadas entre o setor soviético e o estadunidense.

Hoje, isso tudo pode ser recordado no local, que virou ponto turístico. Artistas de rua, com fardas da época, oferecem-se para posar diante das câmeras dos visitantes, tendo como pano de fundo a primeira cabine de controle, reconstruída de maneira fiel à original.

As atrações de Berlim, realmente, são variadas e multiculturais. O Palácio de Reichstag (Parlamento Alemão, com impressionante obra arquitetônica do seu domo), o neoclássico e icônico Portão de Brandemburgo convivem com a *street art*, grafites, e feirinhas de rua. E foi numa delas que Battaglia e Helena fizeram uma parada, durante o longo passeio, na Bahnhof Potsdamer Platz, para tomarem um chopp e provarem a saborosa salsicha local. De lá, ainda viajariam a mais uma cidadezinha próxima, Potsdam, que serviu de residência aos reis da antiga Prússia. Seus belos palácios, parques e jardins, no estilo rococó, barroco e neogótico, foram declarados patrimônio da humanidade pela UNESCO.

Mesmo com toda aquela rica experiência cultural, era preciso fazer outro balanço daquele *tour*. A viagem pela Romantische Straße deveria ter sido uma segunda lua de mel para o casal, assim como todo aquele período na Europa. Em vez disso, Sevilla e Munique tinham sido as duas pontas de um longo percurso de "brigas em euro". A "lua de mel" ficou no mundo perfeito das redes sociais, com as fotos que o casal postou das viagens a vinte e quatro países em doze meses. A temporada de Battaglia na Espanha chegava ao fim, com a percepção pessoal de que ele não era responsável por todas as insatisfações da mulher. Esse era o gênio dela. Em resposta, voltando ao Brasil, Battaglia faria algo que jamais tinha feito.

DIÁRIOS DA CASERNA

Protótipo

Mal retornara ao Brasil, Battaglia fora convocado pelo general Bastião Dias para preparar uma apresentação sobre o projeto Smart para o Simpósio de Apoio de Fogo — SAFO 2011, que ocorreria no final de novembro, em Porto Alegre, no Rio Grande do Sul. A finalidade do evento era discutir o estado de obsolescência da artilharia do Exército, insatisfação latente dos militares da arma, e propor soluções para reverter esse quadro. O general Aureliano via no encontro uma excelente oportunidade para divulgar o projeto e se autopromover.

Não restou alternativa a Battaglia, senão a de abrir mão dos quinze dias de trânsito que ainda teria, apresentando-se imediatamente na AMAN. Em razão da urgência da missão, os vinte dias de férias remanescentes que possuía do ano anterior também foram temporariamente suspensos. Dos seis militares que retornavam para o Brasil, quatro haviam sido prejudicados nesse quesito, como consequência da confusão do recesso em agosto. Somente Kawahara e Lotterman estavam com o descanso regulamentar em dia.

Com isso, o fiscal do contrato também propôs ao Gesmart estender a missão de ambos na Espanha por mais um mês, a fim de mitigar o impacto da redução brusca do efetivo da equipe brasileira naquele momento crucial do projeto. O protótipo do Smart não estava pronto. Stark queria que o capitão Kawahara atuasse diretamente no seu desenvolvimento final e pretendia contar com o trabalho do tenente Lotterman para sanar dúvidas da empresa quanto ao *modus operandi* da artilharia, tarefa que deveria ter sido concluída na fase 1, com a confecção dos cadernos técnicos. A gerência do projeto autorizou a prorrogação do serviço.

Enquanto isso, no Brasil, Battaglia viajava para participar do SAFO 2011 ao lado do general Aureliano. No dia 21 de novembro, embarcaram na Base Aérea do Galeão, no Rio de Janeiro, rumo à

DOSSIÊ SMART — A história que o exército quer riscar

capital gaúcha, numa aeronave Embraer VC-99, de transporte executivo da FAB. O simpósio aconteceria nos dias 22 e 23. A palestra do Smart seria realizada logo no primeiro dia com o tema "O Futuro da Artilharia de Campanha no Processo de Transformação da Força Terrestre" e havia sido cuidadosamente revisada pelo próprio general.

Battaglia usou, como base teórica de argumentação, o livro *Guerra e Antiguerra — Sobrevivência na Aurora do Terceiro Milênio*, de Alvin e Heidi Toffler, e, como base prática, exemplos de conflitos assimétricos então recentes, como as Guerras do Golfo. Seu objetivo era expor a obsolescência da artilharia do Exército Brasileiro e a necessidade de urgente evolução. O Smart poderia ser o catalisador dessa modernização. Já Aureliano, em cujo dicionário pessoal não estava inclusa a palavra "modéstia", apresentou-se orgulhosamente como autor da ideia e vangloriou-se pela ousadia de implementar o projeto em espaço tão curto de tempo. Um dos slides que mandara Battaglia preparar trazia como título: "Pensar & Ousar!". Exibia a foto do general com a cabeça voltada para a direita, olhando para o alto, como se estivesse a contemplar o futuro que ele mesmo projetava.

Na quarta-feira à noite, o SAFO 2011 seria encerrado com um jantar de confraternização no Comando do Exército do Sul.

É estranha a denominação jantar de "confraternização" para um evento cuja presença é obrigatória. Se o espírito fosse realmente esse, o mínimo que se esperaria é que houvesse voluntariedade e espontaneidade. No Exército, esses encontros têm participação compulsória e são organizados com base em uma série de formalidades. O traje civil, por exemplo, é definido a partir de tantas regras que fica parecendo um uniforme: calça social; cinto; sapatos, de preferência os que possam ser engraxados; camisa com botões e mangas longas, por dentro da calça. O blazer é o elemento máximo dessa suposta elegância paisano-militar, do qual os convivas são geralmente dispensados em razão do nosso clima tropical. A única violação permitida é, em

153

DIÁRIOS DA CASERNA

dias quentes, substituir a camisa social por uma polo, ajeitada também por dentro da calça. Marcas como Lacoste ou Ralph Lauren são bem-vistas, sinal de que o militar investe em sua apresentação pessoal. Esses eram alguns dos pensamentos que povoavam a mente de Battaglia naquele enfadonho jantar.

Era bom rever colegas de outras jornadas, mas o assunto era sempre o mesmo, não mudava. O que esperar de pessoas que, desde a adolescência, viviam exatamente as mesmas experiências? Há uma ideia hegemônica nas escolas militares, que funcionam em regime de internato. E essa matriz doutrinária se reproduz, depois, em outras escolas, quartéis e vilas militares. Nessas patentes de fim de carreira, como coronéis e generais, parece que tudo piora, com a insistência em evocações nostálgicas. "Ah, no meu tempo é que era bom", diz um. "Pois é, essa molecada de hoje não sabe de nada", arremata outro. Brotam do baú histórias, reais ou inventadas, com cheiro de naftalina e imagens desbotadas. Aliás, tudo isso combina com o "uniforme paisano", que acaba deixando todo mundo com cara de mais velho.

Battaglia aguardava ansioso um dos assessores do comandante anunciar que a saída estava autorizada. O vetusto general, ao contrário, esforçava-se para prolongar seu momento de júbilo, tomando mais uma dose de whiskey, enquanto narrava as façanhas da carreira a uma plateia de bajuladores entusiasmados. De repente, foi dado o sinal verde. O distinto artilheiro se despediu dos colegas e tomou um táxi em frente ao quartel. Endereço: avenida Sertório, no bairro de Navegantes. Enviou uma mensagem por SMS para avisar que estava a caminho. Mergulhado em pensamentos, não percebeu a passagem do tempo. De repente, chegou a seu destino. Pegou a chave na portaria e entrou, como combinado.

Na parede da suíte do motel, acima da cabeceira da cama, um grande letreiro luminoso formava a palavra "LOVE" em vermelho. Nada mais clichê. Ao lado, uma luz neon azul iluminava o pole dance. O ambiente intimista da suíte contrastava com a fachada monocromática e discreta do prédio. Pâmela não demorou a chegar. O belo rosto era emoldurado por longos cabelos louros e lisos. Seu 1,71 metro de altura crescia sobre o salto agulha tipo scarpin. Nos seios de silicone, mamilos tesos espetavam o vestido tubinho colado ao corpo. O bumbum empinava-se sensualmente, sobre um belo par de pernas malhadas. Carinha de anjo. Devia ter uns vinte e pouquinhos anos. Seu perfil dizia que era universitária.

— Olá, gato! Não te conheço. Tu és novo por aqui? — perguntou com inconfundível acento gaúcho.

— Olá, tudo bem? Sim, estou de passagem a trabalho. Mas amanhã já volto para o Rio — respondeu Battaglia, cumprimentando-a com um beijo no rosto.

— Capaz! Que pena! Mas pelo menos resolveu aproveitar um pouquinho mais, apreciando as belas gaúchas!

Battaglia não se sentia exatamente confortável naquela situação e pensou que seria melhor mostrar sinceridade.

— Pâmela, deixa eu te contar... É primeira vez que saio com... — cogitara completar a frase com "uma garota de programa". Considerou, no entanto, que poderia ser deselegante e improvisou uma alteração em sua fala.

— Diga, não se acanhe — insistiu a moça.

— Então, é a primeira vez que saio com uma garota nesse, digamos, contexto... Para te dizer a verdade, estou um pouco sem graça.

— Pois agora, eu é que vou te contar... Vais experimentar e não vais querer largar mais dessa vida! — sorriu, deslizando as mãos no corpo até a cintura. — Vamos tomar alguma coisa, que tu logo perdes a timidez. Um guri bonito assim! Quero aproveitar! — deu uma piscadinha e abriu o frigobar.

Pâmela apanhou dois keep coolers e entregou um a Battaglia. Depois do primeiro gole, ela o surpreendeu com um beijo na boca. A língua licenciosa o saboreava.

DIÁRIOS DA CASERNA

— Pronto, guri! Estás melhor?

Battaglia bebeu um pouco mais.

— Muito melhor — respondeu, puxando-a e beijando-a novamente.

Tateavam-se, explorando seus corpos. Trocavam carícias lúbricas, em ritmo cada vez mais acelerado.

— Senta aí! — ordenou ela, empurrando Battaglia, que caiu de costas na cama.

Despiu-o com notável habilidade e se pôs a chupá-lo com volúpia, enquanto o masturbava, por vezes riscando a pele esticada com as pronunciadas unhas esmaltadas em preto.

— Alguém já tinha te chupado assim? Gostas? — perguntou convencida.

— Estou adorando!

— Então, vem! Soca ele em mim...

Pâmela pegou uma camisinha e colocou em Battaglia, com a boca. Ficou de quatro e olhou para trás. A carinha de anjo havia se transformado na de uma diaba bem safada, que fitava o macho, enquanto abria o bumbum com uma das mãos, convidando-o a penetrá-la.

A visão era maravilhosa! Battaglia não pensou duas vezes. Socou e socou, como Pâmela pedira, puxando seu cabelo, enquanto lhe desferia palmadas nos rijos glúteos. Tentou retardar o clímax. Não foi capaz. Logo explodiu de tesão.

— Bah! Vou te dizer... Tu tens pegada! De verdade! Não saio dizendo isso para todo guri, não.

— Foi você que me deixou com essa vontade toda! — retribuiu o elogio.

Pâmela ainda fez um showzinho no pole dance, e deram mais uma, dessa vez, alternando posições. Serviço completo.

Battaglia pegou um táxi para o hotel de trânsito, como são chamadas essas hospedagens militares. No caminho, procurou entender os sentimentos e as sensações que o invadiam. Não estava eufórico, tampouco deprimido. Tinha planejado aquela aventura como válvula de escape, a fim de manter a sanidade mental. Talvez representasse um antídoto para o veneno emocional que lhe era inoculado durante os rompantes da mulher. Mas e agora? "Normal" foi a palavra que escolheu para conceituar esse estado de espírito fora de qualquer extremo. Tudo estava consumado, foi o que pensou, parodiando pecaminosamente a passagem bíblica.

Ao contrário das previsões de Pâmela, o disciplinado militar não transformaria aquilo em hábito. Não fazia seu estilo. Mas aquele sexo teria um efeito duradouro e, por mais contraditório que pareça, geraria benefício para seu casamento. Depois da viagem pela Alemanha, no retorno ao Brasil, Battaglia agarrara-se à ideia de se separar da mulher. Com a noite gaúcha de libertinagem, contudo, sentiu que ele e Helena estavam, por assim dizer, "quites". Foi a sua vingança contra os destemperos da mulher. Agora, podiam continuar juntos.

De volta a Resende, Battaglia passou a cuidar dos preparativos para a apresentação do protótipo do Smart, agendada para a mesma data da formatura dos novos aspirantes a oficial da AMAN. A ideia de Aureliano era aproveitar a presença dos generais para dar destaque à cerimônia de exibição do simulador. Uma ordem de serviço foi confeccionada, atribuindo tarefas a vários setores da Academia Militar, envolvendo o subcomandante, o estado-maior geral, o corpo de cadetes, a divisão de ensino, a divisão logístico-administrativa, o hospital militar e a banda de música.

A presença do Comandante do Exército acabou inflacionando a lista de convidados VIP. Além dos conhecidos generais Reis, Aureliano, Null, Nicolau e Bastião Dias, ligados diretamente ao projeto,

DIÁRIOS DA CASERNA

o evento contaria com a presença do general comandante logístico, do chefe da Secretaria de Economia e Finanças (FINEX), do comandante militar do Leste (CML), do chefe do Centro Tecnológico do Exército e Campo de Provas da Marambaia (CTEx), do comandante da Escola de Estratégia e Tática Terrestre da Praia Vermelha (EETT), do comandante da Escola de Capitães (EsCap), além, é claro, do anfitrião, general Rutáceas, comandante da AMAN. Dom Emílio, arcebispo militar do Brasil, também estava na lista de convidados, encarregado de benzer o prédio do Smart.

Papa Velasco, Julio Sonzo, Enrique Medelín e Gabriel Lucha formavam a comitiva da Lokitec, que viajou ao Brasil especialmente para acompanhar o que chamavam de "entrega e inauguração do protótipo Smart ao Exército Brasileiro".

Uma equipe de quatro engenheiros da empresa espanhola, entre eles Luis Serrano e Valdir Duque, acompanhados pelo major Rossini, já estava trabalhando havia pouco mais de um mês em Resende. Faltando quinze dias para a solenidade, esse time foi reforçado com a chegada dos engenheiros espanhóis Samuel Cortés e Juan Cirilo, do capitão Kowalski, do coronel Stark e do major Alberto. Era preciso apressar o passo. O prazo estava apertado.

Havia o atraso próprio da Lokitec, que dizia estar finalizando o protótipo em Madri, mas esse não era o único problema. A empresa observou que o prédio do Smart não contemplava itens básicos para a instalação do equipamento, como os suportes para os projetores e as calhas para a passagem dos cabos de dados lógicos. Dessa forma, notificou formalmente o Exército sobre esses entraves, queixando-se também das inadequadas condições ambientais e de limpeza para o material eletrônico. A obra do edifício deveria ter sido encerrada um mês antes pela construtora Calil, contratada pela AMAN. O cronograma, no entanto, não fora cumprido. Ainda havia muito a se fazer. Ressentidos, os espanhóis exultaram com o desespero do

DOSSIÊ SMART — A história que o exército quer riscar

cliente, salientando que o Exército havia recusado a proposta de manter o arquiteto espanhol acompanhando a construção.

Se o major Alberto reclamava que a Lokitec não seguia a metodologia RUP prevista no contrato, o que se podia dizer da gestão militar do Smart? Os generais Aureliano, Reis e Bastião Dias pertenciam todos à carreira bélica. Eram paraquedistas militares, sem experiência em projetos. Os dois últimos pertenciam às forças especiais, cujo lema pretensioso é "qualquer missão, a qualquer hora, em qualquer lugar, de qualquer maneira!". A única voz experiente e sensata era a do general reformado Nicolau, engenheiro militar formado pelo IME, e, diga-se de passagem, com vasta cultura. O problema é que ninguém lhe dava ouvidos. O major Olavo, no Gesmart, somente cumpria ordens, sem maiores competências. Enquanto isso, o Comandante do Exército, em Brasília, e a Calice, em Nova York, fingiam desconhecer as falhas e irregularidades no processo.

Bravo-Delta, assim, tomou a iniciativa de resolver os problemas mais urgentes, exigindo isso e aquilo da construtora. As ordens do general, no entanto, raramente eram registradas em atas de reunião ou documentos formais. Essas anotações tampouco foram feitas pela equipe de fiscais da obra, formada pelo coronel Asdrúbal, subcomandante do corpo de cadetes; pelo coronel da reserva Belial, prestador de tarefa por tempo certo; e pelo major Caccioli, engenheiro lotado no Curso de Engenharia da AMAN.

As modificações de última hora foram resultado, sobretudo, dos pedidos informais de Bastião Dias a Jair Calil, sócio e diretor da construtora. O projeto do edifício fora assinado pela arquiteta Melissa Jardim, contratada pela AMAN, que se inspirara em esboços do espanhol Hernani Pacheco, o mesmo que queria receber 190 mil euros por seus serviços. A união dessas duas mentes criativas, entretanto, não impediu que graves defeitos se multiplicassem na construção. Para se ter uma ideia, esqueceram-se de planejar uma escada na

159

entrada principal, confinante com um barranco. O general precisou acionar a Calil com máxima urgência para providenciar esse acesso.

Na semana anterior ao evento, era todo mundo virando noite. Na véspera, contudo, a Lokitec soltou a bomba: o protótipo não tinha ficado pronto a tempo, e a empresa usaria um programa executável do SEA, agregando-lhe efeitos de outros softwares. O voo panorâmico virtual pela cidade de Resende até a AMAN, por exemplo, seria gravado do Google Earth e apresentado como se fosse um registro do veículo aéreo não tripulado do Smart. No caso das granadas de artilharia, outra embromação. Haveria o disparo do obuseiro, a contagem do tempo no relógio e, por fim, a explosão, fingindo-se que a granada havia feito o percurso pelos ares antes de cair sobre o alvo.

Stark comunicou imediatamente o problema ao Gesmart. Pouco depois, recebeu um telefonema do major Olavo:

— O general mandou fazer do jeito que der; e, depois, a gente vê como fica.

Dessa vez, nem Stark nem ninguém reclamou da decisão de Aureliano. Cancelar a cerimônia seria um mico muito maior, um tremendo desprestígio para o projeto e para as equipes de trabalho. Seria como passar o atestado de óbito do Smart, declarando-o um simulador natimorto, como o general Reis havia, sem querer, vaticinado, cerca de um ano e meio antes, com sua piada infame durante a escolha do nome. Mas Olavo tinha a incumbência de repassar mais uma incômoda ordem do general:

— É para a comissão atestar a "entrega" do protótipo. Para dar mais respaldo, o general Bastião Dias vai assinar com vocês. Depois, o general Aureliano vai tratar do problema pessoalmente com o Julio Sonzo e com o Papa Velasco.

Stark discutiu longamente o problema com o major Alberto, que acabou encontrando uma solução para o impasse. Mas, antes de contar qual foi, vamos à cerimônia.

DOSSIÊ SMART — A história que o exército quer riscar

O general comandante da AMAN deu as boas-vindas aos convidados e, na sequência, Battaglia apresentou as características gerais do Smart e conduziu a demonstração do que se poderia chamar de "simulador" do protótipo do simulador. O foco, então, se voltou para o general Reis, que estava em seu último ano como general de exército e deveria, em breve, passar para a reserva. Em seu discurso, em tom de despedida, o militar recordou seus tempos de tenente, com os rudimentares recursos educativos da época, como o caixão de areia e a maquete do campo de instrução em escala. Depois de mais de quarenta anos de serviço, Reis orgulhava-se de legar às novas gerações um moderno simulador para a artilharia do Exército Brasileiro, que estaria pronto no prazo de dois anos. Foi efusivamente aplaudido!

Em seguida, ele mesmo; o Comandante do Exército, general Augusto; e o presidente da Lokitec, Julio Sonzo, descerraram a placa alusiva ao evento, que recebeu as bênçãos do arcebispo. Para finalizar, todos foram convidados a visitar as instalações do edifício, qualificado como um exemplo da moderna arquitetura sustentável, baseada em conceitos de responsabilidade ambiental. O coronel Stark acompanhou os generais nesse percurso, fornecendo mais detalhes sobre os ganhos que o projeto proporcionaria para o Exército e para o país.

Ao final, durante o coquetel, o general Augusto e todos os demais convidados mostravam-se muito bem impressionados com as incríveis capacidades do simulador. Para aqueles generais, senhores sexagenários, que tinham crescido num mundo analógico, aquilo era mais do que tecnologia. Era pura magia. Os atores, portanto, haviam seguido fielmente o script e encenado com maestria aquela peça teatral. Sem qualquer constrangimento por suas trapalhadas, Melissa, a arquiteta do edifício, encontrava-se bem à vontade, emproada, comemorando seu "imenso feito" com taças e mais taças do caro espumante oferecido pelo Exército, em prosa lúdica com os fiscais da obra, Asdrúbal, Belial e Caccioli.

DIÁRIOS DA CASERNA

***

Stark, Battaglia e Alberto ainda tinham a incômoda ordem de certificar o término da fase 2.1. Desde a chegada a Madri, o fiscal havia buscado um consenso acerca dos alcances e limites do protótipo, não definidos no contrato. Este havia sido o tema de, pelo menos, quinze reuniões registradas em atas, bem como de inúmeras outras informais, de trocas de e-mails e de visitas de inspeção. Em junho de 2011, por exemplo, o coronel enviara ao general Aureliano um documento intitulado "Argumentos para Produção do Protótipo Smart até Dezembro de 2011". Esse estudo técnico fornecia subsídios que permitiam ao gerente do projeto refutar as desculpas da contratada para não cumprir o prazo estabelecido. Nessa desgastante negociação, entretanto, o Exército estava em larga desvantagem, e a Lokitec sabia disso, fosse do ponto de vista contratual ou técnico.

Muita gente imagina que um protótipo seja, em essência, o produto praticamente acabado, em escala reduzida, pronto para testes e eventuais aperfeiçoamentos. Mas Alberto explicava que não. Sob o ponto de vista técnico-conceitual da engenharia, um protótipo poderia ser representado de várias maneiras em seus diversos estágios.

— Está vendo esta pasta de couro? — explicou Alberto. Se eu a colocar sobre a mesa e erguer a parte superior, posso estar representando um notebook. Se acrescento o desenho de um teclado, a representação do objeto futuro torna-se mais visível. Se a equipe de hardware construir um *mockup* em tamanho real, com a dobradiça para abrir e fechar, torna-se possível visualizar o design de maneira clara. Também posso produzir um equipamento elementar, com o *firmware* básico. Conceitualmente, todos são protótipos de um notebook.

A Lokitec havia instalado terminais de computadores no posto do instrutor. Além de ter agregado projetores e telas ao equipamento base, tinha desenvolvido um software capaz de reproduzir o campo de instrução

DOSSIÊ SMART — A história que o exército quer riscar

da AMAN, como pano de fundo de um território virtual de batalha. O programa era capaz de simular diferentes condições meteorológicas e explosões pontuais de granadas e morteiros. Exibia ainda avatares de combatentes, peças de artilharia, carros de combate, e outros objetos.

— Pode não ser o que esperávamos, mas é, sim, um protótipo. Quem redigiu o contrato deveria ter definido suas funcionalidades — explicou Alberto. — Tenho pra mim que o pessoal da Calice ignorava essa necessidade. A Lokitec sabia disso desde o início e se aproveitou — concluiu.

Em dezembro de 2010, Samuel Cortés havia proposto apresentar, como protótipo do Smart, o programa executável do SEA. O fiscal do contrato e o supervisor técnico foram contra. Mas a empresa tinha ciência de que o Exército, nesse assunto, estava contratualmente de mãos atadas e não poderia exigir mais. Um ano depois, em dezembro de 2011, a Lokitec deu uma garibada visual no que tinha e seguiu a recomendação de seu gerente de projeto. Stark parecia ver toda essa cena em *flashback*. "Eles nunca tiveram a intenção de produzir de fato um protótipo exclusivo do Smart; nos enrolaram o ano todo", resumiu.

Assim, tecnicamente, não havia como contestar os espanhóis no tocante ao término da fase 2.1, pela qual a empresa deveria receber mais 4,9 milhões de euros. Mesmo assim, a despeito das ordens superiores, Stark, Alberto e Battaglia tentavam encontrar um motivo para não assinar. Sentiam-se enganados, vencidos numa batalha desleal contra a Lokitec. Alberto, então, veio com a solução:

— Vamos assinar, mas incorporar ao termo um relatório detalhado, expondo todos os problemas que observamos até agora. Precisamos deixar claro que o Smart corre o risco de não ser concluído se a empresa não adotar a metodologia RUP, se não produzir os cadernos técnicos e se não melhorar o processo de transferência tecnológica para os nossos engenheiros militares.

DIÁRIOS DA CASERNA

Todos sabiam disso. Ao longo de 2011, o Gesmart havia recebido relatórios semanais sobre esses problemas. Valia, no entanto, relembrar essas advertências e assinalar que os integrantes da missão tinham trabalhado com zelo e minúcia para defender os interesses do Exército e do país naquele processo de fabricação.

— Nesse documento, deve ficar bem claro que o Smart não deve ser uma versão melhorada do SEA, mesmo que muitos de seus recursos tenham sido utilizados no protótipo — acrescentou Alberto. — O Exército não mudou de ideia, e não estamos dando o aval para que a Lokitec entregue, ao final, um upgrade do simulador espanhol.

— Ótimo! — aquiesceu Stark. — Essa tática pode mesmo nos trazer benefícios. Olha o que está escrito no contrato: "todas as anotações técnicas, necessidades e oportunidades de melhorias reportadas durante a avaliação do protótipo, bem como as conclusões do relatório, deverão ser observadas, verificadas e consideradas durante a fase 2.2, efetivamente dedicada ao desenvolvimento do simulador". A empresa deverá "redefinir as tarefas no diagrama de Gantt, contemplando respostas às observações da avaliação do protótipo". A estratégia sacana da Lokitec pode se voltar contra ela mesma.

Com seu amplo conhecimento técnico, Alberto foi o principal responsável pela redação do "Relatório de Avaliação do Protótipo Smart", no qual se afirmava que "o protótipo, única e exclusivamente sob o ponto de vista técnico-contratual, é representativo do Simulador Militar de Artilharia". O extenso e minucioso documento de trinta e nove páginas, no entanto, detalhava uma série de falhas na execução do projeto e alertava que deveriam ser corrigidas na fase de desenvolvimento. O texto foi assinado por Stark, Alberto, Battaglia e pelo general Bastião Dias.

***

DOSSIÊ SMART — A história que o exército quer riscar

— Assim, apesar de tudo, tivemos a sensação de ter contornado o problema da certificação do término da fase 2.1 e devolvido o problema para a Lokitec, com juros — afirmou Battaglia.

— Mas a empresa levaria a sério esse documento? — perguntou Fábio.

— Era mais uma tentativa de fazer o certo e cobrá-la para que cumprisse suas obrigações — respondeu Battaglia. — Internamente, tínhamos a sensação de que o trabalho, de certa forma, estava progredindo e de que, com algumas mudanças de rumo e atitude, a Lokitec ainda poderia entregar o simulador. Ninguém queria perder a esperança de estar fazendo história e proporcionar um salto tecnológico ao adestramento da velha artilharia.

***

O general Aureliano, em conversa com Sonzo, convenceu-se de que o programa executável do SEA era perfeitamente plausível como protótipo do Smart, e minimizou as rusgas entre as equipes, que creditou ao excessivo desvelo do fiscal do contrato. Papa Velasco e a Lokitec ficaram satisfeitos com o pagamento acumulado de 7 milhões de euros, que representavam 50% do valor do negócio. A Academia Militar inaugurava um novo prédio, para abrigar o simulador, que revolucionaria a antiga didática. Aos olhos externos, o projeto era um sucesso.

Assim terminava mais um capítulo daquela novela. O que a equipe brasileira não sabia é que 2011 tinha sido o melhor ano do projeto, da melancólica lua de mel entre o Exército e a Lokitec. Em 2012, os espanhóis e a alta cúpula do Smart tentariam, a todo custo, manter as aparências do conturbado casamento, em meio a grandes surpresas e reviravoltas, principalmente com a ascensão de "SS", um dos personagens mais sombrios dessa história.

CAPÍTULO 4

MANTENDO AS APARÊNCIAS

2012

Cracóvia

— Fábio, seria bom fazermos uma pausa agora para o almoço, e também porque costumo levar o Pepe à rua neste horário — sugeriu Battaglia.

— Sim, claro — olhou para o cão na sacada, que também os observava. — De quanto tempo você precisa?

— Daqui a uma hora, retornamos. Está bem para você?

— Perfeito!

Enquanto o jornalista atravessava a rua para almoçar no shopping, Battaglia desceu com o cão pelo elevador de serviço, ganhando a calçada pela saída da garagem. Ao passar pelo bar-restaurante vizinho, sinalizou para o garçom:

— A mesma de sempre.

O sol estava a pino, e o calor era notório, mesmo sob a sombra das árvores. Quando chegou à faixa de pedestres, Battaglia pegou Pepe no colo. Não era um cão pequeno. De porte médio, pesava quase vinte quilos. Detestava ser carregado. Mas se resignava sem entender bem por que tinha de atravessar a avenida assim como um bebezão. Não sabia que o asfalto quente poderia queimar suas patinhas.

Na volta, Battaglia apanhou a marmitex com o garçom e subiu, fazendo o mesmo caminho de volta para o apartamento. Para se refrescar, Pepe tomou uns bons goles de água no pote com pedras de gelo.

Fábio Rossi retornou no horário prometido.

— Estamos no segundo andar, mas parece bem mais alto — observou.

— Sim. Depois do térreo, são dois andares de garagem e o play. Então, o segundo andar equivale ao quinto — explicou Battaglia.

E emendou:

— Vou fazer um *espresso* para mim. Você aceita? — ofereceu.

— Ah, sim, obrigado! — agradeceu Fábio.

— Esta caneca, que eu deixo na máquina do *espresso*, é da fábrica do Oskar Schindler. Hoje é um museu, que conta parte da história retratada no filme *A Lista de Schindler*, do Steven Spielberg. Estive lá para conhecer, quando viajei a Cracóvia, na Polônia, e visitei também o campo nazista de concentração e extermínio de Auschwitz, controlado e dirigido pela SS.

Fábio pegou a caneca branca de metal para examiná-la mais de perto. Na lateral, trazia os dizeres "Fabryka Emalia Oskara Schindlera" e o endereço: Lipowa 4 – Krakowa. A peça era semelhante às produzidas na época em que a fábrica funcionava com a mão de obra dos prisioneiros judeus.

— Admirável o que ele fez, toda a coragem. Confesso que não consigo assistir a esse filme sem chorar — respondeu Fábio.

— Não tem como não se emocionar — concordou.

Battaglia abriu a caixa de cápsulas com os sabores de café.

— Vou de *ristretto*. Prefiro o café mais forte e em pouca quantidade. E você?

— O de caramelo, por favor.

Pepe agora os observava com a língua de fora, recuperando-se do passeio, enquanto também fazia sua higiene canina, lambendo aqui e acolá.

Cofre

— Se me permite, vamos recapitular de forma bem sintética para prosseguirmos. Em 2010, a história foi marcada pela confusão da licitação internacional do simulador, que direcionou o resultado para a Lokitec vencer. Vários documentos foram classificados como sigilosos. A equipe brasileira foi enviada para a Espanha e tomou contato com a empresa espanhola. Foi o que conversamos ontem na livraria — resumiu o jornalista.

— Sim, correto.

— Na parte da manhã, você, então, me contou que, em 2011, logo no primeiro ano de desenvolvimento do Smart, os problemas começaram a surgir. A Lokitec parecia não deter o *know-how* para desenvolver o simulador que o Exército havia licitado, o que, talvez, nem esses generais soubessem.

— Sim, para a primeira parte da sua síntese: a empresa não detinha tecnologia para desenvolver o simulador, o que acabaríamos comprovando na prática ao longo de 2012 e 2013; e, não, para a segunda. Os generais "não sabiam", mas era dever deles investigar a empresa e estudar o assunto antes de fechar o negócio. Contrataram-na de forma irresponsável, com base em visitas superficiais com demonstrações falsas. E eles mesmos determinaram a produção de estudos tendenciosos. No mínimo, há improbidade administrativa aí.

— Entendi. E, em 2011, essa falta de *know-how* se tornou mais evidente, quando os espanhóis tentaram empurrar o simulador espanhol ao Exército.

— Exatamente. Como já disse, o Exército pensava que estava comprando o Smart; e a Lokitec, que estava vendendo um upgrade do SEA. As discussões todas giravam em torno disso. Os engenheiros da empresa, volta e meia, diziam: isso não tem no SEA. Nós rebatíamos: "ótimo, porque estamos desenvolvendo o Smart, um simulador novo".

— Mas havia tantas diferenças assim entre o SEA e o Smart? Não são ambos simuladores de artilharia? Não deveriam fazer a mesma coisa?

— Ótima pergunta, que me dá a chance de explicar mais um ponto importante. A questão não era somente o que o Smart faria a mais. Grande parte de seus requisitos coincidiam com os do SEA, traduzidos do espanhol para o português. Mas quem disse que a Lokitec conseguiu desenvolver o simulador espanhol de artilharia como havia sido contratado?

— Não desenvolveu?

DIÁRIOS DA CASERNA

— Não.

O SEA possuía vários requisitos que não tinham sido implementados pela Lokitec e que o Exército espanhol acabou deixando para lá, principalmente na linha de fogo, onde estão os obuseiros, armamentos que lançam as granadas. A sensorização dessas peças é deficiente; da munição, inexistente. O tenente comandante da linha de fogo não consegue apontar a bateria para o alvo com o seu equipamento, o goniômetro-bússola. Alguns treinamentos são negativos, como a própria empresa reconhece. Os artilheiros e engenheiros do projeto não exigiam acréscimos, mas sim requisitos previstos no contrato, cujas deficiências no simulador espanhol os militares não queriam ver repetidas no simulador brasileiro.

A princípio, a equipe brasileira até acreditava que a Lokitec tivesse evoluído. Mas a relutância em desenvolver determinados requisitos indicava que a área de simulação continuava fraca e atrasada. Essa incapacidade ficou mais evidente quando a empresa buscou uma parceira holandesa para apresentar seus simuladores de peças de artilharia aos militares brasileiros. Não havia problema nessa subcontratação. A questão é que os espanhóis pretendiam repassar a conta ao Exército, fora do contrato original.

— Mesmo assim, em 2011, ainda não sabíamos se aquilo era incompetência ou desonestidade, ou seja, uma estratégia para empurrar uma versão 2.0 do SEA por um preço exorbitante — explicou Battaglia. — No final de 2011, a Lokitec já tinha recebido metade do valor total do contrato, sem entregar nada de concreto.

— Entregou um protótipo, na inauguração de dezembro — objetou Fábio. — Diferente do que vocês desejavam, mas era algo concreto, não?

— Fábio, essa é uma interpretação equivocada e, infelizmente, muito difundida. Em dezembro, não estávamos "inaugurando" o protótipo. Não era "recebimento", mas tão somente uma apresentação.

DOSSIÊ SMART — A história que o exército quer riscar

Tanto é que, ao final, confeccionamos um termo de cessão de uso gratuito do equipamento em favor da AMAN, com a discriminação de todo o material que a empresa estava deixando no Brasil. Eu mesmo assinei esse documento com o Valdir Duque.

— Quer dizer que o protótipo não era do Exército? Era propriedade da Lokitec?

— Isso mesmo.

— E essa cessão de uso? Qual era a intenção?

A cessão de uso não transferia a propriedade do material. Sua intenção era permitir que o protótipo fosse usado para avaliar novas versões do software que chegassem de Madri, nas iterações da fase 2.2 de desenvolvimento, além de servir a demonstrações e propagandas do projeto. A Lokitec também não queria ter despesas, naquele momento, para enviar o equipamento de volta à Espanha, o que deveria ocorrer forçosamente na terceira fase do projeto, de instalação e testes, com o recebimento do simulador em sua versão final.

Não se sabe se de forma proposital ou não, mas fato é que a Base Logística do Exército (BaLEx), que recebera o protótipo, fizera uma enorme confusão com isso. A seção de exportação e importação enviou o equipamento para a AMAN com uma "guia de recebimento", chamando a atenção para a confecção do TREM, isto é, do termo de recebimento e exame de material, de acordo com as instruções reguladoras da Secretaria de Economia e Finanças do Exército (FINEX). Mas, ao recebê-lo, em Resende, Battaglia fizera menção expressa na própria guia de que o material pertencia à Lokitec.

— Vou te mostrar... — anunciou Battaglia, levantando-se para apanhar o notebook em seu quarto. — Demora um pouco, porque tenho que abrir a criptografia.

Battaglia mantinha todos os arquivos de seu computador criptografados com o VeraCrypt, sucessor do TrueCrypt. O programa é capaz de criar discos virtuais, os chamados contêineres seguros, como

DIÁRIOS DA CASERNA

um cofre, protegido com uma chave de cabeçalho principal e outra secundária. Só é possível abri-lo com a senha exata, uma combinação de letras maiúsculas e minúsculas, algarismos e símbolos. Battaglia havia conhecido o TrueCrypt quando atuara como chefe da Seção de Inteligência do Comando Logístico do Litoral Leste.

— Está aqui. Veja: "Material de propriedade da Lokitec destinado ao protótipo do Simulador Militar de Artilharia (Smart), recebido apenas para fins formais e fiscais, não implicando qualquer quitação ao contrato Calice-Lokitec de outubro de 2010". Essa informação foi reiterada no meu relatório da primeira quinzena de fevereiro de 2012, difundido dentro da cadeia hierárquica do Smart para evitar equívocos sobre o protótipo.

— Você ainda guarda documentos do projeto, como esse que está me mostrando?

— Fábio, está tudo aqui no "cofre", neste disco virtual criptografado. Eu salvei cada documento, não somente as atas de reunião e os relatórios, mas e-mails e até conversas que gravei sem o conhecimento dos meus interlocutores. Não posso usar esses registros para acusá-los, já que eles não sabiam que estavam sendo gravados, mas, sem dúvida, posso fazer uso deles para me defender, caso resolvam me caluniar ou difamar. Tomei essa decisão quando a coisa começou a ficar esquisita.

— Em 2011, na Espanha, já não estavam estranhas?

— Sim, aquele foi um período desgastante, principalmente por causa das altas expectativas que tínhamos. Mas ainda sou capaz de afirmar que foi o melhor ano do projeto, porque a empresa não tinha, contratualmente, que entregar nada de concreto. O protótipo estava indefinido no contrato e, para a Lokitec, já estava pronto: era o SEA. O trabalho se desenvolvia no mundo das ideias, com detalhamentos técnicos. Enfim, era abstrato, e, como dizem, "o papel aceita tudo". Trabalhávamos ao lado dos engenheiros espanhóis e explicávamos o *modus operandi* da artilharia. Eles tomavam notas e transformavam

DOSSIÊ SMART — A história que o exército quer riscar

o que dizíamos em algoritmos e gráficos. Pronto! Tínhamos a impressão de que o trabalho estava progredindo.

— Quando as coisas começaram a ficar realmente mais esquisitas?

— A virada de 2011 para 2012 trouxe grandes surpresas e reviravoltas para o projeto.

— Surpresas e reviravoltas?

Alagado e isolados

Depois da apresentação do protótipo, em dezembro de 2011, a equipe Smart/AMAN trancou o edifício recém-inaugurado e entrou em recesso, a fim de evitar um problema administrativo por causa das férias atrasadas de 2010. Só retornou em janeiro de 2012. Ao abrir o prédio, porém, deparou-se com uma desagradável surpresa.

O auditório do Smart havia sido projetado como uma sala de cinema, em declive. Para construí-lo, a Calil abriu um buraco no terreno. O problema foi que a escavação atingiu um lençol freático, que se mantinha oculto no período de estiagem. No verão, a água minou, por diversos pontos, debaixo da tela de projeção, do palco e das salas laterais de apoio, alagando a parte baixa do auditório, formando uma piscina com setenta centímetros de profundidade, que chegava até a primeira fileira de cadeiras. O carpete, a pintura da parede, duas portas de madeira e dois armários foram danificados. Mas a água não veio somente de baixo. Dois dos quatro postos de observação sofreram com infiltração de água da chuva pelo teto, que escorreu deixando marcas nas paredes.

O problema foi imediatamente comunicado ao Sadam, o Setor Administrativo da Academia Militar, que tomou as providências necessárias, contatando os responsáveis pelo serviço. A Calil apareceu no mesmo dia e drenou a água por meio de uma bomba. Mas esse

175

DIÁRIOS DA CASERNA

procedimento não seria suficiente. Na chuva seguinte, o auditório-
-cinema voltaria a ficar alagado. Para sanar definitivamente o problema,
a construtora apresentou um plano de impermeabilização semelhante
ao de piscinas. O prazo de execução seria de três meses. A vedação
fora incluída como garantia da obra, sem custo para o Exército, assim
como a reposição das portas e dos móveis danificados, a substituição
do carpete, o conserto do telhado e a repintura das paredes. Os con-
sertos passaram a ser acompanhados diretamente pelo coronel Belial,
fiscal administrativo da obra.

A equipe Smart/AMAN aproveitou para fazer uma inspeção rigorosa do prédio e encontrou outros pequenos problemas, imediatamente
incluídos no pacotão de reparos. Era o caso de lâmpadas que não se
acendiam, de tomadas sem espelho e de paredes com problemas de
acabamento. Belial recebeu a lista das alterações e a repassou à Calil,
fiscalizando a execução do serviço. Em razão das panes provocadas
pelo uso das britadeiras e dos holofotes durante o reparo do auditório,
também foi realizada uma revisão completa da parte elétrica.

A equipe Smart observou que o edifício possuía outras pendências técnicas, reclamadas pela Lokitec, sem as quais o simulador não
poderia ser instalado no final daquele ano de 2012 e início de 2013.
Belial, porém, informou que esses itens não constavam do projeto
básico da arquiteta, tampouco no contrato para a construção do edifício. Ou seja, o fiscal da obra respondeu que não poderia cobrar esses
itens da Calil, pois eram demandas novas, para as quais a AMAN
deveria lançar novas licitações. No final, eram tantas as deficiências
no projeto básico, que Battaglia resolveu classificar as necessidades
em três grupos: gerais, técnicas e de segurança-acessibilidade.

As necessidades técnicas compreendiam os itens obrigatórios
para a instalação do Smart, como as calhas aéreas e os suportes do
piso técnico elevado. As necessidades de segurança e acessibilidade

176

DOSSIÊ SMART — A história que o exército quer riscar

previam luzes e barras de emergência nas portas do cinema, rampas de acesso para cadeirantes, corrimões e piso antiderrapante nas escadas, guarda-corpo na janela de monitoramento do mezanino e equipamentos de combate a incêndio. Por fim, as necessidades gerais diziam respeito a itens básicos esquecidos pela arquiteta, como as calhas para escoamento da chuva, sem as quais a água passava por debaixo das portas do hangar da linha de fogo.

A equipe Smart/AMAN chegou a solicitar que a Comissão Regional de Obras militares realizasse uma inspeção do edifício, mas a CRO se esquivou da tarefa, alegando que a AMAN construíra o edifício fora do Sistema Unificado do Processo de Obras (Opus), o que era verdade. Como poderia vistoriar uma obra que não existia no sistema?

No Smart/AMAN, faltavam meios de toda ordem, desde móveis, passando por ramais de telefone, pontos de internet, computadores, impressoras e material de expediente. Era como se ninguém soubesse que, em dezembro de 2011, seria inaugurada ali uma nova seção da AMAN. Para piorar, apesar da pouca distância do Portão Monumental de entrada da Academia, cerca de três quilômetros, o local onde o prédio fora construído, além dos parques dos cursos bélicos e depois do estande de tiro, não contava com cobertura da rede de telefonia móvel. Ou melhor, estava restrito a uma única operadora que conseguia fazer chegar seu sinal de modo fraco e inconstante.

A despeito de todas essas deficiências, a equipe do Smart foi incorporada à rotina da AMAN, com suas formaturas gerais, treinamento físico militar, reuniões diárias para transmissão de diretrizes e ordens do comando, estágios de atualização pedagógica, aula inaugural, palestras diversas, cerimônia de escolha das armas e treinamento de equipes para as olimpíadas acadêmicas. A equipe que retornara da Espanha, no fim de 2011, passaria, portanto, a ter uma dupla jornada de trabalho, com dupla subordinação.

DIÁRIOS DA CASERNA

Duas chefias

Se, na AMAN, a equipe do Projeto Smart era vista como uma nova seção com todos os encargos da rotina acadêmica, o coronel Stark, na Espanha, continuava tratando os seis militares que retornaram ao Brasil como seus subordinados, com algumas adaptações em função da distância. Manteve a estrutura de "quartel" em Madri, onde ele era o "comandante", com seu "estado-maior", agora formado pelos engenheiros. Substituiu o tenente Marcus Junius pelo capitão Kowalski, como assessor na área de pessoal (S1); Battaglia pelo major Alberto, na inteligência (S2); o capitão Seyller pelo major Oliveira, na área de operações (S3); o tenente Lotterman pelo major Rossini, na logística (S4); e Seyller pelo major Konrad, nas relações públicas (S5). O major Alberto tornou-se o "subcomandante" do grupo.

Não demorou muito para que as novas atribuições gerassem reclamações, em privado, dos engenheiros militares, desviados de suas funções precípuas para secretariar reuniões, confeccionar cartões de aniversário, redigir documentos e outras atividades burocráticas. Irônicos, os engenheiros brasileiros diziam que só faltava marcar formatura matinal com desfile da tropa, em continência ao comandante Stark. No Brasil, Marcus Junius decidiu zombar do coronel, sugerindo o brado de guerra do olhar à direita: IS-MAR-TI... STARK... BRASIL!

A falta dos artilheiros na Espanha logo se fez sentir. As falhas de documentação do projeto tornaram-se mais evidentes, impedindo que os engenheiros da empresa avançassem no desenvolvimento do simulador. Já não havia a possibilidade de sanar as dúvidas tão facilmente. Para tentar remediar o problema, Stark, único oficial de artilharia que restara em Madri, decidiu, emergencialmente, tomar para si mais esse encargo. Seu conhecimento da artilharia de campanha, no entanto, era raso, perdido na memória dos tempos de cadete. O coronel tinha feito carreira na antiaérea. Aflito, resolveu recorrer aos militares do outro lado do Atlântico.

DOSSIÊ SMART — A história que o exército quer riscar

Esse vínculo colaborativo, infelizmente, estabeleceu-se de maneira tristemente precária. Os brasileiros estavam em outro fuso horário e, agora, acumulavam as tarefas impostas pela rotina na AMAN. Também contava o fato de que a sede do Smart se encontrava isolada, sem meios físicos de comunicação. Para conversar com Madri, a equipe era obrigada a se deslocar para a seção de tecnologia da informação, agendando previamente o uso de um computador. Antes fossem esses os únicos problemas. O pior é que Stark não compreendia muitas das explicações técnicas dos artilheiros e acabava promovendo mudanças absolutamente indesejáveis no simulador.

Em face das dificuldades patentes, o "comandante de Madri" ordenou, então, que a equipe Smart/AMAN elaborasse a minuta de um plano de comunicações, a ser aprovada por ele, para maior integração dos grupos sediados no Brasil e na Espanha. A primeira versão do documento não o agradou. Mandou refazer. Também não gostou da segunda versão e decidiu transferir a missão ao major Alberto. O texto final priorizava os horários de Stark e da equipe em Madri, em prejuízo das atividades dobradas dos militares lotados na AMAN.

Como fazer videoconferências era difícil, o tal plano impôs aos brasileiros a obrigação de produzir relatórios escritos para dirimir as dúvidas dos espanhóis. E eram inúmeras! Não tinham assimilado, por exemplo, as fórmulas e os cálculos da técnica de tiro de artilharia do exército e se atrapalhavam até com as imagens que serviriam de referência para representar terrenos, armamentos e viaturas. Angustiado, Stark exigia respostas quase imediatas para tudo, desprezando a diferença de fuso horário e a nova rotina dos militares em Resende. Isso tudo acontecia, não é demasiado frisar, por culpa da própria Lokitec, pelos cadernos técnicos da fase 1 que ela deixara de produzir ou que produzira sem o devido zelo. A consequência estava ali.

Depois de três meses, em março de 2012, frustrado, o coronel se convenceu de que o plano de comunicações não estava surtindo

DIÁRIOS DA CASERNA

o efeito desejado. Passou, então, a solicitar ao Gesmart a presença urgente de, no mínimo, um assessor operacional em Madri, anseio compartilhado pela Lokitec.

***

— Fábio, pode parecer que se trata de implicância com Stark — esclareceu Battaglia. — Ninguém sabe tudo. Ele construiu a carreira na artilharia antiaérea e não na artilharia de campanha. E tem mais! Sua função no Smart era outra: fiscal do contrato. Quando percebeu a arapuca em que tínhamos nos metido, adotou seu próprio plano de contingência e fez o que julgou correto para salvar o projeto — esclareceu Battaglia.

— Bem, mas, ouvindo sua narrativa, parece que o coronel Stark acabou tomando algumas decisões, no mínimo, controversas, não? — insistiu Fábio.

— Na época, foi a impressão que tivemos. O clima azedou. Com exceção do Alberto, Stark ganhou reprovação unânime. E essa antipatia geral foi muito explorada pela Lokitec e por Papa Velasco. Eles precisavam de um bode expiatório. Hoje, eu percebo que a obstinação do Stark foi a principal razão de sua ruína. Não quero me adiantar, porque acredito que a exposição dos fatos em ordem cronológica facilita a compreensão da história. Mas vamos lá: de quem era a responsabilidade pela deficiência na documentação do projeto? Da Lokitec, sim. Mas também do general Null, que tinha validado a fase 1 na primeira visita de inspeção. De quem era a culpa pela falta de assessores operacionais na fase 2.2 de desenvolvimento? Da DEMEx, que redigira o contrato de forma descuidada. Esse texto acabou aceito pela Calice, que ignorou o parecer do assessor jurídico de Nova York. No fundo, estávamos assistindo ao desfecho de um caso de incúria

180

DOSSIÊ SMART — A história que o exército quer riscar

compartilhada, em que se somavam as improbidades administrativas de vários gestores militares.

— Mas e os generais? Você disse de manhã que o general Reis estava passando para a reserva na apresentação do protótipo. O general Aureliano e o general Bastião Dias não conduziam os trabalhos?

— Estavam todos fora.

Projeto acéfalo

No início de 2012, o general Bastião Dias já não se fazia presente. Sua enfermidade se agravara. Bravo-Delta encontrava-se internado no Hospital Central do exército (HCE), no Rio de Janeiro. Tratava um câncer, bastante agressivo, e já com metástase. Ninguém achava mesmo que fosse se curar, a despeito das sessões de quimioterapia e radioterapia.

Na cerimônia de dezembro, a imagem do general chocou os colegas de farda que o conheciam de outras épocas: aparecera bastante magro e abatido. O hálito de enxofre oferecia indícios dos medicamentos que tomava. Na madrugada da sexta-feira, 13 de janeiro de 2012, Bastião Dias, o braço direito dos generais Reis e Aureliano, faleceu no HCE. No dia seguinte, seu corpo foi velado no Palácio Duque de Caxias, no centro da cidade, antes de ser trasladado para Holambra, no interior de São Paulo, onde foi sepultado. A AMAN realizou uma missa de sétimo dia em intenção da alma do admirado militar. Na ocasião, os presentes relembraram sua brilhante carreira, com destaque para os cargos de adido militar na Itália e de comandante do Corpo de Cadetes da AMAN.

No mês anterior, o general Reis já havia passado para a reserva remunerada. A expectativa era que Aureliano conquistasse a quarta estrela e o substituísse na DEMEx. Mas o problema foi que Reis

DIÁRIOS DA CASERNA

havia se desgastado muito com os colegas quatro estrelas quando da promoção de Bravo-Delta, de modo que não conseguiu o mesmo apoio no caso de Aureliano.

A saúde precária de Bastião Dias não era segredo para os membros do conclave que convertiam coronéis em generais. A inspeção de saúde fora forjada, para não indicar a neoplasia. Reis apelara aos colegas, dizendo que o exército "devia essa" ao militar e, principalmente, à futura viúva. Ela herdaria a pensão integral daquela patente superior, e o mesmo ocorreria com a filha do casal. Os colegas cederam a contragosto, pois sabiam que se tratava de uma irregularidade, que logo se tornaria evidente. Transcorreu menos de um ano entre a promoção e a morte de Bravo-Delta.

Aureliano, que já havia contratado até *buffet* para comemorar a promoção, recebeu surpreso a notícia de que estava fora do páreo. Sem a quarta estrela no ombro, e tendo cumprido o tempo máximo no posto de general de divisão, foi aposentado compulsoriamente. Apesar do malogro, contudo, não perdeu a pose, a arrogância e a vaidade. "Agora vou ganhar dinheiro de verdade", passou a repetir, com despeito, a vários subordinados, prevendo lucrar muito fora do Exército.

Desdenhava da indenização que recebera na passagem à inatividade: seis remunerações de general de divisão, uma espécie de FGTS militar, pecúlio que é composto sem nenhuma contribuição dos beneficiários. Também recebeu o equivalente a três licenças especiais não gozadas, cada uma de seis meses, o que quadruplicou o valor. No total, embolsou vinte e quatro remunerações de general de divisão, com várias gratificações como tempo de serviço, adicional de permanência e compensação orgânica de paraquedista. Num cálculo bastante modesto, passou com larga folga de meio milhão de reais, mantendo ainda proventos integrais na reserva remunerada. Nada mal.

DOSSIÊ SMART — A história que o exército quer riscar

De fato, Aureliano ganharia muito dinheiro fora do Exército. Mas não seria nem como empreendedor nem como contratado por companhias da iniciativa privada. Seria dos cofres públicos mesmo.

Depois de anos acostumados com o salário pontual, décimo terceiro, férias e outras vantagens do serviço público, raríssimos são os militares que têm disposição e coragem para se arriscar em qualquer negócio regulado pelo mercado. Poucos possuem qualificação para ocupar postos de relevo em organizações comerciais competitivas. Empresas precisam fechar o mês com lucro ou baixam suas portas. Na logística de guerra, não. É uma baita diferença.

Os títulos acumulativos concedidos pelas escolas castrenses não passam de embustes; não habilitam os militares a enfrentar o processo convencional de recrutamento e seleção numa empresa séria. A fim de driblar a falta de reconhecimento, os fardados conseguiram então introduzir na Lei de Diretrizes e Bases da Educação nacional, por meio de *lobby* no Congresso Nacional, uma "equivalência" nas titulações. São mestres e doutores na canetada militar, ao bel prazer de suas regras corporativas.

Aureliano, que se vendia como grande gestor e líder nato, não fugia à regra. Não teve coragem de empreender, de começar um negócio próprio. Tampouco viu seu "talento" reconhecido por nenhuma empresa no Brasil. Em vez disso, usou sua rede de relacionamentos pessoais e o título de "general" para arrumar, seis meses depois de passar à reserva, um emprego no Comitê Olímpico Brasileiro. Seu padrinho foi um amigo general que já atuava no COB como diretor de comunicações. A maior parte desses salários era paga com recursos públicos, como ficaria comprovado no processo que condenou o ex-presidente do órgão, Carlos Arthur Nuzman, por corrupção em negócios envolvendo as Olimpíadas Rio 2016.

A contratação de Aureliano como diretor executivo de operações foi anunciada como grande aquisição do Comitê. Com passado de

DIÁRIOS DA CASERNA

atleta, graduado também pela Escola de Educação Física do Exército (em curso de apenas um ano), "mestre e doutor" em Ciências Militares, foi elogiado pela larga experiência na organização de grandes eventos desportivos. Um currículo impecável! Na prática, no entanto, foi um fracasso retumbante. Simplesmente, não dava conta do serviço. Sua inépcia era evidente, provocando constrangimento em seus próprios assessores. Diante disso, o COB acabou forçado a contratar alguém com real experiência no ofício, o diretor de um grande clube brasileiro de futebol, para substituí-lo na função. Restou ao general ser rebaixado ao cargo de primeiro secretário.

No final, sem saber qual tarefa o general poderia desempenhar satisfatoriamente, o Comitê o designou para a operação "revezamento da tocha". Ironicamente, até nisso Aureliano falhou catastroficamente, quando, dentro de um quartel do Exército, no Centro de Instrução de Guerra na Selva (CIGS), em Manaus, uma onça-pintada, um dos maiores símbolos da Amazônia, foi abatida a tiros. A cena infame rodou o mundo e manchou a imagem do Brasil.

Aureliano também acabou se divorciando da terceira mulher. Afinal de contas, não precisava mais manter a imagem de general bem casado e chefe de família. O casamento de fachada já tinha servido aos seus propósitos.

***

— Aureliano não foi promovido; Reis passou para a reserva; e Bravo-Delta morreu. O mentor, o patrocinador e o capataz do esquema — resumiu Battaglia. — A princípio, pensamos que o general Null fosse assumir o Projeto Smart, como seria natural, pela competência regulamentar da DCTEX. Mas não foi o que ocorreu.

***

DOSSIÊ SMART — A história que o exército quer riscar

O general Null se manteve omisso, atitude que tangenciava o crime de prevaricação. Pior é que parecia não se dar conta disso. Se assumisse a gestão do projeto, ainda teria a oportunidade de consertar os próprios erros. Mais uma vez, entretanto, o militar de aparência débil fraquejou, esquivando-se de suas obrigações morais e profissionais.

Nesse vácuo de poder, Stark tentava desfazer aquela bagunça, emitindo ordens de Madri para Resende. Na falta do gerente, o Gesmart também tentou reorganizar as equipes, mas acabou armando uma confusão ainda maior. Emitiu uma nota, publicada em boletim reservado especial da DEMEx, na qual o coronel Stark, na Espanha, foi designado supervisor operacional do projeto. Logo ele, que não tinha conhecimentos aprofundados nessa área. Além disso, a equipe de artilheiros encontrava-se toda em Resende. Já o tenente-coronel Battaglia, no Brasil, foi destacado para assumir a fiscalização do contrato, ou seja, para cuidar de atividades que basicamente eram desenvolvidas na Espanha.

O Gesmart pretendia, assim, resolver os problemas, mas a emenda saiu bem pior do que o soneto. Era, na prática, um tremendo absurdo que daria poderes a um subordinado, o tenente-coronel Battaglia, de fiscalizar um superior, o coronel Stark, invertendo a ordem hierárquica pela qual as Forças Armadas têm muito apreço. O arranjo contrariava as próprias "Normas de Elaboração, Gerenciamento e Acompanhamento de Projetos do Exército Brasileiro", as NEGAPEB. Elas determinam que o fiscal e o gerente de um projeto estejam em locais que facilitem o desempenho de suas funções. Ora, Resende dista mais de oito mil quilômetros de Madri, dez horas de voo, partindo da cidade do Rio de Janeiro. A nota do Gesmart desconsiderava a hierarquia, a distância e os custos. Restou a Battaglia explicar a confusão a Olavo e enviar à DEMEx um ofício urgente, assinado pelo comandante da AMAN, a fim de retificar as funções e evitar maiores problemas.

185

DIÁRIOS DA CASERNA

***

— Que bagunça! — exclamou o jornalista. — Desculpe, mas não imaginava que as coisas chegassem a um nível de desorganização tão grande no Exército. E como continua? O coronel Stark continuou fazendo as vezes de "gerente"?

— Pior que isso... Aí é que surge o SS na história.

— SS?

PNR

Nessa época turbulenta, a licença para acompanhar cônjuge da 1º tenente Helena Castelli havia expirado. Consequentemente, ela deveria retornar ao quartel em Alto Juruá, na Amazônia. Battaglia, porém, solicitou ao Gesmart que a DEMEx consultasse o Departamento de Saúde da Diretoria Geral do Pessoal sobre a possibilidade de transferi-la para Resende, vinculando sua movimentação à do marido, superior hierárquico, de acordo com as normas do Exército.

Dessa forma, a médica acabou lotada no Hospital Militar das Agulhas Negras. O coronel diretor da instituição ficou bastante satisfeito com o reforço na equipe de pediatria, serviço de grande demanda na unidade. Mais de doze mil pessoas orbitam em torno da AMAN, somando os militares que lá trabalham, seus familiares e outros tantos, que, quando passam para a reserva, escolhem Resende ou cidades próximas, como Itatiaia ou Penedo, para fixar residência.

Com vista marcante do imponente maciço das Agulhas Negras, a região é bastante procurada pelos turistas, especialmente no inverno. Aquecem-se em frente às lareiras dos chalés, enquanto provam fondues, vinhos e chocolates. Marcada pelo clima romântico, a região também é destino de amantes da natureza. Muitos fazem trilhas pela mata e

DOSSIÊ SMART — A história que o exército quer riscar

visitam as cachoeiras no Parque Nacional de Itatiaia. Outros, mais dispostos e audaciosos, praticam ciclismo, escalada, paraquedismo ou voo em parapente.

A readaptação do casal, porém, não foi exatamente tranquila. E o problema não tinha origem na diferença de cenários entre Madri e Resende. Afinal, cada lugar tem seus encantos e só é preciso saber aproveitá-los. Battaglia e Helena já haviam morado em São Gabriel da Cachoeira, fronteira do Brasil com a Colômbia, e tinham sido felizes lá. A questão nevrálgica foi o tempo de espera para ocupar uma residência na vila militar.

O antigo morador, da mesma turma de formação de Battaglia, tardava a desocupar e entregar o imóvel designado ao instrutor-chefe do simulador. Caiado havia desempenhado a função de aprovisionador da AMAN por dois anos. Era o responsável por abastecer a cozinha do quartel. Sua transferência para outra organização militar, contudo, já tinha saído havia algum tempo. Era estranho, porque, de fato, a casa parecia fechada e vazia. Os vizinhos confirmavam: "um caminhão encostou e carregou a mudança". Mas, às vezes, ainda viam uma mulher entrar e sair. Battaglia investigou, até desvendar o mistério. O oficial de intendência havia mesmo se mudado, mas cedera ilegalmente o imóvel do Exército à sua cunhada, que cursava Fisioterapia numa cidade próxima.

Vale uma explicação sobre o cargo do responsável por essa irregularidade. A AMAN tem um sistema próprio para a logística de alimentação. Enquanto outros quartéis do Exército recebem suprimentos do escalão superior, com segregação de funções entre quem os compra e quem os recebe, no rancho da Academia essas tarefas são concentradas numa única pessoa. Logicamente, essa má prática na administração pública favorece a ocorrência de ilegalidades. A própria 2ª Seção da AMAN havia descoberto indícios de que o cargo de aprovisionador era negociado. O ocupante indicava o seu sucessor, alguém que tivesse o "perfil mais adequado" para a função. Ser

187

DIÁRIOS DA CASERNA

indicado não era nada barato. Mas por que alguém pagaria algumas dezenas de milhares de reais para cuidar do rancho dos cadetes? A resposta é bem óbvia.

Ainda que informados pela inteligência, os generais da AMAN preferiam não inquirir ninguém e ignorar as denúncias. Uma crise dessa natureza enodoaria a reputação dos comandantes. Afinal, aspiravam a ostentar mais estrelas nos ombros. Liderar a Academia Militar das Agulhas Negras, berço da oficialidade do Exército Brasileiro, equivalia a expor-se numa vitrine. Um caso de corrupção na instituição ganharia as páginas dos jornais. O episódio, por certo, aborreceria tremendamente os colegas do escalão superior.

Battaglia não sabia se Caiado, como aprovisionador, estava envolvido em vigarices no rancho, mas enviou ao setor administrativo da Academia Militar, por escrito, um relatório sobre a encrenca envolvendo a liberação do imóvel. Certo era que o desvirtuamento no uso do próprio nacional residencial (PNR) revelava, no mínimo, o mau-caratismo do colega, podendo ir além: configurar crime de peculato. O chefe do Sadam, porém, determinou-se a colocar panos quentes sobre a polêmica.

— Pqd, calma! Aqui na Academia, as coisas não são resolvidas na base da porrada. Não agimos como vocês da Brigada Aeroterrestre — respondeu o coronel Gaier.

Pqd ou Pqdt é a forma abreviada de chamar os paraquedistas militares, tidos como impetuosos no imaginário do exército. Battaglia era um deles. Tinha servido por vários anos na Brigada Aet.

— É, mas sou eu que estou pagando o hotel de trânsito de oficiais há três meses, para a cunhada do Caiado poder morar de graça, escondida no PNR — rebateu Battaglia.

— Calma, Pqd! Já falei. Aqui, tudo se resolve. Vou mandar o gerente do HTO te dar um desconto, e pedirei ao Caiado para tirar a cunhada do PNR. Está bom assim?

DOSSIÊ SMART — A história que o exército quer riscar

— Sim, senhor — foi o que restou responder ao coronel.

Antes de Battaglia sair, Gaier ainda acrescentou:

— Pqd, deixa eu te dizer mais uma coisa. Considere como conselho de alguém mais velho e experiente. O Caiado prestou um excelente serviço na AMAN, como aprovisionador. Não é fácil gerenciar o rancho daqui, não. Na despedida, eu fiz questão de ler o elogio a esse ilibado oficial de intendência. Você está chegando agora na AMAN, para ser o instrutor-chefe no projeto do simulador. Não sei se você sabe, mas o Smart não é muito benquisto aqui. Não queira piorar a situação.

Uma semana depois, Battaglia recebeu a informação de que o imóvel estava liberado. Finalmente, ele e Helena puderam fazer a mudança, recuperando os móveis e eletrodomésticos que estavam, havia mais de um ano, guardados em um depósito de uma empresa de mudança no Rio de Janeiro.

Nessa época, também chegou Pepe. Havia nascido em outubro do ano anterior, na casa dos pais de Helena, fruto da relação incestuosa de dois irmãos vira-latas. Sem titubear, ela decidiu ficar com um dos cinco filhotes. Battaglia foi contra. Argumentou que aquela adoção traria dificuldades nas transferências enquanto estivessem na ativa. Já tinham passado por essa experiência quando se mudaram para São Gabriel da Cachoeira com Lola, uma cadela da raça dachshund. Na AMAN, receberiam uma casa para morar, com quintal. Mas e depois? E se, na próxima movimentação, tivessem de ocupar um apartamento? Além disso, Pepe cresceria muito mais do que a "salsichinha".

Helena não cedeu. Respondeu que se responsabilizaria integralmente pelos cuidados com o cão. Em pouco tempo, porém, quebrou a promessa, com a desculpa de que o trabalho lhe consumia todo o tempo e toda a energia. Battaglia não se importou. Acrescentou ao filhote um segundo nome, Scooby, e ganhou um fiel companheiro.

Pepe foi crescendo. Seu pelo parecia de um rottweiler. Tinha um latido grosso. No início, as crianças que brincavam naquela tranquila

189

DIÁRIOS DA CASERNA

rua da Vila Militar não se aproximavam do portão, temendo o cachorro. Mas não demorou muito para perceberem que, de rottweiler, Pepe só tinha a fama. Era o primeiro a latir, mas também a correr de medo e se esconder. E foi por esse motivo que ganhou o apelido de Scooby, como o cão do desenho animado: grande, desajeitado e medroso.

***

— SS? — voltou a perguntar o jornalista.

Battaglia despertou desses pensamentos sobre o PNR e Pepe, que passavam como um filme pela tela da memória.

— Ah, sim. Vou te contar...

Good Cop - Bad Cop

A princípio, sobrou para o general Vasco.

Filho de um oficial do Exército, Vasco iniciou seus estudos no Colégio Militar de Porto Alegre. Não somente seguiu a carreira e a especialidade do pai, que se aposentou como coronel de cavalaria, mas foi além, chegando a general. De estatura mediana, esguio e maratonista, tinha um estilo sóbrio, sério, sem rompantes autoritários. Era muito cortês e educado. Depois de cumprir dois comandos como general de brigada no sul do país, recebeu a terceira estrela. Foi nomeado Inspetor Geral das Escolas Militares, na capital fluminense, no lugar de Aureliano, que passara para a reserva. Dessa forma, acabou herdando a função de gerente do projeto Smart.

Justiça seja feita, Vasco não foi um mau gerente. Mas também não dá para dizer que tenha sido bom, porque, infelizmente, durou pouco tempo na função. Parece que logo perceberam que ele não tinha exatamente o "perfil" desejado para o cargo. Demonstrava competência

DOSSIÊ SMART — A história que o exército quer riscar

e ética para a gestão. Sua primeira medida, muito pragmática, foi convocar uma reunião com o objetivo de conhecer os envolvidos no projeto e delinear ações para sua continuidade.

A I Reunião da Gerência do Projeto Smart 2012 ocorreu nos dias 29 de fevereiro e 1º de março, numa sala da IGEMil, no quinto andar do Palácio Duque de Caxias. A fim de otimizar os trabalhos e economizar tempo, o general Vasco determinou que, no primeiro dia, fossem realizadas reuniões preparatórias, sem sua presença, para inventariar o que já havia sido feito e o que faltava fazer, em cotejo com o contrato Calice-Lokitec. No dia seguinte, na parte da manhã, o Gesmart conduziria uma reunião de coordenação e integração para organizar uma síntese desse estudo compartilhado. As conclusões seriam apresentadas ao gerente do projeto, na parte da tarde.

As reuniões preparatórias contaram com a participação do general Nicolau; do major Olavo; do tenente-coronel Battaglia; do capitão Juliano; do coronel Belial; do tenente-coronel Peçanha, diretor da Fábrica de Material de Comunicações e Eletrônica da IMBEL, responsável pelo Projeto Palmar-Genesis; do coronel Bachelet, ordenador de despesas da DEMEx; do coronel Colibri, da Comissão Regional de Obras militares (CRO); e do major Paulino, assessor jurídico da DEMEx.

Na tarde de quinta-feira, o general Vasco se fez presente, reforçando a importância de se estabelecer claramente o *status* do projeto, tomando-se como referência o que fora contratado pelo Exército. Com base nessas informações, ele poderia tomar decisões adequadas e oportunas, prestando contas ao escalão superior, ou seja, ao Comandante do Exército.

Na sequência, o general Nicolau expôs os principais documentos do Projeto Smart, entre os quais o contrato Calice-Lokitec e o Estudo de Estado-Maior com o parecer favorável ao desenvolvimento do simulador no mercado externo. Nicolau apontou falhas contratuais, como a indefinição do protótipo, que acabou forçando o Exército a aceitar como tal o programa executável do simulador espanhol. E destacou a falta de contrapartida entre os pagamentos e as tarefas efetivamente realizadas pela empresa contratada.

Em seguida, o tenente-coronel Battaglia apresentou um resumo do primeiro ano de trabalho com a Lokitec na Espanha, em 2011, incluindo a visita de inspeção do general Null. Battaglia listou as tarefas concluídas e as pendentes. Tratou também das dificuldades que a equipe em Madri vinha enfrentando, especialmente em razão da falta dos cadernos técnicos da fase 1 e das incorreções nos diagramas de atores e casos de uso.

Por fim, o coronel Belial relatou todo o histórico da obra do edifício Smart/AMAN, inaugurado em dezembro de 2011. Fez questão de ressaltar que o falecido general Bastião Dias tinha feito modificações no projeto original, com acréscimos que, segundo os fiscais da obra, geraram dívida do Exército com a construtora. Citou o alagamento do auditório como um problema que já estava sendo resolvido. Afirmou que o projeto básico da arquiteta Melissa Jardim carregava omissões e imperfeições. O prédio, portanto, precisaria de uma série de adequações para acolher o simulador, que demandariam novas licitações.

Vasco ouviu as apresentações com bastante atenção, tomando notas. Não esperava tantos problemas. A situação era pior do que imaginava. Na passagem da Inspetoria, Aureliano não havia falado sobre atrasos, defeitos, falhas e inexatidões. Em vez disso, de forma vaidosa, tinha elogiado sua própria ideia de construir um simulador de inestimável valor para o Exército. O novo gerente percebia, finalmente, que o filho não era tão bonito quanto o pai tinha pintado.

Outro general de divisão, mais antigo, acompanhava a reunião: Caio Antonio Santana Simão. Sua presença não causou estranheza a ninguém, afinal, ele era o vice-diretor da DEMEx, diretoria à qual a IGEMil estava diretamente subordinada, e oriundo da arma de artilharia. Vasco, que pretendia conhecer de perto as instalações do Smart, decidiu logo agendar a visita à AMAN, a fim de se aprofundar nos assuntos tratados e identificar os problemas que requeriam sua pronta intervenção. Simão se prontificou a ir com ele, e os dois ajustaram as agendas para viajar a Resende dali a três semanas.

Uma segunda reunião foi programada para ocorrer após a visita, com a presença de um representante do Gabinete do Comandante do Exército. Era um sinal de que a resolução dos problemas do Smart extrapolaria a competência do gerente do projeto e da DEMEx. Além disso, como se previa a instalação de um segundo simulador em Santa Maria, o Comando do Exército do Sul foi convidado a enviar um representante para esse encontro. O objetivo era aproveitar as lições aprendidas, evitando-se que os problemas da construção do edifício na AMAN fossem reproduzidos em sua versão gaúcha.

Antes de voltar a Resende, Belial, Battaglia e Juliano ainda decidiram passar no Centro de Instrução de Operações Especiais, no Forte do Imbuhy, em Niterói. O objetivo era conhecer a área de acampamento dos alunos dos cursos de comandos e forças especiais, com barracas estilo canadense, as mesmas utilizadas pelo Brasil na Missão de Paz da ONU para Estabilização do Haiti, a Minustah. Previa-se estrutura semelhante na AMAN, a fim de abrigar os instruendos que passassem pelo simulador.

Três semanas depois, no dia 19 de março, segunda-feira, véspera da visita, o general Simão subiu a Serra das Araras até o vale do Paraíba do Sul, no sopé das Agulhas Negras, onde o general Rutáceas o esperava com um jantar de boas-vindas no hotel de trânsito de oficiais. Preferiu viajar na véspera para aproveitar melhor a manhã do dia seguinte e, depois do almoço, retornar ao Rio de Janeiro para cumprir outros compromissos da sua agenda.

O inusitado foi o general Vasco não o acompanhar, como haviam combinado previamente. Simão minimizou a falta, informando que o

DIÁRIOS DA CASERNA

colega se envolvera com outros afazeres inopinados e urgentes. Teriam conversado e decidido não cancelar a visita. Parecia uma medida sensata, dada a premência de tempo para recolocar o projeto nos eixos.

Uma coisa era certa: apesar de toda a propaganda, o Smart ainda enfrentava resistência de alguns setores do Exército. Fora imposto pela DEMEx, atropelando a competência de outros órgãos. Na própria AMAN, muita gente não nutria simpatia pelo projeto. Julgavam que trazia mais ônus do que bônus para a Academia. A ironia do destino era que, agora, com a saída dos generais Reis e Aureliano e a morte de Bastião Dias, seus sucessores tinham que se entender com esses órgãos e rogar-lhes socorro.

Essa situação gerava perceptível desconforto para o general Vasco. Por mais profissional que fosse, temia que a função gerasse desgaste político dentro da Força. Por isso, quando o general Simão se ofereceu para auxiliá-lo, aceitou aliviado. Poderia dividir com alguém a pesada carga que carregava nos ombros.

***

O nascimento do mirrado Caio Simão, em Porto Alegre, fora mera obra do destino. Calhou de ocorrer ali porque era onde seu pai servia na época. Diferentemente da maioria dos habitantes dessa porção meridional do país, composta por descendentes de europeus, Simão deixava bem visíveis as feições derivadas da mestiçagem nacional. Tinha a pele bronzeada, olhos puxados e baixa estatura. Havia herdado boa parte desse fenótipo da avó, uma cabocla manauara que se casara com um piauiense, homem destemido que decidira buscar novas oportunidades na Amazônia. Esse migrante progrediu na vida e investiu na educação da prole. O filho do casal abraçou a carreira militar, chegando a general de divisão. Simão, seguindo os passos do pai, alcançava o mesmo posto.

DOSSIÊ SMART — A história que o exército quer riscar

O tesouro cultural dos povos originários e dos nordestinos, no entanto, não era exatamente motivo de orgulho para o estrelado comandante militar. Sempre que podia, procurava ressaltar que era gaúcho. Aonde quer que fosse, levava a cuia de chimarrão e a bomba, para que não o confundissem com os "outros brasileiros". Casou-se com uma sulista de origem franco-normanda e dizia que, assim, estava contribuindo para "branquear" a família.

Apelidos sempre têm uma razão e, por vezes, um propósito de advertência. Ao longo da carreira, Simão ganhou de seus subordinados uma alcunha pavorosa e sinistra: "SS", formada pelas iniciais de seus sobrenomes. O apelido, no entanto, não tinha alicerces no acaso, mas em condutas de afinidade. Fora inspirado na Schutzstaffel, a temida organização paramilitar nazista que ficaria conhecida como SS.

No fim de 1975, durante a Ditadura Militar, Simão formou-se na AMAN como aspirante a oficial da arma de artilharia. No ano seguinte, retornou para o Rio Grande do Sul, onde foi servir, em sua primeira organização militar de corpo de tropa. Tornou-se oficial subalterno do coronel Carlos Alberto Brilhante Ustra, que comandava um quartel de artilharia, depois de ter deixado a chefia do Destacamento de Operações de Informação — Centro de Operações de Defesa Interna (DOI-CODI), em São Paulo.

Convém esmiuçar um pouco mais a biografia de Ustra, chefe, mentor e professor de Simão. A Comissão Nacional da Verdade (CNV)[11] expôs que, entre setembro de 1970 e janeiro de 1974, período em que Ustra esteve no comando, o DOI-CODI do II Exército constituiu-se em um verdadeiro consulado do inferno na Terra.

A lista de crimes cometidos na unidade é imensa. Como no caso do jovem Luiz Eduardo da Rocha Merlino, repórter que se destacara no *Jornal da Tarde* e na *Folha da Tarde*. Ao retornar de uma viagem

---

11 A CNV foi um colegiado instituído pelo governo brasileiro para investigar as graves violações de direitos humanos ocorridas em um determinado período da história do país.

à França, em 15 de julho de 1971, foi preso na residência de sua mãe, em Santos, no litoral paulista. Levado à sede do DOI-CODI, na rua Tutoia, na capital, sofreu torturas por vinte e quatro horas e depois foi largado na solitária apelidada de "x-zero". Como seu estado de saúde se agravava, levaram-no ao Hospital Geral de São Paulo, onde faleceu, em 19 de julho.

Como era padrão na época, criou-se uma história para desresponsabilizar os agentes da repressão. No dia seguinte, o exército tentou convencer a família de que Merlino havia se suicidado, atirando-se debaixo de um veículo na BR-116, na região de Jacupiranga. Supostamente, teria fugido enquanto o levavam para identificar amigos "subversivos" no Rio Grande do Sul.

O arsenal de equipamentos do "Dr. Tibiriçá", codinome que Ustra usava no serviço de inteligência, era extenso, produzindo resultados de embrulhar o estômago: "pau-de-arara", "cadeira do dragão", "pimentinha" (também chamada de "Maricota"), "geladeira"... "Ele escolhia quem ia viver e quem ia morrer", declarou um ex-subordinado, o sargento Marival Fernandes, à Comissão Nacional da Verdade.

Ustra foi o primeiro oficial do Exército a ser condenado pelos crimes cometidos durante a Ditadura Militar. A decisão judicial, no entanto, teve pouco efeito, já que nenhuma pena lhe foi imposta, além da indenização à família de uma de suas vítimas. Durante a carreira no Exército, Ustra ocupou importantes cargos, como o de adido militar da Embaixada do Brasil no Uruguai. Foi promovido postumamente, quatro postos acima, naquela que ficou conhecida como a "farra dos marechais", um prêmio absurdo aos torturadores do regime de exceção, sob pretexto de que haviam lutado numa guerra. Até a época da publicação deste livro, a pensão do marechal Ustra, no valor de cerca de trinta salários-mínimos, ainda era paga a suas duas filhas. Esse é um privilégio com o qual os militares contam

DOSSIÊ SMART — A história que o exército quer riscar

para não desamparar as herdeiras, que dependem do antigo salário do papai para sobreviver.

No fim da década de 1970, Ustra exerceu grande influência no tenente Simão, que passou a vê-lo como um herói, classificando seus exercícios de sadismo como "atos legítimos" da "guerra" contra o comunismo. Talvez por isso, anos mais tarde, Simão tenha optado por realizar os cursos da Escola de Inteligência Militar do Centro de Inteligência do Exército, o C.I.E., herdeiro do Serviço Nacional de Informações (SNI). Lá, buscou se especializar no combate a células revolucionárias de esquerda, focando inicialmente o Movimento Comunista Internacional (MCI), que, entretanto, jamais alcançou significativa adesão no Brasil. Posteriormente, seguindo a obsessão das escolas militares, Simão dizia empenhar esforços para repelir o terrível avanço da ameaça gramsciana. Segundo ele e seus correligionários, o finado pensador italiano Antonio Gramsci havia desenvolvido uma maléfica estratégia de instaurar uma hegemonia cultural marxista e, assim, tomar o poder político no mundo todo. Para implantá-la, os vermelhos trabalhariam diuturnamente para desencaminhar os jovens, abolir os valores cristãos e destruir a família tradicional.

Era a versão revisitada do velho do saco que pega criancinha, transformado na terrível ameaça comunista para amedrontar adultos desprovidos de maior capacidade cognitiva.

Na visita ao Smart/AMAN, naquela manhã ensolarada da terça-feira, 20 de março, o general Simão estava tranquilo, pois não teria que enfrentar nenhum perigoso comunista. Encontrava-se entre iguais, em pensamento e doutrina. Foi recepcionado formalmente em frente ao Memorial Marechal José Pessoa pelo comandante da AMAN e seus oficiais superiores do Estado-Maior. A programação fora concebida para dar ao visitante uma visão mais clara dos problemas relatados na reunião da IGEMil.

A primeira parada foi no Curso de Artilharia da AMAN, onde o major Luís Fernando, instrutor-chefe do Carta, realizaria uma

DIÁRIOS DA CASERNA

demonstração do FATS. Convém lembrar que esse simulador, usado pelos cadetes, havia servido de inspiração para alguns dos requisitos do Smart, nele acrescentados pelo tenente Marcus Junius.

Instalado em uma sala de doze por seis metros, o FATS não requer muito espaço. A estrutura é simples e eficiente. Dentro da sala, uma pequena escada leva ao posto do instrutor, que possui dois notebooks ligados a um projetor, capaz de reproduzir na tela o cenário e os eventos desejados. Na versão do Carta, o equipamento conta com 417 objetos, entre terrenos, edificações, tropas, armamentos, veículos e outros para formar os cenários. De sua posição, o instrutor está habilitado a avaliar e corrigir todos os procedimentos do cadete instruendo. Para maior ambientação, as paredes receberam papel fotográfico com imagens de montanhas e matas. O posto de observação tem sacos de areia e redes de camuflagem. De lá, o cadete visualiza o alvo e conduz o tiro de artilharia, usando seus equipamentos orgânicos, como binóculo, goniômetro-bússola, cartas topográficas, réguas de escala, prancheta com formulários, telefones e rádios para comunicação.

O grande mérito do FATS é ser um simulador de fácil operação, com baixo custo de aquisição e de manutenção. Proporciona o adestramento com os equipamentos orgânicos, reproduzindo a contento a realidade, sem treinamentos negativos. Na versão disponível na AMAN, o ponto fraco é a resolução das imagens. São bem menos realistas do que aquelas dos videogames disponíveis no mercado. Um upgrade para melhorar esse quesito, porém, não resultaria em grandes ganhos para o treinamento. O benefício seria, sobretudo, visual.

Saindo do Carta, Simão seguiu para o prédio que abrigaria o novo equipamento. Quando seu motorista estacionou o veículo, o general olhou pela janela e não teve dúvida de que, finalmente, tinha chegado. No letreiro metálico, brilhava a denominação: Simulador Militar de Artilharia. De um lado, viu o símbolo do Exército Brasileiro; do outro, a logomarca do Smart, uma roda serrilhada da engenharia

DOSSIÊ SMART — A história que o exército quer riscar

envolvendo a bomba símbolo da artilharia, com os dizeres em latim *Exerce et Pugna!* (treine e combata!). Tinha sido elaborada pelo capitão Seyller, em Madri. Representava a união entre os engenheiros militares e os artilheiros, todos empenhados em proporcionar alto grau de adestramento à tropa, tornando-a mais apta e confiante para o combate.

Simão desceu os degraus que ligavam a rua ao edifício, alcançando sua entrada, com as portas de vidro temperado fumê e amplo hall. À direita, no salão de honra, taifeiros já o esperavam com um coffee break. Depois do café, o tenente-coronel Battaglia fez as honras da casa, realizando um briefing para a visita com auxílio da maquete do prédio. Essa reprodução miniaturizada tinha sido confeccionada pela Lokitec, em 2011, para a Feira Latino-Americana de Defesa LAAD.

Em seguida, o general foi conduzido pelo corredor leste até o posto do instrutor. Três telas de computadores, uma ao lado da outra, estavam ligadas. A primeira oferecia uma visão panorâmica virtual do Campo de Instrução da AMAN; a segunda, a carta topográfica do terreno; e a terceira, as funções do instrutor para a condução do exercício.

Marcus Junius apresentou sucintamente o posto e ressaltou que o Smart iria incorporar, no mínimo, mil objetos, mais do que dobrando os elementos presentes no FATS. As imagens também tinham maior resolução e seriam projetadas numa tela de cinema. A equipe, contudo, não pôde realizar uma demonstração no auditório, com capacidade para duzentos lugares, porque a instalação continuava em obras para evitar a ocorrência de novos alagamentos.

Diante do deslumbramento do tenente, Battaglia achou por bem relembrar o general de que, apesar do visual sedutor, o que tinham ali era apenas um programa executável do SEA, com upgrade das imagens. Esse protótipo havia sido forçosamente aceito pelo Exército em razão da falta de especificações no contrato da Calice.

— Ciente! Já conheço essa história — cortou secamente SS.

Battaglia, então, convidou o general para percorrer as outras salas. O edifício era grandioso: mais de 2.100 m² de área construída. Para se ter uma ideia, só o posto do instrutor possuía 64 m². O edifício era basicamente dividido em dois setores. O primeiro, exclusivo para a administração e equipe de instrução, com acesso vedado aos alunos. O segundo, cujo piso é pintado de verde, era franqueado à circulação dos instruendos.

Battaglia introduziu o general nessa área, que se iniciava no corredor oeste do edifício. A primeira sala, ao sul, era destinada ao centro de operações táticas da artilharia divisionária, onde seriam emulados o radar de contrabateria e o veículo aéreo não tripulado. Ao norte, ficava a sala da central de tiro do batalhão de artilharia. A pretensão era operar tanto no método tradicional — com pranchetas, mapas, réguas, lápis e papel quadriculado, como a FEB fizera na II Guerra Mundial — como pela inserção eletrônica de dados no simulador, integrado ao sistema Palmar-Genesis.

Ao final do corredor oeste, encontrava-se a sala do centro de coordenação de apoio de fogo da brigada, onde também foram instalados dois postos do estado-maior do batalhão: "inteligência e operações" e "logística de pessoal e de material". Ao sul do corredor oeste, havia três banheiros. O primeiro destinado a oficiais instrutores; o segundo, a praças, subtenentes e sargentos auxiliares; e o último, para os instruendos. Sim, nas Forças Armadas brasileiras, os sanitários são divididos de acordo com a hierarquia militar.

Outro corredor verde, no sentido sul-norte, dava acesso a três centrais de tiro das baterias do batalhão de artilharia e a três centros de coordenação de apoio de fogo dos batalhões ou regimentos de infantaria e de cavalaria. Serviam ao adestramento dos oficiais de inteligência e operação das armas-base com o oficial de ligação da artilharia, integrando os sistemas operacionais manobra e apoio de fogo.

DOSSIÊ SMART — A história que o exército quer riscar

Ainda no corredor verde, chega-se ao ponto alto do Smart: os quatro postos de observação. Com paredes pintadas de preto para não atrapalhar a projeção, cada PO possui 64 m². Duas dessas salas, o PO3 e o PO4, foram as que sofreram infiltração da água da chuva pelo teto, problema que a Calil já havia solucionado. Para a apresentação do protótipo, em dezembro de 2011, a Lokitec instalara uma tela côncava para a projeção das imagens no PO1. Essa área foi ambientada como uma trincheira, com teto de madeira e grama sintética. Recebeu também um binóculo emulado para o observador conduzir o tiro, semelhante ao existente no simulador da Academia de Segóvia na Espanha.

Passando pelos quatro POs, o final do corredor verde dava acesso à maior sala do Smart, o hangar da linha de fogo, com 592 m², e posições para oito obuseiros ou morteiros. Em frente a cada obuseiro, um portão basculante se abria com vista para o norte, alcançando a famosa elevação que, no horizonte, lembra a figura de uma "galinha choca", servindo de referência aos cadetes para indicar a direção geral do ponto cardeal a partir do campo de instrução da AMAN. Diferentemente do restante da área de instrução, o piso do hangar era pintado na cor terra. O verde se restringia a uma faixa com pintura e grama sintética à retaguarda dos obuseiros, marcando o posto do tenente comandante da linha de fogo. No teto do hangar, uma pintura reproduzia o céu com nuvens.

Para a visita do general Simão, havia um único obuseiro na linha de fogo, com *mockups* de plástico PVC, como referência aos futuros sensores que deveriam ser incorporados às peças de artilharia. Eram as mesmas maquetes que a Lokitec tinha usado para a apresentação do protótipo do Smart.

Terminada a explanação nessa área, Battaglia conduziu o general Simão pelo corredor central, que dividia o edifício ao meio, ligando a linha de fogo diretamente ao hall de entrada. Saindo-se do hangar por esse corredor, uma escada levava ao mezanino, construído para

201

DIÁRIOS DA CASERNA

que os instrutores possam, atrás de um vidro espelhado, observar o trabalho dos instruendos. Trata-se do conceito *big brother* aplicado à construção. A equipe Smart desejava ainda instalar um sistema de monitoramento por câmera, que serviria para o debriefing dos exercícios, ou, como o Exército chama, análise pós-ação.

Excetuando-se o posto do instrutor e o PO1, as salas do prédio estavam vazias, sem móveis. Battaglia reiterou ao general que sua equipe não possuía meios para trabalhar e que não existiam itens básicos de segurança como extintores de incêndio. A AMAN estava fornecendo apoio para a montagem dos processos de licitação, mas os recursos orçamentários ainda eram incertos.

— Rutáceas, me manda o que o Smart precisa, que vamos providenciar os recursos na DEMEx — ordenou Simão ao comandante da AMAN.

A visita parecia que daria bons frutos. O coronel Belial, sentindo a boa disposição do general Simão, achou que era hora de aproveitar. Acompanhado de Jair, sócio-diretor da Calil, elogiou o trabalho da empresa, informando que o problema do auditório já estava sendo sanado. Mas voltou a apresentar a nova conta do que o Exército estaria devendo à construtora, resultado das modificações encomendadas pelo finado Bastião Dias. Portas de aço, por exemplo, tinham sido substituídas por portas de vidro blindex, para maior luminosidade. O mezanino, que, a princípio, seria apenas um corredor para observação da linha de fogo, ganhara salas de apoio. O prédio recebera letreiros em aço escovado e um sistema mais potente de refrigeração. Dobrara-se a área de acampamento dos instruendos, o que exigira obras de terraplanagem, de instalação de rede de água e esgoto, além da colocação de piso nas áreas das barracas.

— Essas modificações do Bravo-Delta, quanto custaram a mais?
— SS não era muito paciente e já havia entendido o tom da conversa do fiscal.

DOSSIÊ SMART — A história que o exército quer riscar

— General, eu contabilizei R$ 426.855,00 de dívida da AMAN com a Calil pelos serviços solicitados pelo general Bastião Dias. E ainda faltam cerca de R$ 354 mil para finalizar a área de acampamento, num total de aproximadamente R$ 781 mil.

Belial era coronel de intendência, afeito a números e contas, e, além da formação militar, havia se graduado em Administração de Empresas no meio civil.

Dessa vez, Simão não foi tão complacente.

— Pô, Belial! O que você quer que eu diga ao general Augusto? "Comandante, sabe o edifício do Smart, aquele que o senhor inaugurou em dezembro, quatro meses atrás? Sim, aquele que custou R$ 6 milhões. Então... A AMAN precisa de mais R$ 800 mil pra terminar a obra." Que conta é essa? Uma coisa é comprar móveis para os pica-fumos, botar telefone, internet e extintor de incêndio. Outra coisa é o Bravo-Delta, que Deus o tenha, aumentar em R$ 800 mil o orçamento de um prédio que o Comandante do Exército inaugurou anteontem! Quem vai explicar isso, pô?!

A gíria militar "pica-fumo" vinha da Guerra do Paraguai. Os oficiais mais novos, ou mais "modernos" no jargão da caserna, eram incumbidos de picar o fumo de rolo para o cachimbo do comandante. Era uma típica vassalagem militar, como a que alguns oficiais mantêm ao mandar soldados engraxarem seus coturnos. A expressão acabou sobrevivendo ao tempo e é empregada até hoje para designar os jovens oficiais. SS, general de divisão, a um passo do topo da hierarquia militar, referia-se dessa forma a seus subordinados.

O comandante da AMAN, general Rutáceas, resolveu adiantar uma explicação, antes que sobrasse para ele.

— General, se o senhor me permite um esclarecimento, gostaria de informar que o coronel Belial me passou esse problema depois da inauguração do edifício. Até aquele momento, eu não tinha conhecimento da questão. A obra estava sendo gerenciada pelo general

DIÁRIOS DA CASERNA

Bastião Dias, com auxílio dos fiscais, em ligação direta com o general Aureliano, sem a intermediação do comando da AMAN. Assim que tomei conhecimento do fato, ordenei a suspensão imediata dos trabalhos, para não aumentar essa dívida. Além disso, determinei que o Sadam realizasse um estudo para que eu pudesse levar propostas de solução ao escalão superior.

— Vamos ver essa área de acampamento — respondeu Simão.

O acampamento possuía 1.512 m². Para a preparação da área, a Calil teve de remover a camada vegetal, efetuar uma obra de terraplanagem, introduzir a tubulação de esgoto, compactar o solo e reforçá-lo com brita. Depois, assentou os pisos de concreto e fez o plantio de grama, para evitar a formação de lama em dias chuvosos. O projeto inicial previa a instalação de dois conjuntos de cinco barracas de alojamento, duas de banheiros e outras duas para a cozinha e o refeitório, além do castelo da caixa d'água.

Belial mostrou ao general Simão que a Calil, naquele momento, empenhava-se em ampliar a área de acampamento. Já havia instalado o terceiro conjunto de pisos de concreto. Depois, dedicar-se-ia ao quarto conjunto. Ficaria faltando somente a área de formatura e de hasteamento da bandeira nacional. Segundo o fiscal, havia uma razão para o encarecimento da obra: o complexo estava sendo edificado em um espaço virgem da AMAN, sem rede de esgoto e energia elétrica. Encaravam, portanto, o desafio de fazer tudo, do zero a uma construção grandiosa.

Assim, entre surpresas e incertezas, concluiu-se a visita do general Simão. Aos poucos, os problemas ocultos pelos generais Reis e Aureliano vinham à tona. Impávido, SS assistiu à tradicional entrada dos cadetes marchando para o rancho e, depois do almoço com o general Rutáceas, desceu a serra, retornando ao Rio de Janeiro.

Pouco tempo depois, nos dias 10 e 11 de abril, seria realizada a I Reunião Sistêmica do Projeto do Simulador Militar de Artilharia (ReSi), com a participação dos envolvidos: Gabinete do Comandante

204

do Exército; DEMEx; IGEMil; Gesmart; Prefeitura Militar da AMAN; CRO; IMBEL; CTEx; Artilharia do Comando do Exército do Sul; Centro de Avaliação, Simulação e Adestramento Sul; além das empresas civis Calil e Lokitec.

Em razão da magnitude do encontro, foi necessário utilizar o auditório de maior capacidade da DEMEx. As equipes foram divididas em grupos de trabalho temáticos, os GTs. Os problemas relativos ao edifício, por exemplo, decorrentes da construção original ou das intervenções complementares, foram discutidos no GT Obra, com a participação do coronel Belial; de Jair Calil; do tenente-coronel Cassis, engenheiro lotado na Prefeitura Militar da AMAN; do capitão engenheiro militar Juliano, do Smart; e de Cleide Vargas, nova engenheira da Lokitec Brasil.

Foram realizadas três sessões de discussões dentro dos GTs, seguidas de uma quarta, para que as conclusões e propostas fossem apresentadas ao gerente do projeto, general Vasco, que novamente se fez acompanhar do general Simão.

Falando pelo GT Obra, Belial informou que a primeira impermeabilização do auditório havia sido reprovada no teste das chuvas. Uma inspeção técnica da Prefeitura Militar, acompanhada pela Calil, identificou cinco pontos de infiltração remanescentes. Para sanar o problema, a construtora havia reforçado a vedação e cavado quatro poços de 4,5 metros de profundidade, instalando bombas que seriam acionadas automaticamente quando o nível do lençol freático começasse a subir. Para dar mais tempo para a empresa, o Sadam havia prorrogado o contrato da obra.

A CRO, por sua vez, apresentou um esboço das obras complementares, não contempladas no projeto básico da arquiteta Melissa Jardim, com novo orçamento de aproximadamente R$ 941 mil.

A Prefeitura Militar da AMAN explicou como pretendia atender à demanda de arborização na via de acesso, no entorno do edifício,

DIÁRIOS DA CASERNA

na área da divisa com o estande de tiro e no terreno que circundava a área de acampamento. Seriam plantadas duzentas árvores para amenizar a temperatura nos dias ensolarados, reforçar o solo e delimitar a área do simulador.

Quanto ao Projeto Smart, o general Nicolau informou que era preciso completar os documentos que não haviam sido confeccionados no prazo, como o estudo de viabilidade do projeto, propondo-se ele mesmo a elaborar suas minutas.

O Gesmart sugeriu criar o documento "Pendência Técnico-Administrativa" (PTA), para formalizar, organizar e registrar as comunicações entre as equipes Smart/Madri e Smart/AMAN.

Na sequência, o tenente-coronel Battaglia expôs, no geral, o rol e volume de dúvidas que estavam chegando da Espanha, desde o retorno da equipe operacional ao Brasil. Versavam sobre: munições especiais (tiro com granadas iluminativas, fumígenas, incendiárias, de propaganda, com submunições e lançadoras de campo de minas); munições inteligentes (granadas guiadas a laser, orientadas por GPS com propulsão adicional para correções da trajetória e guiadas por satélite); fogos do lançador múltiplo de foguetes Astros; fogo naval e aéreo; objetos 3D para os exercícios; dados cartográficos; interfaces; formulários; e equipamentos (como *joystick* e optrônicos).

Para sanar essas e outras dúvidas, além dos contatos com Madri, por e-mail, telefone e videoconferência, a equipe Smart/AMAN havia até gravado imagens e sons de tiros de morteiros e obuseiros, aproveitando exercícios de campanha do Carta. Os arquivos eram enviados ao coronel Stark na Espanha. Mesmo diante dessas iniciativas, contudo, as dúvidas persistiam; e pior, aumentavam a cada nova funcionalidade que os engenheiros da Lokitec tentavam implementar.

— Mas o que vocês fizeram o ano passado na Espanha? — reclamou SS.

Battaglia não se abalou e respondeu francamente ao general Simão.

DOSSIÊ SMART — A história que o exército quer riscar

— General, no ano passado, a equipe operacional cumpriu todas as tarefas que a empresa nos determinou. Auxiliamos na confecção dos casos de uso, explicando como a artilharia do Exército Brasileiro opera, nossa doutrina, nossas táticas, técnicas e procedimentos. Os engenheiros espanhóis deveriam ter confeccionado documentos dando conta das funcionalidades do simulador, algumas que, inclusive, esperávamos ver no protótipo. Acontece que a fase 1 acabou sendo aprovada na 1ª Visita de Inspeção do Projeto Smart, em Madri, sem a confecção dos cadernos técnicos. A Lokitec assegurou ao general Null que finalizaria a tarefa, mas, até agora, não cumpriu a promessa. E o protótipo apresentado em dezembro do ano passado não foi exatamente o que nós tínhamos em mente. Por isso, redigimos um relatório de quase quarenta páginas, sobre as deficiências do primeiro ano de trabalho com os espanhóis. Se desejar, posso fornecê-lo para o senhor ler.

Enrique Medelín interveio para apresentar a versão da empresa.

— General Simão, a Lokitec produziu ampla documentação sobre o Projeto Smart, ao lado dos militares brasileiros na Espanha. O diretor de Ciência e Tecnologia do Exército esteve lá com uma equipe durante uma semana no ano passado, quando pôde comprovar nossos avanços. As citadas lacunas dessa documentação são detalhes que já estamos tentando equacionar. Para tal, dependemos de informações do Exército. Pensávamos que poderíamos aproveitar o banco de dados do SEA, mas isso não será possível. Precisamos das tabelas de tiro da IMBEL. Além disso, a Lokitec considera que seria oportuno enviar novamente alguns artilheiros para Madri. Seria a forma mais rápida de esclarecer as dúvidas dos nossos engenheiros desenvolvedores.

A Lokitec reclamava do não recebimento das tabelas numéricas de tiro (TNTs) digitalizadas do Palmar-Genesis da IMBEL, para o desenvolvimento do software balístico do Smart, já que o Ministério da Defesa da Espanha não havia autorizado o compartilhamento das TNTs do SEA.

DIÁRIOS DA CASERNA

— Podemos enviar um artilheiro por uma semana para a Espanha por meio de PVANA. Temos condições de resolver a parte burocrática para que isso ocorra dentro de quatro semanas — informou o representante do Gabinete do Comandante do Exército, referindo-se ao plano de visitas e outras atividades em nações amigas.

Os testes de novas versões do software do simulador em Resende deveriam ter começado, paralelamente ao desenvolvimento do Smart, em Madri, mas, até aquele momento, nenhuma nova versão havia sido enviada ao Brasil pela Lokitec. Segundo o último levantamento do major Alberto, o projeto acumulava 187 tarefas atrasadas.

Depois de ouvir as apresentações dos GTs, o general Vasco, com o apoio da DEMEx, decidiu solicitar ao Gabinete do Comandante do Exército o envio de um artilheiro à Espanha, para assessorar a empresa por uma semana. Deliberou também interceder para que a Lokitec recebesse as tabelas de tiro do Palmar-Genesis e os dados topográficos dos campos de instrução do Exército.

Antes de retornar a Resende, no dia seguinte, quinta-feira, 12 de abril, Battaglia aproveitou para conhecer a Lokitec Brasil. A criação de uma subsidiária da empresa no país era uma das exigências do contrato, como forma de garantir assistência técnica ao simulador, promover transferência tecnológica e gerar compensação comercial, com a criação de empregos diretos e indiretos.

De forma embrionária, a empresa tinha sido instalada em duas salas, alugadas em um prédio comercial no Leblon, no Rio de Janeiro. Enrique Medelín, o diretor de estratégia, havia sido designado como CEO da filial para a América Latina. Para auxiliá-lo, contratara duas pessoas, a engenheira brasileira Cleide Vargas, como diretora comercial; e Gladys, uma secretária bilíngue venezuelana, radicada no Brasil, cuja incumbência era facilitar as comunicações nos dois idiomas.

Uma rápida visita à LAAD Security 2012 encerrou a agenda de atividades no Rio de Janeiro.

208

DOSSIÊ SMART — A história que o exército quer riscar

***

— As coisas pareciam que estavam se acertando, não? — comentou o jornalista.

— Sim, pareciam. A ReSi foi um alento para a equipe brasileira. Nossa percepção era de que o general Vasco, como novo gerente do projeto, tratava tudo com muito profissionalismo; e o SS era o cara prático, direto, disposto a resolver os pepinos. Se precisasse de alguém mais polido para negociar com a empresa, entrava em cena o general Vasco. Se precisasse de alguém para pressionar, para bater na mesa, era a vez do general Simão. *Good cop, bad cop*, sabe? O policial bom e o policial mau, como nos interrogatórios dos filmes americanos.

Infantes

Nessa época, a Dra. Helena Castelli havia retomado plenamente suas atividades como pediatra, tanto no Hospital Militar das Agulhas Negras quanto em clínicas civis de Resende. O soldo de tenente nunca lhe pareceu suficiente. Somente ingressara no Exército por sugestão do marido, para que pudessem ser transferidos juntos. Havia ainda a privilegiada aposentadoria militar, com integralidade e paridade entre os vencimentos na ativa e os proventos na reserva remunerada. Battaglia costumava dizer que a profissão podia ser encarada como um dos melhores "planos de previdência" do país. Planejava, após passar para a reserva, abrir um escritório de advocacia especializado em Direito Médico, contando com seus conhecimentos jurídicos aliados aos saberes médicos da mulher.

O problema de ser médico no Hospital Militar das Agulhas Negras, contudo, era a rotina alucinante. Embora houvesse um *day off* semanal, Helena era constantemente convocada a prestar apoio aos

DIÁRIOS DA CASERNA

exercícios de campanha dos cadetes. O ensino militar bélico enseja vários riscos, como no manuseio de armas e explosivos, no deslocamento de comboios ou na transposição de obstáculos. Por esse motivo, a Academia possui regras rígidas de segurança e socorro imediato. Uma ambulância, com motorista, médico, auxiliar de enfermagem e padioleiro costuma ser escalada.

Na primeira vez em que foi destacada para uma dessas missões, Helena deu suporte à "marcha do charuto", um passeio promovido pelo Curso de Cavalaria para recepcionar os novos integrantes da arma. A princípio, pareceu-lhe interessante. Depois, percebeu que se tratava de uma missão tediosa. Passou o dia inteiro dentro de uma ambulância, seguindo os cavalos pelo campo. Ninguém precisou de seus serviços. Noutra ocasião, no entanto, a "brincadeira" começou a ficar sem graça. Foi escalada para acompanhar, por uma semana, um acampamento dos cadetes da arma de infantaria. Como era de seu feitio, externou seu descontentamento ao seu superior.

— Helena, recebemos essas demandas para os exercícios dos cadetes, e o Hospital Militar é obrigado a atendê-las — explicou-lhe o coronel médico diretor do Hospital.

— Mas faz sentido enviar uma pediatra para o exercício? Os cadetes têm vinte e poucos anos. Acho que já passaram um pouco da infância.

— Sinto muito, tenente, mas não dá para atender a AMAN somente com os médicos generalistas — arrematou o coronel, encerrando o assunto e fazendo questão de lembrá-la do posto que ocupava na hierarquia militar.

Helena chegou em casa bufando de raiva.

— Absurdo! — desabafou diante do marido. — Já tinha pacientes marcados no consultório de pediatria. E vai atrapalhar meu *day off*. Vou ter que cancelar a agenda.

Durante a missão, a tenente atendeu um cadete com bolhas nos pés, outros dois com diarreia e um quarto que simulava estar doente

DOSSIÊ SMART — A história que o exército quer riscar

para se esquivar do exercício. Nenhum deles precisou ser levado ao hospital. Enquanto isso, os casos mais graves na pediatria do Hospital Militar tiveram de esperar. Os pais de uma menina foram informados de última hora sobre o adiamento da cirurgia a que seria submetida. Na sexta-feira, depois de uma semana acompanhando o exercício dos cadetes, Helena voltou para casa.

— Oi, Paixão! Como foi?

— Compatível com o salário de médica do Exército — debochou. — Não posso reclamar. Não fiz quase nada.

A tenente havia chegado à AMAN muito animada e cheia de ideias para implantar um serviço de qualidade na pediatria. Pretendia atender a família militar com o mesmo primor com que o fazia no meio civil. Não encontrou, porém, apoio do diretor do hospital e foi desencorajada, dia após dia, pela burocracia da máquina pública. Além disso, acabou sendo subempregada. Uma cirurgiã pediátrica, mão de obra altamente qualificada, desperdiçava suas habilidades e seus talentos dentro de uma ambulância, acompanhando cadetes com assaduras na virilha, crises de rinite ou torções de tornozelo. O consultório fechava, e pessoas realmente necessitadas ficavam sem atendimento.

— Mas, sabe, vou te dizer... O diretor não está errado em me escalar. Eu não sou pediatra? Por isso, esta semana fui escalada para ser médica das crianças.

— Como assim? — indagou Battaglia.

— Ué, eles são os infantes! — ironizou Helena, brincando com a etimologia da palavra "infantaria".

O estresse da semana só foi aliviado com a viagem a Ilhabela, no litoral paulista, onde Battaglia pretendia concluir um curso de mergulho avançado. Helena, sempre parceira nas aventuras do marido, não deixou por menos: inscreveu-se no curso básico. Ambos já haviam mergulhado em outras oportunidades. Ele possuía uma credencial, do tempo de cadete, do curso que fizera no Grupo Recreativo de

211

DIÁRIOS DA CASERNA

Mergulho Autônomo da AMAN. Ela, porém, sem credencial, tinha de mergulhar sempre como "batismo", após instruções sumárias, em locais de baixa profundidade, onde um simples snorkel seria suficiente.

Depois dessa jornada educativa, sempre que possível, Battaglia e Helena procurariam aproveitar suas viagens para viver aventuras de mergulho.

Enxugando gelo

A viagem de Lotterman a Madri saiu na primeira semana de maio. Depois de desembarcar, o capitão de artilharia seguiu para a Residencia Militar Alcázar, hotel do Ministério da Defesa da Espanha onde já se hospedara, no início dos trabalhos do Smart. Teria pela frente uma agenda apertada de tarefas. Na segunda-feira, dia 7, sanaria as dúvidas dos engenheiros sobre o tiro de artilharia, o *core* do simulador, atividade na qual os espanhóis estavam mais atrasados. No dia seguinte, pela manhã, aconselharia as equipes de visual e simulação em questões sobre munição e balística. Na parte da tarde, auxiliaria o time de hardware no que se referia a materiais de artilharia. Na quarta-feira, estaria com a equipe de interface para atuar na prototipagem do cenário de operações. No período matutino da quinta, seria a vez das equipes de simulação e visual para tratar de equipamentos de observação. À tarde, lidaria com "objetos itens" e avatares. Finalmente, na sexta-feira, 11 de maio, daria explicações sobre comunicações operacionais, concluindo a programação.

Pelo contrato, a fase 2.2 deveria ser encerrada no final de outubro de 2012. Com tantas dúvidas, no entanto, era difícil crer que esse prazo seria cumprido. O major Alberto, em Madri, previa um atraso de dois a quatro meses, o que se tornou mais evidente quan-

DOSSIÊ SMART — A história que o exército quer riscar

do a própria empresa sondou Stark para uma alteração na agenda. Queria seu apoio para solicitar à Calice o adiamento do término daquela fase. Sugeria a data de 21 de dezembro e justificava o atraso como decorrência das exigências que o fiscal fizera em 2010 para a segurança da sala segregada.

A ida do capitão Lotterman a Madri, a princípio, trouxe esperança à equipe brasileira. Imaginaram que os engenheiros acelerariam o desenvolvimento do simulador, talvez até recuperando o atraso. O ânimo inicial, entretanto, foi se desvanecendo ao longo da semana. Na prática, os espanhóis continuaram com suas rotinas, como se desconhecessem a agenda, querendo tirar dúvidas pontuais e desordenadas. De repente, Lotterman passou a ser demandado de todos os lados, até sobre assuntos técnicos que não lhe diziam respeito. Uma completa desorganização no grupo de trabalho da Lokitec.

Naquela primeira semana de maio de 2012, Stark e Lotterman produziram um relatório em que chamavam a atenção para a repetição de perguntas pelos engenheiros espanhóis. Eram questões já devidamente esclarecidas pelos brasileiros. Informaram também que a empresa tentava novamente eliminar requisitos, como do goniômetro-bússola e da sensorização das cargas de projeção das granadas. O texto destacava ainda a teimosia da empresa em desprezar a metodologia preconizada no contrato.

Mas a desorganização da Lokitec não era o único problema. Lotterman observou que, em algumas áreas, o simulador possuía aspectos diferentes dos que haviam sido definidos, no ano anterior, pela equipe operacional. Esse desvirtuamento derivava de equívocos de Stark na interpretação das PTA, aquele documento criado pelo Gesmart para sanar as pendências técnico-administrativas de Madri.

Um exemplo era o tiro iluminativo. Depois de liberar a substância luminescente com o paraquedas, o tarugo da granada prossegue em

DIÁRIOS DA CASERNA

sua trajetória balística. Por questões óbvias de segurança, deve-se prever o local onde esse pedaço de ferro fundido vai cair. Pois Stark tinha determinado, sem conhecimento dos artilheiros, que a empresa desprezasse o cálculo do local de impacto dessa peça. Mesmo com nobres intenções, o insensato coronel começava a aborrecer cada vez mais a equipe operacional. Esse episódio foi batizado de "tarugo perdido", em alusão às balas perdidas que, infelizmente, volta e meia, acabam atingindo pessoas na cidade do Rio de Janeiro.

O triste resumo: Lotterman retornou para o Brasil com a sensação de ter viajado à Espanha para enxugar gelo. A Lokitec parecia perdida. A documentação produzida no ano anterior sequer era consultada pelos engenheiros espanhóis. Havia, no entanto, pelo menos uma boa notícia. O capitão acabou trazendo na bagagem uma nova versão do software do simulador e um *joystick* para o PO1. Dessa forma, a equipe Smart/AMAN poderia avaliar as funcionalidades implantadas desde a apresentação do protótipo. O interesse da empresa (nessa altura da narrativa, pode-se dizer óbvio) era outro. Pretendia que o novo software e o *joystick* fossem utilizados como peças de propaganda. Desejava vê-los exibidos a comitivas militares em visita à Academia Militar. Impressionar a Marinha, a Aeronáutica e forças militares de outros países da América Latina, clientes potenciais na mira de Enrique Medelín, CEO Américas da incipiente Lokitec Brasil.

De fato, pouco tempo depois, o Gesmart transmitiu a ordem para que o Smart/AMAN realizasse demonstrações do simulador para visitantes da Academia. Também solicitou a produção de artigos para o portal de doutrina da DEMEx, que serviria de propaganda para o público interno. Por fim, requeria que os cadetes fossem incentivados a produzir trabalhos de conclusão de curso sobre simuladores militares, sob orientação dos integrantes do Smart/AMAN. As atividades deveriam ser divulgadas no informativo semestral do Smart, para difusão dentro e fora do Exército.

DOSSIÊ SMART — A história que o exército quer riscar

Uma das notícias publicadas no informativo do Smart foi a ida do capitão Kawahara à Eurosatory, feira de fabricantes internacionais da área de Defesa, que ocorria de dois em dois anos em Paris. Na agenda de atividades, constava uma conferência sobre simulação militar. As passagens aéreas e a hospedagem foram pagas pela Lokitec, dentro do plano de compensação comercial previsto no contrato, no item "cursos de especialização e extensão".

Outro engenheiro da equipe, o major Oliveira, já havia participado de um evento similar, a International Technology Exhibition & Conference (ITEC), em Londres. Como o Smart tinha previsão de se comunicar com outros equipamentos e sistemas de comando e controle, o representante brasileiro acompanhou apresentações do grupo de simulação e modelagem da OTAN e do escritório de coordenação de simulação e modelagem dos Estados Unidos. Esses eventos, segundo a empresa, serviam à transferência tecnológica da Lokitec ao Exército Brasileiro.

Dessa vez, quem não concordou foi o general Nicolau. Embora houvesse interesse nos temas, não dava para qualificar visitas a feiras como parte do processo de transferência tecnológica. Essas participações tampouco poderiam ser enquadradas no item "cursos de especialização e extensão" do plano de compensação comercial. Esses gastos, inclusive, poderiam ser futuramente questionados pelo Tribunal de Contas da União (TCU), conforme alerta do assessor jurídico da DEMEx.

Enquanto a equipe brasileira testemunhava todos esses problemas, a Lokitec, em sentido diametralmente oposto, apresentava uma versão bem diferente da situação. Segundo a empresa, o projeto caminhava satisfatoriamente. Pequenos ajustes sugeriam a prorrogação da fase 2.2 até dezembro daquele ano, e só. A direção e gerência espanholas insistiam em culpar Stark e Alberto por tomarem decisões pouco

DIÁRIOS DA CASERNA

colaborativas e contrárias ao espírito de desenvolvimento conjunto do simulador.

A crescente dissintonia entre a equipe brasileira e a empresa tornava a vida do gerente do projeto mais difícil a cada dia. Vasco, por si só, era incapaz de dizer quem estava com a razão. Não obstante, o general tinha a percepção de que algo não caminhava como deveria. Afinal, ações de propaganda e presença em feiras não garantiriam sucesso na construção do simulador. A preocupação com questionamentos ou até com uma tomada de contas pelo TCU também era uma ameaça real. Mesmo que as despesas das viagens estivessem sendo arcadas pela Lokitec, o Exército não estava de todo imune em relação a esses custos, porquanto abatidos do plano de compensação comercial do contrato (Placomp). Em um de seus relatórios quinzenais, o fiscal inclusive afirmara que os recursos do plano seriam mais bem aplicados em especializações na própria Espanha, de forma a se reduzir o gasto com transporte e hospedagem. O Placomp previa o investimento de 450 mil euros na realização de cursos de especialização e extensão.

Diante dessa situação, e percebendo o mal-estar do general Vasco, Nicolau sugeriu auditar todo o projeto com apoio da Diretoria de Ciência e Tecnologia. Não como aquela fajuta, conduzida pelo tenente-coronel Fabrício, em setembro de 2011, para livrar a barra dos generais Null e Aureliano. Desta vez, seria necessário apurar a realidade, de forma nua e crua. Simão levou a ideia a Null, que não se opôs. A nova auditoria aconteceria nove a dez meses depois da primeira. Se as conclusões fossem diferentes, como todos já previam, seria fácil alegar que a situação tinha mudado. O exército afirmaria que, periodicamente, realiza auditorias em todos os seus projetos, justamente para identificar eventuais desvios e estabelecer as correções necessárias. Com essas diretrizes, o Gesmart começou a planejar a terceira viagem de inspeção. Vasco precisava dar uma resposta efetiva aos problemas, antes que fosse cobrado por seus superiores.

216

Nova auditoria e viagem de inspeção

Na manhã do dia 27 de junho de 2012, quarta-feira, o tenente-coronel analista de sistemas Roquete e o major engenheiro de computação Aristóteles, do Centro de Desenvolvimento de Sistemas da DCTEx, apresentaram-se ao general Vasco, no Palácio Duque de Caxias.

— O general Null nos passou orientações gerais sobre a auditoria que será realizada — introduziu Roquete. — Pelo que entendemos, o projeto caminhava bem, mas a situação mudou desde a última auditoria do tenente-coronel Fabrício.

— É isso que vocês precisam verificar — respondeu Vasco. — Os relatórios da nossa equipe apontam atrasos e problemas. A empresa refuta essas avaliações. Diz que eventuais atrasos ocorreram por culpa do Exército. Por isso, solicitei o apoio do general Null para realizar uma nova auditoria. Preciso de informações fidedignas para a tomada de decisões oportunas. Conto com vocês. Desejo-lhes uma boa missão. O general Nicolau, nosso consultor do projeto, e o major Olavo, do Gesmart, vão lhes passar mais detalhes. Daqui a três semanas, nos encontramos em Madri, para ouvir as conclusões da auditoria.

Roquete e Aristóteles passaram o dia na IGEMil e na DEMEx colhendo informações e juntando documentos do projeto. No encontro com o general Nicolau, solicitaram que o relatório da auditoria fosse entregue após a viagem de inspeção da gerência, e não durante, como sugerido a princípio. Pretendiam, assim, ter uma visão completa da situação, em diferentes contextos. Nicolau concordou, mas pediu aos auditores que apresentassem ao menos uma minuta com as conclusões parciais do trabalho, que serviriam como subsídio para as avaliações do general Vasco.

No dia seguinte, Battaglia foi apanhar os auditores, que se encontravam no hotel de trânsito. Estavam programadas duas jornadas de trabalho em Resende, nos dias 28 e 29. O primeiro local visitado foi

DIÁRIOS DA CASERNA

o simulador de observação de tiro do Carta. O FATS era exemplo de sucesso, de um simulador de treinamento militar com ótima relação custo-benefício. Depois, Roquete e Aristóteles seguiram para o prédio do Smart. Percorreram as instalações e assistiram à demonstração de uma segunda versão do protótipo.

Battaglia traçou um histórico completo do projeto. Não escondeu nada. Os auditores logo perceberam o encadeamento funesto de falhas e omissões. Precisariam, portanto, realizar um trabalho bastante técnico e imparcial, ao mesmo tempo que deveriam ter tato para lidar com questões sensíveis.

Terminada a visita, Roquete e Aristóteles retornaram ao Rio para a reunião agendada com a Lokitec Brasil. Foram recebidos por Enrique Medelín e Cleide Vargas, que compunham todo o seu *staff*. Gladys, a secretária, estava de folga nesse dia. Nas três horas que passaram no Leblon, assistiram a duas apresentações. A primeira procurava mostrar, de forma sucinta, o que era a empresa. A segunda tratava do Smart, mas o conteúdo não acrescentou muito ao que a dupla já sabia sobre o projeto.

Fruto dessas primeiras diligências, os auditores chegaram a uma primeira observação intrigante. Se, por um lado, o gerente do projeto, o Gesmart e a equipe Smart/AMAN discordavam frontalmente dos métodos da Lokitec, por outro, brasileiros e espanhóis eram unânimes nas críticas ao trabalho do coronel Stark e do major Alberto. Roquete e Aristóteles, que embarcariam para Madri no dia seguinte, não sabiam, mas o destino do fiscal e do supervisor já estava selado.

***

Uma semana depois dos auditores, seria a vez da comitiva da terceira viagem de inspeção embarcar no Terminal 1 do Galeão, no Rio de Janeiro, rumo à Espanha. O grupo era composto pelos generais

218

DOSSIÊ SMART — A história que o exército quer riscar

Vasco, Simão e Nicolau, pelo tenente-coronel Battaglia e pelo major Olavo. Em razão da idade avançada e da saúde mais frágil, Nicolau ganhou um assento na classe executiva. Os demais integrantes, militares da ativa, ocuparam poltronas na classe econômica. Na mesma aeronave, seguiram Dolores, esposa de Simão; Rosa, esposa de Vasco; e Helena. O tenente-coronel, de fato, comprara a passagem da mulher, parcelada no cartão de crédito. As companheiras dos generais, depois se soube, viajaram por conta de uma "gentileza" da Lokitec.

Na manhã do domingo do dia 8 de julho, a comitiva foi recepcionada em Barajas pelo já conhecido coronel Felipe Patto e pelo *staff* da Lokitec, que providenciou o traslado do aeroporto ao hotel em um micro-ônibus. Os generais, no entanto, seguiram no transporte VIP, na Mercedes Bens da aditância. Regianne, mulher do coronel Patto, foi incumbida pelo marido de recepcionar as mulheres. No caminho para a Residencia Militar Alcázar, anunciou que havia programado uma atividade intensa para suas "novas amigas". Teriam direito até mesmo a uma van exclusiva para se deslocarem pela cidade. Enquanto os maridos estivessem trabalhando, iriam bater perna, fazer compras e se divertir muito.

Dodô (como Dolores gostava de ser chamada) e Rosa ficaram empolgadas. Já Helena, nem tanto. A tenente não se enquadrava no perfil de bajuladora nem no de bajulada. Battaglia nunca quisera que ela se prestasse a esse papel. E, a rigor, o casal tinha convicções coincidentes nessa questão. Helena, então, procurou, de forma cortês, desvencilhar-se do grupo feminino. Havia programado rever amigas e amigos que tinha feito no tempo em que residira na Espanha. Com essa desculpa, que não deixava de exprimir a verdade, livrou-se de acompanhar as senhoras.

— Ah, que pena! Perdemos a nossa médica... Justamente ela, que já morou aqui e poderia nos guiar — lamentou Regianne, com certa ironia, sem esconder que considerava Helena sua "subordinada".

DIÁRIOS DA CASERNA

Na semana anterior, Regianne já tinha feito seu dever de casa, preparando-se para a função de *hostess*. Leu e decorou o perfil de cada uma das esposas dos generais. Já sabia do que gostavam, do que não gostavam, de seus *hobbies* e de suas manias. Também tinha passado os olhos, com menos interesse, no histórico da tenente médica Helena Castelli, para ver como poderia se servir dela. No meio militar, as mulheres, muitas vezes, assumem as patentes dos cônjuges. Aquelas que não abraçam uma profissão se convertem, em geral, em promotoras da carreira do marido. Regianne bajulava Dodô e Rosa, esposas dos generais, como se elas fossem suas superiores. Seguindo esse raciocínio, esperava um comportamento submisso de Helena, tenente do Exército, esposa de um tenente-coronel, inferior hierárquico a seu marido.

Na primeira noite, no entanto, não houve escapatória. Como estava previsto na programação montada pelo Gesmart, os militares da comitiva e suas esposas, mais o coronel Patto, o coronel Stark e o major Alberto, jantariam na residência de Papa Velasco. Durante a recepção, formaram-se grupos que diziam muito sobre as relações de poder. Os generais reuniram-se com o anfitrião e os pesos-pesados da Lokitec. Stark, Alberto, Battaglia e Olavo compuseram outra célula. Via-se claramente o abismo entre o "alto e o baixo clero", como se costuma dizer no meio militar. O terceiro grupo era o das mulheres, que, nas reuniões desse tipo, são solenemente ignoradas pelos maridos.

SS e Papa Velasco, entre um copo de whiskey e outro, conversavam sobre a maçonaria. O mercador de armas era muito influente na organização. Ocupara o cargo de grão-mestre entre os anos de 1994 e 2002. Os maçons tinham sido bastante perseguidos durante o regime franquista, de viés católico e conservador, que durou de 1939 a 1975. Dizia-se, portanto, que o rico homem de negócios fora importante na retomada da tradição iniciada no século XVIII. Havia ingressado na instituição ainda jovem, enquanto vivia no Reino Unido. Depois, levara o antigo rito escocês para seu país. Velasco afirmou que os confrades espanhóis certamente se sentiriam honrados com a presença do irmão general do Exército Brasileiro. Com tempo escasso, contudo, não teria como programar solenidade à altura de tão ilustre visitante. Essa honra seria concedida ao eminente general numa próxima oportunidade, que não lhes faltaria.

Enquanto isso, no grupo da segunda divisão, Stark e Alberto procuravam atualizar Battaglia e Olavo sobre as últimas semanas de trabalho na Lokitec. Tinham a expectativa de que os auditores da DCTEx desta vez confirmassem o que vinham relatando. Segundo eles, Roquete e Aristóteles estavam trabalhando intensamente. Tinham analisado os documentos do projeto e conversado com os colaboradores da empresa e com os engenheiros militares da equipe brasileira.

O último grupo, entre canapés e *champagnes*, era o mais ruidoso. Relatavam, sobretudo, micos e apuros vividos em suas viagens internacionais. E riam-se a valer. Era uma forma de contarem vantagens, numa guerra de vaidades.

Terminado o coquetel, serviu-se lauto banquete, que impressionou a todos. Tempos depois, o *Dossiê Smart*, vazado pelo BrasiLeaks, o adjetivaria como "nababesco". A descrição do desfile de raras iguarias e formidáveis manjares emprestaria cores e sabores à denúncia. Tratava-se de apropriado cenário ao roteiro de transgressões, improbidades e crimes cometidos por oficiais de altas patentes do Exército.

"O autor do *Dossiê Smart* deveria estar entre os convidados. Também é possível que tenha conseguido o testemunho de um deles", cogitou Fábio para si mesmo. "De outra forma, como seria capaz de descrever o encontro com tamanha riqueza de detalhes?"

— Por muito tempo, convivi com uma dúvida — disse Battaglia, interrompendo as divagações do jornalista. — Por que Velasco, a

Lokitec e os generais se expunham dessa maneira? Até que, numa noite adiantada, insone, cheguei a dois motivos.

Fábio olhou atentamente para seu entrevistado, ansioso pela resposta.

— Primeiro, pela certeza da impunidade. Os generais nunca acreditaram que essa história pudesse vir à tona. E, mesmo que fosse revelada, sabiam que poderiam encerrá-la na origem, em "acordos" com o Ministério Público Militar. Caso não conseguissem barrar a denúncia do MPM, ainda poderiam se safar com a complacência de seus pares, os generais ministros do Superior Tribunal Militar. Você já viu o STM condenar algum general?

— Já condenou? — perguntou Fábio um tanto ingenuamente.

— Nunca. Mas aí vão dizer que é porque o general tem uma vida ilibada. Eu vi bem a vida ilibada que vários deles possuem!

— Você disse que eram dois motivos...

— Sim, o segundo só pode ser porque eles queriam nos comprometer também. Existe um decreto do Poder Executivo Federal sobre gestão da ética. Sem dúvida, aquele jantar não condiz com a conduta esperada dos militares. Como alguém poderia denunciar um jantar do qual participou? Mas os generais se esquecem de que estávamos ali por obrigação. A responsabilidade é de quem nos convocou. Nesse caso específico, a ordem partiu de Vasco.

Por mais bem-intencionados que fossem os propósitos do general, que herdou a contragosto a função de gerente do Projeto Smart, suas atitudes começavam a comprometê-lo. Cada vez mais, convertia-se em marionete ou "laranja" de SS, que, na prática, era quem dava as cartas e mandava no jogo.

— O *Dossiê Smart* foi bem sintético em relação à programação da viagem. Produzi aqui um resumo e gostaria de ler para você. Talvez possa acrescentar algo que julgue relevante.

DOSSIÊ SMART — A história que o exército quer riscar

— Pode ler — anuiu Battaglia.

Fábio ergueu a tela do laptop:

Na segunda-feira (9 de julho de 2012), houve uma visita ao SEA, com o objetivo de mostrar aos generais as diferenças entre o simulador espanhol e o Smart. No mesmo dia, o fiscal do contrato (coronel Stark), o supervisor técnico (major Alberto) e o supervisor operacional (tenente-coronel Battaglia) expuseram os problemas do projeto sob o ponto de vista de suas áreas e apresentaram possíveis soluções.

No dia seguinte (10 de julho de 2012), foi a vez da Lokitec de expor os problemas do projeto aos generais, sob a ótica da contratada.

Na quarta-feira (11 de julho de 2012), a comitiva seguiu para Toledo a fim de conhecer os trabalhos realizados para o projeto na fábrica da empresa.

Na quinta-feira (12 de julho de 2012), o tenente-coronel Roquete e o major Aristóteles apresentaram uma minuta do relatório da auditoria. Elencaram problemas e propuseram correções. Esse material deveria servir de subsídio para a decisão da gerência do projeto, no dia seguinte.

Na sexta-feira (13 de julho de 2012), os generais se reuniram com a contratada para discutir as propostas e firmar compromissos formais.

— Sim, lembro-me desses eventos — concordou Battaglia.

Em consequência, a gerência do projeto e a presidência da Lokitec firmaram um documento para a solução dos problemas apontados,

DIÁRIOS DA CASERNA

determinando ações para ambas as partes. A fase 2.2 não iria se encerrar em 22 de outubro de 2012, como estava previsto no contrato Calice-Lokitec. A prorrogação era inevitável.

— Gostaria de ler mais um trecho do dossiê, que vem logo em seguida — acrescentou Fábio.

> Sem finalizar a fase 2.2 em outubro de 2012, a Lokitec não receberia o pagamento dos 5,6 milhões de euros, o equivalente a 40% do valor do contrato. Diante disso, a Lokitec propôs, e o general Simão consentiu, incluir no acordo a possibilidade de desembolso parcelado desse montante, solução que seria enviada para apreciação do Gabinete do Comandante do Exército.

— Exato, foi isso mesmo que ocorreu — confirmou Battaglia.

— O dossiê, inclusive, apresenta o documento que foi firmado pelos generais com os executivos da Lokitec.

***

Ao final da terceira viagem de Inspeção, o documento produzido, denominado "Reunião de Decisão Conjunta da Gerência do Projeto Smart e da Presidência da Lokitec", assinado em julho de 2012, apresentava alguns pontos dignos de nota. Começava expondo a situação com quatro constatações: a metodologia RUP seguia desprezada, a documentação apresentava deficiências significativas, o cronograma não estava sendo cumprido e as lideranças da Lokitec não geriam a contento os trabalhos.

DOSSIÊ SMART — A história que o exército quer riscar

Em seguida, vinha a "missão" com a "intenção do gerente do projeto". Consistia tão somente em garantir o desenvolvimento e a entrega do simulador até outubro de 2013, com transferência total da tecnologia. Citava ainda um esforço de reorientação para eliminar ou minimizar os óbices ao cumprimento do contrato. Por fim, acrescentava que o Smart era muito importante para o Exército e para a Lokitec.

Estes itens, "missão" e "intenção do gerente", quando mais bem analisados, eram o atestado do amadorismo e da limitação intelectual dos generais. Incapazes de discutir o projeto em seus próprios termos, empregavam de forma inadequada jargões militares e insistiam no que era óbvio. Seria mesmo necessário escrever que a intenção do gerente era "garantir o cumprimento do contrato"? Basicamente, salvavam-se no texto os trechos copiados dos auditores. Um dos itens propunha que a Lokitec contratasse dois analistas de sistemas, um para trabalhar em Madri, e outro, em Resende, com o objetivo de melhor traduzir a ideia dos artilheiros aos desenvolvedores da empresa.

O documento também contemplou o desejo da Lokitec de lucrar a qualquer custo, o mais rapidamente possível. Como sempre, pretendia receber uma alta soma de dinheiro, mesmo sem cumprir suas obrigações. Como a fase 2.2 não seria encerrada em outubro daquele ano, era certo que a Calice vetaria um novo pagamento. Ciente desse entrave, a empresa insistiu para que o Exército realizasse um desembolso antecipado, em parcelas, dos 5,6 milhões de euros.

A essa altura, os espanhóis já tinham recebido dois pagamentos, que totalizavam 7 milhões de euros, metade do valor do contrato. Agora, buscavam a todo custo obter mais 40% do montante total. Por incrível que pareça, os generais acharam a demanda razoável e prometeram levar o assunto ao Gabinete do Comandante do Exército. Ainda assim, a Lokitec não se deu por satisfeita. Requereu também a oficialização de um termo aditivo, ou seja, da garantia de pagamen-

225

DIÁRIOS DA CASERNA

to adicional para desenvolver os requisitos que ela considerava não cobertos pelo contrato.

A correta ordem das despesas da administração pública é o empenho (promessa de pagamento), seguido pela liquidação (quando a mercadoria ou o serviço é entregue) e, por fim, pelo pagamento. O que a Lokitec estava combinando com os generais era inverter os estágios da despesa, recebendo antecipadamente, sem a liquidação da despesa, ou seja, sem a devida contraprestação, contrariamente ao disposto na lei nº 4.320/64. Estranho era os generais acharem aquela proposta razoável, sem manifestarem frontal e imediata oposição. Dava mesmo a impressão de que ali havia uma associação criminosa, como o coronel Stark alertava ("uma qua-dri-lha"), e como depois denunciou o dossiê a que o *El País* teve acesso. Mas quem teria coragem de confrontar os poderosos fardados estrelados?

No item "diversos", o documento informava, de forma discreta, que estavam previstas mudanças na equipe do Exército em Madri. O que esse trecho revelava, na verdade, era que a Lokitec e Papa Velasco tinham logrado êxito na campanha difamatória contra o fiscal do contrato e o supervisor técnico. Nos bastidores, foram acusados de atrasar deliberadamente o cronograma da missão. Segundo essa tese, Stark e Alberto pretendiam prolongar a missão no exterior a fim de estender o período de seus soldos em dólar.

Enquanto as críticas vinham da empresa, até podiam gerar dúvida. O problema foi que Stark, pouco a pouco, também foi ganhando a antipatia dos brasileiros. Os engenheiros reclamavam por serem obrigados a desempenhar funções administrativas estranhas ao projeto. A equipe operacional irritava-se com as descabidas alterações no trabalho dos artilheiros. Os generais incomodavam-se com os relatórios em que eram indiretamente responsabilizados por falhas e atrasos no desenvolvimento do simulador. Em julho de 2012, portanto, Stark e Alberto alcançaram a unanimidade: ninguém mais tinha opinião

DOSSIÊ SMART — A história que o exército quer riscar

positiva acerca da dupla. Por certo, parte das críticas era injusta ou exagerada, mas a falta de liderança do primeiro e a prepotência do segundo acabaram por conduzi-los à desgraça.

O afastamento dos oficiais fora maquiavelicamente planejado por SS com o Gabinete do Comandante do Exército. A ideia era fazer com que os dois se sentissem premiados e reconhecidos. Afinal, sabiam demais e deveriam ser monitorados e vigiados pelo serviço de inteligência no retorno ao Brasil.

SS cumprimentou o coronel Stark pela seleção para o curso de política e estratégia aeroespaciais, da Força Aérea Brasileira, a se realizar no ano seguinte. Depois, elogiou o trabalho de Alberto na Espanha e anunciou que o havia indicado, "por mérito", para assumir o Centro Telemático de Brasília. Dessa forma, Alberto também retornaria ao Brasil, onde faria um estágio preparatório para assumir o novo cargo. Quando agradeceram os elogios do general, os militares exonerados provavelmente desconfiaram de que estivessem sofrendo uma punição. Os demais engenheiros permaneceriam na Espanha até o término efetivo da fase 2.2, incumbidos de garantir a transferência tecnológica.

Nesta viagem, percebe-se que não chegamos a mencionar a visita à fábrica da Lokitec em Toledo. Nada que valesse a pena. Não passou de marketing da empresa. Os espanhóis fizeram de tudo para impressionar os generais, na tentativa de empurrar outros produtos para os brasileiros. A empresa mal dava conta de construir o simulador, mas não se abalava em seu firme propósito de vender e lucrar.

E assim terminou mais uma viagem de inspeção do projeto Smart, com negociatas, punições veladas e a farra das mulheres dos generais, fazendo turismo à custa da empresa fiscalizada e da aditância militar. No domingo, 15 de julho de 2012, a comitiva, auditores e as agregadas Dodô e Rosa embarcaram no terminal 4 do Aeroporto de Barajas de volta para o Brasil, menos Battaglia e Helena. O casal planejara passar mais alguns dias na Espanha, em Ibiza.

DIÁRIOS DA CASERNA

Ibiza

Livre das estressantes obrigaçõcs profissionais da semana, Battaglia finalmente tinha a oportunidade de compartilhar momentos mais agradáveis com a mulher. Assim, programaram uma viagem a Ibiza, que ainda não conheciam. O voo estava reservado para a noite do dia seguinte. Antes disso, teriam o domingo todo e parte da segunda-feira em Madri. Helena então combinou de almoçarem com Lena e Ben-Hur. Eram amigos muito queridos. A tarde voou. O tempo passava rápido na companhia daquele amável casal. No dia seguinte, visitaram locais que frequentavam no período vivido na cidade, como o Parque del Retiro, onde haviam aprendido a patinar. No final da tarde, seguiram para o aeroporto e embarcaram no voo, de pouco mais de uma hora, rumo a Ibiza, uma das belas ilhas do arquipélago das baleares, que se completa com Maiorca, Minorca, Formentera e numerosas ilhotas.

Battaglia e Helena viajavam na alta temporada, mas não estavam interessados nas baladas e aventuras da *night*, que levaram grande fama à ilha frequentada por milionários, modelos e jogadores de futebol. Queriam somente relaxar e descansar, o que também é possível em localidades próximas. Com essa intenção, escolheram o hotel Tres Torres, na Bahía Ses Estaques, em Santa Eulalia del Río, a 14 km da capital. Da sacada da suíte, tinham vista do porto, cheio de alvas embarcações, e do plácido mar azul. No primeiro dia, com um carro alugado, conheceram diversas praias, como Platja Cala Llenya, Mastella, Es Figueral, Platja S'Aigua Blanca e Portinatx. No Puerto Deportivo, agendaram uma saída de barco para dois mergulhos no dia seguinte. Seria a primeira experiência de Helena depois de credenciada no curso PADI, em Ilhabela.

Tudo ia bem. Parecia que Ibiza tinha sido mesmo uma ótima escolha, até que... Mais uma desavença, contra todas as expectativas de

228

DOSSIÊ SMART — A história que o exército quer riscar

Battaglia. E mais uma vez por questão boba e corriqueira. Nada que merecesse estragar a viagem. Resultado: no dia seguinte, Helena não acompanhou o marido no mergulho. Ele inventou uma história para se desculpar com a Ibiza Dives. Alegou que a mulher havia tido uma leve indisposição e preferira tirar o dia para repousar.

Ironicamente, foi um dos melhores passeios subaquáticos de toda a sua vida. Água cristalina, tão transparente, que tinha a impressão de flutuar no ar. Em uma ilhota chamada Llado Sur, Battaglia desceu até vinte e cinco metros de profundidade, ao redor de uma formação rochosa que subia do fundo do mar, como o pico de uma montanha, com muitos corais e vida marinha. O ponto alto foi o túnel no meio da rocha, com dez metros de comprimento e confortável diâmetro de dois metros. Adorou atravessá-lo.

O segundo mergulho foi ainda mais incrível. Após as instruções do *dive master*, pularam na água e desceram nove metros, até uma entrada secreta no paredão rochoso. Penetraram naquele túnel e começaram a subir, até que emergiram em um amplo salão, a Cueva Cala Llonga, uma linda caverna ao nível do mar, com ar perfeitamente puro. O itinerário foi seguro e não exigiu grande habilidade dos membros do grupo. Se alguém perdeu o fôlego, foi por causa daquela maravilha da natureza. Quem teria descoberto aquele canal submarino oculto?

Foi a melhor terapia que Battaglia poderia ter feito depois do injustificável surto da mulher. Voltou de alma lavada. Helena também parecia estar melhor. Passara parte do dia à beira da piscina, lendo, hábito que tinha adquirido por influência do marido. Naquela época, justiça seja feita, lia mais do que ele e o incentivava a explorar novos gêneros, como o romance histórico. Depois, dera uma volta pelo centro comercial e comprara uma canga. Enfim, fizeram as pazes.

No dia seguinte, o último da viagem, conheceram o centro histórico de Ibiza, visitando a fortaleza medieval de Dalt Vila, construída a mando de Felipe II como proteção contra ataques de piratas.

DIÁRIOS DA CASERNA

O passeio terminou com um almoço aos pés da muralha e uma surpresa: capoeiristas brasileiros apresentavam suas habilidades, com saltos e piruetas, como artistas de rua ao som do berimbau, para deleite dos turistas. Depois das *tapas* e vinho no La Bodega, o casal partiu de volta a Madri. No dia seguinte, Battaglia e Helena encerrariam as curtas férias de uma semana, retornando ao Brasil. As fotos, como de costume, foram para a rede social, rendendo vários *likes*.

Agora vai :-) Ou não :-(

Mesmo com todos os desvios de conduta e irregularidades, o saldo da terceira viagem de inspeção produziu, ao menos, um resultado positivo: a garantia da continuidade do projeto. A dupla *good cop and bad cop*, composta por Vasco e SS, parecia ter dado certo. A auditoria proposta por Nicolau havia conduzido a Lokitec de volta à mesa de negociações, em busca de um consenso. Em um relatório técnico de trinta páginas, redigido de forma imparcial e objetiva, Roquete e Aristóteles haviam mapeado os problemas do Smart e apresentado sugestões para a correção de rumo.

O documento não poupou ninguém. A Lokitec foi enquadrada pela falta de liderança, de metodologia e de transparência. A Calice e a gerência do projeto foram responsabilizadas pela subjetividade do texto do contrato, pelo faseamento inadequado, pela gestão imprópria das equipes técnica e operacional, e pelas decisões estratégicas equivocadas. O resultado dessa combinação de falhas: "relevante atraso". Segundo os auditores do Centro de Desenvolvimento de Sistemas, mais da metade da fase 2.2 de desenvolvimento do simulador seguia inconclusa. Como faltavam pouco menos de três meses para o término, indicava-se claramente que o prazo não seria cumprido.

Para a continuidade do projeto, o relatório sugeria três linhas de ação: "reconstrução", "ajuste" ou "alinhamento". A primeira preconi-

DOSSIÊ SMART — A história que o exército quer riscar

zava a interrupção do processo de desenvolvimento, reiniciando-se a fase 2.2 do zero, com emprego pleno da metodologia RUP. A opção de "ajuste" previa um voto de confiança à Lokitec, supondo que conseguiria organizar o trabalho a seu modo, com a metodologia que bem lhe aprouvesse. Como sugestão intermediária, orientava-se que a empresa promovesse, de forma gradual e sistemática, o realinhamento à metodologia preconizada no contrato.

Na primeira viagem de inspeção, a Lokitec prometera ao general Null terminar de produzir os cadernos técnicos, paralelamente ao desenvolvimento do protótipo. Depois, no entanto, ignorou a promessa. Faltavam os diagramas de implantação das funções de qualidade (QFD), a estrutura analítica do projeto (WBS), a árvore do produto (PBS) e até o calendário detalhado com as atividades e os prazos, entre outros documentos. Para piorar, os engenheiros espanhóis não entendiam nem os documentos que eles mesmos tinham produzido no ano anterior com os artilheiros, como o diagrama de atores e casos de uso, uma das principais fontes para o desenvolvimento do simulador.

O relatório terminava com um grave alerta: independentemente da linha de ação escolhida, os riscos para o sucesso do projeto continuariam elevados. Essa conclusão se baseava em estatísticas mundiais do setor. A Standish Group, renomada consultoria norte-americana em TI, por exemplo, apontava que apenas 16% dos projetos de software (como era o caso do Smart) eram concluídos dentro do cronograma e do orçamento previamente estipulados, enquanto mais de 30% eram abandonados, isto é, cancelados antes do final.

SS nunca tinha ouvido falar da Standish Group. Tempos depois, contudo, passaria a citar essas estatísticas para justificar o atraso do Smart. Alegava tratar-se de um software inédito e complexo, impossível de ser desenvolvido por qualquer empresa no prazo estipulado de trinta e seis meses. Não dizia, entretanto, que a Lokitec conhecia esses estudos quando assinou o contrato. E mais: o parecer negativo

DIÁRIOS DA CASERNA

da DCTEx ao desenvolvimento do simulador no exterior já apontava esse risco. O general Aureliano ignorara o documento. Para ele, eram os engenheiros brasileiros do IME que nunca terminavam os projetos.

O relatório também enfrentou outras questões importantes, como as diferenças entre o SEA e o Smart. Segundo os auditores, a semelhança entre os simuladores só existia em linhas gerais conceituais. Primeiramente, seria preciso respeitar um conjunto de singularidades da doutrina do Exército Brasileiro, com seus armamentos e equipamentos orgânicos. Além disso, buscava-se o desenvolvimento de uma nova tecnologia, que tornaria o simulador brasileiro muito superior ao espanhol. Dessa forma, os engenheiros militares deveriam absorver esses novos saberes, em vez de aprender sobre o ultrapassado programa do SEA. Os auditores também criticaram a exigência contratual do Exército no tocante à utilização de softwares livres, que tornavam o desenvolvimento do simulador mais complexo e trabalhoso, aumentando-se o risco de insucesso e atraso.

Em sua defesa, a Lokitec abandonou a discrição nas críticas que vinha fazendo ao fiscal do contrato e ao supervisor técnico. Decidiu manifestá-las de forma aberta e oficial. Samuel Cortés admitiu o atraso no desenvolvimento, mas acusou Stark e Alberto de interferências impróprias que prejudicavam o avanço do trabalho. O diretor de simulação afirmou que a empresa envidaria esforços para recuperar o tempo perdido e prometeu que o sistema estaria concluído e instalado até o final de outubro de 2013, em Resende e Santa Maria, com a "sobreposição" das fases 2.2 e 3.

Segundo Cortés, a dupla Stark e Alberto havia imposto uma inconcebível segregação do ambiente de trabalho, isolando a unidade de Madri da fábrica em Toledo. "Essa medida prejudicou seriamente o fluxo de informações e o uso de ferramentas corporativas", alegou. De acordo com o diretor de simulação, os dois também atrapalhavam ao insistir na utilização de softwares livres, de reconhecida limitação

DOSSIÊ SMART — A história que o exército quer riscar

em relação aos licenciados. Repetia velhas reclamações: o suposto acréscimo de requisitos, a demora no recebimento das tabelas de tiro digitalizadas e a falta de informações geográficas dos campos de instrução do Exército. Por fim, a empresa insistia em um aditivo ao contrato, para atender aos "novos" requisitos e, eventualmente, ampliar o cronograma.

***

— A gente tem de tomar cuidado para não começar a achar que a Lokitec tinha motivos para reclamar — observou Battaglia. — As queixas, em grande parte, não tinham origem em novas exigências do Exército. Veja só: metodologia RUP, softwares livres, sala de desenvolvimento segregada... Todos eram cláusulas ou requisitos expressos no contrato de 14 milhões de euros, que ela não titubeou em assinar em Nova York.

***

O material produzido por Roquete e Aristóteles foi analisado pelos generais. A linha de ação da "reconstrução" foi descartada. Seria admitir que o projeto vinha dando errado e que a empresa não detinha conhecimento sobre a metodologia preconizada no contrato. Não era somente voltar à estaca zero da fase 2.2; seria preciso retroceder à fase 1, refazendo todo o detalhamento dos requisitos técnicos e operacionais. Havia outro problema. Null havia inspecionado o trabalho na Espanha, dando por concluída a primeira fase. Adotar a reconstrução equivaleria a passar ao general um atestado de incompetência, ou, mais especificamente, em termos jurídicos, de imperícia. Além disso, a DEMEx não queria se indispor novamente com a DCTEx e com o Comandante do Exército. No meio militar, subordinados que

DIÁRIOS DA CASERNA

apontam problemas aos seus superiores, normalmente, são malvistos, tornam-se inconvenientes. E SS ainda aspirava à quarta estrela.

A solução do "ajuste", embora aparentemente menos onerosa, deixava o Exército completamente nas mãos da empresa. Era uma aposta muito arriscada! Seria uma insanidade confiar cegamente nos espanhóis. Assim, a linha de ação escolhida pelos generais Vasco e Simão para a continuidade do projeto foi a do "alinhamento". Comunicada sobre a decisão, a Lokitec contratou dois analistas de sistemas, um para atuar com os engenheiros da empresa, em Madri, e outro para trabalhar com os artilheiros, em Resende.

Oscar Chaves foi recebido com entusiasmo pela equipe do Smart/AMAN. Graduado em Engenharia da Computação, com especialização em TI & gerência de projetos de software, sua última experiência profissional tinha sido como analista de sistemas da Organização Brasileira para o Desenvolvimento Científico e Tecnológico do Controle do Espaço Aéreo. Com isso, a Lokitec Brasil chegava a quatro funcionários: um espanhol, seu CEO Enrique Medelín; uma venezuelana, a secretária Gladys; e dois engenheiros brasileiros, Cleide Vargas e Oscar Chaves. A empresa estava crescendo.

Depois de algum tempo de trabalho em Resende, Chaves concluiu que 93 dos 148 requisitos técnicos e operacionais básicos do contrato eram redundantes ou incoerentes, corrigindo-os e alinhando-os com a metodologia RUP. Dessa forma, os RTB e ROB foram otimizados em 55 requisitos de sistema. Chaves também identificou outros 27 que não estavam contemplados nos ROB e RTB, perfazendo um total de 82. E, como ironia do destino, considerou ótima a sugestão dos artilheiros em agrupar os requisitos nos subsistemas da arma. Segundo ele, essa categorização facilitaria aos programadores a compreensão das funcionalidades exigidas para o simulador. Era a mesma sugestão que, um ano e meio antes, merecera a crítica debochada do major Alberto, que convidara os artilheiros para escrever um livro sobre projetos.

234

DOSSIÊ SMART — A história que o exército quer riscar

Na sequência, o analista otimizou os mais de mil requisitos detalhados em 2011, reduzindo-os para 191. Chaves explicou que a divisão dos trabalhos pela Lokitec em cinco equipes (arquitetura, visual, interface, hardware e simulação), de forma estanque, acabou por multiplicar, sem necessidade, os requisitos detalhados, alguns que até geravam contradições, quando vistos por diferentes equipes.

Com as notícias do progresso, o general Vasco, acompanhado pelo general Nicolau e pelo major Olavo, visitou o Smart/AMAN para verificar *in loco* o trabalho da equipe brasileira com o analista da Lokitec. Parabenizou e cumprimentou os responsáveis pelo notável avanço. O general Null, por sua vez, achou por bem enviar o tenente-coronel Roquete para se certificar de que o alinhamento caminhava a contento.

— Agora vai — festejou o major Olavo, sem esconder seu otimismo.

Ou não... Enquanto isso, no "Forte Apache" em Brasília, o general Augusto, depois de ouvir a Assessoria de Contratos Internacionais (AsCo) e o Dr. Silvestre, advogado da União, anunciou seu veto à inclusão de cláusulas aditivas ao contrato. A gerência do Smart e a Lokitec deveriam chegar a um consenso quanto aos itens que seriam desenvolvidos, incorporados ou dispensados. A ordem era que redefinissem o escopo do projeto, sem alterar o valor estipulado no acordo original.

A atividade da equipe Smart com Chaves corria em paralelo aos esforços para implementar as melhorias no prédio na AMAN. Se a Lokitec estava atrasada em relação ao cronograma, o Exército Brasileiro não havia ainda dado conta de toda a infraestrutura necessária para a instalação do simulador em Resende. Sem contar o edifício em Santa Maria, que nem havia saído do papel.

Em Madri, o coronel Stark e o recém-promovido tenente-coronel Alberto se despediam de suas funções e entregavam o "Relatório do Estágio Atual do Projeto Smart", de 25 de outubro de 2012. Apontavam que apenas 30% do software e cerca de 50% do hardware haviam sido desenvolvidos, mas ainda não validados. Esses percen-

DIÁRIOS DA CASERNA

tuais, portanto, poderiam ser até menores. Relembravam que a Lokitec prometera sobrepor as fases 1, de detalhamento dos requisitos e confecção dos cadernos técnicos, e 2.1, do protótipo, mas não havia honrado o compromisso. Da mesma forma, agora, prometia sobrepor a fase 2.2, de desenvolvimento, à fase 3, de instalação do simulador.

A dupla previa que o trabalho dos analistas para o alinhamento à metodologia RUP não surtiria o efeito esperado, porque a Lokitec sequer havia inserido seus resultados na rede segregada do Smart. Juan Callado, o analista espanhol contratado para trabalhar com os engenheiros da empresa e com os militares brasileiros em Madri, permanecia 90% de seu tempo em contato apenas com Baptista, revendo a documentação. Os espanhóis mantinham-se alheios aos esforços dos analistas, fosse no Brasil, fosse na Espanha, pouco dispostos a modificar seus procedimentos.

Para se resguardar contra acusações futuras, Stark ainda notificou formalmente a Lokitec pela não conclusão da fase 2.2, cujo prazo havia vencido em 22 de outubro de 2012, enviando cópia do documento à gerência do projeto, à Calice e à AsCo. Foi o último ato de Stark como fiscal do contrato. SS não deu a mínima para o relatório. Apelidou-o de "carta-testamento da dupla dinâmica Stark-Alberto", atribuindo as críticas e os alertas ao ressentimento de ambos por terem sido exonerados de suas funções, com o término da missão no exterior e retorno para o Brasil. "A farra acabou", decretou, em tom de deboche difamante. O major engenheiro militar Konrad assumiu interinamente as funções de fiscal e de supervisor técnico, até a chegada do substituto, que passava pelo processo de seleção da Assessoria de Pessoal do Gabinete do Comandante do Exército.

A Lokitec não deixou a notificação de Stark sem resposta. Contra-atacou com documentos e contratou dois peritos brasileiros para avaliarem o prédio da AMAN. Eles constataram o que já era de conhecimento de todos: as estruturas necessárias à instalação do

DOSSIÊ SMART — A história que o exército quer riscar

simulador encontravam-se incompletas. Depois de colher provas, a Lokitec redigiu, em inglês, o ofício "Projeto Smart — Disponibilidade do Edifício" (*Smart Program — Building Availability*):

Prezado General Vasco — gerente do projeto Smart,

Em relação à instalação dos simuladores (fase 3), prevista para ser finalizada até 22 de outubro de 2013, a Lokitec reitera a necessidade de que as edificações estejam completamente terminadas com a estrutura mínima necessária, conforme "Memorial para Instalação do Simulador Brasileiro de Artilharia", fornecido ao Exército Brasileiro em 25 de fevereiro de 2011.

Em Resende, observamos que faltam, entre outros, os seguintes itens: calhas para condução da fiação lógica em todo o prédio, rede de energia estável e vigas de apoio para projetores e cabos nos postos de observação. No caso de Santa Maria, recebemos com preocupação a notícia de que as obras nem foram iniciadas.

Dessarte, informamos, como é de seu conhecimento, que, enquanto o Exército Brasileiro não disponibilizar os edifícios totalmente prontos e acessíveis, a Lokitec não será capaz de instalar os simuladores, exigindo, no nosso entendimento, aditivar o contrato Calice-Lokitec com a finalidade de ajustar custos e calendário.

Cordiais saudações,

Julio Sonzo
Presidente da Lokitec S.L.U.

***

— Por que em inglês, e não em espanhol ou português? — perguntou Fábio Rossi.

— Havia previsão no contrato de que eventuais disputas não solucionadas amigavelmente fossem resolvidas pelo tribunal de arbitragem de Nova York. A Lokitec já estava produzindo documentos em inglês, *just in case*. Claro que os documentos que o Exército produzia em português poderiam ser traduzidos para o inglês. Mas não deixava de demonstrar um grande amadorismo, não? Ainda mais se considerarmos que existe uma estrutura cara para dar suporte a essas atividades: um órgão em Nova York, a Calice, e uma assessoria no Gabinete do Comandante do Exército, a AsCo.

***

A Lokitec reclamou com o gerente do projeto, que pressionou o comandante da AMAN. Não era, entretanto, como fazer uma obra em casa. A administração pública tem de seguir uma série de normas específicas. Mesmo empenhado, Rutáceas se via diante de uma série de entraves burocráticos. Aproveitou, então, a visita do general Brasil, diretor de Engenharia e Construção do Exército (DEC), à AMAN, para tratar da questão. A academia precisava preparar a vasta documentação para diversas licitações. Para estabilizar a energia do prédio, por exemplo, a Lokitec exigia um gerador de 500 kVA com custo no mercado de mais de 200 mil reais.

Na primeira visita que fez ao prédio, Simão mandou Rutáceas lhe enviar a lista do que o Smart precisava. De forma prepotente, garantiu que providenciaria os recursos na DEMEx. Na hora em que os pedidos começaram a chegar, contudo, SS percebeu que havia prometido demais: 320 mil reais de dívidas com a construtora; 940 mil reais para obras complementares; 265 mil reais para móveis e equipamentos de

DOSSIÊ SMART — A história que o exército quer riscar

informática; 419 mil reais para a rede telefônica e fibra ótica; 64 mil reais para o sistema de monitoramento por câmeras; e 7,9 mil reais para o sistema de alarmes. O Smart tinha se tornado o filho pródigo dos generais, exigindo recursos não dimensionados antes da licitação internacional. A DEMEx não conseguiria arcar com a conta sozinha.

O general Brasil ouviu o comandante da AMAN e se prontificou a ajudar, dando ordem para a Comissão Regional de Obras do Comando Logístico do Litoral Leste apoiar os engenheiros da Prefeitura Militar da Academia Militar na inspeção técnica do prédio e confecção dos novos projetos básicos. A CRO até já vinha participando das reuniões do Smart na DEMEx. Agora, sua colaboração no projeto se tornava oficial.

A dívida da AMAN com a Calil pelos serviços acrescentados ao projeto original foi parcialmente paga por meio de um aditivo ao contrato, que também ampliou o prazo da obra para sanar o problema da infiltração de água no auditório. O total dos débitos, entretanto, não pôde ser quitado, porque alguns procedimentos realizados não foram registrados na perícia dos engenheiros da Prefeitura Militar, como a ordem de construção e, ato contínuo, de demolição do para-balas entre o simulador e o estande de tiro.

Obviamente, a Calil discordou da perícia, mas, para que o assunto não se prolongasse, teria ficado combinado, em um "acordo de cavalheiros" entre Jair e a AMAN, que a diferença seria "acertada" em futuras licitações. Dizem que a Academia "honrou" esse acerto na obra para a reconstrução do pavimento do "retão", a via de setecentos metros que liga o Portão Monumental ao conjunto principal.

***

— Espera, não entendi direito essa parte. Por que alguém daria ordem para construir e depois demolir o para-balas? — perguntou Fábio.

DIÁRIOS DA CASERNA

— Fábio, existe até uma piada no exército para isso: é o "ROCO", o regulamento de ordens e contraordens, vigente desde sempre. Bem, foi o general Bastião Dias que deu a ordem e a contraordem. Ele achou que precisava construir o para-balas para proteger o pessoal do Smart, mas não conversou com todos os envolvidos. Quando a obra ficou pronta, o CUCA, Curso de Cavalaria da AMAN, reclamou, pois inviabilizava o uso do simulador de carros de combates. Não era possível fazer pontaria porque o horizonte estava fechado por aquele obstáculo físico. Foi uma tremenda atrapalhada do Bravo-Delta, paga pela Calil. Os engenheiros da Prefeitura Militar e da CRO disseram que não podiam mensurar o que não existia. Foi nesse contexto que se decidiu acertar a dívida por meio de futuras licitações. Eu sei disso porque, em uma reunião com o Jair, ouvi o general acolhendo como boa essa sugestão do ordenador de despesas da AMAN. Se efetivamente se concretizou, não posso dizer.

***

Os atritos da DEMEx com outros órgãos do Exército, provocados por Reis e Aureliano, tinham sido mitigados por Vasco e Simão, que já colecionavam outras proezas. Haviam afastado os dois militares que julgavam estar atrapalhando o projeto. Tinham persuadido a Lokitec a contratar analistas para o desejado alinhamento à metodologia RUP. E ainda deram andamento às obras complementares no prédio, com apoio da Diretoria de Engenharia e Construção. Internamente, no entanto, faltava resolver um problema sensível: a questão da transferência tecnológica.

Os capitães Kawahara e Juliano haviam retornado da missão no exterior com os artilheiros. Desde então, por falta das iterações previstas, sofriam prejuízo na assimilação da tecnologia do simulador. Em 2012, raras foram as novas versões do software que chegaram ao Brasil. Para resolver mais essa questão, que poderia impedir a

DOSSIÊ SMART — A história que o exército quer riscar

certificação da fase 2.2, a gerência do projeto decidiu enviar os engenheiros militares de volta para a Espanha. Deveriam permanecer por lá durante o mês de novembro, até a quarta viagem de inspeção. Para a Lokitec, era conveniente contar com a dupla. Em razão do atraso, parte do desenvolvimento do software estava mesmo sendo realizada pelos brasileiros, numa transferência tecnológica "às avessas". Assim, o Gabinete do Comandante do Exército, a pedido da DEMEx, começou a preparar mais duas missões no exterior.

Como as coisas pareciam estar entrando nos eixos, a gerência decidiu intensificar as ações de propaganda. Os capitães Seyller, Lotterman e Marcus Junius, empolgados com os avanços, redigiram artigos sobre as vantagens do treinamento militar com uso de simuladores. Os dois últimos também participaram de debates sobre o tema no portal de doutrina da DEMEx. Na AMAN, realizaram-se conferências educativas para oficiais e cadetes. Promoveram-se também visitas para o público externo. Comitivas nacionais e estrangeiras foram apresentadas às maravilhas do Smart. Para completar o esforço de marketing, o Gesmart e a Lokitec programaram entrevistas de Battaglia e do engenheiro Oscar Chaves à imprensa. E o general Nicolau e o tenente-coronel Battaglia ministraram uma palestra conjunta no Workshop de Simulação e Tecnologia Militar (WSTM 2012), no QG do Exército, no Setor Militar Urbano, em Brasília.

Essas atividades tiveram seu ápice em novembro. Foi um mês de conquistas e evoluções, coroado pela chegada à Espanha do novo fiscal do contrato e supervisor técnico do projeto. O tenente-coronel Aristóteles ganhou o cargo por ter deixado ótima impressão durante a auditoria do projeto. Como já conhecia a equipe e os gargalos do trabalho, sua escolha foi bem recebida por todos. Além da reconhecida capacidade técnica, tinha habilidades de relacionamento interpessoal que faltavam a seus antecessores, dos quais ninguém, pelo menos naquele momento, sentia saudades.

DIÁRIOS DA CASERNA

***

A palestra de Nicolau e Battaglia no Workshop de Simulação e Tecnologia Militar ocorreu no segundo dia do evento, 7 de novembro de 2012. O general introduziu o assunto, falando sobre o sistema de simulação para o ensino que estava sendo implantado pela DEMEx. Na sequência, cedeu o lugar para o instrutor-chefe do Simulador Militar de Artilharia da AMAN. Depois de uma rápida explanação e de exibir um vídeo sobre o *modus operandi* da artilharia de campanha, Battaglia citou alguns simuladores em uso no mundo. Ressaltou que o ponto comum entre eles era que se destinavam a adestrar os militares em um ou, no máximo, três subsistemas de artilharia. Era o que fazia, por exemplo, o FATS, adestrando os cadetes do Carta no subsistema observação, para a condução do tiro. O simulador de peça do obuseiro autopropulsado M109, do Fort Sill, servia ao treinamento para a linha de fogo.

Já o Smart se apresentava como um projeto revolucionário, para adestramento em todos os oito subsistemas de artilharia: busca de alvos, topografia, meteorologia, linha de fogo, observação do tiro, direção e coordenação do tiro, comunicações e logística. Além disso, conjugaria três tipos de simulação: construtiva, aquela dos "jogos de guerra", mais táticos; a viva, com o manejo direto de armamentos e equipamentos; e a virtual, com cenários e avatares. Um simulador no "estado da arte". Seria um marco para o Exército Brasileiro, com transferência de 100% da tecnologia, garantia e assistência técnica presencial de engenheiros da empresa por cinco anos, e mais trinta anos para reposição de peças. O contrato ainda continha cláusulas de *offset*, segundo as quais a Lokitec deveria abrir uma fábrica no país, com potencial para gerar centenas, quiçá milhares de empregos diretos e indiretos. Por fim, a empresa ainda construiria um laboratório de simulação no Centro Tecnológico do Exército, na Restinga da Marambaia, no Rio de Janeiro.

DOSSIÊ SMART — A história que o exército quer riscar

— Já tinha ouvido falar dessa Lokitec? — sussurrou um civil para o colega ao lado, pergunta que não escapou aos ouvidos atentos de Battaglia, que também viu o indagado meneando a cabeça negativamente em resposta.

A Lokitec montou um estande, com a maquete do Smart, filmes de propaganda e dois banners: "Lokitec — tecnologia avançada em Defesa e Segurança" e "Simulação e integração de sistemas", com fotos dos seus produtos. Enrique Medelín e Cleide Vargas, da incipiente Lokitec Brasil, por enquanto com quatro funcionários, faziam as honras do estande aos visitantes, ao lado de Samuel Cortés, o novo diretor de simulação da empresa, que viajara da Espanha para o Brasil com a finalidade de acompanhar o evento. Quem ainda foi conferir a exposição, com vistas a futuros negócios rentáveis no Brasil e América Latina, foi o "mercador da morte", Francisco Pablo Velasco. Aproveitou para reforçar e ampliar seus contatos no Exército, percorrendo com desenvoltura os corredores do "Forte Apache".

O estande da Lokitec acabou despertando curiosidade pela magnitude do projeto Smart, especialmente depois que o Comandante do Exército e o diretor de Ciência e Tecnologia decidiram visitá-lo. O capitão Marcus Junius, escalado por Battaglia para dar suporte à exposição, concedeu entrevista para a imprensa local. Maior visibilidade, impossível! A Lokitec Brasil se apresentava como uma promissora indústria no campo da defesa militar, trazendo tecnologia de ponta para a América Latina.

Depois do Workshop, o Gesmart focou os preparativos para a quarta viagem de inspeção da gerência, prevista para o final de novembro, coincidindo com o término da missão no exterior dos engenheiros militares Kawahara e Juliano. O curioso é que os "gerentes" não participaram. Nem Vasco nem Simão. Battaglia, como supervisor operacional do projeto, tampouco foi escalado para a inspeção. A comitiva foi composta apenas pelo general Nicolau, pelo

243

DIÁRIOS DA CASERNA

major Olavo e pelo tenente-coronel Bonaparte, lotado no Estado-
-Maior do Exército, colega de turma de Battaglia. Era um excelente
oficial, um dos primeiros da turma formada em 1991 na AMAN,
com grandes chances de sair general. Havia também trabalhado no
projeto Palmar-Genesis do software balístico em uso pela artilharia
brasileira. Ainda assim, ninguém entendeu bem o que um oficial do
EME foi fazer nessa viagem.

***

— E como foi essa nova visita? O que a comitiva verificou? —
perguntou Fábio.

***

Ironicamente, quem mais trouxe notícias da "inspeção" foi Oscar
Chaves, que viajou a Madri para acompanhar as atividades. Segundo
ele, não havia uma programação. A Lokitec esperava a trinca dizer o
que queria ver. Os brasileiros, passivos, aguardavam que a empresa
mostrasse alguma coisa que não soubessem.

— Houve uma situação embaraçosa — contou Chaves, ao retornar
ao Brasil. — Para contornar, saquei um pen drive e, no improviso, fiz
uma apresentação para a comitiva e para a Lokitec sobre os trabalhos
de alinhamento com a metodologia RUP. Quem ajudou muito foi o
tenente-coronel Aristóteles, que, apesar do pouco tempo em Madri,
organizou, com os engenheiros brasileiros, uma avaliação do que já
havia sido desenvolvido.

A Lokitec afirmou à comitiva que o desenvolvimento estava praticamente completo, com pequenas tarefas pendentes, que seriam
finalizadas até março de 2013, quando a empresa pretendia começar
a instalar o simulador na AMAN. Mas não foi isso que o novo fiscal

DOSSIÊ SMART — A história que o exército quer riscar

do contrato constatou. No "Relatório Técnico nº 17, de 05/12/2012", o tenente-coronel Aristóteles observou que, depois da auditoria do segundo semestre, a Lokitec informou que mudaria o sistema de elaboração de suas métricas. Na visão dos engenheiros militares, fazia-se necessário observar a nova metodologia por um período mínimo de dois a três meses antes de validá-la.

Aristóteles descobriu ainda que a Lokitec pretendia enviar todo o hardware do Smart (simuladores da bússola, binóculo e outros) para produção na fábrica de Toledo, sem testes prévios e aprovação do material pelos artilheiros. O trabalho do oficial foi impressionante, considerando o tempo exíguo para se ambientar à nova função e os problemas pessoais que enfrentou com a transferência. Ele e a família haviam se mudado para a Espanha sem o visto no passaporte oficial, abrindo mão do período de trânsito no exterior, repetindo a história dos demais integrantes da equipe brasileira no início do projeto.

Diante da clareza e fundamentação técnica do relatório do novo fiscal, a Lokitec abandonou o discurso de que o desenvolvimento estaria terminado, mas manteve a posição sobre o início dos trabalhos de instalação do simulador em Resende em março de 2013. Até lá, estaria tudo pronto.

Antes do final de 2012, Aristóteles também indicou ao Gesmart a necessidade de nomear um gestor do contrato, um fiscal administrativo, um fiscal técnico e um fiscal do demandante. Seguia as instruções normativas do Ministério do Planejamento, Orçamento e Gestão para contratos de soluções de TI. O Gesmart, ou melhor, SS não concordou. Mandou publicar no boletim interno da DEMEx simplesmente a assunção das funções cumulativas de fiscal do contrato e de supervisor técnico pelo tenente-coronel.

O Smart terminava o ano mantendo as aparências: informativos semestrais, artigos e debates no portal de doutrina da DEMEx, palestra no WSTM e entrevistas à imprensa, turbinadas ainda por

245

DIÁRIOS DA CASERNA

demonstrações para comitivas nacionais e estrangeiras. Em 2012, passaram pelo edifício Smart cadetes do Paraguai, de West Point, do Equador, da Argentina, do Uruguai, do Peru e da Colômbia; comitivas militares da Guatemala, do Suriname e de Portugal; alunos da Escola de Sargentos das Armas; e membros da Ordem dos Velhos Artilheiros, com oficiais da reserva e reformados.

Ao tempo do retorno da quarta viagem de inspeção, saía a entrevista de Battaglia ao Portal IG, ideia de Enrique Medelín, CEO da Lokitec Brasil. O tenente-coronel seguira o script pré-aprovado pela gerência do projeto, focando os potenciais ganhos que o simulador traria ao Exército e ao Brasil. Os generais ficaram muito satisfeitos. Coroava de "êxito" o projeto Smart em 2012, sob a nova gestão.

Cuba

Depois da viagem um tanto frustrante a Ibiza, Battaglia pensou em algo especial para deixar aquilo para trás, aproveitando as férias para conhecer mais um país com a mulher. Desta vez, visitariam o Caribe, a ilha de Cuba, a segunda onde aportou Cristóvão Colombo na viagem de "descobrimento" do Novo Continente, em 1492.

Em 1959, o país havia se tornado socialista com a vitória dos revolucionários liderados por Fidel Castro a partir de Sierra Maestra, numa inédita experiência nas Américas. Desde 1989, contudo, com a queda do Muro de Berlim, e, mais especificamente, depois do fim da União Soviética, em 1991, a ilha de Fidel vinha passando por dificuldades econômicas. O socialismo de Estado estava em franca decadência. Além de perder grande parte da ajuda financeira de seu antigo aliado, Cuba ainda era penalizada pelo embargo econômico dos Estados Unidos.

— Helena, vamos conhecer Cuba antes que o socialismo acabe.

DOSSIÊ SMART — A história que o exército quer riscar

Battaglia tinha uma curiosidade intelectual sobre as histórias boas e ruins que ouvia a respeito de Cuba. Como de costume, o casal procurou assimilar o máximo de informações sobre o país antes da viagem: o tempo dos piratas, os conflitos durante a colonização, o processo de independência, a época dos cassinos e cabarés, a revolução nos anos 1950, os avanços sociais e os crônicos problemas econômicos. Leram *Da Guerrilha ao Socialismo: A Revolução Cubana*, de Florestan Fernandes; *Fidel — o tirano mais amado do mundo*, de Humberto Fontova; *A Ilha*, de Fernando Morais; e *Cuba Libre — vivir y escribir en la Habana*, um compilado de artigos do blog Generación Y, da jornalista e ativista Yoani Sánchez. Compraram o DVD *Buena Vista Social Club*, com histórias da música cubana; e o *Guia Visual de Cuba*, da Folha de S. Paulo, para levar na bagagem. No retorno, aproveitando a conexão do voo, passariam três dias no Panamá, para conhecer o famoso canal.

Desta vez, não tinha como dar errado. O "problema" foi que Helena não gostou da data de partida.

— Eu não vou viajar no dia 31 de dezembro. Quero aproveitar o Réveillon.

— Mas a gente chega a Havana na manhã de 31. Podemos aproveitar o Réveillon sem problema.

— Cansada da viagem? Não vou aproveitar nada! Por que você comprou passagem para esse dia?

— É mais barata!

— Claro que é. Ninguém quer.

— Você consegue repousar durante o voo — ponderou Battaglia.

— Quem tem dificuldade para dormir no avião sou seu.

— Não quero. En-ten-deu?

O desfecho foi pior do que o de Munique, da "rota romântica". Lá, ele dissera que continuaria a viagem, com ou sem a mulher. Ela, então, recuara em suas ameaças. Desta vez, contudo, a tática

DIÁRIOS DA CASERNA

fracassara. Battaglia estava absolutamente farto desses desentendimentos por razões corriqueiras. Agora, punham-se em escaramuças antes da viagem, um novo exercício bélico, como aquecimento para as contendas no exterior. Não tinha como mudar a data da viagem. Até teria, mas pagariam as multas para a empresa aérea e para os hotéis, que já estavam reservados, e numa época difícil de virada do ano.

Assim, no dia 31 de dezembro, Battaglia, sozinho, desceu a serra para embarcar no Aeroporto do Galeão. Fazia isso com muita tristeza, mas precisava seguir em frente. Chegou bem cedo, fez o check-in e iniciou a longa espera. A sensação era estranha. Helena e ele estavam casados havia 16 anos, sempre fazendo tudo juntos. Para se distrair, tomou um café, sentou-se e se pôs a ler o *Guia Visual de Cuba*. Depois de algumas horas, finalmente, o embarque foi anunciado. Todo mundo parecia estar acompanhado. Apenas ele sozinho. Seguiu para a plataforma. Foi avançando lentamente. Talvez a decisão de viajar tivesse sido equivocada. Como poderia ter evitado mais essa discussão? Se pudesse voltar no tempo, o que poderia ter feito diferente? A pergunta da comissária de bordo interrompeu seus pensamentos.

— Boa noite. Seu número, senhor? Por ali — indicou.

Battaglia ocupou a poltrona do corredor, numa fileira de três assentos. Colocou a mochila aos seus pés. As poltronas ao lado ainda estavam vazias. Quem se sentaria ali? Por um instante, imaginou Helena lhe fazendo companhia. Os dois felizes. Mas a imagem se dissipou tão rapidamente quanto viera à sua mente. Baixou a cabeça. Estava só e agora tinha certeza: não devia ter viajado.

— Com licença! — pediu passagem uma voz feminina.

A amargura era tamanha que Battaglia pensou ter ouvido a voz da esposa. Mas claro que não poderia ser ela, pois tinha sido convicta na desistência. Apoiava-se no assento para abrir passagem quando, então, divisou a recém-chegada.

— Helena! O que você faz aqui?!

DOSSIÊ SMART — A história que o exército quer riscar

— Não vamos para Cuba?! — respondeu, já tomando o seu lugar.

Battaglia abriu um sorriso e não conteve as lágrimas de felicidade!

— Mas eu disse para a agente de viagens cancelar sua passagem e hospedagem.

— Eu disse para ela não cancelar e não te contar, que eu faria uma surpresa. Ela adorou a ideia. Foi minha cúmplice! — sorriu marotamente. — E pedi para reservar a janela, porque acho que ninguém vai se sentar aqui no meio.

Helena acertou. Ela e Battaglia viajaram com mais espaço e privacidade nas três poltronas. O *tour* por Cuba foi espetacular! Conheceram Havana, Cayo Largo e Varadero. Seria difícil eleger o ponto alto da viagem, mas deve ter sido a capital, com sua programação mais histórica e cultural. Lá, assistiram a um show bem representativo do Buena Vista Social Club, com as músicas que já tinham ouvido no DVD; visitaram uma fábrica do rum Havana Club; tomaram um mojito no famoso bar La Bodeguita del Medio; visitaram o Museo 28 de Septiembre e o Museo de la Revolución; e assistiram ao tradicional cañonazo de las nueve, na Fortaleza de la Cabaña. Tampouco perderam a oportunidade de almoçar em um dos "paladares", os restaurantes residenciais cubanos. O nome havia sido inspirado na novela brasileira *Vale Tudo*, veiculada pela Rede Globo entre 1988 e 1989 e transmitida pela TV Cubana em 1990, ao tempo em que o país perdia a ajuda financeira da União Soviética e tentava se reinventar.

Em Cayo Largo, fizeram dois mergulhos, com direito a lagostim como lanche na volta. A praia do hotel era paradisíaca. Helena aproveitou o spa, enquanto o marido, enfrentando funcionários e outros hóspedes, jogava xadrez em um grande tabuleiro. O enxadrismo em Cuba ganhou força por influência da União Soviética, a partir dos anos 1960, e se manteve muito tradicional no país.

Em Varadero, desfrutaram da ótima estrutura do hotel, e Battaglia comprou um barco de pirata, feito de material reciclado, como

DIÁRIOS DA CASERNA

latas de conservas, tampas de garrafas e fios de cobre. Era uma peça magnífica, simbolizando a época em que os bucaneros se homiziavam na ilha. Pagou 70 dólares pela obra. O artista? Um arquiteto cubano, com mestrado. Valor do seu salário como funcionário público: 25 dólares. Vendendo aquela peça, Paraños recebeu quase três vezes o que ganhava mensalmente do governo. O artista explicou que a principal razão para usar aqueles itens não era a consciência ecológica. "É mais porque não encontramos as matérias-primas adequadas por aqui", confidenciou.

Battaglia e Helena haviam lido sobre esses problemas no livro de Yoani Sánchez. Os cubanos tinham um salário muito baixo. Dependiam de vales do governo, das *libretas*, que trocavam por gêneros alimentícios. Trabalhar próximo a turistas, recebendo gorjetas nos hotéis, ou como Paraños fazia, numa feirinha de rua em Varadero, era um privilégio. Por sinal, Battaglia também acabou comprando uma tela que retratava El Malecón, a avenida à beira-mar de Havana. A cor ocre predomina, na avenida, nos prédios, nos postes de luz, nas pessoas e nos veículos. A exceção é um carro antigo vermelho que avança pelo centro da pintura. Esses automóveis dos anos 1940-1950 se tornaram um ícone de Cuba, com destaque para robustos Buicks, Chevrolets e Cadillacs. O quadro era magnífico; o artista, porém, anônimo. O governo cubano proíbe que as telas sejam assinadas, como medida preventiva contra a expansão do trabalho no setor privado.

No Panamá, Battaglia e Helena se hospedaram no badalado Hard Rock Café Hotel. Visitaram o famoso canal do Panamá, uma obra colossal com setenta e sete quilômetros de extensão, com seu engenhoso sistema de eclusas. Passearam pelo Casco Viejo, um distrito da capital conhecido pelas ruas pavimentadas com ladrilhos e ladeadas de edifícios coloridos. Designado Patrimônio Cultural da Humanidade da UNESCO, é um bom lugar para se

DOSSIÊ SMART — A história que o exército quer riscar

aprender história e provar de boa comida. Depois do instrutivo e divertido passeio, aproveitaram para fazer compras no Duty Free local. E, assim, encerraram as férias.

Nessa época, Battaglia e Helena eram admirados por todos. Ele, oficial superior do Exército, paraquedista, com curso de estado-maior. Ela, médica e cirurgiã pediatra. Somavam viagens a mais de trinta países. Eram cultos, esportistas, bem-humorados, apaixonados, com uma ótima situação financeira em relação à média militar... O Casal 20!

No projeto Smart, o Exército e a Lokitec mantinham as aparências. Em tese, a parceria era harmônica e saudável. Em 2013 e 2014, contudo, a convivência se tornaria difícil e até mesmo tempestuosa. Em várias situações, precisaram recorrer à desgastante discussão da relação, a famosa DR, para evitar um processo de divórcio litigioso.

CAPÍTULO 5

DR

2013

"O inimigo agora é outro"

— Você diz que o Exército e a Lokitec tinham conseguido "manter as aparências". O que o levava a pensar dessa maneira? — perguntou o jornalista.

— Em 2012, muita coisa mudou, começando pela gerência. Para o lugar de Aureliano, vieram Vasco e Simão. Null deu suporte a uma auditoria real, que apontou o que precisava ser corrigido. Os contestados Stark e Alberto foram substituídos por Aristóteles. Lotterman foi à Espanha dirimir as dúvidas dos engenheiros espanhóis. A Diretoria de Engenharia e Construção estava apoiando a AMAN para as obras complementares do edifício. Do lado da empresa, foi aberto o escritório da Lokitec Brasil e designou-se Enrique Medelín, diretor de estratégia da empresa, como CEO Américas. Dois engenheiros brasileiros foram contratados, a Cleide e o Oscar. Adiantou-se o contato com fornecedores de serviços no Brasil, visando à fase 3 de instalação do simulador. Os espanhóis chegaram a enviar para o Smart/AMAN duas versões atualizadas do software, um *joystick* e um binóculo para o posto de observação.

— Parecia que o projeto estava caminhando então?

— Essa era a impressão que tínhamos. Mas tudo não passou de ilusão, de distração para manter as aparências. O principal problema, origem de muitos outros, não tinha sido resolvido: a Lokitec pensava que tinha vendido uma coisa, o antigo SEA; o Exército, que tinha comprado outra, o "inovador e revolucionário" Smart.

— E o Comandante do Exército, depois de ouvir a consultoria jurídica, proibiu aditivos?

— Sim. O general Augusto deu ordem para redefinir o escopo. Tínhamos de compensar acréscimos com dispensas, trocar uma coisa pela outra, com valores semelhantes. Mas o que eram realmente

DIÁRIOS DA CASERNA

acréscimos e o que eram itens previstos no contrato? O contrato da Calice, mal escrito, deixava margem à dúvida. E era a Lokitec que estipulava essas permutas.

— E como foram as negociações? Pelo que ouvi até agora, imagino que difíceis.

— Tentávamos expor nossas ideias, discutir, negociar, ver no que poderíamos ceder, sem descaracterizar o simulador. Nossa equipe continuava firme em seu propósito, valorizando cada centavo que o Exército estava pagando pelo produto. Mas nossa boa vontade esbarrava na inflexibilidade da Lokitec. Em 2013, contudo, descobrimos que havia uma dificuldade muito maior...

Fábio Rossi, que estava anotando, levantou a cabeça e fitou Battaglia, aguardando a nova revelação.

— ... diferentemente do que pensávamos, o SS não estava do nosso lado.

Confraternização frustrada

A primeira atividade relevante de 2013 foi uma reunião da gerência do projeto em Resende, em 30 de janeiro, com a presença do general Vasco, do general Nicolau, do major Olavo, dos três engenheiros da Lokitec Brasil, dos quatro artilheiros e dois engenheiros militares do Smart/AMAN, além do coronel Rômulo, do CASA-Sul, o Centro de Adestramento, Simulação e Avaliação do Sul. A finalidade era ajustar o cronograma de atividades e eventos do ano.

A reunião começou com um resumo de Olavo sobre a última viagem de inspeção à Espanha, realizada no final de novembro e início de dezembro do ano anterior, destacando os resultados "promissores" apresentados pela Lokitec. Enrique Medelín emendou, prevendo

DOSSIÊ SMART — A história que o exército quer riscar

para março o término da fase de desenvolvimento. A instalação seria, segundo ele, iniciada no mês seguinte. Mas quem não entendeu tamanho otimismo foi Battaglia.

— General, pelos últimos relatórios que recebemos do tenente-coronel Aristóteles, pouca coisa mudou desde a última viagem de inspeção, quando foram identificadas inúmeras inconformidades, incluindo alguns erros graves no *core* do simulador, como o software balístico.

Vasco não havia participado da última inspeção na Espanha e parecia se fiar no otimismo exagerado do Gesmart e da Lokitec Brasil. Também não devia estar lendo os relatórios do novo fiscal. Por isso, surpreendeu-se com aquela informação.

— Mas quais relatórios?

— General, além das inconformidades identificadas na última visita de inspeção, o tenente-coronel Aristóteles listou várias demandas do projeto, conforme o "Relatório Técnico nº 18, de 11 de janeiro de 2013". Permita-me ler alguns trechos do documento:

- *Demanda 1: há indefinições que precisam ser discutidas entre a Lokitec Brasil (engenheiro Oscar Chaves) e a equipe de artilheiros;*
- *Demanda 2: a Lokitec solicita que seja verificada a necessidade de interface com os sistemas citados no contrato (Palmar-Genesis, C2 em Combate, vant, entre outros), sugerindo considerar, na fase de desenvolvimento, apenas a interação entre os dois Smarts (AMAN e CASA-Sul), deixando as demais para manutenções evolutivas do simulador;*
- *Demanda 3: é recomendável que o hardware do Smart seja validado pelos artilheiros que detalharam os requisitos do equipamento, antes da produção em escala na fábrica de Toledo;*
- *Demanda 4...*

DIÁRIOS DA CASERNA

— Já entendi, Battaglia — interrompeu o general Vasco. — Parece que o tenente-coronel Aristóteles identificou uma série de demandas no projeto. A Lokitec foi informada?

Nicolau e Olavo, que haviam participado da última viagem, e Medelín não disfarçaram o constrangimento. O CEO da Lokitec Brasil quebrou o silêncio:

— Sim, esse relatório já está com a nossa equipe em Madri — respondeu. — Estamos estudando todas essas questões. E creio que, diante desse contexto, talvez fosse prudente adiarmos o encerramento da fase de desenvolvimento para maio.

Olavo acrescentou:

— Com relação à demanda 3, poderíamos enviar os capitães Lotterman e Marcus Junius para avaliar os protótipos de hardware, já que eles trabalharam diretamente no detalhamento dos sensores e simuladores do material de artilharia. Eles também poderão sanar as dúvidas dos engenheiros da Lokitec em relação às inconformidades. Se a Lokitec concordar, penso que as passagens aéreas poderiam ser pagas pela empresa, para diminuir os custos da missão.

— A Lokitec não se opõe. Pagamos a passagem aérea dos capitães — consentiu Enrique.

— De acordo, Olavo. Comece a preparar os documentos para a nova missão dos capitães — decidiu Vasco. — O general Simão vai nos ajudar nas questões burocráticas. Ele fará a ponte com o Gabinete do Comandante do Exército. Também temos de nos preparar para a viagem de inspeção em maio, nova data para o término do desenvolvimento.

Medelín aproveitou a deixa:

— *Mi general*, se o senhor me permite uma avaliação, parece que o Exército precisa de mais tempo para terminar o edifício de Resende. Além disso, considerando que as obras em Santa Maria nem começaram, por que não adiamos o término para junho? Ou, melhor, julho. Para a Lokitec, basta haver a concordância dos coronéis Amorielli e Tanaka, da Calice.

DOSSIÊ SMART — A história que o exército quer riscar

A fase 2.2, que deveria ter sido finalizada em outubro de 2012, já sofrera um primeiro adiamento para dezembro; depois, para março. Em poucos minutos, via-se adiada para maio, junho e, finalmente, julho. A Lokitec não tinha domínio nem do cronograma do próprio projeto. Fixava datas sem métricas, usando como desculpa o atraso do Exército na construção dos edifícios.

Logo se percebeu que a missão de Lotterman e Marcus Junius para avaliação dos protótipos de hardware do simulador na Espanha, por si só, não seria suficiente. Ficou acertado, então, que, depois dessa primeira missão, haveria uma segunda, em maio, quando um dos capitães retornaria a Madri por um tempo maior para sanar dúvidas da Lokitec, principalmente com relação ao tiro de artilharia, tarefa que continuava atrasadíssima.

A pedido de Enrique, Vasco se comprometeu a fornecer dados cartográficos com melhor qualidade visual para a confecção dos cenários dos campos de instrução, outra atividade que retardava o cronograma. A reunião, que se iniciara com um tom otimista, terminava de forma melancólica, com semblantes carregados e apreensivos. Decretava-se mais um adiamento e identificavam-se inúmeras tarefas onerosas e complexas a serem cumpridas em prazo cada vez mais apertado.

* * *

Menos de um mês depois da reunião, Lotterman e Marcus Junius foram designados pela "Portaria do Comandante do Exército nº 077, de 20 de fevereiro de 2013", para visita técnica à empresa Lokitec SLU, na cidade de Madri, no Reino da Espanha. A missão, classificada como inopinada, vinha inserida no programa de visita e outras atividades em nações amigas (PVANA X13/614) e ocorreria no período de 4 a 8 de março. A finalidade seria validar os protótipos de hardware (sensores e simuladores de artilharia) do

Smart. A Lokitec pagou as passagens aéreas; e o Exército, as diárias no exterior. Ao término da missão, contudo, o relatório dos capitães foi desanimador:

Não foi possível realizar a validação de nenhum dos dez protótipos de hardware propostos pela empresa, porque: (1) não estavam prontos nem em condições para avaliação; (2) não há documentação com as características dos equipamentos, que possa ser utilizada para validá-los, além de meros esboços; e (3) a empresa não preparou um ambiente e um plano de testes de validação para orientar a atividade.

A Lokitec teve mais de um mês para se preparar e aproveitar a ida dos capitães de artilharia a Madri. Desperdiçou, no entanto, a oportunidade. Na conclusão do relatório, os capitães advertiram:

A falta de validação dos hardwares do Smart pela equipe operacional aumenta a probabilidade de inconformidades entre o que está sendo desenvolvido e o que os artilheiros esperam do simulador, com risco de retrabalho. Foi observado que os engenheiros da Lokitec não têm conhecimento claro sobre o que tem de ser feito.

Para não dizer que a viagem foi totalmente inútil, os artilheiros sanaram dúvidas aleatórias dos programadores do software do Smart.

DOSSIÊ SMART — A história que o exército quer riscar

Nesse mesmo mês de março, o Departamento de Serviço Geográfico, subordinado à Diretoria de Ciência e Tecnologia, criou, a pedido do general Simão e por ordem do general Null, um grupo de trabalho para corrigir as deficiências nas informações cartográficas apontadas pela Lokitec. Outra incumbência do GT foi melhorar a qualidade visual das imagens. O Exército prometeu entregar esse material à empresa até o final da primeira quinzena de abril.

Naquele mês, aliás, ocorreu a passagem de bastão na AMAN, do general Rutáceas para o general Rudnick, que a lideraria nos dois anos seguintes. O novo comandante visitou o Smart, onde assistiu a uma apresentação sucinta do projeto e a uma demonstração do simulador. Também percorreu as instalações e conheceu a equipe.

Em maio, Marcus Junius voltaria à Espanha para uma missão de três meses até a nova visita de inspeção, agendada para a última semana de julho. Sua designação se deu por meio de portaria do Ministério da Defesa, publicada no Diário Oficial da União. Depois de apenas uma semana de trabalho, entretanto, o capitão de artilharia enviou ao Brasil um relatório intitulado "Impressões Iniciais do Trabalho na Espanha". Mais uma vez, o conteúdo não era animador.

> A contratação dos analistas para o alinhamento do projeto à metodologia RUP pouco agregou ao desenvolvimento do simulador. Motivo: a correção dos casos de uso e a redefinição dos requisitos, feitas pelo engenheiro Oscar Chaves, não estão sendo consideradas em Madri. Em vez de basear o desenvolvimento na nova documentação, a Lokitec continua utilizando os antigos e incompletos documentos de 2011. Enfim, usa como referência dados desatualizados.

DIÁRIOS DA CASERNA

***

— Era a tragédia anunciada! A partir daí, passamos a conviver com duas realidades paralelas e dissonantes. De um lado, a Lokitec, garantindo que o projeto Smart estava caminhando bem, que o desenvolvimento estaria concluído até o final de julho. De outro, a equipe brasileira, particularmente nosso pessoal, em Madri, descrente do cumprimento dessas promessas. Pensávamos o tempo todo em como evitar mais um atraso.

— E as impressões do capitão se confirmaram?

— Pouco tempo depois, a Lokitec enviou uma carta ao Exército solicitando que o término da fase 2.2 fosse prorrogado para setembro de 2013. Alegava problemas de saúde de um dos funcionários supostamente fundamentais ao projeto. No relatório seguinte, Marcus Junius reclamou da carga excessiva de trabalho, como único integrante da equipe operacional em Madri. Tinha razão. Não conseguiria dar conta de tudo sozinho. Foi aí que decidimos reforçar a equipe brasileira na Espanha com mais um capitão de artilharia.

***

O capitão Seyller desembarcou em Madri no dia 11 de junho de 2013. Após a primeira semana de trabalho, teve o cuidado de redigir um relatório inicial, mostrando que a situação não havia se alterado. Escreveu:

> O documento "Visão de Negócio e Especificação dos Requisitos do Sistema do Smart", produzido pelo engenheiro Oscar Chaves em conjunto com a equipe

DOSSIÊ SMART — A história que o exército quer riscar

> Smart/AMAN, ainda não começou a ser utilizado para balizar o trabalho da Lokitec. Itens fundamentais como "missão de tiro", "comportamento de objetos", "avaliação" e "hardware" carecem de desenvolvimento, não podendo sequer ser avaliados. O prazo solicitado pela Lokitec (31/07/2013) para finalizar o desenvolvimento do Smart dificilmente será cumprido.

As informações foram replicadas no relatório do supervisor operacional, remetido ao Gesmart. O general Vasco ainda era, no papel, o gerente do projeto, mas já não dedicava tanto tempo aos assuntos do Smart. O general Simão era quem, no dia a dia, assumira o comando. As decisões eram tomadas diretamente por ele, em ligação com o Gabinete do Comandante do Exército, com a Calice, com a Assessoria de Contratos Internacionais, com a Assessoria de Pessoal, com a DCTEx e com a DEC. Essa liderança, *de facto*, ficou clara na quinta viagem de inspeção da gerência. Simão viajou, Vasco não.

Cancún

Em Resende, as insatisfações da 1º tenente médica Helena Castelli com seu trabalho na AMAN, ou subemprego como ela chamava, aumentavam.

— Mais um campo! Acredita?! Uma semana fora, no mato. Agenda da Pediatria cancelada. Pior é ir para o campo, não fazer nada, e ainda atender um monte de cadete querendo acochambrar. Olha, eu

DIÁRIOS DA CASERNA

pensei que vocês fossem mais guerreiros... É impressionante como tem cadete querendo dar golpe, simulando passar mal. Simulação é mesmo uma especialidade militar.

— Calma, Helena! Leva seus livros de Medicina, como você costuma fazer. Aproveita o tempo livre. Ou aqueles romances históricos em espanhol, que você adora ler. Eu sei que a escala para os campos dos cadetes é desgastante, mas não tem jeito.

— É, mas eu fiz o concurso da Escola de Medicina Militar para a vaga de médica pediatra. Era o que estava escrito no edital. Fui enganada! Vou te dizer, médico bom mesmo não fica no Exército. Salário baixo e plantões não remunerados. Não te deixam ir a congressos para se atualizar e prejudicam os empregos civis. Só os acomodados acabam ficando no EB.

Battaglia programou algumas viagens para distrair Helena. Além de Penedo e Visconde de Mauá, vizinhas de Resende, viajaram a Paraty e, depois, a Angra dos Reis para mergulhar. Aproveitaram o feriado de Corpus Christi para conhecer a histórica Ouro Preto e as esculturas de Aleijadinho em Congonhas do Campo. Como planejavam explorar os caminhos de terra e as fazendas da região do Vale do Paraíba, compraram um carro novo, um SUV.

Battaglia, no entanto, sabia que o trabalho na AMAN não era a única coisa que chateava a mulher. Havia anos, tentavam ter um filho. Helena não tinha problema para engravidar, mas, por motivos que desconheciam, a gestação acabava interrompida nas primeiras semanas. Assim, quando retornaram da Espanha, decidiram consultar um dos melhores especialistas na área de reprodução humana assistida. Por orientação desse médico do Rio de Janeiro, passaram por uma bateria de exames e tentaram a fertilização *in vitro*. Resultado: vários embriões perfeitos. Dois deles foram implantados, e o exame de ultrassom obstétrico identificou até os batimentos cardíacos dos gêmeos. Mas, infelizmente, mais uma vez, a gravidez não prosperou.

DOSSIÊ SMART — A história que o exército quer riscar

Battaglia não sabia bem como consolar Helena. Ele também ficava triste, mas sabia que a mulher acabava se cobrando demais. O sacrifício dela, sem dúvida, era muito maior. Tomava remédios, recebia um coquetel de hormônios e, no final, tinha de passar pela traumatizante curetagem. Ele doava alguns espermatozoides. Ela, o corpo. Eram experiências emocionalmente muito desgastantes para a mulher.

Depois de mais uma perda, Battaglia conversou com o subcomandante da AMAN, que se sensibilizou e propôs que ele e Helena tirassem duas semanas de desconto em férias.

— Vamos para Cancún! *Arriba*, ai, ai, ai! — anunciou Battaglia para Helena.

— Como assim?

— O coronel Mazzi nos concedeu duas semanas de férias. Já comecei a pesquisar hotéis e passagens aéreas para conhecermos o México.

Em Cancún, hospedaram-se num luxuoso cinco estrelas no modelo *all inclusive*, com drinks, coquetéis e bebidas liberados, exclusivo para adultos, com seis restaurantes gourmet para todos os gostos, bares e *lounges*, piscina, praia, academia, spa e mimos como café da manhã no quarto. Da varanda da suíte tinham uma bela vista do mar do Caribe. O Secrets The Vine oferecia aulas de dança, sessões de yoga, atividades esportivas e até um curso de vinhos, fazendo jus ao nome. A estrutura era tão espetacular que, se quisessem, nem precisariam deixar o hotel. Mas a Península do Yucatán possui muitos atrativos além de Cancún. Battaglia e Helena já haviam se programado para aproveitar ao máximo.

Dedicaram um dos dias à cultura maia para conhecer as ruínas e pirâmides de Chichén Itzá, os cenotes, onde jovens virgens eram jogadas em sacrifício às divindades, e o Museo Maya de Cancún, com explicações do preciso calendário astronômico que, segundo alguns, teria previsto o fim do mundo para 21 de dezembro de 2012. O mundo não acabou. Mas o ser humano continuou fascinado pelo apocalipse.

265

DIÁRIOS DA CASERNA

Em outro dia, viajaram a Cozumel, rota de vários cruzeiros caribenhos, onde realizaram um mergulho *snorkel*. Também fizeram um mergulho *scuba* nas águas cristalinas da Isla Mujeres para admirar as obras do museu subaquático de arte, com suas mais de quatrocentas esculturas. Para fechar em alto astral, a *night* mais badalada de Cancún, na Coco Bongo, uma boate open bar com shows, teatro e performances artísticas incríveis. Nessa casa de shows, foi filmada uma das cenas do filme *O Máscara*, de 1994, estrelado pelo ator e comediante Jim Carrey. Para aproveitar mais, Battaglia comprou o ingresso de *gold member* com acesso à área VIP, visão privilegiada do palco e serviço de garçom.

De Cancún, Battaglia e Helena seguiram para a segunda parte da viagem: a capital mexicana. Hospedaram-se no charmoso Gran Hotel Ciudad de México, com lindos vitrais estilo Tiffany e decoração *art nouveau*, próximo ao Zócalo, a grande praça no centro histórico da cidade. Dois anos mais tarde, uma das cenas iniciais de *007 contra Spectre*, do agente secreto James Bond, seria filmada nesse mesmo hotel.

Na sequência, visitaram a cidade asteca de Tenochtitlán e o Museu Arqueológico, com seu rico acervo. À noite, dentro da programação cultural, assistiram a um espetáculo de dança folclórica no Teatro de la Ciudad.

A parte lúdica da viagem ficou por conta do memorável espetáculo noturno de luta livre, com os caricatos mascarados na Arena Coliseo. Essas pugnas teatrais são uma verdadeira paixão entre os mexicanos. Por sorte conseguiram poltronas próximas ao tablado. Battaglia lembrou dos tempos de criança, quando assistia semanalmente ao programa *Astros do Ringue* na TV. Seu lutador preferido no *telecatch* era Fantomas, que acabava sempre vencendo os lutadores malvados e desonestos.

No último dia da viagem, Battaglia e Helena acordaram cedo para conhecer outros pontos turísticos, como a Basílica de Nuestra Señora de

DOSSIÊ SMART — A história que o exército quer riscar

Guadalupe, um dos principais templos da Igreja Católica no continente americano, e visitar La Casa Azul, transformada em museu, onde Frida Kahlo nasceu, cresceu e viveu com o marido, o pintor Diego Rivera.

— Helena, não estou conseguindo abrir o cofre.

— Essa sua mania de trancar tudo! Agora eu quero ver. Documentos, dinheiro... Tudo trancado aí.

O clima azedou. Tiveram de solicitar o serviço de chaveiro do hotel, consumindo boa parte da manhã. Só depois de resolver esse problema é que conseguiram rumar para o número 247 da Calle Londres – La Casa Azul.

Aos poucos, no entanto, o *tour* acabaria envenenado pela discussão matutina. Battaglia e Helena encetaram uma discussão sobre Diego, Frida e seu amante Leon Trótski. O revolucionário residiu na casa dos artistas anfitriões e, depois, em outro imóvel no mesmo bairro. Acabaria assassinado em agosto de 1940 a mando de Josef Stálin. A conversa sobre esses controversos episódios históricos descambou para uma discussão acalorada, com opiniões radicais de lado a lado. Resultado: estragou-se o passeio.

Infelizmente, a viagem ao México, planejada para distrair Helena de suas insatisfações, mais uma vez terminava com uma boa dose de frustração. Battaglia se sentia cada vez mais impotente, incapaz de fazer a mulher feliz.

Código azul

A tarde passou voando. O sol acabara de se pôr. Pepe, sentado em frente à porta de vidro da varanda, fitava Battaglia. Já estava na hora do novo passeio.

— Receio que não vamos conseguir terminar hoje — adiantou o entrevistado.

DIÁRIOS DA CASERNA

— E o pior é que amanhã cedo eu volto para São Paulo — lamentou-se Fábio. — Estou pensando... Acho que não te contei, mas a primeira pessoa que tomou contato com o *Dossiê Smart* e levantou seu nome para uma entrevista foi minha colega, a Bruna Paes Leme. Aí, quando ela me contou o caso, eu disse que poderia tentar contatá-lo. Acredito que tanto a Bruna quanto nossa editora-chefe, a Rafaela Santos, achariam ótima a ideia de conhecê-lo pessoalmente.

— Não vejo por que não — consentiu Battaglia.

— Você só teria que ir a São Paulo. Não sei se já tem alguma viagem programada, quem sabe para visitar seus parentes.

— Sim, seria ótimo. Mas não se preocupe. Posso pegar a ponte aérea para conhecer sua colega e a editora-chefe do *El País*, e terminarmos a história lá. Vamos combinar uma data próxima.

Fábio guardou o gravador, o bloco de notas e a caneta na mochila.

— Mantemos contato. Muito obrigado, Battaglia! — despediu-se com um aperto de mão. — Tchau, Pepe! — disse de forma muito simpática para o cão que o olhava, enquanto saía.

***

— Código azul! — anunciou Battaglia à funcionária do guichê de check-in da Avianca no aeroporto Santos Dumont, no Rio de Janeiro.

A expressão, conhecida dos aeronautas, indicava que o passageiro estava armado. Battaglia apresentou as guias preenchidas e previamente impressas do site da Polícia Federal, juntamente com a sua identidade funcional do Exército. Pistola calibre 9 mm com três carregadores e cinquenta e um cartuchos, especificava o documento. A funcionária da companhia aérea escaneou o QR-code da guia, certificando-se de que o passageiro já a havia validado no posto da PF no aeroporto, tendo sido conferida pelo agente ou pelo delegado.

— Tudo certo. O senhor prefere despachar a arma ou vai levá-la na cabine?

DOSSIÊ SMART — A história que o exército quer riscar

— Vai comigo.

— Vou marcar seu assento no vão livre da saída de emergência para que tenha mais liberdade de movimentos e tentar deixar a poltrona ao lado vazia, mas vai depender da lotação. As comissárias estarão avisadas da sua presença.

— Está ótimo!

— Aqui está a sua passagem, coronel. Tenha uma boa viagem! — desejou-lhe a funcionária, entregando o bilhete e uma das vias da guia, com carimbo da companhia aérea e sua assinatura. Esse documento garantiria a entrada do passageiro armado na área de embarque. — Pax código azul Avianca oscar, juliet, victor, lima, índia, três (OJVLI3) — passou pelo rádio.

Era no mínimo curioso, para os mais atentos, ouvir o detetor de metais do aeroporto soar e ver o passageiro prosseguir sem ser revistado.

No dia 4 de abril de 2018, Battaglia desembarcou no aeroporto de Congonhas. Fábio o esperava à saída.

— Bom dia, Battaglia! Como vai? Fez boa viagem?

— Olá, Fábio! Bom dia! Sim, foi um voo tranquilo. É bem rápido vir de avião. Em quarenta minutos, a gente decola e pousa. Só me espanta passar tão perto desses arranha-céus e pousar numa zona urbana tão densamente povoada, no meio da metrópole.

— É verdade! Depois do que aconteceu em 2007, com o desastre do avião da TAM, todos temos receio — lembrou Fábio.

Cerca de vinte minutos depois, chegavam à sede do *El País Brasil*, na rua Ferreira de Araújo, no Alto de Pinheiros, estacionando o carro no pilotis do prédio. O periódico, que funcionava desde 2013, como um jornal virtual na sua versão em português, ocupava um espaço corporativo no terceiro andar do Planet Work, edifício comercial, envidraçado em tom azul, com mais de dez andares. A equipe não era grande. Eram menos de vinte colaboradores para muito trabalho. O ambiente, contudo, tinha um ar aconchegante, com um carpete

DIÁRIOS DA CASERNA

marrom, confortáveis poltronas e uma copa, com livre acesso a todos. Jornal sem cafeína não funciona.

— Vamos ficar nesta sala de reunião. Vou apanhar água e café e avisar à Bruna que chegamos — informou Fábio.

Em poucos minutos, Fábio retornou com duas colegas.

— Battaglia, esta é a Rafaela Santos, nossa editora-chefe; e esta é a Bruna Paes Leme.

— Bom dia, Battaglia! Seja bem-vindo ao *El País Brasil*. Estamos bastante impressionados com a sua história! Vou deixá-lo com a Bruna e com o Fábio, mas não poderia deixar de passar aqui para cumprimentá-lo e agradecer por sua vinda a São Paulo — disse Rafaela, de forma gentil.

— Bom dia, Battaglia! Como vai? É um prazer conhecê-lo pessoalmente, depois de tudo que li a seu respeito no dossiê do BrasiLeaks e também pelos relatos do Fábio — acrescentou Bruna, apertando sua mão.

— Bom dia, Rafaela! Bom dia, Bruna! O prazer é meu em estar aqui com vocês e ter a oportunidade de passar essa história a limpo.

— Bem... Então, fiquem à vontade. Se precisarem de mim, só me chamar. Já começamos o dia a mil, para variar — despediu-se apressadamente a editora-chefe.

Bruna fechou a persiana da grande janela de vidro que dava para o corredor da redação, enquanto Fábio preparava dois gravadores e uma câmera de vídeo. Em cima da mesa, havia blocos de notas e canetas.

— No nosso último encontro, pelo que anotei aqui, você estava me relatando que a Lokitec tinha pedido o adiamento do término da fase de desenvolvimento do simulador e que dois assessores de artilharia haviam sido enviados à Espanha. Quando paramos, você começava a falar sobre a viagem de inspeção, chefiada pelo general Simão, sem a presença do general Vasco — recordou Fábio.

— Sim, nessa inspeção, tivemos a percepção clara de que Simão assumia de fato a gerência do projeto. Mas essa não foi a maior surpresa

DOSSIÊ SMART — A história que o exército quer riscar

da viagem. O mais chocante foi saber sobre uma reunião secreta na maçonaria espanhola — afirmou Battaglia, diante da expressão de espanto dos jornalistas.

Segredos da maçonaria

Na semana de 21 a 26 de julho de 2013, Battaglia deixaria o Brasil mais uma vez, em missão de cunho profissional: a quinta viagem de inspeção na Espanha. Na comitiva, somente militares diretamente envolvidos no projeto. O grupo contava com o general Simão, o general Nicolau e o major Olavo. SS, mais uma vez, levou Dolores, sua mulher. As passagens aéreas dela, como de costume, foram pagas pela Lokitec, a empresa inspecionada. Também, como de praxe, Papa Velasco, o "mercador da morte" da Lokitec, ofereceu um banquete em sua mansão. Desta vez, entretanto, convidou somente os generais, o adido militar e a diretoria da Lokitec.

A viagem foi marcada por longas e fatigantes reuniões. Três delas, em uma das salas da Residencia Militar Alcázar, entre a comitiva e a equipe brasileira na Espanha, composta por cinco engenheiros militares e dois capitães de artilharia. A inspeção coincidia propositadamente com o término da missão dos capitães Marcus Junius e Seyller, designados para assessorar e tirar dúvidas da Lokitec nos aspectos técnicos e táticos de artilharia.

Na primeira reunião, que tomou toda a segunda-feira, o tenente-coronel Aristóteles procurou informar os visitantes, especialmente Simão, sobre o andamento dos trabalhos. Focou os últimos acordos e decisões conjuntas da gerência do projeto com a Lokitec. Diferentemente do que prometera, a contratada não vinha seguindo a metodologia RUP, continuava apresentando métricas poucos confiáveis e negligenciava a tarefa de testar o que estava desenvolvendo.

DIÁRIOS DA CASERNA

Por isso, uma das grandes iniciativas de Aristóteles foi instituir o "Relatório de Conformidades", semanalmente entregue à empresa, com testes independentes realizados pela equipe brasileira, a fim de suprir a falta das iterações previstas, ou seja, das avaliações que a Lokitec deveria promover simultaneamente ao desenvolvimento do simulador. Esses estudos logo expuseram inúmeras inconformidades, itens que a Lokitec julgava 100% desenvolvidos, mas que, na realidade, apresentavam falhas. A partir dessas análises, o fiscal do contrato e a gerência do projeto passaram a ter uma visão mais clara e fidedigna do que se passava em Madri, em contraposição aos números fabricados pela empresa.

Além do atraso no desenvolvimento, a Lokitec ainda estava devendo os cadernos técnicos da fase 1, aqueles que o general Null deveria ter inspecionado na viagem que fizera à Espanha, essenciais para a transferência tecnológica. Aristóteles continuava cobrando a confecção desses documentos. Seyller e Marcus Junius também tiveram a oportunidade de apresentar seus relatórios. As conclusões de ambos eram coincidentes: o Smart ainda acumulava muitos erros, que impediam o adestramento da artilharia.

No dia seguinte, no Parque Empresarial Brumas, a comitiva assistiu a demonstrações, ouviu explicações dos engenheiros espanhóis e se reuniu com a presidência e a diretoria da Lokitec. Os donos da casa pintaram um cenário bem distinto do exposto no dia anterior. Segundo a contratada, o projeto Smart tinha sido "totalmente" alinhado com a metodologia RUP, indicava "98% de avanço" nas métricas, com "todos os casos de uso 'básicos' e documentos terminados".

A Lokitec ainda afirmou ter implementado muitos requisitos fora do escopo do projeto e argumentou que faltava consenso quanto àqueles referentes à logística, à avaliação dos instruendos e à coordenação dos fogos de artilharia, entre outros. Por esse motivo, esses itens tinham ficado de fora da métrica. A empresa reclamou da falta

272

DOSSIÊ SMART — A história que o exército quer riscar

de informações do Exército para desenvolver as interfaces entre o Smart e outros simuladores e sistemas, como o Palmar-Genesis, o C2 em Combate e o novo rádio Mallet da IMBEL e salientou que via com bastante preocupação o atraso das obras dos edifícios no Brasil.

Para os gestores da Lokitec, o Exército só tinha duas opções: pagar pelos requisitos que ela considerava fora do escopo, por meio de um aditivo ao contrato de 2010; ou firmar um novo acordo para desenvolvê-los futuramente, a título de manutenção evolutiva do simulador. Era o mesmo "golpe" que a empresa havia aplicado no Exército espanhol. O significado que davam ao termo "consenso" era bastante curioso. SS tomou nota e preferiu, num primeiro momento, ficar calado. Ou talvez não soubesse o que dizer.

— Eu não queria estar na pele do general Simão — comentou Olavo com Battaglia, no hall do Alcázar, na volta daquele dia de inspeção. — Ele ouve uma coisa da nossa equipe e outra coisa da empresa.

— Olavo, não acho difícil. Sabemos quem está dizendo a verdade — respondeu, de pronto, Battaglia. — Amanhã, teremos outra rodada de discussões com nossa equipe aqui no hotel. Vejamos o que o Aristóteles vai apresentar.

Na quarta-feira, a comitiva se encontrou para mais uma jornada com os brasileiros na Residencia Militar Alcázar, a reunião da tréplica, como foi chamada, pela discrepância entre as narrativas. Aristóteles foi bastante contundente em sua exposição. Com lastro nos relatórios de conformidades, demonstrou que a Lokitec reiteradamente mentia na apresentação das métricas do projeto. Computava como concluídos itens que não tinham sido adequadamente testados, comprometendo a qualidade do produto. Também excluía de seus cálculos os requisitos que considerava fora do escopo do projeto. Dessa forma, os espanhóis turbinavam os resultados.

De forma ponderada, porém, o tenente-coronel frisou que a contratada, sob o ponto de vista técnico, tinha certa razão em reclamar da obrigatoriedade contratual de desenvolver interfaces com equipamentos do Exército Brasileiro. Afinal, esses sistemas não tinham sido concebidos originalmente para se ligarem a outros programas ou simuladores. Esse detalhe constituía uma dificuldade técnica inegável, aumentando o risco de atrasos. Não obstante, o que preocupava era que a Lokitec não tinha sido capaz nem de conectar o Smart ao próprio Smart, o que impossibilitaria exercícios entre as unidades de Resende e Santa Maria.

SS não escondia seu incômodo. Desenvolvimento de projetos de engenharia não era nem de longe sua área. Por mais clara que estivesse sendo a explanação do tenente-coronel Aristóteles, sem carregar no vocabulário mais técnico, o general preferia falar em seus próprios termos, na linguagem a que estava acostumado na artilharia.

— Olha só! Se a tal da conexão entre os simuladores está funcional, se o avatar faz isso ou aquilo, se usa software livre ou não... Que se dane tudo isso! Quero saber o seguinte: eu consigo pedir uma missão de artilharia pelo rádio, ajustar o primeiro tiro e realizar uma concentração de fogos sobre um alvo inimigo? — indagou, de forma clara e objetiva. — Quero ouvir os artilheiros que passaram os últimos meses operando o simulador — resumiu, fitando diretamente os capitães Seyller e Marcus Junius.

— Não, general — adiantou-se em responder, categoricamente, Marcus Junius.

Num linguajar agora acessível ao general Simão, os capitães de artilharia explicaram-lhe que encontraram erros nos métodos de tiro, na balística e nos efeitos das granadas sobre os alvos. O simulador chegava a disparar tiros anômalos, em direções aleatórias e com munições diferentes das solicitadas. O rádio, que todos achavam que a Lokitec não teria dificuldade em simular, não funcionava bem. Sofria interferência, emitindo ruídos indesejáveis que efetivamente dificultavam a comunicação.

DOSSIÊ SMART — A história que o exército quer riscar

Além disso, os hardwares do Smart continuavam indisponíveis para os testes. Os sensores das peças nunca tinham sido avaliados, porque a Lokitec não fornecera à equipe brasileira seus protótipos. A bem da verdade, a empresa tinha apresentado um deles: o sensor de elevação do obuseiro de 105 mm. Mas os artilheiros logo descobriram que, por causa de suas dimensões incorretas, não entraria no tubo do armamento e não poderia ser instalado. Esse item, por sinal, estava marcado pela Lokitec como 100% concluído. A bússola, o telêmetro laser e a visão noturna do equipamento multifunção não estavam operativos. Os cenários continuavam atrasados, mesmo com a entrega dos dados cartográficos à empresa. Os calcos para desenho das manobras e esquemas táticos nem sequer tinham sido desenvolvidos.

O general se convenceu de vez. SS podia não ter muita paciência para escutar o que os engenheiros militares diziam, mas não tinha como ignorar o relato dos artilheiros.

— Ok. Na parte da tarde, quero que vocês redijam um comunicado da gerência do projeto à Lokitec, com os resultados da inspeção, requisitos atendidos e não atendidos. Bem objetivo, para terminar essa joça! Às cinco da tarde, eu volto para ver. Vou precisar também de um PowerPoint para apresentar à empresa amanhã. Olavo, essa está contigo.

Os militares almoçaram no próprio hotel e logo se empenharam em cumprir a tarefa. Enquanto Aristóteles redigia o comunicado da gerência do projeto, com o resumo dos requisitos atendidos e não atendidos, Battaglia, Seyller e Marcus Junius produziam o Anexo A: "Condições para a Avaliação Operacional da Fase 2.2". Olavo, por sua vez, preparava os slides sobre as condições para o término do desenvolvimento com as cláusulas do contrato Calice-Lokitec. Um segundo anexo foi incorporado ao material, mostrando as funcionalidades incorporadas e os itens dispensados. No horário combinado, os generais retornaram à sala de reunião. Com poucos ajustes, Simão

275

DIÁRIOS DA CASERNA

aprovou os documentos, que seriam entregues à empresa no dia seguinte.

Findos os trabalhos da quarta-feira, Nicolau convidou Simão para tomarem um whiskey no bar do hotel. Battaglia permaneceu no *lobby*, conversando com Aristóteles, Oliveira, Konrad e Rossini, os engenheiros militares da equipe técnica em Madri, menos Kowalski, que já havia se despedido e partido para casa.

— A Dodô está passeando, feliz da vida! — celebrava Simão, muito à vontade, falando alto, o que não poderia ainda ser atribuído ao efeito do destilado de doze anos. — Mandei o adido encher ela de atividades. Assim, não me perturba.

Dolores passeava pela Espanha à custa da Adi-Tur, abreviatura de "aditância de turismo", como, jocosamente à boca pequena, os próprios adidos militares a chamavam, quando informalmente forçados a paparicar familiares de generais. O coronel Felipe Patto não fugiu à praxe: colocou à disposição da mulher do general um telefone celular, carro com motorista e uma secretária bilíngue. Dodô aproveitou bem a semana.

— Comprei dois perfumes para a Lucrécia. Estão escondidos no fundo da mala. Se a Dodô descobrir, digo que era surpresa para ela — confessou Simão, entre gargalhadas, exaltando sua pretensa esperteza e menosprezando a inteligência da mulher.

Na viagem de volta ao Brasil, Olavo contou a Battaglia sobre a "zero dois" de SS. Todo mundo sabia do caso extraconjugal do general Simão, inclusive Dolores, que parecia conformada com anos e anos de traições do marido. Lotada na assessoria jurídica do Comando Militar do Leste, a tenente temporária Lucrécia descia empolgada do nono para o quinto andar. No meio do expediente, trancava-se no gabinete do general. A ousada figura não se preocupava em esconder a fornicação. Pelo contrário, vivia postando indiretas nas suas redes sociais. Citava até as viagens de "serviço" nas quais acompanhara o

DOSSIÊ SMART — A história que o exército quer riscar

amante, como nas reuniões promovidas pela DEMEx e IGEMil no Heita, o Hotel do Exército em Itaipava, na região serrana do Rio de Janeiro.

Dodô preferia fazer-se de tola e continuar gozando de privilégios. Faria o que fosse possível para viver como a "titular" do general. Afinal, tornara-se a "zero um" e não podia desprezar esse posto. Perseverara como esposa do tenente, do capitão, do major... Tudo com muito sacrifício! Agora era a sua vez de aproveitar.

SS utilizava recursos da aditância militar para entreter a mulher na Espanha, o que, no mínimo, pode-se dizer que não era honesto. E, como revelou Olavo, praticava "ato libidinoso" no quartel, crime tipificado no artigo 235 do Código Penal Militar, com pena de detenção de seis meses a um ano. Todo mundo sabia, mas quem teria coragem de denunciá-lo? Muitos militares, aliás, admiravam o atrevimento do vetusto general e utilizavam frases machistas, de péssimo gosto, para exaltar seu assanhamento. "O velho artilheiro está lançando seus fogos e bombardeando todas as cavernas da tenente."

No grupo do Smart, supunha-se que a devassidão de SS não prejudicaria o projeto. Era coisa dele, de Dodô e de Lucrécia. Mas algo pior estava por ser revelado, um segredo que, até aquele momento, restava guardado a sete chaves na maçonaria espanhola. Descuidado, SS permitiu que seu relato fosse ouvido por vários subordinados.

— Eu tomo cuidado! Não vou dar o mole que o Aureliano deu e que nos meteu nesta enrascada com a Lokitec.

Aristóteles, Oliveira, Konrad, Rossini e Battaglia se entreolharam. Os sorrisos deram lugar a expressões mais sérias. O general Aureliano tinha sido o idealizador do Smart, a figura que tudo fizera para que o Exército contratasse a empresa espanhola. Aureliano tinha "dado mole"? Como assim?

— O Aureliano teve um caso assim, se envolveu com uma mulher bem mais nova que ele — revelou Simão a Nicolau. — Transou com

277

a criatura e a engravidou. Eu que não vou embarrigar a Lucrécia. Não tenho mais disposição para ter filho, não. E ainda quero minha quarta estrela. Já avisei pra ela: se tu engravidar, vai abortar, não quero nem saber.

Aureliano tinha, então, engravidado uma mulher. Mas quem? E o que isso tinha a ver com a Lokitec? SS contava a história entre um e outro gole de puro malte escocês. Tinha terminado o primeiro copo. Já estava no segundo.

— O Aureliano teve essa filha. A mãe da garota, a-pro-vei-ta--do-ra — enfatizou silabicamente —, começou a encher o saco dele, aquelas coisas de pensão. Ele estava aqui na Espanha, como adido militar, na terceira montada. Se divorciou da primeira, ficou viúvo da segunda e arranjou esse casamento com a cunhada do Terra, que era seu "capita" lá no Batalhão de Artilharia Aeroterrestre. Casamento de conveniência. Entre a segunda e a terceira, deu mole de engravidar uma piranha. Podia ter se estrepado. Mas a sorte dele virou quando foi convidado para uma reunião da maçonaria aqui na Espanha e conheceu o Papa Velasco.

O narrador, levemente embriagado, pediu uma pausa a seu interlocutor. Foi ao banheiro aliviar-se. As peças do quebra-cabeça estavam sendo colocadas à mesa, mas ainda não encaixavam, não permitiam ver a figura completa. Quando retornou, prosseguiu.

— O Aureliano sempre foi brilhante, desde cadete. Um dos primeiros da turma, pentatleta, muito bem-conceituado. A missão como adido militar na Espanha só confirmava que ele estava às portas do generalato. Mas a bastardinha poderia colocar tudo a perder. Papa Velasco foi quem o salvou.

O que Francisco Pablo Velasco, que intermediara a venda nebulosa do Smart aos brasileiros, tinha a ver com a filha do relacionamento extraconjugal de Aureliano? Talvez se decifrasse o enigma da contratação da Lokitec pelo Exército.

DOSSIÊ SMART — A história que o exército quer riscar

— Naquela noite, na maçonaria, Papa Velasco prometeu ao Aureliano que resolveria o problema. E resolveu mesmo. Tirou do Brasil a vagabunda e a filha. Trouxe elas aqui pra Espanha. Bancou as duas por anos. Tudo! Moradia, alimentação, educação, transporte, lazer... Elas se deram bem! E o Aureliano também! Foi promovido a general, sem problema! Mas ficou devendo um favor para o Papa. E pagou a fatura com juros e correção monetária nesse contrato da Lokitec com o Exército, sem tirar um tostão do próprio bolso. O problema é a porra dessa empresa, que não termina essa merda de simulador. Pior é essa equipe bitolada que o Aureliano botou no projeto. Sempre falei que daquele tal banco de talentos não ia sair ninguém que prestasse. Ele não me ouviu.

Se Aristóteles, Oliveira, Konrad, Rossini e Battaglia não tivessem ouvido essa revelação da boca do general Simão, provavelmente não acreditariam nesse enredo novelesco. Agora, as peças se encaixavam. O Smart era mesmo o instrumento de propósitos escusos, de um grande esquema para pagar favores de um "mercador da morte" a um general do Exército Brasileiro. Tudo com dinheiro público.

A partir daí, as preocupações da equipe brasileira seriam redobradas. Ninguém queria ser acusado de participar ou contribuir com o esquema. Afinal, todos sabem que, no exército, na hora em que a sujeira vem à tona, os escalões mais baixos é que costumam pagar o pato. Como diz o ditado: "general nunca erra; é mal assessorado".

* * *

No dia seguinte, na reunião com a Lokitec, o que era evidente ficou explícito: SS era o novo gerente do projeto Smart, substituindo em definitivo o cada vez mais omisso general Vasco. No final do comunicado entregue à empresa, os telefones e e-mails institucionais e pessoais do general Simão estavam listados como "contatos do gerente do projeto".

Usando o PowerPoint preparado por Olavo, Simão explicou à empresa que o Exército teria enormes dificuldades burocrático-legais para aprovar qualquer aditivo de valor ao contrato. Considerando o contexto, propôs dispensar algumas obrigações contratuais, como as interfaces do Smart com os sistemas e simuladores do Exército, com exceção da ligação entre as unidades de Resende e de Santa Maria. Também foram eliminados os itens que diziam respeito à sensorização do lançador múltiplo de foguetes Astros, que já possuía seu próprio simulador; os telefones de campanha, com as comunicações feitas exclusivamente com rádios emulados; e o radar de artilharia antiaéreo, incluído de última hora pelo coronel Stark. SS ponderou que o Smart era um simulador de artilharia de campanha, e não antiaéreo.

A rigor, esses itens dispensados não prejudicariam a operação do Smart, como demonstrou cuidadoso estudo da equipe operacional. Tinham sido mal concebidos na apressada confecção dos requisitos do simulador, em 2010.

Em contrapartida, os artilheiros acrescentaram um posto de inteligência e operações e outro de logística de pessoal e de material do batalhão de artilharia; o centro de coordenação de apoio de fogo da brigada; o centro de operações táticas da artilharia divisionária; e um quarto posto de observação (PO4), entre outros itens. Dessa forma, o Smart ampliava sua capacidade de adestrar os militares em diferentes funções técnicas e táticas.

A duração do contrato seria ampliada de 36 para 48 meses, com o adiamento do término da fase 2.2 para 30 de setembro de 2013, como a Lokitec havia pedido, quando, mediante comunicado da empresa, o Exército enviaria uma nova equipe de artilheiros à Espanha para testar o simulador por dois meses.

Para evitar contratempos, o Anexo A do comunicado da gerência do projeto estabelecia as precondições para a avaliação operacional da fase 2.2. De acordo com o documento, a Lokitec deveria solucionar todas as inconformidades apontadas nos relatórios emitidos pela fis-

DOSSIÊ SMART — A história que o exército quer riscar

calização do contrato e montar o ambiente de testes na sala segregada de desenvolvimento do projeto Smart, com a representação funcional dos postos do simulador, incluindo seus equipamentos. Os ensaios seriam baseados no documento "Visão de Negócio e Especificação dos Requisitos do Sistema do Simulador Militar de Artilharia (Smart)", alinhado com a metodologia RUP, confeccionado pelo engenheiro Oscar Chaves. O Anexo A pretendia, portanto, evitar questionamentos futuros da empresa.

A equipe de engenheiros estabeleceu as condições para validar a transferência tecnológica: entrega de toda a documentação listada e de todos os códigos-fonte abertos, suficientemente comentados.

Ao término dessa nova validação fiscal-técnico-operacional, o general Simão viajaria à Espanha para a inspeção final, quando autorizaria o pagamento de 5,6 milhões de euros à empresa.

Por fim, SS prometeu que o edifício Smart/AMAN estaria concluído até 30 de setembro, com toda a estrutura para a instalação do simulador; e o edifício do Smart/Sul estaria pronto até o final do ano.

Lembrado pelo general Nicolau e pelo Gesmart, o gerente do projeto cobrou da Lokitec o cumprimento do plano de compensação comercial, com a instalação do laboratório e da biblioteca de simulação no Centro Tecnológico do Exército; a compra dos itens disponíveis no mercado brasileiro para o simulador; e a criação da fábrica da Lokitec Brasil, para geração de empregos no país, como estava previsto no contrato.

De edifício fantasma a elefante branco

Na volta ao Brasil, enquanto a Lokitec se virava para cumprir o novo calendário e receber o segundo pagamento, o general Simão se mexia para finalizar os edifícios, como prometera. Ninguém havia entendi-

281

do aquelas datas. Tudo para ontem. SS parecia ter seguido a receita da Lokitec em relação aos prazos: simplesmente chutara duas datas, desprezando as limitações impostas pelo mundo real.

O general Brasil, diretor de Engenharia e Construção do Exército, mandou o Departamento de Obras Militares entrar em contato com o comando da AMAN, solicitando esclarecimentos sobre as obras pendentes e os recursos necessários. A ajuda estava a caminho. O problema era que a Academia não conseguia vencer os entraves burocráticos. Lá atrás, Reis e Aureliano haviam atropelado as formalidades, obrigando seus subordinados a cumprirem, de qualquer maneira, a missão de erguer o prédio. O resultado era aquela edificação fantasma, fora do sistema de obras militares Opus.

***

— Diga-se de passagem que o sentimento de cumprimento de missão com que superiores incitam seus subordinados está na raiz de várias improbidades administrativas praticadas cotidianamente — observou Battaglia para os repórteres. — O lema "missão dada é missão cumprida", ou "tudo pela missão", tem sido deturpado de uma forma imoral para justificar irregularidades. Por sinal, o general Reis é "FE", integrante das forças especiais, cujo lema é "qualquer missão, a qualquer hora, em qualquer lugar, de qualquer maneira". Há duas interpretações possíveis para esse "de qualquer maneira". A primeira: indica as virtudes realizadoras de uma tropa altamente engajada e adestrada. A segunda: evidencia a inépcia de quem realiza um serviço sem o devido conhecimento e zelo. No caso do Smart, tratava-se dessa última hipótese.

***

DOSSIÊ SMART — A história que o exército quer riscar

A construção do edifício Smart/AMAN tinha seguido a tônica da "missão". O prédio estava lá, erguido. O Comandante do Exército cortara a fita em 9 de dezembro de 2011. Na pressa e falta de controle, entretanto, o setor administrativo da Academia Militar acabou fazendo uma tremenda lambança. Ao término da obra, os fiscais não emitiram o termo de recebimento e aceitação provisório, como prevê a lei. Em razão dessa falha, não era possível lavrar o definitivo. E, sem essa documentação, o edifício não poderia ser incluído no patrimônio da AMAN nem no Opus, para receber novos recursos.

Quando o problema veio à tona, em 2013, os fiscais da obra, os coronéis Asdrúbal e Belial, mais o major Caccioli, já tinham se desligado da AMAN. Asdrúbal e Caccioli, na ativa, tinham sido transferidos para outras organizações militares. Belial havia retornado para a pacata reserva remunerada. Sobrou para quem ocupou o prédio. Certo dia, o chefe do Smart/AMAN recebeu a ligação do Gesmart.

— Battaglia, o general Simão mandou vocês, aí do Smart, confeccionarem os termos de recebimento provisório e definitivo da obra. Só assim o edifício vai poder entrar no patrimônio da AMAN. Depois disso, a DEC vai conseguir ver o prédio no Opus, para liberar os recursos das obras complementares — disse Olavo ao telefone.

— Mas segundo a lei 8.666, de licitações e contratos da administração pública, só quem pode assinar o termo de recebimento e aceitação provisório são os fiscais que acompanharam a obra. Nem eu nem ninguém aqui no Smart temos competência legal para assinar o termo — opôs-se Battaglia.

— Battaglia, é só para constar — insistiu Olavo.

— Mas como, Olavo? Quem acompanhou a obra é que pode atestar se ela foi feita de acordo. Por exemplo, quanto de ferro e cimento foi colocado no piso reforçado do hangar da linha de fogo para suportar os pesados obuseiros? Eu não sei. E se o piso começa a rachar? Eu nem estava no Brasil quando o prédio foi construído. A culpa vai ser minha? Os fiscais foram o Asdrúbal, o Belial e o Caccioli. O Belial foi contratado especificamente para acompanhar a obra. Só fazia isso! Ficou "vampirando" aqui um ano e foi embora sem terminar o serviço?! — perguntou indignado.

"Vampirar" é a gíria que os militares usam para os colegas que passam para a reserva e retornam como PTTC, contrato que lhes rende um adicional de 30%. Para quem não conseguiu nada depois de se aposentar da caserna, não é nada mal.

— Eu sei, mas é ordem do general Simão, que está sendo pressionado pela Lokitec. A AMAN já está sabendo. O general Rudnick vai mandar o prefeito militar escalar um engenheiro para ajudar na inspeção técnica do prédio. Esse termo com a assinatura de vocês vai ser só pró-forma, para cumprir a exigência do general Brasil — tentava convencê-lo.

— Por que a CRO não faz então a vistoria do prédio e lavra os termos? A Comissão Regional de Obras militares tem capacidade técnica para isso — lembrou o chefe do Smart.

— O general Simão já conversou com o general Brasil a esse respeito. Minha ideia inicial também foi essa. Foi o que sugeri ao general Simão. Mas o general Brasil respondeu que a parte documental é problema da AMAN, que não fez a lição de casa direito. A CRO não vai ajudar nisso.

— O general Simão vai dar essa ordem por escrito?

— Battaglia, você conhece o SS... O que você acha? Não vou nem comentar isso com ele. Mais uma coisa: não é para colocar essa tarefa no seu relatório periódico. Não queremos chamar a atenção sobre a pisada na bola dos fiscais da obra, que não confeccionaram o termo de recebimento provisório. Se aparecer isso no relatório, o general terá que abrir sindicância, ou até IPM, contra os fiscais, contra o chefe do Sadam, talvez até contra o ordenador de despesas da AMAN. Com

DOSSIÊ SMART — A história que o exército quer riscar

inquérito policial militar, ainda entraria o Ministério Público. Daria uma merda federal, e o general ficaria bem puto com você!

Não teve jeito. O tenente-coronel Battaglia, chefe do Smart/AMAN, mais o capitão de artilharia Linsky (S4, novo integrante da equipe, responsável pelo material e pelas instalações), e o capitão engenheiro Balthazar, lotado na Prefeitura Militar da AMAN, formaram a comissão para a lavratura dos termos de recebimento e aceitação provisório e definitivo do edifício.

A primeira medida foi reunir a documentação da obra, que Linsky conseguiu parcialmente, com autorização do coronel Gaier, chefe do Sadam, com a seção de registro de conformidade de gestão e a seção de aquisições, licitações e contratos da AMAN. O Gesmart também enviou os registros que tinha em arquivo, incluindo fotos tiradas pelo coronel Belial quase que diariamente do canteiro da obra. Mesmo assim, a tarefa impunha uma série de limitações, e Balthazar se sentiu na obrigação de relatá-las ao chefe do Smart.

— Coronel, agora, só podemos inspecionar o prédio como usuários — confirmou o engenheiro. — O senhor bem disse ao major Olavo: não dá para saber quanto de ferro e cimento a Calil colocou no piso do hangar para aguentar o peso dos obuseiros. Isso vale para vários itens da obra. Estou cotejando tudo o que posso. Comparei o que estava previsto no projeto básico da arquiteta e o que foi efetivamente feito, a partir da análise das imagens produzidas pelo coronel Belial. Mas essa inspeção deveria ter sido feita pelos fiscais, na época certa. A AMAN extraviou os boletins de medição, diário da obra e outros documentos.

— Concordo com você, Balthazar, mas a diretriz do general Simão, que me foi passada pelo major Olavo, é não criar outros problemas, além dos que já existem. Extravio de documento dá sindicância para apurar responsabilidades. Isso tomaria mais tempo e aborreceria o general. Vou relatar ao Gesmart esse extravio, mas de forma verbal.

DIÁRIOS DA CASERNA

O Olavo disse que a nossa atividade de lavratura dos termos de recebimento e aceitação provisório e definitivo do edifício não deve constar nem nos meus relatórios.

— Entendi, mas reitero que não temos capacidade para verificar todos os aspectos da obra. Tem coisa que está agora debaixo da terra.

— Tem razão. Mas perceba: não importa o nome que a AMAN queira dar para esse documento. O que nós vamos fazer, na essência, é uma inspeção como usuários da instalação. Não podemos agora substituir os fiscais da obra na antiga tarefa, porque não há previsão legal para isso — observou Battaglia.

E conclamou:

— Pessoal, vamos tentar enxergar pelo lado positivo e transformar o problema em uma oportunidade. Faremos o melhor que pudermos, uma inspeção bastante rigorosa. Cobraremos da Calil a reparação de qualquer serviço, mínimo que seja, que não tenha ficado bom, de acordo com a nossa avaliação. Combinado?

Foi o que fizeram, com o máximo de rigor possível. Repintura, parafusos, espelhos de tomada... Linsky, muito metódico e detalhista, não deixou passar nada. O primeiro documento, o termo de recebimento e aceitação provisório de obras/serviços do edifício Smart, foi assinado pelos três militares que compuseram a comissão e pelo diretor da construtora, Jair Calil.

Como a ordem não havia sido dada por escrito, o que ainda incomodava a todos, Battaglia teve uma ideia. Para evitar questionamentos futuros e resguardar minimamente os membros da comissão, remeteu o termo provisório ao subcomandante da AMAN, ao chefe do Sadam, ao ordenador de despesas e ao prefeito militar. Esse envio foi realizado formalmente por meio de documento interno do Exército (DIEx). Dessa forma, sem aviltar a ordem verbal do general Simão, Battaglia acabava por implicar lógica e legalmente todos esses destinatários. Caso discordassem da tarefa, ainda na lavratura do termo provisó-

286

DOSSIÊ SMART — A história que o exército quer riscar

rio, teriam o dever regulamentar de suspender a atividade. Se assim procedessem, não seria lavrado o termo de recebimento definitivo. Nenhum deles, contudo, ousou tomar essa iniciativa. Todos sabiam que a ordem vinha de SS.

Como consequência da inspeção do prédio, a Calil realizou repinturas e substituiu trincos de janelas, grelhas de recolhimento de águas pluviais e três aparelhos de ar-condicionado que não estavam funcionando perfeitamente. Vários dos problemas não resultavam de falhas nos métodos construtivos. Era o caso do telhado, danificado por uma chuva de granizo. Mas Jair, de boa vontade, concordou em realizar esses reparos, arcando com os custos.

Para a lavratura do termo de recebimento e aceitação definitivo, a comissão foi ainda mais a fundo, analisando minuciosamente os documentos que conseguira juntar. Não tinha como alguém alegar que o Exército havia sido financeiramente lesado na obra do edifício. Na realidade, a Calil fez mais do que foi paga para fazer. O Exército saiu ganhando. Por isso, o coronel Belial tinha apresentado aquela conta extra ao antigo comandante da AMAN, o general Rutáceas; orçamento que, por sinal, nem cobria todos os gastos adicionais.

Todas as notas de empenho, a liquidação das despesas e as notas fiscais foram conferidas. Nelas, constavam as assinaturas dos fiscais da obra. Tudo havia sido liquidado e pago pelo ordenador de despesas. Além disso, se ainda fossem observadas falhas na construção, o contrato previa uma garantia de cinco anos, responsabilizando a empreiteira pelas correções.

Assim, mais de um ano e meio depois da inauguração, seria lavrado o "termo de recebimento e aceitação definitivo" do prédio. O documento permitiu, finalmente, colocar o edifício no patrimônio da Academia Militar. E parece que a AMAN aprendeu a lição. Pelo menos nas licitações posteriores para o Smart, o Sadam procurou cumprir todas as formalidades exigidas pela lei.

287

DIÁRIOS DA CASERNA

O edifício do Smart em Resende e seu irmão mais novo em Santa Maria saíram bem caros para o Exército: mais de seis milhões de reais cada um. O esforço de SS, agora, era para que não virassem, em suas próprias palavras, "elefantes brancos". De nada adiantaria ter os prédios construídos, equipados e mobiliados, se não houvesse um simulador para colocar lá dentro.

Que se phod@ o Brasil

A ordem era agilizar. O general Simão estava convicto de que a Lokitec cumpriria o prazo de 30 de setembro e, antes mesmo que a empresa comunicasse o término da fase 2.2, determinou que o Gesmart adiantasse a burocracia para enviar dois artilheiros à Espanha, o tenente-coronel Battaglia e o capitão Lotterman.

Battaglia tinha sido pré-selecionado pelo Gabinete do Comandante do Exército para realizar o curso de Estado-Maior Conjunto da Escola Superior de Guerra, a ESG, no segundo semestre de 2013. Mas Simão, em seu pragmatismo, vetou-lhe a participação. A história se repetia. Era a segunda vez que SS impedia Battaglia de se aprimorar, alegando necessitar de seus serviços. A primeira tinha sido em São Gabriel da Cachoeira, região da Cabeça do Cachorro na Amazônia, fronteira com a Colômbia, quando o general, que comandava a Brigada de Selva do Alto Rio Negro, não autorizou Battaglia a realizar o curso de operações na selva, sob pretexto de que não poderia prescindir de seu assistente-secretário, nome atual para o velho ajudante de ordens. Mas essa é outra história, que talvez um dia também seja contada. Não é incomum que militares cruzem seus caminhos em diferentes momentos da carreira. Voltemos ao Smart.

Battaglia, então, achou por bem apresentar previamente ao gerente do projeto o "Plano de Avaliação Operacional da Fase 2.2 do Projeto

DOSSIÊ SMART — A história que o exército quer riscar

Smart", que dava continuidade aos testes idealizados pelo tenente-
-coronel Aristóteles e implementados pelos capitães Seyller e Marcus
Junius nos meses anteriores. O supervisor pretendia, assim, evitar as
críticas que a Lokitec vinha fazendo aos artilheiros, afirmando que, a
cada hora, exigiam um procedimento diferente. Isso não era verdade.
O plano de avaliação estava baseado em um documento elaborado
pela própria empresa.

A ideia, prática e objetiva, era realizar os testes, referenciando-os ao
estudo "Visão de Negócio e Especificação dos Requisitos do Sistema
do Smart", do Oscar Chaves, documento mais atualizado sobre o
projeto. Se fosse encontrada alguma inconformidade, ela seria descrita,
esclarecendo aos engenheiros espanhóis a demanda do cliente. Por fim,
o fiscal do contrato, como já vinha fazendo, elaboraria relatórios de
conformidades semanais sobre os problemas para a devida correção
pela empresa. Os artilheiros ficariam à disposição da Lokitec para
esclarecer eventuais dúvidas. Simão aprovou o método de trabalho
sem ressalvas, e, como bom cristão, rogou a Santa Bárbara, padroeira
da artilharia, que zelasse por eles na missão.

O Gesmart, em contato com o Gabinete do Comandante do
Exército, conseguiu programar o início das atividades para o dia 16
de setembro, uma segunda-feira, duas semanas antes da previsão do
término da fase 2.2. Nesse período de "aquecimento", os artilheiros
assessorariam a empresa em eventuais problemas de desenvolvimento
e supervisionariam a montagem do ambiente para os testes.

***

Com o calendário aprovado, Lotterman decidiu levar a família
para a Espanha: a esposa, Viviane, e a filha, Fernanda, de um ano
de idade. Usou o tempo de trânsito e instalação para uma rápida
visita a parentes em Portugal e para se alojar em um apartamento em

DIÁRIOS DA CASERNA

Madrid. Battaglia viajou sozinho. Não tinha como Helena abandonar seus empregos por dois meses. Hospedou-se, como de costume, na Residencia Militar Alcázar, reservando um quarto do hotel por intermédio do adido militar.

No dia 16 de setembro, os dois militares se encontraram no Parque Empresarial Brumas, para o início dos trabalhos. A primeira atividade foi participar de uma reunião com o tenente-coronel Aristóteles; com Valdir Duque, que assumira a função de gerente do projeto no lugar de Samuel Cortés, promovido a diretor de simulação; e com Oscar Chaves, escalado para reforçar a equipe espanhola. Ver o engenheiro ali trazia um alento para os militares; afinal, Chaves tinha elaborado o documento que passava a ser a principal referência para o desenvolvimento do Smart. Era a pessoa mais capacitada para comunicar à empresa as necessidades do cliente.

Battaglia observou que a sala de desenvolvimento do Smart parecia mais vazia, com menos funcionários. Aristóteles confirmou. A equipe espanhola estava reduzida a dois terços do total inicial. Parte dos engenheiros fora transferida para outro projeto, uma demanda da Arábia Saudita. Desenvolveriam equipamentos óticos adaptados para vigilância no deserto. Esse contrato não era proveniente de cláusulas de compensação comercial, e a empresa parecia muito empolgada com o novo cliente, alocando grande parte de seus recursos para atendê-lo.

— No início de setembro, como fiscal do contrato, emiti o Comunicado 04/2013 à Lokitec — disse Aristóteles. — Reiterei minha apreensão quanto ao cumprimento do prazo para a finalização da fase 2.2, diante da diminuição do esforço da empresa no mês de agosto, em razão das férias na Europa. Mas o pior foi ver a Lokitec transferindo suas melhores cabeças para o projeto da Arábia Saudita.

Valdir Duque disse que não havia razão para se preocupar, porque acreditava que aquela fase do trabalho já estava perto de ser concluída. A presença dos artilheiros nas duas últimas semanas ajudaria os

DOSSIÊ SMART — A história que o exército quer riscar

espanhóis com os ajustes finais do simulador. E pediu que a transferência dos engenheiros não fosse interpretada como desprezo pelo projeto brasileiro.

***

No dia 30 de setembro de 2013, como prometido, a Lokitec comunicou formalmente ao fiscal do contrato o término da fase 2.2 de desenvolvimento do Smart. Aristóteles encaminhou o documento ao gerente do projeto e à Calice. A avaliação foi oficialmente iniciada nesse mesmo dia, uma segunda-feira, no ambiente de testes preparado pela contratada.

Logo no início das atividades, Aristóteles recebeu um e-mail do Gesmart. Simão desejava saber se havia alguma falha que pudesse comprometer o funcionamento do simulador, particularmente ligada à missão de tiro de artilharia. O general já se pautava pelo mínimo do mínimo, na expectativa de atestar o término do desenvolvimento. Nem assim, contudo, conseguiu se tranquilizar. A equipe brasileira lhe respondeu que havia identificado 65 inconformidades diretamente relacionadas à missão de tiro de artilharia, que inviabilizariam o Smart. Outras 126, não relacionadas diretamente à missão de tiro, também impediam o adequado funcionamento do sistema. Foram detectados outros 217 erros, menos graves, mas que deveriam ser eliminados ainda na fase 2.2.

Seguindo a determinação do Gesmart, Aristóteles contabilizou também as inconformidades que, teoricamente, poderiam ser solucionadas concomitantemente à fase 3 de instalação do Smart: eram 87. Mas lembrou, como fiscal, que essa "concessão", caso feita, não encontraria respaldo no contrato assinado pelo Exército e pela empresa, trazendo problemas inclusive para a certificação da transferência tecnológica.

A resposta não agradou SS, como já era previsível. Olavo, então, enviou outro e-mail, encaminhando mais uma ordem do general, desta vez ao tenente-coronel Battaglia:

```
Major Olavo,


Determino que o tenente-coronel Battaglia tra-
duza os números apresentados pelo tenente-coro-
nel Aristóteles em linguagem artilheira, que me
permita tratar do assunto com o Julio Sonzo, com
quem conversei ontem e que desconhece a extensão
do problema.
O presidente da Lokitec me assegurou que a
empresa vai empregar toda a sua equipe para solu-
cionar as inconformidades até 30 de outubro de
2013. Nosso pessoal deve trabalhar com a Lokitec
no mesmo sentido e com o mesmo propósito.


Brasil! Selva!
Gen Simão
```

Diferentemente de Seyller e de Marcus Junius, Battaglia e Lotterman não emitiram suas impressões logo no início da missão. O chefe dos artilheiros julgou que, àquela altura, seria prudente analisar um pouco mais o estado de desenvolvimento do projeto Smart e observar a rotina de trabalho da Lokitec. A ordem do general Simão chegou quando estavam completando três semanas na Espanha, as duas iniciais de pré-testes, assessorando a empresa, e a última com o início efetivo da avaliação do simulador. Mas já era possível apresentar algumas conclusões iniciais.

DOSSIÊ SMART — A história que o exército quer riscar

De forma didática, Battaglia explicou ao general Simão que, como premissa, um simulador de artilharia de campanha deve ser capaz de, no mínimo, localizar precisamente a própria bateria de obuses ou de morteiros e o alvo inimigo, a partir dos dados cartográficos, e fornecer boa imagem do terreno para o observador avançado conduzir o tiro. Englobou então esses requisitos técnico-operacionais no conjunto "terreno". O simulador deveria também criar baterias, veículos, armamentos, tropas, avatares em geral e definir seus comportamentos. Nominou essas tarefas de "objetos". Considerando o "terreno" e os "objetos", deveria, então, executar o tiro com os cálculos adequados, de acordo com as leis da balística, o que seria o cerne do simulador: a "missão de tiro" propriamente dita, mas que dependia dos outros dois. Ou seja, um simulador de artilharia deveria ser capaz, no mínimo, de representar a reunião sistêmica do "terreno" + "objeto" + "missão de tiro". Era o que o FATS do Curso de Artilharia da AMAN fazia.

Assim, nas 65 inconformidades relacionadas exclusivamente à "missão de tiro", foram encontrados erros nos cálculos de deriva (*i.e.* de direção) e de elevação para as peças de artilharia; escolha inapropriada de cargas de projeção para os morteiros; além de distorções no boletim meteorológico com reflexo direto na balística, ou seja, na trajetória dos projéteis. Alguns erros eram mesmo bizarros, por exemplo, quando o tiro de artilharia era executado abaixo da elevação mínima. Numa situação real, o projétil se chocaria contra algum morro na rota entre a peça e o alvo, o que é chamado de "encristar". Mas, no Smart, estranhamente, a granada explodia na peça de artilharia que havia disparado, matando toda a sua guarnição.

Das 126 inconformidades não relacionadas diretamente à "missão de tiro", mas que inviabilizavam o funcionamento do simulador, faziam parte as referentes ao "terreno" e aos "objetos". Até então, Simão

DIÁRIOS DA CASERNA

achava que terreno e objetos eram supérfluos, meros caprichos da equipe brasileira para ter um visual mais moderno, tipo videogame, por assim dizer. Mas não.

A distância do observador avançado para o alvo, medida pelo telêmetro *laser*, por exemplo, não coincidia com a mesma distância medida manualmente pelo artilheiro na carta topográfica, já corrigindo a diferença de altura do posto de observação. A falta de qualidade da imagem não impedia apenas o "giro do horizonte" da infantaria e da cavalaria para identificar pontos mais detalhados do terreno, mas chegava a prejudicar o trabalho do observador avançado. Até alguns morros (as chamadas cotas) eram invisíveis à observação, erro bastante grosseiro.

Quanto aos "objetos", Battaglia explicou ao general que, se o instrutor não pudesse definir comportamentos para os objetos, não seria possível criar exercícios dinâmicos, como o FATS, do Carta, já fazia. A definição de comportamentos para os objetos não parecia uma tarefa complicada. Basicamente era dar uma ordem para que o sistema executasse determinada ação em face de outras ações e/ou condições, com inteligência artificial basilar. Por exemplo: se os objetos carros de combate inimigos começarem a sofrer fogos de artilharia (condição 1), os que não tiverem sido atingidos (condição 2) deverão imediatamente deixar a posição (ação 1), furtando-se aos tiros. É o chamado alvo fugaz. Ele não fica parado na posição, apático diante de uma chuva de granadas. Numa guerra, ninguém ficaria.

Simão finalmente parecia ter entendido.

— A situação relatada pelo Battaglia é preocupante! Preciso conversar novamente com o Sonzo — disse ao major Olavo.

Mas Aristóteles também não deixou passar ilesa a mentira do presidente da Lokitec ao general e respondeu por e-mail ao Gesmart:

DOSSIÊ SMART — A história que o exército quer riscar

> Para que se tenha uma visão mais precisa do "empenho" do presidente da empresa na resolução dos problemas, de julho para cá, a equipe espanhola dedicada ao projeto Smart perdeu sete de seus integrantes, quase um terço do efetivo.
>
> A retirada de recursos humanos do projeto Smart ocorre em um cenário no qual as inconformidades pendentes aumentam a cada semana, com conhecimento da Lokitec (inclusive de seu presidente), comunicada oficialmente por mim, na qualidade de fiscal do contrato, sem uma resposta efetiva da contratada até o momento.

— Diga ao nosso pessoal para prosseguir na missão e me mantenha informado — limitou-se a responder o general.

No início da quarta semana da missão, no meio da tarde, Samuel Cortés irrompeu na sala do Smart, pedindo que toda a equipe brasileira fizesse a gentileza de deixá-lo a sós com os espanhóis, por alguns minutos, para uma rápida reunião. Foi um pedido um tanto inusitado, considerando que, em quase três anos do projeto, isso nunca tinha acontecido. Do lado de fora, os militares conjecturavam sobre o que poderia estar ocorrendo. Não foi difícil descobrir assim que puderam retornar à sala.

— *¡Joder! ¡Esos cojones nos obligan a programar tonterías!*

— *¿Que estás a decir? ¿Quiénes son los cojones? ¿Nosotros, los brasileños, que pagamos tu salario?* — respondeu de pronto Battaglia a Pedro Miguel, que trabalhava no desenvolvimento das interfaces dos usuários do Smart.

SS tinha tido a tal conversa com Sonzo. Se a Lokitec não fosse capaz de solucionar os erros apontados pela equipe brasileira em

DIÁRIOS DA CASERNA

Madrid, Simão, mesmo como general, não poderia atestar sozinho o término da fase 2.2. Consequentemente, a Calice não liberaria o novo pagamento de 5,6 milhões de euros à empresa. O presidente da Lokitec, então, teve uma conversa dura com seu diretor de simulação, que, por sua vez, repassou o pito aos engenheiros. Não era só no exército que os subordinados acabavam pagando o pato pelos erros de seus superiores. Mas, em vez de reclamar de seus chefes espanhóis, Pedro Miguel preferiu, covardemente, desabafar suas insatisfações, colocando a culpa nos brasileiros.

O bate-boca entre Battaglia e Pedro Miguel logo chegou ao conhecimento do general Simão, que mandou Olavo agendar uma reunião urgente via Skype com a equipe brasileira. Pela personalidade de SS, todos imaginavam que ele fosse elogiar o tenente-coronel Battaglia que, fluente no idioma do provocador, deu-lhe resposta à altura, para que esse tipo de ofensa não voltasse a ocorrer. Diferentemente do que todos supunham, entretanto, o general não ficou nada satisfeito com o episódio. Em vez de tomar partido dos militares brasileiros, preferiu tomar as dores do espanhol.

— Não quero mais ter notícia de fato semelhante do nosso pessoal desrespeitando funcionários da Lokitec.

— Mas, general, foi exatamente o contrário! Nós é que fomos ofendidos, com palavras de baixo calão pelo funcionário da empresa — indignou-se Battaglia.

— Assunto encerrado. Entendeu? Continuem trabalhando e ajudando a Lokitec a solucionar essas inconformidades para encerrar de uma vez por todas a fase 2.2.

— Sim, senhor.

A ordem do general foi cumprida à risca. Battaglia e Lotterman talvez nunca tivessem se dedicado tanto, testando o Smart e tirando dúvidas dos engenheiros espanhóis. Mas, quanto mais testavam, mais erros grosseiros e absurdos apareciam. Era uma luta inglória. O número de inconformidades crescia a cada dia.

DOSSIÊ SMART — A história que o exército quer riscar

Diante disso, Battaglia se sentiu no dever de relatar a situação ao gerente do projeto. Era a coisa mais honesta a fazer. A equipe brasileira em Madrid já tinha percebido que, mais uma vez, não seria possível atestar o término do desenvolvimento. Por óbvio, a transferência tecnológica tampouco estaria completa sem a finalização dessa fase. Não estava saindo barato manter um tenente-coronel e um capitão no exterior por dois meses. Diante daquele cenário, era puro desperdício de dinheiro público. E foi assim que se dirigiu ao gerente do projeto:

Exmo. Sr. General Simão,

Informo a V.Exa. que progredimos nos testes e já atingimos um espaço amostral suficiente para apresentar nosso prognóstico sobre o Simulador Militar de Artilharia em desenvolvimento pela empresa espanhola Lokitec.

Avaliamos até o momento 58 ROB. Somente 12, isto é, 20,7% foram considerados conformes. Os 46 restantes, quase 80%, apresentaram 79 inconformidades. Destas, 67 estão ligadas a terreno, objeto ou missão de tiro; de modo que impedem o funcionamento adequado do simulador. A tendência é de que o número de inconformidades cresça.

O Smart, além de não atender a requisitos básicos de um simulador de artilharia, como a execução das missões de tiro, está bastante instável. Em duas semanas de testes, sofremos 26 quedas involuntárias do sistema, por motivos que a empresa ignora. O servidor simplesmente para de funcionar, e os postos do simulador são desconectados do exercício, obrigando-nos a reiniciar todo o sistema.

DIÁRIOS DA CASERNA

> Dessa forma, considerando o alto custo da missão no exterior, eu e o Cap Lotterman nos colocamos à disposição para encerrar a missão e retornarmos às nossas atividades na AMAN até que a Lokitec progrida nos trabalhos, concluindo de fato a fase 2.2 de desenvolvimento do Smart.
>
> Caso V.Exa. julgue de utilidade permanecermos levantando as inconformidades e auxiliando os engenheiros espanhóis no tempo que ainda nos resta na missão, seguiremos nos trabalhos, mas acreditando que nosso parecer não mudará diante do pouco tempo hábil (mais um mês e meio) para a empresa sanar os muitos erros que estão sendo identificados.
>
> Respeitosamente,
>
> Battaglia — Ten Cel Art Pqdt
> Projeto Smart — Supervisor Operacional

SS não tardou a responder. A missão deveria ser levada a cabo até o final.

A notícia do e-mail de Battaglia ao general Simão, reprovando o simulador, vazou, chegando ao conhecimento da Lokitec. Valdir Duque, Samuel Cortés e Enrique Medelín, um a um, sucessivamente, buscaram o militar para tentar "resolver" a questão.

Duque, o primeiro, emudeceu quando Battaglia e Aristóteles lhe mostraram novamente o crescente número de inconformidades apresentadas pelo simulador e lhe perguntaram qual era o plano da Lokitec para sanar os erros. A contratada traria de volta os engenheiros

DOSSIÊ SMART — A história que o exército quer riscar

que haviam migrado para o projeto da Arábia Saudita? A resposta do gerente do projeto foi levantar as sobrancelhas e comprimir os lábios.

Já Cortés não quis adentrar no mérito das inconformidades. Apenas tentou "sensibilizar" Battaglia para o "grande esforço" dos espanhóis, alegando que sua equipe somava muitas horas no projeto. A resposta de Battaglia para o novo diretor de simulação foi contundente:

— Sinto muito, mas vocês não foram contratados por horas de trabalho. Não interessa se trabalham muito ou pouco. O que importa é entregar o Smart funcionando corretamente.

Mas o pior ainda estava por vir: Enrique Medelín. O CEO da Lokitec Brasil estava na Espanha, tratando das etapas seguintes do plano de estruturação da empresa, dentro das cláusulas de *offset* do contrato. Sem cerimônia, convidou Battaglia para um jantar, no qual, entre uma taça e outra de vinho, sugeriu que poderiam resolver os problemas de forma "mais amigável". A Lokitec e Papa Velasco fariam questão de demonstrar sua gratidão pela ajuda do supervisor operacional naquele momento crítico. Não precisava ser muito sagaz para perceber o que Medelín estava oferecendo.

— Preste atenção, porque não vou repetir. Os problemas do Smart serão resolvidos aqui dentro, na sala de desenvolvimento do projeto. Não me convide mais para tomar uma taça de vinho até que a Lokitec cumpra TODAS as obrigações contratuais que firmou no dia 22 de outubro de 2010, em Nova York. Assunto encerrado. Tenho mais o que fazer — finalizou Battaglia, dando as costas para Enrique.

O espanhol ficou desconcertado. Não imaginava que Battaglia fosse dar essa resposta, e com tamanha ênfase. Medelín e Papa Velasco acreditavam que o tenente-coronel estivesse criando dificuldades para vender facilidades, prática deveras comum de servidores públicos desonestos. A ideia preconceituosa que ambos tinham era a de que no Brasil todo mundo era corrupto.

DIÁRIOS DA CASERNA

O mercador da morte, que já via o problema como resolvido, ficou irado. Decidiu voltar ao velho jogo sujo, o mesmo que usou eficientemente contra o antigo fiscal, coronel Stark, e contra o ex--supervisor técnico, tenente-coronel Alberto: a difamação. Velasco era um mestre nessa área. Voltou a atuar com telefonemas para os generais brasileiros, reclamando da postura do tenente-coronel Battaglia, inventando mil histórias.

Uma semana depois, chegou a notícia de que o general Simão havia decidido prorrogar a missão no exterior dos artilheiros de dois para três meses e que já tinha o aval do Comandante do Exército. Com isso, a permanência dos engenheiros militares na Espanha, próxima também do fim, foi dilatada de 30 de outubro para 13 de dezembro, mês para o qual foi agendada a nova viagem da gerência.

Uma videoconferência foi marcada para que o general comunicasse suas novas diretrizes. A Lokitec já estava fazendo a parte dela, com o máximo de empenho. A equipe brasileira deveria se esforçar para chegar junto com esforço total dos militares. Para Battaglia, uma advertência adicional.

— Não se meta em discussões com os funcionários da empresa. Espero que suas insatisfações ou frustrações não estejam prejudicando o seu trabalho.

Eram os primeiros sinais de que Papa Velasco estava agindo com sucesso nos bastidores. A fofoca era que Battaglia queria condenar o Smart com a finalidade de voltar à Espanha para consertá-lo em uma nova missão no exterior por um ano. A maledicência contra o supervisor operacional era bastante semelhante à que Papa já havia utilizado para detratar Stark e Alberto. Uma grande mentira, já que o próprio Battaglia havia recusado a proposta de Aureliano e Bastião Dias para criticar seu superior e assumir seu lugar.

Pouco tempo depois, Battaglia foi surpreendido com duas ligações no telefone celular que adquirira, com recursos próprios, espe-

DOSSIÊ SMART — A história que o exército quer riscar

cificamente para a missão na Espanha. O código "+55 21" mostrava que procediam do Rio de Janeiro, mas não do Gesmart. O número era desconhecido, e as chamadas acabaram caindo na caixa postal. Pouquíssimas pessoas tinham conhecimento desse número de celular. Somente os envolvidos no projeto e alguns familiares, como Helena.

O mistério foi esclarecido por um e-mail de Olavo. Quem ligava era Aureliano. O número do telefone era do Comitê Olímpico Brasileiro, órgão no qual o general tinha conseguido se empregar depois de passar para a reserva remunerada. Mas o que o executivo do COB poderia querer, naquele momento, do projeto Smart?

Não foi difícil deduzir que Papa Velasco também tinha ligado para Aureliano, lembrando-o dos favores de outrora, aqueles indiscretamente revelados por Simão. O COB, de fato, não tinha nada a ver com o caso. Era somente o mau costume do general de pagar suas contas com recursos de terceiros. O celular de Battaglia soou mais uma vez num dia em que saía do almoço, retornando para a Lokitec. O mesmo número, do COB. Dessa vez, Battaglia, propositadamente, preferiu não atender.

O comportamento do general Simão, na ativa, defendendo os interesses da empresa contratada, como explicava o *Dossiê Smart*, poderia tipificar, em tese, o crime de "patrocínio indébito", previsto no artigo 334 do Código Penal Militar, ou mesmo o de "advocacia administrativa", artigo 321 do Código Penal, na esfera civil. Já o de Aureliano, general da reserva, aproximava-se do tipo penal de "tráfico de influência", definido no artigo 336 do CPM ou artigo 322 do CP. Os superiores que emprestavam apoio às ações, como o general Augusto, caso fosse provado que tinham conhecimento do que se passava, corriam o risco de serem acusados de "prevaricação" e "condescendência criminosa". E, como agiam em conjunto, todos poderiam ser acusados de "associação criminosa". Mais uma vez,

DIÁRIOS DA CASERNA

Battaglia se lembrou da antiga advertência de Stark: "esses caras formaram uma qua-dri-lha!".

O clima ficou pesado. Ofertas de propina, difamação, injúria e indícios de crimes praticados por generais. Em determinado momento, a equipe brasileira começou a se preocupar com a própria integridade física, e Battaglia era visto como um dos mais visados.

* * *

— Lembro-me de uma ocasião em que voltava da Lokitec para o hotel. O Lotterman me acompanhava. Ao me despedir, disse a ele: "Hoje foi um dia estressante. Vou sair para dar uma corrida". Ele me respondeu: "Coronel, corra na esteira da sala de musculação do Alcázar. Não saia à rua para correr sozinho à noite. Não sabemos do que esse pessoal é capaz!".

* * *

O temor não era injustificado. Contavam-se muitas histórias de Papa Velasco da época em que vivera e fizera negócios no continente africano. Dizia-se que alguns de seus opositores haviam desaparecido. Não se sabia o que era verdade e o que era mito. Ele mesmo, porém, gostava de alimentar as polêmicas em torno de si. Em um dos suntuosos jantares que ofereceu em sua mansão aos brasileiros, mostrou a presa de um elefante que teria matado em uma caçada. Aquele marfim pendurado na parede evocava a figura do animal que fora sua vítima e gerava mal-estar nos visitantes (mais civilizados), imaginando seu sofrimento. Para Papa Velasco, o mundo pertencia ao mais forte. Considerando os milhões de euros em jogo no Smart, não seria difícil imaginar aquela figura sem escrúpulos contratando um matador de aluguel do leste europeu para eliminar quem se pusesse em seu caminho. Na dúvida, era melhor se prevenir.

DOSSIÊ SMART — A história que o exército quer riscar

Foi o que Battaglia passou a fazer. Além de seguir o conselho de Lotterman, cercou-se de outros cuidados. Comida, só em restaurantes self-service; nunca vindas da cozinha em prato individual. Tomava o mesmo cuidado com relação a bebidas. Comprava somente aquelas de garrafas fechadas, expostas em gôndolas ou máquinas. Envenenamento é uma das práticas mais antigas da humanidade, que o diga o Império Romano.

Com a prorrogação, por mais um mês, da missão no exterior, Lotterman sentiu o alívio de ter levado a família. Imaginou como teria sido difícil permanecer tanto tempo afastado da mulher e da filha.

Para a tenente Helena Castelli, contudo, esse foi mais um motivo de aborrecimento. A AMAN continuava a escalá-la para acompanhar atividades dos cadetes em campanha, e, sem a presença do marido, ela tinha que se virar na organização da casa e nos cuidados com o cachorro Pepe. Battaglia era quem fazia cargo da maioria das atividades domésticas. Não desejava sobrecarregar a esposa com uma dupla jornada de trabalho, rotina comum de grande parte das mulheres no Brasil. Contavam com uma empregada doméstica, que passava as roupas e os ajudava três vezes por semana com a limpeza mais pesada. Helena cozinhava apenas nos fins de semana, e por *hobby*, o que fazia muito bem, preparando deliciosos pratos, enquanto Battaglia procurava harmonizá-los com bons vinhos. Com a ausência do marido, essa situação mudou muito. E ela sentiu.

O momento não era nada bom. Battaglia sofria com as pressões do trabalho em Madrid. Helena seguia estressada com tudo, em Resende. Nesse caldeirão de emoções, a relação do casal não sairia ilesa.

— Por que você não faz logo o que o general Simão está mandando?

Battaglia não acreditou no que estava ouvindo da mulher.

— Acho que você não se deu conta do que está me sugerindo.

— Ele não quer que você aprove o simulador? Assina logo isso aí. Que se dane! Assim ele para de te perturbar.

303

DIÁRIOS DA CASERNA

***

Faltavam cinco minutos para as nove da noite quando Renato Pasquale saltou do táxi em frente a um discreto chalé de dois andares em Aravaca, na região oeste de Madrid. Tocou a campainha do interfone, e, após se identificar, a porta automática se abriu. Seguiu o caminho até a entrada iluminada e percebeu um homem massudo à sombra do jardim. Com certeza, tratava-se de um segurança à espreita para qualquer necessidade. A anfitriã, uma mulher de meia-idade, recebeu o visitante com um sorriso e dois beijos no rosto. Estava elegantemente vestida, sobre saltos altos. Tinha cabelos dourados presos em um coque e uma maquiagem caprichada que lhe ocultava a idade.

— *¡Bienvenido!* — disse amavelmente, conduzindo-o até uma ampla sala de dois ambientes. — *¿Qué quieres beber? ¿Whiskey?*

— *Una ginebra con energético... ¿Lo hay?*

— *¡Por supuesto!*

Amanda trouxe o drink e puxou conversa com Pasquale, empresário do ramo tecnológico que, a negócios, passava uma temporada na Espanha. A refinada dama elogiou o espanhol fluente do brasileiro, que já desenvolvera um leve sotaque madrilenho. Renato explicou que já residira na capital por um ano inteiro, em 2011, e que era muito cioso em pronunciar bem as palavras. Ela também observou as feições italianas do visitante, que confirmavam a origem de seu sobrenome.

O trabalho de Pasquale era carregado de tensão, envolvendo acordos de milhões de euros. Seus interlocutores, muitas vezes, jogavam bastante duro, com artifícios psicológicos para pressioná-lo. Para piorar, não encontrava qualquer apoio da mulher, uma pessoa insensível, que ficara no Brasil. Talvez ela não entendesse o tamanho de sua responsabilidade. Enfim, precisava desestressar e para isso estava ali.

DOSSIÊ SMART — A história que o exército quer riscar

— *Pues aquí encontrarás todo lo que necesitas!* — sorriu maliciosamente Amanda, fazendo soar um pequeno sino para o início das apresentações.

Prontamente, lindas jovens, exalando sensualidade, começaram a desfilar. A primeira delas parou diante do visitante, mirou seus olhos e, com voz aveludada, revelou seu nome, sua nacionalidade e alguma coisa sobre seus interesses. As moças eram, na maioria, espanholas, mas havia também uma brasileira, duas tchecas, duas russas e uma romena. Nesse mercado, brasileiras e russas têm uma fama muito boa. A escolha era difícil... O nome da casa fazia jus às meninas: Chicas Gold.

Renato fez sua escolha. Queria experimentar algo novo... Dizem que 80% dos homens têm o sonho de fazer sexo com duas mulheres ao mesmo tempo; os outros 20% mentem. Evva e Natasha, as gêmeas russas, loiras, altas, esguias, de olhos azuis. O programa com ambas dobrava o cachê. A anfitriã parabenizou-o pelo bom gosto da escolha, e as formidáveis irmãs conduziram Renato para uma suíte no segundo andar. No cômodo, havia um imenso leito redondo, com almofadas rubras, tudo iluminado por lâmpadas de filamento aparente, que pareciam fabricadas no início do século XX. Os três divertiram-se naquele ambiente por duas horas.

***

De volta ao Alcázar, Battaglia pensou na experiência inédita que tivera, refugiando-se em seu alter ego, Renato Pasquale. Seu casamento no Brasil ia de mal a pior. Ele e Helena não se entendiam mais nem no básico. Os valores de cada um pareciam cada vez mais distantes. Ao invés do apoio que esperava, Battaglia sofria críticas constantes da mulher. "Não conseguiria mudar o mundo!" "Iria se dar mal com o general." "Por bobagem, jogaria fora a carreira militar." "Estava dando uma de Dom Quixote."

DIÁRIOS DA CASERNA

É verdade que Battaglia não mudaria o mundo sozinho, como dizia Helena, em tom que beirava a zombaria. Mas ele não deixaria de fazer a sua parte, e não iria transgredir seus valores.

Apesar da pressão continuar crescendo, e de não ter se arrependido nem um pouco das duas prazerosas horas que passara com as belas irmãs russas, Battaglia não retornou ao chalé. Preferiu desestressar desenvolvendo uma nova habilidade, num curso intensivo de esqui.

Até então, tinha vivido uma única vez aquela experiência, quando viajara com os colegas militares para Sierra Nevada, no sul da Espanha, em janeiro de 2011. As aulas eram ministradas às sextas, aos sábados e aos domingos no Madrid Snow Zone, uma das maiores pistas artificiais de neve do mundo, a vinte minutos da capital. Eram duas horas de aula por dia. Depois dos exercícios, Battaglia ainda permanecia outras duas horas praticando na pista principal. Nessa atividade, ganhou a companhia de uma colega de curso. Vanessa era uma linda e simpática espanhola com quem logo fez amizade. Por pura parceria esportiva. A moça era noiva e estava para se casar.

Assim, os fins de semana passaram a ser muito esperados e extremamente prazerosos, compensando o clima tenso dos dias de trabalho. Battaglia progrediu do nível de principiante, quando esquiava em cunha, freando, para esquis em paralelo, com muito mais desenvoltura nos movimentos, equilíbrio e segurança. Depois que o curso terminou, decidiu testar-se: ele e Kowalski, com esquis, e Aristóteles, com snowboard, viajaram cerca de 100 km para o norte de Madrid, à Sierra de Ayllón, e passaram o dia na estação de La Pinilla. Era final de novembro, e a neve começava a aparecer.

O tempo, assim, foi passando. Na semana seguinte, Simão chegaria à Espanha para a sexta viagem de inspeção da gerência, determinado a pôr um fim à fase 2.2 de desenvolvimento do projeto Smart.

O fiscal do contrato e o supervisor operacional sabiam que SS os pressionaria a coassinar o certificado de término de fase. Aristóteles e

DOSSIÊ SMART — A história que o exército quer riscar

Battaglia precisavam evitar aquele envolvimento e, ao mesmo tempo, obedecer às ordens do general. A tarefa lhes parecia quase impossível.

A comitiva da viagem seria formada apenas pelo general Simão, pelo general Nicolau e pelo major Olavo, para que houvesse menos testemunhas do que SS pretendia fazer. O gerente tinha certeza de que aprovaria o simulador e determinou-se mentalmente a ignorar as avaliações da equipe brasileira. Era o que expressava nas conversas com os colegas de missão. "Esses caras ficam procurando pelo em ovo!", reclamava. Julgava que eram "arrumadores de caso", reproduzindo assim o discurso da Lokitec. Pela primeira vez, a comitiva decolou do Galeão numa segunda-feira à noite, para pousar em Barajas na manhã de terça, diferentemente das viagens anteriores, quando as partidas tinham sido programadas para o fim de semana.

Simão tentou cercar a equipe brasileira por todos os lados, restringindo seus movimentos. Mas cometeu um erro tático: uma ordem mal escrita, que determinava a apresentação de um relatório minucioso sobre a avaliação conduzida nos três meses anteriores ao "término do trabalho".

Na cabeça egocêntrica do general, a conclusão daquela fase seria marcada por sua excelsa presença em terras espanholas. Sob o ponto de vista lógico e prático, o término da avaliação ocorreria na sexta-feira, 29 de novembro de 2013. A própria ordem de Simão, contudo, estabelecia que esse processo se estenderia até o final daquele mês. Interpretando-se literalmente sua ordem, portanto, a conclusão do trabalho ocorreria somente no dia 30 de novembro, sábado.

Assim, enquanto SS voava offline sobre o Atlântico, tomando seu costumeiro whiskey, na passagem do dia 2 para o dia 3 de dezembro, Aristóteles, cumprindo a ordem literal do próprio general, enviou-lhe, por e-mail, o relatório minucioso do término da avaliação. Por força de sua função como fiscal do contrato, o tenente-coronel também

DIÁRIOS DA CASERNA

remeteu o documento à Calice, por meio do adido militar do Brasil na Espanha.

Quando o general finalmente pisou em solo espanhol, o texto do fiscal já era de conhecimento até do Comandante do Exército. O Smart da Lokitec tinha sido, mais uma vez, reprovado. O documento apresentava os resultados detalhados dos testes conduzidos pela equipe técnico-operacional brasileira. Simão nem teve como reclamar. Afinal, os subordinados haviam cumprido suas ordens. Arrogante, não imaginara que sua perfídia pudesse ser batida pela inteligência dos tenentes-coronéis Aristóteles e Battaglia. Diante do fato consumado, Simão e Papa Velasco teriam que alterar seus planos maquiavélicos.

***

Desta vez, Papa Velasco não ofereceu seu tradicional jantar. Mas não deixaria a visita passar em branco. Na reunião com a equipe brasileira, no final da tarde de terça-feira, o general Simão assistiu à apresentação que expôs os motivos para a reprovação do simulador. Deixou a sala de cara amarrada, visivelmente contrariado. Mesmo assim, decidiu seguir as instruções de um cartão que lhe fora entregue na recepção do hotel. Caminhou hesitante por cerca de duas quadras, subindo a *calle* Diego de León, e atravessou a rua até a entrada de um edifício residencial.

No quinto andar, no apartamento *privê*, uma curvilínea e perfumada prostituta o esperava, um pequeno presente do mercador da morte. Dizem que outras duas profissionais do sexo ganhariam gordos cachês naquela mesma noite. Uma delas, num apartamento contíguo, seria submetida aos fetiches sádicos do próprio Velasco. Outra, no Rio de Janeiro, teria que se desdobrar para satisfazer os desejos bizarros de Aureliano. Em comum: todas as três eram brasileiras. Um gesto carregado de simbolismo que, para Papa Velasco, afeito a rituais, queria expressar o que aquela trinca de homens brutais estava fazendo com o Brasil.

Zé Mané

Na quarta-feira de manhã, a comitiva se deslocou para assistir à demonstração da Lokitec. Por ordem da diretoria, foram mobilizados todos os engenheiros da empresa, até os que haviam sido transferidos para o projeto da Arábia Saudita, reintegrados temporariamente para fazer número e colaborar na encenação.

— Quero ver o observador avançado localizar um alvo inimigo, pedir um tiro, ajustar e pedir a eficácia de uma bateria, com a concentração de fogos sobre o alvo — determinou Simão.

Era uma missão simples de artilharia, com a qual o general queria desmoralizar a equipe brasileira e seu último relatório. Não esperava, porém, que mesmo essa missão simplória fosse dar chabu. O capitão Lotterman fez o papel do observador e os engenheiros da Lokitec mobiliaram os demais postos do simulador. Na hora do disparo, entretanto, a peça de artilharia lançou a granada numa direção totalmente errada. Simão, que estava sentado bem ao lado de Lotterman, ficou desconcertado.

— Este erro que o senhor acabou de presenciar está entre as inconformidades que levantamos nestes três meses. A Lokitec ainda não conseguiu ajustar a calculadora balística do Smart — ratificou o capitão.

Um dos engenheiros da Lokitec minimizou o malogro, alegando ter sido um erro de digitação. "Não estou acostumado a operar diretamente o sistema", culpou-se. Anunciou que iria demonstrar a qualidade do simulador com outro exercício que ele já havia preparado. Passou, então, os dados da nova missão para o observador, e este segundo tiro caiu no alvo.

— N.A.[12]! — exclamou Simão, mais relaxado, fazendo questão de elogiar a precisão do tiro, que havia destruído o alvo inimigo.

A verdade é que a Lokitec não sabia quando um tiro acertaria ou não o alvo. Por isso, os espanhóis haviam feito alguns testes e anotado os dados de tiros que já haviam funcionado, como scripts para aquela ópera bufa da demonstração fake.

O engenheiro da Lokitec passou outra missão controlada para Lotterman. Como era lógico, Battaglia perguntou ao general se não seria melhor realizar simulações aleatórias para verificar a real capacidade do Smart. Com a desfaçatez que lhe era característica, Simão discordou. A demonstração da Lokitec estava atestando as virtudes do sistema. Os espanhóis poderiam continuar a conduzir do modo proposto, sem a intervenção dos brasileiros.

De repente, contudo, enquanto Lotterman se deslocava no terreno virtual para ocupar outras coordenadas da carta topográfica, o sistema caiu e os postos foram desconectados. Um episódio constrangedor para a Lokitec. Simão fingiu não notar. Naquele momento, o único simulador que funcionava era o próprio general. E sem esforço. Aliás, aquilo não era nada para quem cultuava como herói da Pátria um desajustado que dedicara parte da vida a torturar e eliminar supostos opositores da Ditadura Militar.

Para disfarçar, SS mudou de assunto, recorrendo ao seu inesgotável arsenal de piadas infames e preconceituosas. Como tontos, os engenheiros espanhóis riam de tudo, como uma claque de programa de auditório. A pândega de Simão, por demais irreverente, não era compatível com seu cargo. Gerou indisfarçável constrangimento nos brasileiros. Arriscando-se, mais uma vez, Battaglia não deixaria a falha passar em branco.

---

12 No alvo.

DOSSIÊ SMART — A história que o exército quer riscar

— Pronto, general. O senhor acabou de presenciar o sistema cair. Esse é um dos graves problemas do Smart. Imagina na AMAN, o instrutor dando aviso aos cadetes: "Atenção! Reiniciar todos os postos, porque o sistema caiu".

— Se você continuar com esse tipo de comentário na frente da Lokitec, desrespeitando os funcionários da empresa, vai sair daqui preso! — ameaçou SS. — Não é a primeira vez que você os ofende!

Simão respondeu de bate-pronto. Talvez Helena, afinal, tivesse razão. O marido investia quixotescamente, lutava numa batalha inglória.

A Lokitec conduzia a demonstração com vários postos do Smart desligados, tentando evitar a queda do sistema, mas nem assim adiantou. Foi um fiasco.

— General, podemos reunir nossa equipe para um debriefing sobre o que observamos de mais relevante na demonstração? — perguntou-lhe Battaglia, ao final, de forma discreta, para evitar novos rompantes de SS.

De má vontade, o general aquiesceu, talvez somente para confrontar o supervisor operacional, duvidando da utilidade daquela reunião. Já na sala, a sós com a equipe brasileira, questionou:

— Tenente-coronel Battaglia, o que você pretende com esta reunião?

— Minha intenção é realizar o meu trabalho, general, já que o Exército Brasileiro pagou três meses para eu avaliar o simulador aqui na Espanha. Pretendo assessorá-lo diante de suas responsabilidades como gerente do projeto. Foi o que aprendi nos dois anos que passei na Praia Vermelha — respondeu de modo firme. — Mas, se o senhor não julgar de utilidade... — complementou, fechando o caderno com suas anotações.

Depois de ser chamado à atenção daquela forma e na frente de todos, Battaglia também estava no limite. Pensou: "se for preso, que se dane".

311

— Ok. Podem me assessorar — respondeu Simão com desdém.

Battaglia relatou os vários erros que ocorreram na demonstração. Simão, com ar de troça, fitava o supervisor operacional, observava o teto e consultava o relógio... Chegou a bocejar e piscar os olhos, no que parecia uma ridícula simulação de fadiga. Ou não. Talvez o presente de Papa Velasco tivesse sido demais para o general.

Aristóteles também fez observações, assim como Lotterman e alguns dos engenheiros militares. Todos concordavam que o Smart não estava operando de forma minimamente satisfatória.

— Mais alguma observação de vocês para me assessorar? — perguntou SS debochadamente.

E, diante do silêncio, anunciou seus planos.

— Vou almoçar. *Tengo hambre*! — pronunciou em espanhol. — Na parte da tarde, quero todos na sala de reunião do Alcázar. Olavo, faça a reserva para as dezesseis horas.

Na saída da Lokitec, os membros da equipe brasileira presenciaram, a distância, uma cena insólita: Simão e Papa Velasco "conversando", ou melhor, batendo boca. Não conseguiam ouvi-los, mas os gestos eram muito significativos. O infame mercador parecia bastante contrariado e erguia o indicador, como se passasse uma bronca no general. A querela se prolongava de forma embaraçosa. SS se limitava a abrir os braços e fazer gestos com as duas mãos, como a pedir calma. Exaltado, Velasco seguiu na reprimenda. Até que, aparentemente exausto, deu as costas ao interlocutor rumo ao estacionamento.

* * *

A reunião na Residencia Militar Alcázar ocorreu sem sobressaltos, um alívio para os militares, que, pelos últimos acontecimentos, esperavam alguma surpresa desagradável de SS. O general queria apenas a papelada pronta para comunicar à empresa que a fase 2.2 não tinha

DOSSIÊ SMART — A história que o exército quer riscar

sido considerada concluída. O documento deveria mencionar que a decisão do gerente do projeto se fundava na avaliação conduzida pela equipe técnico-operacional durante três meses na Espanha. Battaglia sugeriu acrescentar alguns dos erros detectados na demonstração daquela manhã. Argumentou que evitaria maiores questionamentos na reunião com a diretoria da Lokitec, programada para o dia seguinte. Simão, surpreendentemente, concordou. O general também parecia farto das lambanças em série dos espanhóis.

Na quinta-feira, o documento foi entregue à empresa. Um total de dezessete relatórios de conformidade e seis comunicados do fiscal do contrato haviam sido emitidos desde junho daquele ano, com 1.504 observações. Permaneciam pendentes de solução 610 inconformidades, das quais 295 tinham sido identificadas pelos engenheiros militares. Dos 315 erros observados pela equipe operacional, 247 afetavam diretamente o funcionamento do simulador, o trinômio "terreno-objetos-missão de tiro". Em relação ao documento "Visão de Negócio e Especificação dos Requisitos do Sistema do Smart" da Lokitec, o total de erros correspondia a 73% dos requisitos operacionais básicos.

Além dos resultados quantitativos, a equipe operacional teve o cuidado de descrever os erros de forma qualitativa, dentro de cada um dos oito subsistemas da artilharia de campanha. Linha de fogo, observação, busca de alvos, topografia, meteorologia, comunicações, logística, e direção e coordenação do tiro, todos com problemas.

Foram também identificados problemas nas funções do instrutor para controle da simulação. A avaliação subjetiva, que deveria ser feita pelos instrutores observando os instruendos em ação, era limitada; sua programação, incipiente. Já a objetiva, com dados comparados entre a resposta do sistema e do militar em treinamento, não tinha sido sequer iniciada. O Smart apresentava algumas funcionalidades em desacordo com a doutrina do Exército Brasileiro, por certo copiadas do SEA. A instabilidade do simulador era por demais preocupante:

DIÁRIOS DA CASERNA

em 43 dias de operação, tinham ocorrido 90 quedas do sistema, uma média de 2,1 apagões por dia.

Com o resultado da avaliação perfeitamente mensurado e descrito em detalhes, a Lokitec não conseguiu sustentar a tese de que o desenvolvimento estivesse finalizado, como afirmara em 30 de setembro daquele ano. Passou a dizer que a fase 2.2 estava "madura", eufemismo que usaria na tentativa de atropelar o contrato.

Novamente a Lokitec prometeu ao gerente do projeto que trabalharia nos ajustes com "total empenho" e que estaria com uma nova versão pronta do simulador em três meses. As eventuais inconformidades que ainda fossem observadas pelo cliente poderiam ser sanadas concomitantemente com a fase 3, de instalação do simulador. Esse era o novo plano de embromação da Lokitec, de Papa Velasco e do general Simão. Assim, Sonzo e SS combinaram uma nova apresentação do simulador, desta vez, em Resende, para o início de março de 2014.

**

Na sexta-feira, não houve atividade. Battaglia aproveitou para esquiar, uma última vez, na pista do Madrid Snow Zone. No dia seguinte, a comitiva mais Battaglia e Lotterman embarcaram num voo de volta para o Brasil. Depois de quase dez horas de viagem, às 19h35, hora local, pousaram no Rio de Janeiro. Diante da esteira de bagagens, quando se despedia dos colegas, Battaglia ouviu do general:

— Depois quero conversar com você, viu? Seu Zé Mané.

Fernando de Noronha

Depois de três meses estressantes, aquele fim de ano merecia algo especial. Battaglia sugeriu à esposa que visitassem a paradisíaca Fer-

DOSSIÊ SMART — A história que o exército quer riscar

nando de Noronha, que ainda não conheciam. Helena achou ótima a ideia. Pegariam um primeiro voo do Rio de Janeiro para Natal, e, de lá, a conexão para Fernando de Noronha, distante 350 km da capital potiguar.

No dia 11 de dezembro, desembarcaram na ilha principal. Na bagagem, máscara, *snorkel*, nadadeira, roupa de neoprene e relógio-computador de mergulho, mais protetor solar e uma câmera GoPro para registrar tudo. Battaglia encarava a viagem como uma das últimas tentativas de salvar o casamento, que fazia tempo não vinha bem e, naquele ano, parecia ter piorado.

Hospedaram-se na Pousada do Vale, reservando seis noites na suíte superior golfinho. Além da ótima infraestrutura, com spa, piscina natural e restaurante panorâmico, o estabelecimento ficava muito bem localizado, a apenas 100 m do Centro da Vila dos Remédios e a 250 m da Praia do Cachorro.

Praia é o que não falta na ilha, de 18 km de comprimento e largura de 3,5 a 10 km. Battaglia e Helena conheceram várias delas. A pé ou com o *buggy* alugado visitaram a Praia da Cacimba do Padre, a Baía dos Porcos, a Praia do Leão e a Praia do Sancho, entre outras. Na Praia do Sueste, entraram na água com temperatura de 24 graus, apenas com máscara, *snorkel* e nadadeiras. Surpreenderam-se com a abundância da fauna marinha nas proximidades da areia: tartarugas, raias, peixes diversos e até cações.

À noite, no centro de visitantes do Instituto Chico Mendes de Conservação da Biodiversidade (ICMBio), onde também está localizado o Museu das Tartarugas Marinhas e a sede do projeto TAMAR, assistiram a uma palestra sobre os cetáceos da região. Na manhã seguinte, ao alvorecer, percorreram o caminho até o Mirante dos Golfinhos, onde puderam observar um cardume com mais de quarenta rotadores, segundo a contagem do biólogo que monitorava a atividade desses mamíferos marinhos.

DIÁRIOS DA CASERNA

O pôr do sol foi vivido no Bar do Meio Noronha, ao som do Bolero de Ravel, em frente ao Morro Dois Irmãos e ao Morro do Pico, dois clássicos cartões postais do arquipélago. O casal também conheceu o Xica da Silva, considerado o melhor restaurante local, e visitou as ruínas das fortalezas construídas no Brasil Colônia pelos portugueses. Algumas conservam os canhões da época.

Para completar a viagem, realizaram dois mergulhos com equipamento completo, um deles em corrente marítima, aventura inédita para o casal. O *dive master* os conduziu a quatorze metros de profundidade até uma âncora, onde se agarraram. Ao largarem a peça, puderam realizar um belo passeio subaquático sem usar as nadadeiras para impulsão. No caminho, desfrutaram da companhia de arraias, com seu inconfundível ballet aquático. Tudo foi registrado pela GoPro e anotado metodicamente por Battaglia no seu caderno *diver's log* da PADI.

No sexto dia, retornaram para Resende. Tirando pequenos senões, a viagem a Fernando de Noronha havia sido muito agradável. A volta, contudo, guardava uma incômoda tarefa para Battaglia e uma desagradável surpresa para Helena.

Retrospectiva 2013

— Você tem certeza de que quer enviar este relatório da missão no exterior, da forma como escreveu, ao Gabinete do Comandante do Exército?

— O objetivo do relatório não é "relatar" o que aconteceu na missão? Acredito que esses fatos devem ser levados ao conhecimento do general Augusto — respondeu Battaglia ao coronel Mazzi, subcomandante da AMAN.

— Parabéns pela coragem moral e pela lealdade! Não é todo militar que faria isso.

DOSSIÊ SMART — A história que o exército quer riscar

O ponto a que Mazzi se referia era o relato da oferta de propina feita a Battaglia pelo CEO da Lokitec Brasil. No texto, o tenente-coronel não tinha omitido nada. Também relatou que recebera três telefonemas do COB, provavelmente do general da reserva Aureliano, segundo informações do Gesmart.

Outro relatório, contudo, causaria ainda mais desconforto aos superiores de Battaglia. O militar teve a ideia de produzi-lo enquanto assistia ao comercial da televisão que anunciava a Retrospectiva 2013, da Rede Globo. Decidiu, então, elaborar um documento para resumir o que sucedera ao projeto naquele ano.

Nesse ínterim, Helena deparava-se com uma desagradável surpresa: sua conta bancária estava zerada. Tinha sido invadida por *hackers*, que transferiram todo o dinheiro para contas no Brasil e no exterior. Era muito estranho, porque ela não se lembrava de ter digitado dados pessoais na internet, tampouco de ter revelado sua senha a alguém.

Por um instante, Battaglia pensou em Papa Velasco. Seria possível que ele estivesse por trás disso? Seria uma retaliação do mercador da morte pelas sucessivas reprovações do Smart? As transferências para o exterior aumentavam a suspeita. Ou estava ficando paranoico?

A primeira medida foi ligar para o banco, que, por sinal, era espanhol. Não foi fácil resolver o problema. Inicialmente, a instituição não queria repor os valores. A questão somente começou a ser solucionada quando Battaglia interveio, ameaçando recorrer à Justiça. Se o próprio correntista, titular da conta, tinha limites em suas transações, como os golpistas haviam conseguido transferir altos valores com tanta facilidade? O banco resolveu concordar com os argumentos e devolver o que fora subtraído, mas sem os rendimentos devidos das aplicações financeiras. Helena aceitou para encerrar o caso.

No dia 30 de dezembro, Battaglia enviou ao gerente do projeto e demais envolvidos, como o Gesmart, o fiscal do contrato e o Sadam, o "Relatório Smart/AMAN — Retrospectiva 2013".

DIÁRIOS DA CASERNA

O relatório começava descrevendo o prejuízo dos dois engenheiros militares lotados na AMAN quanto à absorção tecnológica. A Lokitec não enviava versões atualizadas do programa para Resende. A proposta de Battaglia de nova reambientação de ambos ao projeto na Espanha (a última tinha ocorrido em novembro de 2012) tinha sido negada pelo gerente do projeto. Para que os engenheiros de computação não ficassem ociosos, haviam sido colocados à disposição da seção de tecnologia da informação da AMAN, que não tinha nada a ver com o projeto. Os capitães Kawahara e Juliano estavam praticamente afastados do Smart havia mais de um ano.

Em seguida, o relatório prestava contas do assessoramento operacional. Citava tanto o trabalho a distância, no Brasil, quanto o presencial, na Espanha: a missão de avaliação do hardware, em março; a de acompanhamento, assessoramento e avaliação operacional, nos meses de maio a julho; e a de avaliação, transformada também em assessoramento aos técnicos e engenheiros da empresa, nos meses de setembro a novembro.

Em relação à última missão, o relatório frisava que a equipe de artilheiros havia verificado que o desenvolvimento do Smart estava incompleto. Apresentava, pois, inconformidades em 73% dos requisitos operacionais básicos; com graves problemas relacionados à missão de tiro; aos objetos (tropas); ao terreno (visual); aos sensores e equipamentos (hardware); ao controle da simulação pelo instrutor; e à avaliação dos instruendos.

O texto lembrava que a Lokitec já havia prorrogado seis vezes o término da fase 2.2, sem conseguir concluí-la. Ressaltava que, na sexta viagem de inspeção da gerência, na demonstração controlada pelos engenheiros da própria empresa, foram observados inúmeros problemas, como erros nos cálculos balísticos da artilharia; efeitos irreais dos fogos sobre os alvos; congelamento das imagens do binóculo; erros dos sensores da carga do morteiro; e muitos outros aos

DOSSIÊ SMART — A história que o exército quer riscar

quais se somaram a patente instabilidade do sistema. Quatro quedas tinham sido presenciadas pelo gerente do projeto.

Diante desse quadro, o relatório fazia previsões pouco alentadoras sobre 2014, afirmando que a Lokitec não merecia credibilidade pelas inúmeras promessas descumpridas. O término da fase 2.2 acumulava atraso de mais de um ano, com a empresa, contraditoriamente, realocando cerca de um terço do efetivo para outros projetos. As atividades continuavam a ser desenvolvidas pela Lokitec sem um método claro e sem consulta ao documento "Visão de Negócio e Especificações do Sistema do Smart". As métricas apresentadas não correspondiam à realidade, e a empresa insistia em impor "soluções" insatisfatórias ou diminuir o escopo do projeto.

Na conclusão, um alerta: sem o término efetivo do desenvolvimento, não seria possível iniciar a instalação do simulador, com sobreposição das fases, como a Lokitec havia proposto em reunião com o gerente do projeto. Essa manobra constituiria ofensa ao princípio constitucional da Legalidade da administração pública, com o descumprimento da Lei de Licitações e Contratos. Configuraria ainda descumprimento das cláusulas firmadas em Nova York. Ficaria patente a infração caso o pagamento fosse realizado sem a devida contrapartida, com a inversão dos estágios da despesa, em desacordo também com a orientação do Tribunal de Contas da União.

Claramente, a Retrospectiva 2013 do projeto Smart não agradou em nada o general Simão.

— Esse coronelzinho está esgotando a minha paciência! — desabafou em reunião com Nicolau e Olavo. — Acho que está na hora desse Zé Ruela, metido a salvador da pátria, conhecer o xilindró.

CAPÍTULO 6

DIVÓRCIO

2014

— O que vocês acham de pedirmos alguns sanduíches? — sugeriu Bruna. Acho que não vamos ter tempo de sair para almoçar.

— Por mim, tudo bem! — respondeu Battaglia.

— Três! Vou telefonar para a lanchonete e pedir para eles entregarem — dispôs-se Fábio. — Temos um cardápio aqui. O que vocês querem?

Cidadania italiana

Pouco depois da virada do ano, Battaglia comunicou à esposa a intenção de viajar a Campinas, aproveitando mais uma semana de férias. Helena não conseguiria acompanhar o marido, em função dos empregos em hospitais e clínicas de Resende. De pronto, opôs-se à viagem.

— Helena, já estou há bastante tempo sem ver minha mãe. Ela ficou muito aflita com tudo o que estava acontecendo na Espanha e não via a hora de eu voltar. Tenho de visitá-la. E tem mais... Você sabe que estou procrastinando faz tempo meu processo de cidadania italiana. Todo ano, digo que vou pesquisar, que vou iniciar, e nada! Vai ser ótimo passar uns dias com a minha mãe e pesquisar as origens da família.

A família de Helena morava no Rio de Janeiro. A dele, em São Paulo. Durante anos, Battaglia se viu prejudicado com a falta de equilíbrio no convívio com os pais e irmãos. Até aí, podia-se falar que era uma decorrência natural da distância geográfica. Mas esse detalhe não explicava tudo. Embora saísse ganhando nesse quesito, Helena se opunha sistematicamente a visitar a sogra. Tinham sempre que negociar. Quando ela topava, ficava emburrada, reclamava por tudo, fazia observações negativas sobre os parentes do marido e, por fim, arranjava briga com ele, o que acabava por tornar penosas essas viagens.

Desta vez, Battaglia viajaria, de carro, sozinho, percorrendo os 330 km que separam Resende de Campinas. Antonella abriu um

DIÁRIOS DA CASERNA

sorriso quando viu o filho chegar. Já fazia bem um ano que não se viam. A última vez tinha sido no Natal de 2012.

Antonella era a autêntica *mamma italiana*, daquelas que preferem fazer a massa do *gnocchi* a comprá-la pronta no supermercado, que gostam de ver a família reunida em torno da mesa farta e acreditam que seus filhos serão sempre crianças — *bambini*. Tantas vezes lembrada na literatura, na poesia, no cinema e em inúmeras canções, a *mamma* italiana é uma verdadeira instituição, vocacionada a amar e proteger a prole. São tão zelosas que chegam a sufocá-los, no bom sentido. Se um filho alcança o sucesso, transbordam de alegria. Se um fracassa, lançam-se ao poço da tristeza.

A família de Battaglia, pelo lado materno, era toda de origem italiana, diferentemente do lado paterno, que, apesar de maioria italiana, também tinha ascendentes alemães e suíços. Quando criança, Battaglia e os irmãos ouviam os pais pronunciarem palavras em italiano, herança do vocabulário dos antepassados. A mãe não atendia ao telefone com o "alô", mas com o "pronto", respondendo em italiano. O pai, quando dizia "não se preocupe", não pronunciava o verbo como paroxítona, mas com o acento na antepenúltima sílaba: "não se preócupe". Battaglia não entendia por que, até que, anos mais tarde, aprendeu a falar a língua de Dante. A pronúncia do pai era perfeita!

Battaglia poderia, portanto, buscar o reconhecimento da cidadania italiana pelo lado paterno ou materno. Na primeira via, contudo, encontraria mais dificuldade. O pai falecera seis anos antes e, nesse ramo, contavam-se nos dedos os parentes mais velhos vivos. Na família materna, ao contrário, ainda podia contatar muitos idosos lúcidos, que talvez pudessem ajudar com informações.

Com essa finalidade, Battaglia e sua mãe visitaram diversos parentes. Ouviram histórias do tempo da fazenda Bomfim, onde Antonella nascera. Os trisavós tinham saído de Gênova num vapor, no final do

DOSSIÊ SMART — A história que o exército quer riscar

século XIX. Não se sabia bem o ano. O bisavô era criança quando chegou ao Brasil. Após o desembarque no Porto de Santos, seguiram de trem para o interior de São Paulo, a fim de trabalhar nas lavouras de café da próspera região de Campinas.

Depois da Lei Áurea, de 1888, que acabou com a escravidão, o setor agrícola passou a demandar mão de obra assalariada. O governo, então, promoveu ampla propaganda para atrair imigrantes europeus. Os anúncios pintavam o país como um eldorado de oportunidades, com ótimos empregos, riquezas minerais, clima agradável e comida em abundância. O governo daria terras férteis e ferramentas para todos. Essa publicidade reverberava em uma Itália confusa e desigual depois da unificação, que somente se concluíra em 1861. Havia desemprego, convulsão social e, sim, fome. Todas as semanas, partiam navios dos portos de Gênova e Nápoles, transportando milhares de italianos para o Novo Mundo. Muitos escolheram o Brasil para construir uma vida nova e digna.

Chegando ao país, no entanto, os italianos logo percebiam que tinham sido ludibriados. O governo não dava ferramentas, muito menos terras. Quem quisesse uma área de plantio tinha de comprá-la. Era o que determinava a Lei de Terras de 1850, aprovada pelo parlamento e assinada por Dom Pedro II, que acabou implantando no país o modelo dos latifúndios. Essa concentração geraria imensas fortunas para os barões e "coronéis". Infelizmente, em um país de dimensões continentais, impediria que ex-escravizados e imigrantes pobres europeus tivessem acesso a pequenas glebas para desenvolver a agricultura. Sem alternativa, muitos deles se converteram em trabalhadores rurais mal remunerados, em situação análoga à escravidão. Em várias áreas do país, essa situação seria mantida até os dias atuais. No interior de São Paulo, por exemplo, muitas famílias de italianos — e, depois, de japoneses — foram ocupar os prédios insalubres e carcomidos das antigas senzalas.

DIÁRIOS DA CASERNA

A família de Antonella tinha emigrado do nordeste da Itália, da região do Vêneto, da província de Treviso, mas ninguém sabia dizer ao certo de qual dos noventa e dois *comuni* (municípios). Como descobrir onde tinham vivido? A origem dos ascendentes italianos com a certidão de nascimento (*certificato di nascita*) é fundamental para se fazer prova da descendência.

Tirando o prazer de revê-los, ouvir antigas anedotas e dar boas risadas, a visita aos parentes não tinha acrescentado informações úteis à pesquisa. Se os vivos não sabiam, Battaglia resolveu pesquisar com os mortos. As lápides dos jazigos costumam exibir as datas de nascimento e óbito das pessoas que ali estão enterradas. Para poder enterrar alguém, o cemitério exige a certidão de óbito, que, normalmente, consta de seus arquivos, agora digitais. Assim, o cemitério poderia trazer pistas dos antepassados.

Bingo! Battaglia conseguiu informações dos cartórios de registro civil de Campinas que haviam lavrado as certidões de seu *bisnonno* e de dois tios-bisavós, irmãos dele. O documento relativo ao bisavô não ajudou muito. Local de nascimento: Itália. Mas foi consultando os registros de um tio-bisavô que Battaglia descobriu o *comune* onde a família tinha vivido: Montebelluna. Com o nome da cidade, enviou um e-mail à prefeitura italiana para confirmar os dados da ancestralidade. Em pouco tempo, a resposta chegou. O nascimento do bisavô tinha sido registrado em outro vilarejo próximo: Maser.

A família vibrou com as descobertas! Pesquisando no site do Arquivo Nacional e em outros canais de informação histórica e genealógica, Battaglia também encontrou o nome do navio que trouxera os parentes da Itália: o vapor Pará, que havia zarpado de Gênova, chegando ao Brasil em agosto de 1895. Antes de viajar para Campinas, os antepassados chegaram a passar uma noite na Hospedaria dos Imigrantes, em São Paulo, como mostrava o registro em microfilme.

326

DOSSIÊ SMART — A história que o exército quer riscar

Battaglia voltou feliz para Resende. Estava ansioso para contar as incríveis novidades. Chegou em casa quando já havia anoitecido. Pepe veio correndo, abanando o rabo. Battaglia, porém, surpreendeu-se por não avistar a mulher, mesmo com as janelas abertas e as luzes da casa acesas. Abriu o porta-malas e retirou sua bagagem. Entrou em casa e, finalmente, encontrou Helena quieta, sentada no sofá, assistindo à novela.

— Oi, Paixão! Está tudo bem? — perguntou, estranhando aquele comportamento distante.

— Tudo bem — respondeu ela, com frieza.

Battaglia levou suas coisas para o quarto, retornou e sentou-se numa poltrona. Não falou nada. Esperou o intervalo.

— Helena, não entendi. Eu fico uma semana fora, chego em casa e sou recebido dessa maneira?

— Você sabe que eu não queria que você viajasse. E você foi assim mesmo.

— Nós conversamos sobre isso. Fui visitar a minha mãe, que não via há mais de um ano, desde o Natal do ano retrasado. Também acabei descobrindo o que precisava sobre a origem do meu bisavô. Eram tarefas que eu vinha adiando fazia tempo, fundamentais para a obtenção da cidadania italiana.

— Parabéns — continuou ela, com uma voz gélida.

Battaglia sentiu que não deveria mais insistir. Estava muito cansado.

— Quer saber? Realmente, nosso casamento faliu! Faliu! Esta semana vou procurar um advogado para tratar do nosso divórcio.

— Ok! Vá em frente.

A partir daquele dia, Battaglia e Helena não dormiram mais no mesmo quarto.

***

DIÁRIOS DA CASERNA

Battaglia, Bruna e Fábio terminavam seus lanches, ouvindo a história de como o entrevistado conseguira descobrir a origem de seus antepassados na Itália.

— Eu gostaria muito de tirar também a minha cidadania italiana, mas já me disseram que "Rossi" é igual a "Silva" no Brasil — contou Fábio. — Seria bem difícil pesquisar a origem da família.

— Sim, *è vero*, é o sobrenome mais comum na Itália — confirmou Battaglia.

— Eu me formei em jornalismo na PUC de Campinas. Adoro a cidade da sua mãe — disse Bruna. — Bem... Vamos recomeçar?

Battaglia consentiu. Os leds dos gravadores e da câmera se acenderam.

— Então, 2013 foi um ano de muita discussão entre a Lokitec e o Exército — observou Bruna. — Me parece que até os generais começaram a se aborrecer com a empresa. E foi um ano de revelações. Simão comentando abertamente com o Nicolau sobre os favores de Papa Velasco a Aureliano. Esse mesmo personagem tentando telefonar a você, supostamente para defender os interesses da empresa. Na Espanha, um alto executivo da Lokitec tentando suborná-lo...

— Pois é, no caso do Aureliano, tenho convicção de que o objetivo era defender os interesses do "padrinho" da filha. Para que ele, na reserva, tentaria me ligar três vezes na Espanha?

Fábio emendou:

— E termina com seu relatório da "retrospectiva 2013", expondo tudo isto: o atraso do projeto; as deficiências do Smart, com mais de 70% dos requisitos incompletos; a instabilidade do sistema, que apagava de uma hora para outra...

— Sim, essa era o que podemos chamar de parte técnico-operacional do simulador, as atividades no "chão da fábrica", que estavam muito ruins. Esses problemas resultavam da falta de método, das métricas nada confiáveis e da redução da equipe espanhola dedicada ao projeto. Sem contar as tentativas da gerência de diminuir o escopo

DOSSIÊ SMART — A história que o exército quer riscar

e, contraditoriamente, a insistência da direção da empresa em aditivar o contrato. Enfim, o desenvolvimento do Smart apresentava deficiências em três níveis: no técnico, no gerencial e no da direção geral.

— Aquela sobreposição que a Lokitec queria fazer, começando a instalação antes mesmo de terminar a fase de desenvolvimento... Você estava começando a dizer que isso constou do seu relatório e desagradou o general Simão — lembrou a jornalista.

— Ele marcou uma reunião comigo e com o Aristóteles no Rio. Vou lhes contar...

Algemado

O gerente do projeto convocou uma reunião com o supervisor operacional e com o fiscal do contrato para o dia 30 de janeiro, uma sexta-feira, na parte da manhã. Normalmente, os militares não têm expediente nas sextas à tarde, um privilégio que começou com a desculpa de reduzir as despesas com as refeições servidas à tropa e acabou com a instituição permanente do fim de semana prolongado.

Aristóteles viajou, de avião, de Brasília para o Rio de Janeiro. Battaglia desceu de carro de Resende. Encontraram-se, primeiramente, com o major Olavo, no Gesmart.

— Se prepara! O general ficou p. da vida ao ler seu relatório. Falou até em te prender — preveniu Olavo.

Os três militares passaram na sala do general Nicolau, que também participaria da reunião. Seguiram os quatro para o gabinete de SS. Não tinham ideia do que podia acontecer. Ia depender do humor do general.

— Muito bem! Vocês chegaram. Vamos sentar. Me diga, tenente-coronel Battaglia... O que você pretendia com essa "retrospectiva 2013"? — perguntou, jogando o relatório impresso sobre a mesa.

329

DIÁRIOS DA CASERNA

— General, eu achei que seria uma boa ideia condensar as atividades e os problemas que tivemos em 2013 para começarmos 2014 buscando soluções.

— Mas você matou uma solução, Battaglia. A Lokitec propôs juntar as fases 2.2 e 3, e você saiu dizendo que isso é ilegal. Por quê?

— Minha intenção, general, foi protegê-lo. O senhor é o gerente do projeto e decisor. Concordar com tal proposta da Lokitec poderia expô-lo. Meu assessoramento, repito, general, foi justamente para protegê-lo.

— Eu decido quando preciso ser protegido ou não. Você é supervisor operacional do projeto. Não é meu assessor jurídico. Já me sirvo da jurídica da DEMEx. Não preciso da sua intromissão. Entendeu?

— Sim, senhor.

— Eu queria fazer exatamente o que a Lokitec propôs. E agora que você escreveu, não vou poder! Você extrapolou sua missão, com excesso de iniciativa, de algo que eu não te pedi. Por pouco, não mandei te recolher ao xilindró.

Battaglia respirou um pouco mais aliviado. Apesar da bronca injusta, parecia que não sairia preso da reunião. Simão encerrou, informando que a empresa enviaria representantes a Resende na última semana de fevereiro para uma nova avaliação do Smart, na AMAN.

— Vocês dois, desta vez, vão aprovar o simulador e encerrar a fase 2.2. Não dá mais! Vocês não estão percebendo os riscos! Se esse simulador não for instalado, os prédios de Resende e de Santa Maria vão virar dois elefantes brancos e chamar a atenção do TCU.

E, antes que saíssem, acrescentou:

— Ah! Mais uma coisa: ninguém envia relatório para mais ninguém sem antes passar por mim, ouviu Aristóteles? — advertiu, referindo-se ao documento enviado à Calice, por meio do adido militar, no final do ano anterior, uma das obrigações funcionais do fiscal do contrato.

E, assim, terminou a reunião, marcada por ameaças e por assédio moral do general Simão contra os tenentes-coronéis Battaglia e Aristóteles.

DOSSIÊ SMART — A história que o exército quer riscar

***

Depois da proposta de divórcio, recebida com indiferença por Helena, o ex-casal passou a dormir em quartos separados. Diante disso, Battaglia sentiu-se à vontade para restabelecer contato com uma antiga colega de um curso de Direito. Disse-lhe que estaria no Rio em 30 de janeiro para uma reunião de trabalho na parte da manhã e sugeriu um almoço para colocarem o papo em dia.

Bárbara Sirena era chefe do departamento jurídico de uma multinacional que explorava petróleo no Brasil. Jovem, inteligente e determinada, Barbie, como era chamada pelos amigos, chamava atenção também pela altura, 1,74 m. Tinha longos cabelos ruivos e um rosto de boneca. Falava inglês fluentemente e era superdedicada ao trabalho, especialista em Direito Tributário e em questões ligadas a energia, petróleo e gás. Fora contratada por conta de sua ousadia. Ocupava uma posição inferior em outra empresa; não estava satisfeita. Quando soube da seleção para a chefia do departamento jurídico, colocou na cabeça que a vaga seria sua.

Duas pessoas já haviam passado pela sala do RH. Bárbara era a terceira, e havia mais duas para serem entrevistadas depois dela. Quando concluiu a descrição de suas aptidões, audaciosamente, inverteu os papéis.

— Respondi a todas as suas perguntas e preencho todos os requisitos exigidos pela empresa, podendo contribuir para otimizar seus resultados com segurança jurídica. Existe algum motivo ainda para você perder tempo, falando com os outros candidatos? Por que não me contratar imediatamente?

— Quando você poderia se apresentar para o trabalho?

— Posso finalizar as três semanas do mês na minha empresa atual, para repassar aos colegas os trabalhos atualmente sob minha responsabilidade; e, no primeiro dia do próximo mês, estarei aqui.

— Te dou uma semana — vingou-se o encarregado da seleção.

— De acordo. Pode dispensar os candidatos que estão na antessala! — não deixou por menos.

Bárbara vivia um processo de separação conjugal. Battaglia a convidara para um almoço no Centro do Rio, a fim de conversarem sobre o momento comum pelo qual passavam. Os contatos iniciais, contudo, deram sinais de que ambos estavam interessados em algo mais. Foi então que Battaglia, temeroso de levar um fora, arriscou: "você prefere um almoço em um restaurante ou algo mais reservado, para conversarmos mais à vontade?"

Bárbara era mesmo surpreendente, muito segura de si. Battaglia já deveria saber dessa característica, mas se surpreendeu com a resposta dela:

— *Private*!

Battaglia saiu do Palácio Duque de Caxias e, em poucos minutos, apanhou-a na avenida Rio Branco, na esquina do trabalho dela. Em mais alguns minutos, entravam num motel na Glória, bairro vizinho ao Centro. Almoço executivo, dizia um cartaz na fachada.

— *Private*, como você pediu — piscou Battaglia para Barbie, que sorriu de volta.

Subiram para a suíte. Battaglia começou a olhar o menu, esperando Barbie, que havia entrado no banheiro.

— Parece que tem uns pratos bons aqui — disse ele, quando subitamente ouviu a porta do banheiro se abrir. Levantou o olhar... E deixou cair o cardápio e o queixo.

— Você está preso! — anunciou Barbie.

Vestindo fantasia de policial, colocou Battaglia de costas contra a parede. Algemou-o e passou a revistá-lo.

— O que temos aqui? O que está escondendo sob as calças? Você já estava armado no carro. Pensa que Barbie Cop não reparou no volume? Vou ter que checar!

DOSSIÊ SMART — A história que o exército quer riscar

O resto do almoço nem precisa contar. Quando terminou, Battaglia ingenuamente perguntou se Bárbara queria pedir algo para comer.

— Estou satisfeita. Adorei a proteína!

Depois desse dia, Battaglia e Barbie, mesmo a distância, engataram um namoro, ainda com cuidado e discrição. Semanas depois, ela viajaria a Resende. De lá, subiriam para um agradável fim de semana em Visconde de Mauá.

Quem também visitaria Resende, mas em uma situação nada confortável, seria SS, desesperado para aprovar o Smart no final de fevereiro.

The Pentagon Wars

Quando Battaglia e Aristóteles viajaram ao Rio de Janeiro para a reunião com o general Simão no dia 30 de janeiro, a data para a nova avaliação já estava definida. Tinha sido antecipada do início de março para a última semana de fevereiro.

Com o encerramento da missão no exterior em dezembro, não havia mais nenhum militar ligado ao projeto Smart na Espanha. Exigia-se, portanto, uma coordenação maior. O simulador precisava ser avaliado pelos especialistas que tinham acompanhado o projeto. Vários deles estavam agora lotados em outras organizações militares. O tenente-coronel Aristóteles, o major Rossini e o capitão Kowalski serviam em Brasília, no Centro de Desenvolvimento de Sistemas da DCTEx. O major Konrad, que havia passado na seleção interna para o curso de direção para engenheiros militares, matriculara-se na Escola de Estratégia e Tática Terrestre da Praia Vermelha. E mesmo Lotterman e Marcus Junius, que até o final de 2013 estavam lotados na AMAN, tinham sido movimentados para realizar o curso de aperfeiçoamento de capitães de artilharia (CACA), na Vila Militar de Deodoro, no Rio de Janeiro. Assim, depois de entrar em contato

DIÁRIOS DA CASERNA

com as organizações militares de cada um, a DEMEx providenciou passagens aéreas e rodoviárias, mais diárias e estadia para todos no hotel de trânsito de oficiais de Resende.

O presidente da Lokitec, Sonzo, informou ao general Simão que os engenheiros da empresa tinham solucionado praticamente todas as inconformidades desde a última inspeção, com um aparte: pelas dificuldades burocrático-alfandegárias para transportar os protótipos de hardware para o Brasil, a empresa forneceria somente os desenhos corrigidos dos materiais. Para Simão, estava tudo bem, mas Nicolau não concordou.

— Nesta altura do projeto, não dá para aceitar apenas os desenhos técnicos — protestou, convencendo SS a enviar um engenheiro militar e um artilheiro para testar os equipamentos na Espanha.

Assim, na penúltima semana de fevereiro, antes da avaliação do software, em Resende, haveria também uma inspeção do hardware, em Madri e Toledo.

Como já era esperado, o major Rossini, que havia trabalhado por três anos na área de hardware ao lado do engenheiro espanhol Luis Serrano, foi designado para a missão. Mas, se a escolha do engenheiro militar foi lógica, a do artilheiro não. SS escalou o capitão Linsky, responsável pelas licitações das obras complementares do edifício, que não tinha acompanhado o desenvolvimento do Smart nos anos anteriores. Por que escolher um militar sem experiência no projeto para avaliar o hardware do simulador? A resposta era evidente: o general estava tentando sabotar os testes.

Simão esperava que a equipe nem mesmo conseguisse avaliar o software no prazo estipulado. De acordo com a programação que o Gesmart tinha enviado para a AMAN, os testes começariam na tarde da segunda-feira, dia 24 de fevereiro, depois de uma reunião, na parte da manhã, com o gerente do projeto. Deveriam ser concluídos até quinta-feira, com a redação do relatório e anexos. Ou seja, em três

DOSSIÊ SMART — A história que o exército quer riscar

jornadas e meia, a equipe brasileira deveria dar conta do trabalho que tinha consumido três meses no final do ano passado. Parecia impossível!

Battaglia tinha de pensar em um plano, e rápido. Sozinhos, de fato, não conseguiriam cumprir a missão em prazo tão exíguo. SS ainda tinha invertido a situação. A Lokitec não precisaria demonstrar que o desenvolvimento estava finalizado. Ao invés disso, caberia à equipe brasileira provar que a fase 2.2 não havia sido encerrada, caso realmente restassem graves pendências. "Pequenos erros", "passíveis de ajustes", seriam desconsiderados, fosse lá qual conceito SS desse para essas palavras. Se o tempo não poderia ser dilatado, o jeito era reforçar a equipe para os testes. Battaglia decidiu, então, pedir apoio ao Curso de Artilharia da AMAN.

Visando à avaliação do hardware na Espanha, Battaglia liberou Linsky de todas as suas atividades como S4 do Smart/AMAN. O militar, então, passou por uma preparação intensiva com a ajuda do instrutor de materiais bélicos de artilharia do Carta. No final, antes da viagem, Battaglia e Seyller ainda repassaram com o capitão as inconformidades que haviam sido plotadas no ano anterior, pendentes de solução. O inspetor designado estava enfim pronto para a missão.

Quanto aos testes do software em Resende, Battaglia teve uma ideia simples e, ao mesmo tempo, genial! Para não deixar dúvidas quanto à real capacidade do equipamento, usaria os exercícios prontos do Carta, chamados de "escolas de fogo de instrução" (EsFI). Se os instrutores e cadetes do curso de artilharia fossem capazes de rodar as EsFI no Smart, o simulador estaria aprovado. Caso não conseguissem, seria a prova irrefutável de que não estava pronto.

O Carta se comprometeu a auxiliar nos testes com vinte cadetes e os instrutores titulares da matéria; e elegeu os exercícios que julgava essenciais para a simulação. Foram escolhidas as escolas de fogo dos tiros sobre zona, com ajustagem terrestre e por observador aéreo; com

DIÁRIOS DA CASERNA

feixe convergente; barragens; cortina de fumaça; tiro vertical; regula-
ções com espoleta percutente e tempo; regulação com levantamento do
ponto médio; ajustagem conjugada; e o tiro iluminativo. Por sinal, os
exercícios selecionados pelos instrutores do Carta coincidiam com o
requisito operacional básico *REQ004-TIR001* descrito no documento
"Visão de Negócio". Não era à toa. Eram o cerne da técnica de tiro,
aliás como o general Simão dizia que queria ver. Para o teste, foram
escalados cadetes do último ano, que já conheciam essas matérias.

Tudo isso constou na "Ordem de Instrução nº 001 — Smart/
AMAN, de 14 de fevereiro de 2014", que regulava, com sete anexos
(de A a G), os pormenores da sétima avaliação operacional do projeto Smart. Na primeira parte dos testes, na tarde de segunda-feira e
durante toda a terça-feira, o simulador deveria executar os exercícios
do Carta. Na segunda parte, a equipe brasileira verificaria se as inconformidades do último relatório de dezembro haviam sido sanadas.

Mesmo com reforços, as atividades de avaliação do simulador ex-
trapolaram em muito o horário razoável, seguindo pela noite adentro.
Houve dias em que os militares foram liberados à uma da madrugada
para retornar às seis da manhã. Era o único jeito de cumprir a missão.
Enquanto isso, Simão retribuía as acolhidas que tivera em Madri,
saindo para jantar com Julio Sonzo, Papa Velasco e Enrique Medelín
nos melhores restaurantes de Penedo, com tudo pago pela DEMEx.
Quem iria recriminar o poderoso general por usar o "suprimento de
fundos" nessas atividades, espécie de cartão corporativo dos fardados?
Simão classificava esses jantares de luxo como "compromissos oficiais".
Estava tudo perfeitamente justificado! Os vinhos eram escolhidos
pelo lado direito do cardápio, entre os mais caros.

Quanto aos testes e esforço hercúleo da equipe brasileira, SS não
dava a mínima, pois não achava que os militares fossem dar conta
da tarefa e até zombava deles. Convicto de que o trabalho não seria
concluído, o general tinha em mente obrigar Aristóteles e Battaglia

DOSSIÊ SMART — A história que o exército quer riscar

a assinarem com ele o certificado de término da fase 2.2. Num dos jantares, Simão chegou a revelar aos espanhóis seu estratagema. Sorrindo e vangloriando-se do plano, ergueu a taça com o caro *cabernet sauvignon* para brindar à sua esperteza. *Smartness*!

Quem primeiro notou que a equipe tinha, sim, chances de completar a avaliação foi o general Nicolau. Observando o alto comprometimento dos militares, considerou que o Smart caminhava para mais uma reprovação. Preferiu, contudo, não adiantar nada a Simão. Parecia que também já estava cansado dos embustes da Lokitec. De todo modo, temia pela reação de SS, especialmente em relação a Battaglia. No meio da semana, aproximou-se do tenente-coronel e perguntou-lhe:

— Battaglia, por acaso você assistiu ao filme *The Pentagon Wars*, sobre o projeto do Bradley, veículo blindado que foi usado pelos americanos na Guerra do Golfo?

— Ainda não, general. Mas por que o senhor está perguntando? Alguma semelhança ou ensinamento do Bradley para o Smart?

— As estruturas de poder são semelhantes. Os generais que se envolveram com o projeto usaram-no para se autopromoverem. Os engenheiros fizeram o mesmo. Conseguiram bons empregos na indústria bélica americana. Todos se deram bem, menos o tenente-coronel James Burton, que só queria fazer a coisa correta. Foi lançado ao ostracismo, a carreira dele acabou. Foi praticamente obrigado a passar para a reserva, se aposentar.

— E o que o senhor sugere que eu faça?

— Não vou lhe sugerir nada. Sou testemunha de que você tem feito um excelente trabalho. Apenas assista ao filme e aproveite a experiência alheia. No final, aja de acordo com a sua consciência.

— Agradeço sua preocupação, general.

Naquele momento, Battaglia não tinha noção de quão profético o general Nicolau estava sendo.

DIÁRIOS DA CASERNA

Na quinta-feira à noite, o relatório da avaliação e seus anexos ficaram prontos. O Smart estava mesmo reprovado, desta vez, não somente pela equipe do projeto, mas também pelo Curso de Artilharia da AMAN. Dos 178 requisitos listados no documento "Visão de Negócio", que diziam respeito diretamente à artilharia, 131, ou seja, 73% do total, apresentavam problemas. Neles, foram encontrados 314 erros, dos quais 253 afetavam diretamente o funcionamento do simulador. Além disso, durante os testes, ocorreram onze quedas do sistema. O número de inconformidades do Smart mantivera-se praticamente inalterado em relação a dezembro. Esses números atestavam o acerto na avaliação do hardware na Espanha. Rossini e Linsky tinham reprovado os protótipos, que seguiam apresentando os mesmos defeitos.

Os engenheiros militares haviam previsto que os espanhóis não teriam tempo suficiente para sanar todas as inconformidades, mas não corrigir praticamente nada surpreendeu a todos. Diante da estupefação da equipe brasileira, Oscar Chaves admitiu que mais de duzentas inconformidades não tinham sequer sido lidas pela empresa. Estavam na pilha de pendências. Desde a última avaliação, pouca coisa havia mudado, ao contrário do que Sonzo havia declarado.

O tenente-coronel Aristóteles acompanhou o parecer da equipe operacional. A equipe técnica também reprovava o simulador. Em sua conclusão, o fiscal apontou 506 inconformidades, de complexidades variáveis, com apenas 39% dos requisitos técnico-operacionais atendidos.

Na manhã de sexta-feira, Aristóteles e Battaglia procuraram Simão para lhe apresentar o resultado do trabalho. Já informado da reprovação, o general disse que não queria ler o relatório. Essa negativa rabugenta foi sentida como menosprezo, uma enorme falta de liderança militar do general. Afinal, a equipe brasileira estava exausta e se esforçara demais para cumprir sua missão.

Quem também se mostrou bastante contrariado com a reprovação foi o capitão Marcus Junius. Desde o final de 2013, quando

338

DOSSIÊ SMART — A história que o exército quer riscar

havia participado de mais uma edição do Workshop de Simulação e Treinamento Militar, em Brasília, ele vinha mudando de postura. Uma conversa com seu pai, um velho coronel da reserva, prestador de tarefa por tempo certo, "vampirando" no Estado-Maior do Exército, fora suficiente para reorientar seu comportamento.

O moço da Opus Dei, sempre orgulhoso de suas supostas virtudes morais e éticas, passou a repetir mecanicamente os argumentos do general Simão, palavra por palavra. Afirmava que o prédio de Resende iria virar um elefante branco, que o melhor seria deixar os espanhóis tocarem o projeto, emendando as fases. Alegava que a artilharia estava muito defasada e que qualquer novo equipamento já representava um avanço. Passou a recitar até mesmo os desprezíveis argumentos da Lokitec e de Papa Velasco, insinuando que a equipe brasileira queria criar caso e que buscava uma perfeição utópica. Por fim, defendia a ideia de que seria ótimo se o Exército Brasileiro tivesse o antigo SEA, ou uma modesta evolução dele.

Enquanto Battaglia rumava para destino semelhante ao do tenente-coronel James Burton, em *The Pentagon Wars*, o oportunista Marcus Junius, a despeito de ser testemunha das graves irregularidades no projeto narradas por ele mesmo aos colegas, tinha decidido que seria um dos que se dariam bem. Expunha, assim, um padrão nefasto: oficiais do exército com fracos valores morais corrompidos por um sistema que se retroalimenta, num círculo vicioso, que premia bajuladores. O *Dossiê Smart* compararia Marcus Junius à teoria do "bom selvagem" do filósofo suíço Jean-Jacques Rousseau, que dizia que o homem nascia bom, mas era corrompido pela sociedade. Uma foto em preto e branco do militar, defensor da Ditadura e do Exército como reserva moral de um país em decadência, acompanhava o texto, insinuando que o capitão ainda vivia no passado.

Aristóteles e Battaglia tinham uma preocupação mais premente: o encontro que se seguiria entre Julio Sonzo, Papa Velasco e o desacor-

339

DIÁRIOS DA CASERNA

çoado Simão. Como o general poderia participar da reunião se não queria nem se informar sobre os resultados da avaliação? Continuaria apanhando da Lokitec, como acontecera com o general Null? Seguiria orgulhando-se de sua ignorância e de seu ineficaz pragmatismo? Diante da insistência dos dois assessores, no entanto, o gerente do projeto concordou em ouvi-los.

Aristóteles e Battaglia conversaram com o general por cerca de meia hora, adiantando quais seriam as alegações da Lokitec e como poderiam ser contestadas. Deixaram claro que, diante dos resultados da avaliação, viam-se impedidos de assinar o certificado da fase 2.2, até mesmo para não adotar uma atitude incoerente com o relatório que haviam produzido. Os engenheiros militares tampouco atestariam a transferência tecnológica, que deveria acompanhar o documento.

SS desdenhou dos especialistas. Uma hora depois, assinou sozinho o "Termo de Encerramento da Fase 2.2 do Projeto Smart". Ainda deu tempo de ver Papa Velasco, saindo com o documento na mão como um troféu e um risinho de satisfação. De quebra, o gerente do projeto recebeu um relatório da Lokitec que considerava o prédio do Smart/AMAN inadequado para o início da fase 3, a de instalação do simulador. O texto acusava o Exército Brasileiro de inadimplência com o contrato, prejudicando sua execução conforme o calendário preestabelecido e gerando prejuízo e desequilíbrio no contrato.

A assinatura isolada do documento pelo general Simão provocou grande desconforto em todos, ou melhor, em quase todos, já que o capitão Marcus Junius tinha virado a casaca. Sabujo, elogiou a coragem e a sabedoria do estupendo general.

Como consequência, na semana seguinte, Battaglia solicitou sua exoneração do projeto Smart. Inicialmente, o general Simão rejeitou peremptoriamente a demanda. Ordenou que o supervisor operacional cumprisse um conjunto de tarefas "pendentes" no projeto. Tratava-se, no

DOSSIÊ SMART — A história que o exército quer riscar

entanto, de uma perfídia. O objetivo era comprometê-lo, como se o supervisor operacional, apesar da não assinatura do termo, tivesse concordado tacitamente com a conclusão da fase de desenvolvimento do simulador.

Percebendo a manobra, Battaglia insistiu no pedido, utilizando uma metáfora militar. "Estou em combate na linha de frente há muito tempo, e isso me desgastou demais. Seria salutar me substituir agora por uma tropa descansada, com mais ímpeto para prosseguir na missão." Estava no limite! Diante da postura inexorável do subordinado, o general se rendeu, determinando a sua troca. Corria o mês de março de 2014.

***

— Vou revelar uma coisa a vocês... — disse Battaglia aos jornalistas. — Na época, eu estava tão transtornado com esses absurdos, com todos os desmandos do SS, que cheguei a telefonar, por duas vezes, para o gabinete de um deputado federal em Brasília, um ex-capitão do Exército. Ingenuamente, achei que o sujeito pudesse ajudar. Fui atendido por um de seus assessores. Até hoje estou esperando a resposta. O "nobre" parlamentar preferiu não se envolver. Provavelmente, julgou que não teria nenhum ganho político.

Sex and the City

Num primeiro momento, logo após sua exoneração do projeto Smart, Battaglia ficou sem função na AMAN. Enquanto o comando da Academia decidia como aproveitá-lo em novo posto, acabou lhe concedendo uma semana de dispensa. Coincidentemente, nesse mesmo período, Bárbara Sirena participaria de uma série de reuniões profis-

DIÁRIOS DA CASERNA

sionais em Houston, nos Estados Unidos. Decidiram, então, passar o fim de semana em Nova York, depois que ela encerrasse seu trabalho.

Bárbara viajou primeiro. Na noite de quarta-feira, Battaglia pegou um voo para o local. Dez horas e meia depois, na manhã de quinta-feira, bem cedo, o avião pousou no Texas. Encontraram-se dentro do próprio aeroporto, na área de embarque, desta vez para viajarem juntos, por mais três horas, rumo à Big Apple. Ambos já conheciam a cidade; ela, de outra viagem de trabalho; ele, de um curso intensivo de inglês, feito em Tarrytown, quinze anos antes. Não precisariam, portanto, disputar espaço e enfrentar filas para conhecer o Empire State Building, a Estátua da Liberdade ou o Museu Americano de História Natural. Poderiam dedicar o pouco tempo que teriam a um romântico fim de semana.

Battaglia reservou uma suíte superior do charmoso quatro estrelas Hudson New York, um hotel boutique, localizado na West 58th Street, próximo ao Central Park. Barbie adorou e fez questão de recompensar o namorado, antes mesmo de saírem para passear. Entrou no banheiro e saiu de salto alto vermelho, de Chanel nº 5... E mais nada! Battaglia correspondeu de imediato, esquecendo, por uns instantes, da fadiga das longas horas de viagem. Atracaram-se como animais; a fêmea no cio; o macho, louco de desejo. Os dois explodiram de tesão, misturando a umidade de seus gozos.

Bárbara tinha voltado a tomar anticoncepcionais. Assim, podiam ficar tranquilos, sem o risco de uma gravidez indesejada, especialmente naquele momento delicado em que ambos passavam por processos de divórcio. No restante da quinta-feira, deram uma volta pelas ruas da cidade. O hotel ficava a apenas quinze minutos, a pé, da Times Square. Apreciaram as luxuosas vitrines da Quinta Avenida e almoçaram nas proximidades do Radio City Music Hall. À tarde, visitaram a exposição do Museu de Arte Moderna, o MoMA.

Na sexta-feira, Battaglia e Barbie visitaram o Metropolitan Museum, o Museu e Memorial do 11 de Setembro e deram uma rápida passada por Little Italy, China Towm e Chelsea Market.

342

DOSSIÊ SMART — A história que o exército quer riscar

Para completar, faltava um show noturno na Broadway. Battaglia já tinha assistido a alguns musicais como *Miss Saigon*, *O Rei Leão*, *Os Miseráveis* e *O Fantasma da Ópera*. Mas este último espetáculo tinha visto em São Paulo, em um teatro enorme. Com a curta temporada, os organizadores tinham que maximizar a receita para arcar com as despesas e remunerar o elenco. Era, portanto, muito diferente da experiência proporcionada pelos ambientes mais intimistas da Broadway, com uma acústica excepcional, nos quais a plateia tem a impressão de dividir o palco com os artistas. Como os teatros da Broadway lotam todos os dias, com turistas do mundo inteiro, o espetáculo se paga tranquilamente.

Battaglia tinha sugerido o musical *Mamma Mia*, com a bela trilha sonora do grupo sueco ABBA, de grande sucesso nas décadas de 1970 e 1980. Mas Bárbara, mesmo já tendo assistido a *O Fantasma da Ópera* na Broadway, insistiu para que os dois vissem a peça juntos. Foi muito gentil.

Os três dias e duas noites em Nova York foram intensos, com passeios pela cidade e muito, mas muito sexo. Sexo de boa noite, para dormir bem; sexo no meio da madrugada, atiçado por deliciosos estímulos; sexo de bom dia, para despertar o corpo e a alma; sexo após o café da manhã, para inspirar os passeios do dia. *Sex and the City*! Barbie tinha um apetite enorme; e Battaglia não deixava por menos, empolgado com a linda e sexy namorada.

O fim de semana saiu melhor do que imaginavam, com muita intimidade e cumplicidade. Depois de um passeio mais tranquilo pelo Central Park, no sábado, pegaram o voo noturno de volta, para chegar no domingo ao Rio de Janeiro e voltarem ao trabalho na segunda-feira. Mas não antes de Barbie brincar mais um pouco com Battaglia, de madrugada, debaixo das cobertas, em pleno voo.

No domingo, enquanto Battaglia subia de carro para Resende, Bárbara lhe enviava uma mensagem no celular: "Cheguei em casa.

DIÁRIOS DA CASERNA

A viagem foi ótima! Adorei! Já estou com saudades! Só estou um pouco preocupada... Na empolgação, esqueci completamente do anticoncepcional. Não há de ser nada. Te Amo!".

"Veados"

A nova função de Battaglia estava definida: chefe da Assessoria Jurídica da AMAN. O militar era graduado em Direito por uma prestigiada faculdade pública, com duas pós-graduações voltadas para a área militar, Direito Militar e Direito e Gestão da Segurança Pública. Além disso, tinha experiência em operações de garantia da lei e da ordem, do tempo que servira na Brigada Aeroterrestre.

O tenente-coronel continuaria também ministrando aulas de Direito Penal Militar, como professor convidado, atividade que já vinha conciliando com as antigas funções do Projeto Smart. Como a Lokitec não enviava versões atualizadas do simulador, inviabiliza-vam-se as iterações, que deveriam ser a principal atividade da equipe Smart/AMAN. Battaglia, portanto, desde que retornou à Academia, aceitara de bom grado o convite para lecionar. Era uma oportunidade de preencher o tempo livre e de colaborar na educação dos cadetes, futuros oficiais do Exército Brasileiro.

Quando assumiu a chefia da Assessoria Jurídica da AMAN (Jura), a aproximação da teoria com a prática se ampliou. Ao setor, chegavam muitos problemas da Academia, representados por mais de setecentos processos administrativos e judiciais. Para dar conta desse trabalho, a equipe era composta por sete oficiais graduados em Direito. Com a chegada de Battaglia, o número de "advogados" subiu para oito.

Convém, por oportuno, explicar algumas peculiaridades dessas assessorias jurídicas. O Exército, em si, não possui capacidade pos-tulatória perante a Justiça. Oficiais e sargentos da ativa não possuem

344

DOSSIÊ SMART — A história que o exército quer riscar

carteira da Ordem dos Advogados do Brasil. Existe expressa vedação legal para isso, no Estatuto da OAB, que considera incompatível a advocacia com a atividade dos militares. Por isso, o Exército é representado pela Advocacia Geral da União. O que as assessorias fazem é municiar a AGU de informações na defesa dos interesses da Força. A Jura, porém, não se limitava a esse papel. Ela mesma preparava as peças de defesa e, em muitos casos, acompanhava os advogados da União nos despachos com os magistrados. Os procuradores federais só tinham o trabalho de ler, assinar e comparecer às audiências com os juízes ou desembargadores federais.

Foi o que aconteceu, por exemplo, no caso do cadete Cândido. Durante um tempo, a AMAN permitiu a aprovação daqueles que não tinham obtido notas suficientes em uma única disciplina. A matéria era refeita, como dependência, no ano seguinte. A partir de 2012, com a reestruturação do curso de formação de oficiais da linha bélica, decidiu-se extinguir esse expediente, restabelecendo-se o modelo de repetência. O motivo era simples. O primeiro ano passou a ser cursado em Campinas; e os quatro seguintes, em Resende. Não havia, portanto, como alguém promovido ao segundo ano fazer a dependência em uma unidade a centenas de quilômetros de distância.

Essa, no entanto, não era a situação de Cândido. Ele havia sido reprovado em Estatística, no segundo ano, em Resende, quando a regra foi criada. Teria, portanto, condições de cursar o terceiro ano e refazer a matéria pendente, tudo na mesma cidade. Prejudicado pela mudança, que não encontrava justificava prática em seu caso, o cadete impetrou um mandado de segurança contra o general comandante da AMAN.

Cândido não foi o único. Outros três cadetes também se insurgiram. Não por meio de mandados de segurança, mas ajuizando ações ordinárias na Justiça Federal. Algum tempo depois, porém, por medo de represálias, foram "convencidos" a desistir de suas demandas. O cadete Cândido, entretanto, não recuava. Convicto do seu direito e da

DIÁRIOS DA CASERNA

injustiça que sofrera, persistia no pleito apesar do bullying dos colegas e do assédio moral de seus instrutores. Ganhou na primeira instância, na Justiça Federal na Seção Judiciária de Resende. A AGU recorreu ao Tribunal Regional Federal da 2ª Região, no Rio de Janeiro, pedindo que a decisão de primeiro grau fosse suspensa até o julgamento definitivo do recurso. O relator do caso, de forma monocrática, contudo, negou provimento ao pedido da defesa. O Exército, portanto, vinha acumulando derrotas atrás de derrotas nesse caso.

O comportamento de Cândido era visto pelo comando da AMAN como indisciplina e péssimo exemplo para os demais cadetes. O general de brigada Rudnick, de duas estrelas, também era cobrado pelo general Simão, da DEMEx, recentemente promovido a quatro estrelas. A AMAN estava subordinada à Inspetoria Geral das Escolas Militares, que, por sua vez, era enquadrada pela Diretoria de Ensino Militar do Exército. Ser cobrado por seus superiores deixava Rudnick bastante desconfortável, com a percepção de que o insucesso naquele caso poderia privá-lo da terceira estrela. Para SS, bastava o comandante ser mais duro com o cadete. Chegou a dizer que, no seu lugar, já teria colocado o rapazinho para correr. Assim, a Academia passou a dar a máxima prioridade para a questão.

O caso de Cândido foi uma das primeiras missões de Battaglia na Jura. Viajou ao Rio de Janeiro para uma audiência com um dos desembargadores da turma do TRF-2 que julgaria o caso, acompanhando o advogado da União e o assessor jurídico da DEMEx. Os acertos prévios já haviam sido feitos pela Assessoria Jurídica do Gabinete do Comandante do Exército, a A2, o que dava noção do vulto que o caso tomara.

Battaglia ficou surpreso ao descobrir como o Exército atuava, de forma desleal, nas ações judiciais de interesse direto. Havia um coronel do Exército da ativa, à paisana, trajando terno e gravata, que trabalhava diariamente na antessala do desembargador, com

DOSSIÊ SMART — A história que o exército quer riscar

crachá e tudo, disfarçado de servidor do Tribunal Regional Federal. O militar que, no papel, estava lotado na A2, tinha a missão precípua de "assessorar" o desembargador na defesa das Forças Armadas, em especial do Exército, nas ações que tramitassem naquele tribunal. Seria como se uma grande banca de advocacia colocasse um de seus advogados para trabalhar ao lado do magistrado responsável por julgar os casos de interesse do escritório, em clara ofensa ao princípio da imparcialidade.

***

— Um coronel trabalhando disfarçado de servidor da Justiça Federal na antessala do desembargador para a defesa do Exército nas ações judiciais?! Mas como isso é possível? O juiz teria de concordar, não? — perguntou surpreso Fábio Rossi.

— "A vaidade é, definitivamente, meu pecado favorito!", já dizia Al Pacino no filme *O Advogado do Diabo*. O exército sabe bem disso e aproveita esse vício a seu favor. O Centro de Inteligência do Exército levanta informações sobre magistrados: família, *hobbies*, gostos em geral e tudo mais... E indica à A2 aqueles com perfis mais suscetíveis para uma aproximação. Se o magistrado gosta de atirar, alguém vai dar um jeito de puxar conversa com ar despretensioso para, no final, convidá-lo a conhecer o estande de tiro do quartel e experimentar armas de uso exclusivo das Forças Armadas. Se gosta de montar, vai ser gentilmente instado a visitar o Regimento de Cavalaria e, em alguns casos, jogar uma partida de polo. Cerimônias e coquetéis estão incluídos no pacote. Daí, se avança para a entrega de diplomas de "amigo do quartel". Depois de sentenças favoráveis, ora, nada mais justo que ampliar a recompensa. O togado se credencia a ganhar novas honrarias, como a Medalha do Pacificador.

347

DIÁRIOS DA CASERNA

***

Quando Battaglia chegou ao Tribunal Regional Federal do Rio de Janeiro, lá estava, à paisana, com crachá do TRF-2, o coronel Rizzo, como "assessor" do desembargador. O militar "disfarçado" explicou que já estava tudo acertado. Battaglia só precisaria "fazer o teatro", expondo a preocupação do Exército com seus pilares constitucionais da hierarquia e da disciplina, que estariam sendo maculados pelo péssimo exemplo do cadete Cândido. O advogado da União não sabia de nada. Participaria da audiência como simples figurante. Sua função era conferir um ar de legalidade à triste comédia e não levantar suspeitas contra o magistrado. Ou seja, o veredicto já se encontrava tomado. Tiro e queda: o desembargador mudou a decisão de seu colega relator, que havia se afastado temporariamente em função de uma emergência familiar. O exército, sempre *smart*, aproveitara maquiavelicamente a oportunidade.

Na volta daquele fim de semana prolongado, Cândido receberia, com surpresa e decepção, a ordem para cursar novamente todo o ano anterior. O comando da AMAN e os oficiais instrutores comemoraram. O cadete foi cruelmente ridicularizado pelos colegas, incentivados pela complacente negligência de seus superiores hierárquicos.

O festejo, no entanto, não duraria muito. O desembargador relator retornou de sua licença e, a pedido dos advogados do cadete, prontamente, anulou a decisão. Em sua justificativa, destacou a incompetência legal do seu substituto temporário para invalidar sua liminar. Para piorar, a Assessoria Jurídica do Comandante do Exército projetava que a AMAN perderia a ação pelo placar de 2 a 1 no julgamento definitivo do caso. Ao voto evidente do relator, certamente se somaria o de sua colega desembargadora. Quando jovem acadêmica de Direito, ela participara do movimento estudantil na

348

DOSSIÊ SMART — A história que o exército quer riscar

resistência à Ditadura Militar. O único voto a favor seria, portanto, do desembargador bajulado pelo Exército.

Nessa época, no entanto, Cândido achou por bem pedir desligamento da Academia Militar. Estava emocionalmente destroçado e não tinha mais ânimo para prosseguir com os estudos. Ficara desiludido com o Exército. Se soubesse dos bastidores do caso, certamente se decepcionaria ainda mais.

Pouco tempo depois, Battaglia receberia uma nova missão, desta vez para atuar no Superior Tribunal Militar, em Brasília. Segundo grau da Justiça Militar da União, o STM é formado por quinze ministros, sendo dez militares e cinco civis. Entre os militares, três são almirantes de esquadra; quatro, generais de exército; e três, tenentes-brigadeiros, ou seja, todos generais de quatro estrelas. Entre os civis, três são oriundos da advocacia. Apenas dois, um magistrado e um subprocurador-geral, são provenientes da carreira jurídica mediante concurso público.

A missão de Battaglia era, juntamente com a A2, entregar memoriais aos ministros do STM sobre a morte de um cadete durante um exercício de campanha da AMAN, caso que estava para entrar na pauta de julgamento. O ministro relator era um dos generais de exército.

O Ministério Público Militar acusava cinco oficiais da AMAN, entre instrutores e equipe médica, de negligência no atendimento ao cadete. Neste caso, porém, tratava-se de uma denúncia infundada. Os militares tinham seguido todos os protocolos de segurança e o jovem recebera atendimento médico prontamente. Mais tarde, contudo, seu quadro se agravou, de modo que foi internado na UTI de um dos hospitais civis de Resende, mais bem equipado do que o Hospital Militar das Agulhas Negras. Embora tenha sido submetido a vários exames, o diagnóstico não estava perfeitamente claro, até que o cadete veio a óbito. *Causa mortis*: febre maculosa, ou doença do carrapato, como é mais conhecida.

349

DIÁRIOS DA CASERNA

O MPM havia oferecido uma denúncia genérica, que pecava pela falta de individualização da conduta e responsabilidade de cada envolvido. Mas como explicar o óbvio aos ministros militares? Nenhum dos dez generais do STM possuía formação jurídica. Valiam-se somente de suas experiências do dia a dia da caserna e das orientações de seus assessores. Isso mesmo. Simplesmente, dois terços dos ministros do Superior Tribunal Militar não eram graduados em Direito. O currículo da AMAN apenas lhes dava uma noção da ciência jurídica, com meras cento e oitenta horas-aula, divididas em três disciplinas: Introdução ao Estudo do Direito, matéria essencialmente propedêutica; Direito Administrativo; mais o pacotão de Direito Penal e Processual Penal Militar. E um agravante: cursadas havia mais de quarenta anos.

Aliás, essa excrescência já começa na primeira instância, nas auditorias militares, em que os crimes são julgados por um colegiado composto por quatro militares sem formação jurídica e apenas um juiz togado concursado. O detalhe é que os votos têm exatamente o mesmo peso, sem distinção. Na primeira instância, portanto, 80% dos juízes não possuem bacharelado em Direito.

Observando a primeira e a segunda instâncias, pode-se dizer que a Justiça Militar é a única a apresentar um grande paradoxo: ser uma "justiça especializada não especializada". Ora, se generais podem virar juízes, por que o mesmo não se aplica, por exemplo, aos médicos, considerando-se a complexidade da área? Por esse motivo, volta e meia, surgem propostas para se acabar com a Justiça Militar, exceto em tempo de guerra. Descartada essa situação extrema, os casos seriam apreciados pelas varas criminais da Justiça Federal. O problema é que essa mudança sempre encontra a ferrenha oposição de uma pequena elite de privilegiados. Virar ministro do STM, com um bom aumento de salário, é o sonho dos quatro estrelas.

O contato com os generais ministros do STM levou Battaglia a mais uma triste constatação. Enquanto as causas cíveis de competência

DOSSIÊ SMART — A história que o exército quer riscar

da Justiça Federal envolvendo o Exército eram resolvidas deslealmente nos bastidores, por meio da cooptação de desembargadores, os crimes militares eram julgados por indivíduos completamente ineptos, que nada entendiam de Direito.

Antes fosse a ignorância dos generais o único problema com que Battaglia tivesse de lidar em Brasília. O pior seria conciliar a atenção ao caso na corte superior militar com estressantes interrogatórios a que foi submetido pelo coronel Amorielli. Foram, pelo menos, três longas sessões de inquirição, sem contar as menores.

A missão de Amorielli em Nova York havia se encerrado. No retorno ao Brasil, o oficial fora, então, designado para a chefia da Assessoria de Contratos Internacionais do Gabinete do Comandante do Exército, em Brasília. O coronel da AsCo queria informações atualizadas sobre o andamento do contrato Calice-Lokitec, que ele mesmo havia firmado, quatro anos antes. Também buscava saber, sonsamente, por qual motivo Battaglia havia deixado o projeto Smart. Por fim, perguntava, com insistência, se o tenente-coronel vislumbrava possíveis linhas de ação para a solução dos problemas.

Não precisava perguntar. Bastava que o chefe da AsCo se desse ao trabalho de ler os documentos. Estava tudo ali: problemas e soluções propostas. O relatório da última missão de Battaglia na Espanha, que culminara na sexta reprovação do simulador, havia sido remetido para o Gabinete do Comandante e para o Estado-Maior do Exército. Era o texto que fazia menção ao oferecimento de propina por Enrique Medelín.

Amorielli não se dava por satisfeito. Queria saber mais. Foi então que, no último interrogatório da semana, Battaglia revelou ao coronel o que SS havia comentado com o general Nicolau no bar da Residencia Militar Alcázar: Aureliano havia criado todo aquele esquema para pagar uma dívida pessoal com o mercador da morte, Papa Velasco. A reação do inquisidor surpreendeu Battaglia.

DIÁRIOS DA CASERNA

— Você pensa que eu não sei? As ligações do Aureliano com o Papa Velasco foram confirmadas pelo C.I.E. — revelou Amorielli. — Sílvia é o nome da bastarda. Não está mais na Espanha. Casou-se já faz um tempo, e hoje mora na Austrália.

Amorielli começava a demonstrar um quê de impaciência.

— Vamos lá... Vamos concluir as conversas da semana. Na sua visão, quais ações o Exército deveria tomar em relação ao Smart?

A Lokitec estava inadimplente. Acumulava sete reprovações na tentativa de finalizar o desenvolvimento do simulador, com atraso de um ano e meio no calendário. Havia fortes indícios de que não possuía tecnologia necessária para desenvolver o Smart. Além disso, manipulava dados, apresentava falsas métricas e seus gestores tinham comportamentos antiéticos.

Dentro desse contexto, para Battaglia, só havia uma coisa a se fazer: cumprir o que a lei determinava. O Exército deveria observar os ditames da Lei de Licitações e Contratos, a lei nº 8.666, de 1993, e o texto do contrato Calice-Lokitec. Para isso, a Calice deveria abrir um processo administrativo, proporcionando à empresa o direito ao contraditório e à ampla defesa. Esse procedimento poderia levar a três cenários.

Primeiro: a Lokitec poderia apresentar argumentos que justificassem a sua inadimplência, o que parecia pouco provável. Segundo: a empresa não justificaria a inadimplência, mas provaria possuir *know-how* suficiente para desenvolver o projeto. Sofreria sanções pelo atraso, mas daria continuidade ao trabalho. Terceiro: a companhia não conseguiria justificar sua inadimplência nem comprovar o domínio da tecnologia para desenvolver o simulador.

Neste último caso, que Battaglia julgava o mais provável, o Exército deveria aplicar as sanções previstas na lei, rescindindo o contrato. O tenente-coronel lembrou também das *performances bonds*, como garantias bancárias contra a inadimplência da contratada, o que talvez assegurasse algum ressarcimento dos pagamentos já efetuados. Alguns

352

DOSSIÊ SMART — A história que o exército quer riscar

pontos controversos poderiam ser levados à câmara de arbitragem de Nova York, para dirimir conflitos entre as partes.

Com relação aos generais e outros oficiais envolvidos em supostos ilícitos, Battaglia respondeu ao coronel Amorielli que o Comandante do Exército deveria determinar a instauração de inquérito policial militar, com envio do processo para o Superior Tribunal Militar, foro privilegiado dos generais.

Amorielli fitava seu interlocutor com bastante atenção, mãos cruzadas sobre a mesa. Battaglia terminara de expor as ações que considerava pertinentes e, agora, encarava o coronel. Ficaram assim calados por uns bons quinze segundos. Pareceu uma eternidade. Até que Amorielli rompeu o silêncio com uma gargalhada estridente, enquanto batia com as mãos sobre a mesa.

— Desculpe, coronel, mas acho que perdi a piada.

— Eu te explico... Imagine: num belo dia, você descobre que tem um filho "veado". Você sairia contando para todo mundo?

— Continuo sem entender, coronel.

— O general Augusto descobriu que tem filhos "veados" e não quer contar pra ninguém! Entendeu agora?

Com essa metáfora preconceituosa, o coronel Amorielli admitia que o Centro de Inteligência do Exército havia investigado e comprovado o envolvimento de oficiais generais em relações ilícitas com a Lokitec. O Comandante do Exército sabia de tudo, mas não tomaria nenhuma medida para que o caso não viesse a público e manchasse a imagem da instituição. Realmente, a sujeira deveria ser enorme para que o general Augusto corresse o risco de ser acusado de prevaricação e condescendência criminosa.

Enquanto isso, no Smart/AMAN, a nova equipe se deparava com velhos problemas.

DIÁRIOS DA CASERNA

Nova equipe, velhos problemas

Enquanto o tenente-coronel Battaglia assumia sua nova função na Assessoria Jurídica da AMAN, o major de artilharia Quintela o substituía no Smart. Já haviam servido juntos anos antes no Batalhão de Artilharia Aeroterrestre. Na época, Battaglia era o oficial de operações; e Quintela, comandante da 1ª bateria de obuses. Era a subunidade mais operacional do batalhão, formada por militares do efetivo profissional, na qual novatos, os chamados recrutas, não eram aceitos. Battaglia nutria grande apreço pelo colega, reconhecendo o trabalho que desenvolvera à frente da bateria. Essa admiração cresceria ao saber da postura do novo chefe do Simulador Militar de Artilharia, ao receber a "visita" do escritório de gerenciamento do projeto Smart.

— O general Simão mandou você assinar este documento. Ele já o fez, mas ficaram faltando as firmas do supervisor operacional e do fiscal do contrato.

Olavo tinha viajado do Rio de Janeiro para Resende, levando o certificado de término da fase 2.2, que Battaglia e Aristóteles haviam se negado a assinar. A resposta de Quintela foi firme e corajosa:

— Você está vendo estes brevês na minha farda? Sabe qual eu mais valorizo?

O chefe do Gesmart olhou para os brevês de paraquedista militar, mestre de salto, guerreiro de selva, combatente de montanha... Não arriscou responder. Quintela apontou.

— Este aqui, onde está escrito "Quintela". O coronel Battaglia e o coronel Aristóteles não assinaram porque o Smart apresentou várias inconformidades nos testes de fevereiro, inclusive erros graves identificados pelo Carta. Veja bem, o simulador não conseguiu reproduzir nem as escolas de fogo do Curso de Artilharia da AMAN! Está no relatório, e eu li ao assumir a chefia. Enfim, eu também não vou assinar sem realizar testes do simulador com a minha equipe.

E finalizou:

DOSSIÊ SMART — A história que o exército quer riscar

— Essa é a minha condição, e acredito, com todo respeito, que o general Simão vai entender.

Olavo havia fracassado em sua missão. Temeroso da reação de SS, foi consultar-se com o general Nicolau. Ficou surpreso com a resposta:

— Quer saber? Se eu estivesse no lugar do Quintela, também não assinaria — disse o velho militar.

A partir de então, Simão e Julio Sonzo, muito a contragosto, começaram a pensar em uma data para a oitava avaliação do Smart. A Lokitec não entendia por que precisava submeter o simulador a mais uma sessão de testes para receber a parcela de 5,6 milhões de euros. Afinal, já possuía um documento assinado pelo gerente do projeto que atestava o término do desenvolvimento.

O problema legal era que o contrato Calice-Lokitec previa a assinatura tríplice do certificado de término da fase 2.2. Com base nisso, nem o Comandante do Exército nem a Calice, gestora do contrato, sentiam-se seguros para, respectivamente, autorizar e realizar o pagamento. O Dr. Silvestre, advogado da União, tinha analisado a situação e dado parecer contrário ao desembolso.

O relacionamento entre o Exército e a Lokitec ia de mal a pior. Papa Velasco, acostumado a vociferar impropérios, chegou a telefonar para SS, chamando-o de *general de mierda, que cagara las estrellas*. Julio Sonzo, mais formal e polido, enviou-lhe duas cartas no início e final de junho, dias 5 e 23, ameaçando levar a questão ao tribunal de arbitragem de Nova York.

O certificado assinado pelo general Simão tinha se tornado um trunfo nas mãos da Lokitec. Mesmo contrariada, porém, a empresa preferiu não se arriscar e concordou com a nova avaliação, pondo-se novamente a trabalhar na solução dos erros do software. Havia um motivo para isso. Entrar em disputa contra o Exército Brasileiro poderia atrapalhar os negócios que ela pretendia firmar com as demais Forças Armadas e com outros países na América Latina. No mínimo, a arbitragem em Nova York iria chamar atenção para os problemas do

DIÁRIOS DA CASERNA

contrato e do projeto Smart, levando a questionamentos e desconfianças em relação à empresa.

A nova avaliação ficou agendada para o período de 21 a 31 de julho, em Resende. O último dia da semana, 1º de agosto, sexta-feira, foi reservado para reuniões entre o Exército e a Lokitec. Esperava-se, nesse dia, iniciar o planejamento da fase 3 de entrega e instalação do simulador.

No dia 21, a Lokitec carregaria a versão atualizada do software na AMAN, para possibilitar os testes, que seriam conduzidos pela equipe do major Quintela. Nessa época, não havia mais nenhum artilheiro da equipe original; somente alguns engenheiros, já que o contrato exigia a assinatura deles certificando a transferência tecnológica.

Kawahara e Juliano continuavam lotados na AMAN. Aristóteles e Kowalski, mais uma vez, viajariam de Brasília para Resende. Os testes seriam acompanhados de perto pelo general Nicolau, e pelo major Olavo, do Gesmart. Uma equipe da Lokitec, com Oscar Chaves e outros engenheiros, também acompanharia a avaliação.

A princípio, a falta dos antigos artilheiros (Battaglia, Seyller, Lotterman e Marcus Junius) gerou insegurança na nova equipe. Quintela chegou a consultar o Gesmart sobre a possibilidade de contar com o apoio de alguns deles, mas Olavo respondeu que a participação de ex-membros do grupo operacional não tinha sido autorizada pelo gerente do projeto. A justificativa: evitar despesas adicionais com passagens e diárias. Era um argumento plausível. Quintela então requereu a presença do antigo supervisor operacional e ex-chefe do Smart/AMAN, já que Battaglia continuava lotado na Academia, o que não exigiria pagamento de diárias e despesas de transporte. O Gesmart, contudo, negou novamente, desta vez, sem apresentar explicações.

Quintela reuniu a equipe. Expôs os receios diante da tarefa, citou a solicitação de apoio e relatou a negativa da gerência. De todo modo, deixou claro que confiava no trabalho de cada um. No final das contas, era preciso conhecer a artilharia, assunto no qual todos

DOSSIÊ SMART — A história que o exército quer riscar

ali eram especialistas. Citou, como exemplo, o capitão Linsky, que havia passado por experiência semelhante em fevereiro, quando fora enviado para testar o hardware do simulador na Espanha. Superando todas as dificuldades, havia cumprido muito bem sua missão. Estavam prontos! Depois dessa conversa motivadora, a equipe do Smart/AMAN ganhou confiança para realizar a missão.

A pressão foi grande. Era uma equipe nova, sem experiência no projeto, sem apoio. Cada passo dos testes era supervisionado pelo escalão superior e pela empresa contratada. Milhões de euros estavam em jogo. SS queria resolver definitivamente o problema do certificado da fase 2.2, com duas novas assinaturas ao lado da sua, do tenente-coronel Aristóteles e do major Quintela. Também sonhava se livrar do problema relativo ao certificado de transferência tecnológica, obtendo, pelo menos, as assinaturas dos capitães engenheiros militares Kawahara, Juliano e Kowalski.

Mesmo sob forte pressão, o resultado, mais uma vez, foi desfavorável. De um total de 221 requisitos avaliados, em 122 ou 55% foram identificadas 358 inconformidades. No "Anexo B — Avaliação Operacional", do "Relatório da 8ª Avaliação do Simulador Militar de Artilharia", o Smart foi mal avaliado em praticamente todos os oito subsistemas de artilharia. Em cinco deles (linha de fogo, observação, topografia, comunicações e logística) ganhou o status de "reprovado". Em dois (direção e coordenação do tiro, e busca de alvos), foi "aprovado parcialmente". Em apenas um (meteorologia) foi "aprovado". Além da deficiência dos subsistemas de artilharia, o simulador apresentou falhas na avaliação dos instruendos, que se somou à lista de itens reprovados; e nas funcionalidades do posto do instrutor, aprovado parcialmente.

Se SS pensava desqualificar a antiga equipe de artilheiros, especialmente Battaglia, o tiro tinha saído pela culatra. A oitava reprovação do Smart por uma equipe operacional totalmente nova serviu para comprovar que a empresa contratada não havia mesmo finalizado o

DIÁRIOS DA CASERNA

desenvolvimento, e acabou, na prática, por corroborar os resultados das sete reprovações precedentes.

A reprovação de julho de 2014 gerou um novo impasse entre o Exército e a Lokitec. A ameaça de arbitragem em Nova York com o documento assinado pelo general Simão pairava no ar. SS teria de viajar a Brasília para pessoalmente buscar uma solução.

***

Não dava mais para manter o contrato Calice-Lokitec nos termos em que havia sido firmado em outubro de 2010. O prazo de trinta e seis meses para desenvolvimento, entrega e instalação dos dois simuladores já expirara cerca de um ano antes. O correto seria acatar a sugestão de Battaglia ao coronel Amorielli: abrir um processo administrativo para esclarecer os motivos do atraso e, a partir daí, tomar as medidas cabíveis. O problema é que o general Augusto não demonstrava nenhuma disposição para esse embate.

SS veio com a "solução" que considerava óbvia: se o contrato não tinha sido cumprido, bastava modificá-lo. O general Simão informou a Papa Velasco a sua ideia. Pretendia, com essas tratativas, ganhar um pouco mais de tempo, caso a Lokitec estivesse mesmo disposta a levar a questão para a arbitragem, usando o documento que ele assinara.

O maior obstáculo para a alteração do contrato continuava sendo o Dr. Silvestre. O advogado da União defendia a tese de que o contrato Calice-Lokitec não poderia ser mudado, porque havia incorporado *ipsis litteris* o edital da licitação. Alterar as cláusulas pactuadas trazia o risco de outras empresas questionarem o processo, afirmando que, sob as novas condições, teriam sido capazes de superar a Lokitec na disputa. E pior, podiam denunciar uma manobra fraudulenta comum: requisitos falsamente rígidos para favorecer um concorrente, abrandados posteriormente durante a execução do contrato. Entre os receios do Exército, existia um maior: de que o projeto Smart fosse auditado pelo TCU.

DOSSIÊ SMART — A história que o exército quer riscar

Na viagem a Brasília, em primeiro lugar, Simão buscou o apoio de Null. Como diretor de Ciência e Tecnologia do Exército e um dos quatro estrelas mais antigos, seu parecer poderia ser bastante útil. Ademais, o general havia sido leniente com a empresa contratada, atestando o término da fase 1 sem os cadernos técnicos. Era natural, portanto, que tivesse todo interesse em resolver o impasse, antes que a lama das irregularidades respingasse em sua farda engomada.

Na reunião entre os generais, Null mandou chamar Aristóteles, que trabalhava no Centro de Desenvolvimento de Sistemas, órgão que lhe era subordinado. Preocupado com as repetidas reprovações do Smart, o general queria ouvir o tenente-coronel, ainda formalmente fiscal do contrato, sobre a viabilidade de se prosseguir com o projeto.

— O general Simão e eu estamos aqui ponderando sobre uma maneira de dar continuidade ao Smart. Uma coisa já ficou clara para nós: a necessidade de modificar o contrato, estendendo o prazo de trinta e seis meses, que expirou em outubro do ano passado. Nossa dúvida é: quanto tempo você estima que seria necessário para a Lokitec finalizar o projeto?

— General, essa resposta não é simples, porque depende de quanto esforço e de quantos recursos a Lokitec estará disposta a colocar nessa tarefa. No ano passado, o projeto Smart sofreu com a diminuição dos recursos humanos. Um terço dos engenheiros espanhóis foi realocado para outras atividades da empresa. Em um dos últimos relatórios que redigi, tínhamos feito uma estimativa de, no mínimo, seis meses, só para a correção das inconformidades. Mas essa previsão levava em conta o efetivo total do início do projeto, mais nossos engenheiros e artilheiros. Refiro-me, neste caso, somente ao término do desenvolvimento, antes dos testes e instalação em Resende e Santa Maria. Mas, se o senhor me permite dizer, o histórico demonstra que a Lokitec não é confiável. Ela é contumaz em dizer que está se empenhando ao máximo, mas nunca cumpre o que promete.

SS ficou visivelmente contrariado com a resposta, mas preferiu não retorquir, aguardando a reação do colega, mais antigo que ele.

DIÁRIOS DA CASERNA

De modo algum, arriscaria perder aquele apoio estratégico. A réplica, contudo, foi melhor do que esperava:

— Não, não! A Lokitec é extremamente confiável! — sentenciou Null. — A empresa está ligada à alta maçonaria da Espanha.

Papa Velasco era o elo da Lokitec com a polêmica organização e gozava da simpatia de Null e de Simão, também maçons. Aristóteles demorou a crer no que tinha acabado de ouvir e, por pouco, não perguntou o que uma coisa tinha a ver com a outra. Já abria a boca para debater o assunto quando, prudentemente, se deteve. Considerou o argumento do superior tão imbecil que não merecia qualquer comentário.

**

Simão passara a semana toda em Brasília, em contatos e reuniões. Com o apoio de Null, começou a difundir a ideia de que o Smart era um "projeto complexo, inédito e ambicioso", um "software difícil". Durante o desenvolvimento, teria ficado mais claro, contra a previsão inicial, que o prazo de trinta e seis meses era exíguo demais, mesmo para a Lokitec, que "detinha" alta tecnologia na produção de simuladores. O general explicava que, "segundo a Standish Group, renomada consultoria norte-americana em TI, apenas 16% dos projetos de software (como era o caso do Smart) eram concluídos dentro do cronograma e do orçamento previamente estipulados, enquanto mais de 30% eram abandonados antes do final". E falava com toda convicção, repetindo como papagaio o que aprendera com os engenheiros militares numa das viagens à Espanha.

"Projeto complexo, inédito e ambicioso." A expressão com o substantivo triplamente adjetivado acabou virando um mantra na boca de SS. Usava-o sem moderação para justificar o alto investimento na compra do simulador espanhol, e ocultar o histórico de benesses

DOSSIÊ SMART — A história que o exército quer riscar

pessoais, pareceres mandrakes, embromações, atrasos sem fim, falhas grotescas e dinheirama escoada sem equivalente contrapartida.

Gente que se dizia esclarecida caía naquela esparrela. O bacharelato em ciências bélicas na prestigiada Academia Militar das Agulhas Negras, o mestrado e doutorado na Escola de Capitães e na Escola de Estratégia e Tática Terrestre não eram suficientes para formar uma massa crítica. Com suas palavras mágicas, SS lograva êxito em sua obra de ilusionismo, furtando a razão da massa de incautos. O respaldo dos "especialistas" dava ainda mais credibilidade à tese do "projeto complexo, inédito e ambicioso".

Depois de "capturar" o general Null, SS decidiu investir sobre o coronel Amorielli, que, como chefe da AsCo, tinha o dever de assessorar o Comandante do Exército em relação aos contratos internacionais. Não encontrou dificuldade em garantir mais um aliado. Amorielli era quem havia assinado o contrato Calice-Lokitec no lugar do coronel Mouro. Tinha, portanto, todo o interesse em preservar sua reputação e evitar a eclosão de um escândalo.

Na sequência, SS e seus sequazes puseram-se a minar a resistência do Dr. Silvestre contra a mudança do contrato. O próximo alvo da súcia fardada era o próprio Comandante do Exército. Em uma reunião tensa, colocaram-no diante de um dilema: "Se não tomarmos essa providência urgente, o senhor será forçado a instaurar um processo administrativo contra a empresa. E, para se defenderem, os espanhóis poderão expor alguns militares, coronéis e generais, com risco para a imagem do Exército!".

Para bom entendedor, era o suficiente. Mas havia mais: o risco de decisão desfavorável ao Exército na corte arbitral de Nova York, pois SS já havia assinado o certificado do término do desenvolvimento. Diante dessa coleção de argumentos, Augusto, titubeante, capitulou.

Desse modo, o consultor jurídico do Comandante do Exército foi se isolando. Solidificava-se a crença geral na necessidade de alterar as

DIÁRIOS DA CASERNA

cláusulas do acordo entre o Exército e a Lokitec. Mas o que mudar? A questão do prazo? Sem dúvida, pois já tinha expirado havia muito tempo. Outra questão improtelável dizia respeito ao calendário dos pagamentos, os já realizados e aqueles por realizar.

Até ali, o Exército havia desembolsado 7 milhões de euros, correspondentes a 50% do valor do contrato. Estava prestes a depositar mais 5,6 milhões nas contas dos espanhóis, correspondentes ao término da fase 2.2. Assim, somaria 12,6 milhões de euros em pagamentos, o equivalente a 90% do total do negócio, sem ter recebido absolutamente nada! Sim, porque o general Simão mentia descaradamente quando dizia que a empresa havia entregado um protótipo.

Para mitigar riscos, cogitou-se uma alteração no calendário dos pagamentos, que seriam condicionados à entrega efetiva de partes tangíveis do simulador, como os hardwares. O tenente-coronel Aristóteles, que acompanhou algumas das reuniões como fiscal do contrato, era um dos defensores dessa ideia.

SS considerou produtiva a viagem a Brasília. As ideias, contudo, ainda teriam de ser discutidas com a presidência da Lokitec antes da assinatura de um termo aditivo ao contrato. Simão, então, convidou Julio Sonzo para uma reunião em Porto Alegre, no gabinete do Comandante do Exército do Sul, cargo que assumira depois da promoção a general de exército.

A reunião entre Simão e Sonzo em Porto Alegre ocorreu no dia 19 de agosto de 2014. No dia seguinte, o presidente da Lokitec enviou ao gerente do projeto uma carta com seus termos para que chegassem a um acordo. Sonzo começava a missiva creditando a si próprio a realização do encontro no Brasil, como fruto de seus esforços em busca de um consenso. Insistia que a empresa possuía o certificado de término da fase 2.2, assinado pelo gerente do projeto, o que lhe garantiria o recebimento de 5,6 milhões de euros. Afirmava ainda não compreender por qual motivo o pagamento não tinha sido efetuado.

DOSSIÊ SMART — A história que o exército quer riscar

A carta havia sido escrita em inglês, provavelmente porque os espanhóis pretendiam utilizá-la em uma eventual disputa no tribunal arbitral de Nova York. Assim, Sonzo usou o texto para desqualificar eventuais contra-argumentos do Exército. Assegurava que o desenvolvimento do Smart estava completo, mas admitia, como natural no processo, a necessidade de ajustes e correções no software, no hardware e na documentação. Essas tarefas, segundo a empresa, deveriam ser realizadas na fase 3, de instalação e testes.

Seguindo esse entendimento, a Lokitec considerava-se isenta de obrigações que impedissem a quitação do débito correspondente ao término da segunda fase. Nesse caso, referia-se às inconformidades apontadas na última avaliação, a oitava, realizada em julho, na AMAN.

Sonzo dizia que a Lokitec já havia concordado por duas vezes com essa "solução", sem um resultado efetivo: em dezembro de 2013 e em março de 2014, quando a empresa teria corrigido as inconformidades apontadas pelo cliente, inclusive com o deslocamento de engenheiros espanhóis para o Brasil. Insistia que vinha cumprindo à risca suas obrigações contratuais, além de atender regularmente a outras inúmeras exigências do Exército Brasileiro. Dizia, portanto, sentir-se prejudicada pelo círculo vicioso de novas demandas sem fim. O presidente acrescentava que, fiando-se na assinatura aposta pelo gerente do projeto no certificado de término da fase 2.2, a Lokitec já havia iniciado a fase 3, com a manufatura em estágio avançado do hardware do Smart, com custos que superariam 75% do valor do contrato.

No final da carta, Sonzo "propunha" (melhor dizer, impunha) dez medidas para dar continuidade ao projeto Smart. A primeira, estabelecida como condição *sine qua non*, era a autorização do Comandante do Exército para que a Calice realizasse o pagamento dos 5,6 milhões de euros. Depois disso, a empresa solucionaria os erros de software apontados pela equipe brasileira, despacharia o hardware do simulador para o Brasil e iniciaria sua instalação.

363

DIÁRIOS DA CASERNA

***

— Uma dúvida... — disse Bruna, levantando a caneta. Nessa época, você já tinha se desligado do projeto, não? Posso perguntar como teve acesso a esses documentos, como essa carta da Lokitec para o general Simão?

— Depois que o general Simão conseguiu derrubar a resistência do Dr. Silvestre, convencendo o general Augusto a alterar o contrato, o Comandante do Exército determinou que o coronel Amorielli fosse a Nova York com uma minuta para a confecção de um termo aditivo.

— Mas isso não explica... — interrompeu Fábio.

— Já chego lá — disse Battaglia. — Como lhes disse, eu tinha assumido a chefia da assessoria jurídica da AMAN. De repente, recebi uma ordem: enviar a capitão Ailla, uma de nossas advogadas da Jura, para acompanhar o Amorielli na viagem aos Estados Unidos. Enquanto ela se preparava para a missão, acabamos tendo acesso a esse e outros documentos.

A julgar por suas expressões, os jornalistas ainda não compreendiam bem por que Simão havia determinado que uma assessora jurídica da AMAN fosse tratar do termo aditivo ao contrato. Battaglia prosseguiu.

— O mais adequado e óbvio seria o Comandante do Exército designar um assessor jurídico do seu gabinete para acompanhar o coronel Amorielli, ou, ainda melhor, o Dr. Silvestre, como advogado da União. Mas Simão sugeriu ao general Augusto que fosse enviada uma assessora da AMAN, sob o pretexto de que as questões do Smart estavam muito mais próximas fisicamente da Academia Militar do que do Gabinete do Comandante do Exército. O general Augusto concordou com o fraco e conveniente argumento. Lavava as mãos, tentando evitar se envolver ainda mais. Ao mesmo tempo, o SS procurava me enredar, mais uma vez, na trama. Caso ocorresse algum problema, ele diria: "Ah! Mas a Jura, cujo chefe é o tenente-coronel

DOSSIÊ SMART — A história que o exército quer riscar

Battaglia, antigo chefe do simulador, foi quem prestou assessoria jurídica para o termo aditivo".

E acrescentou:

— O general também insistia na mentira de que o Exército havia recebido um protótipo e até mandou o comandante da Base Logística do Exército à AMAN para oficializar a farsa. Ouçam esta história...

***

O general de brigada Hobart, comandante da BaLEx, chegou a Resende com ordens do general Simão para incluir o protótipo do Smart no patrimônio da Academia Militar. O objetivo de SS era dar força à sua mentira de que o Exército já teria recebido algo como contraprestação aos 7 milhões de euros pagos à Lokitec. Com isso, pretendia se contrapor às críticas do Dr. Silvestre, tranquilizar um pouco o general Augusto, dar alguma satisfação à Calice e, o que era o seu objetivo maior, viabilizar novo pagamento aos espanhóis.

O problema de SS era sempre se achar o espertalhão diante de subordinados servis, bajuladores ou ingênuos. Não foi o caso de Battaglia nem de Aristóteles nem de Linsky. O velho general foi batido por todos. Ajustou seus fogos, então, contra o novo chefe do Smart. Primeiro, enviando Olavo com o documento que queria ver assinado. Agora, com Hobart, para que Quintela confirmasse o recebimento do protótipo.

O major, entretanto, conhecia bem essa história. Fizera questão de incluí-la em seu relatório ao assumir a chefia do Smart/AMAN. Dessa forma, esclareceu ao general que, após a apresentação, em 9 de dezembro de 2011, o equipamento, de propriedade da Lokitec, havia permanecido em Resende por dois motivos. Primeiro porque serviria para avaliar o software que chegasse ao Brasil, nas chamadas iterações da fase 2.2. E, segundo, porque a empresa não queria ter

DIÁRIOS DA CASERNA

gastos de levá-lo de volta para a Espanha. Havia mais um: os espanhóis esperavam que o protótipo fosse usado em demonstrações. Em razão disso, na época, o tenente-coronel Battaglia achou por bem formalizar essa situação, firmando um termo de cessão de uso do material da Lokitec para a AMAN.

Cerca de um ano e meio depois, no entanto, em meados de 2013, a empresa resolvera desmontar o protótipo, revogando, tacitamente, a antiga cessão de uso. Em fevereiro de 2014, a Lokitec se viu novamente obrigada a instalar parte do protótipo para a avaliação que resultou na sétima reprovação do simulador e na exoneração do tenente-coronel Battaglia. Tinha atualizado o software no meio daquele ano, sendo novamente reprovada. Em resumo, o antigo protótipo, usado na demonstração de dezembro de 2011 nem existia mais. E nunca havia sido propriedade do Exército. Por tudo isso, não poderia ser incluído na carga da Academia Militar.

Mesmo diante das explicações claríssimas do chefe do simulador, Hobart começou a se irritar. Sua preocupação, por certo, era SS. A princípio, o comandante da BaLEx achou que seria fácil voltar de Resende com a missão cumprida. Não estava conseguindo lograr êxito. Temendo ver um general de quatro estrelas contrariado, impacientou-se, procurando forçar a tal inclusão. Quintela sugeriu, então, chamar o tenente-coronel Battaglia, que havia assinado as guias da BaLEx quando da chegada do material em Resende, e firmado o termo de cessão de uso em 2011.

Acostumado com as indecorosas pressões do projeto Smart, Battaglia não se abalou com a investida de mais um prosélito de SS. Com calma, procurou esclarecer mais uma vez a situação ao general, que acabava de conhecer.

— General, como o major Quintela lhe explicou, o material não é do EB. Há várias provas documentais e testemunhais disso — afirmou categoricamente. — Mas, ainda assim, caso a AMAN incluísse esse material

366

DOSSIÊ SMART — A história que o exército quer riscar

no seu patrimônio, como o senhor está querendo, haveria outro problema: ficaria configurado o descumprimento de obrigações contratuais pela Lokitec, bem como a negligência da Calice e da gerência do projeto.

— Não entendi. Descumprimento contratual e negligência do gerente? Não faz sentido! A empresa entrega um protótipo e está descumprindo o contrato? Explique.

— Claro! Vários itens do protótipo apresentado pela empresa, em 2011, como monitores, teclados e mouses poderiam ter sido comprados no Brasil. O contrato é expresso no sentido de que itens disponíveis no mercado nacional deveriam ser adquiridos aqui. Consequentemente, se o senhor insistir na afirmação de que o protótipo fazia parte de alguma entrega da Lokitec ao Exército, estaria afirmando também que o gerente do projeto foi leniente em relação às obrigações da contratada; e a Calice, negligente na gestão do contrato. É isso mesmo que o senhor quer?

Battaglia complementou:

— E mais uma coisa, general, importante para o senhor que é o comandante da Base Logística do Exército. Acho que nem precisaria lhe dizer, já que se trata do seu *métier*: a entrada no Brasil desse material, com similares no mercado nacional, poderia configurar também sonegação fiscal. Afinal, a BaLEx afirmou, não sei por qual motivo, que o material estava sendo importado para o Exército, "sem similar nacional". Dessa forma, gozaria de isenção fiscal. Monitores, teclados e mouses não poderiam ser comprados pela Lokitec no Brasil? Já imaginou se a Receita Federal descobrisse todo esse imbróglio?

E finalizou:

— Se o senhor me permite uma sugestão, general... No contrato do Smart, não está prevista a "entrega" de um protótipo, mas tão somente sua "apresentação". Diga ao general Simão para mandar a Lokitec enviar esse material de volta para a Espanha. É o melhor a se fazer.

367

A partir desse dia, Battaglia ganhou a antipatia de mais um general acostumado a ver suas ordens imediatamente cumpridas e seus desejos atendidos. SS receberia a notícia com extremo mau humor e teria de pensar em um novo plano para destravar o pagamento.

***

O Comandante do Exército, no uso da atribuição que lhe confere o art. 20, inciso VI, alínea "i", do Decreto nº 5.751 (...), resolve designar os militares abaixo para participar de "Reuniões Técnicas sobre Gestão de Contratos Internacionais" na Comissão de Aquisições, Licitações Internacionais e Contratos do Exército (Calice), na cidade de Nova York, nos Estados Unidos da América:

- de 13 a 26 de setembro de 2014:

(1) Cel Art (...) Amorielli, do Gabinete do Comandante do Exército; e

(2) Ten Cel QEM (Compt) Aristóteles (...), do Centro de Desenvolvimento de Sistemas.

- de 20 a 26 de setembro de 2014:

(3) Cap QCO Dir (...) Ailla (...), da AMAN.

A missão no exterior [PVANA Inopinada X14/729 (1), X14/732 (2) e X14/743 (3)] será realizada com ônus total (transportes e diárias) para o Exército Brasileiro, à conta do Gabinete do Comandante do Exército.

DOSSIÊ SMART — A história que o exército quer riscar

A portaria estava pronta para publicação no boletim do Exército. Amorielli seria o porta-voz das preocupações do Comandante. As ameaças da Lokitec de levar a questão à corte arbitral de Nova York nem eram novidade para a Calice, que já tinha conhecimento desses fatos pelas cartas de Sonzo. O maior receio do general Augusto era que o contrato Calice-Lokitec fosse alvo de questionamentos, com abertura de um processo de tomada de contas especial pelo TCU. Temia ainda que oficiais, em especial generais, fossem responsabilizados por improbidades administrativas e investigados pelo Ministério Público Federal. Um escândalo dessa magnitude provocaria graves danos à imagem do Exército, mesmo que os acusados viessem a ser absolvidos posteriormente pelos colegas da Justiça Militar.

Amorielli deveria, portanto, discutir com os membros da Calice as cláusulas para a assinatura de um termo aditivo ao contrato original, a fim de evitar potenciais problemas. Implicitamente, o sucesso das negociações da Calice com a Lokitec também resultaria na satisfação ou não das expectativas de carreira dos oficiais envolvidos na tarefa. Era o velho toma lá dá cá institucionalizado, disfarçado no discurso da meritocracia. Muitos já conheciam as regras desse jogo, e a própria seleção para a missão de dois anos em Nova York deixava isso claro.

A equipe Smart/AMAN, sob o comando do major Quintela, mais o tenente-coronel Aristóteles, que continuava como fiscal do contrato, foram incumbidos pelo Gesmart, por ordem de SS, de preparar a proposta da minuta do aditivo, tarefa que deveria contar com o apoio da capitão Ailla. Antes de partir para Nova York, Amorielli passaria em Resende, para se reunir com eles e tomar conhecimento dos novos termos.

Para solucionar definitivamente a questão dos requisitos operacionais e técnicos básicos que geravam reiteradas discussões com a empresa, a equipe Smart/AMAN propôs sua atualização contratual de acordo com o documento "Visão de Negócio e Especificação dos Requisitos do Sistema do Smart", aquele, como já sabemos, que o

DIÁRIOS DA CASERNA

engenheiro e analista de sistemas Oscar Chaves, da Lokitec, havia produzido em conjunto com os militares brasileiros, dois anos antes. Esse documento visava exatamente sanar dúvidas dos requisitos pouco claros, eliminar redundâncias, fazer compensações entre dispensas e acréscimos, desfazer as confusões entre o simulador espanhol e o brasileiro, entre outros problemas renitentes, originados da tradução apressada dos requisitos do SEA.

A questão dos requisitos não parecia difícil de ser resolvida, porquanto se apoiava em um documento que, em princípio, já contava com o aval da Lokitec. Apesar de a empresa vir desprezando esse texto de referência, essa postura não parecia exprimir uma discordância de seus altos executivos. Tinha-se a impressão de que refletia uma resistência à mudança por parte dos engenheiros espanhóis. Questão mais difícil seria retirar do projeto Smart toda a linha de fogo, com o correspondente abatimento no valor do contrato, conforme proposta da nova equipe operacional de artilheiros.

Quintela e sua equipe, dando continuidade ao trabalho, tinham consciência de que um dos grandes gargalos do projeto era a falta de *know-how* da Lokitec para simular a linha de fogo. A "sensorização" das peças de artilharia, suas munições e equipamentos sempre esteve muito aquém de uma simulação que efetivamente possibilitasse o adestramento da tropa. Essa queixa já era sentida pelos militares espanhóis no SEA, cuja linha de fogo de obuseiros não servia para nada, além de demonstrações embusteiras para visitantes.

O problema de se retirar a linha de fogo do contrato era que isso deveria alterá-lo em mais de 25%, cifra máxima permitida pela lei de licitações e contratos. A própria Lokitec não concordaria com uma redução tão significativa. E lembremos que, em 2010, durante a licitação internacional conduzida pela Calice, uma empresa norte-americana tinha proposto desenvolver o simulador militar de

DOSSIÊ SMART — A história que o exército quer riscar

artilharia, sem a linha de fogo e sem a transferência tecnológica, por apenas um milhão de dólares.

Outra tarefa difícil era a do tenente-coronel Aristóteles de rever as cláusulas contratuais originais, em função da resistência da Lokitec. O prazo de 36 meses, que já se estendera para 48 meses, certamente, teria de ser ampliado; e esse era o único ponto de consenso. O problema seria a empresa concordar com um desembolso parcelado que correspondesse à efetiva entrega de partes do simulador. Os espanhóis estavam muito mal-acostumados. Já tinham recebido metade do valor do contrato sem contraprestações efetivas de software nem de hardware.

Aristóteles manteve a fase 1 do projeto Smart como de detalhamento dos requisitos operacionais e técnicos do simulador, atribuindo a essa fase o pagamento dos primeiros 15%. A antiga fase 2.1 de desenvolvimento e apresentação do protótipo se transformou simplesmente na fase 2, pela qual a Lokitec havia recebido uma segunda parcela, de 35% do valor.

Na sequência, vinham as fases ainda sem pagamento à empresa espanhola. A fase 2.2, de desenvolvimento do simulador, foi convertida em fase 3, de desenvolvimento e instalações parciais, e dividida em cinco subfases, de 3.1 a 3.5. Aristóteles ainda acrescentou a fase 4, para integração entre os simuladores de Resende e de Santa Maria e recebimento final do Smart pelo Exército Brasileiro.

Essas novas fases permitiriam um desembolso parcelado, mediante entregas de software e hardware, depois de certificados pela equipe brasileira. Dessa forma, a Lokitec receberia mais 15% do valor do contrato, ou seja, 2,1 milhões de euros, pelo atendimento do primeiro conjunto de requisitos da subfase 3.1. Incluindo os requisitos já aprovados, seria um primeiro desembolso rápido, em face dos insistentes pedidos da empresa.

DIÁRIOS DA CASERNA

Posteriormente, a empresa receberia mais 5% (700 mil euros) em cada uma das subfases de 3.2 a 3.4, conforme o atendimento a conjuntos de requisitos selecionados e instalações parciais do simulador. Na subfase 3.5, restariam tarefas de instalação, com pagamento correspondente de 10% (1,4 milhão de euros). Finalmente, na fase 4, ocorreria a integração entre os simuladores e o recebimento final do Smart pelo Exército Brasileiro. O pagamento equivaleria aos últimos 10% do valor do contrato. O prazo do projeto seria dilatado de 36 para 60 meses.

Além de condicionar os pagamentos à verificação de conformidade pela equipe brasileira, Aristóteles mantinha a exigência de que cada engenheiro militar certificasse a transferência tecnológica, com a entrega, pela Lokitec, dos códigos-fonte comentados e cadernos técnicos. Para evitar as pressões que haviam sofrido, o fiscal do contrato também estabelecia que as verificações de conformidade seriam realizadas no prazo de trinta dias após a comunicação formal da contratada do término da fase ou da subfase. Esse período poderia, excepcional e justificadamente, ser prorrogado por igual termo, ou seja, ampliado para sessenta dias com a correspondente dilação do prazo contratual, sem prejuízo para a empresa.

No dia 13 de setembro de 2014, Amorielli e Aristóteles embarcaram para Nova York. O fiscal do contrato seria o responsável por explicar os novos termos do acordo. Ailla chegaria uma semana depois, para cotejar as cláusulas do aditivo com as normas jurídicas pertinentes. No mês seguinte, foi a vez de Hobart viajar a Nova York, segundo o boletim do Exército, para realizar "visita técnica" à Calice. Na realidade, o general foi tratar do imbróglio do protótipo, cuja "apresentação" a BaLEx tinha transformado em "recebimento", com a declaração (falsa) à Receita Federal de importação sem similar nacional para o Exército Brasileiro.

DOSSIÊ SMART — A história que o exército quer riscar

Tanto o coronel Amorielli quanto o general Hobart encontraram boa receptividade dos oficiais da Calice, na "compreensão" das preocupações do Comandante do Exército com os problemas que poderiam emergir do contrato. Também reconheceram os esforços do gerente do projeto para evitar esses percalços. Se por um lado, contudo, esse grupo de militares estava coeso, de outro, o problema era "combinar com o inimigo". Monta-se uma linha de ação que se considera "perfeita" para vencer a batalha. Mas, como diz outro ditado recorrente no Exército, "o inimigo é dono das suas próprias vontades". Isso quer dizer que o plano todo poderia falhar se a empresa não concordasse com seus termos. E a Lokitec (adivinhe!) não concordou.

A empresa se opunha ferrenhamente aos novos pagamentos condicionados e parcelados. Considerava que tinha o direito de receber de uma única vez os 5,6 milhões de euros garantidos pelo certificado assinado pelo general Simão. Afirmava que já havia sido complacente demais com o Exército na busca de uma solução amigável e que possuía provas suficientes para lograr êxito na arbitragem. Para ser ainda mais incisivo, Julio Sonzo enviou ao general Simão uma planilha intitulada "Estado Materiales Smart", com a lista de hardwares que já haviam sido produzidos. O documento informava que os equipamentos se encontravam estocados no armazém da fábrica em Toledo. Foi aí que SS teve uma nova ideia; aliás, duas.

***

Na Reunião do Alto Comando do Exército, que reúne três vezes ao ano os oficiais generais de quatro estrelas no "Forte Apache", em Brasília, SS anunciou que uma equipe do Smart/AMAN partiria para a Espanha a fim de verificar a produção do hardware do simulador, cuja lista lhe havia sido encaminhada pelo presidente da Lokitec. O

DIÁRIOS DA CASERNA

projeto, enfim, estava caminhando para entregas efetivas do equipamento.

— Um grande passo para a artilharia! — comentou um dos colegas quatro estrelas, dando-lhe um tapinha nas costas.

Assim, de 4 a 12 de outubro de 2014, o tenente-coronel engenheiro militar Oliveira e os capitães de artilharia Monteforte e Linsky estiveram em missão na Espanha. Foram usados para legitimar as patranhas de SS, porque a inspeção, na realidade, não inspecionava nada. Os três militares não tinham permissão para testar qualquer equipamento. Muitos dos hardwares reprovados por Linsky, em fevereiro daquele mesmo ano, estavam ali no armazém, "prontos", aguardando o embarque para o Brasil. A tarefa dos militares era simplesmente a de olhar as prateleiras, conferir superficialmente as caixas e "atestar" que o material estava "em estoque". Se funcionavam adequadamente ou não, SS não queria saber.

A missão no exterior fora realizada com ônus total para o Exército Brasileiro. Sem receber o que cobrava do Exército, a Lokitec já não se dispunha a pagar mais um tostão de transporte, hospedagem ou qualquer outra despesa aos militares.

A segunda ideia de SS foi mandar Amorielli de volta a Nova York, na primeira semana de dezembro, sem Aristóteles e sem Ailla, a assessora jurídica. Dessa forma, o emissário estaria mais à vontade, sem incômodas testemunhas, para promover os novos ajustes no contrato Smart, de acordo com os termos negociados privadamente entre Simão e Sonzo. O coronel começou a gostar da brincadeira, que volta e meia lhe rendia algumas diárias em dólar.

***

— Gastar um dinheirão enviando um tenente-coronel e dois capitães por uma semana à Espanha para não fazerem nada de efe-

DOSSIÊ SMART — A história que o exército quer riscar

tivamente prático, só para darem força a um discurso mentiroso do SS e da Lokitec? Se isso não for, no mínimo, improbidade administrativa, desperdício do dinheiro público, praticado pelo Comandante do Exército, em conluio com o general Simão, eu não sei mais o que seria improbidade administrativa — concluiu Battaglia.

— E essa viagem do coronel Amorielli sozinho a Nova York... Você sabe quais foram esses novos termos negociados entre o general Simão e o presidente da Lokitec? — perguntou Bruna.

— Não tive acesso direto ao termo aditivo, mas não é difícil presumir o que estava ali. Primeiro: depois dessa viagem, não se falou mais em testes, e os relatórios de conformidades foram extintos pela gerência do projeto. Daí já podemos supor que os pagamentos condicionados foram retirados da minuta que o coronel Aristóteles havia preparado. Segundo, adiantando o que ainda iria lhes contar, em abril do ano seguinte, em 2015, o coronel Amorielli viajou a Madri para acompanhar os trabalhos da fase 4 do projeto Smart. Agora me digam vocês... O que se pode deduzir disso?

— Fase 4? Só se eles tivessem encerrado a antiga fase 2.2, renumerada como fase 3, de desenvolvimento do simulador, sem novos testes e sem a certificação da transferência tecnológica pelos engenheiros militares, pagando à Lokitec os 5,6 milhões de euros! — espantou-se Fábio.

— Exatamente. E tente achar a autorização do general Augusto para esse pagamento no boletim do Exército, no site da Secretaria Geral do Exército. Você não acha! Essa autorização, muito provavelmente, foi classificada e publicada no boletim reservado, pelo C.I.E., varrendo a sujeira para debaixo do tapete.

***

DIÁRIOS DA CASERNA

Desconhecendo as tramas secretas de Sonzo e Simão, o major Quintela escreveria no seu relatório "Resumo da Situação Atual do Projeto Smart", em dezembro de 2014:

> Atualmente, somente 45% dos requisitos operacionais e técnicos do Smart foram atendidos pela Lokitec. O contrato em vigor prevê que, ao final da fase 2.2 de desenvolvimento, todas as soluções de "software" e "hardware" deveriam estar completas, sem inconformidades, com a devida transferência tecnológica. Restando ainda 55% de requisitos não atendidos, com 358 erros, não é possível certificar o término do desenvolvimento, ao qual está condicionado o pagamento de mais 40% do valor do contrato, que somariam 90% pagos, trazendo um grande risco para a conclusão adequada do projeto Smart, de acordo com o que foi contratado pelo Exército.

O que Quintela não sabia era que SS, Amorielli e a Calice já haviam combinado de dar por finalizada a fase de desenvolvimento do Smart sem novos testes. Com apenas 45% dos requisitos do contrato desenvolvidos, a Lokitec acumularia 90% em pagamentos recebidos, ou seja 12,6 milhões de euros.

Depressão

Cheguei em casa. A viagem foi ótima! Adorei! Já estou com saudades! Só estou um pouco preocupada... Na empolgação, esqueci completamente do anticoncepcional. Não há de ser nada. Te Amo!

Battaglia leu e releu a mensagem para se certificar de que não se enganara. Faria 45 anos; Bárbara, 32. Era uma ótima idade para ele

DOSSIÊ SMART — A história que o exército quer riscar

finalmente ser pai; e ela, mãe. Mas não era exatamente assim que pretendia gerar uma nova vida, de surpresa, muito menos com o divórcio em andamento. Respondeu:

Bárbara! Estou muito surpreso! Desculpe se esta mensagem não for a que você esperava. No momento, quero dizer que fizemos juntos o que fizemos. Se o fim de semana que passamos em Nova York nos trouxer um bebê, obviamente, vou assumir todas as responsabilidades como pai. Me dê notícias... Bjs!

De fato, não foi a resposta que Bárbara esperava. Ela queria mais do que uma mensagem de apoio. Battaglia falava da responsabilidade legal como pai, mas não mencionava união ou casamento. Também não retribuiu as "saudades" nem o "te amo" dela.

No dia seguinte, Battaglia telefonou para Bárbara, perguntando se ela tinha feito o teste, desses que se compram em farmácias. A namorada respondeu que não os achava confiáveis. Marcaria uma consulta com sua ginecologista-obstetra na semana seguinte. Se confirmasse a gravidez, iniciaria o acompanhamento com a médica. Na dúvida, começara a tomar algumas vitaminas. Battaglia buscou informações na internet. O teste de farmácia era confiável, sim, desde que realizado a partir do primeiro dia de atraso menstrual. Pelo menos era o que dizia o "Dr. Google". As preocupações começaram a girar em torvelinho na cabeça de Battaglia. "Por que ela quis fazer as coisas dessa maneira? Por que mentiu para mim? Que 'idiota' eu fui... Cair em um dos golpes mais antigos do mundo! O golpe da barriga! Por que essa pressa? Por que pressionar assim?" Não conseguia livrar-se dessa inquietação. Teria sido ludibriado? Difícil achar que tudo tivesse acontecido ao acaso, ainda mais conhecendo a pertinácia de Bárbara Sirena, que sempre conseguia o que desejava.

Battaglia já tinha ouvido histórias contadas por ela mesma de quando, mais nova, tinha perdido a "ótima chance" de se casar com

377

DIÁRIOS DA CASERNA

um sujeito de família rica, que morava em Ipanema. Ela também criticava o atual marido, por não demonstrar ambição em progredir e ganhar mais dinheiro, postura bem diferente da dela, que não era nada acomodada. Não combinavam, não ia dar certo. Por que adiar o inevitável? Fora se desmotivando até que pediu o divórcio. Mas emendar um casamento no outro? Era isso mesmo que ela queria? Parecia que sim, e que premeditara ficar grávida naquele fim de semana em Nova York.

É certo que Battaglia se encaixava no perfil do homem procurado pela advogada. Podia ser acusado de vários defeitos, mas ninguém jamais o qualificaria como acomodado. Ao contrário da grande maioria dos colegas militares, não se limitara a fazer os cursos da carreira. Buscara conhecimentos e habilidades na sociedade civil, que julgava essenciais para a profissão. Como tenente, por exemplo, praticou boxe tailandês e jiu-jitsu, e, anos depois, krav magá, a defesa pessoal adotada pelo Exército israelense, para compensar as medíocres instruções de lutas da caserna.

Ainda como tenente, tinha se credenciado nos exames de proficiência linguística do Exército em dois idiomas estrangeiros, o inglês e o espanhol, aos quais se somariam, depois, o francês e o italiano. No ano em que ingressou no curso de aperfeiçoamento de capitães de artilharia, estava concluindo a pós-graduação *lato sensu* em Pensamento Político Brasileiro, em uma faculdade do Rio de Janeiro, com a apresentação da monografia *O Militar e a Política – a participação do Exército Brasileiro na vida política nacional no final do século XX.*

Quando jovem oficial do Exército, questionava-se sobre o papel excessivo das Forças Armadas na política, presença intrusiva que havia resultado em várias intervenções desconectadas dos anseios populares e dos preceitos do Estado Democrático de Direito. Tinha sido o caso da Proclamação da República pelo Marechal Deodoro, que muitos

DOSSIÊ SMART — A história que o exército quer riscar

historiadores classificavam como uma quartelada. E também do tenentismo, cujos protagonistas, anos depois, planejariam o Golpe de 1964, movimento que lançou o país num longo pesadelo de vinte e um anos. Battaglia acreditava, ingenuamente, que a Constituição Cidadã de 1988 asseguraria de uma vez por todas a estabilidade política, com as missões constitucionais dos militares bem definidas e detalhadas pela lei complementar.

Por essas e outras, não dava mesmo para dizer que Battaglia fosse acomodado, e Bárbara o admirava muito por esse jeito de ser. Cumprindo os longos expedientes no quartel, inúmeras missões inopinadas, seguindo ordens e contraordens, Battaglia ainda encontrava tempo e disposição para estudar, desenvolver habilidades e acumular conhecimento. No final das contas, isso se revertia em benefício do próprio Exército. Todo esse esforço, sem dúvida, tornava Battaglia um profissional muito mais qualificado do que a massa dos seus colegas, o que não era propriamente refletido nos engessados critérios de avaliação e pontuação da Diretoria Geral do Pessoal. Ter frequentado cinco anos de Direito, com carga horária de 4.500 horas, por exemplo, não lhe trazia ponto nenhum, vantagem alguma em relação aos colegas que haviam cursado as míseras 180 horas de Direito na AMAN. Por isso, muitos julgavam o esforço educativo um desperdício de tempo, especialmente os mais carreiristas, que buscavam fazer somente aquilo que lhes trouxesse pontos na ficha de valorização do mérito.

No tocante à graduação em Direito, o último ano da faculdade coincidiu com o primeiro ano do curso de altos estudos militares da Escola de Estratégia e Tática Terrestre. As aulas na Praia Vermelha terminavam às 17h. Battaglia saía apressado, passava em casa para trocar de roupa e se deslocava para o bairro do Maracanã, onde tinha aula na UERJ até as 22h40. Ao retornar, levava a cachorrinha Lola, uma "salsicha", para passear na praça do bondinho do Pão de Açúcar. Na sequência, estudava até uma ou duas da madrugada,

379

DIÁRIOS DA CASERNA

preparando-se para as aulas do dia seguinte. Levantava-se antes das 6h30 da manhã. E mantinha a forma física nadando na hora do almoço, na piscina do Círculo Militar. Certamente, nem todo mundo tinha essa disposição.

Bárbara admirava o dinamismo de Battaglia. Dali a alguns anos, ele poderia se aposentar, passar para a reserva remunerada, como se diz no Exército, com proventos integrais, e desenvolver uma nova profissão como advogado. O futuro parecia promissor, e Bárbara estava apostando tudo nisso. Tinha encontrado alguém com quem combinava. Conversavam sobre seus planos, divertiam-se, praticavam um sexo sem igual... Barbie adorava fazer o que muitas mulheres rejeitam. Uma vez, confessou que tinha esse sonho havia muito tempo, mas que nenhum de seus ex-namorados soubera explorar direitinho aquela região. Não sentia prazer, apenas dor. Até que encontrou Battaglia. Não acreditou quando teve um tremendo orgasmo dessa forma, substituindo o sofrimento pelo prazer. Confidenciava às amigas mais íntimas: "como eu não iria me apaixonar por um cara desses?!". Era mais exclamação do que interrogação, com júbilo lascivo, que provocava a inveja de umas e descrença de outras, para quem aquele caminho era proibido, aquela região, um tabu.

Esse, aliás, foi mais um ponto que despertou posteriormente a suspeita de Battaglia. Em Nova York, Barbie quase não pedira ali, como frequentemente fazia, enquanto pronunciava e exigia palavrões, misturados aos seus gemidos e estalos dos tapas que gostava de levar. Com todas essas desconfianças, as trocas de mensagens foram se tornando mais frias. Bárbara não dava uma resposta assertiva sobre a possível gravidez. Será que era mesmo tão difícil tirar essa prova? Se ela não confiava no teste de farmácia, por que não fazia o beta-HCG?

Incrivelmente, Helena percebeu que algo não ia bem entre o ex-marido e sua nova namorada. Ela tinha aguçado esse sexto sentido,

DOSSIÊ SMART — A história que o exército quer riscar

que parece ser comum a todas as mulheres. Ou não. Battaglia não era exatamente uma pessoa que conseguia esconder seus sentimentos, suas preocupações. Ela o conhecia havia mais de vinte anos, entre o namoro e o casamento. E enxergou nessa vulnerabilidade uma chance de se reaproximar.

— Tem comida na cozinha, que eu fiz — disse uma das vezes, entrando no quarto ao lado, onde Battaglia tinha passado a dormir. De surpresa, ela tinha preparado uma *paella*, tentando resgatar boas lembranças do tempo na Espanha.

Helena começou a se despir de toda a prepotência, abstendo-se das críticas que fazia à profissão militar, esforçando-se para restaurar o casamento. Um dia, anunciou que tinha trocado o clássico PT Cruiser da Chrysler por um moderno Honda Civic. Já estava na hora de substituir o antigo, e ela sabia que Battaglia gostava daquela marca japonesa.

— Se você precisar do carro qualquer dia desses, não tem problema, a gente troca.

Helena estava se empenhando demais, fazendo tudo o que podia e não podia para tê-lo de volta. Uma vez, disse que a Bíblia só permitiria o divórcio em caso de adultério ou imoralidade, de violência, de abandono material ou de vícios do marido. Para ela, Battaglia tinha cometido os dois primeiros no relacionamento com Bárbara. Mesmo assim, estava disposta a perdoar seus "pecados". Das garotas de programa que ele buscara para aliviar o estresse do relacionamento, ela nem sabia.

Numa das madrugadas, Battaglia levou um grande susto quando Helena repentinamente o acordou. Ainda meio atordoado de sono, sem entender direito o que ela dizia, somente a obedeceu para que pudesse voltar a dormir.

— Rasga essa foto. Quebra essa maldição que foi lançada sobre a tua vida, em nome de Jesus!

DIÁRIOS DA CASERNA

A foto foi rasgada. Mostrava Battaglia ao lado de seu pai, que falecera em 2008. O problema dessa imagem, segundo Helena, eram os retratos, em segundo plano, pendurados na parede. Um deles era uma caricatura do chefe da família, segurando a grande caneta tinteiro que costumava usar em seu escritório de contabilidade. O outro exibia Battaglia camuflado em um exercício de campanha, segurando um FAL[13] 7,62 mm, quando ainda era adolescente, aluno da Escola Preparatória de Cadetes do Exército, a EsPCEx, em Campinas. Na forma como a caricatura e a foto tinham sido dispostas na parede, Battaglia apontava o fuzil diretamente para o pai. Aquela coincidência, segundo ela, tinha sido obra do demônio. O diabo ou seu emissário, o espírito maligno que habitava aquela foto, enfim havia sido exorcizado.

Menos transcendental e mais secular era o condicionamento cultural machista que Helena trazia de criança, quando contava histórias do fulano que foi comprar um cigarro na esquina e nunca mais voltou para casa. A mulher virava uma "abandonada", discriminada pela sociedade. Helena não queria que as pessoas apontassem o dedo para ela e dissessem: "essa aí foi largada pelo marido".

Battaglia começou a ficar com pena dela, a se culpar pelo sofrimento que a ex-mulher experimentava. "Por que tinham chegado àquele ponto? Como a história poderia ter sido diferente? O que poderia ter feito para evitar tudo aquilo?" Acabou na terapia. Não foi suficiente. Certo dia, estava despachando os processos judiciais e administrativos da AMAN com o coronel Mazzi quando subitamente começou a derramar lágrimas silenciosas. A princípio, tentou esconder do subcomandante o pranto. Baixou a cabeça, procurando se concentrar nos documentos que trazia e se recompor. Não conseguiu. Com a face já úmida, levantou a cabeça e assumiu com consciência o problema:

---

13 Fuzil automático leve.

382

DOSSIÊ SMART — A história que o exército quer riscar

— Coronel, estou sofrendo de depressão. Gostaria de sua autorização para fazer uma consulta agora com o psiquiatra do CRI.

Mazzi, que era muito humano, de pronto aquiesceu e pediu a um major para acompanhar Battaglia até o Centro de Reabilitação de Itatiaia, organização militar de saúde, instalada aos pés do Parque Nacional de Itatiaia, especializada em distúrbios psiquiátricos e tratamento de dependentes de drogas. A partir daí, além das sessões semanais de terapia, Battaglia faria uso de um antidepressivo, um remédio controlado.

O militar, então, decidiu fazer um check-up, passar por exames completos, dando mais atenção à sua saúde física e mental, empenhado também em não prejudicar seu trabalho. Foi quando descobriu que estava com varicocele, dos dois lados. O tempo passava, e Bárbara de fato não apresentava resultados que indicassem a gravidez. O motivo era este. Com aquela enfermidade, a fertilidade de Battaglia estava baixíssima, o que provavelmente tinha evitado a fecundação da namorada no romântico fim de semana em Nova York. O problema acabou sendo resolvido na cirurgia pela qual Battaglia passou no Hospital Militar das Agulhas Negras. Bárbara nunca soube por que seu plano tinha falhado.

Mesmo diante da resistência de Helena e da culpa que Battaglia sentia, eles assinaram o divórcio. Nem se pode dizer que Bárbara tenha tido alguma influência nisso, porque, na mesma época, os namorados também terminaram o relacionamento. A iniciativa partiu dele, que perdera a confiança nela. E confiança, como Battaglia dizia, está na base de qualquer relacionamento, seja pessoal ou profissional.

O fim de ano se avizinhava. Helena saiu da casa da Vila Militar. Battaglia deu-lhe total liberdade para levar o que quisesse, e ela acabou escolhendo realmente o que tinham de melhor. Ele ainda pagou o advogado, o cartório de notas para o divórcio extrajudicial e parte da conta da mudança. Segundo a ex-mulher, essa era uma obrigação de quem tinha pedido a separação.

DIÁRIOS DA CASERNA

A nomeação de Battaglia para assumir o comando do Batalhão de Artilharia Aeroterrestre tinha sido publicada no boletim do Exército. Com parte da ajuda de custo recebida para a transferência de Resende para o Rio de Janeiro, decidiu viajar, respirar novos ares. Estava precisando, de modo urgente.

Mont Tremblant

"O que eu posso fazer para me distrair 'sozinho'?", era a pergunta que Battaglia se fazia. Uma coisa era viajar com Helena pelo mundo, ou com Barbie a Nova York. A companhia certamente motivava. Mas, no modo solo, seria sua primeira vez. Battaglia, então, recordou-se de como passava horas esquiando no Madrid Snow Zone, aliviando as tensões do projeto Smart. Era isto: precisava de neve. Onde encontrá-la mesmo antes do início do inverno no hemisfério Norte? Nas altas latitudes. Girou o globo terrestre e apontou: Canadá!

Battaglia já tinha o visto para os Estados Unidos da viagem que havia feito a Nova York naquele ano. Teve de tirar também o canadense. Assim, com toda a papelada pronta, e depois de deixar Pepe com sua mãe em Campinas, embarcou no voo, que decolou do Aeroporto Internacional de Guarulhos, à 0h05 de 1º de dezembro. Às 6h45, hora local, pousou em Chicago, nos Estados Unidos, para a conexão com outro voo, com decolagem prevista para as 8h10 rumo a Toronto. Uma hora e vinte cinco minutos separavam o pouso de uma aeronave e a decolagem da outra. Não tinha muito tempo. Mas, com tudo em ordem, não haveria com o que se preocupar.

O trecho de Chicago para Toronto era praticamente um voo regional. Por isso, chegando aos Estados Unidos, Battaglia teve de passar pela imigração. Apresentou seu passaporte brasileiro, com o visto americano e o canadense. Para sua surpresa, contudo, o agente da

DOSSIÊ SMART — A história que o exército quer riscar

imigração começou a fazer-lhe uma série de perguntas, supostamente desconfiado do passageiro que tentava entrar no país.

— Por que você está viajando sozinho?

Battaglia explicou que se divorciara poucos meses antes e estava viajando a turismo para se distrair. Seu destino principal seria Mont Tremblant, no Canadá, para esquiar.

— Mas no Brasil tem neve? Você sabe esquiar?

Respondeu que tinha aprendido numa temporada que passara em Madri, na Espanha. Mostrou as reservas dos hotéis no Canadá, os *vouchers* para os traslados, a reserva dos voos de retorno para o Brasil, cartões de crédito, dinheiro em espécie. Nada convencia o agente, que não o deixava entrar nos Estados Unidos.

— Você não tem nenhum amigo? — chegou a indagar-lhe o agente de imigração.

Battaglia se sentiu mal com a pergunta. Lembrou-se do estigma de "abandonada" da ex-mulher. Aos olhos do americano, ele também devia ser um "abandonado", um "largado" no mundo, sem amigos para acompanhá-lo numa viagem de férias.

O que o agente tentava evitar era mais um caso de imigração ilegal. Homem com 45 anos de idade, viajando desacompanhado, sem família, proveniente da América Latina. Battaglia se encaixava no perfil de centenas de pessoas que diariamente tentam ingressar nos Estados Unidos e desaparecem na multidão, permanecendo irregularmente no país. O tratamento só mudou quando o viajante revelou que era tenente-coronel do Exército Brasileiro, apresentando sua carteira de identidade funcional. Finalmente, as feições do agente americano relaxaram, esboçando um leve sorriso.

— *Have a nice trip, Lieutenant Colonel* — desejou, devolvendo-lhe a identidade e o passaporte carimbado. — *Welcome to the United States and enjoy skiing in Canada!*

DIÁRIOS DA CASERNA

Às 9h40, Battaglia finalmente chegou a Toronto, cidade mais populosa do Canadá e ótimo ponto de partida para a visita às cataratas do Niágara, seu principal passeio programado naquela cidade. No dia da visita, aproveitou para participar de um curso de vinhos no Wine Visitor & Education Centre do Niagara College, onde conheceu os *ice wines*, vinhos feitos com uvas colhidas congeladas. No dia seguinte, passeou pela cidade, subiu à torre CN, com seus mais de 550 m de altura; e, à noite, assistiu a uma partida de hóquei no gelo, na qual o time da casa, o Toronto Maple Leafs bateu o Dallas Stars, dos Estados Unidos, por 5 a 3.

De Toronto, Battaglia pegou um trem para Montreal, onde passou duas jornadas. A cidade, que já foi chamada de "capital cultural do Canadá", abriga o famoso Cirque du Soleil. Depois, partiu para seu principal destino, Mont Tremblant, cidade com menos de dez mil habitantes que lembra um vilarejo dos Alpes europeus.

Battaglia reservou três noites em um dos melhores hotéis da cidade, o Residence Inn by Marriot, e viveu ótimos dias. Chegou a esquiar a −16 °C, em um dia ensolarado, façanha que fez questão de registrar com uma foto tirada ao lado do termômetro digital no cume da estação. Também teve a oportunidade de assistir ao 24h Tremblant, competição em que os esquiadores se revezam, descendo a pista e subindo com o teleférico. Vence a equipe que percorrer a maior distância nas 24 horas da prova, em disputa que ainda é animada pelo som dos DJs.

Depois de Mont Tremblant, retornou para Montreal, onde a limousine do *private transfer* o deixou na estação de trem para a viagem a Quebec. Pretendia conhecer uma segunda estação, a do Mont-Sainte-Anne, para esquiar e experimentar o trenó puxado por cães huskies. Infelizmente, as condições climáticas não permitiram. Uma nevasca provocou o fechamento da estação.

Sem poder esquiar, aproveitou os dias em Quebec para passear pelo centro histórico. Conheceu a Vieux-Quebec, com suas antigas

DOSSIÊ SMART — A história que o exército quer riscar

fortalezas e castelos; a Cidade Baixa, percorrendo o calçadão da rue du Petit-Champlain e o Marché du Vieux-Port; e também o Museu Nacional de Belas Artes.

Os onze dias no Canadá chegavam ao fim; com a certeza da ótima escolha, mais um país que Battaglia acrescentava à sua lista de viagens. No retorno, ainda se programou para passar um dia em Nova York, fazer compras de Natal e assistir a mais um show na Broadway. Dessa vez, foi *Mamma Mia*.

***

Um ciclo se encerrava. Da AMAN, Battaglia estava sendo transferido para o comando do 1º Batalhão de Artilharia Aeroterrestre, sua antiga organização militar, na qual tinha servido como tenente e capitão.

No dia 31 de dezembro de 2014, já se encontrava instalado no número 1187 da avenida Duque de Caxias, no próprio nacional residencial funcional do comandante do quartel, na Vila Militar de Deodoro. Dava um *jamón* ibérico para o cachorro Pepe, enquanto comia outro pedaço daquele presunto Pata Negra, e tomava um espumante, servindo-se do pequeno menu de queijos e vinhos que havia preparado para si mesmo. O som dos fogos anunciava a chegada do novo ano. Lembrou-se do convite do major Olavo, em meados de 2010: "Você quer ir para a Espanha?". Muitas coisas tinham acontecido desde então.

Olhou para Pepe. O cão, sua única companhia naquele melancólico Réveillon, fitava-o à espera de mais um pedaço do delicioso presunto cru. Com aquela cara, não dava para negar. "Pelo menos, saboreie!", disse para Pepe, vendo-o engolir mais um pedaço sem mastigar.

Battaglia lembrou-se de quando conhecera Helena, duas décadas antes, misturando recordações do casamento, dos primeiros anos, do tempo em que viveram na Amazônia, da temporada na Espanha, das viagens pelo mundo e, finalmente, daquele triste desfecho, a separação.

No balanço do ano, Battaglia deixava 2014 com dois "divórcios": de Helena e do Smart. Tinha sido um ano bastante difícil, tanto no lado pessoal quanto no profissional. Não imaginava que ainda precisaria de um longo tempo até que pudesse curar as feridas deixadas pelos frustrados planos familiares. Do mesmo modo, a exoneração voluntária do projeto Smart não acabaria tão cedo com aquele pesadelo em sua vida.

O que 2015 lhe reservaria?

CAPÍTULO 7

NO DIVÃ

2015–2016

Chantageado?

— Vou pegar mais um café para mim — disse Fábio. — Alguém quer? Pode ser expresso puro, com leite... Dá para tirar até *cappuccino* na máquina.

— Eu aceito um *espresso* — respondeu Battaglia.

— Já tomei uma *overdose* de café hoje. Desta vez, vou passar — disse Bruna.

— Sabiam que, no alfabeto italiano, não existe a letra "x"? — perguntou Battaglia, enquanto tomava mais um gole do café trazido por Fábio.

— Não sabia — responderam ao mesmo tempo.

— "J", "k", "w", "x" e "y" não existem no alfabeto italiano. Por isso, nosso café expresso, em italiano, grafa-se com "s". Aliás, o *espresso* foi inventado na Itália. O Brasil produz o café, mas foi a Itália que inventou as formas de fazê-lo. *Espresso, cappuccino, macchiato, mocaccino, ristretto...* Pode ver que são todas palavras italianas.

— É verdade — concordou Fábio.

— O italiano é muito próximo do latim — continuou Battaglia —, no qual também não existe o "j". Em vez de "j", usa-se o "i". Lembro de um professor contar que o "j" foi introduzido no latim por um filósofo francês, no século XVI. Para simplificar, ele decidiu substituir o "i" por "j" nas palavras que tinham pronúncia similar ao nosso "j". Foi o caso de ius, que ele grafou jus, para justiça.

— Interessante. Onde aprendeu latim? — perguntou Bruna.

— Tenho uma noção. Cursei um ano de latim instrumental, gramática e conjugação verbal, como base para entender os brocardos jurídicos na faculdade de Direito.

Bruna, então, retomou a entrevista.

— Battaglia, uma coisa me chamou muito a atenção no que você narrou de 2014: a oitava reprovação do Smart por uma equipe total-

DIÁRIOS DA CASERNA

mente nova. É uma prova incontestável de que as equipes anteriores tinham agido de maneira correta.

— Sem dúvida. Na época, ficamos contrariados quando nos proibiram de participar dos testes, mas o tiro do SS realmente saiu pela culatra. Depois da reprovação, ele, Velasco e os executivos da Lokitec não tinham mais moral para nos acusar, apesar de, volta e meia, ainda insistirem em nos difamar.

Fábio continuou:

— Ia falar justamente deles. Outro ponto que chama muito a atenção são as negociatas do Simão com o Sonzo e com o Velasco. Apesar das aparentes discordâncias entre eles, no fundo, parecem bem alinhados em seus propósitos, não?

— Sim. E não somente nas aparências. Há provas testemunhais e documentais disso. A postura do general estava mais para alguém às ordens da Lokitec, contra os interesses do Exército e do Brasil. Que ele recebeu "presentes", recebeu. Esses jantares suntuosos na casa do Papa Velasco... As passagens aéreas para a mulher dele, a Dodô, passear na Espanha... Isso não era "apenas" imoral, era ilícito. Pode ter recebido muito mais. Mas ele me contou outra história: a de que tinha sido chantageado.

— Chantageado? — perguntaram, novamente ao mesmo tempo, Fábio e Bruna.

Ma force d'en haut... Canhoneiros de Peças Aladas

— Passo o comando do 1º Batalhão de Artilharia Aeroterrestre ao tenente-coronel Battaglia.

— Assumo o comando do 1º Batalhão de Artilharia Aeroterrestre.

DOSSIÊ SMART — A história que o exército quer riscar

Com essas solenes palavras pronunciadas em alto e bom som, finalizadas com a continência recíproca sob os acordes marciais da banda militar, no dia 16 de janeiro de 2015, o tenente-coronel Fraga transmitia o comando da unidade a seu colega da turma de 1991 da AMAN, diante da tropa em forma. A cerimônia contou com a presença de civis e militares, incluindo o comandante da Brigada Aeroterrestre, general Crassi, e de antigos comandantes do batalhão, como o general Aureliano.

Com mais de trezentos saltos de paraquedas, tendo servido por seis anos no Batalhão, mais dois anos como instrutor do curso de salto livre da Escola de Paraquedistas e um ano como chefe da assessoria jurídica do CoBrA, o Comando da Brigada Aeroterrestre, Battaglia era um dos militares mais aptos para assumir o Batalhão de Artilharia Aeroterrestre. Havia servido na Brigada Aet em todos os postos: 2º tenente, 1º tenente, capitão, major e, agora, tenente-coronel, com a promoção ao posto de coronel se avizinhando.

Na área operacional, a par dos cursos da Escola de Paraquedistas, Battaglia possuía o estágio básico de combatente de montanha, o estágio de operações na selva, o curso avançado de mergulho e, além disso, desenvolvera habilidades básicas em algumas modalidades de artes marciais.

Tinha um preparo físico excepcional, a despeito do acidente que sofrera em 2009. Como major, durante um salto de adestramento na brigada, seu paraquedas perdeu sustentação, provocando-lhe uma queda de dez metros de altura. Battaglia fraturou uma vértebra. Levou um ano para se recuperar, com muita fisioterapia e cumprindo um programa de atividades físicas para acidentados, tratamentos que pagou de seu bolso. Apesar de algumas sequelas, como hérnias de disco e dores lombares, no geral, seu restabelecimento foi extraordinário, surpreendendo os médicos.

DIÁRIOS DA CASERNA

Mas Battaglia não se contentava "somente" em melhorar sua capacidade operacional e manter a forma física. Tinha realizado o curso básico de gestão da Escola Nacional de Administração Pública, a ENAP, em Brasília. Era bacharel em Direito, pós-graduado em Direito Militar e especialista em Direito e Gestão da Segurança Pública. Fluente em espanhol, com certificação pelo Instituto Cervantes do Reino da Espanha, ainda estava credenciado nos exames do Exército em inglês e francês. Na época, começava seus estudos em mais um idioma, o italiano.

Com esse currículo, que foi lido na cerimônia da passagem de comando do Batalhão de Artilharia Aeroterrestre, sua indicação era mesmo a escolha natural. Não representara, portanto, dificuldade ao processo de seleção promovido pela A1, a Assessoria de Pessoal do Gabinete do Comandante do Exército. O general Augusto só teve o trabalho de chancelar a escolha, nomeando Battaglia para o comando dos "canhoneiros de peças aladas".

O Batalhão, um dos mais operacionais de artilharia do Exército Brasileiro, era composto por mais de quinhentos militares, com cinco subunidades: três baterias de obuses, dotadas de obuseiros Oto Melara de 105 mm, de fabricação italiana, e morteiros pesados de 120 mm, de fabricação nacional; uma bateria de comando; e uma bateria logística.

Na hipótese de guerra, o batalhão de artilharia teria a missão de apoiar a manobra da Brigada Aeroterrestre com fogos de seus obuseiros e morteiros sobre os alvos inimigos. Tinha adestramento e condições de ser transportado em aviões, helicópteros e até mesmo por muares ou búfalos em regiões de montanha ou de selva, podendo ainda ser lançado de paraquedas. Por esse motivo, seus integrantes eram conhecidos como "canhoneiros de peças aladas", expressão cunhada em versos pelo subtenente paraquedista José Álvaro Diniz Nogueira,

DOSSIÊ SMART — A história que o exército quer riscar

que, além de muito vibrador, era um poeta! Battaglia guardava uma cópia autografada daquele poema, muito antes de ter sido convertida na letra da canção do batalhão.

Aquela simbologia ganhava ainda mais força na frase pronunciada pelo patrono da artilharia do Exército, o francês Émile Louis Mallet: *ma force d'en haut*, ou seja, minha força vem do alto. Mallet, no século XIX, obviamente, se referia à sua fé em Deus. Mas os integrantes do batalhão gostavam de dizer que o marechal, naquela época, já "profetizava" sobre a artilharia aeroterrestre, descendo dos céus de paraquedas.

Tirando as remotas hipóteses de um conflito bélico, na prática, o batalhão de artilharia realizava muitas operações de garantia da lei e da ordem (GLO). Era a "quarta unidade de manobra" da brigada, depois dos três batalhões de infantaria aeroterrestres. Normalmente, encarregava-se de realizar o cerco da área de operações, com controle das entradas e saídas, garantindo a investida dos infantes a pé, apoiados pelos blindados da cavalaria.

Battaglia já havia participado de várias operações de GLO na capital fluminense, em comunidades como Pavão, Pavãozinho e Cantagalo, em Copacabana e Ipanema; Complexo do Borel, na Tijuca; e outras favelas. Em 2015, ao assumir o comando do Batalhão, a missão precípua de Battaglia seria preparar a tropa para a segurança da Rio 2016, os Jogos Olímpicos que seriam disputados na cidade em agosto do ano seguinte.

O currículo de Battaglia o credenciava a cuidar tanto da área operacional do batalhão quanto de suas rotinas de gestão. Logo descobriria que a unidade padecia de diversos vícios, alguns deles muito antigos e naturalizados pelos oficiais e subordinados. Com a máxima retidão, dedicou-se a eliminá-los de imediato, promovendo uma nova cultura administrativa.

DIÁRIOS DA CASERNA

Ma force d'en haut... Angélica

As cerimônias de passagem de comando dos quartéis do Exército, que ocorrem sobretudo em janeiro, eram ótimas oportunidades para os novos comandantes se conhecerem, ou se reverem de outras jornadas, formando uma rede de apoio. Servia para fazer *networking*, ampliando contatos, e Battaglia passou a comparecer a algumas delas. Foi em uma dessas solenidades, na troca de posto entre dois colegas da turma da AMAN de 1991, no 1º Batalhão de Polícia do Exército, que Battaglia a conheceu.

— Fala, guerreiro! Como vai? — cumprimentou.

— Grande paraquedista! Parabéns pela nomeação para o comando da nossa artilharia Aet! — devolveu Roque.

Battaglia e Roque eram colegas formados no mesmo ano na AMAN, de armas diferentes. Enquanto Battaglia tinha escolhido a artilharia, Roque fora para a logística.

— Você não tinha por hábito andar tão bem acompanhado! — sussurrou Battaglia, indicando com o olhar as quatro loiras altas ao lado do colega.

— Você é que se engana! Sempre andei muito bem acompanhado! — riu. — Deixe-me te apresentar... Battaglia, esta é Ana, minha mulher; Daniela, minha cunhada; e Diana e Angélica, que são irmãs. São as "Luluzinhas in Line"! — sorriu.

— Luluzinhas?

— Você sabe... Passei para a reserva... Estava ali em casa meio parado. Pensei: o que vou fazer? A Ana gosta de patinar. Então, tivemos a ideia de montar um grupo de patinação, as "Luluzinhas in Line".

— Que fantástico!

— A Ana está à frente — olhou para a mulher, que lhe devolveu um sorriso cúmplice. — Eu, apoiando nos bastidores. Ela patina com as amigas — disse, apontando para Angélica e Diana —, e eu faço

DOSSIÊ SMART — A história que o exército quer riscar

o que sei fazer: cuido da logística. Montamos um site e tudo. Mas também já comecei a me arriscar um pouco sobre rodas.

Battaglia, que havia aprendido a patinar em Madri, mostrou no celular algumas fotos de suas aventuras. Era o que faltava para puxar papo com o grupo. Acabou se aproximando mais de Angélica. A conversa fluía bem, tanto sobre a patinação quanto sobre a passagem de comando. Battaglia dava explicações a Angélica, que nunca havia assistido a uma solenidade militar.

Depois da formatura, já próximo da hora do almoço, foi servido um coquetel. Battaglia aproveitou para parabenizar o exonerado pelo trabalho nos dois anos à frente do 1º BPE e desejar boa sorte ao novo comandante. Também conversou com outros colegas. Foi então que avistou novamente Roque e as Luluzinhas em um canto do cassino dos oficiais.

Angélica usava um vestido azul-claro, da cor do céu, com sandálias de salto, que a deixavam ainda mais alta. Tinha longos cabelos loiros, com cachinhos nas pontas. Sustentava-se sobre um belo par de pernas torneadas. A cintura, fininha; os seios pequenos e firmes, daqueles que cabem certinho na mão. Pele muito branquinha, de quem se esconde do sol. Lindos pezinhos. Sim, Battaglia não deixou de reparar nos pés, parte do corpo das mulheres que lhe despertava certo fetiche. Batom rosinha, que harmonizava com a leve maquiagem para aquela manhã ensolarada, e unhas muito bem-feitas, impecáveis. Muito feminina. Coincidentemente, um feixe de luz insistia em entrar pela janela, iluminando o cabelo da moça, tornando-o ainda mais brilhante e dourado.

"Essa menina é um anjo!", pensou Battaglia, aproximando-se do grupo. Roque percebeu aquela fascinação e o movimento do colega. Achou por bem se adiantar e preveni-lo:

— Battaglia, a Angélica é um doce. Não é só por fora. Ela tem um coração enorme, que combina até com a profissão. Ela é enfermeira. Vem de uma família ótima! A irmã, advogada; o pai, procurador do

DIÁRIOS DA CASERNA

estado; e a mãe, assistente social. Todo mundo super gente fina! Já vou te avisando... Se você se envolver com ela, é para casar.

Battaglia sorriu para Roque, dando dois tapinhas nas costas do colega.

— Acabei de me divorciar, Roque. Já está querendo me casar? — riu. — Pode deixar, meu amigo! Como dizia Mallet no século XIX sobre os futuros artilheiros paraquedistas, *ma force d'en haut*! Se ela é um anjo, está do lado certo! — piscou.

Dois dias depois, enviou um buquê de flores do campo para Angélica, convidando-a para um jantar no *Entre Tapas*, um restaurante típico espanhol em Botafogo, bairro da Zona Sul carioca. Encantada, ela aceitou o convite. No dia do encontro, Battaglia foi apanhá-la com um novo buquê. Angélica, que nunca tinha recebido dois ramalhetes da mesma pessoa em tão pouco tempo, achou o gesto inusitado e romântico. O jantar foi ótimo. A comida, o vinho, a sobremesa, a conversa entre eles... O primeiro beijo! Começaram a namorar.

Naquele momento, Battaglia não sabia, mas Angélica seria muito mais do que uma namorada para ele. Seria realmente um anjo em sua vida.

Notícias do Smart

— Vou chegar na parte da chantagem. Mas, antes, seria bom comentar algumas notícias que eu tinha do projeto Smart.

— Como as notícias chegavam até você? — perguntou a jornalista.

— Uma das formas era oficialmente mesmo, por meio do boletim do Exército, publicado semanalmente no site da Secretaria Geral do Exército, que eu tinha por hábito ler.

***

Depois das negociações secretas em Nova York, em dezembro de 2014, o coronel Amorielli viajou a Madri, em janeiro. Tamanha foi

DOSSIÊ SMART — A história que o exército quer riscar

a pressa, que a publicação da missão no exterior saiu quando ele já estava na Espanha, no Boletim do Exército nº 5/2015. Mais uma missão inopinada com ônus total para o Exército, com a compra das passagens aéreas internacionais e o pagamento de diárias em dólar. Oficialmente, o coronel estaria em "visita de supervisão do projeto Smart". Foi o que constou na portaria assinada pelo general Augusto. Na realidade, Amorielli levava as "boas-novas" a Sonzo e Velasco sobre os "avanços" das tratativas com a Calice para o aditivo e combinava os próximos passos, que teriam de tomar em conjunto.

Pouco depois dessa viagem, Amorielli retornaria à Espanha com o coronel Schimdt e o capitão Monteforte, para dar prosseguimento ao plano. Sim, Schimdt, o antigo comandante da tenente Helena Castelli em Alto Juruá, na Amazônia, agora lotado no Comando Logístico do Exército, no CoLo. O mesmo que se sentira insultado e menosprezado no episódio da liberação da médica, agora voltava à cena com o firme propósito de tirar o máximo proveito da situação.

A missão de Amorielli, Schimdt e Monteforte de "fiscalizar o embarque de material do projeto Smart" saiu no boletim do Exército — BolEx nº 7, de 13 de fevereiro de 2015. Os militares também já estavam na Espanha quando a portaria foi publicada, assinada pelo novo Comandante do Exército, o general Branco.

Com a nova missão, SS dava continuidade à construção de sua narrativa. Em outubro do ano anterior, ele tinha enviado o tenente-coronel engenheiro militar Oliveira e os capitães de artilharia Monteforte e Linsky, do Smart/AMAN, para "atestar" que o hardware do simulador "havia sido fabricado" pela Lokitec. Os militares, entretanto, não tinham autorização para testar os equipamentos. Mas isso SS não contara a ninguém. Tampouco revelara que aqueles materiais haviam sido reprovados nas avaliações anteriores da equipe técnico-operacional. Pois eram exatamente esses equipamentos não conformes que saíam agora das prateleiras da Lokitec em direção ao Brasil.

DIÁRIOS DA CASERNA

O recebimento do hardware do Smart pela Base Logística do Exército foi aclamado na Reunião do Alto Comando do Exército. Era um "projeto complexo, inédito e ambicioso", que demandara novas e difíceis tratativas com a contratada. Havia um enredo oficial para a novela, na qual SS aparecia como o herói. Ele tinha sido muito "habilidoso" e, ao mesmo tempo, "duro" nas negociações, vinculando a assinatura do termo aditivo a contrapartidas efetivas dos espanhóis. Dessa forma, a empresa fora obrigada a realizar a "entrega de partes tangíveis do simulador", como do "moderno" hardware. O material seria em breve despachado para o Brasil. A intrépida trinca Amorielli, Schimdt e Monteforte havia garantido o sucesso da operação. Vale uma importante ressalva em prol do capitão Monteforte: ele não compactuava com o que estava sendo feito e tinha consciência de que vinha sendo usado. Por isso, no relatório que redigiu sobre a missão no exterior, fez questão de mencionar que sua função foi simplesmente a de acompanhar o embarque do material, sem verificar a sua qualidade.

O próximo passo seria a assinatura do aditivo. Afinal, a Lokitec vinha "honrando" seus compromissos no acordo. E foi assim que Amorielli pegou novamente um voo para Nova York a fim de "acompanhar a celebração do termo de ajuste contratual do projeto Smart", no final de março de 2015, em mais uma missão inopinada com ônus total para o Exército Brasileiro, publicada no BolEx nº 13/2015.

✳ ✳ ✳

— Para qualquer pessoa que lesse os boletins do Exército, essas missões no exterior poderiam passar despercebidas, "normais" — pontuou Battaglia. — Mas eu, que tinha acompanhado o projeto Smart por mais de três anos, com as pressões sobre a nossa equipe, conseguia ler as entrelinhas e saber o que estava se passando.

— Sim, a gente começa a ligar os fatos — concordou Fábio.

DOSSIÊ SMART — A história que o exército quer riscar

— O dossiê que recebemos aponta bem essas manobras — confirmou Bruna. Veja...

> O coronel Amorielli, que assinara o Contrato Smart em outubro de 2010, voltaria a Nova York em março de 2015 para modificar as cláusulas contratuais do edital, sob as quais a Lokitec tinha vencido a licitação internacional fraudulenta que ele mesmo conduzira na Calice.

— Em outro trecho — acrescentou a jornalista —, o dossiê explica:

> É fácil entender a ilegalidade: a administração pública contrata uma empresa para prestar um serviço em um prazo determinado. A empresa está inadimplente e não consegue cumprir o prazo por culpa dela própria. Em vez de tomar as medidas legais cabíveis, o Exército muda o contrato original: dá mais prazo à contratada, diminui o escopo do projeto, e, contraditoriamente, mantém o valor do contrato, sem abater o que a Lokitec deixaria de entregar.

— Para mim, a improbidade administrativa com dano ao erário é flagrante! — concordou Battaglia.

Bruna continuou:

— O dossiê também diz que o general Simão entregou um novo certificado de término do desenvolvimento à Lokitec. Foi firmado

DIÁRIOS DA CASERNA

por ele, pelo coronel Amorielli e pelo coronel Schimdt, para liberar o pagamento de mais 5,6 milhões de euros à empresa.

— O Amorielli assinou esse certificado no meu lugar e no do Quintela. O Schimdt tomou o lugar do Aristóteles, substituindo o antigo fiscal do contrato, que acabou exonerado. Um mês depois dessa assinatura, o Amorielli e o Schimdt viajaram para a Espanha. Eu li no boletim do Exército que eles foram "acompanhar os trabalhos da quarta fase do projeto Smart". Houve uma primeira publicação no BolEx, na qual se informava que ficariam lá por dez dias, mas o período acabou retificado em outra edição. Na verdade, foram treze dias. Acredito que essa "missão" foi apenas um "prêmio" para o Amorielli e o Schimdt passearem na Europa e colocarem alguns dólares no bolso. A corrupção nem sempre acontece com mala de dinheiro. Ela também vem estampada no Diário Oficial, camuflada entre os atos administrativos de rotina. No Exército, também pode vir publicada nos boletins, no ostensivo, da SGEx, ou no reservado, do C.I.E.

— O curioso é que nada se diz sobre a assinatura dos engenheiros militares, que deveriam atestar a transferência tecnológica — lembrou Fábio. — Pelo que você me disse, a assinatura deles era condição para oficializar o término da fase de desenvolvimento.

— Isso mesmo. Mas alguém começou a dizer que a transferência tecnológica estaria sendo absorvida pelo Exército, e não por indivíduos. Com essa mudança no discurso, a assinatura dos engenheiros do IME seria dispensável. Não sei se foi o general Null que veio com esse sofisma. De todo modo, eles se negaram, por unanimidade, a atestar a transferência de tecnologia ao Exército. Não sei como isso foi "resolvido", se o aditivo eliminou a exigência prevista no contrato original ou se o SS e a Calice simplesmente ignoraram a cláusula contratual.

— Pelo menos, vocês que resistiram à pressão do general e foram exonerados do Smart podem colocar a cabeça tranquila no travesseiro — afirmou Bruna, demonstrando certa empatia. — Eu fico

DOSSIÊ SMART — A história que o exército quer riscar

mais tranquila e esperançosa ao saber que existem pessoas íntegras no serviço público, especialmente nas Forças Armadas.

— Pois é, a integridade deveria ser a principal característica de quem tem seu salário pago pelo contribuinte.

— Por outro lado, muita gente se omitiu. Muita gente ficou calada... — lembrou Fábio.

— O problema é que o general Simão sabia que o sucesso das suas manobras não dependia somente da cumplicidade de seus aliados próximos. Para que isso tudo desse certo, deveria também haver um "pacto de silêncio" com os antigos integrantes do Smart.

Muitos logo perceberam que reclamar podia condenar suas carreiras. Foi o caso, por exemplo, de Alberto, que, depois da exoneração da supervisão técnica, decidiu voltar a dançar conforme a música. Não se podia esperar outra coisa do criador da *teoria de la botella*, que nunca escondeu sua aspiração ao generalato. Pior do que ele só o Marcus Junius, que superou o mestre, aliando-se ao SS na propaganda enganosa do simulador.

Mas, se a maioria dos antigos e novos integrantes do Projeto Smart consentia tacitamente com esse "pacto de silêncio", o general Simão continuava incomodado com Battaglia. Estava disposto a pôr um fim nas tranquilas noites de sono do antigo supervisor operacional do Smart, transformando seus sonhos em pesadelos...

Gasparzinho

Battaglia apertou o botão para subir ao 12º andar. Olhou o mostrador luminoso: 1... 2... 3... 4... 5... 12! O elevador se abriu. Uma placa indicava ímpares para a esquerda. Ouvia seus próprios passos que pareciam ecoar no corredor vazio. As pernas, pesadas. De repente, era como se estivesse fora do próprio corpo, vendo a si mesmo

DIÁRIOS DA CASERNA

caminhando. Foi tomado por uma sensação estranha. O que estava fazendo ali? Por quanto tempo percorreria aquele caminho? Chegou ao número 1209. Não precisou tocar a campainha. A porta se abriu... E Angélica o recebeu com um lindo sorriso.

Era a primeira vez que Battaglia visitava a nova namorada no apartamento dela, no bairro do Maracanã, nome mais conhecido pelo estádio de futebol. Peta, uma cachorrinha da raça yorkshire, apressou-se em dar as boas-vindas ao visitante, saltitante, pedindo carinho.

— Ela é assim! Sem formalidades!

— O Pepe Scooby é o contrário. Você vai conhecer. Não morde ninguém, mas foge de todo mundo, de tão medroso — respondeu, fazendo um carinho na cabeça da Peta.

— Não é suficiente para ela... Tem que pegar no colo! — riu.

Battaglia a ergueu e inesperadamente levou uma lambida.

— Nossa! Foi na boca! — riu, de bom humor.

— Peta! Olha essa intimidade com o namorado da mamãe, hein!

O incômodo inicial parecia ter ficado do lado de fora, naquele corredor. O apartamento de Angélica era simples, mas muito bem decorado e organizado, sem excessos.

— Preparei um risoto ao funghi. Espero que você goste. Está quase pronto.

— É um dos meus pratos favoritos! Não sabia o que você iria cozinhar, mas trouxe esse vinho tinto. Acho que vai combinar. Vou abri-lo.

Jantaram enquanto conversavam sobre as atividades que tinham desenvolvido na semana. Battaglia com a nova rotina de comandante do quartel. Angélica, no cuidadoso atendimento a seus pacientes.

— Vou ficar devendo a sobremesa. Não deu tempo! Vim direto da casa da paciente.

Angélica atendia, em domicílio, muitos idosos e deficientes físicos com dificuldade de locomoção, dentro do sistema de *home care*.

— Não se preocupe. Estou satisfeito. Estava uma delícia!

DOSSIÊ SMART — A história que o exército quer riscar

Da mesa, passaram para o sofá da sala, ainda com as taças de vinho na mão; da sala, para o quarto... Mas, de repente, imaginariamente na cabeça de Battaglia, parecia que a porta do apartamento havia se aberto com o vento... As dúvidas e angústias sentidas no corredor, como uma nuvem invisível, penetraram na sala, invadiram o quarto e começaram a sufocá-lo.

Battaglia tinha conhecido Angélica em um período difícil. Havia terminado um casamento de quase vinte anos, que julgava ser eterno. Chegou a flertar em sites e aplicativos de relacionamento, tentando fugir de pensamentos obstinados, até que a conhecera na formatura do batalhão. Sem superar as desilusões e ainda fazendo uso de antidepressivos, decidira se aproximar de Angélica. Procurava resgatar seu romantismo. Saymon, seu novo psicólogo, incentivou-o: "vai ser bom para você". Talvez não tenha sido o melhor conselho. Não estava pronto.

"Vai ser bom para você..." "A Angélica é um doce, um anjo..." "Se você se envolver com ela, é para casar..." "O marido disse que ia até o bar da esquina comprar cigarro e nunca mais voltou..." "Virou uma 'abandonada'..." "Na empolgação, esqueci completamente do anticoncepcional. Não há de ser nada..." Battaglia se via caminhando sozinho num corredor sem fim. Ouvia o eco de seus passos e de diferentes vozes longínquas, que, agora, se misturavam aos acordes do *Fantasma da Ópera*... "Vai ser bom para você..." "Ela é um anjo, um anjo, um anjo..." "Virou uma 'largada'..." "*The phantom of the opera is here, inside my mind...*" Começou a suar, a respiração ofegante... Parecia que estava enlouquecendo... "O que estou fazendo?" — pensou.

— Está tudo bem? — perguntou Angélica, percebendo algo de errado com o namorado.

— Desculpe! Não consigo! Não consigo! — respondeu Battaglia, suando, em meio a uma crise de ansiedade.

— Ei... Olha pra mim. Não tem problema! — disse ela, segurando delicadamente seu rosto. — Nos conhecemos há pouco tempo, e isso deve ter gerado certa ansiedade. Também estou meio nervosa, sério! Não se preocupe. Vou ligar a TV. Assim a gente se distrai, está bem? Podemos dormir abraçadinhos? — perguntou com carinho.

— Sim, claro! Me desculpe!

Era estranho, mas Battaglia sentia como se estivesse traindo Helena. Com essa sensação, a decisão de namorar Angélica não parecia emocionalmente muito responsável. Não queria magoá-la. Será que não seria melhor terminar logo, antes que ela se afeiçoasse demais? Lembrou da frase de *O Pequeno Príncipe*: "Tu te tornas eternamente responsável por aquilo que cativas". Talvez fosse tarde para um recuo. Enquanto ele se entrincheirava, protegendo seus sentimentos contra qualquer nova desilusão, ela, ao contrário, abria o coração.

Os maus pensamentos, pouco a pouco, foram se dissipando. Angélica acariciou seus cabelos até que adormecesse. Na madrugada, com sede, ela se levantou para tomar um copo de mate. Gentilmente, trouxe outro para ele. Battaglia, desperto, agradeceu. Angélica, que já tinha entregado seu coração, entregou seu corpo, por inteiro, sem medo.

***

No dia seguinte, domingo, foram para a Lagoa Rodrigo de Freitas. As Luluzinhas tinham combinado de se encontrar no Parque dos Patins. Angélica tinha avisado antecipadamente sobre o programa, de modo que Battaglia colocou seus próprios patins no porta-malas do carro.

A atividade ao ar livre parecia ter eliminado de vez os fantasmas, derrotados de madrugada por todo o carinho de Angélica. As Luluzinhas eram ótimas e patinavam muito bem! Angélica conseguia se equilibrar em apenas uma rodinha de cada patim, dar voltas e patinar de costas... Já Battaglia não tinha toda essa destreza. Levou uns três ou quatro tombos, um dos quais levou ao chão também a namorada.

DOSSIÊ SMART — A história que o exército quer riscar

— Aquelas fotos que você me mostrou no batalhão foram propaganda enganosa! — riu. — Vou te chamar de "cai-cai", é o "Kai-Kai da Estrela" — brincou, bastante espirituosa.

Angélica estava feliz. O namorado, por sua vez, tentava entender seus sentimentos nas sessões de terapia com Saymon, um psicólogo austríaco que tinha fugido do frio para viver em terras tropicais. Nas sessões, uma preocupação ficava evidente: Battaglia não queria machucar o coração de Angélica.

Nos fins de semana, o casal passou a ir ao cinema e ao Theatro Municipal para assistir a óperas e ballets. Também saíam bastante para jantar. Ambos adoravam comida japonesa. Passeavam de patins (com mais cuidado!) no Aterro do Flamengo ou na orla de Copacabana. Angélica também passou a frequentar a casa dele na Vila Militar, em Deodoro. Foi quando conheceu Pepe.

O mais impressionante foi sua reação. O cachorro, que sempre se escondia de pessoas desconhecidas, aproximou-se timidamente por trás de Angélica, ainda meio desconfiado, para cheirá-la. Ela se virou e conseguiu fazer um carinho na cabeça dele, que não se opôs nem se afastou.

— Você é a primeira pessoa de quem eu vejo ele se aproximar dessa maneira! — surpreendeu-se Battaglia.

— Ele é um querido! — disse ela, mudando a voz para elogiar o cão, que, em resposta, abanou timidamente a pontinha do rabo, como se entendera.

A partir daí, Pepe ganhou um novo apelido: "Querido!".

E quem também ganhou apelido foi a "Gasparzinho". Battaglia falava demais dela. Essa mania incomodava Angélica. Aliás, ouvir sobre ex desagrada (para usar um eufemismo) qualquer um. Battaglia, porém, não fazia por mal. Talvez porque tivesse vivido poucas experiências amorosas. Não tivera muitas namoradas. Preferia estabilidade, apostava em relacionamentos duradouros. Depois de mais de vinte anos convivendo com Helena, era difícil, volta e meia, não

DIÁRIOS DA CASERNA

se lembrar dela, de alguma coisa que teriam dito ou feito. "Uma vez, viajando com a Helena, eu fiz isso..." E foi ouvindo pacientemente as histórias do namorado com a ex que um dia Angélica disparou:

— Gasparzinho, de novo?!

Battaglia tinha feito pior nesse dia, cometido um ato falho, trocando o nome de Angélica pelo da ex-mulher. Um erro imperdoável!

— O quê?

— A Gasparzinho, é como eu chamo a sua ex — disse Angélica, gentil e bem-humorada. — A fantasminha que não larga do seu pé.

A partir de então, Battaglia entendeu que deveria falar menos de Helena e passou a se policiar para isso, menos nas sessões de terapia.

Depois do divórcio, Battaglia começara a duvidar da felicidade. Achava que, caso se permitisse ser feliz, a vida lhe cobraria novamente o preço da depressão. Era melhor não se enganar momentaneamente por essa ilusão. Talvez o ideal fosse ter uma vida, digamos, mais equilibrada, sem paixões, sem gangorras emocionais. Apesar desses pensamentos, dava passos, tentando corresponder ao grande amor de Angélica. Saymon o incentivava. Até que o remédio que Battaglia estava tomando acabou.

Como comandante de quartel, o tenente-coronel não tinha tempo para viajar a Itatiaia e se consultar com o psiquiatra que o havia atendido no ano anterior. Tampouco quis pedir autorização ao comandante da brigada para ir ao Hospital Central do Exército, no Rio de Janeiro. O general Crassi não era, afinal, um homem de conduta altruísta e solidária. A interrupção do antidepressivo, de uma hora para outra, sem o correto período de desmame, provocou o primeiro rompimento entre Battaglia e a namorada, que ficou muito sentida e sofreu demais. Sequer tinha vontade de comer e emagreceu.

Battaglia levou mais de um mês para se recuperar do rebote. Quando começou a melhorar, arrependeu-se do que tinha feito e pensou em se desculpar, convidando Angélica para o Encontro dos Artilheiros Paraquedistas, solenidade que acontece todos os anos,

408

DOSSIÊ SMART — A história que o exército quer riscar

reunindo antigos e atuais integrantes do batalhão, familiares e convidados civis e militares. Depois de relutar um pouco, incentivada pela irmã, que se prontificou a acompanhá-la, Angélica tomou coragem e aceitou o convite. Caso se sentisse desconfortável, iria embora. Não se sentiu. Ficou até o final da festa.

Battaglia, apesar de muito ocupado, tendo que se desdobrar para dar atenção a todos os convidados, encontrou oportunidade para agradecer a presença de Angélica. Comportava-se de maneira gentil enquanto lhe mostrava a pequena exposição, com equipamentos e fotos históricas, montada no interior do C-119 Fairchild. O "vagão voador", como também era conhecido o avião, tinha sido uma das primeiras aeronaves da Força Aérea Brasileira a lançar os paraquedistas do Exército. Um exemplar ornamentava o pátio do batalhão. Nesse dia, Battaglia e Angélica se reconciliaram, voltando a namorar.

O relacionamento ainda experimentaria altos e baixos. Nenhum dos baixos por "culpa" dela. Sempre por crises dele, dos traumas e das feridas abertas do antigo casamento. Angélica, resiliente e generosa, procurava dar-lhe apoio incondicional.

A vida dos namorados, entretanto, não seria afetada somente pelos vacilos emocionais de Battaglia. Uma nova crise estava por estourar. O espectro do Smart voltaria para assombrar o agora comandante do batalhão pelos dois anos seguintes. O motivo? A resposta a um e-mail. SS não gostou nada do que leu. Resolveu que Battaglia deveria ser punido exemplarmente e encomendou a tarefa ao general comandante da Brigada Aeroterrestre.

Assédio moral e ostracismo

De estatura mediana para baixa, magro e calvo, Crassi, como é ordinário no meio militar, tinha seguido a profissão do pai, um dos pioneiros da Brigada Aeroterrestre. Acabou fazendo carreira nas forças especiais, e, dois anos depois de ser promovido a general, foi nomeado para o comando da Brigada Aeroterrestre. Operacionalmente, era tido como muito bom. Administrativamente, porém, não se podia dizer o mesmo. Era um fiasco! Assuntos de gestão, dos quais não entendia patavinas, deixavam-no extremamente irritado, destempe-rado, soltando palavrões inomináveis. Detestava a burocracia e dava valor para quem, aos olhos dele, resolvia as coisas de forma prática. O problema era que chamava de "burocracia" as formalidades exigidas por lei. E o que elogiava como soluções "práticas", muitas vezes, eram improbidades administrativas.

Uma corja de aduladores se aproveitava disso. "Ah, eu teria que fazer uma nova licitação, ia demorar um tempão, mas resolvi com o fornecedor." "Nem me pergunte, general, como consegui os ingredien-tes para o almoço da comitiva estrangeira; não quero que o senhor seja preso comigo!" Crassi adorava essas declarações estapafúrdias e logo incluía esses militares no círculo dos seus protegidos, seus "peixes", na gíria militar.

Battaglia era diferente. Logo comprou briga com os fornecedores de gêneros alimentícios. A Brigada realizava as licitações, mas as empresas vencedoras não entregavam para os batalhões exatamente aquilo que havia sido contratado, em qualidade e quantidade. "Se eu entregar essa quantidade, não sobra margem de lucro nenhuma para mim. O senhor quer que eu trabalhe de graça?", disse uma vez um dos fornecedores. "Você já sabia disso. Não tivesse feito a proposta pelo valor que fez", respondeu secamente o tenente-coronel.

Os fornecedores não tardaram a bater à porta do ordenador de despesas da brigada, "peixe" do general Crassi.

— O comandante da artilharia não tem flexibilidade — esbravejou um desses comerciantes. — O cara é bitolado, fica citando artigo da lei. Quer ser mais realista que o rei. Em que planeta ele vive?

As empresas, em conluio, começaram a boicotar as entregas ao batalhão. Foram três meses de pressão, com prejuízo na qualidade das

DOSSIÊ SMART — A história que o exército quer riscar

refeições. Battaglia reuniu os oficiais e sargentos e lhes explicou, com muita transparência, o que estava acontecendo. Não ia compactuar com ilegalidades. A reunião teve um efeito positivo, unindo mais aquele grupo. Um dia, um dos fornecedores ligou para o quartel e voltou a reclamar:

— Não temos problema com nenhum batalhão da brigada. Só com vocês da artilharia.

O sargento respondeu:

— Então, se você já está ganhando nos outros quinze quartéis da brigada, aceite perder aqui. O 15 a 1 ainda é um bom placar para você. Nós só estamos exigindo que você cumpra o contrato que assinou.

Battaglia ficou orgulhoso quando soube da resposta do sargento e elogiou-o. Esse era o espírito!

O CoBrA, ao contrário, continuava ignorando negligentemente o problema, lavando as mãos. O Comando da Brigada Aet só resolveu se mexer quando percebeu que os documentos produzidos por Battaglia, enviados ao ordenador de despesas, chamado de OD, estavam se acumulando, sem providências, com o risco de virar prova de má gestão, de improbidade administrativa e de prevaricação. Assim, o OD do CoBrA foi obrigado a ligar para os fornecedores e mandar "pegar leve". Depois do precedente na artilharia, três outros comandantes de batalhão se encorajaram a seguir o exemplo dos canhoneiros de peças aladas e exigir a entrega dos produtos na quantidade e qualidade contratada. No final, o "placar" ficou em "12 a 4". Ainda assim, era um absurdo: 75% das organizações militares da Brigada Aeroterrestre fraudavam as licitações de alguma forma.

O segundo problema que incomodou demais o general Crassi foi a exigência que Battaglia fez para que a Associação dos Veteranos da Brigada Aeroterrestre regularizasse sua situação. A VeBrA funcionava dentro do Batalhão de Artilharia desde 1996, quando Aureliano, como seu coronel comandante, atendendo a um pedido do CoBrA, decidiu ceder parte do imóvel para que antigos integrantes da brigada tivessem

411

DIÁRIOS DA CASERNA

um lugar para se reunir e cultuar os valores e a mística aeroterrestre. Acontece que a cessão de uso foi autorizada em caráter precário por seis meses, renovada por igual período. De 1997 a 2014, os dez comandantes que o sucederam tinham-na renovado irregularmente.

Battaglia se reuniu com a diretoria da VeBrA e lhes explicou o que seria necessário para a cessão regular da área, por meio do devido processo legal administrativo. Precisava analisar o estatuto da associação, saber exatamente quais atividades os veteranos pretendiam desenvolver, se haveria algum comércio e, por fim, estudar se a cessão poderia ser feita em caráter gratuito ou se seria onerosa.

Logo Battaglia identificou várias irregularidades nos documentos, para não dizer inconstitucionalidades. O estatuto da VeBrA praticamente configurava a associação como um grupo paramilitar, o que é vedado pelo inciso XVII do artigo 5º da Constituição da República Federativa do Brasil. Os veteranos participavam como instrutores e monitores de exercícios de campanha dos recrutas da Brigada Aeroterrestre. Eram atividades que envolviam riscos, como rapel e tiro de fuzil, cujas normas de segurança eram negligenciadas. Usavam, indevidamente, uniformes, distintivos e insígnias militares a que não tinham direito, o que poderia tipificar, em tese, o crime do artigo 172 do Código Penal Militar. Também promoviam cursos pagos de sobrevivência na selva, de montanhismo e de paraquedismo, de duvidosa qualidade, para associados e não associados. E tudo isso com carta branca do CoBrA, que lhes fornecia viaturas, materiais militares diversos e até uma equipe médica com ambulância. Se alguém se lesionasse seriamente nessas atividades, seria aberto um inquérito policial militar para apuração de eventuais crimes e punição dos responsáveis. Nesse caso, os militares da ativa que lhes davam apoio não seriam poupados.

Aos olhos de muitos, entretanto, os veteranos constituíam-se nos "vibradores", que mantinham acesa a mística aeroterrestre. Na verdade, eram, na maioria, ex-militares que, depois de servirem alguns

DOSSIÊ SMART — A história que o exército quer riscar

anos nos graus hierárquicos mais baixos, como soldado, cabo ou sargento temporário, não tinham conseguido muito mais da vida. O máximo para eles tinha sido saltar de paraquedas, com a pesada mochila e o fuzil, de uma aeronave militar em voo, quatro vezes por ano, o suprassumo da coragem. Contra as frustrações impostas pelo destino, era o que tinham a contar a filhos e netos.

Os veteranos, costumeiramente, reuniam-se uma vez por semana no Batalhão de Artilharia para um churrasco regado a muita cerveja. Mas não só isso, como o oficial de inteligência da unidade informou ao coronel Battaglia. Eles também traziam mulheres e faziam sexo com elas dentro da carcaça de um falso avião que haviam construído. O "motel" improvisado era uma estrutura grotesca de latão, na qual simulavam o salto de paraquedas. A área não era limpa por eles ao final da festa. Era preciso enviar uma equipe do quartel para recolher sacos e mais sacos de lixo. A missão, obviamente, era cumprida a contragosto pelos militares da ativa. Em uma das noites, o oficial de dia do quartel, fazendo a ronda da madrugada, descobriu que um sem-teto dormia escondido nas instalações da VeBrA, autorizado pelo presidente da associação.

Era uma irregularidade pior que a outra, de se espantar que essa baderna estivesse acontecendo dentro de um quartel por quase vinte anos sem que ninguém tomasse providência alguma. Nenhum dos dez comandantes anteriores quisera contrariar o CoBrA. Mas Battaglia estava disposto a colocar um fim na farra. Ou a VeBrA se enquadrava nas normas ou não teria mais permissão para usar a área. Os veteranos não gostaram nada e prometeram reagir.

Primeiramente, tinha sido a reclamação dos fornecedores das empresas contratadas nas licitações conduzidas pela brigada. Agora, eram os veteranos que protestavam. Depois de receber alguns telefonemas de seus superiores, Crassi prometeu dar rápida solução ao impasse. Preparou, então, uma cilada para Battaglia. Chamou-o para uma reunião no CoBrA, sem lhe adiantar o assunto. Quando o coronel

413

DIÁRIOS DA CASERNA

entrou na sala, o general já estava à cabeceira da mesa, acompanhado do chefe do estado-maior e de três tenentes da assessoria jurídica da Brigada Aet, a JuBA. Pretendia fazer pressão de cinco contra um.

Crassi começou elogiando a VeBrA, ressaltando a importância da associação para a manutenção dos valores e da mística aeroterrestre. Relembrou como havia sido criada e o respeito dos ex-comandantes da Brigada e do Batalhão por seus membros. Expôs os "rumores" de problemas dos veteranos com o novo comandante da artilharia e citou os telefonemas de antigos CoBrAs preocupados. No final, disse que gostaria muito que Battaglia tivesse "sensibilidade" para lidar com os veteranos e "flexibilidade" para tratar da questão.

Depois de ouvir pacientemente todo o discurso do general, Battaglia expôs seus argumentos para não atender ao desejo do comandante da Brigada. "Ninguém será obrigado a fazer ou deixar de fazer alguma coisa senão em virtude da lei", lembrou. Citando o inciso II do artigo 5º da Constituição Federal, explicou que o dispositivo possuía dois vieses: para o particular, significa que ele pode fazer tudo que a lei não proíba; mas, para a administração pública, que só pode fazer o que a lei expressamente autoriza. "Flexibilidade" não pode ser sinônimo de "jeitinho", ou seja, nenhum servidor público ou militar pode "quebrar galho". E discorreu minuciosamente sobre o processo legal administrativo que deveria ser conduzido para eventual cessão do imóvel pela União. Por fim, listou as irregularidades observadas na VeBrA que inviabilizariam, pelo menos naquele momento, o sucesso da demanda.

Crassi ouviu todas as explicações do subordinado, mas, como de costume, não entendeu muita coisa. O tom de voz manso e falsamente educado com que tinha introduzido o assunto foi desaparecendo.

— Eu não concordo com as explicações do comandante do Batalhão de Artilharia — reagiu. — Quero saber o que a JuBA tem a dizer.

Procurava se contrapor ao seu subordinado, socorrendo-se de alguma resposta mais técnica dos "advogados" da Brigada. Os três

DOSSIÊ SMART — A história que o exército quer riscar

tenentes assessores se entreolharam. Foram alguns segundos de constrangedor silêncio, até que um deles, mais corajoso, respondeu:

— General, o coronel Battaglia tem razão. A decisão de suspender as atividades da associação dentro do batalhão até o regular processo administrativo está de acordo com os estritos limites da lei.

Crassi soltou um palavrão e arremessou o celular funcional na parede, fazendo espatifar-se o aparelho. Queria xingar Battaglia, mas descontou no comandante anterior, o coronel Fraga:

— Aquele "pula-pocinha" inútil!

Por isso, quando, algum tempo depois, recebeu a ligação de SS, pedindo a cabeça de Battaglia, o general Crassi exultaria, feliz com a missão.

* * *

Poucos meses depois de assumir o comando da unidade militar, Battaglia foi promovido, por merecimento, de tenente-coronel a coronel. Recebeu também a medalha militar com passador de ouro pelos mais de trinta anos de bons serviços prestados ao Exército, desde seu ingresso na Escola de Cadetes, em 1985. Coronel *full*, comandante do Batalhão de Artilharia Aeroterrestre e desligado do projeto Smart, parecia que seus problemas tinham ficado para trás. Mas não. A resposta de Battaglia a um e-mail enfureceria mais uma vez o general Simão.

Tudo começou quando o major de artilharia Mohamed, aluno do primeiro ano do curso de estado-maior da Escola de Estratégia e Tática Terrestre, escolheu o tema "simuladores de artilharia" para seu trabalho de conclusão de curso. Resolveu, então, enviar uma pesquisa de campo, por e-mail, aos trinta comandantes de quartéis de artilharia do Exército espalhados pelo Brasil. Claro que, abordando esse tema, Mohamed deveria falar sobre o Smart. Por isso, o aluno da Praia Vermelha decidiu incluir na mensagem o link da entrevista

415

que Battaglia concedera ao Portal IG, no final de 2012. Aquela em que ele fora obrigado a seguir o script pré-aprovado pela gerência do projeto, exaltando os potenciais ganhos que o Smart traria para o Exército Brasileiro.

No final de 2012, o Smart ainda era visto como um projeto promissor, inclusive pelos integrantes da equipe brasileira. Somente nos anos seguintes, 2013 e 2014, é que essa visão começou a mudar, quando falhas, atrasos e irregularidades se tornaram patentes e recorrentes. Ainda assim, apenas militares que estavam na linha de frente tinham noção dessas deficiências. Fora do projeto, pouca gente sabia disso. Ao contrário, acreditava-se que o Smart ia muito bem. Alguns chegavam a invejar os militares que tinham sido selecionados para a missão.

Mohamed pediu para os comandantes da artilharia responderem à pesquisa com a máxima franqueza e contribuírem com informações que julgassem úteis ao trabalho. O objetivo era, primordialmente, tratar internamente da obsolescência da artilharia brasileira e contribuir com novas ideias para o adestramento da tropa. Battaglia clicou no link que acompanhava o e-mail e assistiu mais uma vez à sua entrevista. Nada daquilo tinha se confirmado, pelo contrário. Ficou bastante incomodado. Era a sua imagem que estava ali exposta. Não dava para responder apenas ao major Mohamed. Clicou em "responder para todos".

```
    Prezado major Mohamed,

    Considerando que os comandantes da artilharia
receberam seu e-mail com um link da entrevista
que concedi em 2012, acredito que seja oportuno
responder a todos, com alguns esclarecimentos.
    Durante três anos e três meses, desempenhei
a função de supervisor operacional do Projeto
```

DOSSIÊ SMART — A história que o exército quer riscar

Smart. No início, em 2011, a equipe brasileira (artilheiros e engenheiros militares) estava muito empolgada com o projeto e os potenciais ganhos que o simulador traria para a nossa artilharia. Esse sentimento, no geral, permaneceu nos dois primeiros anos (2011 e 2012).

Com o tempo, entretanto, começamos a observar que os problemas apontados no projeto não eram resolvidos pela empresa contratada. Quando começamos a avaliar o software e o hardware que a Lokitec estava desenvolvendo, as falhas tornaram-se mais evidentes. Para se ter ideia, enquanto estive envolvido com o Smart, a equipe brasileira reprovou o simulador em sete tentativas da Lokitec de entregar o produto. Nessas reprovações, identificamos:

- erros nos cálculo dos elementos de tiro (deriva, elevação e evento);
- erro nas trajetórias balísticas;
- efeitos irreais das granadas sobre os alvos;
- falta de precisão mínima dos sensores das peças de artilharia;
- falha dos sensores das cargas de projeção das munições;
- GPS, plataforma goniométrica, optrônico e outros hardwares, todos com defeitos;
- falta de qualidade do visual dos terrenos virtuais (*e.g.* campos de instrução);
- instabilidade do sistema, com quedas repentinas sem explicação etc.

Após a sétima reprovação do Smart, em fevereiro e março de 2014, solicitei minha exoneração

DIÁRIOS DA CASERNA

da função de supervisor operacional do projeto, no que fui atendido pelo gerente, general Simão. Depois que deixei o projeto, contudo, tomei conhecimento de que o Smart foi reprovado pela oitava vez, por uma equipe nova.

O resumo que faço do Smart hoje é: trata-se de um simulador inacabado, com falhas de software e de hardware. A compensação comercial (*offset*) do contrato Calice-Lokitec não vem sendo cumprida pela empresa. A abertura da fábrica da Lokitec Brasil, por exemplo, ficou na "empresa de fachada", com três funcionários na folha de pagamento, ante a promessa de gerar empregos e renda para o Brasil. O laboratório de simulação não saiu do papel.

Diante disso, uso o espaço deste e-mail para solicitar que os comandantes de artilharia que assistirem à entrevista que concedi em 2012 façam-no com bastante critério, entendendo que o contexto mudou. Não desejo mais ter minha imagem associada ao Projeto Smart, razão pela qual não autorizei a colocação da minha foto na galeria dos antigos instrutores chefes do Smart/AMAN.

Com a máxima lealdade, relatei por escrito os problemas aos superiores hierárquicos que poderiam tomar providências, chegando até o nível mais alto. Cumpri meu papel e sigo a minha missão hoje no comando da artilharia aeroterrestre, à frente dos canhoneiros de peças aladas, sempre defendendo os legítimos interesses do nosso Exército e do nosso País.

Caso o major Mohamed necessite de mais informações sobre o Simulador Militar de Artilharia da Lokitec, sugiro também contatar os integrantes

DOSSIÊ SMART — A história que o exército quer riscar

da equipe Smart/AMAN; o tenente-coronel Olavo,
do escritório de gerenciamento do projeto Smart
(Gesmart) na DEMEx; o coronel Amorielli, chefe
da AsCo; a Calice; e, ainda, o general Nicolau,
consultor do projeto; bem como o próprio gerente
do projeto, general Caio Antonio Santana Simão.
    Termino com uma metáfora. Pensei que estivesse
no filme *Tropa de Elite*, mas descobri que estava
na sua continuação, *Tropa de Elite 2*. Aí, pedi
para sair.

Sinceramente,

Battaglia — Cel Art Pqdt
Comandante dos Canhoneiros de Peças Aladas

O caminho daquele depoimento até as mãos de SS foi simples e até
previsível: um dos comandantes de batalhão de artilharia imprimiu
o e-mail e o levou ao general comandante da artilharia divisionária
enquadrante. Este, por sua vez, correu para mostrá-lo a seu superior,
general Simão. E foi assim que SS ligou para Crassi. A acusação?
Battaglia teria violado o termo de compromisso de manutenção de
sigilo, documento assinado por todos os integrantes do projeto Smart,
revelando na internet informações classificadas. Vale destacar que
esse episódio ocorreu depois do faniquito em que Crassi destruiu seu
telefone celular funcional.

O comandante da Brigada Aeroterrestre deveria, portanto, abrir
uma sindicância para "apurar" a transgressão cometida pelo seu subordinado. Na verdade, tratava-se de um jogo de cartas marcadas, mera
formalidade. A transgressão parecia evidente; a punição, inevitável.

DIÁRIOS DA CASERNA

Afinal, o que Battaglia poderia alegar em sua defesa em face da sua própria assinatura no termo de compromisso de manutenção de sigilo? Foi o coronel Amorielli que se lembrou desse documento, que constava em uma das cláusulas do contrato Calice-Lokitec. Uma ideia genial! Pouco a pouco, Amorielli, ávido pela promoção ao generalato, ia conquistando crescente aprovação de SS.

Crassi, que era general de brigada e aspirava à terceira estrela, também enxergou no caso uma ótima oportunidade. Tinha interesse direto em agradar a Simão, membro do Alto Comando do Exército, órgão colegiado responsável pela promoção dos generais. Não havia dúvida de que a missão seria cumprida.

***

O CoBrA avisou que gostaria de conversar com o coronel Battaglia após o término da reunião semanal com os comandantes dos quartéis paraquedistas subordinados. Essa atividade ocupava rotineiramente a tarde das segundas-feiras, entrando pela noite. A conversa seria no seu gabinete, e não adiantou o assunto.

Battaglia pediu permissão para entrar e se sentou em um sofá, indicado pelo general. Estavam apenas os dois. O coronel, contudo, adiantou-se e disse que já sabia do que se tratava. A resposta que tinha dado ao e-mail do major Mohamed, aluno da EETT, tinha chegado não somente ao conhecimento do gerente do projeto Smart, general Simão, mas também ao Comandante do Exército, general Branco, desagradando a ambos.

O general, surpreso, não escondeu seu primeiro desconforto. Quis saber, a todo custo, quem era o informante, mas Battaglia perseverou em proteger sua fonte. Não que nutrisse qualquer simpatia pelo sujeito, mas porque se sentiu em débito com alguém que lhe havia antecipado o movimento do inimigo. No íntimo, nunca entendeu direito por

420

DOSSIÊ SMART — A história que o exército quer riscar

qual motivo um aliado próximo de Simão havia lhe passado essas informações. O elemento havia até mesmo adiantado que os generais Branco e Simão já tinham batido o martelo a respeito da punição.

Apesar da insistência do general, Battaglia preferiu não "dedurar" Amorielli. A única explicação que vinha à sua mente era a de que o coronel queria ter o gostinho de dar a Battaglia a notícia sobre o castigo iminente. Não cogitava outra motivação. Ao mesmo tempo, Amorielli parecia bastante orgulhoso de ter sugerido o uso do termo de compromisso de manutenção de sigilo para lançar um antagonista na fogueira.

Um amigo de Battaglia o lembrou de que esse era um vício vaidoso dos vilões. No desenho animado *Corrida Maluca*, por exemplo, o infame Dick Vigarista costumava constituir terríveis engenhocas para supliciar sua inimiga Penélope Charmosa. Antes de acionar o equipamento, no entanto, de forma sádica, sempre a informava detalhadamente sobre o processo de aniquilação. O detalhe é que esse tempo perdido, em geral, permitia que ela fosse salva pelos gângsteres anões da Quadrilha de Morte.

Com forçada voz mansa, Crassi expôs a suposta transgressão em que Battaglia teria incorrido. Anunciou que a punição era certa, mas prometeu, em consideração à carreira militar do coronel, uma penalidade branda e sua manutenção no comando do batalhão. Em troca, impunha uma singela condição: que Battaglia se limitasse a responder o que o sindicante lhe perguntasse e que, depois, adotasse o silêncio submisso.

— Factoides! — adiantou-se o inquirido.

— O quê? — perguntou o comandante da Brigada, mais uma vez surpreso.

— General, a abertura dessa sindicância está baseada em factoides, com a clara intenção de me punir, não tenho dúvida. Nós dois sabemos que, nesta altura da carreira, dá no mesmo receber um cor-

421

retivo brando, como uma advertência, ou uma sanção mais severa, como uma prisão e a exoneração do comando do batalhão. Gostaria de salientar, também, que o articulador desse ato inquisitorial, por ignorância, desconhece o Direito Militar e o Direito Administrativo.

— Explique! — ordenou o general, já começando a perder a paciência. — Não estou compreendendo aonde quer chegar.

— Protegidas pelo termo de compromisso de manutenção do sigilo são as informações da tecnologia envolvida no projeto. Por outro lado, se o Smart, que custou ao Exército 14 milhões de euros, está funcionando adequadamente ou não, isso é uma informação de caráter público, que, por sinal, deveria ser difundida aos brasileiros, quiçá auditada pelo TCU. Aliás, se a crítica ao Smart fosse proibida, os elogios também o seriam, que são muito piores, porque fazem propaganda enganosa do simulador.

Por um momento, Battaglia olhou em volta, procurando adivinhar onde seu interlocutor, desta vez, atiraria o celular novo que mandara comprar. Como o general seguia hirto, feito uma estátua, continuou.

— Com relação à forma como o e-mail foi respondido ao major Mohamed, com cópia aos vinte e nove comandantes dos batalhões de artilharia do Exército, não se trata de "espalhar" informações sigilosas na internet. Aliás, já lhe expliquei que não são sigilosas. Que se abra então a sindicância para investigar quem imprimiu esse e-mail e o levou ao general Simão. Esse militar é que está "espalhando" meu e-mail por aí. Mas, como disse, essa investigação não teria relevância pelo caráter ostensivo das informações que prestei ao aluno da Praia Vermelha.

O erro do general Crassi era tratar o coronel com a mesma lógica mesquinha, tacanha e carreirista que tinha pautado toda a sua vida. Para Battaglia, havia coisas mais importantes do que se vender. Impávido, encarando o arguidor, não temia as ameaças. Não se importava se fosse punido e exonerado do comando do batalhão a mando de seus detratores, por falar a verdade. Continuaria teimosamente a proclamar a verdade. Não mentiria, não se omitiria.

Como de costume quando perdia o controle da situação, o general abandonou sua voz plácida e reassumiu sua natureza ríspida.

— Você não está entendendo, rapaz! A corda sempre arrebenta do lado mais fraco. Não percebeu que o general Simão está querendo o seu fígado? Não queira entrar nessa briga! Você vai se dar mal! — respondeu em tom ameaçador.

Mas a resposta do subordinado irritou-o ainda mais.

— Não tem problema! Um general de exército punir um coronel é muito fácil. Chega a ser covardia. Mas alerte o senhor Caio Antonio Santana Simão de que, mesmo com suas quatro estrelas, ele vai enfrentar o advogado doutor Battaglia. Se ele pensa que vou concordar com essa proposta indecente de ficar calado, é melhor convolar logo essa sindicância em IPM, porque vou levar provas contundentes de envolvimento de generais nas falcatruas do Smart.

— Você quer saber a minha opinião sobre o seu comportamento? — perguntou o general, corando, com os músculos da face retesados.

— Não, senhor! Nossa reunião está encerrada! Permissão para me retirar — disse Battaglia, levantando-se.

O general Crassi não conseguia acreditar no que acabava de ouvir. Nunca imaginaria esse desfecho. Como daria a notícia a SS? Pegou o celular, trêmulo. Desta vez, contudo, não pensou em descontar no aparelho sua zanga. O susto o paralisava. Seu interlocutor, certamente, mostrava-se atrevido, mas, paradoxalmente, não o desacatava. Pensou que precisava processar melhor aquela enxurrada de informações e sensações.

— Tem permissão — respondeu, meio engasgado, de olhos baixos, ansioso para que o coronel saísse da sua frente.

* * *

DIÁRIOS DA CASERNA

Battaglia embarcou no C-99 Condor da FAB rumo a Santa Maria. A Festa Nacional da Artilharia já acontecia havia alguns anos no tradicional Regimento Mallet. A cerimônia noturna incluía formatura da tropa, desfile militar e uma encenação da Batalha de Tuiuti, o maior e mais sangrento enfrentamento bélico travado na América do Sul, durante a Guerra do Paraguai.

Para proteger o 1º Regimento de Artilharia a Cavalo, o "boi de botas", como era chamado, contra investidas do inimigo, Mallet havia ordenado a construção de um enorme fosso camuflado à frente dos seus vinte e quatro canhões franceses La Hitte, distribuídos pelas quatro baterias. No dia 24 de maio de 1866, a sua previsão se confirmou. A cavalaria paraguaia avançou contra o regimento para tomar os canhões de assalto. "Granada e metralha! Espoleta a meia dúzia segundos", ordenou o comandante da tropa. Os canhões estavam carregados, prontos para disparar. Mas ele não lhes dava a ordem final. Os canhoneiros, impacientes, suavam de nervosismo. A cavalaria paraguaia se aproximava rapidamente, mais e mais, contra a posição. Mallet então lembrou a todos: "Os primeiros vão para o buraco. Precisamos honrar o fosso que tanto trabalho nos deu". E proferiu a frase que ficaria célebre: "Eles que venham! Por aqui, não passam!".

A galope, os primeiros cavaleiros desabaram inapelavelmente no fosso, distantes apenas cinquenta metros dos canhões. Alguns, que ainda tentaram frear, acabaram empurrados pelos que vinham atrás. "Fogo!", finalmente ordenou Mallet. Aqueles que conseguiram se deter foram alvejados com a carga mortal das duas dúzias de canhões, que dispararam ao mesmo tempo. Foram recarregados e acionados novamente, desta vez para colher os que batiam em retirada. O "boi de botas" também era chamado de "artilharia revólver", tamanha a velocidade e precisão com que os canhoneiros disparavam.

A Festa Nacional da Artilharia do Regimento Mallet era muito disputada. Tratava-se da "Meca dos artilheiros". Pelo menos uma vez

424

DOSSIÊ SMART — A história que o exército quer riscar

na carreira, o militar de artilharia deveria dizer que tinha participado do evento. Depois da cerimônia militar, ainda havia o disputado coquetel e o jantar para autoridades civis e militares. No cardápio, caviar, cascatas de camarão, espumantes e vinhos. Naquele ano, Simão, como general de quatro estrelas, Comandante do Exército do Sul, seria o artilheiro mais antigo, e o militar de maior precedência hierárquica na solenidade. E era por decisão dele que Battaglia estava ali, não propriamente para os festejos.

Crassi contou ao coronel que tinha ponderado bastante sobre a situação, ocorrendo-lhe a ideia de evitar a sindicância e resolver as coisas dentro do "espírito Aet". Daria a Battaglia a oportunidade de conversar pessoalmente com o general Simão, que também era paraquedista, na Festa em Santa Maria. Assim, uniriam o útil ao agradável. O coronel, afinal, nunca havia estado na Festa Nacional da Artilharia.

O general Simão, teoricamente, ainda não sabia de nada. Por isso, Crassi ordenou que Battaglia telefonasse para o coronel Tomás, assistente secretário de SS, solicitando uma audiência com o general. A mentira, todavia, tinha pernas curtas. Alguém faltara ao ensaio. Quando Battaglia ligou para Tomás, que aliás era da sua mesma turma de formação da AMAN, da arma de infantaria, o colega lhe respondeu:

— Battaglia, está tudo acertado. Logo na chegada, o general Simão vai conversar com você na Base Aérea de Santa Maria.

Não só pela indiscrição de Tomás, Battaglia soubera do arranjo. Outro colega já lhe havia informado que, preocupado com o vulto que o caso poderia tomar, o próprio general Branco, Comandante do Exército, determinara que Simão desistisse de punir ostensivamente o subordinado que ousara desafiá-los. Deveria buscar uma solução sem danos colaterais.

A festa em Santa Maria, naquele ano, não serviria apenas para teatralizar o histórico feito de Mallet, mas também para que SS en-

425

DIÁRIOS DA CASERNA

carnasse um personagem, encenando tolerância e clemência. Independentemente do que ele e Battaglia conversassem em privado, o general propalaria que o coronel havia se retratado e lhe pedido desculpas.

A resenha entre Battaglia e Simão ocorreu no local combinado. Foi rápida e sem testemunhas. Durou pouco menos de quinze minutos, tempo suficiente para o coronel repetir o que havia dito ao CoBrA. Reafirmou que não cometera nenhuma transgressão disciplinar e que seu objetivo fora tão somente oferecer subsídios à pesquisa do major Mohamed, sem associar a sua imagem ao projeto Smart.

Em resposta, SS disse que não era uma pessoa rancorosa, que a conversa no espírito Aet havia chegado a bom termo. Assegurou que compreendera as boas intenções do e-mail e que, assim, dava por encerrada a questão. Pediria ao general Crassi para cancelar o processo administrativo disciplinar. Parecia o epílogo do ato cênico. Battaglia se preparava para prestar a continência regulamentar e retirar-se quando o general o surpreendeu com uma revelação.

— Battaglia, você, como coronel, não entende as pressões a que estou sujeito como general e deve até questionar algumas posturas e decisões que tomei no projeto Smart.

O tom de voz do general tinha mudado. Suas palavras adquiriam uma inflexão confessional. Ali não parecia teatro, e sim que Simão sentia a necessidade de desabafar, de verdade. Mas o que o general teria mais a lhe dizer? Não tardou a saber.

— Durante o tempo em que o Alberto atuou como supervisor técnico do projeto, em Madri, ele tentou espionar a Lokitec, penetrando clandestinamente na sala secreta dos projetos da OTAN. O Sonzo disse que a ação foi registrada pelas câmeras de segurança, que o Alberto imaginava que estivessem desligadas. Soube disso durante a reunião em Porto Alegre com o Julio e com o Papa Velasco. Eles estão no limite com as sucessivas reprovações nos testes do Smart. O Velasco ameaçou denunciar. Imagine: um oficial do Exército Brasileiro tentando furtar in-

426

DOSSIÊ SMART — A história que o exército quer riscar

formações da maior aliança militar do Ocidente! Isso, certamente, seria um escândalo de dimensões internacionais. O único modo de evitá-lo seria chegarmos a um acordo que os espanhóis considerassem razoável.

Battaglia pediu permissão para se retirar sem comentar. Atônito com aquela revelação, quase se esqueceu de desligar o gravador do celular, que registrou toda a conversa.

***

— Essa era a suposta chantagem com a qual o SS pretendia me comover e justificar as negociatas com o Julio Sonzo e o Papa Velasco, quando defendia os interesses da empresa espanhola — disse Battaglia aos repórteres. — Obviamente, se isso realmente aconteceu, um crime não justifica o outro. Eles continuavam com as "soluções" de não enfrentar os problemas, preferindo varrê-los para debaixo do tapete.

— Mais alguém confirmou essa história da chantagem? Ou você somente a ouviu do general Simão? — quis saber Bruna.

— Mais duas pessoas. Alguns meses depois, ao participar de uma solenidade no Comando Militar do Leste, o tenente-coronel Olavo, que ainda atuava no Gesmart, aproximou-se de mim, e, em tom confidencial, confirmou que estavam sofrendo muita pressão. Segundo ele, o Alberto havia realmente tentado espionar a Lokitec. Os espanhóis tinham um vídeo provando a invasão ilícita, com o qual estavam chantageando o gerente do projeto.

— Ele te disse mais alguma coisa? — perguntou Fábio.

— Sim, que eu tinha saído na hora certa, porque o projeto estava uma "m". Falou bem assim! Sabe o que significa, não? Uma merda!

— Então o Olavo também deveria estar querendo deixar o Smart, como você fez — comentou o repórter.

— Sim, ele me contou que estava querendo sair e que isso aconteceria em breve, porque tinha sido designado para um dos cursos da Praia Vermelha. Essa conversa foi bem rápida. Ele parecia inco-

DIÁRIOS DA CASERNA

modado. Tive a impressão de que não queria ser visto muito tempo ao meu lado.

— E o outro, quem foi? — perguntou Bruna.

— O outro foi o Nicolau. No coquetel, me aproximei para cumprimentá-lo e saber como estava. Eu tenho estima pelo velho general. Sempre tentou fazer a coisa certa, mesmo diante da insanidade que rondava o Smart. Também tem muita cultura, de verdade. Não essa cultura superficial, que só serve de embuste para a maioria dos militares. Mas, enfim... Em determinado momento da conversa, ele me contou exatamente a mesma história.

— E ele revelou mais alguma coisa? — insistiu a jornalista.

— Não conseguimos conversar mais. Um ex-major do Exército que tinha passado no concurso para o Ministério Público Militar se aproximou para cumprimentar o general, que tinha sido seu comandante. O Nicolau então rapidamente disfarçou e mudou de assunto. Todos pareciam esconder segredos e ficavam nervosos ao falar do Smart.

* * *

A audácia do coronel Battaglia ao enfrentar um poderoso general de quatro estrelas não ficaria impune. E não era somente um! SS, Branco, Null, todos eles generais de exército, e seus comparsas. Só não tiveram coragem de fazê-lo às claras. Preferiram "fichar" Battaglia no C.I.E., sem direito ao contraditório e ampla defesa, arbitrariamente mesmo, "à la Ditadura Militar". Foi rotulado como desleal, contraindicado para assumir cargos de confiança, lidar com informações sigilosas ou sensíveis e representar o Exército Brasileiro em missões no exterior.

Obviamente, Battaglia não soube dessa detração oficialmente. Quem, de novo, lhe contou, foi o coronel Amorielli, com o orgulho ferido por sua ideia do termo de compromisso de manutenção de sigilo não ter dado certo. Em tom de vingança infantil, disse que Battaglia

DOSSIÊ SMART — A história que o exército quer riscar

poderia ter se livrado da sindicância e da punição ostensiva, mas que sua carreira estava acabada. "De canhoneiro de peças aladas para bucha de canhão", maldisse, com uma ponta de satisfação. Afinal, ninguém no Exército queria atuar nas Olimpíadas. Era a chamada missão "boca podre". Para o Exército, a única vantagem era receber gordos recursos governamentais para reformar os quartéis, comprar viaturas, equipamentos, armamentos e munições.

Battaglia não se abalou. Procurou transformar a situação adversa em vantagem. "Mais relevante do que o problema é como reajo a ele" — tinha para si. A partir dali, enquanto cumpria sua missão como comandante da artilharia aeroterrestre, também iria se preparar para a aposentadoria. Pelas regras dos militares, já tinha tempo para isso. Montou um planejamento de um ano, que não revelou a ninguém. Em julho do ano seguinte, no segundo ano de comando, seria divulgada a lista dos coronéis selecionados para cursos e missões no Brasil e no exterior, como a dos adidos militares das embaixadas. Já sabia que seu nome não estaria incluído na relação. Pediria, então, sua passagem para a reserva.

Enquanto isso, teria o desafio dado a si mesmo de melhorar ao máximo as condições de vida e de trabalho de seus comandados, os canhoneiros de peças aladas. Seu compromisso, sobretudo, era com as pessoas. Assim, reativou a antiga perimetral, um circuito de corrida para a tropa praticar o treinamento físico militar. Em razão do abandono, essa via tinha sido tomada pelo mato. Aproveitou as obras da Rio 2016, conseguindo gratuitamente entulho para aterrar uma extensa área do quartel. Introduziu a instrução de quadros, para oficiais e sargentos, com estudos de casos de operações de garantia da lei e da ordem, particularmente das operações, então recentes, como no Complexo do Alemão e no Complexo da Maré. A ideia era aprender com os erros cometidos e aprimorar táticas, técnicas e procedimentos.

Battaglia aproveitaria seu conhecimento de Direito para sanar as deficiências da formação militar dos oficiais e sargentos do batalhão.

Educou seus comandados sobre condicionantes do emprego das Forças Armadas, regras legais de procedimentos e garantias constitucionais dos cidadãos. O nível de preparo dos canhoneiros começou a destoar positivamente do restante da brigada, que mantinha o adestramento ordinário, sem novidades.

Em um dos estudos de caso com oficiais e sargentos, Battaglia mostrou um vídeo de uma tropa do Exército que vai sendo cercada por populares, supostamente a mando de traficantes da comunidade, até que os militares sobem às pressas na viatura e são alvejados por garrafas. Uma fuga humilhante. A pergunta era: "por que a tropa não usou o armamento não letal para repelir a injusta agressão?". Os oficiais e sargentos responderam: "porque não possuíam". Battaglia insistiu: "por que não usaram o armamento não letal que possuíam?". "Mas eles não tinham. Estavam armados com fuzis e pistolas", era a resposta dos militares. Battaglia passou outro vídeo. Desta vez, das IDF, as Forças de Defesa de Israel, que utilizavam técnicas militares de krav magá. O fuzil, antes de se transformar em armamento letal, também era uma barra de ferro, funcionava como cassetete. Battaglia havia participado do seminário de bastão tático ministrado pelo Grão Mestre Kobi, 8º dan, que introduziu a prática do krav magá na América do Sul.

Esses exercícios davam noção da diferença da atividade educativa permanente. Enquanto os batalhões de infantaria mantinham instruções de luta com base no arcaico manual do Exército, a artilharia aprendia técnicas utilizadas pelo experimentado Exército de Israel. E os ensinamentos do coronel Battaglia não ficaram somente na teoria.

Num determinado dia, os artilheiros montaram um posto de bloqueio e controle de via urbana, vulgarmente chamado de blitz, na rua nos fundos do quartel, que fazia divisa com a Base Aérea do Campo dos Afonsos. Já anoitecia quando um carro desobedeceu a ordem de diminuir a velocidade e baixar os vidros escuros. Em vez disso, acelerou e acabou com os pneus furados pelo obstáculo

DOSSIÊ SMART — A história que o exército quer riscar

com pregos, o "jacaré". Os ocupantes do veículo foram obrigados a parar. Em seguida, desceram e se identificaram como "autoridades", chamando a atenção da patrulha. Battaglia foi avisado. Em cinco minutos, chegou ao local. Tratava-se do diretor de um presídio carioca, da Secretaria de Administração Penitenciária do Governo do Estado do Rio de Janeiro, a SEAP-RJ, acompanhado pelo motorista e por mais um segurança, todos armados.

O diretor esperava um pedido de desculpas do comandante do batalhão e a abertura de um processo disciplinar contra os militares, além do ressarcimento dos danos causados ao veículo. Em vez disso, Battaglia lhe deu voz de prisão, sacando e engatilhando sua 9 mm. O segurança do sistema prisional desafiou:

— Sacou a pistola, coronel? Agora, atire. Quero ver!

— Você quer que eu atire? Coloca a mão na sua pistola. Coloca! Você não quer que eu atire? — respondeu, imediatamente, Battaglia.

O agente penitenciário sabia que, se tentasse sacar a arma, Battaglia poderia atirar em legítima defesa, sem cometer crime algum. Tinha-o na sua mira, pronto para disparar. O diretor do presídio, o motorista e o segurança foram então desarmados e seguiram todos para a delegacia de polícia judiciária militar da 1ª Divisão de Exército para a lavratura do auto de prisão em flagrante delito.

A situação foi extremamente delicada e arriscada. O fato foi noticiado pela mídia. Teve bom desfecho graças ao adestramento e, principalmente, ao conhecimento que Battaglia adquirira na faculdade de Direito. Apesar de toda a gravidade e da ação exemplar do Batalhão de Artilharia e de seu comandante, os militares não receberam qualquer elogio do CoBrA. Na mesma época, o batalhão de infantaria vizinho, comandado por um "peixe" do general Crassi, recebeu um memorável elogio pela faxina do quartel. O meio-fio e o tronco das árvores sempre branquinhos, caiados com cal.

Deixar de receber elogios não incomodava Battaglia. O pior eram as missões inopinadas nos fins de semana, como sábados à noite,

DIÁRIOS DA CASERNA

ou nas tardes de domingo. Inúmeras vezes, teve de pedir licença e se desculpar com Angélica para atender aos telefonemas do general Crassi. Numa ocasião, assistia à ópera *Dom Quixote*, no Theatro Municipal; noutra, perdeu o final de um filme, na Estação de Cinema de Botafogo. Angélica se assustava ao ouvir soar o telefone. Sentiu e viveu o grande assédio moral do CoBrA contra Battaglia.

Para evitar problemas, os namorados começaram a passar mais tempo na casa dele. Os patins na aprazível Lagoa ou no Aterro do Flamengo foram substituídos por passeios na avenida Duque de Caxias, na Vila Militar de Deodoro, na pista interditada ao trânsito para a prática de atividade física. Peta e Pepe também passaram a conviver mais. Para Angélica, o mais importante era todos estarem juntos.

A perseguição contra o Batalhão de Artilharia Aeroterrestre e seu comandante se tornou tão explícita e desmesurada que outros militares, mesmo "peixes" e assessores próximos de Crassi, começaram a passar informações a Battaglia sobre a rotina do general. Dessa forma, ele podia programar-se durante as folgas, driblar o implacável superior e desfrutar por mais tempo da companhia da namorada.

Com o tempo, Battaglia passou a saber até dos graves problemas pessoais de Crassi. O casamento ia de mal a pior. A maior frustração dele era ter um filho deficiente. O general e seu pai tinham seguido a carreira militar. O herdeiro não poderia. Culpava a esposa, sua genética, acusação que fazia sem qualquer fundamento na Medicina. Em determinadas noites, os pesados palavrões que dirigia à mulher eram ouvidos pelas sentinelas. Às vezes, descia da residência funcional do CoBrA, apelidada de "toca da serpente", para dormir em seu gabinete. Battaglia tinha ciência desses fatos por meio de relatos informais dos assessores do general.

Mas, se Crassi vivia bem ou não com a família, Battaglia não se importava. Nem reclamava da pressão que sofria. Podia aguentar. O que mais o incomodava era que, para atingi-lo, o comandante

DOSSIÊ SMART — A história que o exército quer riscar

da brigada onerava o Batalhão de Artilharia e seu pessoal com um sem-número de missões, muitas delas desprovidas de sentido.

Em uma das vezes, o celular soou por volta das 15h30 numa tarde de domingo. Era o general Crassi, determinando que o coronel Battaglia acionasse o plano de chamada, realizasse um apronto operacional e colocasse o batalhão em ordem de marcha, pronto para cumprir uma missão de GLO. Em pouco mais de três horas, mesmo com militares morando distantes do quartel, a unidade estava pronta, com quase 90% do seu efetivo. Crassi então determinou que os homens se deslocassem até o limite da Vila Militar e retornassem ao quartel. Em seguida, liberou-os. Foi o que os canhoneiros, forçando o bom humor, batizaram de "Operação Volta Olímpica". Um oficial do estado-maior do CoBrA foi encarregado de fiscalizar o cumprimento da missão. E isso não aconteceu somente uma vez.

Os militares do Batalhão de Artilharia, sem saber o que estava por trás das perseguições do general, começaram a dizer que o CoBrA tinha implicância com a unidade. Era comum Crassi falar mal da artilharia e do seu comandante nas reuniões com seus assessores diretos. Certa vez, um dos integrantes do estado-maior da brigada foi falar com o coronel em privado, perguntando se estava acontecendo algo entre ele e o general.

— Não dá para entender — disse o oficial. — Ele esculhamba com você o tempo todo. São difamações e injúrias sem fim. Verdadeira obsessão.

Battaglia aguentou durante mais de um ano o assédio moral do CoBrA, até que, em julho de 2016, como havia planejado, informou ao general que estava solicitando sua passagem para a reserva remunerada, depois de quase trinta e dois anos de serviços dedicados ao Exército. Num primeiro momento, Crassi chamou Battaglia para conversar, pedindo que refletisse melhor. Claro que era puro fingimento. No fundo, o general comemorava o que considerava uma vitória pessoal. Sem saber que a decisão de Battaglia já estava tomada havia um ano, creditava aquela "rendição" a seus ardilosos estratagemas para atormentar o coronel.

Sem paciência para ouvir falsidades, Battaglia não atendeu ao chamado do general. Sua dignidade, agora, falava mais alto. Não dava mais a mínima para o que Crassi tivesse ou quisesse lhe dizer. Sentia desprezo por ele, como um ser torpe, que, durante toda a sua vida, tinha perseguido obstinadamente o "sucesso" profissional, não propriamente com ganhos para o Exército, como se poderia supor, mas com toda sorte de cafajestadas e puxa-saquismo. E, isso tudo, ainda, à custa da infelicidade do que deveria ser seu bem maior, a família, que ele desprezava.

Quando passou para a reserva remunerada, com proventos integrais do posto de coronel, Battaglia contava 47 anos de idade. Parecia que tinha sido ontem que ele, aos 15 anos, ingressara pelos portões da casa rosada, a Escola Preparatória de Cadetes do Exército, cheio de sonhos e idealismo. Trinta e dois anos depois, confrontava a realidade de uma instituição leniente com as ilicitudes, que chegava a recompensar malfeitores, e convertia a honestidade em autossacrifício, em suicídio profissional. Mas se o Exército tinha jogado Battaglia ao ostracismo, ele estava pronto para se guiar por novos caminhos.

O pedido de passagem para a reserva do comandante do Batalhão de Artilharia Aeroterrestre, tropa de elite do Exército, repercutiu entre os militares. Era a fofoca do momento, de quem não tinha o que fazer. E os desocupados eram muitos na caserna. Os mais carreiristas logo se meteram a fazer comentários depreciativos. Diziam que o coronel não merecia a confiança que o Exército depositara nele. Chamaram-no

DOSSIÊ SMART — A história que o exército quer riscar

de mercenário. Especulavam que estivesse contrariado porque seu nome não constava entre os selecionados para missões no exterior. Battaglia não deu atenção aos comentários, pois já previa a explosão dos mexericos. Uns poucos amigos de verdade, militares honestos, que o conheciam melhor, saíram timidamente em sua defesa. Mas, ao final, calaram-se diante do turbilhão de impropérios dos difamadores.

O comandante da Brigada Aet, sentindo que não tinha mais a mesma autoridade sobre o coronel, entrou em contato com o Gabinete do Comandante do Exército, pedindo urgência na substituição do comandante do Batalhão de Artilharia pela proximidade da Rio 2016. Decidiu também solicitar o apoio do general Simão para que intercedesse diretamente com o general Branco.

Pois não demorou muito para Branco nomear um novo comandante, escolhido a dedo, para assumir o Batalhão, em uma cerimônia à qual muitos foram proibidos de comparecer. Como a solenidade de passagem de comando dos quartéis costuma enaltecer muito mais os feitos do comandante substituído do que o currículo do novo comandante, os generais tentaram esvaziá-la. Apesar disso, muitos amigos sinceros e corajosos compareceram, com algumas presenças surpreendentes, como a do general Felipe Patto. Sim, o antigo coronel adido militar da Embaixada do Brasil na Espanha, agora general, fez questão de comparecer à solenidade e cumprimentar discretamente Battaglia por sua integridade, demonstrada durante a condução do projeto Smart e realizações à frente do 1º Batalhão de Artilharia Aeroterrestre.

O discurso do comandante substituído era aguardado com apreensão pelo general Crassi. E, de fato, saiu carregado de ácidos recados. Um colega do estado-maior do Comando da Brigada, proibido de comparecer à cerimônia, posteriormente lhe contou que muita gente riu e zombou do general, sabendo que ele tivera de engolir as palavras de Battaglia na formatura militar.

> Meus comandados! A contagem do tempo não explica tudo que fizemos. Desenvolvemos um ambiente de trabalho extremamente salutar. Um ambiente onde a qualidade das horas trabalhadas suplanta a quantidade, onde a forma dá lugar ao conteúdo. Onde o respeito se impõe muito mais do que a hierarquia, onde a disciplina consciente suplanta a disciplina regulamentar.

Crassi nunca conseguira entender esses conceitos, tampouco colocá-los em prática. Sempre procurou impor o temor aos seus subordinados. Ameaçá-los com o RDE, o Regulamento Disciplinar do Exército. Para o general, trabalhar bem era sinônimo de muitas horas, de chegar tarde em casa, de sacrificar a família, bem diferente do espírito que Battaglia havia implantado no Batalhão de Artilharia.

> Um dos nossos sargentos me contou que, quando foi transferido para cá, recebeu um irônico "boa sorte" de colegas, pela má fama que o Batalhão carregava. Mas, pouco tempo depois de aqui chegar, fez questão de lhes responder que estava vivenciando a melhor fase da sua carreira, feliz e satisfeito, crescendo e aprendendo muito. Isso nos mostrou, a par de outros testemunhos e indicadores, que estávamos trilhando o caminho certo. Ideias novas! Gestão participativa! Melhoria de processos! Propósitos se transformando efetivamente em resultados! Eu lhes disse, quando assumi o comando dos canhoneiros de peças aladas, que estava aqui para servir e não para ser servido. E foi o que fizemos.

DOSSIÊ SMART — A história que o exército quer riscar

Era uma filosofia muito diferente daquela seguida por Crassi, que esperava ser servido e bajulado pelos subordinados.

Nosso adestramento chegou a um alto nível, pronto para contribuir com a segurança da Rio 2016, com provas incontestáveis que demos, como há um mês, quando uma de nossas patrulhas efetuou uma prisão em situação extremamente crítica, de forma modelar, nos estritos limites da lei.

Battaglia, assim, elogiava publicamente os militares do quartel, na frente do comandante da Brigada, que fingia ignorar o feito. Mas o melhor estava por vir no final de seu discurso.

Realizei o sonho de garoto, de um adolescente que queria uma profissão de aventuras. Não nasci em família pobre. Podia ter escolhido qualquer profissão, inclusive suceder meu pai no comando da empresa na capital paulista. Mas não! Em vez disso, escolhi saltar de paraquedas de uma aeronave militar, armado e equipado, me embrenhar pelas matas, vigiar fronteiras e combater o narcotráfico. Ajudei nosso país a combater algumas das mazelas que o assolam.

O Exército pode proporcionar a ascensão social e a estabilidade financeira para muitos que, de outra forma, não conseguiriam prosperar em nosso país. A profissão militar representa uma conquista difícil para quem não teve muitas oportunidades na vida ou a manutenção do *status quo do* pai militar para o filho militar. Para mim, não foi nada disso! O Exército foi minha profissão por vocação, a busca de um ideal.

Como único militar da família, agradeço o apoio dos meus pais e irmãos, que respeitaram a minha precoce decisão de seguir a carreira das armas e, logo, passaram a nutrir muito orgulho pelo meu trabalho. Agradeço aos meus pais por todos os valores que me transmitiram; a história inspiradora de meu falecido pai, que, de garoto pobre, que chegou a vender rádios na Praça da Sé, no Centro de São Paulo, como camelô, transformou-se em um grande empresário, recebendo o título de comendador, em reconhecimento por tudo que fez pela sociedade paulista. Seu progresso pessoal foi fruto de trabalho, e não de subterfúgios muito em moda em nosso país. Igualmente à minha mãe, nascida em uma fazenda no interior de São Paulo, onde a família trabalhava nas lavouras de café. Ambos são exemplos de honestidade, de integridade, de força de vontade, de persistência e de tantas outras virtudes que moldaram o meu caráter.

Nunca sobrepus interesses particulares aos meus deveres funcionais, nunca busquei benesses pessoais, nunca me dobrei às pressões de interesses ilegítimos. Sempre distingui bem o interesse público do interesse privado. Com essa conduta, contrariei interesses, comprei brigas, fui apelidado de "supersincero" num mundo onde falta coragem moral. Fui alvo de críticas e censuras! Mas também fui reconhecido pelos verdadeiros amigos, por pessoas de caráter, por pessoas de bem!

DOSSIÊ SMART — A história que o exército quer riscar

Esse trecho atingia diretamente o general Crassi, o general Simão, e todos os seus cúmplices.

Foram oito anos de estudo militar (AMAN, EsCap e EETT) e dez anos de estudo civil (Direito e pós-graduações). Viajei a mais de trinta países e investi no aprendizado de quatro idiomas estrangeiros. Isso só se faz com sacrifícios pessoais. Até hoje, apliquei esses conhecimentos em prol do Exército. A partir de agora, vou aplicá-los na vida civil. O camuflado será trocado pelo terno. O coronel, pelo doutor. Mas a alma do soldado paraquedista viverá em mim para sempre! Também quero louvar o exemplo dos meus antepassados, que saíram da Itália em 1895 rumo ao Brasil, e que aqui foram explorados; como operários na incipiente indústria, numa época em que direitos trabalhistas eram uma utopia; ou como lavradores, na malfadada fórmula da escravidão por dívidas. Todas essas dificuldades não fizeram com que nos dobrássemos, com que desistíssemos dos nossos ideais. Continuamos firmes!

Crassi não teve alternativa senão ouvir calado o discurso, esperando ansiosamente o fim daquela cerimônia. A família de Battaglia viajou de São Paulo para o Rio de Janeiro e acompanhou a passagem de comando, assim como Angélica, que permaneceu o tempo todo a seu lado.

***

— Bem, acho que, com isso, concluímos a narrativa. Foram três entrevistas. Primeiro, na livraria Prefácio; depois, lá em casa; e, agora, com vocês aqui na redação do *El País* — repassou Battaglia.

— Acho que está bem completo — anuiu Bruna. — O Fábio e eu temos bastante trabalho pela frente para compilar todas essas informações. Precisaremos também contatar novamente o CComSEx e alguns dos citados. Com tudo o que ouvi, acredito que temos aqui um tremendo furo de reportagem! Se precisarmos, entraremos em contato novamente.

— Battaglia, não vou poder levá-lo ao aeroporto, mas, saindo pela entrada principal do prédio, na esquina da esquerda, existe um ponto de táxi. Você já pagou a passagem aérea; então, o jornal faz questão de faturar a corrida até Congonhas — informou Fábio.

Antes de se despedir e sair, Battaglia assinou um termo autorizando o jornal a usar as informações das três entrevistas na produção de reportagens. Nos meses seguintes, entretanto, o ex-militar não teria mais contato com os jornalistas. Tampouco recebeu qualquer previsão acerca da publicação da matéria.

Depois da saída do entrevistado, Bruna e Fábio aproveitaram para checar se as informações do *Dossiê Smart* e de outras fontes do jornal confirmavam as declarações de Battaglia. Tudo batia! O único "personagem" que insistia em negar ou apresentar versões divergentes da história era o Exército.

CAPÍTULO 8

O DOSSIÊ

2016

Safog

A passagem de comando de Battaglia para seu sucessor, em 2016, parecia que encerraria um ciclo, retirando-o definitivamente de cena, atirando-o ao ostracismo na carreira militar. Mas foi supostamente nessa época que nasceu o dossiê do projeto Smart. E, dizem, fruto de um grande erro do general Crassi.

Battaglia havia entregado o comando do Batalhão em meados de julho e aguardava os trâmites legais para passar à reserva remunerada. Enquanto se desenrolava o processo, foi transferido para o Comando da Brigada Aeroterrestre. Mas Crassi não o queria lá, temendo que testemunhasse alguma irregularidade praticada com os recursos recebidos para as atividades relativas à Rio 2016. Por esse motivo, o general decidiu mandar o coronel aguardar o processo em casa, na Vila Militar, em Deodoro, exigindo que estivesse pronto para atender ao CoBrA a qualquer momento. Era quase uma prisão domiciliar. Battaglia não precisava comparecer ao quartel, tampouco podia se ausentar de casa. Passou cinquenta dias nessa situação.

Um ano antes, o C.I.E. havia fabricado um dossiê contra o coronel. O objetivo era puni-lo veladamente. Generais poderosos e covardes tinham encomendado o serviço sujo. Battaglia ficou sabendo quando Amorielli, sem se conter, deu com a língua nos dentes. O tempo em casa evocava-lhe diversos pensamentos. Não se sabe bem por que lembrou da canção do Legião Urbana, composta pelo seu vocalista, Renato Russo: "Faroeste Caboclo". Buscou-a no YouTube e a ouviu várias vezes.

> *Não boto bomba em banca de jornal*
> *Nem em colégio de criança isso eu não faço não*
> *E não protejo general de dez estrelas*
> *Que fica atrás da mesa com o cu na mão*

DIÁRIOS DA CASERNA

Havia muita coisa errada à sua volta. Em meio aos pensamentos, lembrou-se de uma frase do filósofo Jean-Paul Sartre, ouvida numa longínqua aula de Filosofia do Direito: "você é metade vítima e metade cúmplice, como todos os outros". E, em seguida, de outra: "o mais importante não é o que fizeram de mim, mas o que eu faço com o que fizeram de mim". Sua mente parecia exigir que fizesse algo para eliminar aquele silêncio resignado que definia sua "cumplicidade".

Dessa forma, Battaglia teria decidido aproveitar o ócio prisional imposto por Crassi para constituir-se em protagonista dos acontecimentos. Diante de um notebook, passaria a limpo toda a infame história do projeto Smart, documentando e narrando todos os seus pormenores. Se essa hipótese estiver certa, o general teria cometido um dos maiores erros da sua vida, um erro crasso.

PROJETO SMART

```
Crimes, improbidades administrativas e transgres-
sões disciplinares impunes de oficiais de altas
patentes do Exército Brasileiro
(delação apócrifa*)
```

Esse é o título estampado na capa do dossiê, que chegou ao jornal *El País* por meio do BrasiLeaks. Ainda na capa, uma citação da ministra Rosa Weber, no julgamento de um habeas corpus, justifica a delação apócrifa:

```
(*) "...em um mundo no qual o crime torna-se cada
vez mais complexo e organizado, é natural que a
pessoa comum tenha receio de se expor ao comunicar
```

DOSSIÊ SMART — A história que o exército quer riscar

> a ocorrência de delito (...). Elas [as notícias anônimas] podem constituir fonte de informações e de provas que não podem ser simplesmente descartadas pelos órgãos do Poder Judiciário" (STF. 1ª Turma. HC 106152/MS, Rel. Min. Rosa Weber, julgado em 29/3/2016)

Na página seguinte, a dedicatória: "A todos os brasileiros honestos que ainda acreditam que este País tem jeito!".

Com a letra de uma música e versos bíblicos, o dossiê ironiza a pesquisa que mostra o Exército Brasileiro como uma das instituições de maior credibilidade no país.

> "Campanha Exército Brasileiro, eu confio!"
> Exército Brasileiro — índice de confiança:
> 80,1% — "Sim, acredito que o exército é uma instituição séria e confiável".
> [Pesquisa encomendada pelo CComSEx em maio de 2016]
>
> ♫ Nas favelas, no Senado,
> Sujeira pra todo lado.
> Ninguém respeita a Constituição,
> Mas todos acreditam no futuro da Nação!
> (Que País é Esse? — Legião Urbana)
>
> Ai de vocês, mestres da lei e
> fariseus, hipócritas! Vocês são
> como sepulcros caiados:

> bonitos por fora, mas por
> dentro estão cheios de ossos
> e de todo tipo de imundície.
> (Mateus 23:27)

A citação bíblica era um dos argumentos dos que não acreditavam que Battaglia tivesse sido o autor do dossiê, já que ele era ateu. Outros diziam que uma coisa não tinha nada a ver com a outra. Antes de ingressar no Exército, Battaglia havia estudado em colégios de freiras e padres, nos quais chegara a cumprir tarefas nas missas, como coroinha. Sem contar os mais de vinte anos em que convivera com a ex-mulher e sua família, todos evangélicos, acompanhando-os aos cultos. Os que apontavam Battaglia como o autor do dossiê ressaltavam o conhecimento do militar na elaboração de trabalhos científicos e a graduação em Direito, expressos na forma e no linguajar do texto.

Um dos militares entrevistados pelo *El País*, que pediu para manter seu anonimato, disse, com muita convicção, que só havia uma pessoa em condições de escrever o dossiê tão bem e com tamanho perfeccionismo. Tratava-se do coronel Battaglia.

Seguindo a metodologia para elaboração de trabalhos científicos da Associação Brasileira de Normas Técnicas (ABNT), o dossiê apresenta elementos pré-textuais [capa, dedicatória, epígrafe, resumo, lista de siglas e abreviaturas, lista de figuras (7), fotos (35) e tabelas (32), e sumário], elementos textuais (introdução, capítulos e conclusão), e pós-textuais (referências e anexos).

DOSSIÊ SMART — A história que o exército quer riscar

RESUMO

A presente delação apresenta supostos crimes, improbidades administrativas e transgressões disciplinares perpetrados por oficiais de altas patentes do Exército Brasileiro, e por civis, entre os anos de 2010 e 2016, relacionados ao projeto do Simulador Militar de Artilharia, Smart. Explica como, por meio de um sistema de punições, de recompensas e de outras ferramentas de controle, esses oficiais incentivam práticas delituosas em benefício próprio, corrompendo os princípios constitucionais da Hierarquia e da Disciplina das Forças Armadas e a meritocracia. Revela provas inequívocas do uso de dinheiro público para atender a interesses privados ilegítimos. Aponta, como uma das causas da impunidade desses oficiais de altas patentes, o sistema assentado em duplo privilégio: na investigação (polícia judiciária militar) e no julgamento (Justiça Militar da União). Prevê, em função disso, que dificilmente esses oficiais serão punidos pelas ilegalidades que cometeram. Como exceção à impunidade, aposta numa investigação isenta e competente (da Polícia Federal e do Ministério Público Federal) e numa justiça imparcial (Justiça Federal) para investigar e julgar os crimes de sua competência e para punir seus autores. Crê que o Tribunal de Contas da União (TCU) também possa reaver aos cofres públicos parte dos valores subtraídos pelo projeto Smart. Espera que, um dia, o Exército Brasileiro (representado também por esses oficiais de altas patentes)

DIÁRIOS DA CASERNA

> seja merecedor da confiança que a sociedade lhe
> imputa, pelo que realmente é, e não pelo que a
> sociedade pensa que é.

O resumo é finalizado com as palavras-chave:

> Simulador Militar de Artilharia. Smart. Lokitec.
> Licitação Internacional. Contrato Internacional.
> Comissão de Aquisições, Licitações Internacionais
> e Contratos do Exército. Calice. Simulador de
> Apoio de Fogo. Safog. Exército Brasileiro.

O primeiro capítulo revela as tentativas do general Aureliano de contratar a Lokitec para o desenvolvimento do simulador, sem o devido processo administrativo, e conta os bastidores da licitação internacional conduzida pela Calice em Nova York, que deu a vitória à empresa espanhola. O segundo narra cada fase do projeto Smart, apontando as irregularidades cometidas, mormente depois que o general Simão assume a gerência do projeto. O terceiro capítulo apresenta as deficiências do simulador. O quarto aborda os problemas que envolveram a construção do edifício do Smart na AMAN. O capítulo cinco apresenta planilhas com gastos do projeto, que incluem não somente o valor de 14 milhões de euros do contrato, mas também das construções dos edifícios, e os gastos em dólar com o pessoal militar e com as missões no exterior, num montante que supera 100 milhões de reais de prejuízo. No sexto capítulo, o dossiê indica resumidamente supostos crimes, improbidades administrativas e vantagens auferidas no projeto Smart e identifica seus autores, citando o envolvimento de quinze generais, seis coronéis, um capitão e oito civis, passando, então, ao que chama de "Considerações (que não sejam) finais". A narrativa dos capítulos se desenvolve também com cento e treze parágrafos temáticos auxiliares, que ajudam o leitor a contextualizar os fatos, entendendo sua essência, em complemento ao sumário.

As trezentas páginas "Dos Fatos", na Parte I do dossiê, são corroboradas por mais de mil páginas com mais de cem documentos ostensivos e sigilosos reunidos na Parte II — "Das Provas". Todo o texto do dossiê é permeado por citações diretas e indiretas, devidamente referenciadas.

Depois do episódio do e-mail do major Mohamed, decidiu-se por uma intensa propaganda do projeto Smart, promovida em 2015 e 2016, e que continuou nos anos seguintes. Tanto a EsCap quanto a EETT passaram a encomendar aos seus alunos monografias sobre simuladores para treinamento militar. Pontos polêmicos foram censurados. Nessa mesma época, o capitão de artilharia Marcus Junius, ex-assessor operacional do projeto Smart, passou a ter uma atuação mais ostensiva como aliado do general Simão, plantando debates no portal de doutrina da DEMEx, exaltando o uso de simuladores e, em especial, as "grandes virtudes" do Smart.

O ápice da propaganda enganosa foi a edição, em junho de 2016, de uma REx, a *Revista do Exército*, inteiramente dedicada ao Smart. Essa peça de marketing foi idealizada e encomendada por SS e pelo Comandante do Exército, general Branco, e patrocinada — como não poderia deixar de ser — pela Lokitec. Foi sobretudo depois dessa REx que o Simulador Militar de Artilharia Smart passou a ser chamado de Safog, Simulador de Apoio de Fogo.

DIÁRIOS DA CASERNA

A denominação Smart estava desgastada e lembrava irregularidades que tinham sido cometidas ao longo de todo o desenvolvimento do projeto. A tradução da sigla para o português passou a ser associada à esperteza, no mau sentido. Era preciso rebatizá-lo. A troca de nomes era uma solução eficaz que, no universo da caserna, vinha dos tempos escolares. Quando um aluno indisciplinado ou negligente da Escola de Cadetes chegava às Agulhas Negras, pedia para mudar seu nome de guerra. Assim, procurava impedir que seus novos instrutores na Academia Militar tomassem conhecimento de seus antigos vícios na EsPCEx. Da mesma forma, a partir dessa REx, o Smart virou Safog, recorrendo a um estratagema semiótico para livrar-se da má reputação.

Com o afastamento e o silêncio dos que não se dispuseram a participar do esquema, e, com tudo indo muito bem, logo os aliados do general Simão começaram a ser devidamente recompensados. Foi o caso do capitão Marcus Junius, grande propagandista do Safog. Após a EsCap, ele havia sido movimentado para Formosa, em Goiás. Não escondia o desejo de retornar para Resende, cidade da família de sua esposa. Pois conseguiria a transferência, e essa não seria a única recompensa. Pouco depois, foi designado para uma missão no Uruguai por dois anos, enchendo os bolsos de dólares. No país vizinho, não deixou de reverenciar a foto de Ustra na galeria dos antigos adidos militares, prestando uma inusitada continência ao retrato.

Os coronéis Amorielli e Schimdt, no final de 2015, ganharam uma viagem de pouco mais de uma semana a Orlando, nos Estados Unidos, com tudo pago pela Lokitec. O BolEx nº 49/2015 publicou que foram participar de reuniões com a empresa espanhola na I/ITSEC 2015, feira e conferência de indústrias ligadas à educação, simulação e treinamento. Os redatores do boletim poderiam ter escrito que a dupla tinha viajado para se confraternizar com os espanhóis e visitar o Mickey Mouse.

Desde a sétima reprovação do Smart, em março de 2014, a Lokitec suspendera o pagamento de gastos dos militares com transporte, ali-

DOSSIÊ SMART — A história que o exército quer riscar

mentação e hospedagem. É bastante significativa, portanto, a mudança de postura da empresa entre novembro e dezembro de 2015, indicando que estava satisfeita com as soluções para os velhos impasses. Sobrava dinheiro no caixa para assumir novamente a conta dos militares.

A viagem à terra da Disney World com ingressos ao Magic Kingdom, no entanto, foi só um aperitivo, uma pequena retribuição pelos primeiros serviços de Amorielli e Schimdt. Um prêmio muito maior estava por vir. Antes, porém, eles precisariam cumprir mais uma tarefa à altura da recompensa: provar a lealdade a SS, seguindo-o na assinatura do certificado de recebimento do Safog. Era como fazer um pacto com o diabo.

Schimdt, o mais sem noção, pegou a caneta e validou o documento sem pestanejar, orgulhoso de si próprio:

— É nos momentos de crise que o Exército reconhece o trabalho de corajosos combatentes, daqueles que se sacrificam pela Força — disse ao assinar.

Amorielli, ao contrário, não compartilhava do mesmo ufanismo do seu colega. Desde o tempo na Calice, e depois na AsCo, o coronel sabia muito bem o que acontecia no Smart-Safog. E mais: que não era correto certificar o término e entrega do simulador em 2016, tendo ele mesmo assinado o contrato em 2010 com a empresa. Essa participação no processo contrariava a segregação de funções, princípio básico da administração pública. Sua assinatura, portanto, era ainda mais comprometedora do que a do coronel Schimdt, o que o atormentava.

— Essa promoção está me saindo cara — confessou ao firmar.

As palavras de ambos revelam que já esperavam a recompensa. Pouco depois, Amorielli e Schimdt embarcaram novamente para a Espanha, com tudo pago pela Lokitec. Foi em março de 2016. Mas tenha calma! O prêmio não seria "só" turismo nos EUA e na Europa.

Por meio do Boletim do Exército nº 12/2016, o general Branco designou o coronel Schimdt para realizar o "curso de engenharia de sistemas e simulação", em Madri, na Espanha, pelo período de quinze meses, com direito a ajuda de custo na ida e na volta, indenização de mudanças (nacional e internacional), pagamento de aluguel no exterior, passagens aéreas para ele e seus familiares, além de salário em dólar.

O problema era que Schimdt, um coronel de "infantaria" em final de carreira, foi realizar um curso de engenharia que, até então, não existia, em uma empresa que não ministrava cursos. Não há nenhuma surpresa em saber que essa empresa era a Lokitec. Inicialmente, essa brincadeira saiu por 352 mil dólares, depositados ao longo do período da missão na conta-corrente que Schimdt abriu na agência do Banco do Brasil, em Miami. Era o que estava no dossiê. Mas o *El País* descobriu que a despesa foi ainda maior, com um documento publicado pelo *The Intercept*. Em 2017, o Exército ampliou a permanência, de quinze para dezenove meses, do coronel Schimdt e de sua família no exterior, com a "justificativa" de que o militar realizaria mais um curso na Lokitec, desta vez sobre plataformas de simulação. A conta passou fácil de 400 mil dólares, e isso, apenas para um coronel, em pouco mais de um ano e meio.

O Exército havia gastado muito dinheiro para enviar à Espanha um total de oito engenheiros militares formados pelo IME para absorver a tecnologia da Lokitec na construção de simuladores. Quatro deles passaram três anos na Espanha. Mas parece que esse período não era suficiente — ou os engenheiros do IME selecionados para a missão eram muito ruins, ou esse coronel de infantaria era muito bom. Sob qualquer aspecto, o envio do infante para realizar esses "cursos" em Madri não fazia o menor sentido.

O sentimento de impunidade de alguns generais do Alto Comando do Exército os estimulava a tomar essas atitudes contraditórias, sem temer qualquer investigação, muito menos remotas punições, com a leniente cumplicidade dos órgãos de controle. Era mesmo uma piada, escárnio com o dinheiro público.

DOSSIÊ SMART — A história que o exército quer riscar

Não se tem notícia de que o Exército Brasileiro tenha se beneficiado de alguma forma com os (caríssimos) conhecimentos que o coronel Schimdt teria adquirido com os cursos na Lokitec. Na volta da Europa, ele ainda trabalhou um tempo na área, supostamente retribuindo o investimento. O Exército passou o infante à disposição da Indústria de Material Bélico, até que ele se aposentou em março de 2020. Também não se tem conhecimento de qualquer projeto da IMBEL que tenha contado com sua relevante contribuição.

Já o coronel Amorielli, como havia pré-anunciado quando após sua assinatura no certificado de término do projeto e entrega do Safog ao Exército, foi promovido, em 31 de julho de 2016, ao posto de general, sendo nomeado comandante de uma brigada. Era o mínimo que o Alto Comando do Exército poderia fazer para reconhecer e retribuir os "excelentes serviços" de tão valoroso oficial à Força Terrestre.

Como Battaglia dizia, a corrupção não acontecia com mala de dinheiro ou dólares na cueca, mas era escancarada no Diário Oficial da União, travestida de atos legais.

SS também precisava de um homem da sua confiança na Calice. Com o apoio do general Branco, nomeou Tomás, seu atrapalhado assistente, para assumir a chefia da Comissão de Aquisições, Licitações Internacionais e Contratos do Exército em Nova York. Qual conhecimento tinha o coronel sobre licitações e contratos internacionais? Nenhum. O militar fez sua carreira como professor de educação física, especialista em treinamento físico militar. O *El País* investigou. Seu currículo nada tinha que justificasse a nomeação para a chefia da Calice. Antes de partir para a missão no exterior, recebeu do general Simão orientações em privado. Podemos imaginar o teor dessa conversa.

Tudo isso — e mais — está relatado e provado no dossiê, que chegou ao *El País* por meio do BrasiLeaks. Sabe-se que o documento também foi enviado à Polícia Federal, ao Ministério Público Federal e ao Tribunal de Contas da União. Alguns dos ex-integrantes do projeto Smart afirmam tê-lo recebido pelos correios, com um falso remetente. Ninguém assumiu sua autoria, individual ou coletiva.

O Safog/AMAN foi inaugurado em fevereiro de 2016 em Resende, com cerca de dois anos e meio de atraso; e o Safog/Sul, em Santa Maria, em junho do mesmo ano, no dobro do tempo inicialmente previsto. Ambas as inaugurações contaram com a presença do general Branco, do general Simão, do general Null e de Julio Sonzo. O Centro de Comunicação Social do Exército deslocou equipes para cobrir os eventos. Ao convocar a mídia comercial, anunciou o coroamento de "um dos projetos de simulação mais abrangentes do mercado de defesa mundial e pioneiro na América Latina", frase replicada por blogs e revistas digitais pela internet.

Segundo o CComSEx, o Exército ganhava com a tecnologia para a construção de simuladores militares, adquirida durante o projeto Safog, e com um laboratório para projetos futuros, implantado pela Lokitec dentro do programa de compensação comercial estabelecido no contrato. Além disso, o país estaria sendo beneficiado com a geração de empregos e renda por meio das atividades da versão brasileira da empresa. A verdade era que o laboratório continuava no papel; e a Lokitec Brasil mantinha-se como uma empresa de fachada, com seus três funcionários e endereço incerto.

A caverna

Hipnotizado, Pepe observava as pessoas que desciam e subiam pelas escadas rolantes atrás da enorme parede de vidro. Battaglia se sentou ao seu lado no chão, em meio à desordem das caixas da mudança. Se quisesse ter mais privacidade, deveria manter o toldo da sacada abaixado e a cortina do quarto fechada. Do contrário, os frequentadores do shopping center em frente teriam ampla visão do apartamento. Sua nova moradia, um pequeno apartamento no bairro de Botafogo,

DOSSIÊ SMART — A história que o exército quer riscar

contrastava com a antiga e espaçosa casa do comandante do batalhão na Vila Militar. A porta do edifício residencial ficava na perpendicular de uma das entradas do centro comercial. Com apenas dez ou onze passos duplos, atravessava-se a rua e entrava-se no shopping.

Battaglia se lembrou do romance que tinha lido alguns anos antes: *A Caverna*, de Saramago. No livro, a propriedade da família tinha sido comprada para dar lugar a um grande shopping center, onde as pessoas do clã passaram a viver, sem a necessidade de sair dali para nada. De repente, era como se ele e Pepe estivessem dentro da história do premiado escritor português, Nobel de Literatura. Os dois, na penumbra da sacada, contemplando aquela vitrine de humanos e suas sacolas de compras. Era para isto que trabalhavam: para comprar, para consumir. O shopping center era o templo máximo desse ritual.

— Vamos, Pepe! "Passear" — disse para o cão, despertando de seus pensamentos.

Pepe, que conhecia a palavra, levantou as orelhas, agitando-se, animado. Desceram pelo elevador de serviço, saindo pela garagem do prédio, ganhando a rua. Atravessaram a avenida da Praia de Botafogo até o jardim. Ainda havia bastante movimento nos pontos de ônibus, pessoas que retornavam para casa depois de um dia inteiro de trabalho. Pepe cheirou cada cantinho, explorando e marcando o novo território, enquanto Battaglia também se ambientava com o local. Talvez não fosse muito seguro sair com o cachorro tarde da noite. Precisava planejar bem os horários para evitar o risco de assalto. No Rio de Janeiro, a preocupação com segurança é uma constante.

Naquela noite, Battaglia sonhou que ele e Pepe haviam se mudado para dentro do shopping, como no romance. Mas não encontrava um local para o cachorro fazer xixi. Recorreu a um segurança que, de repente, mudou de aparência. Era um soldado sentinela, e estava equipado com um paraquedas. "Por ali, coronel." Em seguida, o caminho se transformou em um labirinto. Estavam perdidos. Uma

DIÁRIOS DA CASERNA

multidão ia e vinha freneticamente pelos corredores. As pessoas olhavam para os dois. Battaglia sacou do bolso uma carta topográfica, mas o mapa era da Vila Militar e do Campo de Instrução de Gericinó. A bússola tampouco lhe servia dentro do shopping. Deixou-se tomar por uma sensação de angústia... E foi o que lembrou do sonho no dia seguinte, quando acordou e chamou Pepe, que dormia em um colchãozinho ao lado da cama. Era hora do passeio matinal.

Os pesadelos de Battaglia passaram a ser recorrentes. O enredo sempre muito parecido. Ele precisava executar tarefas militares, que, por algum motivo, acabavam fugindo de seu controle, vendo-se impedido de concluí-las, passando por situações constrangedoras ou vexatórias. Desenvolveu bruxismo, rangendo os dentes ao dormir. Saymon, seu psicólogo, dizia que essas aflições ainda iriam acompanhá-lo por um bom tempo, até se "desintoxicar" mentalmente e curar-se das sequelas psicológicas do assédio moral que havia sofrido no Exército. Era importante encontrar uma nova rotina, praticar esportes, sair, distrair-se. Para Saymon, aquele sonho tinha um significado claro: Battaglia deveria encontrar seu novo caminho na vida civil, ou seja, no labirinto; os antigos conhecimentos militares (cartas topográficas, bússola etc.) não lhe serviriam mais.

Depois de trinta e dois anos no Exército, acordando bem cedo e cumprindo inúmeras obrigações, Battaglia voltou a ser dono do seu próprio tempo, o bem que considerava mais precioso. Procurou aproveitá-lo da melhor maneira possível. As primeiras tarefas que se impôs: terminar seu processo de obtenção da cidadania italiana e requerer o registro para a nova profissão na Ordem dos Advogados do Brasil. Havia passado na prova da OAB logo no ano seguinte à sua graduação em Direito, quando era major, mas, por estar no serviço ativo, não podia receber a carteira. Na reserva, não havia mais este empecilho. Também se inscreveu no curso de processo eletrônico e certificação digital da Escola Superior de Advocacia. Essas atividades,

DOSSIÊ SMART — A história que o exército quer riscar

na verdade, já estavam programadas. Vinha planejando sua passagem para a reserva havia mais de um ano.

Aos poucos, Battaglia foi construindo sua nova rotina e se afastando dos grupos militares. Foi muito criticado quando saiu do Exército, principalmente pelos carreiristas e fazia parte da sua terapia se afastar dessas pessoas tóxicas. No entanto, acabou se distanciando também de alguns bons colegas, receoso de que pudesse prejudicá-los. Essa conduta cautelosa valia para as redes sociais, que tinham se tornado uma das fontes de informação preferidas dos serviços de inteligência.

Pepe também foi se adaptando à nova rotina, obrigado a trocar as duas últimas espaçosas casas, na Vila Militar da AMAN e na de Deodoro, com seus amplos quintais, pelo pequeno e cosmopolita apartamento da Zona Sul carioca. Por sorte, seu tutor o levava à rua de três a quatro vezes por dia. Logo cedo, depois do primeiro exercício com o cão, Battaglia seguia ao Clube Mourisco para nadar. Não demorou para chamar a atenção de Biano, técnico da modalidade, que o convidou para integrar a equipe master de natação do Botafogo. Sua atividade física se completava com os treinos de krav magá.

Battaglia também continuou seus cursos de idiomas na Aliança Francesa, agora na esquina de casa; e no Instituto Italiano de Cultura do Consulado, no Centro. Nos fins de semana, ganhava a companhia de Angélica e Peta. Os namorados iam ao cinema, ao teatro e a aulas de dança de salão. Saíam para jantar nas noites de sábado. Um pequeno restaurante sushi-bar em Botafogo tornou-se um dos prediletos do casal. Aos domingos, costumavam patinar no Aterro do Flamengo.

Tudo parecia ir bem, até que Battaglia recebeu um estranho recado para comparecer à sede da Polícia Federal, na Praça Mauá, região portuária do Rio de Janeiro. O delegado da PF não usou de meias palavras. Era final de 2016. A seção de crimes fazendários estava investigando o projeto Smart. Não havia condições de incluir Battaglia no serviço de proteção a testemunhas, mas a recomendação era para que andasse armado e tomasse especial cuidado com sua segurança pessoal. Se pudesse sair do país por um tempo, seria ainda melhor. E foi o que Battaglia fez...

2017

Terra Santa

Pouco tempo depois da conversa com o delegado da Polícia Federal, Battaglia embarcaria em um voo da Air France, do Rio de Janeiro para Paris, fazendo conexão com outro voo para Tel Aviv. Viajava até Israel com a 8ª Delegação da Federação Sul-Americana de Krav Magá, ao lado de outras cinquenta pessoas, entre instrutores, alunos do mestre Kobi e seus acompanhantes. De dois em dois anos, Kobi costumava oferecer a seus alunos a oportunidade de treinarem a modalidade em seu país de origem, numa viagem com muita história, cultura, gastronomia e lazer.

Angélica acompanhou Battaglia. Em seu rosto, um sorriso iluminado deixava evidente sua alegria. Era a primeira viagem que faziam juntos ao exterior. De mãos dadas o tempo todo, viviam um sonho romântico. Tudo parecia perfeito. Depois de dois anos de namoro, Angélica continuava lançando um olhar apaixonado pelo parceiro.

Sofreram, contudo, um revés: na aterrissagem do avião em Paris, ela sentiu uma forte dor no ouvido direito. Felizmente, um dos instrutores da delegação, Lucas, também era médico. Após examiná-la, deu-lhe um analgésico e ficou de observar a reação no trecho seguinte. Durante o novo voo, agora de quatro horas e meia, ela não sentiu nada, mas, no pouso em Israel, sofreu novamente com a dor.

— Battaglia, o ideal seria que você e sua mulher procurassem um otorrino aqui em Israel — aconselhou Lucas.

DOSSIÊ SMART — A história que o exército quer riscar

— Não somos casados, somos namorados — corrigiu Battaglia.

— Vamos esperar mais um dia. Não se preocupem! Acho que vai melhorar — pediu Angélica, torcendo para ser algo passageiro.

Era 22 de janeiro de 2017, domingo. O próximo voo só aconteceria dali a dez dias, na partida de Israel. Talvez aquela dor fosse mesmo temporária.

No dia seguinte, a delegação visitou a cidade velha de Jerusalém. A primeira parada foi no Monte Moriá para a vista panorâmica da cidade. Dali, partiram para o Monte das Oliveiras, onde Jesus foi entregue aos soldados romanos com o beijo de Judas Iscariotes. Percorreram a Via Dolorosa, onde Cristo carregou a cruz, até o Santo Sepulcro, na Gólgota. Também estiveram no Cenáculo, local onde teria ocorrido a Última Ceia. O passeio incluiu visitas ao Muro das Lamentações, ao Túmulo do Rei David e até às escavações arqueológicas do Cardo Romano, percorrendo o túnel de Jerusalém. À noite, o grupo assistiu a um show de luz e som no Muro da Cidade Sagrada, com a história de Maomé, e retornou para o pernoite no hotel.

A programação de terça-feira incluía, na parte da manhã, a visita à cidade nova de Jerusalém, com um *city tour*. Mas a dor de ouvido de Angélica persistia, e acharam por bem procurar um otorrino. Sandra, mulher do mestre Kobi, que falava hebraico fluentemente, dispôs-se, gentilmente, a acompanhá-los.

Os três, então, separaram-se do grupo e tomaram um táxi até uma clínica, em Jerusalém, credenciada pelo seguro de saúde contratado para a viagem. O atendimento no centro, muito bem estruturado, foi rápido. O médico observou que o ouvido direito de Angélica estava bastante inflamado. Medicou-a e prescreveu um analgésico e um anti-inflamatório para pingar no local, recomendando que ela passasse por uma reavaliação antes do voo do dia 1º de fevereiro.

No início da tarde, Battaglia e Angélica se reintegraram ao grupo do mestre Kobi, para a excursão aos *bunkers* e túneis da Guerra dos Seis

DIÁRIOS DA CASERNA

Dias (Guivat Hatachmoshet). A dor havia passado, fruto da medicação intravenosa ministrada na clínica, mas Angélica se sentia indisposta. Preferiu então ficar no ônibus da delegação, descansando, e insistiu para que Battaglia participasse da atividade. Ela sabia o quanto essa visita era importante para ele, ainda mais contando com veteranos paraquedistas do Exército israelense, que haviam lutado na guerra.

No retorno, alguns colegas de viagem perguntaram por Angélica.

— Como está sua esposa? Melhorou?

— Sim, a dor passou. Mas ela ainda está um pouco indisposta, talvez algum efeito colateral da medicação.

E acrescentou:

— Só esclarecer que somos namorados, não casados.

Sentindo-se melhor, Angélica conseguiu acompanhar a visita ao Museu do Holocausto (Yad Vashem) e ao cinema 4D, que conta três mil anos da história de Jerusalém (Maalit Hazman).

Naquela noite, a delegação deixou Jerusalém em direção ao Mar Morto, na verdade um imenso lago, localizado a mais de quatrocentos metros abaixo do nível do mar. Para quem está acostumado com as longas distâncias no Brasil, em Israel, tudo é perto. O percurso era de apenas quarenta quilômetros. O problema é que, em alguns trechos, a estrada é bastante sinuosa. As oscilações foram aumentando o enjoo de Angélica, até que ela, passando mal, foi obrigada a pedir para o ônibus encostar. Foi o tempo de sair e vomitar. O próprio Kobi desceu para ajudar com água.

— Desculpe! Eu não devia ter vindo... Estou atrapalhando todo mundo... Estou atrapalhando a sua viagem... Que vergonha! — pedia desculpas, enquanto vomitava!

"Como pode uma pessoa vomitando pedir desculpas!?", pensou Battaglia. Era de cortar o coração. Não tinha como deixar de comparar aquele comportamento com os surtos da ex-mulher, que brigava por motivos fúteis.

DOSSIÊ SMART — A história que o exército quer riscar

— Não diga isso! Você não está passando mal porque quer. Eu realmente gostei de você ter vindo comigo. Você vai melhorar. Começou a se medicar, é só questão de tempo — tentou animá-la.

No dia seguinte, Angélica decidiu repousar e novamente não acompanhar o grupo. A atividade previa acordar ainda de madrugada para a subida a pé a Massada, uma montanha em meio ao deserto, palco da resistência dos judeus contra os romanos no século I d.C. Battaglia subiu o monte com os colegas, atingindo o cume ao alvorecer, onde fizeram um treino de krav magá com o Mestre. Depois, seguiram em jipes pelo deserto da Judeia e visitaram uma aldeia beduína, onde passearam em dromedários. Na sequência, retornariam para o banho no Mar Morto, no final da tarde.

O repouso fez bem a Angélica. Ela tinha melhorado e, para se distrair, visitado algumas lojinhas na cidade de Arad, onde estavam hospedados. Esperava ansiosa por Battaglia para saber como tinha sido o dia dele. Os colegas, sempre atenciosos, queriam saber como ela estava.

— Sua esposa melhorou, Battaglia? Esse enjoo que ela teve, será que não está grávida? — perguntou uma das colegas.

— Não, não está grávida — respondeu, incomodado com a pergunta. — Está melhorando. E não somos casados, só namorados — afirmou de modo mais enfático.

Battaglia percebeu de imediato a mudança no semblante de Angélica. No instante em que ele negava, pela terceira vez, que fossem casados, o sorriso dela se apagou.

Sempre muito educada, enquanto trocavam de roupa no quarto para o banho no Mar Morto, ela desabafou:

— Por que você faz questão, o tempo todo, de dizer que não somos casados? Por que isso importa tanto para você? Poxa! Essa viagem, para mim, é um sonho! Por que você fica me machucando desse jeito?

Para Angélica, a dor na alma doía mais do que a dor física.

DIÁRIOS DA CASERNA

— Sinto muito! Não importa mesmo. Você tem razão. Não quero vê-la triste! — desculpou-se Battaglia, prometendo não repetir aquela conduta desairosa.

Durante o banho no mar, Angélica já havia esquecido do dissabor. O sorriso voltara a iluminar seu rosto, enquanto permaneciam, sem afundar, deitados sobre as densas águas, com concentração de sal dez vezes maior que a dos oceanos. Angélica esbanjava uma felicidade que lembrava a inocência das crianças, divertindo-se com as brincadeiras. Alguns colegas posavam para a clássica foto, deitados na água lendo jornal; enquanto as mulheres passavam no corpo a lama com efeitos medicinais e estéticos, matéria-prima explorada por indústrias cosméticas da região.

— É isto que está faltando. Colocar a lama do Mar Morto no meu ouvido! — brincou.

Na quinta-feira, a delegação visitou a Academia Israelense de Segurança e Contraterror (Calibre 3), a prestigiada escola dirigida por militares da ativa das Forças de Defesa de Israel (IDF, na sigla em inglês), que oferece cursos para militares e civis. O grupo participou da IDF Shooting Adventure, treinando posições de tiro com réplicas de fuzis e técnicas de krav magá para defesa contra agressões com facas. No final, assistiram a uma demonstração de tiro de armas israelenses, como as pistolas Jericho e Desert Eagle, a submetralhadora Uzi e fuzis de assalto.

À tarde, Kobi conduziu o grupo ao cemitério onde Imi Lichtenfeld está enterrado, para prestar uma homenagem ao criador do krav magá, falecido em 1998, aos 87 anos, depositando pedras sobre a sua lápide, conforme a tradição judaica. O dia terminou em Natanya, onde o mestre mostrou a academia em que Imi começou a ensinar sua técnica para civis, com a permissão do Exército de Israel. Até então, o krav magá era ensinado somente no meio militar, sobretudo para as Forças Especiais de Israel.

DOSSIÊ SMART — A história que o exército quer riscar

Nos dias seguintes da excursão, o grupo visitou mais cidades e localidades de interesse histórico, cultural e religioso. Em Acre, por exemplo, tiveram a oportunidade de percorrer alguns dos túneis secretos subterrâneos utilizados pelos cavaleiros templários há oitocentos anos. Também estiveram em vários cenários de passagens bíblicas como do sermão da montanha, da multiplicação de pães e peixes, do batismo no rio Jordão, e cruzaram o mar da Galileia em um barco até as colinas de Golan, para um treino de krav magá na neve.

Na terça-feira, véspera da partida, a delegação voltou para Tel Aviv, visitando o porto de Yaffo, que, segundo a crença judaica, teria sido fundado pelo filho de Noé. Também, foram ao museu Palmach, acrônimo de tropa de assalto, do grupo de judeus que se uniu para a luta armada em defesa da criação do Estado de Israel, embrião do exército do país.

Battaglia e Angélica acompanharam a visita ao porto de Yaffo, mas, na hora do passeio ao museu Palmach, separaram-se da delegação para uma nova consulta com um otorrino, conforme a recomendação médica. Se a clínica de Jerusalém já impressionava pela ótima estrutura, do hospital em Tel Aviv não tinha o que se falar. Espetacular! O serviço de saúde de Israel é um dos melhores do mundo.

As dores de Angélica tinham diminuído, mas não desaparecido. O exame no hospital revelou que seu ouvido direito continuava inchado, com o tímpano obstruído. A médica explicou que, para poder voar, precisaria perfurar a região, criando um canal para equalizar as pressões. Angélica teve de assinar um termo de consentimento informado para autorizar o procedimento e recebeu anestesia local. No final, foi medicada e saiu com a recomendação de procurar um médico assim que chegasse ao Brasil. Aquela intervenção cirúrgica de emergência era paliativa, para que conseguisse tomar o voo no dia seguinte.

463

DIÁRIOS DA CASERNA

Paris

Desta vez, ao pousar no Charles de Gaulle, vindo de Tel Aviv, Angélica, felizmente, não sentiu dor alguma. Enquanto o mestre Kobi e seus alunos pegaram o caminho para a conexão com o voo que os levaria de volta ao Rio de Janeiro, Battaglia e Angélica rumaram para a saída, pela imigração. A parada era obrigatória para a primeira viagem dos namorados. Passariam cinco dias em Paris, hospedados no charmoso Saint James Albany Paris Hôtel Spa, na Rue de Rivoli, com vista para o jardim de Tuileries, a apenas seis minutos a pé do museu do Louvre.

O primeiro passeio foi à Notre Dame, subindo os quatrocentos e vinte e dois degraus em direção às torres da catedral de estilo gótico, construída ao longo de trezentos anos, entre os séculos XII e XIV, e que serviu de inspiração para o romance de Victor Hugo. Depois de uma pequena pausa no bistrô Au Bougnat, para o almoço, foi a vez da Saint Chapelle e Conciergerie, Place de la Concorde, e da famosa avenida Champs Elysées, até o Arco do Triunfo. À noite, a Torre Eiffel para a vista da Cidade Luz, terminando com o jantar no La Belle Ferronnière.

Depois da maratona que maltratou os pezinhos de Angélica, Battaglia planejou uma programação um pouco mais tranquila para o segundo dia, visitando dois museus: Orsay e Louvre. Battaglia tinha lido o romance *El Paraíso en la Otra Esquina*, em que Mario Vargas Llosa conta a história de Paul Gauguin e de sua avó, Flora Tristán, nascida no Peru, país do escritor. Muitas obras do artista francês, famoso pelas exóticas pinturas da época em que viveu na Polinésia Francesa, encontram-se no Orsay. O próximo museu seria o Louvre, mas, quando Battaglia e Angélica se encaminhavam para lá, encontraram as ruas de acesso fechadas pela polícia. Um homem armado com um facão tentara agredir um policial na entrada do prédio, gritando *Allahu Akbar* (Alá é o maior), e tinha sido baleado.

464

DOSSIÊ SMART — A história que o exército quer riscar

A forçada mudança nos planos fez com que Battaglia e Angélica adiantassem o almoço e rumassem para Les Invalides, onde se encontra o museu do Exército francês (Musée de l'Armée) e o mausoléu de Napoleão Bonaparte. Mas, à medida que se aproximavam, Battaglia começou a passar mal. Algo no almoço daquele dia não lhe caiu bem e começou a sentir fortes dores abdominais. Quando chegaram ao destino, já estava no limite. Sua aparência mudou: suava, estava verde! Perguntou ao segurança onde era o banheiro, que, percebendo seu estado, deixou-o entrar sem revistá-lo nem pedir seu ingresso. E isso no mesmo dia em que um atentado terrorista tinha acontecido na cidade. Devia estar mesmo com uma aparência deplorável.

Depois de se recompor, puderam voltar ao passeio. O incidente acabou gerando brincadeiras entre o casal.

— Ser homem não é fácil. Dá uma dor de barriga, vocês quase morrem! — ria Angélica, que falava com muita propriedade depois da forte dor de ouvido que tivera.

— Está vendo! Eu, acostumado a comer a carne de monstro que o Exército compra para o quartel, venho para Paris e passo mal com comida chique!

Depois de percorrerem o museu do exército, com seu interessante acervo, que inclui armas da Idade Média, Battaglia e Angélica visitaram o museu Rodin, para apreciar as obras do artista, como a famosa estátua *Le Penseur* (O Pensador). À noite, assistiram a uma peça de teatro.

No terceiro dia, conseguiram visitar o Louvre, que foi reaberto. Tiraram uma selfie com a Monalisa ao fundo e percorreram diversas alas, apreciando objetos e obras de arte, da pré-história ao século XXI. Viram sarcófagos e múmias egípcias, antiguidades da Mesopotâmia e muitas esculturas e pinturas, de diferentes épocas e lugares. O passeio de horas obrigou-os a improvisar o almoço com um lanche no restaurante do museu. À noite, compensaram com queijos e vinhos, no bistrô Maison Popeille, próximo ao hotel.

No quarto dia, embarcaram em um trem rumo a Versailles, para conhecer o magnífico palácio, que, no século XVII, serviu de morada a Luís XIV, o rei absolutista da França, e onde foi assinado o tratado após o fim da I Guerra Mundial. No quinto e último dia em Paris, Battaglia e Angélica aproveitaram a manhã para passear pelo boêmio bairro de Montmartre, visitar o Moulin Rouge e percorrer a Galeria Lafayette. À tarde, tinham agendado uma nova consulta para saberem se poderiam embarcar no voo do dia seguinte para o Brasil. O receio da médica israelense era de que se fechasse o orifício do ouvido que ela havia aberto para compensar a pressão. Caso isso ocorresse, Angélica teria de repetir o procedimento na França, antes de voar. Felizmente, depois de examiná-la, o médico francês disse que o canal permanecia aberto.

Foram cinco românticos dias em Paris. Uma viagem maravilhosa! Para Battaglia, uma satisfação a mais: viajar a Paris falando francês. Os estudos na Aliança Francesa tinham valido a pena. Mas não houve muito tempo de desfazer as malas. Mal chegou ao Brasil, começou a organizar a próxima viagem ao exterior, seguindo o conselho do delegado da Polícia Federal. Desta vez, por um período mais longo.

Terra nostra

A situação de Battaglia era sensível, como uma das testemunhas-chave da investigação que a Polícia Federal brasileira conduzia sobre o projeto Smart, envolvendo oficiais de altas patentes do Exército e civis ligados à Lokitec. Obviamente, sair do Brasil para uma viagem de três semanas não atendia perfeitamente à recomendação do delegado da PF.

No final de 2016, Battaglia tinha obtido a cidadania italiana por descendência de seu bisavô. Com isso, a Itália tornava-se o destino ideal. Battaglia deu entrada no pedido de seu passaporte no Consulado Geral da Itália no Rio de Janeiro, ao mesmo tempo que mudava

DOSSIÊ SMART — A história que o exército quer riscar

sua rotina, seus horários e trajetos. Vendeu seu carro. Dentro do seu veículo, ele se tornava um alvo mais fácil do que em metrô ou táxi. Isso não impediu, contudo, que, em um curto espaço de tempo, fosse vítima de duas tentativas de assalto, quando levava Pepe para passear à noite. Apesar de ter se desvencilhado bem das duas ameaças, cresceu ainda mais a sua vigilância e a urgência de organizar a nova viagem.

Desta vez, Battaglia viajaria sozinho. Angélica sentiu sua partida, mas compreendia o motivo. No dia 22 de abril de 2017, Battaglia embarcou de Guarulhos para Roma. Só retornaria dali a cem dias.

***

Depois de onze horas e meia de viagem, às 7h10, hora local, o voo da Alitalia pousou no Aeroporto Internazionale di Roma-Fiumicino Leonardo da Vinci. Era domingo e fazia sol, com a temperatura agradável da primavera. Battaglia pegou o caminho para cidadãos da União Europeia e não precisou apresentar seu passaporte a nenhum agente. Bastou escanear o documento, colher suas digitais, tirar uma foto na máquina e pronto: a luz verde se acendeu, franqueando a sua entrada, como italiano, no país.

Do aeroporto, pegou o trem até a estação central de Roma (Roma Termini) e o metrô da linha Rebibbia, desembarcando três paradas depois, na estação Bologna, localizada na praça de mesmo nome. Uma caminhada de poucos minutos pela Via Livorno, e, enfim, chegava à sua nova moradia.

Battaglia havia alugado um pequeno quarto na casa de uma aposentada professora de italiano. O cômodo, preparado para estudantes, contava com uma mesinha e luminária. Depois de se instalar, saiu para um reconhecimento dos arredores: bares onde pudesse tomar café de manhã, restaurantes, supermercados etc. Também fez o trajeto que percorreria muitas vezes até a Torre di Babele, escola onde se

DIÁRIOS DA CASERNA

apresentaria no dia seguinte para o início de um curso intensivo da língua de Dante. Battaglia tinha concluído todo o intermediário de italiano no Consulado, no Rio de Janeiro, e já que passaria um bom tempo no exterior, pensou em unir o útil ao agradável, concluindo seus estudos da melhor forma.

No dia seguinte, após o teste, escrito e oral, de nivelamento, Battaglia foi designado para uma das turmas. No Consulado no Rio de Janeiro, ele tinha três horas e meia de aula semanais aos sábados. Na Scuola di Cultura e Lingua Italiana Torre di Babele, passaria a ter três horas e meia de aula diárias, de segunda a sexta-feira, além de atividades extras opcionais. Sem contar a imersão total no ambiente definido por aquele idioma.

Nas onze semanas que se seguiram na *Città Eterna*, Battaglia participou de praticamente todas as atividades extracurriculares, com visitas guiadas, verdadeiras aulas ao ar livre, explorando a história, a arte, a arquitetura, o design, o cinema e diversos aspectos da cultura italiana à mostra em Roma. Battaglia também participou de um curso de vinhos da região do Lazio e até de uma aula prática de culinária.

Nos fins de semana, percorreu Roma diversas vezes, sobretudo a pé, a melhor maneira de conhecer a cidade. Monumentos como a Fontana di Trevi, o Pantheon e o Fórum Romano passaram a fazer parte do seu dia a dia. O Coliseu integrava o caminho usual para a natação no Centro Sportivo Santa Maria, que passou a frequentar para manter a forma. Em um dos primeiros fins de semana, aproveitou a passagem do Cirque du Soleil pela cidade para assistir ao espetáculo *Amaluna*.

Também se programou para conhecer outras cidades nos fins de semana, como Ostia (no litoral), Tivoli (com as ruínas da Vila Adriana), Bologna (onde está a universidade mais antiga do mundo ocidental, fundada no ano de 1088 d.C.), Perugia (com seu muro e aqueduto medievais) e Palermo (onde aconteceram episódios brutais da Cosa Nostra, a máfia da região da Sicília).

468

DOSSIÊ SMART — A história que o exército quer riscar

Na décima segunda semana, conforme planejado, Battaglia tomou o trem de alta velocidade da Trenitalia para o nordeste do país, rumo a Trieste, capital da região de Friulli-Venezia Giulia. Cursos de maior duração na Torre di Babele davam ao aluno o direito de terminar o programa de estudos em outras escolas símiles conveniadas. Não perdeu a oportunidade. Queria conhecer mais uma cidade, e aproveitar a proximidade com a região do Vêneto, em busca de suas origens.

Separou um dia da semana para conhecer a cidade do seu *bisnonno*. Alugou um carro. Em cerca de três horas, saindo de Trieste, chegou ao Comune di Maser, na província de Treviso, no Veneto, a cidade onde Primo Battaglia nascera em 8 de setembro de 1886. Era emocionante estar ali, imaginar que seus antepassados podiam ter vivido em alguma daquelas casas, que caminharam por aquelas ruas. Tinha a sensação de entrar no túnel do tempo.

Com cerca de cinco mil habitantes, Maser é, até hoje, uma pequena cidade. Sua principal atração turística é a Villa di Maser, Patrimônio Mundial da Humanidade pela UNESCO, conhecida pelos afrescos de Paolo Veronese. No século XVI, o arquiteto Andrea Palladio transformou o antigo palácio medieval em uma belíssima casa de campo para os irmãos mecenas da família Barbaro. Por isso, também é chamada de Villa Barbaro.

Battaglia almoçou no restaurante da Villa, provando saborosos queijos e presuntos da região, com degustação de vinhos locais. No retorno a Trieste, duas rápidas paradas: em Montebelluna, outra cidade onde seus antepassados viveram, e em Treviso, capital da província. A viagem foi bastante nostálgica com as lembranças da família.

A semana em Trieste foi, como não poderia deixar de ser na Itália, muito rica culturalmente. Battaglia teve a oportunidade até de realizar um passeio espeleológico à Grotta Gigante, inscrita no Guinness como a caverna com a maior sala natural do mundo.

469

A caverna é tão imensa que Battaglia se sentiu como no livro de Julio Verne. Se havia um lugar para viajar ao centro da Terra, a entrada deveria estar escondida ali.

De lá, Battaglia retornaria para Roma. Mas não antes de conhecer Rovinj, na vizinha Croácia. Um *ferryboat* serviu para vencer a distância marítima de cerca de oitenta quilômetros que a separa de Trieste, percorridos em pouco mais de uma hora e meia. Foi um passeio muito agradável.

Três meses haviam se passado desde que tomara o avião rumo à Itália. Tinha cumprido quase toda a programação que traçara antes de sair do Brasil. Faltava realizar um último curso em Roma, onde também receberia uma agradável visita.

***

Battaglia logo a avistou no desembarque. Vestia calça jeans, uma camisa de seda branca de gola alta, mas que deixava os ombros à mostra, e uma sandália bege de salto alto *peep toe*. No rosto, o batom rosinha e o lindo sorriso, sua marca registrada. Trazia uma mochila e uma única mala, com um lenço rosa para identificá-la mais facilmente entre tantas outras na esteira do aeroporto.

— Penelope Charmosa! Tinha que ser com esse lencinho rosa! — brincou Battaglia. — *Benvenuta a Roma*!

— Obrigada! — respondeu Angélica, abraçando-o e beijando-o. — E você, hein, está um perfeito italiano! — retribuiu, tocando na gola da camisa polo italiana, que Battaglia tinha levantado para fazer estilo!

— *Eccomi*! — respondeu envaidecido.

Battaglia tinha passado onze semanas no quarto de hóspedes da professora de italiano, em Roma, e uma semana em um apart--hotel em Trieste. Para as duas últimas semanas na Itália, alugou um apartamento, em Roma, para Angélica e ele. Queria se sentir

DOSSIÊ SMART — A história que o exército quer riscar

como se estivessem morando na cidade, não na casa de alguém ou em um hotel.

O apartamento, um semienterrado mobiliado, contava com um quarto, um banheiro, sala e cozinha conjugadas, terraço com área de serviço (com lavanderia) e jardim. Ficava na Via Rovigo, atrás da Via Cosenza, onde estava a Scuola Torre di Babele, proximidade proposital para Battaglia conciliar a atenção a Angélica com as atividades do novo curso.

A escola possuía um curso de italiano jurídico. Mas Battaglia não desejava somente aprender o "juridiquês". Queria mais: ter noções de Direito italiano, referentes às principais demandas dos brasileiros na Itália, como vistos de residência e trabalho, processos administrativos de cidadania diretamente no *comune* e judiciais no tribunal de Roma. Também pretendia conhecer faculdades de Direito, tribunais e até brasileiros que advogassem na Itália.

Enzo Cosentino, o simpático fundador e diretor da Torre di Babele, propôs que o próprio aluno sugerisse o currículo e a grade horária do curso esperado. Negociaram por algum tempo, dando forma à ideia, até que nasceu um curso sob medida, do jeito que Battaglia desejava. Enzo acabou tendo de contratar um advogado italiano para ministrar as aulas particulares. Para conciliá-las aos passeios com Angélica e poderem viajar, o aluno pediu para que as atividades do curso transcorressem da tarde de segunda a quinta-feira, deixando livre o fim de semana mais prolongado, desde a sexta-feira e até a manhã de segunda. As aulas teórico-práticas seriam ministradas na parte da manhã ou da tarde, grande parte delas em campo, fora da escola.

Nas duas semanas do curso, Battaglia conheceu a faculdade de Direito da Sapienza Università di Roma, os tribunais de primeiro e de segundo graus, o escritório de advocacia de seu professor e teve a oportunidade de conversar com uma advogada brasileira em Roma.

DIÁRIOS DA CASERNA

Aprendeu os detalhes dos processos de cidadania italiana pela via materna, ajuizados no Tribunale di Roma, diante da negativa dos consulados, com todo embasamento constitucional. Também identificou importantes diferenças entre o Direito brasileiro e o italiano, como, por exemplo, os riscos e dificuldades de brasileiras vivendo na Itália em "união estável" com um italiano, instituto que ainda não é reconhecido naquele país, e, portanto, não garante os direitos de família e sucessórios do casamento, como no Brasil.

A atividade foi intensa, mas rigorosa e metodicamente planejada por Battaglia, que não deixaria de dar atenção à namorada.

Logo na chegada de Angélica a Roma, Battaglia e ela saíram para um passeio pela cidade. Visitaram o Vittoriano (monumento a Vittorio Emanuele II), a Piazza Navona com suas belas fontes, o Pantheon e a famosa Fontana di Trevi.

No dia seguinte, foi a vez da Catedral de São Pedro, subindo a longa escada até seu topo, e os museus do Vaticano, incluindo a Capela Sistina, com o rico afresco de Michelangelo Buonarroti no teto. À noite, jantaram no boêmio bairro do Trastevere, com tábuas de queijos (*formaggi*) e presuntos (*prosciutti*), acompanhados por bons vinhos italianos.

No outro dia, Battaglia levou Angélica para conhecer o Castelo de Santo Ângelo, construído no ano de 139 d.C. pelo Imperador Adriano. À noite, uma surpresa: ingressos para a ópera *Tosca*, composta por Puccini, que, em boa parte, se passa no Castel Sant'Angelo. Battaglia, assim, unia tematicamente o passeio do dia ao da noite. A ópera foi ainda mais especial, encenada nas ruínas romanas das Termas de Caracalla, com um brinde de Prosecco no intervalo.

No dia seguinte, visitaram o imponente Coliseu e o Fórum Romano; e mais um passeio surpresa, fora do tradicional roteiro turístico, à Basílica de São Clemente, em Laterano. O templo medieval do século XII foi construído sobre outras edificações, reveladas em

DOSSIÊ SMART — A história que o exército quer riscar

escavações arqueológicas, em três níveis de profundidade. Descendo ao primeiro nível, o visitante se vê diante de uma basílica ainda mais antiga que a da superfície. Essa construção possui um afresco famoso, não propriamente pela pintura em si, mas pela frase escrita pelo artista: "Fili de le pute...". O xingamento é dirigido a Sisinnio, que ordenou o suplício do Santo. Descendo mais, no segundo nível, encontram-se edificações romanas da época *post-neroniana*. No nível mais profundo, traços de obras romanas ainda mais antigas.

No fim de semana prolongado, Battaglia programou viajar com Angélica a duas cidades: Venezia e Firenze, tomando o trem de alta velocidade da Frecciarossa.

Na viagem a Veneza, Battaglia e Angélica hospedaram-se no aconchegante hotel boutique Le Isole, situado em um edifício do século XVI, cuidadosamente restaurado, com gôndola à porta do hotel. No dia da chegada, percorreram as ruazinhas da cidade, verdadeiros "labirintos", até a Ponte Rialto. À noite, jantaram na Piazza San Marco, que ficava a apenas dois minutos a pé do hotel, com música ao vivo, provando os tradicionais coquetéis italianos Aperol Spritz e Bellini.

No segundo dia em Veneza, visitaram o Palazzo Ducale e pegaram um *taxi boat* a Murano, para Angélica conhecer o processo de fabricação dos famosos vitrais. Na última noite na cidade, assistiram a um espetáculo em que os artistas, em trajes típicos de época, entonaram óperas como *La Bohème, La Traviata, Le Nozze di Figaro, Il Barbiere di Siviglia*, entre outras. Terminaram a noite no Hard Rock Cafe Venezia.

Depois de dois dias maravilhosos na cidade, tomaram o trem para passar o domingo em Florença, onde visitaram a Galleria dell'Academia, com a estátua de Davi; a Catedral de Santa Maria del Fiore, com sua magistral cúpula; a Ponte Vecchio e o museu Dante Alighieri. Provaram a bisteca fiorentina, prato típico da cidade, tomaram um *gelato* e ainda tiveram tempo de comprar algumas lembranças.

DIÁRIOS DA CASERNA

Na segunda-feira de manhã, fizeram o check-out do hotel em Florença, retornando de trem para Roma.

Na última semana na cidade, Battaglia conciliou as atividades do curso com visitas a outros pontos turísticos. Passearam pela Piazza di Spagna, pela Via del Corso, tomaram um *gelato* na famosa Giolitti, passearam pelo Campo de' Fiori (onde está a estátua de Giordano Bruno, mártir da Ciência, vítima da Inquisição), pelo Largo Marcello Mastroianni e pela Villa Borghese (onde viveu Mussolini). Realizaram a curiosa visita à cripta-ossário da Igreja de Santa Maria Imaculada, na via Veneto, decorada com mais de quatro mil ossos dos frades da Ordem dos Cappuccini, e foram a uma exposição das obras de Caravaggio. Também conheceram a Eataly Roma, que se destaca pela grande variedade de produtos italianos de altíssima qualidade.

A presença de Angélica nas duas últimas semanas fechou, com chave de ouro, a aventura de cem dias de Battaglia pela Itália. Como era bom viajar com ela! Como era revigorante a sua presença, seu bom humor, seu carinho, o seu amor, vê-la feliz! Battaglia se lembrava da visita a Veneza, feita em companhia de Helena, sete anos antes, em 2010. Fora completamente diferente. Não tinha braços para carregar as sacolas de compras da ex-mulher, que só queria entrar e sair de lojas. Já Angélica estava feliz simplesmente por estar ali, desfrutando de cada momento ao lado de Battaglia, apaixonada! Das muitas viagens que fizera, por quase quarenta países, aquela ficaria guardada para sempre na sua memória e no seu coração. Veneza, com Angélica, foi muito especial! Uma experiência única.

A namorada e o longo período no exterior fizeram Battaglia se esquecer por um tempo dos problemas no Brasil. Mas era a hora de voltar e, mesmo que tentasse evitá-los, eles bateriam à sua porta novamente.

474

2017–2018

Home office

Quando retornaram ao Brasil, Battaglia e Angélica ficaram noivos. Já namoravam havia dois anos e meio, e ela não escondia seu desejo de se casar e de ter filhos. Foi de uma hora para outra. Battaglia a convidou para ir ao shopping. Atravessaram a rua, entraram em uma joalheria e saíram de lá com as alianças. Foi ele quem escolheu o sóbrio par de anéis em ouro amarelo fosco 18K. Ela nem teve muito tempo para opinar, tamanha a sua surpresa e êxtase. A aliança dela ainda possuía um brilhante que dava a medida de sua felicidade radiante.

Tempos depois, uma psicóloga formularia a Battaglia duas perguntas: "Por que a sua aliança era toda fosca, enquanto a da Angélica possuía o brilho do diamante? O que essa escolha nos revela do seu subconsciente e do seu estado de espírito no dia em que vocês ficaram noivos?". Ele percebeu o objetivo da indagação e, imediatamente, entristeceu-se, na mesma intensidade de quando negara aos colegas, por três vezes, que ele e Angélica fossem casados, na viagem a Israel.

Profissionalmente, Battaglia não tinha tempo a perder. Queria logo começar a advogar, mas sem que isso implicasse falta de qualidade no serviço ou qualquer prejuízo aos clientes. Como de costume, traçou um plano. Como de costume, intenso.

Matriculou-se na pós-graduação de Direito de Família e das Sucessões da Pontifícia Universidade Católica do Rio de Janeiro. No entanto, só a pós-graduação não lhe deixaria satisfeito. Dizem que uma pessoa precisa de cerca de dez mil horas de teoria e prática para se tornar especialista em um assunto. Battaglia não ia procurar estágio em algum escritório, onde levaria anos para ganhar experiência. Em vez disso, preferiu investir em vários cursos, sobretudo

DIÁRIOS DA CASERNA

práticos, em paralelo com a pós da PUC. Essa estratégia de aproveitar ao máximo o tempo não era novidade. Já tinha feito isso no curso de estado-maior da Praia Vermelha, ao mesmo tempo que concluía a graduação em Direito na UERJ e iniciava sua primeira pós-graduação na área. Também tinha estudado francês e italiano ao mesmo tempo.

No segundo semestre de 2017 e durante 2018, portanto, Battaglia cumpriria um planejamento intensivo de estudo e prática. Realizou dois excelentes cursos on-line ministrados por um juiz, com a proposta de ensinar a advogados (especialmente os que não tinham tido a oportunidade de estagiar durante a faculdade) a prática do dia a dia: "expert em audiências" e "expert em execuções".

Juntando os conhecimentos da pós com dicas dos cursos práticos, o Dr. Battaglia logo começou a obter resultados significativos para os primeiros clientes da embrionária Battaglia Advocacia. Nessa época, ainda não tinha sede. Trabalhava em home office, atendendo os clientes em cafeterias. Uma das vitórias que proporcionou a um cliente foi de tal forma emblemática que virou estudo de caso na pós-graduação ainda em andamento. Em outra, numa ação de execução, recuperou dez vezes o investimento que fizera nos cursos práticos do juiz.

Pós-graduação, cursos presenciais na Escola Superior de Advocacia e na UERJ, mais cursos on-line, inúmeras palestras na OAB e na EMERJ, a Escola de Magistratura do Estado do Rio de Janeiro, seminários, livros e mais livros. Até a família, que conhecia sua pertinácia, ficou espantada: "como ele consegue fazer tanta coisa ao mesmo tempo?". Antonella, mãe de Battaglia, ficava aflita! "Por que ele simplesmente não curte a vida com a aposentadoria do Exército, em vez de se sacrificar em vários cursos?"

Battaglia era muito focado. A despeito de todas as atividades, contudo, não se esquecia das recomendações do delegado da PF e

DOSSIÊ SMART — A história que o exército quer riscar

procurava não se descuidar da segurança própria, preocupação que ainda o acompanharia por vários anos. E a prova de que o passado rondava o presente bateu um dia à sua porta.

— Coronel, o general Aureliano gostaria de convidá-lo para um almoço e quer saber qual seria o melhor dia.

Era o motorista do general que levava o recado.

— O general quer que o senhor seja o assistente pessoal dele. Depois da experiência nas Olimpíadas, na Rio 2016, ele tem sido convidado para ministrar palestras no Brasil e no exterior. Seu trabalho seria ajudá-lo a montar essas apresentações, acompanhando-o nas viagens.

Battaglia não precisou nem pensar, e o encontro com Aureliano não aconteceu. Negou de pronto, com a justificativa de que estava envolvido em outro projeto: a Battaglia Advocacia.

Depois do general, o próximo convite chegou direto de Brasília. A Assessoria Jurídica do Gabinete do Comandante do Exército ofereceu-lhe um cargo comissionado, como assessor de um desembargador do Tribunal Regional Federal da 2ª Região, no Rio de Janeiro. Se Battaglia queria trabalhar com o Direito, o convite estava feito. Além disso, sob o ponto de vista financeiro, a proposta era sedutora: acumularia os proventos integrais de coronel paraquedista da reserva com o do cargo comissionado na Justiça Federal, aumentando cerca de 50% a sua remuneração. Quem recusaria um convite desses? O ex-militar recusou.

Os dois convites em um espaço muito curto de tempo davam a exata noção do que estava acontecendo. O exército tentava comprar seu silêncio. Se tivesse aceitado o primeiro convite, estaria sob controle direto do general que deu origem a todo o problema do Smart. Essa recusa não causou estranheza, pois o argumento era de todo verossímil. O que o exército não entendeu foi a rejeição à segunda

477

DIÁRIOS DA CASERNA

proposta, para trabalhar ao lado de um desembargador federal, acumulando salários.

Foi nessa época que os dois jornalistas da sucursal *El País Brasil* começaram a fazer perguntas sobre o projeto Smart. O dossiê, muito bem detalhado, havia sido encaminhado ao jornal pelo BrasiLeaks. Battaglia parecia ser um dos personagens centrais da história, citado em várias passagens do dossiê, opondo-se às ilegalidades. Por isso, conseguir uma entrevista com ele passou a ser prioridade para o jornal. Era o elemento humano que faltava, para contrabalançar a frieza dos documentos. Bruna Paes Leme e Fábio Rossi, os repórteres que conduziam as investigações, contudo, logo perceberam que a lei do silêncio imperava. Os poucos militares que lhes contaram alguma coisa só o fizeram sob a promessa do mais absoluto anonimato. Fábio não desistiu. Foram meses de insistência. Com todos os cuidados de segurança que Battaglia tomava, foi muito difícil ganhar sua confiança. Até que ele leu a mensagem que tanto esperava: "Ok. Local e horário do encontro serão informados em breve. Esteja preparado!".

As revelações do coronel eram surpreendentes. Uma narrativa inédita de quem viveu nas entranhas do Exército Brasileiro. O ex-militar tinha tido o infortúnio de conviver com alguns dos piores representantes da instituição, o que se poderia chamar de "banda podre". Opôs-se aos desmandos, foi perseguido e punido veladamente, mas resistiu a todas as pressões. Manteve os seus valores e, até o último momento, não cedeu às indecorosas propostas que buscavam vilipendiar a sua consciência. A série de entrevistas que o coronel concedeu ao jornal *El País* só confirmavam todos esses valores.

O que os jornalistas e Battaglia não sabiam era que uma nova perseguição, ainda mais atroz, estava por vir. A velha tática do assassinato de reputações seria colocada em prática para desacreditá-lo.

2018

Extra! Extra!

Battaglia concedera a série de três entrevistas aos repórteres do *El País*, em março e abril de 2018. Logicamente, o periódico entrou em contato com o Centro de Comunicação Social do Exército para repercutir as declarações do coronel da reserva. Também pediu autorização para visitar o simulador para treinamento militar, objeto de toda a polêmica, na AMAN. Depois de dar resposta evasiva e extremamente protocolar ao jornal, o CComSEx negou a visita ao Smart-Safog, alegando que o equipamento passava por manutenção.

Dois meses depois, o Exército abriu um processo administrativo contra Battaglia, questionando atos da época em que ele tinha sido instrutor-chefe do Smart/AMAN, com uma cobrança de mais de 120 mil reais por supostas deficiências na construção do edifício que abriga o simulador. Um completo absurdo. Em primeiríssimo lugar, porque o prédio havia sido erguido em 2011, ano em que Battaglia estava em missão no exterior. Eventuais questionamentos deveriam ser respondidos pelos fiscais do contrato e da obra, designados expressamente para a função no boletim interno da AMAN: os coronéis Asdrúbal, Belial e Caccioli, os fiscais "ABC", como Battaglia os chamava.

Logicamente, os ABC foram inquiridos na abertura do processo, bem como a construtora Calil, por meio de seu sócio administrador. Todos eles forneceram respostas vagas e imprecisas às perguntas, mas foram sumariamente inocentados pelo encarregado do processo, com a orientação da assessoria jurídica e aval do general comandante da AMAN. Decidiram, então, focar Battaglia, Linsky e Balthazar, sob o pretexto de que haviam assinado os termos de recebimento provisório e definitivo do edifício. A rigor, o plano era punir Battaglia, mas para isso precisavam sacrificar outros dois militares. Era a tese do efeito colateral inevitável ou necessário.

Vale relembrar que o edifício Smart/AMAN havia sido construído pela Calil e fora inaugurado em dezembro de 2011. Quase dois anos depois, pressionada por não conseguir finalizar o desenvolvimento do simulador, a Lokitec começou a alegar que o Exército também estaria inadimplente, porquanto o edifício não seguia as especificações técnicas ditadas pela empresa para a instalação do equipamento.

Diante disso, o Exército tentou obter recursos com a Diretoria de Engenharia e Construção, mas o general Brasil, na época seu diretor, disse que não poderia concedê-los já que o edifício Smart/AMAN tinha sido construído fora do sistema de obras militares Opus. Ou seja, era um "edifício fantasma", não existia formalmente, porque a DEMEx havia atropelado o processo. Ficou acertado, então, entre o general Brasil e o general Simão que os usuários (e não os fiscais) lavrariam (tardiamente) os termos de recebimento provisório e definitivo do edifício.

A ordem chegou ao Smart/AMAN por um telefonema do escritório de gerenciamento do projeto. Battaglia informou ao major Olavo que não tinha competência legal para lavrar o termo.

— Battaglia, é só para constar — havia sido a resposta de Olavo. — É ordem do general Simão. A AMAN já está sabendo... Esse termo com a assinatura de vocês vai ser pró-forma, só para cumprir a exigência do general Brasil.

Battaglia chegou a cogitar com Olavo de receber por escrito a ordem de Simão, mas Olavo negou peremptoriamente a demanda. Não adiantaria pedir, e só o deixaria puto.

Cinco anos depois, o termo "pró-forma" se convertia na grande prova material de um suposto ilícito. Era assim que SS pretendia, finalmente, punir Battaglia, depois de fracassar em todas as tentativas anteriores. Acreditava que, desta feita, o coronel não teria escapatória. Era também o que garantia a Jura, a assessoria jurídica da AMAN,

DOSSIÊ SMART — A história que o exército quer riscar

que agora se virava contra o antigo chefe. Mais uma vez, entretanto, o general e seus capangas menosprezavam a capacidade do oponente. Não esgrimiam apenas com o militar da reserva, mas também com o estudioso advogado, com graduação e pós-graduação em renomadas instituições universitárias. A Jura logo percebeu que teria mais trabalho do que previra (e havia prometido aos superiores) para punir o coronel com ares de legalidade.

A defesa prévia de Battaglia foi bastante contundente. Começou expondo as inúmeras falhas do relatório do militar escalado para conduzir o processo administrativo, contrapondo-o a decisões do Tribunal de Contas da União. Duas premissas falsas levavam a uma conclusão equivocada para livrar os fiscais ABC de qualquer responsabilidade, imputando-as levianamente a Battaglia, Linsky e Balthazar.

Além de expor o equivocado silogismo do raciocínio do encarregado do processo, o coronel advogado contestou também o laudo da AMAN sobre o edifício, no qual o próprio engenheiro militar, contraditoriamente, admitia que não fora possível executar a perícia de forma adequada. O acusado também apontou a parcialidade patente no despacho decisório do general comandante da AMAN; a nulidade dos termos de recebimento e aceitação provisório e definitivo do edifício, por vício insanável da incompetência legal para o ato administrativo; e o atendimento à ordem de superior hierárquico. O general Simão é quem de fato deveria responder pela ordem emanada, que extrapolou os limites legais, de acordo com a "teoria das baionetas cegas", esposada pelo Superior Tribunal Militar. Aliás, toda a cadeia de comando, os superiores hierárquicos estavam cientes e concordaram com o documento à época, como demonstrou Battaglia. A ideia que tivera de enviar, preventivamente, o termo a diversos setores da Academia Militar, enfim mostrava sua utilidade.

Como se isso tudo não bastasse, e apesar do trabalho bê-á-bá dos fiscais ABC, não havia sinal de dano ao erário na obra do edifício,

DIÁRIOS DA CASERNA

pelo contrário. A Calil parecia ter feito mais do que aquilo para o qual fora paga. E era a própria AMAN que oferecia provas disso. Paralelamente ao processo aberto contra o coronel da reserva, havia instaurado outro para ressarcir a empresa por serviços realizados e não pagos, no valor de quase 70 mil reais. Na época, Jair Calil compareceu à AMAN e, "generosamente", respondeu que ela não devia nada à construtora.

A impressão que se tinha era de que a AMAN não tinha o menor controle sobre as suas contas. Agia em contradição com seus próprios atos, o que se chama no Direito, em latim, de *venire contra factum proprio*, demonstrando sua má-fé. De uma hora para outra, Battaglia, Linsky e Balthazar se viam obrigados a dar explicações sobre uma obra que não tinham acompanhado nem fiscalizado, no lugar dos reais responsáveis Asdrúbal-Belial-Caccioli, confortavelmente dispensados de responder por seus atos.

Uma das acusações do processo administrativo, por exemplo, dizia que alguns climatizadores previstos no projeto básico do edifício não haviam sido instalados, falha que supostamente teria como responsáveis Battaglia, Linsky e Balthazar. Mas o mesmo laudo pericial não observou que os climatizadores foram substituídos por aparelhos de ar-condicionado splits, aumentando a capacidade de refrigeração do edifício. Essa substituição constava de um documento, como decisão do general Bastião Dias em reunião com a construtora, assessorado pela arquiteta Melissa Jardim, a pedido também da Lokitec. A substituição dos produtos e serviços, que quase dobrou a capacidade de refrigeração do edifício, foi feita pela Calil sem ônus para o Exército. Essa alteração deu lucro, e não prejuízo, ao erário.

Outra acusação que pairava sobre os investigados era com relação à entrega do documento *as built*[14], que especificava os trabalhos rea-

---

14 "Como construído", em tradução livre.

DOSSIÊ SMART — A história que o exército quer riscar

lizados. Battaglia solicitou uma série de diligências nos arquivos da AMAN e da Calil, até que a construtora apresentou um documento com carimbo e assinatura de recibo do *as built* pela AMAN. O que acontecera, na realidade, foi que o setor administrativo da AMAN havia extraviado o documento entregue ao trio de fiscais ABC, e agora tentava imputar sua própria falha a Battaglia, Linsky e Balthazar.

Vendo que o processo administrativo se prolongaria mais tempo do que o previsto, e diante da pressão que recebia dos superiores hie-rárquicos, a Jura teve a grande ideia de abrir um segundo processo, uma sindicância, com alguns itens que elegeu. Um major engenheiro de construções da Academia Militar foi incumbido de fazer a nova perícia, que apontou, entre outros itens, que duas portas de aço, pre-vistas no projeto básico, não haviam sido instaladas; e que a textura rolada não havia sido aplicada nas paredes dos banheiros.

Assim que foi notificado da abertura do segundo processo, Battaglia alegou a conexão com o primeiro, afinal eram os mesmos investiga-dos (Battaglia, Linsky e Balthazar) sobre o mesmo objeto (suposto dano ao erário na obra do edifício Smart/AMAN). Battaglia pediu racionalmente que os processos fossem juntados. Mas o comandan-te da AMAN negou. Claro! Se esse segundo processo estava sendo aberto justamente para driblar a contundente defesa apresentada por Battaglia, juntá-lo ao primeiro não atingia o propósito.

Esses processos, por si só, já representavam a punição que SS tanto buscava impor a Battaglia. A defesa, mesmo contra acusações absurdas, demandava horas de trabalho, em prejuízo à nova profis-são como advogado. Para conciliar esse esforço com suas atividades profissionais, Battaglia, muitas vezes, teve que varar madrugadas e trabalhar nos fins de semana, reduzindo seu tempo de descanso e de convívio afetivo.

Nesse segundo processo aberto pela Academia Militar, tamanhas foram as irregularidades processuais cometidas que Battaglia se viu

DIÁRIOS DA CASERNA

obrigado a peticionar um "chamamento do feito à ordem", sob a ameaça implícita de impetrar um mandado de segurança contra o general comandante da AMAN. Quando a Jura recuou, determinando que uma nova perícia fosse realizada no edifício, com acompanhamento do assistente técnico engenheiro civil indicado pelos investigados, ficou mais do que claro que o major engenheiro havia omitido informações na perícia inicial. Battaglia mandou o recado: "diga ao major Garcia que, se ele insistir nessa perícia fake, vou oferecer *notitia criminis* contra ele por falsa perícia; e isso vai ficar perfeitamente provado no processo penal na Justiça". Garcia achou por bem retificá-la.

Um tempo depois, Battaglia descobriu que a sua petição de chamamento do feito à ordem tinha sido retirada dos autos do processo, como se a retificação da perícia original tivesse sido decidida espontaneamente pela AMAN. Avisou o sindicante para reincluí-la, sob risco de responder por fraude processual.

O leitor pode ter a falsa impressão de que essa renhida disputa se resolveu rapidamente. Ledo engano. Por mais de um ano, de agosto de 2018 a setembro de 2019, Battaglia, Linsky e Balthazar sofreram com essa segunda sindicância. No final, concluiu-se que a AMAN, de fato, tinha recebido mais do que pagara nos itens elencados em sua farsa jurídica. As portas de aço haviam sido substituídas, durante a obra, por portas de vidro temperado, de melhor qualidade. A textura rolada da parede dos banheiros havia sido substituída pelo revestimento cerâmico da parede inteira.

***

Sem notícias desde o último encontro na redação do *El País*, quatro meses haviam se passado. Até que, numa terça-feira à noite, Battaglia recebeu a mensagem de Fábio no seu celular: "Vamos pu-

DOSSIÊ SMART — A história que o exército quer riscar

blicar a entrevista. Nossa editora-chefe decidiu dividir a matéria em dois artigos: um sobre o general Simão; e outro sobre o Papa Velasco".

Como o jornal é espanhol, Battaglia imaginou que a notícia sobre o general brasileiro deveria ter mais repercussão no Brasil, enquanto a do mercador da morte, na Espanha. Mas essa divisão também poderia ter sido feita porque a história era muito longa, difícil de resumir em um único artigo.

O momento para o jornal era mais do que propício. No domingo anterior, o general Simão havia sido escolhido como vice na chapa de um deputado federal, um ex-capitão do Exército, que disputaria a Presidência da República nas eleições. A bandeira do ex-capitão era o combate à corrupção, ao comunismo, ao que chamava de "ideologia de gênero" e ao Partido dos Trabalhadores, de esquerda, que ele responsabilizava por todas as mazelas do país. O cabeça da chapa e SS apresentavam-se como paladinos da moral cristã, salvadores da Pátria, dos bons costumes e da família tradicional. Simão! Quem diria? Um "conservador nos costumes" que usava seu próprio gabinete como motel para encontros com a amante.

A matéria, enfim, iria sair. Battaglia sentiu um frio na barriga. "*Alea iacta est!*[15]", digitou como resposta ao jornalista, parafraseando Júlio César na frase que proferiu no ano 49 a.C. ao atravessar o rio Rubicão com suas legiões, iniciando a guerra civil contra a República romana. Acessou o site do jornal. As manchetes dos dois artigos já estavam lá: "Coronel da reserva acusa general Simão de favorecer empresa em contrato do Exército" e "O lobista 'mercador da morte' que foi condecorado pelo Exército Brasileiro".

O trabalho investigativo de Fábio Rossi e Bruna Paes Leme tinha sido primoroso. Nada que se assemelhasse ao que faz a chamada "imprensa marrom", sensacionalista, que acusa sem provas e mói

---

15 A sorte está lançada!

DIÁRIOS DA CASERNA

reputações. A reportagem-denúncia do *El País* apresentava o testemunho fiel do coronel Battaglia sobre as irregularidades presenciadas durante os mais de três anos em que esteve no projeto Smart. Esse depoimento era reforçado pelos relatos de outros militares, que tinham optado por manter o anonimato. Foram citados os principais documentos que embasavam o *Dossiê Smart*, recebido do BrasiLeaks. O jornal deu voz ao Centro de Comunicação Social do Exército e a todos os citados na reportagem, mas não havia muito o que contestar, diante da riqueza de detalhes e provas.

A corrupção nem sempre acontece com mala de dinheiro. Ela acontece também no Diário Oficial, disfarçada de atos oficiais.

Com essa frase de impacto gravada na entrevista de Battaglia, o *El País* abrira a reportagem. O jornal explicava que, antes mesmo de a Lokitec "ganhar" a licitação promovida pela Calice em Nova York, todos já sabiam que haveria uma missão na Espanha, com sérios indícios de fraude no processo. Outra fonte próxima ao projeto, que não quis se identificar, confirmou o conhecimento prévio da empresa que ganharia o contrato e contou que o então Diretor de Ensino Militar do Exército, general Reis, chefe do general Aureliano, "deu total apoio" à empreitada. Fábio e Bruna fizeram um resumo das inúmeras irregularidades levantadas pelo dossiê e confirmadas por Battaglia na entrevista.

Sobre a licitação do simulador pela Calice, o CComSEx respondeu que a decisão de aquisição havia sido precedida de estudos que indicaram sua necessidade. Mas a reportagem estampou o dito "estudo" encomendado pelo general Aureliano, anexado ao *Dossiê Smart*. Nele, o único simulador citado era o velho Simulador Espanhol de Artilharia, o SEA. A reportagem também reproduziu o e-mail encaminhado pelo major Olavo ao general Aureliano, afirmando que existia uma "falta de capacidade técnica por parte da Lokitec", fazendo com que ela quisesse "tomar atalhos para se livrar de algumas responsabilidades

486

DOSSIÊ SMART — A história que o exército quer riscar

previstas em contrato ou acertos". Essas informações tinham sido trazidas pelo fiscal do contrato e pelo supervisor técnico do projeto.

A reportagem citava com destaque o logro do protótipo. A Lokitec tentou, como sempre, criar uma versão fantasiosa e conveniente para os fatos. Afirmou que o Smart não passava de uma evolução do SEA, o que permitiria que o simulador espanhol fosse usado como protótipo do brasileiro. A partir daí, a reportagem narrava a substituição de Aureliano por Simão, que assumira a gerência do projeto num estilo, digamos, muito mais "arrojado", "destemido".

O documento elaborado pela aditância militar, trazido pelo *Dossiê Smart*, foi exibido na reportagem, com a programação turística especialmente preparada para Dolores. O *El País* também questionou SS sobre a passagem aérea que a Lokitec concedeu à sua esposa. O general não desmentiu. Respondeu que tinha "direito" a uma passagem na primeira classe e trocou por duas, na econômica. Sobre os banquetes na mansão de Papa Velasco, afirmou que eram "normais". E justificou-se assim:

Você está visitando um país, visitando uma empresa, o camarada convida para um jantar na casa dele. É uma coisa normal, ué. Quando ele [Papa Velasco] veio ao Brasil, eu o convidei para jantar na minha casa.

As respostas do general, nada republicanas, eram a mais pura confissão da promiscuidade na relação de generais do Exército Brasileiro com a Lokitec e o intermediário do negócio, Papa Velasco.

Simão tinha sido contatado pelo *El País* antes de receber o convite para a candidatura à vice-presidência da República. Quando o jornal perguntou se a empresa lhe havia oferecido vantagens ou favorecimentos de alguma espécie, negou com veemência, contraditoriamente ao que tinha acabado de confessar sobre a compra de passagens aéreas para sua mulher e os banquetes. E mais, declarou: "Eu sou soldado. Se fosse político, aí teria uma boa conta no exterior". Pouco tempo depois, o general resolveu entrar na política.

DIÁRIOS DA CASERNA

A reportagem também deu conta da mudança do nome do simulador, de Smart (Simulador Militar de Artilharia) para Safog (Simulador de Apoio de Fogo), na tentativa de dissociá-lo da má fama que ganhara em alguns círculos, até dentro do Exército. Para não deixar dúvidas do seu apoio ao projeto Smart, ops, Safog, o Comandante do Exército em pessoa, general Branco, comparecera à inauguração do Safog/AMAN, em Resende, e do Safog/Sul, em Santa Maria.

O Exército afirmou à reportagem que o Safog economizaria cinquenta milhões de reais em munição por ano. Battaglia contestou: "O Exército não deixou de gastar um centavo de munição de artilharia por conta do simulador. A economia é virtual". Na entrevista, Battaglia havia feito uma comparação que não chegou a ser publicada: "Você compra um videogame, esses de tiro. Conta quantos tiros deu no jogo; e diz que economizou tanto em munição real? Tem que ser muito ingênuo para acreditar nesse argumento".

Os demais questionamentos da reportagem feitos ao Exército sobre o processo de licitação, atrasos, falhas e custos com viagens não foram respondidos ou foram negados. No dia seguinte à publicação, Simão declarou, por meio de nota à imprensa, que iria processar Battaglia por difamação. Também afirmou que a denúncia feita pelo coronel da reserva havia sido arquivada pelo Ministério Público Militar. Mas aí havia uma confusão do general, um ato falho. Na verdade, o que tinha chegado ao Ministério Público era o *Dossiê Smart*, cuja autoria sempre foi uma incógnita. O Exército tentou investigar, descobrir quem poderia tê-lo escrito, mas seu serviço de inteligência não foi capaz de encontrar pistas que levassem ao responsável pela sua elaboração e difusão.

Depois da surpresa inicial do Exército Brasileiro com o *Dossiê Smart*, o vasto e inédito documento que denunciava crimes, improbidades administrativas e transgressões militares impunes de oficiais de altas patentes, descrevendo em detalhes seu *modus operandi*, seus

DOSSIÊ SMART — A história que o exército quer riscar

autores e expondo as provas, o problema parece ter sido contornado. E nem foi tão difícil! Bastaram alguns contatos entre autoridades, fora da agenda oficial.

Diário Oficial da União — Nº 38 —
Seção 1 — p. 219

Ministério Público Militar
Procuradoria-Geral da Justiça Militar
Decisões de 16 de fevereiro de 2018

Notícia de Fato 142-62.2017.1106
Ementa. Suposta fraude a licitação para aquisição de simuladores de artilharia. Não configuração. Notícia de práticas corruptivas. Questionamentos quanto à capacidade técnica da empresa. Ausência de indícios. Notícia apócrifa. Anonimato injustificado. Arquivamento.

Notícia anônima de supostos crimes praticados, em tese, por oficiais-generais do Exército Brasileiro. Licitação internacional para desenvolvimento, transferência tecnológica e instalação de dois simuladores de artilharia, conduzida pela Comissão de Aquisições, Licitações Internacionais e Contratos do Exército (Calice), em Nova York, EUA. Empresa espanhola declarada vencedora do certame. Suposta fraude. Não configuração. Questionamentos quanto à capacidade técnica da empresa e alegação de práticas corruptivas. Ausência de indícios suficientes. Anonimato injustificado. Caráter especulatório e conspiratório da delação. Questões outras que configuram matéria

---

489

> administrativa, estranha à competência da Justiça
> Militar da União. O PGJM determinou o arquiva-
> mento do feito.

Mas, se o problema no Ministério Público Militar estava sob controle, o mesmo não se poderia dizer do Tribunal de Contas da União, que recebera outra cópia do *Dossiê Smart*. O Exército decidiu então intensificar a propaganda do Safog, promovendo visitas e demonstrações do simulador para parlamentares e membros do TCU. Diferentemente do repórter do *El País*, membros desse Tribunal tiveram a grata oportunidade de visitar o Safog/AMAN, onde assistiram a uma palestra e demonstração do mais avançado simulador de artilharia do mundo! Tudo perfeito, com o mais judicioso emprego dos recursos públicos!

No final daquele ano, SS foi eleito na chapa do ex-capitão. Por sinal, o mesmo para quem Battaglia tentara telefonar por duas vezes durante o episódio da insensata assinatura de Simão no termo de encerramento do desenvolvimento do simulador, após sua sétima reprovação. Trinta e quatro anos depois da redemocratização do país, os militares voltavam ao poder pela via democrática. O povo votara majoritariamente na chapa da caserna, cansado das notícias de corrupção, empenhado em repelir a "ameaça comunista de venezuelização" do Brasil e ávido por resgatar os valores da família "tradicional". Aureliano ocuparia uma das pastas como ministro. Amorielli se tornaria assessor direto do general vice-presidente. Os "justos" sendo recompensados!

***

DOSSIÊ SMART — A história que o exército quer riscar

Terapia

A notícia do *El País* rapidamente se espalhou. Battaglia foi imediatamente questionado pelos colegas de farda para confirmar o que eles liam na reportagem. Não hesitou em responder que era tudo verdade. Ironicamente, os próprios militares que não queriam ver aquela notícia publicada acabaram por impulsioná-la pelo número de acessos ao site do jornal, e por compartilharem o link nos grupos de WhatsApp e Telegram.

Se, na saída do Exército, Battaglia já tinha sofrido críticas, desta vez, com as eleições tornando as relações mais polarizadas, as perseguições, difamações e injúrias foram ainda maiores. Desde o infantil "melancia", chamando-o de "verde por fora e vermelho por dentro", ou seja, de comunista enrustido, até expressões inomináveis nas redes sociais. Quando os agressores valentões perceberam que as telas estavam sendo printadas por Battaglia, excluíram-no dos grupos telemáticos. Ficaram com medo de que o ofendido os processasse.

A manchete do *El País* "Coronel da reserva acusa general Simão de favorecer empresa em contrato do Exército" induzia o leitor a crer que Battaglia tivesse tido um grande protagonismo nessa história. Tudo parecia ter partido dele. Lendo a reportagem com atenção, entretanto, essa primeira impressão era desfeita pelo depoimento anônimo de outros militares, pelos documentos do próprio Exército trazidos pelo *Dossiê Smart* e pelas investigações conduzidas pelo jornal.

Battaglia não era o único que tinha se oposto às ilegalidades, e é bem difícil de acreditar que fosse capaz de escrever o dossiê sozinho, reunindo documentos e narrando fatos ocorridos antes que ingressasse no projeto Smart e depois de sua saída. Até algumas falas do Comandante do Exército, em seu gabinete, estão transcritas no dossiê. Fábio Rossi e Bruna Paes Leme acreditavam que muitos militares, alguns próximos da alta cúpula, opunham-se ao esquema. O *Dossiê Smart*,

DIÁRIOS DA CASERNA

desse modo, parece ter sido uma obra coletiva; e o anonimato usado como proteção contra a renitente Ditadura Militar.

* * *

No dia a dia, por mais que Battaglia conseguisse lidar com mil e uma atividades, a defesa nos processos administrativos abertos na AMAN e o desgaste emocional pelo recrudescimento das perseguições provocaram uma queda em seu rendimento, o que fez com que começasse a ser atropelado por algumas atividades. A primeira solução foi cortar a prática de atividades físicas e horas de sono. Mas ainda lhe faltava tempo. Então, decidiu parar a terapia.

Não era só uma hora (às vezes mais) por semana. Era também o tempo de parar o que estava fazendo, de se deslocar até o consultório de Saymon e voltar para casa. Se, por um lado, a ida à terapia dava a Battaglia uma chance de respirar, por outro, gerava estresse e culpa pelo tempo gasto. O psicólogo chegou a insistir para que mantivesse as sessões semanais, mas Battaglia decidiu não continuar.

Depois de abandonar a terapia, no final do ano, Battaglia teve um surto e terminou o noivado com Angélica. Talvez quisesse impedir que ela fosse atingida colateralmente por aqueles que o perseguiam. Ou achasse que não tinha tempo para mais nada e ninguém. Talvez se sentisse pressionado e cobrado pelo desejo dela de se casar e ter filhos, ao mesmo tempo que ele planejava a abertura de seu escritório, com todos os sacrifícios do início do negócio. Talvez os traumas vividos no antigo casamento com os comportamentos abusivos da ex-mulher ainda estivessem presentes. No meio de tantos "talvez", a resposta mais provável seria um pouco de tudo. A única certeza é que, mais uma vez, Battaglia provocava uma grande tristeza a Angélica, que certamente não merecia passar por isso.

Ao longo dos anos, o pequeno apartamento alugado ao lado do Botafogo Praia Shopping tinha mesmo se transformado em sua caverna, local de refúgio de Battaglia contra tudo e todos e contra as más lembranças do final da carreira militar, que insistiam em visitá-lo oniricamente de madrugada.

2019

Battaglia Advocacia

Seguindo seus planos, em março de 2019, dois anos e meio depois de passar para a reserva no Exército, e concluída a pós-graduação em Direito de Família e das Sucessões, Battaglia inaugurou seu escritório no Centro do Rio de Janeiro, reunindo mais de cinquenta pessoas, entre antigos colegas da faculdade, advogados, professores, juízes, promotores, procuradores do estado e amigos em geral.

Para preparar o coquetel, contratou um chef italiano de um famoso hotel cinco estrelas no Rio de Janeiro e o sommelier, também italiano, com quem havia feito alguns cursos sobre vinhos no Consulado da Itália. O espumante foi escolhido propositadamente da região dos antepassados de Battaglia, como uma homenagem à família. Sua irmã, Priscilla, presenteou a inauguração com potinhos de brownie com Nutella, preparados pela empresa dela, em São Paulo, personalizados com o nome e logo da Battaglia Advocacia, sobremesa que fez enorme sucesso.

Battaglia não deixou de convidar Angélica para o coquetel. Mas, com tudo que tinha acontecido no final do ano anterior, tinha receio de que ela não comparecesse. Escolheu usar, na inauguração, o costume azul-marinho italiano, presente que ganhara dela na viagem da Itália. Era um momento muito especial. Angélica compareceu, acompanhada pela irmã, Diana. Ela sabia o quanto aquilo tudo significava para ele

DIÁRIOS DA CASERNA

e queria prestigiar mais esse sonho sendo concretizado. Presenteou-o com uma camisa social, em algodão egípcio, de uma grife famosa. Como sempre, muito educada e carinhosa.

Battaglia se desdobrou para dar atenção a todos os convidados e fez uma breve apresentação. Lembrou a vinda da família em 1895 para o Brasil e citou sua viagem de cem dias pela Itália, em 2017, culminando com a abertura da Battaglia Advocacia. O escritório, durante os primeiros anos, se dedicaria, entre outras áreas, ao Direito Internacional Privado Brasil-Itália.

A repercussão do coquetel de inauguração foi tão positiva que, na semana seguinte, a secretária do Cônsul da Itália telefonou para agendar uma visita. Naquela mesma semana, Battaglia teve a honra de receber o diplomata na Battaglia Advocacia, colocando o escritório à disposição da comunidade italiana no Rio de Janeiro. Em função disso, passou a ser convidado também para participar de eventos oficiais do Consulado.

A inauguração do escritório deu novo alento ao coronel advogado. O primeiro ano foi de muito investimento, e, de certa forma, serviu de terapia para que não focasse os demônios do passado que ainda o perseguiam. Voltou seus olhos para a abertura e inscrição da pessoa jurídica na OAB, criação da logomarca, escolha do local, compra de equipamentos, impressão de materiais gráficos, contratação de contabilidade, criação de novo site e planejamento de marketing digital.

Battaglia tinha consciência de que abrir um escritório de advocacia no Brasil não dependia somente da habilitação na profissão, mas exigia capacidade administrativa para geri-lo como uma empresa. Teria de traçar o planejamento estratégico organizacional, estabelecer metas, selecionar indicadores de desempenho, buscar a constante melhoria de processos, controlar o fluxo de caixa e investimentos, ampliar contatos e firmar parcerias. No primeiro ano do escritório, realizou um curso de empreendedorismo jurídico, para aperfeiçoar sua capacidade gerencial com foco específico no seu negócio.

DOSSIÊ SMART — A história que o exército quer riscar

Com a rotina intensa, Battaglia acabou por se distanciar ainda mais dos antigos colegas da caserna. Realmente, não tinha tempo nem motivação para participar das cerimônias militares, nem mesmo do antigo quartel que comandara. Em substituição, começou a se relacionar com os novos colegas de profissão. Vez ou outra, a turma se reunia para o *happy hour* no Bossa Nova Mall, no aeroporto Santos Dumont, com a vista sempre deslumbrante da cidade.

O ano de 2019 passou voando. No final do ano, uma notícia apaziguadora: o comandante da AMAN encerrou um dos processos administrativos contra Battaglia, Linsky e Balthazar, aquele segundo, dos itens selecionados e da perícia fake. A ideia não tinha mesmo dado certo, e não valia mais a pena insistir nisso. O sindicante chegou a confessar a Battaglia que, em vez de 27 mil reais de dano ao erário, tinha apurado 15 mil reais de lucro, uma diferença de 42 mil reais. Mas, "para não ficar feio" para a AMAN, ele tinha "aliviado nas contas", computando lucro de apenas dois mil. Battaglia estava tão cansado dessa história que nem reclamou. O primeiro processo administrativo, que o acusava de dano ao erário de mais de 120 mil reais, contudo, permanecia aberto.

Apesar da mudança de foco, os pesadelos de Battaglia com o exército continuavam. Foi então que resolveu voltar às sessões de terapia, com uma nova psicóloga, em Copacabana, onde a ideia de escrever um livro ganharia força.

2019–2020

Catarse

Foi em uma sessão de terapia com Laetitia Nissim, sua nova psicóloga, que Battaglia comentou sobre a sugestão que recebera.

DIÁRIOS DA CASERNA

— O pessoal dizia que, se alguém se dispusesse a contar toda a história do Smart, daria um romance de mil páginas. Na semana passada, o Fábio Rossi, jornalista do *El País* que me entrevistou, esteve na Battaglia Advocacia. Ele estava fazendo algumas reportagens na cidade. Saímos para almoçar, e ele me perguntou se eu não tinha a ideia de escrever um livro contando tudo que aconteceu.

— E por que você não escreve? Um dos seus sonhos é ser escritor, não?

— Não tenho tempo. Admiro muito quem consegue contar uma boa história, fazer o leitor se envolver, se emocionar. Acho fantástico como a leitura pode nos transportar a outros lugares, ampliar a nossa cultura, nos oferecer momentos de lazer. É um sonho latente. Quem sabe depois que me aposentar na advocacia.

Battaglia continuou.

— E tem mais... Escrever essa história vai incomodar muita gente, em especial o general Simão, que agora também se meteu na política. Eu sei de muita coisa que aconteceu no projeto, guardei muitas provas, documentos, áudios. Sem dúvida, eu tenho muita "munição" para enfrentá-lo na Justiça. Mas, mesmo ganhando a ação, acho que não vale a pena. É desgastante! Foi o que respondi ao Fábio. Estou focado na minha vida. Não quero gastar mais energia com essa gente, que não merece um pingo da minha consideração.

— Seu consciente até pode dizer isso, mas parece que seu subconsciente não concorda, não é mesmo? Uma hora, você vai ter de passar essa história a limpo, se reconciliar com o passado, para viver plenamente o presente e seguir em frente.

***

Na semana seguinte, Battaglia recebeu do Exército uma carta em seu endereço residencial em Botafogo. O documento vinha remeti-

DOSSIÊ SMART — A história que o exército quer riscar

do pela seção de inativos e pensionistas do Comando Logístico do Litoral Leste, à qual o ex-militar estava vinculado como oficial da reserva. Mas a seção só serviu de intermediária da correspondência principal, enviada pelo Centro de Desenvolvimento de Sistemas da Diretoria de Ciência e Tecnologia do Exército. Assunto: Gestão do Conhecimento — Simulador de Apoio de Fogo (Safog).

"O que é isso agora?!", pensou Battaglia, abrindo o envelope. Começou a ler e quase caiu de costas, sem acreditar no que tinha em mãos.

Com a proximidade do término da garantia contratual do Safog, a DEMEx e a DCTEx começaram a fazer reuniões para a elaboração de um plano de gestão do conhecimento do projeto Smart, orientado em três eixos: na operação do sistema e na sua manutenção corretiva e evolutiva. Os antigos integrantes do projeto estavam sendo convocados para elaborar relatórios, com o objetivo de reunir informações para capacitar novas equipes técnicas e operacionais.

Battaglia se lembrou de que o contrato Calice-Lokitec previa uma garantia de cinco anos contra defeitos, com assistência técnica presencial de um engenheiro da empresa no Brasil para a manutenção corretiva. Já a manutenção evolutiva ficaria por conta do laboratório de simulação, que a Lokitec deveria instalar como parte do plano de compensação comercial, no Centro Tecnológico do Exército.

Depois da oitava reprovação do Smart, pela equipe do major Quintela, o general Simão havia entrado em acordo com Julio Sonzo para não realizar mais testes do simulador. Mandou uma equipe para a Espanha, entre eles seus comparsas coronéis Amorielli e Schimdt, para acompanhar o embarque do hardware do Smart, que havia sido reprovado nos testes anteriores. "Com todos esses ingredientes, uma hora, a bomba iria estourar!", pensou Battaglia.

Na sétima reprovação, última da qual participara, Battaglia tinha ouvido a proposta indecente e ilegal da empresa de consertar todas as

DIÁRIOS DA CASERNA

inconformidades do Smart durante o período de garantia. Ou seja, ela queria receber os 14 milhões de euros e entregar um produto defeituoso, para depois tentar corrigi-lo. Os generais haviam endossado a ideia, e a bomba estava estourando agora no colo do Exército.

Se o documento que introduzia o assunto deixou Battaglia surpreso, o que veio depois foi ainda mais estarrecedor.

O Centro de Desenvolvimento de Sistemas havia realizado uma videoconferência com a participação de antigos e novos integrantes do Smart-Safog. Seus pontos principais foram transcritos na Ata de Videoconferência nº 03/2019 da Seção de Simulação Operacional, uma radiografia que expunha os problemas do Safog, que, descaradamente, eram negados a todo tempo pelo Exército.

A primeira queixa do general Nowak, Chefe do CDS, era de que os militares que haviam originalmente integrado a equipe de desenvolvimento do Safog, mesmo antes do término do projeto, tinham sido dispersos, o que teria prejudicado a transferência tecnológica. O general talvez ignorasse que não se tratava propriamente de uma dispersão involuntária, mas provocada pelo general Simão para afastar desafetos.

O coronel Aristóteles, que ainda estava na ativa e participava da videoconferência, pediu a palavra e observou que a saída dos engenheiros militares antes do término do projeto trazia um problema ainda maior: o de que estivessem desatualizados em relação ao simulador, com informações congeladas da data do afastamento. Da fala do ex-fiscal e ex-supervisor técnico do Smart, podia-se inferir mais uma triste conclusão: a transferência tecnológica ao Exército Brasileiro não havia sido concluída.

O general ainda acrescentou que a documentação do Safog estava desatualizada e incompleta: havia páginas ilegíveis; o plano de testes não tinha sido entregue pela empresa; só havia documentação da fase 2.2, e nada da fase 3. Para piorar, as instruções para compilação do Safog não funcionavam.

DOSSIÊ SMART — A história que o exército quer riscar

Falhas na documentação: a Lokitec nunca resolveu esse problema, fundamental para a transferência tecnológica. Quanto aos testes, novamente, talvez o general Nowak não soubesse que Simão e Sonzo os aboliram com a conivência da Calice, gestora do contrato, e com a cumplicidade de Amorielli e Schimdt, que atestaram a entrega supostamente perfeita do simulador.

Schimdt, que havia voltado da sua temporada na Europa com a família, tentou contemporizar. Declarou que poderia ter alguns documentos úteis e sugeriu reunir o material que cada um possuísse para verem o que faltava. Depois de dezenove meses, com investimento de mais de 400 mil dólares para realizar dois cursos na Espanha sobre simulação, essa era a grande contribuição do coronel de infantaria.

Marcus Junius, que também acompanhava a videoconferência, em apoio à "brilhante" ideia de Schimdt, afirmou que toda a documentação da fase 1 tinha sido entregue na visita de inspeção do diretor de Ciência e Tecnologia do Exército ao projeto na Espanha, em junho de 2011. O militar, no mínimo, se fazia de sonso, porque sabia muito bem que a Lokitec não tinha entregado por completo os cadernos técnicos, com a complacência do general Null. O agora major continuava com sua postura de passar pano, de acobertar e omitir os erros do Smart.

Nowak prosseguiu com a lista de problemas, que só confirmavam a falta de cumprimento do contrato Calice-Lokitec. Além da demasiada dificuldade na compilação do código-fonte, grave falha da transferência tecnológica, os engenheiros militares haviam constatado que, para instalar um novo servidor do Safog, seria necessário utilizar uma cópia da versão antiga do simulador, que continha o sistema operacional e os componentes de software. O problema era que esse sistema tinha sido descontinuado. Em pouco tempo, o melhor simulador de artilharia do mundo, desenvolvido no estado da arte, já estava obsoleto! Alguns dos componentes eram adaptações

DIÁRIOS DA CASERNA

de outros similares e tinham problemas de compatibilidade, ou seja, o Safog havia se transformado num Frankenstein.

O general ressaltou que alguns itens do Safog, inclusive, não eram mais encontrados no mercado. A garantia da Lokitec na reposição de componentes pelo prazo de trinta anos virara letra morta. O Exército havia feito diversos contatos com a empresa espanhola, por meio do canal técnico, mas sequer tinha obtido resposta.

As revelações dessa reunião, formalizadas em ata, eram realmente surpreendentes. Ficavam evidentes e confessos todos os erros relatados por Battaglia ao *El País*, as investigações autônomas conduzidas pelo jornal e o dossiê de 1.300 páginas com mais de cem documentos ostensivos e sigilosos. Era a prova cabal!

Nowak continuou com a sua extensa lista de problemas do simulador. Os técnicos, que ainda eram mantidos pela empresa no Safog, cuidavam apenas do hardware e não respondiam pelos problemas no software. O contrato, ao contrário, previa a presença dos engenheiros espanhóis por cinco anos para assistência completa. Vale lembrar do discurso da Lokitec: "Não negamos que o Smart precise de 'ajustes', mas ele está 'maduro' e em condições de entrar em operação. Todas as inconformidades que forem plotadas pelo Exército Brasileiro, após a entrega do simulador, serão prontamente corrigidas". Não foi por falta de alerta! Stark, Alberto, Battaglia, Aristóteles e outros, seguida e insistentemente, expuseram os riscos e a contumaz falta de compromisso da contratada, alertas que foram negligentemente ignorados pelos generais.

Tudo o que o *Dossiê Smart* denunciava e o que Battaglia contara aos jornalistas do *El País* começava a sair agora da boca do próprio Exército nessa reunião, registrada formalmente em ata.

Nowak então passou a palavra ao capitão Arauto, engenheiro militar também do Centro de Desenvolvimento de Sistemas, para que continuasse a exposição com um resumo das queixas dos militares instrutores dos Safog AMAN e Sul.

DOSSIÊ SMART — A história que o exército quer riscar

Começando pelas reclamações dos instrutores da Academia Militar, eles relataram problemas no software e hardware, com tiros ignorados pelo servidor. Usando a linha de fogo nos exercícios de simulação, ocorriam de três a quatro travamentos do sistema por dia, o que os obrigava a reinicializar o programa. Sem o uso da linha de fogo, ainda assim ocorriam de dois a três travamentos por semana de exercício. As granadas fumígenas se comportavam de forma anômala. A cortina de fumaça não seguia o padrão Pasquil, como previsto nos requisitos que diziam respeito à técnica de tiro da artilharia (*REQ004-TIR001*). Além disso, a equipe de instrutores não sabia como criar, editar e gerenciar cenários, e, pasme, nem o pessoal da Lokitec que prestava assistência técnica detinha esse conhecimento.

"O mais triste", pensou Battaglia "é saber que nada disso é novidade! São os velhos problemas!" Lembrou da bronca que recebera de SS quando tentou chamar atenção para as quedas do sistema na visita de inspeção do gerente do projeto, em dezembro de 2013, em Madri. O general tinha-o ameaçado de prisão e tudo. Agora o resultado estava aí.

A turma de Santa Maria também enviou uma longa lista de problemas. Os recursos para análise pós-ação, ou seja, para o debriefing dos exercícios e avaliação dos instruendos, como previsto no contrato (*REQ200-AVA003* e *REQ201-AVA004*), não haviam sido implementados pela Lokitec. Simplesmente não existiam. Sua falta obrigava a equipe de instrução a designar quatro militares para fazer o registro das ações em planilhas, onerando em muito a operação das simulações.

O Safog/Sul também observou problemas nos diversos formulários da central de tiro, um rol extenso: boletim de tiro sobre zona; ficha de tiros previstos; ficha de preparação teórica e associação; ficha de relocação de alvos (espoleta percutente — carta e papel quadriculado; e espoleta tempo); boletim de tiro de precisão; boletim de regulação por levantamento do ponto médio; regulação do tiro vertical; ficha

DIÁRIOS DA CASERNA

de depuração; ficha da posição de bateria; e tiro iluminativo. Essa era uma das maiores provas de que a Lokitec não conseguira cumprir o contrato.

Mesmo diante de tantas evidências, o major Marcus Junius tentou, mais uma vez, minimizar. Afirmou que, durante o desenvolvimento, tinham verificado que a empresa não poderia atender a todos os requisitos, mas apenas a 80% do que fora previsto com base no Manual de Técnica de Tiro da Artilharia de Campanha do Exército Brasileiro. Realmente, o que não surpreendia mais era aquela postura do militar. Havia mesmo aderido ao discurso pragmático do general Simão, de dizer que era melhor ter alguma coisa do que não ter nada. Sem dúvida, Marcus Junius estava pavimentando o caminho de uma carreira muito promissora na Força Terrestre com sua lealdade a SS. Havia se tornado um ótimo oficial, digno representante do exército. Devia dar orgulho para o coronel Marcus, seu velho pai, que soube orientá-lo muito bem.

O general Nowak finalizou a constrangedora reunião com a ordem de enviar questionamentos aos antigos integrantes do Safog, principalmente os que haviam participado da equipe original de desenvolvimento do simulador. As equipes de Resende e de Santa Maria somente expunham o problema, mas não visualizavam soluções, principalmente diante da atitude inerte da Lokitec. Nowak esperava, ingenuamente, obtê-las com os veteranos do projeto.

***

A ata da videoconferência do Centro de Desenvolvimento de Sistemas da Diretoria de Ciência e Tecnologia do Exército, que Battaglia acabara de ler, corroborava integralmente a gravidade da reportagem-denúncia do *El País* e do *Dossiê Smart*. E mais: deixava claro que o CComSEx, Aureliano, SS e todos os cupinchas mentiam para a im-

DOSSIÊ SMART — A história que o exército quer riscar

prensa quando questionados sobre o simulador. Tirando a maquiagem, o teatro, as demonstrações fakes, como a que fora feita para integrantes do TCU, não sobrava muita coisa. Era uma grande patranha!

A Lokitec era outra mentirosa e embusteira. A empresa fazia propaganda do Safog em seu site como um dos maiores projetos de simuladores para treinamento militar da América Latina. Só se fosse no preço que ela cobrou e levou. A verdade nua e crua é que a empresa espanhola não dominava a tecnologia para a construção de simuladores para treinamento militar, como aliás, já era notório para a *Military Training Technology Magazine* (MT2). Mas uma coisa é preciso admitir: o Safog tinha sido mesmo baseado no SEA, e de uma forma tão fidedigna que herdara até seus defeitos. Da cara transferência tecnológica paga pelo Exército não se tinha notícia.

Battaglia começou a responder aos questionamentos. O documento trazia anexo o modelo do "relatório de gestão do conhecimento", que o militar da reserva deveria seguir.

O ex-supervisor operacional respondeu que não saberia dizer o que, de certo ou de errado, "aprendera" com a Lokitec, tamanha a desorientação da empresa na condução do projeto Smart. O trabalho de detalhamento em 2011, por exemplo, teve de ser revisto mais de um ano depois com a contratação de uma analista de sistemas. O grande esforço da Lokitec parecia ser o de tentar convencer a equipe operacional de que vários dos requisitos previstos no contrato não necessitariam ser desenvolvidos.

Como se afastara do projeto em março de 2014, não havia tido a oportunidade de operar o simulador, que somente seria entregue pela Lokitec dois anos depois, em 2016. Mas respondeu que, quanto à arquitetura, a resposta era simples: o simulador de apoio de fogo deveria replicar a estrutura técnico-doutrinária da artilharia do Exército Brasileiro, incorporando ainda, por força do contrato, armamentos e munições mais modernos, mesmo não disponíveis no Exército, para

DIÁRIOS DA CASERNA

que os militares pudessem, pelo menos, operá-los de forma simulada. O Safog atendia a essa arquitetura? Os instrutores dos Safog de Resende e de Santa Maria deixaram claro nos seus relatórios que não.

Sobre o laboratório que deveria ter sido construído pela Lokitec no Centro Tecnológico do Exército no Rio de Janeiro, no valor de 220 mil euros, dentro do plano de compensação comercial, Battaglia respondeu que, até o momento em que se desligou do projeto Smart, essa instalação não havia sido implementada. Desconhecia as providências que o gerente do projeto (general Simão) e a Calice (gestora do contrato) haviam tomado a respeito.

Com relação à evolução do Simulador de Apoio de Fogo, ao que tudo indicava, esse parecia ser um objetivo distante. O mais premente, com base nas informações da ata da videoconferência, parecia ser colocar o Safog em condições reais de emprego, sem treinamentos negativos, sem as falhas e os erros apontados. Além disso, sem a devida transferência tecnológica, como alguém poderia trabalhar na sua evolução? Como falar em manutenção evolutiva, se os nossos engenheiros militares não conseguiam nem compilar o código-fonte do simulador?

O coronel da reserva não poupou críticas ao projeto e aos gestores. Começando pela afirmação do general Nowak de que os antigos integrantes do projeto Smart seriam de vital importância para a solução dos problemas do simulador:

Estou afastado do projeto Smart desde março de 2014. Contudo, os "atuais" problemas do simulador (citados na ata da DCTEx) não são novidade. Já faziam parte dos erros que a equipe técnico-operacional (da qual participei) levantou nas sete vezes em que avaliou e reprovou o simulador, bem como dos relatórios de conformidade do fiscal do

DOSSIÊ SMART — A história que o exército quer riscar

contrato. Na época, os relatórios foram enviados ao escritório de gerenciamento do Projeto Smart (Gesmart) e ao gerente. Mesmo com o simulador reprovado nos testes, o gerente do projeto (Gen Simão) se dispôs a atestar o término da fase 2.2, sem o aval do fiscal do contrato, do supervisor técnico e do supervisor operacional, contrariamente ao que determinava o contrato, o que motivou meu pedido de desligamento do projeto Smart. Depois disso, não tenho conhecimento de como o Exército Brasileiro tratou o problema.

Sobre a afirmação também do general Nowak de que o conhecimento da transferência tecnológica para manutenção do software do Safog estaria disperso:

É preciso saber quais engenheiros militares do Exército Brasileiro atestaram a dita "transferência tecnológica" da Lokitec. Que eu saiba, nenhum deles. Além disso, devem ser solicitados à Lokitec os documentos que efetivamente comprovem a transferência tecnológica, não em termos genéricos como a empresa alega (que os engenheiros militares brasileiros acompanharam seu trabalho), mas sim por meio de documentos, que demonstrem como o software e o hardware do Smart foram desenvolvidos (código-fonte explicado, desenhos técnicos etc.). Sobre a documentação, basta acionar a Lokitec, por meio da Calice, gestora do contrato, para que a empresa entregue cópias dos documentos ilegíveis ou faltantes, bem como solicitar instruções detalhadas para compilação do Smart. O problema será descobrir que, talvez, nem a empresa possua esses documentos, alguns por sequer terem sido produzidos.

A respeito da afirmação do major Marcus Junius sobre a entrega de toda a documentação da fase 1 do projeto Smart pela Lokitec, ele se refere à primeira visita de inspeção do projeto Smart, realizada em junho de 2011, na Espanha, pelo general Null, ex-Diretor de Ciência e Tecnologia do Exército, e comitiva. A Lokitec apresentou a documentação da fase 1 incompleta, prometendo ao general Null completá-la posteriormente na fase 2. O general Null, portanto, parece ser a pessoa mais indicada para esclarecer esse episódio.

Como o contrato previa o desenvolvimento de um simulador no "estado da arte", e dado que, com pouco tempo de uso, o simulador, paradoxalmente, já apresenta sinais de obsolescência, sugiro que, além do canal técnico, a Lokitec seja acionada pela Comissão de Aquisições, Licitações Internacionais e Contratos do Exército em Nova York (Calice), gestora do contrato, para corrigir essa falha, que pode caracterizar o descumprimento do objeto contratual. Em não se corrigindo os problemas, sugiro que o EB leve a questão à arbitragem em Nova York, como também está previsto no contrato, em busca de uma indenização pelo vício do produto e custos do reparo. A negligência em

DOSSIÊ SMART — A história que o exército quer riscar

tomar essas ações poderá configurar, em tese, crime de prevaricação e responsabilização por improbidade administrativa com dano ao erário.

Sobre os problemas de hardware do Safog, durante o período em que permaneci no projeto Smart, o hardware foi reprovado em todas as avaliações pela equipe técnico-operacional, com as falhas devidamente relatadas em documentos encaminhados ao Gesmart e ao gerente do projeto (Gen Simão). Depois do meu afastamento do projeto Smart, em março de 2014, não sei quais foram as ações tomadas pelo gerente do projeto e pela Calice para obrigar a Lokitec a solucionar os problemas de hardware.

Os problemas apontados hoje pelas equipes do Safog/AMAN e Safog/Sul (erros no software balístico, travamentos, simulação defeituosa dos efeitos da munição de artilharia, problemas no cenário, entre outros), todos já haviam sido reportados expressa e formalmente ao Gesmart e ao gerente do projeto e foram o motivo de o simulador ter sofrido oito reprovações.

Por fim, quanto à afirmação do major Marcus Junius de que ficou acertado que a Lokitec desenvolveria apenas 80% dos requisitos da técnica de tiro da artilharia (?), eu, que fui supervisor operacional do projeto, desconheço esse suposto acerto. O militar deve informar quem o fez. A Calice deve rever o montante pago à Lokitec, abatendo dos 14 milhões de euros os 20% dos requisitos não implementados, sob pena de enriquecimento ilícito da empresa, por

> meio da instauração de um processo administrativo,
> para ressarcimento dos serviços não prestados e
> supostamente pagos. Novamente, a inobservância
> pelo Exército desses deveres legais pode ense-
> jar responsabilidades administrativas e penais.

E assim terminava seu relatório, que foi entregue à seção de inativos e pensionistas no Rio de Janeiro e remetido a Brasília. É difícil entender por que o general Nowak enviou essa ata oficial para Battaglia, que a guarda com carinho. Esse documento é a verdadeira confissão de culpa do Exército!

***

No mês seguinte, Battaglia já tinha decidido e contou a novidade à sua terapeuta.

— Vou escrever a história do Smart. Acho que o povo brasileiro tem o direito de saber.

— Acredito que vai te fazer muito bem — incentivou Laetitia. — Mas e aquela questão do desgaste dos que temem a revelação desses fatos?

— Vou fazer o que o Rodrigo Pimentel fez no livro *Elite da Tropa*. Ele contou exatamente o que se passou, mas escreveu como ficção, não como memória ou biografia. Trocou nomes, lugares.

— E você não tem medo de se expor? Como vai se retratar na trama?

— De uma forma bem franca, com minhas qualidades e meus defeitos. Esses problemas no exército afetaram a minha vida pessoal. Você sabe disso... Os remédios que tomei, os pesadelos que ainda

DOSSIÊ SMART — A história que o exército quer riscar

tenho... Mas, nessa história do Smart, estou com a consciência tranquila. Não vou esconder nada.

Battaglia fez uma pausa, como se estivesse imaginando o livro. Laetitia aguardou em silêncio, até que seu paciente continuou.

— Claro que, em determinados trechos, o escritor acaba sendo obrigado a fazer uso de recursos de dramatização. Às vezes, tem de condensar dois, três personagens da vida real em um. Mas isso é necessário para não tornar a história enfadonha. Se eu fosse escrever tim-tim por tim-tim, o livro daria mais de mil páginas mesmo. O desafio é ser o mais fidedigno possível ao que ocorreu, sem uma leitura pesada. O texto tem de fluir, ser dinâmico. Mas posso te garantir que 99% do que você lerá no livro vai retratar a realidade, exatamente da forma como tudo aconteceu. O povo brasileiro vai conhecer a história que o exército quer riscar!

EPÍLOGO

2019–2022

Naquele ano e nos seguintes, Battaglia se organizou para conciliar o trabalho de advogado com a escrita do livro *Diários da Caserna — Dossiê Smart — A história que o exército quer riscar*. Não houve prejuízo para a Battaglia Advocacia, que cresceu quase 200% do primeiro para o segundo ano e continuou crescendo no terceiro, a despeito da pandemia da covid-19, principalmente depois que o escritório passou a se dedicar ao planejamento patrimonial da família, abandonando as causas judiciais litigiosas. Claro, essa evolução não foi sorte, mas fruto de planejamento e muitas horas de dedicação de Battaglia.

* * *

A partir de 2019, com a eleição do ex-capitão do Exército à Presidência da República, o governo federal foi invadido pelos militares, ocupando cargos comissionados e postos nas empresas estatais, com acúmulo de salários. Foram mais de sete mil, como se o currículo bélico os habilitasse para o desempenho de qualquer função. O pior é que muitos acreditavam mesmo que o diploma e a carreira castrenses teriam o condão de torná-los competentes em diversos assuntos. Outros, mais conscientes da pouca aplicabilidade das ciências militares fora da caserna, procuravam se respaldar na "honestidade intrínseca do militar", na sua "incorruptibilidade".

De uma maneira ou de outra, os militares estavam recuperando a sua autoestima. Do antigo "a AMAN é faculdade?" e "o seu diploma não serve para nada aqui fora", passaram a "você gostaria de ocupar essa ou aquela função no governo?". Bacharéis, mestres e doutores em "ciências militares", "geopolítica" e "defesa". Quanto menos fosse do conhecimento dos civis, melhor. Soava bem e impressionava! A farda não tinha mais de ser trocada pelo pijama na reserva. Os militares esperavam continuar contribuindo com a Pátria, de terno e gravata, no governo ou em alguma estatal; claro, com um bom salário! E se não conheciam o ofício, tudo bem, pois os assessores, que eram servidores públicos civis concursados, serviam para isto mesmo: fazer todo o trabalho e explicar aos superiores. Alguns escolhidos para altos cargos até diziam: "é só a gente não atrapalhar".

Claro que, tendo o privilégio de conviver com pessoas tão "eticamente perfeitas e capazes", as mulheres e filhos dos militares também se beneficiariam, incorporando suas "virtudes". Ter a todos no governo traria um grande ganho para o Brasil!

A filha do general Branco virou assessora da ministra da Família. Aliás, quem melhor do que a filha do ex-Comandante do Exército para entender dos valores da família tradicional? A filha do general ministro da Defesa, formada em Design por uma faculdade privada do Rio de Janeiro, em 2016, ocupou um cargo de gerência na Agência Nacional de Saúde. Tudo a ver. A esposa e o filho do Comandante da Marinha foram empregados em uma estatal. Qual? Uma vinculada à própria Marinha. Filhos de generais passaram de estagiários a assessores, com salários de cinco dígitos de uma hora para outra. Merecidamente, claro.

O filho do general Simão teve uma ascensão meteórica na carreira, promovido a assessor especial do presidente do Banco do Brasil, triplicando seu salário. Simão Jr., o Juninho, de forma brilhante e inédita, saltou três degraus na carreira de uma só vez. Seria a mesma coisa que promover um capitão diretamente a coronel, pulando os postos de major e de tenente-coronel; ou um major diretamente a general. Questionado pela imprensa, Simão respondeu que seu filho tinha sido premiado pela competência e que, antes, ele era boicotado pela esquerda. Mas os jornalistas descobriram que Simão Jr. tinha sido promovido regularmente oito vezes durante os governos anteriores. Procurado novamente, Simão não quis comentar sobre o prodígio.

A cúpula militar estava toda no governo: quinze dos dezessete generais "quatro estrelas" que compunham o Alto Comando do Exército em 2016 foram nomeados para cargos de confiança na administração pública direta e indireta. Não foi por acaso.

O plano que levaria o Exército de volta ao poder havia sido muito bem traçado, incluindo o *impeachment* que a presidente Dilma Rousseff sofrera em 2016. Dilma não dava voz aos militares e incentivava abertamente os trabalhos da Comissão Nacional da Verdade contra os crimes da Ditadura Militar. Afinal, ela mesma, quando jovem, havia participado de um grupo de resistência à Ditadura, a Vanguarda Armada Revolucionária Palmares (VAR-Palmares). Fora presa em 1970 e torturada. Os militares não confiavam nela e tomavam muitos de seus atos como revanchismo.

Nisso, os generais começaram a observar mais de perto um ex--capitão, deputado federal, sem papas na língua, contemporâneo deles. Ele havia sido praticamente expulso da corporação, mas seria "reabilitado", transformado em "mito", para servir de cavalo de troia. Sua campanha como candidato do inoficioso "Partido Militar" foi lançada em novembro de 2014, na formatura de entrega de espadas aos novos aspirantes a oficial da AMAN. Era na barriga dele que os militares voltariam ao poder.

Em abril de 2018, às vésperas do julgamento do STF sobre o *habeas corpus* impetrado pelos advogados do ex-presidente Lula, o general Branco, ainda na ativa, como Comandante do Exército, postou no Twitter:

> Nessa situação que vive o Brasil, resta perguntar às instituições e ao povo quem realmente está pensando no bem do País e das gerações futuras e quem está preocupado apenas com interesses pessoais?
>
> Asseguro à Nação que o Exército Brasileiro julga compartilhar o anseio de todos os cidadãos de bem

> de repúdio à impunidade e de respeito à Constituição, à paz social e à democracia, bem como se mantém atento às suas missões institucionais.

Estranho o Comandante do Exército falar de Democracia, ameaçando as instituições, em especial, o Supremo Tribunal Federal. Estranho negacionistas da Ditadura Militar falarem em Democracia. Estranho defensores e idólatras de torturadores falarem de respeito à Constituição.

Nas memórias *General Branco — conversa com o comandante*, o líder militar confessa que deu ordem aos seus assessores para minutar as mensagens que, em seguida, foram submetidas ao Alto Comando do Exército. Lula, que estava bem posicionado nas pesquisas de intenção de voto, acabou, naquele momento, sendo impedido pelo STF de concorrer à eleição, abrindo espaço para a vitória do candidato do "Partido Militar".

A valiosa ajuda não foi esquecida. O ex-militar, eleito presidente, agradeceria publicamente ao general Branco: "O que conversamos morrerá entre nós. O senhor é um dos responsáveis por eu estar aqui". Mesmo sofrendo uma doença degenerativa extremamente incapacitante, o general Branco ganhou um cargo no governo, como assessor do Gabinete de Segurança Institucional da Presidência da República, o GSI, com acúmulo de salários.

Sem conseguir apresentar resultados, o governo começou a abandonar promessas de campanha, assumindo publicamente a velha política do toma lá dá cá, aliando-se ao famoso Centrão, grupo formado por deputados federais de diferentes partidos que negociam alianças em troca de benesses. No lugar do "mensalão", o governo criou as "emendas secretas do relator", para a compra de apoio dos parlamentares. Os filhos do presidente eleito, também políticos, começaram a ser investigados pela prática de rachadinhas em seus

DOSSIÊ SMART — A história que o exército quer riscar

gabinetes (apropriando-se de parte do salário de seus assessores), lavagem de dinheiro com loja de chocolate, compra de imóveis em dinheiro vivo, ligação com milicianos e outros escândalos. Os militares pareciam não compartilhar mais "o anseio de todos os cidadãos de bem de repúdio à impunidade", citado no Twitter do general.

A inépcia do governo militar ficaria ainda mais patente com a ocupação da pasta da Saúde por um general da ativa especialista em logística, que, ao final, se revelou um completo fracasso no combate à covid-19. O Congresso Nacional decidiu instaurar uma comissão parlamentar de inquérito para investigar a gestão do governo no combate à pandemia. Houve muita pirotecnia, mas pouco resultado prático. Ficou, no entanto, patente que a inépcia e a apatia do Executivo federal contribuíram decisivamente para ampliar a catástrofe. Quase setecentos mil brasileiros morreram, vítimas da doença, durante o governo militar, acusado pelos opositores de genocídio, pelas campanhas de desinformação que promovera.

O povo, mais uma vez, havia acreditado nas messiânicas promessas de um Brasil melhor, com emprego, renda e comida no prato. Mas tudo não passou de "mito". O que se viu foi exatamente o oposto. O presidente culpando os governos estaduais pela crise, pelo aumento dos preços dos combustíveis, do gás, das tarifas de energia elétrica e tudo mais. A culpa sempre dos outros! O mandatário supremo da nação não podia fazer nada, afinal de contas, governos anteriores de esquerda haviam acabado com o país. O STF não o deixava governar. O jeito foi chamar os apoiadores para passeios de moto, as motociatas, e desestressar passeando de jet ski. Tudo pago com o cartão corporativo. As contas, obviamente, sob sigilo, por questões de segurança.

Com a queda no padrão de vida, a população brasileira começou a se desiludir com os militares. Parecia que não estavam mais "preocupados com as gerações futuras", que prestavam atenção somente aos interesses pessoais. Os salários dos generais furavam, em muito, o teto constitucional. No meio da pandemia da covid-19, os membros

517

DIÁRIOS DA CASERNA

das Forças Armadas receberam aumentos, embutidos na reforma da previdência. Enquanto isso, o povo formava a "fila do osso", revirando o lixo nos frigoríficos em busca de algo para comer.

Com os índices de popularidade do ex-capitão do Exército caindo e escândalos atrás de escândalos protegidos por sigilos de cem anos, alguns militares resolveram desembarcar do governo. Depois de ajudarem a eleger o ex-capitão, transformando-o em "mito", passaram a criticá-lo, lembrando de seu passado problemático. Fosse apoiando o governo militar, fosse a chamada "terceira via", contudo, os militares pareciam lutar para se manter no poder, de qualquer jeito. A instituição, por meio dos oficiais de altas patentes e generais, passou a se comportar muito semelhantemente a um partido político, o "Partido Militar". Eventuais desentendimentos entre a situação e a dita "terceira via" pareciam mais *mise-en-scène*.

Nesse cenário, o Exército, saudoso da Ditadura Militar, tentava calar os verdadeiros opositores do novo governo, que denunciavam os riscos da politização das Forças Armadas e a inépcia de seus membros para ocupar diversos cargos públicos. Foi o que aconteceu com o coronel da reserva Salomão, contra quem o Exército abriu um processo administrativo disciplinar, punindo-o arbitrariamente, por um comentário em sua rede social, sob a acusação de criticar superior hierárquico (um general em cargo político). A punição de Salomão foi um claro abuso de autoridade, diante do direito que lhe é garantido expressamente pela lei 7.524/86:

> ... é facultado ao militar inativo, independentemente das disposições constantes dos Regulamentos Disciplinares das Forças Armadas, opinar livremente sobre assunto político, e externar pensamento e conceito ideológico, filosófico ou relativo à matéria pertinente ao interesse público.

DOSSIÊ SMART — A história que o exército quer riscar

Enquanto punia e censurava seus críticos, para todos aqueles que apoiavam o governo, inclusive os militares da ativa, que não poderiam se manifestar por vedação do Estatuto dos Militares, o Comando fazia vista grossa, até mesmo para os que propagavam fake news.

O Palácio do Planalto virou o QG[16], com os ministérios da Esplanada como "organizações militares subordinadas". Os vícios administrativos do exército foram transplantados para o governo federal. Qualquer semelhança entre o governo militar e o Projeto Smart não foi mera coincidência. A diferença? Somente na escala, muito maior. Distribuição de cargos e funções para aliados, falta de transparência nas contas públicas, perseguição e difamação dos opositores, recompensas com o uso da máquina estatal no Diário Oficial da União...

Sobre o projeto Smart, depois da visita ao Safog, e das conversas com importantes interlocutores, o TCU resolveu apenas expedir "recomendações" ao Exército para futuras licitações internacionais e contratos. Polícia Federal, Ministério Público e TCU, ninguém observou nada de anormal, arquivando a denúncia do *Dossiê Smart*. Afinal de contas, "certas pessoas (...) têm o pleno direito de cometer toda sorte de desmandos e crimes, como se a lei não houvesse sido escrita para elas". E esses generais não são "pessoas comuns" como eu ou você. São *smarts*!

***

O general Aureliano, que começou toda essa história, virou ministro do Esporte do governo militar. Mas não durou muito no cargo. As más línguas dizem que foi demitido pelo ruim relacionamento interpessoal com outros membros do governo. Vaidade!

O general Simão, depois da vice-presidência, foi eleito senador pelo Rio Grande do Sul. Após ter entrado para a política, seu patrimônio triplicou, conforme levantamento de uma conceituada revista

---

16 Quartel-General.

DIÁRIOS DA CASERNA

jornalística do país com o Tribunal Superior Eleitoral. Não sabemos se já constituiu uma boa conta no exterior, como dissera ao jornalista do *El País* que faria se fosse político. Ainda tinha oito anos no novo mandato pela frente quando finalizamos esta história. Com a morte de Dodô, casou-se com sua amante Lucrécia. Todas as pessoas do círculo próximo de SS foram beneficiadas.

O coronel Amorielli, que certificou o término do projeto Smart, foi promovido a general de brigada. Parou por aí. Não dava para promovê-lo a divisão. Mas não foi esquecido. Virou assessor na vice-presidência da República, também acumulando salários. Deve seguir firme como assessor de um certo senador "gaúcho".

O coronel Tomás, assistente secretário do general Simão no Comando do Exército do Sul, depois de ser transferido com ele para Brasília, foi nomeado Chefe da Calice, em Nova York, nos Estados Unidos, por um período de dois anos, com a família. Tomás era especialista em treinamento físico militar e tinha comandado um batalhão de polícia do exército. De licitações e contratos internacionais, não entendia nada. Mas não era preciso saber muita coisa. Apenas que os "segredos" do Smart deveriam ficar bem guardados na Comissão. Cumpriu muito bem sua missão no exterior. Na volta ao Brasil, foi promovido a general.

Depois de Tomás, Simão, ainda como vice-presidente da República, indicou o coronel Paulo César para a chefia da Calice. PC foi o militar escolhido a dedo para substituir Battaglia no comando do Batalhão de Artilharia Aeroterrestre. As práticas de *compliance* que ele havia implementado na unidade foram desmontadas pelo sucessor. Os militares já não se orgulhavam de servir no quartel. Os que podiam pediram transferência. PC não era um completo ignorante como Tomás para assumir a função na Calice. Sua formação extra em Direito lhe dava uma sagacidade maior (para o bem e, principalmente, para o mal). Dizem que, depois de PC, não sobrou mais

DOSSIÊ SMART — A história que o exército quer riscar

prova nenhuma do que acontecera na licitação do Smart em 2010. Está pavimentando seu caminho para o generalato.

O general Augusto, o general Branco e o general Null ficaram muito satisfeitos (e aliviados) com o arquivamento do *Dossiê Smart* pela Polícia Federal, pelo Ministério Público e pelo Tribunal de Contas da União. Afinal, que culpa eles teriam?

O coronel de artilharia Stark, depois de ser exonerado da missão na Espanha, sob pretexto de ter sido selecionado para matrícula no curso de política e estratégia aeroespaciais, na Aeronáutica, pediu desligamento do CPEA. Conseguiu, por mérito próprio, uma posição como consultor de projetos de radares da Embraer. Nesse trabalho, mantém contato com as Forças Armadas, clientes da empresa, e, por isso, evita falar abertamente sobre o Smart. Sua mulher e as duas filhas estabeleceram residência definitiva na Espanha, para onde ele viaja frequentemente.

O coronel engenheiro militar Alberto, depois da exoneração do projeto e da nomeação para a direção do Centro Telemático de Brasília, acredita que tenha se redimido de suas faltas com os superiores e segue com sua "teoria das garrafas", na esperança de ser promovido a general.

O coronel engenheiro militar Aristóteles passou para a reserva e agora leciona Engenharia da Computação em uma universidade de Brasília.

* * *

Battaglia começou a se reconciliar com os antigos colegas do tempo da caserna. "A vergonha é dos corruptos. Não tenho que me esconder." Compareceu ao antigo quartel que comandou, o Batalhão de Artilharia Aeroterrestre, para prestigiar a despedida de um colega do serviço ativo, um sargento que muito lhe ajudou, quando liderou os canhoneiros de peças aladas.

O processo administrativo contra Battaglia continua aberto. Em mais uma tentativa de condená-lo, a Assessoria Jurídica da AMAN teve a ideia de realizar o recebimento "padrão" de outro prédio que

DIÁRIOS DA CASERNA

padecia dos mesmos problemas do Safog. O tiro, mais uma vez, saiu pela culatra. Depois de uma inspeção da Comissão Regional de Obras, o Departamento de Obras Militares expediu um documento para a AMAN, com respaldo nas mesmas normas legais indicadas por Battaglia em sua defesa, de que os usuários do edifício não poderiam lavrar os termos de recebimento e aceitação provisório e definitivo tardiamente no lugar dos fiscais da obra. Seu trabalho seria simplesmente o de verificar as condições de trabalho e segurança da edificação. Battaglia guarda esse documento como mais uma prova em sua defesa. Mas espera que não seja preciso recorrer ao Judiciário contra as ilegalidades que se acumulam no processo.

Battaglia finalmente saiu da caverna. Na mudança, desfez-se de quase todas as velharias do antigo casamento, guardando apenas algumas lembranças de viagens, como havia prenunciado a Fábio Rossi. Hoje, mora em um hotel, em Copacabana, e namora a bela médica dermatologista Paola Ferrari. Recentemente, fizeram uma viagem à Suíça e ao Principado de Mônaco, para esquiar e visitar parentes dela.

Independentemente do que a vida lhe trouxer, Battaglia nunca esquecerá e será eternamente grato por tudo que Angélica fez por ele, ajudando-o a superar tempos difíceis. Guarda um carinho enorme por ela e continua a considerá-la como da família.

Pepe está morando na casa da vovó Antonella, em Campinas. Está ficando velhinho. O focinho branquinho. A vista começa a falhar. Sente saudades da mamãe anjo, que o chamava de "Querido", mudando a voz.

Os pesadelos de Battaglia ainda não desapareceram por completo, mas já não são tão recorrentes. Continua com sessões de terapia, que passaram a ser quinzenais, ainda com a psicóloga Laetitia Nissim.

A autoria do *Dossiê Smart* continua uma incógnita. Mas quem se importa com isso, quando suas mil e trezentas páginas foram picotadas nos trituradores de papel do governo militar?

GLOSSÁRIO

A1 – Assessoria de Pessoal do Gabinete do Comandante do Exército

A2 – Assessoria Jurídica do Gabinete do Comandante do Exército

ABNT – Associação Brasileira de Normas Técnicas

Aet – Aeroterrestre

AGU – Advocacia Geral da União

AMAN – Academia Militar das Agulhas Negras

Art – Artilharia

AsCo – Assessoria de Contratos Internacionais

AVE – Alta Velocidade Española (trem-bala)

BaLEx – Base Logística do Exército

BolEx – Boletim do Exército

BPE – Batalhão de Polícia do Exército

CAC – Colecionador, Atirador e Caçador

CACA – Curso de Aperfeiçoamento de Capitães de Artilharia

Calice – Comissão de Aquisições, Licitações Internacionais e Contratos do Exército

Cap – Capitão

Carta – Curso de Artilharia da Academia Militar das Agulhas Negras

CASA-Sul – Centro de Adestramento, Simulação e Avaliação do Sul

CComSEx – Centro de Comunicação Social do Exército

CDS – Centro de Desenvolvimento de Sistemas

Cel – Coronel

C.I.E. – Centro de Inteligência do Exército

CIGS – Centro de Instrução de Guerra na Selva

CLF – Comandante da linha de fogo

CML – Comando Militar do Leste

CNV – Comissão Nacional da Verdade

COAF – Coordenação de apoio de fogo (Coordinación de apoyo de fuego)

COB – Comitê Olímpico Brasileiro

CoBrA – Comando da Brigada Aeroterrestre ou Comandante da Brigada Aeroterrestre (conforme o contexto)

CoLo – Comando Logístico do Exército

Compt – Computação

CP – Código Penal

CPEA – Curso de Política e Estratégia Aeroespaciais

CPM – Código Penal Militar

CR – Coeficiente de rendimento

CRI – Centro de Reabilitação de Itatiaia (unidade de saúde do Exército)

CRO – Comissão Regional de Obras

CTB – Centro Telemático de Brasília

CTEx – Centro Tecnológico do Exército

CU – Casos de uso

CUCA – Curso de Cavalaria da AMAN

DCTEx – Diretoria de Ciência e Tecnologia do Exército

DEMEx – Diretoria de Ensino Militar do Exército

DEN – Oficial de ligação de artilharia (oficial de enlace)

DIEx – Documento interno do Exército

DMA-R – Dotação de munição anual reduzida

DOI-CODI – Destacamento de Operações de Informação – Centro de Operações de Defesa Interna

EEM – Estudo de Estado-Maior

EETT – Escola de Estratégia e Tática Terrestre da Praia Vermelha

Embraer – Empresa Brasileira de Aeronáutica

EME – Estado-Maior do Exército

EMERJ – Escola de Magistratura do Estado do Rio de Janeiro

ENAP – Escola Nacional de Administração Pública

EsCap – Escola de Capitães

EsFI – Escola de fogo de instrução (exercícios do curso de artilharia da AMAN)

ESG – Escola Superior de Guerra

EsPCEx – Escola Preparatória de Cadetes do Exército

FAB – Força Aérea Brasileira

FATD – Formulário de apuração de transgressão disciplinar

FATS – Field Artillery Training System

FDC – Central de tiro (Fire direction center)

FINEX – Secretaria de Economia e Finanças do Exército

FUSEx – Fundo Social do Exército

Gen – General

Gesmart – Escritório de Gerenciamento do Projeto Smart

GLO – Garantia da Lei e da Ordem

GSI – Gabinete de Segurança Institucional da Presidência da República

GT – Grupo de trabalho temático

HCE – Hospital Central do Exército

Heita – Hotel do Exército em Itaipava

HTO – Hotel de Trânsito de Oficiais

ICMBio – Instituto Chico Mendes de Conservação da Biodiversidade

IDF – Forças de Defesa de Israel

IGEMil – Inspetoria Geral das Escolas Militares

IMBEL – Indústria de Material Bélico

IME – Instituto Militar de Engenharia

IPM – Inquérito policial militar

ITEC – International Technology Exhibition & Conference

JuBA – Assessoria Jurídica da Brigada Aeroterrestre

Jura – Assessoria Jurídica da AMAN

LAAD – Feira Latino-Americana de Material de Defesa

LAC – Licença para acompanhar cônjuge

LTIP – Licença para tratar de interesse próprio

Maj – Major

MCI – Movimento Comunista Internacional

DIÁRIOS DA CASERNA

Minustah – Missão de Paz
da ONU para Estabilização
do Haiti

MPB - Música
Popular Brasileira

MPM – Ministério Público
Militar

N.A. – No alvo (expressão usada
pelo observador avançado para
informar que o alvo foi atingido
pelos fogos de artilharia)

NEGAPEB – Normas de
Elaboração, Gerenciamento e
Acompanhamento de Projetos
do Exército Brasileiro

OAB – Ordem dos
Advogados do Brasil

OD – Ordenador de despesas

Opus – Sistema Unificado
do Processo de Obras

OTAN – Organização do
Tratado do Atlântico Norte

PBS – Product breakdown
structure (árvore do projeto)

Placomp – Plano de
compensação comercial
do contrato

PNR – Próprio nacional
residencial

PO – Posto de observação

Pqd ou Pqdt –
Paraquedista militar

PT – Partido dos Trabalhadores

PTA – Pendência técnico-
administrativa

PTTC – Prestador de
tarefa por tempo certo

PUC – Pontifícia
Universidade Católica

PVANA – Plano de
visitas e outras atividades
em nações amigas

QCO – Quadro
complementar de oficiais

QEM – Quadro de
engenheiros militares

QFD – Diagramas
de implantação das
funções de qualidade

QG – Quartel general

RACE – Reunião do Alto
Comando do Exército

RDE – Regulamento
Disciplinar do Exército

ReSi – Reunião Sistêmica
do Projeto do Simulador
Militar de Artilharia

REx – Revista do Exército

ROB – Requisitos
operacionais básicos

RTB – Requisitos técnicos básicos

RUP – Processo unificado racional (rational unified process)

S1 – Chefe do setor de pessoal

S2 – Chefe da seção de inteligência ou oficial de inteligência

S3 – Chefe da seção de operações ou oficial de operações

S4 – Chefe da seção de logística

S5 – Chefe da seção de comunicação social ou oficial de comunicação social

Sadam – Setor Administrativo da Academia Militar

SAFO – Simpósio de Apoio de Fogo

Safog – Simulador de Apoio de Fogo

SEA – Simulador Español de Artillería

SEAP – Secretaria de Administração Penitenciária

SGEx – Secretaria Geral do Exército

Smart – Simulador Militar de Artilharia

SNI – Serviço Nacional de Informações

STM – Superior Tribunal Militar

SUS – Sistema Único de Saúde

TCU – Tribunal de Contas da União

Ten – Tenente

TI – Tecnologia da informação

TNT – Tabela numérica de tiro

TREM – Termo de recebimento e exame de material

TRF-2 – Tribunal Regional Federal da 2ª Região (Rio de Janeiro)

UC – User case

UERJ – Universidade do Estado do Rio de Janeiro

Vant – Veículo aéreo não tripulado

VAR-Palmares – Vanguarda Armada Revolucionária Palmares

VeBrA – Associação dos Veteranos da Brigada Aeroterrestre

WBS – Work breakdown structure (estrutura analítica do projeto)

WSTM – Workshop de Simulação e Tecnologia Militar

FONTE Adobe Garamond Pro
PAPEL Pólen Natural 70 g/m²
IMPRESSÃO Paym